尾崎桂治 著

飛鳥京物語

律令国家への道

三樹書房 刊

飛鳥京物語　律令国家への道

作者のことば

乱暴なたとえであるのは承知しているが、飛鳥時代における百済支援軍の敗北から始まる律令国家の建設までの過程は、幕末から明治維新、そして明治憲法制定までの過程に準《なぞら》えられるのではないだろうか。

白村江の戦いに見るように派遣軍の敗北は、国の存亡が問われる事態だった。唐が攻めてくれば国が滅びるのではという恐怖に国中があたふたした。黒船の来航以来の西欧列強の圧力も、これと同様に国の存亡に関わるもので、幕府も諸藩も沸騰状態に陥った。それまでの体制で良いのか問われる事態になり、対立が生じ戦いがくり広げられた末に新政府が樹立される。

壬申の内乱に勝利した大海人大王が即位したように、幕府を倒して維新政権ができた。ともに中央集権国家の建設をめざし、新しい国づくりが始まっている。大海人大王が即位してから律令国家の誕生までは三十年近くもかかっているが、維新政府が明治憲法を制定させるまでは二十一年である。

律令制度の導入は唐の制度に倣ったもので、明治憲法はドイツの政治体制を参考にしてつくられている。どちらも外国の制度を参考にしながら、天皇の権威を高めて国をひとつにして統治するという道を選択した。

もちろん、律令国家の成立と明治憲法の制定とのあいだには千二百年近い時代の隔たりがあり、おかれている環境は随分と違う。外国との関係も、国内の経済状況も、人々の生活様式も、宗教に対する認識や信仰の仕方も違っている。しかし、国の存亡の危機に遭遇して、強国にしようと新体制の構築が図られたところは共通している。

多様な価値観を認めようとしない頑なさがあるのも、律令国家と明治政府の共通点として挙げられるだろう。海に囲まれて独立しているせいか、異なる思想や生活様式を認めようとはせずに、同じ行動様式をとるよう強制する。

律令国家になるときに、それまで朝廷に使節を送り服属の姿勢を示したにもかかわらず、蝦夷や隼人には同化政策を押し付けて、他の支配地域と同じように口分田を支給して農耕に従事させ、寺院や神社を建てて宗教的にも朝廷の指示に従うよう強いた。それに対する反発が強まり武力衝突に及ぶ事態になる。

宗教的にはわが国では神道も仏法も認め、道教や儒教思想も入って多様であるように見えるが、政治体制としては天皇が絶対となる。天皇も偉いが、釈迦牟迩も偉いし、尭・舜・禹という中国の古い時代の皇帝も偉いし、孔子も偉いということにはならない。明治になっても同じである。他の価値観は認めようとしない。ついでにいえば、律令国家をめざして造営されたわが国の最初の王都である新益京(藤原京)は、首都機能の一極集中が図られた最初の都市だった。律令国家となるための事業として造営されたものだ。

律令制度の実施と併行して進められた歴史編纂事業の成果である「日本書紀」の成立過程も、他の価値観を認めようとしないという歴史観に貫かれている。わが国の古代の歴史を語るときに、国の誕生から律令国家に至る過程を語る書物は他国には見られない。これ以外の歴史観の存在は許さないと、「日本書紀」の完成時に、参考にした資料も含め、歴史を記したすべての書物は、古事記を別にして、すべて葬り去られたのではなかろうか。

多様な価値観は否定されるべきものという呪縛にかけられて時代が進み、明治以降も、太平洋戦争による敗北までのあいだ「日本書紀」にある記述は歴史的な真実であると教えられた。こうした呪縛から逃れるのは、現在にあっても容易ではない。

歴史の記述については、宮崎市定氏の書物から多くを学んだ。中国史の泰斗であり、その記述の仕方も人間味に溢れている印象がある。日本の古代について記述する書物で「日本はターミナル文化」という表現を氏はしている。東西アジアの物流や技術・思想などの流れの東の果てにあるのが日本であるという。それゆえに青銅器と鉄器が同時に入ってきたように、多くの文化・文明が勢い良く短期間に入ってくるという特殊性があるといい、律令国家と明治国家の比較についても次のように述べている。

「日本の律令政治は、中国の律令政治の直訳ではなくて、翻案であった。それも相当程度の変更を加えた上での翻案であった。これにくらべると明治時代の日本の西洋文化輸入はずっと模倣的、直訳的である。それは何故であったであろうか。そもそも文化の交流には高さの問題と強さの問題がある。日本の古代において、日本社会と中国の社会との間には、非常に大きな発達程度の落差があった。日本はまだ新石器時代を抜け出したままの状態である。これから国家の大統一を成しとげなくてはならぬという時期である。ところが中国は既に秦・漢の大統一を遠い過去に置き去って、その後に発達した分裂的貴族政治の時代も既に全盛期を過ぎて新しい曲り角へさしかかった際である。そういう時代の唐令が、ずっと遅れた日本の社会にそのまま通用されるはずがない。必然的に大きな変更を加えて翻案されなければならなかったのである」

わが国は古代、中国は中世という位置づけである。当時の朝廷は、新石器時代を抜け出した云々というのは言い過ぎであるにしても、当時の人たちは宮崎氏が言うほどの落差を認識していなかったに違いない。それに氏がいうほど翻案せずに、導入時には直訳に近いままの令が多くあったものを、律令国家になってから、国内事情に合わせて運用の仕方や変更が加えられ、独自性を出さざるを得なかったのであろう。

それにしても律令国家になるのは国家体制の大変化である。国名も大王の名も変わり、年号が採用され、天皇をいただく統一国家となった。このときに女帝から年端も行かぬ天皇になり、その正統性を強調することが大切だった。その体制を万全にするための律令でもあり、「日本書紀」は為政者に都合良い内容にしなくてはならなかった。天皇が君臨する国家であるが、天皇がまつりごとの先頭に立たなくて済む支配体制がつくられた。実際には、天皇の名で政権を運用することで、天皇も為政者も責任がないかのような統治形態を生みだした。しかし、権力行使に自覚的な天皇が出てくれば、この体制がはらむ矛盾は噴き出さざるを得ない。しかし、本書は、そうした体制がつくられるまでの時期を扱っており、そうした現象が見られるのは先の時代になる。

いずれにしても、歴史は連続するものであり、俯瞰してみれば部分的にはくり返しと見えることがあっても、常に変化しており、螺旋状に渦巻いて発展している姿に見える。

ところで、本書の主人公は、大海人大王と大后の讃良姫であり、讃良姫に育てられたといえる藤原不比等である。さらに彼らを取り巻く多彩な人たちを含めて、本書に登場する人たちを等身大の人物として描くように心がけたが、果たしてうまく伝わっているか。なるほど、そういう見方もありかも知れないと思ってくださる人がいることを願っている。

■目次

第五部　大海人大王の時代

■飛鳥京物語　蘇我稲目と馬子の時代／目次

■飛鳥京物語　白村江の戦いと壬申の乱／目次

第五部　大海人大王の時代

第十九章　飛鳥での新しいまつりごと

大海人《おおあま》王子が大王に即位したのは西暦六七三年二月二十七日。内乱の終結から半年余、飛鳥の王宮に戻って五か月後である。

　戻ってすぐに即位式をあげなかったのは、準備が整わなかったからだ。飛鳥の王宮の修理だけでなく、この土地の神々の嘆きを鎮めるのが先決だったのだ。

　凱旋して飛鳥に入る手前で大海人王子は、この地の空気が以前と違っているのを感じ取った。最初はちょっとした違和感がある程度だったが、飛鳥の地に近づくにつれ、その気配は強められた。飛鳥に吹く風も風景も以前と同じではない気がした。

　飛鳥に足を踏み入れたところで、大海人王子は馬の歩みを止めた。一緒に歩を進めてきた人たちは、わけが分からずに従ったため後方で混乱を生じた。

　大海人王子は目を凝らし、耳を澄まし、居ずまいを正して、ふたたび大きく息を吸い込んだ。飛鳥は懐かしい空気であるはずなのに、自分の魂を潤してくれない。どうしたことかと不審な思いがした。

　神経を研ぎすますと、かすかなどよめきが耳に届き、顔や腕に細かい振動が伝わってきた。目をつぶると、わずかにどよめきや振動が強まっている。

「さて、さて」と大海人王子は小さな声をあげた。神々は悲しんでいる。原因は、この地にしばらくのあいだ大王が不在だったからだ。大海人王子はそれに気づかなかった迂闊さに、思わず頭を下げて神々に詫びる姿勢を示した。

　百済滅亡の知らせを受けて、宝姫が新羅征伐のために兵士を派遣しようと筑紫に向かって以来、飛鳥の地を朝廷が見捨てたように振る舞った。宝姫が精魂込めてつくりあげた王宮の施設も手入れが行き届かなくなっており、神々が嘆き悲しむのも当然だった。

　大海人王子は、馬から地上に降り立った。そして、両手を合わせ、目をつぶり祈った。

「どうなさったのですか」とすぐ後方にいた舎人の朴井雄君《えのいのおきみ》が尋ねた。王子の行動が理解できなかったからだ。

「飛鳥にわれが帰ってきたことを天と地の神に報告したのだ」と目を開けて応えた。

くどくどと説明するつもりはなかった。この国を統治する自分が、率先して解決を図らなくてはならない問題だった。飛鳥に大王がいなかったのは十二年ほどであるにしても、時間の長さが問題ではない。神々の嘆きを鎮め、飛鳥の土地の霊力を強くしなくては、大王になっても自分の持つ霊力まで弱くなってしまう恐れがある。大王になるからには神々の加護が欠かせない。

そうした想いをぐっと飲み込み、大海人王子は飛鳥の王宮に入った。

大海人王子たちが戻るまでのあいだ、大伴馬来田《おおとものまくた》・吹負《ふけい》の兄弟が中心になって飛鳥の治安を護っていた。そして大海人王子を飛鳥に迎えるために、宝姫がかつて住んでいた岡本宮を舎人《とねり》たちが修復して待っていた。

破損した塀を修復し、痛んだ屋根を葺き替え、はがされた床板の修理を実施した。倉庫の一部は焼損し、貯蔵品の一部が持ち去られ、扉がこわされていた。貴人たちの館にも何者かが侵入した形跡があり、板塀や垣根は壊されて燃料に使用されたようだった。

各地から運ばれてくる調《ちょう》や贄《にえ》などは長いあいだ飛鳥にもたらされなかった。京《みやこ》として機能していなかったから無理もない。

一足先に飛鳥に来ていた側近の村国男依《むらくにのおより》たちが、到着した大海人王子を迎え駆け寄ってきた。

「王宮の修理も、まだ終わったわけではありませんが、この地に住む人たちも新しい大王がいらっしゃると喜んでおります。やはり飛鳥は良いところでしょう」と大海人王子を迎えた。

「うん、そうだな」と応えたものの、いつものように人なつこい笑顔ではなかった。

飛鳥の地に来たというのに素っ気ない大海人王子の様子に男依は意外な気がしたが、その心中を察するまでにはいたらなかった。

生返事をした大海人王子は、少し間をおいて雄君と男依を呼んで指示を与えた。

「済まぬが、明日は一日かけて酒宴の準備をしてほしい。酒と魚、それに米と木の実など用意しておくように。宴を開くのは明後日の昼、王宮前の広場である。この地で戦った主要な人たちを宴に招くように。盛大な宴にしたい。できるだけ多くの者が参加するように手配せよ」

飛鳥に戻ってきて最初に祝いの宴の開催を指示するのは、いかにも大海人王子らしいと雄君も男依も思った。

「万事承知いたしました」と二人は平伏して応えた。

宴を開く準備の手配に雄君と男依をはじめ舎人たちは走りまわった。酒盛りの用意をするのも大変だが、天候も心配だった。雨でも降れば広場での宴会は不可能である。雨の場合どうするかと大海人王子に尋ねると、そんな心配はせずとも良いと言われた。

大海人大王の飛鳥での即位の準備

宴会の当日は秋晴れだった。

広場で多くの人たちが待っているなか、大海人王子と讃良《さらら》姫が、高市王子と舎人たちを従えて姿を見せた。王宮の建物を後方にして座った大海人王子は、すぐに広場の端に米や木の実を撒《ま》くように命じた。鳥や獣たちが寄ってくるようにするためである。

宴会に先立ち、中臣許米《なかとみのこまい》が祝詞を奏した。神々に対する感謝と大海人王子の偉大さが述べられた。大海人王子が戦いに勝利したことにも触れた。飛鳥での儀式に参加できたことを喜んだ許米は、大海人王子に気に入られたくて、祝詞は最大限の賛辞になるよう知恵を絞った。

宴に先立つ神への祈願の儀式をどのようにするか。

「神々への祈りで祝詞《のりと》を奏することになりますが、昔のように中臣氏に頼んでよろしいでしょうか」と雄君が大海人王子に尋ねたのは飛鳥に大海人王子が来る前だった。中臣氏は近江朝に味方していたので、飛鳥に戻って挙行する儀式に、彼らに祝詞を上げさせるのが好ましいかどうか迷ったからである。

中臣氏の当主で近江朝の大臣だった中臣金は、壬申の乱の混乱のなかで亡くなっていた。中臣家はこれまで「連《むらじ》」として大王に仕えてきたが、大海人大王のもとで同様に、朝廷に仕える氏族として認めて良いのかという疑問があった。神への祈りを大切にするにしても、伝統的な儀式にはこだわらない姿勢を大海人王子は持っていた。舎人たちのあいだでも、王子が戻れば、この問題に直面すると考えて議論されたが、中臣家をどう扱うかについて意見が分かれた。

「行きがかり上、近江朝につかざるを得なかっただけだから気にすることはない。きちんとつとめを果たすように申しわたすが良い」と大海人王子が応えた。あまりにもあっさりとした回答だった。

これにより大臣だった中臣金の弟の許米が中臣氏の当主となり、以前と同じように儀式の際に祝詞を奏する役目を与えられた。

祝詞が終わるのを待って大海人王子が立ち上がった。自分の座っている脇の大地に杯に満たされた酒を注ぎ、空を見上げ、遠くの山と森を見つめた。

「鳥たちよ、天の神に伝えてくれ。そして獣たちよ、われらは戻ってきたと山や大地の神に伝えてくれ。長く不在のままにして申し訳なかった。お許しください。これからは、この地で以前のように励みますので、われらをお護りください」

大海人王子は酒を満たした杯を高く掲げた。隣にいるのは讃良姫である。そして、対面している酒宴に招かれた人々に向かって王子は大声で言った。

「皆は気づいておらぬかもしれぬが、この地の神々が嘆き悲しんでいる。この国の京《みやこ》であるのに、飛鳥の地に長いあいだ大王が不在のままだった。この地に大王がいなくては神々も安心できないというのに、この地をわれらはおろそかにしてきた。神々に安心してもらうように、できるだけ賑やかな宴会にしようではないか」

誰もが大海人王子の声に耳を傾けた。そして、この日の宴会は戦いに参加した人たちの慰労と戦勝祝いのためであると思っていたのは間違いだったと気づいた。

宴会が始まった。騒がしく賑やかに謡い、舞い、そして祈った。大声で笑い、酒を酌み交わして、飛鳥の地が神に祝福され、かつてのような地霊の力に満ちた土地になるよう神々の関心を惹かなくてはならなかった。

やがて大海人王子の表情も緩み、穏やかでのんびりとした顔が戻ってきた。

だが、一度や二度の宴会で神々に大海人王子たちの意志が伝わるものではない。飛鳥寺の西にある双槻《ふたつき》の広場をはじめ、あちこちで宴会が開かれた。神々に祈り、謡い、舞い、酔った。天気の良い日は野外で、雨のときは王宮のなかで開催された。そのたびに大海人王子は神々に語りかけた。

できるだけ早く即位したほうが良いのではという側近の声に、大海人王子は耳を貸そうとせず宴会を続けた。かつてない霊力を持つ大王として君臨するために急いではならなかったのだ。

頻繁に宴会を開いたことが朝廷の機能の回復につながった。時間がたつにつれ酒や魚もたくさん用意できるようになり、地方から届けられる品々も多くなった。それらが惜しげもなく振る舞われた。宴会の準備を整えるためだけでも多くの人手が必要になり、慌ただしく間に合わせ、ときには混乱が生じたものの結束力は強められていった。

王宮前広場での賑やかな即位式

飛鳥の空気が宮都らしさを取り戻したのは、冬の寒さが和らいできてからだった。

新しい年の始めに即位式をしたいと思っていたが、すべての準備が整わず、即位式は占いによって二月二十七日と決められた。

即位式のために、王宮前の広場に高い壇がつくられた。野外に設《しつら》えた舞台である。仮設の壇の上で多くの人たちを前にした即位式は前代未聞だった。広場は人々によって埋め尽くされた。畿内の有力者たちが、先の内乱で兵士として働いた人たちを中心に動員したからである。彼らは、自分たちが支持した新しい大王の誕生を祝おうと集まってきた。その熱気のなかでの即位式だった。多くの人たちを前にした即位式は、このときから始まったのである。

大海人大王は、壇上で向かい合う人たちを見下ろす位置に立ち、隣には讃良姫が控え、後方には高市《たけち》王子をはじめ王子たちが並んでいた。

以前と同じように王権の象徴である聖なる鏡と太刀を受け取り、大王になるという伝統を受け継いだ儀式である。これらを渡す役目は栗隈《くりくま》王がおこなった。壇の上に昇って恭しく差し出し、大王は威厳を持って鷹揚にうなずきながら受け取った。一礼した栗隈王が壇上から降りて、壇の近くに並ぶ王族たちの列に加わった。

壇上の大王は広場に居並ぶ人たちのほうを向き、左から右へと視線をずらしてひと呼吸した。

「われは大王になった。この地の神々も喜んでくださっている。神々の祝福を受けて大王になったのは誠に名誉なことである。先の戦いも神々が味方をしてくださり勝利した。神々の加護を得られたのはわれの誇りである。これから新しい時代が始まる。ともに祝ってほしい」

一瞬、広場に沈黙が支配した。そして、壇上を見上げる人たちから声が上がった。

「おお、めでたいことだ」「われらの大王に祝福あれ」「大王に忠誠を」という声がこだまするように上がった。

新しい大王は、歓呼の声に応えながらわずかにうなずいた。大海人大王は正面から右に向きを変え、前方から後方まで眺めるように見下ろしてから、身体をずらし左のほうに向きなおり大きくうなずいた。並び立つ讃良姫も、大海人大王と同じように右から左へと身体の中心線を移動させて、壇上からにこやかに頬笑んで見せた。

「われは、この国をこれまで以上に強い国にしていきたいと思う」と大海人大王がふたたび壇上から話しかけた。

「そのためには、皆の協力が必要である。すべての人たちの心をひとつにして前に進んでいこう。われとともに、この国は新しく生まれ変わっていくであろう」と大海人大王は力強く言い放った。

自らの手で王位をつかんだ大王として、その顔は自信にあふれていた。四十歳を超えた成熟し貫禄のある大王の誕生である。

新しい指導者たちの出現

飛鳥の地に戻ってからのまつりごとは、近江朝の組織が瓦解したのを受けて、すべて新しく組織しなおさなくてはならなかった。近江朝を支えてきた豪族たちは、大海人大王の新しい政権で同じような地位につくわけにはいかず、朝廷のあり方も変わらざるを得なかった。

そればかりでなく、ともに戦った大王の舎人たちと大伴馬来田・吹負兄弟とで意見の違いが見られた。大伴兄弟が、戦功により自分たちが大臣や大夫になるつもりでいると分かり、舎人たちは旧体制を持続させようとする動きになると反発した。近江朝を倒すのに貢献し、大海人王子が飛鳥に到着するまで自分たちが飛鳥を護っていたから、それに酬いてくれると大伴兄弟は信じていた。彼らは、一族の人たちに馬来田が大臣、そして吹負が大夫になると公言していた。近江朝で蘇我赤兄《そがのあかえ》が大臣に、そして弟の蘇我果安《そがのはたやす》が大夫になった例にならうつもりだった。

大海人王子より先に飛鳥に来ていた舎人たちは馬来田や吹負の態度を傲慢に思い、不審感を持つようになっていた。

舎人たちから、それを聞いた大海人王子は、馬来田と吹負の功績を評価して酬いるつもりでいたものの、これまでの朝廷のあり方とは違う体制にするからには大臣や大夫を置くつもりはなかった。舎人たちにしてみれば、飛鳥での戦いも、美濃からの支援があっての勝利であり、大伴兄弟の功績がそれほどではないという思いがあった。

「まあ、そう言うな。われらが美濃に行くときにも馬来田に世話になっている。それなりに遇さなければならぬ。かといって大臣にするというのは論外である」というのが大海人王子の意向だった。豪族の当主が支配する時代は終わり、能力のある個人がまつりごとに参与する体制となるのは自然の成り行きだった。近江朝軍と戦ったときに舎人を将軍にしたときから、畿内の豪族たちに配慮するのは過去の体制となっており、もはやあとには戻れなくなっていたのである。

大海人王子は、すべてを一人で決めたわけではない。周囲の意見を尊重し、方向が決まってから先頭に立つスタイルを貫いてきた。その姿勢は変わらなかった。飛鳥での宴会をくり返して挙行しているうちに、指導者として抵抗なく四人が選び出された。正確に言えば、常に大王の近くにいる舎人の朴井雄君《えのいのおきみ》と話して決めたと言っていい。

戦いの際に将軍を指名したように、大海人王子は朝廷の組織を動かし統治するために四人を選んだが、彼らを大臣や大夫にするのではなく、自分の手足として組織のまとめ役として働かせるつもりだった。

栗隈王、多品治《おおのほんじ》、朴井雄君、村国男依である。いずれも先の戦いで功績を上げた者である。栗隈王は王族であり、残りの三人は大海人王子の側近と舎人であり、有力な豪族の当主は一人もいない。

「朝廷の権威を高めていくことを第一に考えている。まつりごとに口を出す豪族たちに配慮したまつりごとをするつもりはない。われらだけで方向を決めて進んでいくつもりである。これまでとは違うやり方になるが、そうでなくては、この国を強くしていくことができない」

そう言って、大海人王子は四人の顔を眺めまわした。

「皆は大伴兄弟や紀阿閉麻呂《きのあへまろ》たちのことを心配しているのであろう。だが、それは無用だ。彼らには先の戦いの功績を愛でて官位を授け、特別に報賞を与える。そのことと、これからのまつりごとを運営していくのとは話が別なのだ。われが、彼らの働きをきちんと評価していることが伝われば、それで満足してくれるはずだ」と言い、さらに続けた。

「朝廷のまつりごとは以前と違うものになる。朝廷の組織も新しくしていかなくてはならぬ。近江朝で仕えていた官人たちをそのまま働かせるわけにはいかぬ。どのようにしていくか、一緒に考えて実行していきたい。われの意向を踏まえて働いてもらいたい」

四人とも、神妙な顔をして聞いていた。

「栗隈王には、わが国の軍事について任せることにしたい。むろん、われが相談に乗るが、どのような事態になろうとも、備えをおろそかにするわけにはいかぬ。兵士の動員など、むずかしい問題があるが、筑紫だけでなく、畿内や飛鳥における備えについて、どのようにしていくか考えてほしい」

栗隈王は、少し困ったような顔をしてから口を開いた。

「分かりました。唐の使いが引き上げてから、彼らが攻めてくるという噂も、ようやく下火になってきています。だからといって安心することはできません。どのように防御するか、各地にある城を中心にもう一度点検することから始めましょう」

「そうしてくれ。とても重要なことだ。頼むぞ」と大海人王子が言うのに応えて、栗隈王は頭を下げた。

「品治よ、そなたには、朝廷の組織を充実させるようにしてほしい。それに、朝廷の大蔵《おおくら》のことも任せたいと思っている。地方とも連絡をとってうまく働かせるようにしてほしい。舎人たちは組織を経営した経験がない。やはり経験がなくては知恵の出しようがない。大変だろうが頼む」

黙って頭を下げた品治に、大王もうなずいた。

品治は、かつては美濃にある大海人王子の所有する土地の維持管理を任されており、先の戦いのときには将軍として活躍し信任が厚かった。軍事的な才能より経営的な能力のほうが勝っていたから、飛鳥にきてから活躍の場が広げられたのである。

「男依よ、飛鳥の王宮をはじめとして、さまざまな施設の建設について指揮をとってほしい。王宮の修理は進んでいるが、朝廷の中心となる宮殿を新しくつくりたい。役人の数も、これから増えていくから、彼らの働く場も増やさなくてはならぬ。それに、朝廷のまつりごとを円滑にしていくために、飛鳥に工房をつくりたい。金や銀を使用した製品など貴重なものを朝廷の手でつくるようにする。これまでと違う飛鳥にしなくてはならぬ。そのためには、多くの人たちを動員して施設の充実を図る必要がある。そのすべてを統括して推進していってほしい」

近江朝との戦いで主力部隊の将軍となった村国男依は、かつての国造の親戚に過ぎなかったから身分は高くなかったが、大海人王子の舎人になってから頭角を現し、指導者として能力を発揮するようになっていた。

「そして雄君よ、なんじにはこれまで通り、われのそばにいて相談に乗って欲しい。われの考えが間違っていないか、ともに考えてほしい。そのためには、品治や男依とも連絡を密にして情報を集めるようにしてほしい」

雄君は、大海人王子の側近として近江朝との戦いのときも常に近侍して相談に乗っていたが、大海人王子は、この場では特別扱いせずに他の人たちと同等に対応する姿勢を見せた。

「まつりごとの中心になってもらうために、栗隈王を除く三人には官位を授けるつもりである。朝廷の重職をまかせるには、それなりの官位がなくては上に立つことはできない。これからは、われの指示があってから動くのではなく、それぞれに下の人たちを従わせてまつりごとを推進していかなくてはならぬ。即位式が終われば、すぐに官位の授与式をしようと思っているので、前もって言っておこうと思ったのだ」

大海人王子は、ひと息ついてから口を開いた。

「品治よ、雄君よ、男依よ、そなたたちには小錦《しょうきん》の官位をさずけることにする」

言われた三人とも驚きの声をあげそうになって、お互いの顔を見た。栗隈王のように王族であれば最初から権威が身についているが、三人は別である。「小錦」は、のちに官位が改訂された際の五位に相当する官位である。六位以下とは区別される高い官位で貴族に列せられる。多品治は中堅豪族の出であるが、雄君と男依は、地方豪族の子弟に過ぎないのに、いきなり高い官位を授けられると言われて驚くのも無理がなかった。しかし、朝廷の要職を担うからには、高い官位を持っていたほうが良い。畿内の有力豪族たちのなかには、もっと高い官位を持つ者がいたが、三人の抜擢は異例であり、それまでの朝廷のあり方とは違う方向に進むように見えた。

その後、主要な王族たちが内裏に集められた。

彼らも、まつりごとに参画させようと大王が考えたからである。高市王子が戦いに際して大海人王子の名代として活躍したように、王族がさまざまな場面で大王の意志を体して活躍することが望まれたのだ。

王族というのは、四代前まで遡《さかのぼ》れば大王にいきつく人たちで、大王の子孫として「王」を名乗ることが許されており、それぞれに食封《じきふ》が与えられている。葛城大王の時代から王族たちが登用されるようになり、それを引き継ぐ意志を示し、改めて彼らを招集したのである。

大海人大王を父に持つ王子のなかで成人しているのは高市王子だけだから、王族のなかで働き盛りの人たちには朝廷の権威付けの役目を果たし、同時に多くの組織の代表として活躍する場が与えられる。

呼ばれたなかには、近江朝に属して飛鳥の留守司として活動した高坂王も含まれていた。その後、大海人王子に忠誠を誓ったので分け隔てされなかった。栗隈王も顔を見せていたが、その前に特別に任務を与えられていることは誰にも知らされなかった。

顔を見せたのは、美濃王、伊勢王、石川王、広瀬王、竹田王、桑田王、伯瀬王、難波王、宮処王などである。

大海人王子は、揃った王族たちを前にして口を開いた。

「これから新しい時代となる。この国を豊かで不安のない国にしていきたいと思っている。しかし、すぐにさまざまな施策を実行していくわけにはいかぬ。朝廷の機能をとり戻していくには、そなたたちの協力が必要である。ここに集まったすべての者が、われの代理であると思ってほしい。われ一人では手がまわらないので、代わりに役人たちを指導していってほしい。さまざまな事業を立ちあげていくに際して、それらの事業の代表として指名するので、任務を与えられた者は、下の者たちとよく相談して実行していってほしい。王族である誇りを持ち、それに相応しい行動をとるように。それができない者は、王族としての資格を失う場合もあると心得よ。王族であるだけで人々の尊敬を集められると思うのは間違いである。指導者としての任務を全うしなくてはならぬ。いい加減な気持で朝廷のまつりごとに参加する態度ではつとまらぬ。良いか。王族としての誇りを持って、この国のためになるように励んでほしい」

宴会で見せるくつろいだ様子とは違い、大海人王子は厳しい表情に終始した。

列席した王族たちも、これまでとは違う時代になりそうだという思いを強くした。

美濃にあった大海人王子の支配する土地の管理を任されていた多品治《おおのほんじ》は、内乱がなければ美濃に留まり続けていたに違いない。内乱の際に特別な働きをし、その後の朝廷に必要な人材であると認められて飛鳥に館を与えられた。

王子の側近である舎人たちは、組織だって人々を働かせる経験を積んでおらず、品治のような行政能力を持つ人が必要とされた。内乱の勃発が品治の人生を大きく変えたのである。

大海人王子が吉野宮を脱出したという報がもたらされたとき、近江朝廷にいた一部の官人たちが職場放棄した。最初のうちはわずかだったものの近江軍の敗退の報に接するにつれ、王宮を離れる者が相次ぎ、最終的な敗北で近江朝が崩壊したから働いていた官人たちはすべて解雇されたも同然だった。かつて朝廷を支えていた畿内の豪族たちも、朝廷の権威を寄りどころにしていたから、内乱によって豪族としての権威は失墜した。

朝廷の組織は、新しくつくり直す作業が必要となり、それに品治が取り組むことになった。

「新しい出発となるのだから慌てることはない。多少の不便には堪えなくてはならぬ。できることから始めていくようにすれば良い。旧弊なものを引きずっているより良いではないか」と大王は鷹揚に構えていた。

品治自身が朝廷で官人として働いた経験がないから、手あかの付いた人たちより、新しい組織にしたほうが良いと若手を中心に採用することにした。飛鳥に移ってきた亡命百済人たちもいたが、彼らの生活を保証し、必要に応じて仕事を与えるにしても、近江朝のときほどの待遇にはしなかった。

品治の意向に添って、大海人大王の詔《みことのり》が出されたのは、即位した年の五月である。

「宮仕えする人は、まず大舎人として雑役に従事し、その後に能力に応じて、それぞれに適した役職につけるようにせよ」という内容だった。与えられる仕事が最初から決められた過去のあり方が改められ、試用期間あるいは訓練期間として朝廷の雑用をこなし、そのあいだに本人の能力を見きわめ、各自に適した部署に配属する体制にした。

畿内を中心に中小豪族の子弟、各地の国司《くにのつかさ》や評督《こおりのかみ》の親類縁者など、朝廷に仕えるために大舎人を差し出すように通達が出された。朝廷に仕える大舎人として受け入れる窓口が一本化され、そこで数か月から半年ほど働く。そのうえで、個人の特性を生かして朝廷の組織が円滑に機能するよう配属先が決められた。

女人が朝廷で働く場合も同様だった。裁縫や料理、さらには生活のための雑事をこなすには多くの女性に宮仕えしてもらわなくてはならない。夫の有無や長幼に関係なく採用するという詔が出された。男子の場合と同じように能力に応じて働く部署が決められた。

朝廷に仕える役人は一新され、支配層の勢力地図は塗り替えられようとしていた。

大王と大后の神々への信仰心

大海人大王のまつりごとのうち、重要な位置を占めたのが宗教活動である。飛鳥の地に足を踏み入れたときから、大王は神々の意志を大切にした。それこそが大海人大王の新しいまつりごとの特徴だった。

即位にともなって大后《おおきさき》になった讃良《さらら》姫も同じく神に対する信仰は強固だったので、朝廷の宗教活動は大王と大后が主導した。そのため、まつりごとを取り仕切る側近の四人は、これに関しては大王からあまり相談されることはなかった。

内乱で勝利したのは、天と地の神に対する祈りが叶えられたお陰だから、神に感謝を示すことが大切であると大王と大后は思っていた。内乱のとき高市王子が大海人王子の名代として男依の部隊と同行したのも、神への祈願を怠らず兵士たちの志気を鼓舞するためだった。

讃良姫は、大海人王子たちが近江朝と戦っているあいだも桑名にいて神に勝利を祈り続け、その甲斐があったと飛鳥に帰ってからは神に感謝の気持を表すにはどうしたら良いか考えていたのである。

桑名にいたときから讃良姫をそば近くで支えたのが侍女の一人である恵智刀自《えちのとじ》だった。

学問を専門にする同族の男に嫁いだが、夫に死なれてから讃良姫に仕えていた。王辰爾を祖とする家系で、伯父に当たる船史恵釈《ふなのふひとのえさか》は、蘇我馬子のもとで歴史書編纂に関わり、有力者の子弟を教育する役目を担う一族である。恵智刀自も読み書きをはじめきちんとした教育を受け、唐や朝鮮各国からもたらされた書物に接して育った才媛だった。とくに桑名に来てから讃良姫の信頼が一段と増していた。吉野宮にいるときには、身のまわりの世話をする小広刀自《こひろとじ》のほうが讃良姫には身近な存在だったが、桑名に来てからは二人の侍女の関係が逆転した。

大海人王子の軍勢が近江朝軍と戦っているあいだ、桑名の評督《こおりのかみ》の館で過ごすことになったのは、讃良姫と三人の王子、五人の侍女、それに奴婢五人である。

桑名での最初の夜、讃良姫は昼過ぎまで眠ったが、それでも疲れがとれない感じがあった。次の夜になるとよく眠ることができなかった。明け方になって日が昇る前から目が冴え、まだ早いと思いながらも、讃良姫は床を離れて一人で起き上がると、すかさず現れたのが讃良姫の世話をする小広刀自である。

「太陽が昇るのを拝みに行こうと思っているのです」と讃良姫が小広刀自に言った。気配を感じて起きてきた恵智刀自にも付いてくるように促した。海までは歩いていける距離である。護衛のために数人の兵士が、彼女らに覚られないように付いてきた。

太陽がわずかに顔を出すと、雲の色が一瞬だけ赤くなり昇るにつれて明るさが増していく。

讃良姫と二人の侍女は、昇ってくる太陽に向かって拝礼した。数日前に、伊勢に向かって大海人王子が遥拝したのに倣ったものである。太陽は「天照大御神《あまてらすおおみかみ》」と呼ばれ、天にある神の代表として崇められていた。

「天照らす神よ、わが夫である大海人王子の軍が戦いに勝つように導いてください。われらは神を尊び一心に仕え信じております。われらの願いを叶えてくだされば、これまで以上に神を大切にいたします」

讃良姫は、長いこと祈りを捧げていた。

翌朝も讃良姫と二人の侍女は、同じように昇る太陽に拝礼した。太陽が出る前に井戸の水で身を浄めて遥拝した。

「何となく、昨日よりも太陽神が明るく元気があるように思われますね」と恵智刀自が言った。

「あなたも、そう思いましたか。わらわも、そんな気がしていたところです」と讃良姫はうれしそうに言った。

同じ日に大伴吹負が飛鳥に攻め入り、飛鳥寺と旧王宮を支配下に治めた戦いがあった。その勝利の知らせが桑名にいる讃良姫のところにもたらされたのは二日後だが、この日の朝のことを思い出して、讃良姫は太陽神が味方についてくれたと信じることができた。まさに吉兆だったのだ。

この後、恵智刀自の計らいで、小さいながら実によくできた仏像を持って飛鳥寺に住む道昭《どうしょう》法師が桑名にやって来た。恵智刀自にとって、道昭とは従兄妹に当たり、桑名の地でささやかな法会を開きたいという使いを出し、道昭が応えてくれたのである。

「こちらの近くに来る用事があったのです。これも仏さまのお導きでしょう」と言いながら道昭は、ていねいに讃良姫に挨拶した。

　遣唐使とともに唐にわたり長らく学んだ道昭は、恵智刀自にとっては自慢の一族である。連れてきた二人の弟子とともに、道昭は讃良姫の住んでいる館のなかに持参した仏像を安置する祭壇をつくり、祈りを捧げることができるようにした。

「準備が整いました。さて、この仏に魂を入れることにいたしましょう」

　道昭は、唐から持ち帰った新しい経を高らかに唱えた。その読経は腹の底から出され、あたりに響きわたり、並の僧たちが唱える経とは明らかに違って心に届いた。なるほど仏に魂を入れるというのはこういうことかと納得した。

　経を読み終わると、くだんの仏像そのものが、それまで以上に輝いて見えた。讃良姫のところに飛鳥寺の僧侶がおとずれて仏像を安置する道昭の行為は、近江朝の人たちに咎められはしないか、讃良姫は心配した。

「ご心配せずとも大丈夫です。われらはずっと飛鳥寺にいるのではなく、あちこち旅をしてまわっていますから、その途中でたまたま立ち寄っただけです」と道昭は応えた。堂々とした態度で不安そうな感じは微塵もなかった。


　讃良姫は、早朝には太陽神を遥拝し、夕刻になると仏像に願いを込めて祈るようになった。そのことによって、自分も戦いに参加しているという意識を持ち、勝利を確信するようになった。

　大后となった讃良姫は、神や仏に対してそれまで以上に感謝の気持を現わそうと神を祀《まつ》り、寺院や仏像を大切にする意欲を強く示した。自分が特別な存在であると意識したからである。

伊勢の神社の建設計画と斎王の任命

神々に対して感謝の意志を示すにはどうしたら良いか。大海人大王は栗隈王や雄君などに相談してみたが、彼らは大王ほど神に対する信仰が深くなかったから、良いアイディアは出てこなかった。まつりごとでは頼りになるものの、信仰に関しては彼らと相談しても埒があかなかった。

大海人大王は、宴会の後に祝詞を奏した中臣許米に相談してみた。天照大御神と呼ばれている太陽神を王家の守り神にしたいが、と大海人大王が言うと、許米は大いに興味を示し、考えさせてくださいと応えた。

　大海人大王に気に入られるかどうかは、中臣家にとっては何よりも大切だった。近江朝に一族をあげて味方していたから、大王の舎人たちからは嫌われ、儀式のために声がかかっても、肩身が狭い思いをしながら行動していた。当主となった許米は、近江朝の大臣だった中臣金の弟である。それだけに大王に気に入られるように心を砕いた。これは中臣家の将来を左右する重大事だった。

大王から相談されたからには、何としても期待に応えようと張り切った。神々への信仰をかたちにするのが中臣家本来の役目であり、大王が望んでいるのは神への信仰をさらに強くすることである。大王のためになるなら、何でもするという思いだった。

「あのとき伊勢の神社に向かって祈っていなければ、戦いに勝つことはできなかったかもしれない。すべてそこから始まり、神と先祖の霊がわれらの味方になった」と大王は話した。

許米は吉野宮から脱出した途中、大海人王子が祖先の霊に祈った話を聞き、そこにヒントがあると思った。思案を巡らせた結果、伊勢に神社を建設して、王家の護り神として盛大に祀る提案をするというアイディアが生まれた。王家の神社として造営し、王家にゆかりの神官を常駐させて儀式を挙行する。

その儀式を取り仕切るのは中臣家であり、それにより王家との結びつきを確かにする。これを機会に社《やしろ》は、寺院のように立派な建物にして、仏法に張り合うだけの存在にすれば良いのではないか。

この提案は、思いのほか大王と大后に喜ばれた。

「伊勢にある社《やしろ》は、わが母である宝姫が尊敬していた炊屋姫さまが大后であられたときに建てられたと聞いている。この際、わが王家の祖先の霊を祀る神社として、改めて朝廷との関係を深いものにしたいと考えていたところだ。なかなか良い提案である」と大海人大王は言った。

「各地域に多くの神社がつくられていますが、そうした神社の中心として伊勢にある社《やしろ》は王家の神として祀るようにすると良いと思います」と許米は付け加えた。

神に対する感謝の気持をどう現わせば良いのか、その答えが見つかったのである。太陽神が王家の守り神であると意識し、伊勢に王家の神社を造営する計画はただちに推進された。

どのような建物にするか。どのように祀るのか。

もともとは神社などなかった。朝廷の儀式では供えものをする壇を設《しつら》えて天と地の神々に祈りを捧げてきた。やがて神々のいるところや儀式がおこなわれる神聖な場所に社《やしろ》がつくられた。無人の粗末な建物に過ぎなかったが、神社のかたちが新しくなろうとしていた。

中臣家では、許米を中心にして知恵を出し合った。朝廷の権威を示す神社であるからには寺院に負けない立派な建築物にする。寺院は瓦葺きの屋根を持つ豪華な建築物であるが、神社は古来からの伝統を感じさせたほうが良い。わが国固有の建物様式を用いて屋根を大きくする。威容を誇るには王宮を思わせるように鴟尾《しび》で装飾し、素晴らしい佇《たたず》まいであるようにする。

その構想が大王と大后に受け入れられ、すぐに造営が開始された。

王宮を思わせる立派な神社を建てるとなると、儀式の際にだけ神官を派遣するのではなく、寺院に僧侶が住んでいるように神官を常駐させたほうが良い。立派な佇まいの建物にして、そこで生活する人がいるようになれば日常的に手入れをする必要がある。そうすれば威厳を保つように配慮することもできる。

朝廷の肝いりであるからには全国の社の頂点に立つ神社として、相応しいものにしていかなくてはならない。寺院の僧侶に当たる神官は、伊勢の神社にあっては大王の名代となるから、中臣家から適当に選んで派遣すれば良いというわけにはいかないだろう。

大王の名代となれば、王家の然るべき地位にある人でなくては相応しくない。誰にするかは大王に決めてもらうしかないと許米は、単なる神官ではない大切な任務であると説明した。

朝廷の神社であるからには大王の祖先の霊と結びつく。そのために大王と血縁関係にある者しか考えられなかった。神に仕えるのは王女が相応しいとされたのは、神に嫁ぐのと同じであるという考えに立つからだった。

大王が讃良姫と相談し、白羽の矢が立ったのは大田姫の娘である大伯《おおく》姫である。讃良姫が彼女を積極的に推したのだ。適齢期に達している王家の姫として、彼女が最年長だった。大海人大王も反対しなかった。

「斎王《いつきのおおきみ》」という名称になった。「斎」というのは穢れを払う意味を持つ言葉であり、同時に神を祀るという意味もあり、大伯姫が完成した伊勢の神社に常駐して神に仕えると決められた。

祀られている神に仕える祭祀者である斎王は、、生涯にわたって清らかさを保つことが求められる。

大伯姫は、讃良姫の姉であり同じく大海人大王の后となった大田姫が母であり、その出自は申し分ない。宝姫が筑紫に赴く旅の途中、明石の先にある大伯の港で誕生した姫である。十四歳になっており、そろそろ誰かとの婚約を考える歳になっていた。

桑名から飛鳥に戻ってきたとき、飛鳥で待っていた大伯姫が、彼女の弟である大津王子との再会を手放しで喜んでいる様子に、讃良姫は強い印象を持った。早くに母をなくした大伯姫と大津王子の姉弟は、まるで年端も行かぬ恋人同士のように見えた。

桑名に滞在したあいだは草壁《くさかべ》王子と大津王子、それに忍壁《おさかべ》王子がひとつ屋根の下で暮らしたが、飛鳥に来てからは別の館で過ごしている。しかし、桑名では、大津王子の元気な姿と好奇心旺盛な態度に接して、讃良姫は、息子の草壁王子といやでも比較して見るようになり、大津王子を疎ましく感じた。

息子である草壁王子の妻には大伯姫が良いと大海人大王が言い出しはしないか讃良姫は秘かに心配していた。母が違えば姉弟でも結婚の障害にはならない。王家の血筋を護ることが大切にされ、大王もそれにこだわる姿勢を持っていた。大伯姫が斎王になれば、その心配はなくなる。

大伯姫も、大王が決めれば逆らうことはできない。

伊勢の神社に入る前、泊瀬に斎宮《いつきのみや》を建てて、身を浄めるために彼女は籠った。朝廷の神に仕えるからには、特別に清い身体にしなくてはならないから、世話をする人以外に接触してはならず、神に祈りを捧げる毎日を送らなくてはならなかった。

そのあいだに伊勢の神社の造営が進められた。

伊勢の神社での祭祀の挙行

大王家の先祖を祀る頂点に立つ神社が新しく建てられ、斎王の大伯姫を迎えて盛大な祭祀が営まれた。

斎王として大伯姫が伊勢の神社に入ったのは西暦六七四年十月、大王が即位してから二年近く後である。

斎宮で身を清めているときには、いかにも心細そうだった大伯姫は、伊勢の神社に入ってからは覚悟ができたせいか、凛とした態度で斎王として振る舞った。

宗教儀式や行事は厳かで崇高な雰囲気にして、祝詞は大王の偉大さを強調する内容にするよう工夫がこらされた。朝廷の権威を高めるのに役立ち、結果として中臣家の地位も向上した。

伊勢の神社の儀式は、それまでの決まりきったあり方を脱し、厳めしく神秘的な雰囲気が強調された。

斎王の大伯姫をはじめ、神々に仕える神官や巫女たちに手取り足取りで儀式の際の立ち居振る舞いについて指導したのは中臣大嶋《なかとみのおおしま》である。当主である中臣許米は病弱であり、率先して指揮をとることができず、息子の大嶋が代わりをつとめることが多かった。大嶋は古いタイプの中臣家の人たちとは違って、伝統にこだわることなく新しい様式をとりいれ、さまざまなアイディアを出し、大海人大王や讃良姫の意向に叶うようにした。

　神に祈る儀式も、新しい式次第がつくられた。寺院のような荘厳さを備えて崇拝されるのに相応しい空間にし、神官たちの振る舞いも威厳を持つように考えられた。神官の服装も白に統一し特別な存在としての印象を強くした。

　大伯姫が伊勢神宮に入った四か月後の西暦六七五年二月に、朝廷の代表として十市《とおち》姫と阿閉姫《あへいひめ》が伊勢神宮に詣でた。十市姫は大海人大王の、そして阿閉姫は讃良姫大后の名代である。

　夫の大友王子が亡くなってからの十市姫は、母親の額田媛とともに飛鳥に移り住んだが、父親の大海人大王が、無聊《ぶりょう》をかこつ姫を慰めようと伊勢行きを指示した。讃良姫は王女を産んでいなかったので、異母妹である阿閉姫が名代となった。そのことは暗黙のうちに彼女が草壁王子の妻の最有力候補になったことを意味した。そうなれば、阿閉姫は讃良姫の娘となる。

　阿閉姫の父は葛城大王であり、母親は蘇我石川麻呂の娘である姪媛《めいのひめ》である。讃良姫の母親の遠智媛《おちのひめ》も石川麻呂の娘であり、蘇我一族の血をともに受け継いでいた。このとき、阿閉姫は十四歳だった。

　飾り屋根のついた立派な輿に乗った二人の姫の行列は、大勢の護衛や舎人たちを引き連れ賑やかだった。その進み具合はゆるやかであり、途中で休憩しながらの時間がかかる旅である。

　飛鳥から墨坂峠を越え、東海道を伊勢に向かった。

見たこともない立派な輿を中心にした、仰々しい行列が通過する道の周辺に住んでいる人たちが見物に集まってきた。行列が通る前に鎧兜に身を固めた兵士たちの集団がやってきて、道路際の人たちに、跪いて行列が通り過ぎるまで頭を上げてはならないと言ってまわった。

「何の行列なのですか」と一人が兵士に尋ねた。

「畏れ多くも王家の姫さまが朝廷の祀っておられる伊勢の神のところに行かれるのだ」と応えた。たちまちのうちに人々に伝わった。

　整備された道々に見物の人たちが集まり、この行列が伊勢の神社に行くことを多くの人たちが知った。

　朝廷からの使いとしてきた十市姫と阿閉姫を迎えた神社では、朝廷の儀式の際に演じられる舞と楽器の演奏が披露された。厳かに聞こえる笛を中心にして、流れるように抑揚のある演奏と巫女の舞は、神々のいる空間にふさわしい雰囲気を醸し出していた。

　大嶋としてみれば、他の人にはできないほどに工夫をこらしたのだが、それほどの評価は得られなかった。もともと神と朝廷を結びつける働きをしている氏族である中臣家の人たちは、そのくらいのノウハウは持っていると思われたせいだ。

中臣家に代々伝わっている儀式のあり方を披露したに過ぎないと思われて大嶋は不満だった。しかし、近江朝に味方したというのに中臣家は、大海人大王の時代になっても以前と同じように活躍していることにやっかみの声もあったのだ。新しい大王を裏切った前科があるから、その罪滅ぼしに励んでいるのであろうという陰口まで叩かれた。その働きについて讃良姫からねぎらいの言葉をかけられたのがせめてもの慰めだった。

秋の収穫を感謝する大嘗祭

神や仏を大切にする新しい大王と大后の方針を強力に支えようと、中臣家では朝廷のさまざまな宗教儀式を改めて見直し、新しい儀式の挙行を提案した。宗教的な儀式を朝廷のまつりごとに取り入れるのに熱心な大王と大后に応えようと努めたのだ。大海人大王が即位した年の十二月におこなわれた大嘗祭《おおにえ》も、そうした例のひとつである。

秋に収穫を感謝する儀式は、朝廷の重要な行事である。春の天候不順、梅雨時の降雨量の減少、夏の旱魃《かんばつ》があると収穫を見込めない。台風などの自然災害も同様である。不作は神の怒りであり、神に対する信仰心の欠如であり、大王の不徳が原因であると思われかねない。神への祈りが朝廷の重要な儀式である。

即位した最初の感謝祭を、盛大な「まつり」として挙行すれば、新しい大王が神の加護により民に恵みをもたらしたとアピールできる。そのため盛大な感謝祭にしてはどうかという提案だった。

葛城大王と大海人大王の父である田村大王の時代から、秋の感謝祭は簡略化される方向に進んでいた。田村大王は温泉に長期滞在して、年が改まるまで帰らないことがあり、年が変わってから秋の感謝祭が挙行されたことさえあった。葛城大王の時代も戦いや国防にかまけて重視されなかった。

秋の感謝祭は大嘗祭として、また新しい大王が即位したことを神に報告する宗教儀式として祭祀のあり方が新しい形式になった。

王宮前の広場に神聖な樹々で社《やしろ》がつくられた。神に捧げる祝詞、供えもの、式次第の秘伝をもとに盛大な儀式が挙行された。

中臣許米の祝詞は、天にいる神がわが国をつくり、神に選ばれた大王の先祖がこの国を治め、それに仕えるようになった有力者たちの協力で国が富んで行く様子、さらに大王が神の意志に添うまつりごとをして秋の実りが保証されてきたと、神と大王との結びつきを強調して述べたうえで、改めて豊かな収穫がもたらされたことを神に感謝し、神を崇めることを誓った。

独特の抑揚を持って厳かに神に語りかける祝詞は、参列している人たちにこれまでとは違う内容になったように思わせた。

祝詞を奏し終えると、中臣許米は恭しく神に祈りを捧げ拝礼した。そして、最前列に立つ大海人大王と讃良姫大后に対して、神へのそれと同じように恭しく拝礼した。あたかも、大王と大后が神であるかのような崇め方だった。神には、その年にとれた稲穂とそれを精米して炊き上げた飯とが捧げられた。

大嘗祭に招待されたのは、先の戦いに貢献した人たちに加え、主要な官人、それに播磨と丹波の国司と評督である。この地で収穫された米が大嘗祭用に献上され、供米や酒がつくられた。占いによってこの地が選ばれたのである。

儀式が終わってから、列席した人たちに小太刀と布などが下賜され、儀式のあとで盛大な饗宴が開かれた。わが国の最初の大嘗祭は、儀式としては比較的単純だったが、その後は次第に複雑になり神秘化されていく。

竜田神社と広瀬神社の創設

畿内にも大王家が主宰する儀式をおこなう神社があるべきという中臣氏からの提案が採用され、新しい神社がつくられた。風の神を祀る竜田神社と、大忌の神を祀る広瀬神社である。

大王が主催する神に祈願する儀式が、これらの神社で朝廷のまつりごととしておこなわれるようになる。伊勢にある神社とは別に天や地の神に祈願する儀式を王宮の近くで挙行する必要があり、それに相応しい神社を創設する提案は大王の意に適っていた。瑞穂《みずほ》の国と言われているわが国は、水田による米の収穫が経済を支えており、自然災害による不作があってはならない。

日照りになってから雨乞いの儀式を挙行するより、常日頃から災害にあわないよう祈願するほうが良い。竜田神社は大風や大水の被害を被らないよう神に祈りを捧げ、広瀬神社は田畑に恵みの水が潤うように祈りを捧げる神社である。山から原に続く土地に竜田神社が、そして、河原に広瀬神社が建てられた。どちらも神に祈りを捧げる神聖な場所である。

竜田神社の建設には、美濃王が長官として、佐伯広足《さえきのひろたり》が次官に任命され、広瀬神社は間人大蓋《はしひとのおおふた》が長官で曽祢韓犬《そねのからいぬ》が次官に任命され工事が開始された。

大嘗祭が行われた翌々年四月に二つの神社は完成した。これまでつくられた社《やしろ》とは異なり、本格的な神社の建物が出現した。伊勢の神社を小さくした趣で、畿内では初めてとなる立派な神社である。

常駐する神官や巫女たちの服装は、白布を基調にして赤布を合わせ、朝廷の宗教儀式の際の神官や巫女の衣装に準じながら神に仕えるに相応しい着衣が決められた。

その後、各地に神官が常駐する神社がつくられるようになっていくと儀式のあり方は新しい対応を迫られた。

神事の方法、祈願のあり方、そして神社に関する決まりごとの形式を示し体系化して中臣氏と忌部氏の一族の子弟に教え、それらを習得した人たちが神官となって神社を護っていく道筋がつけられた。寺院に僧侶がいるように、神社には神官と巫女を置くようになった。

当主の許米に相談しながら主導したのは息子の大嶋である。各地の神社には正月や各種の宗教儀式が営まれる際に、朝廷から幣帛《みてぐら》が配布された。貴重な白布や稲などである。幣帛は神に捧げる神聖な供物として尊ばれた。竜田神社と広瀬神社の祭礼、そして幣帛を各地の神社に分ち与えるのは朝廷の大切なまつりごとのひとつになった。

朝廷の主導で全国に神社がつくられ、幣帛《みてぐら》が定期的に配られることが、宗教的な地方支配を確実にしていくうえで役立った。

本来なら神に対する信仰は、庶民のあいだに自然に広がっていく信仰だが、わが国では、神への祈りのあり方も朝廷の主導でかたちづくられた。なお、中臣家の人たちがさまざまな提案をしたのは大王や讃良姫に対してであったから、実際に行動に移す際には大王からの詔《みことのり》や指示として出された。中臣氏は縁の下の力持ちの役割を果たし表立つことは少なかったのである。

大海人大王と讃良姫による寺院の造営と改修

自然神信仰とともに仏法に対する信仰は、朝廷にとって重要であり、大王も大后も大切にした。

神々を大切にするのと同じくらい仏法を大切にしたのは、大王にとっては母であり、大后にとっては祖母である宝姫の影響が大きかった。

即位して最初の仏法に関する行事は、十市姫と阿閉姫が伊勢神宮詣に出かけた二か月後におこなわれた。飛鳥寺に僧尼二千四百人を集めた大法会である。大海人大王は、飛鳥寺の僧侶たちに飛鳥を留守にした時期があることを詫び、仏法を大切にする考えに変わりないことを誓った。法会に間に合わせて全身に金箔を施した荘厳な仏像がつくられ、飛鳥寺の金堂に安置された。

朝廷の主宰する法会には、官位を持つ人たちすべてが参列するよう指示された。理由の如何を問わず欠席は許されなかった。これに欠席した当麻広麻呂《たぎまのひろまろ》と久努麻呂《くのまろ》は、朝廷への出仕を禁じられた。病気であっても無理して出席しなくてはならないと人々に思わせたのである。

金堂に入れなかった官位の低い人たちは金堂前の広場で肩を寄せ合いながら立っていた。法会の後には、招待したすべての人たちによる宴会がおこなわれた。酒と食事が供され、お祭り騒ぎのような大法会だった。

この後、大寺院の改修や造営が、朝廷の主導で相次いで計画され、飛鳥寺だけが飛び抜けた大寺院の時代は、急速に過去のものになっていく。朝廷の肝いりで改修や建立が進んだ寺院は、飛鳥寺を上まわる規模となった。

最初に実施されたのが川原寺の改修である。宝姫の王宮だったところに建てられた川原寺は、飛鳥川の西側に面しており、宝姫が筑紫で亡くなってから、その霊を弔うために葛城大王が建立した官寺である。仏像を安置する金堂は、板葺《いたぶ》きの掘立て柱の建物のままではよくないと、礎石を埋めて柱を建て、瓦葺きの屋根を持つ伽藍に建て替えられたのである。飛鳥寺に勝るとも劣らない寺院にする計画が進行した。多くの僧侶たちを擁して学問や修行の場として寺院の北側にコの字型をした三つの大きな僧坊の建築が進められた。

主導したのが、恵智刀自の従兄妹の道昭《どうしょう》法師である。自分が唐で修行した際の僧坊と同じような構造にした。僧侶たちが修行する場は土間のままの建物として、修行する僧侶たちは、今でいうベッドに寝て普段は机と椅子の暮らしをする。

川原寺の改修を機に、写経が大々的なイベントとして実施された。写経することは仏法の教えを知る機会となり修行にもなり、文字の知識を獲得する機会でもあった。なによりも仏に帰依するためだった。

ふだん写経するのは僧尼であるが、一般の人たちが参加する催しとして企画された。多くの人たちが写経するには、貴重な紙や硯や墨や筆をたくさん用意しなくてはならず、その準備も並大抵ではなかった。

道昭が唐から持ち帰った貴重な仏典が提供された。写経は、文字を正しくきれいに間違いなく書くのが条件である。それを実行することで一歩、仏に近づくことができる。仏法を広めるための写経が朝廷の主導で開催されるのは初めてである。仏を敬うために官人たちにとっても教養の大切さが認知される機会になった。

続いて大王の指令で大官大寺の造営が開始された。

宝姫が大后だった時代に、田村大王が発願して建てた百済大寺が火災で焼失してしまったので、新しく造営する計画が立てられたのである。造営するための司《つかさ》には美濃王が任じられ、次官には紀訶多麻呂《きのかたまろ》が指名された。

大官大寺は、飛鳥の地に建立するのは無理だが、その近くで広い敷地を確保できる場所として、東西に走る安倍山田道の北にある香具山の麓の近くが選ばれた。

川原寺も大官大寺も、長年にわたってわが国の仏教界の頂点に立つ飛鳥寺に劣らぬ威容の寺院になった。

「新しい大王は、やけに神社や寺院をつくるのに熱心ですね」と人々が囁き合った。朝廷のまつりごとは、外部からは伺い知れないが、神社や寺院の建立は、誰もが目にすることができる。完成すると大々的に宗教的行事が営まれるから、人々の関心を引いて噂の対象になったのである。

新羅との友好関係の樹立

大海人大王の時代になって外交方針も変わった。唐の圧力に屈して新羅に対して冷淡になっていた葛城大王の政策を改め、新羅との関係を重視する姿勢を示した。新羅支持を積極的に推進したのが栗隈王だった。

「唐の郭務悰が那の津で威嚇的な行動をとったのは、唐が、それだけ苦しい立場にあったからです。わが国が新羅側につくのを阻止しようとしたのです。わが国が新羅した態度を取っていれば良かったが、若い大友王子では、それができませんでした。唐を恐れすぎたのです」

那の津の長官として現地にいた栗隈王は、唐の圧力になすすべのない近江朝廷に苛立ちを募らせていた。

「新羅と誼みを通じることは、唐を敵にまわすことになるかも知れませんが、新羅が唐と戦う決意をしているのは、唐の属国になるのを認めたくないからです。大唐を向こうにまわして戦うのは並大抵ではないでしょうが、百済や高句麗の残党も新羅に協力しているようです。唐は、新羅を相手にするだけで手いっぱいで、わが国まで攻めてくる余裕などないと思います。ですから、わが国は新羅と友好関係を保つようにすべきです」

それでも、唐を敵にまわすのを不安視する主張が消えたわけではない。そんな人たちを栗隈王が説得した。

「唐は確かに広くて大きい国ですが、それゆえに周辺にある国との紛争が絶えません。いまは吐蕃の反乱があるので、新羅との戦いに及び腰にならざるを得ないようです。百済や高句麗を亡ぼした見返りに、これらの地域を支配したいと思っているから、いずれは新羅との戦いが起きるかもしれません。われわれは、唐の思惑に振りまわされないで、新羅との関係を良くして行くほうが良いでしょう。それを新羅に伝えれば、彼らも喜ぶでしょう。われは、那の津にいて、新羅からきた使節が、昔のように歓迎してくれないと嘆いている姿を何度も見ています。彼らは、わが国と仲良くしたいのですよ」

これは大海人大王の思惑とも一致していた。

大王が即位した四か月後の西暦六七三年六月、新羅は大王の即位を祝う使節と、前大王の弔喪の使節とを送ってきた。彼らは筑紫まで新羅の水軍に護られてきた。唐との関係で周辺海域の制海権を必ずしも新羅が確保していなかったから航海の安全に配慮しなくてはならなかったのだ。

護衛のために新羅の送使として来た貴干宝たちを筑紫で饗応して、その労をねぎらい贈りものをした。

彼らを先に帰国させたのは、使節の一行が帰国するときには、わが国が護衛のための船を出して送っていく約束をしたからだ。

大海人大王は、即位を祝う使節と、先の大王の弔喪にやって来た使節とを区別して対応した。弔喪に来た金薩儒たちは、近江にある先の大王の陵墓に行くことを許したが、飛鳥の王宮には招待しなかった。彼らは、那の津での饗応だけですまされた。

即位を祝す使節としてやって来た金承元と金祇山は、飛鳥の王宮での盛大な宴会に招かれた。かつて宝姫が海外からの使節を饗応したときに働いた人たちを集めて宴会を開き使節をもてなした。

「新しい大王が、わが国と誼みを大切にするつもりでおられることを知り、こんなうれしいことはありません。わが新羅は唐との苦しい戦いに備えており、一歩も引くつもりはありません。実は、新羅の大将軍であった金庾信将軍が亡くなりました。これに乗じて唐は、近隣の国から兵士を集めて、北の国境付近に近づいてきましたが、われらはその近くに兵力を集めて警戒しておりますので、容易に攻めて来られない状況になっております」

新羅の使節である金承元は、唐と新羅の最新状況について説明した。

「われらは新羅が唐に対抗して戦っていることに敬意を表しています。新羅とは、これからも親しくしていきたいと考えております」と大海人大王もリップサービスに勤めた。

「ありがたいことです。使節として来た甲斐がありました。わが王も喜ぶことでしょう。これからもよろしくお願いします」

　わが国の新しい政権が、新羅寄りであることが分かり、安心したのか、帰り際に新羅の使節は改めて新しい要請をした。

「ぜひとも新羅を支援してほしいのです。もっとも望ましいのは貴国の兵士を新羅に派遣していただくことですが、それがむずかしいのであれば、武器などの提供をお願いしたいのです。この次にわが国の使節がまいりましたときに、また相談させてください」

　使節を歓待してもてなすよりも、目に見えるかたちでの支援を新羅側は望んでいた。しかし、国内のさまざまな整備を実行しなくてはならないから、具体的に支援するのはむずかしいと多くの人たちが考えていた。新羅の要請に対し朝廷は承諾も否定もせずに曖昧なままにした。

　その後、「新羅への支援要請」に対して、どうするか話し合われたが、兵士を送るのはもちろん、武器などもとくに送らないことに意思統一された。兵士の派遣を考慮すべきであるという主張もあったが、それは少数意見として退けられた。

　少数意見を主張したのは、内乱のときに将軍として活躍した村国男依だった。男依が新羅への兵士派遣を進言したのは、実際に兵士たちに戦場を体験させれば、わが国の防衛に資するのではないかと考えたからだが、男依以外はそう考えてはいなかった。支援軍を海外に送ることに対する拒否反応は、依然として強かったのである。

　わが国の意志が新羅側に伝えられたのは、次の年に新羅の使節がやって来たときである。新羅側もそれを了承し、友好関係を持続していくことが確認された。

栗隈王、兵政長官になる

　即位して二年後の西暦六七五年三月、大海人大王は栗隈王、多品治、朴井雄君、村国男依、それに護衛の兵士たちとともに飛鳥から生駒山系の南端にある高安城《たかやす》に向かっていた。飛鳥京を護るためにつくられた山城である。

　春の暖かい日差しを受け、竜田道を通り、途中で馬を交代させなくても辿り着ける距離である。彼らが高安城に来たのは、改めて国防について話し合うためである。各地につくった山城の防御体制を点検し、必要に応じて対策していく。その手始めが高安城だった。

「お待ち申しておりました」と一行を迎えたのは大伴御行《おおとものみゆき》である。先に来て待っていたのだ。

　かつての左大臣・大伴長徳の長男である御行は、叔父の吹負とともに飛鳥での戦いに参加し、その後、朝廷で重んじられるようになった。先の内乱の際に、近江朝廷軍から高安城を奪った坂本財《さかもとのたから》が前年に亡くなっていた。生きていれば、財も一緒にいたのだろうが、その役目を御行が受け持つことになった。

一同は、城の内部だけでなく石垣や道路などを見てまわった。

「石垣の高さはこのままで良いでしょうが、敵が攻めて来たときに道路を封鎖するための仕掛けも考慮したほうがいいでしょう。そうすれば、城としての護りは充分と思われます」

「栗隈王も、そう思うか」と大海人大王は、御行の発言を受けて尋ねた。

「それで良いと思います。ですが、ここまで敵が攻めて来るときには、飛鳥の地も攻撃される可能性があるでしょうから、もっと多くの兵士が、この城を護るようにしたほうがいいのではないでしょうか」

栗隈王が言うと品治が発言した。

「となると、兵士たちのための館を新しくつくり、倉庫も増やさなくてはならなくなります。そのための手配をするのは大変ですね」

大王は、どうするつもりかというように、今度は栗隈王を見た。

「大変ですが、そうすべきでしょう。高安城だけに限らず、他の山城でも同じように多くの人たちが護りを固める手配をする必要があるでしょう。高安城や筑紫にある城を優先するにしても、全国規模で実行するとなると、多くの兵士たちを動員して働かせなくてはならないでしょうが、なるべく早く実行すべきでしょう」と栗隈王は、ためらうことなく言った。

「人数だけ駆り集めるのではなく、戦いのときに役に立つように指導すべきです。敵が来たら逃げ出すような兵士では役にたちませんから」と雄君が言った。

「そのためには、護りを固める兵士たちの長《おさ》となる人の選定が大切になる。動員した人たちを統率し、敵が攻めて来たら、きちんと対応できる指導者でなくては備えを固める意味がない」と大海人大王が、栗隈王の発言を受け、さらにひと息つくように考えてから言った。

「栗隈王よ。わが国の防衛についてはなんじに任せたい。そして、御行よ、なんじは栗隈王を助けて、ともに働いてほしい。ここにいる品治も雄君も協力してくれるであろう」とむずかしいことを頼み込むような言い方だった。

「分かりました。御意に添うように努力いたします」と栗隈王が頭を下げた。

「われも、大王の指示に従いまして懸命に励みます」と御行も慌てて頭を下げた。

　高安城から始まった国防対策は、多くの山城の再点検に広がった。主として大伴御行と村国男依が、各地に足を運んで見てまわった。基本的には高安城にならい、防御対策に必要な部分の工事をし、さらに城に常駐する兵士を増やす方向で進めた。

　指導的な役割を果たす兵士の確保とその配置が問題となる。そこで、中堅豪族のもとで兵士として訓練を受けた者たちを、指導的な役目を果たせるように教育する。次に地方から末端の兵士たちの動員が始まった。彼らは長期間にわたり故郷に家族を残して寂しい山城に籠らなくてはならなかった。

　飛鳥の王宮にまで敵が攻め込まないようにするために、難波の津から飛鳥の途中の峠道に関所を設けることも決められた。竜田道と穴虫峠の二か所である。普段は小さな館に常駐する数十人の兵士で関を固めるが、なにかあれば道路を封鎖し、兵士を素早く集結できる体制が構築された。

　正式に兵政官の長官に栗隈王、同じく次官に大伴御行《おおとものみゆき》が任命されたのは、翌年三月十四日である。のちに軍事部門は兵部省となり、長官は兵部卿と呼ばれる。

　同じ大伴氏のなかでも、内乱で中心的に活動した馬来田・吹負兄弟と、甥に当たる御行《みゆき》と安麻呂《やすまろ》の兄弟とのあいだには意見の違いがあった。どちらかといえば、世代の違いによる状況認識の違いであり、馬来田と吹負兄弟が豪族としての大伴氏の勢力挽回にこだわったのに対して、甥である御行と安麻呂の兄弟は、大王に忠誠を誓って個人の能力を発揮して仕えようとする姿勢だった。そのことが朝廷のまつりごとを動かしている舎人たちに受け入れられ、大伴一族のなかでは御行と安麻呂が重用された。

　栗隈王はこの年の十一月に、諸王や高い官位の人たちはそれぞれ自分のところで武器を用意して緊急のときに備えるようにせよという指示を出した。朝廷の中枢にいる人たちは、戦いに対する備えを怠ってはならず、朝廷を自分たちで護る意志を持つべきであるという考えを徹底させた。近江朝の大臣や大夫たちのふぬけ振りを知って以来、各自が国防意識を持つようにと戒めたのである。

　それでも、わが国には文官と武官とに分ける考えはない。従来どおり、将軍を任命するのは、軍事的な活動が必要になったときであり、非常時に備えて軍事部門のトップとして将軍という専門職をつくる発想を持っていなかった。兵政官という朝廷の組織がつくられても、長官の栗隈王が、戦いとなれば自ら将軍として軍隊を指揮して戦うという認識を持っていたわけではない。

戦いに明け暮れた朝鮮半島の国々と違い、わが国では、兵士の動員も、そのほかの労役のための動員と同じように考えられ、治安の維持を優先する傾向が強かった。激しい戦闘が起こることが少なく、専門の軍事組織をつくって備える必要性を感じていなかったからだ。

目に見える現実的な敵だけでなく、悪霊なども恐ろしい存在である。王宮を護衛する兵士たちは、以前と変わらずに神聖な王宮に悪さをする悪霊などを近づかせないようにする任務も大切であると考えていた。

王宮の新しい施設の造営現場

大海人大王の治世も丸二年を過ぎ、さまざまな施策が実行されて、朝廷の組織はまともに機能するようになった。その活動の先頭に立ったのが多品治《おおのほんじ》である。

品治は大蔵官の次官となっていた。長官は美濃王であるが、寺院の建設にも携わっていて大蔵官のほうは品治に任せていた。だからといって、品治を長官にしなかったのは、他の役所を取り仕切る人たちとの地位のバランスが考えられたからである。

仕事を分担してこなすようになってきたとはいえ、朝廷の組織は依然として未分化であり、部門ごとに仕事内容がきちんと決まっているわけではない。役職に関係なく優先順位がつけられ、大王からさまざまな指示が出された。品治も、大蔵部門だけでなく、幅広く目を光らせて大王の期待に応える必要があった。

内乱の前に美濃にいたときの品治は、大海人王子の財産を殖やすことに腐心していた。そのときに大海人王子の所有する土地の経営で発揮した経験をもとに、いまでは朝廷の財産を管理し、朝廷のさまざまな分野の事業に関わるようになっていた。

取り扱う仕事は美濃時代にくらべると規模や範囲が拡大した。それでも、品治は同じ手法で取り組んだ。ものの動きや量の違いに慣れればすむことだった。対人関係にしても、かつては各集落の長たちが相手だったが、いまでは各地の国司や評督などを含めて地位の高い人たちになった。それでも基本的な対応に違いはなかった。それで通用すると分かり、品治は自分の対応能力に自信を持つようになっていた。

毎月一日、新しい月が始まる日の早朝、王宮前の広場にすべての役人が参加する朝礼が「告朔《ついたちのもうし》」と呼ばれて定例化された。天候が悪化して中止される場合もあるが、大王が臨席し、王族や要職にある者が朝廷の活動について報告し、ときには新しい指示を出す。官位を持つ人たちは、病気以外に欠席は許されなかった。

春のある日、多品治は朝から半日かけて飛鳥の王宮のなかを見てまわった。次の「告朔」に備えて、進行している工事の経緯を確認し問題が生じていないか見まわることにしたのである。

王宮とその周辺では、さまざまな計画や施策に基づいて作業や工事が進められ、王宮の施設が新しくなろうとしており、人々の働き具合を点検するつもりだった。

彼が最初に訪れたのは、この一月に建てられたばかりの占星台である。正確な暦をつくるには天体の観測が欠かせない。百済や新羅から伝えられた天文観測の知識と観測のノウハウをもつ人たちが常駐する。

こうした任務をこなすには、天体の動きに興味をもち、緻密な観測ができ、きちんと記録する根気良さが求められる。勢い少数精鋭とならざるを得なかったが、途中で見込みがなくて辞めていく者がいて、適材適所といってもむずかしいことが分かった。見込みのある若者を育てる必要があり、品治が口を出すところではなかった。

占星台の長《おさ》である田中鹿麻呂《たなかのしかまろ》の「ようやくこの仕事に向いた若者があらわれてきた」という言葉で安心できた。鹿麻呂は、新羅に留学して天文学を学んでいた。獲得した知識を若者たちに伝え、それを受け継いでいくことが求められていた。星の観測は夜中の仕事であり、占星台は夜になっても篝火が焚かれ、交代で働く体制になっている。

ここには、飛鳥から近江に移された漏剋《ろうこく》(水時計)が、ふたたび据え付けられていた。漏剋の水の流れも四六時中監視していなくてはならない。

近江から持ち帰った漏剋の部品である水を貯める缶が破損し、新しくしたばかりだ。時を正確に計るためには、水を貯める缶を厳密に水平を保つ必要があり、そのために建物から缶の据え方まで細部にわたって寸分の狂いもないようにされている。

葛城大王が漏剋を設置した当初は、時刻を知らせる意味は、それほど大きくなかった。むしろ、時を刻む新しい仕掛けができて人々を驚かせたが、このころになると時間の正確さは、役人の勤務をきちんと管理するために欠かせないという認識が強まってきている。

品治は、新しくできた漏剋の部品である缶に問題がないことを確かめて、占星台を後にした。

次に品治が足を運んだのが小墾田にある倉庫である。ここは、安倍山田道よりも北にある地域なので、以前は、武器を納めていた倉庫が数棟あるだけだったが、いまでは食料を蓄える倉庫がいくつも新しくつくられ、人の往来も激しくなっていた。主として地方から労役のために派遣されてきた人たちの食料となる「養米《ようまい》」が納められている。

王宮のさまざまな施設を造営するために、各地方から多くの人たちが動員されてきている。警備や治安のための衛士も地方から集められている。

飛鳥に来た人たちの生活費用は、送り出した地方で負担するのは従来どおりだが、米を持参することにして、一日ひとり米二升（当時の一升は現在の四合）と決められた。一人の食べる量をその六割として、残りは生活費にあてる計算である。従来は、自分たちで勝手に食事をとる決まりだったが、いまでは持参した米を用いて役人の指示で世話や管理のための下働きの人たちを雇って食事をつくる体制になっている。副食もつくようになり食事内容は改善された。動員する人たちが増えていたから、養米を貯蔵する倉は足りなくなり、新しく建設が進められたのである。

作業に従事している人たちをまとめて世話するほうが効率が良く、かかる費用も節約できるから、計画的に管理し、円滑に運ぶように段取り良く準備されたのである。

以前は無視されていた労役に従事している人たちの不満にも聞く耳を持つように指導していた。不満が鬱積して逃亡する人たちが出るのを防ぐために、こうした体制にしたのも品治の知恵だった。

同じ地域から来た人たちが一緒に働き、ともに食事ができるようにして不満を解消することが作業能率の向上に結びついた。食事の量や内容もさることながら、働く人たちにとっては見知った人たちとともに働くほうが良かった。以前は、必要な人数を機械的に振り分けるだけだった。しかし不満がたまらないように配慮したからといって逃亡する人たちがなくなったわけではない。

「今のままでは、作業が遅れることになりそうです。もう少し多くの人たちを働かせるようにしないと、石垣の整備や土地の整備が遅れることになりそうです」

「何か問題がないか」と品治に問われた倉庫の管理や作業の分担、人員の割り振りを指揮する民官《かきのつかさ》に属する役人の長が応えた。

「これ以上、仕事を増やさないでください。いくら食料が運ばれてくるといっても、倉庫をつくる場所がなくなりそうで、さまざまな手配をするのも大変なのです」

気を使う雑事が多くて苦労しているのだろう。

「なんじの気持も分かるが、今少し頑張ってくれ。以前より問題が少なくなっているのは、なんじがよくやってくれているからだ。順調にいけば昇進するように配慮するから、計画どおりいくよう知恵を絞ってくれ」と品治は、励ますとも誉めるともつかない曖昧な言い方で応えた。

すぐに地方から動員を増やすのはむずかしいが、このまま良いわけではない。品治は、半年ほどたったら作業する人員を増やすと約束した。

王宮の敷地のなかにある果樹園や薬草園を広げる作業が進められていた。樹々や草をもっと植えるには土地を平らに耕し、周囲の垣もつくらなくてはならない。薬草に関しては亡命百済人たちが新しい知識をもたらし、飛鳥では新羅で学んだ人たちも加わり、新しい薬草の効能が知られるようになった。大王も大后も、健康について気にするようになっていたから、薬草園を広くして薬草の供給を増やす計画に力が入れられた。

飛鳥の工房の造営

品治は、飛鳥寺を通って王宮の東側にある、ふたつの山のように高い土地と浅い谷が連なっている場所にやって来た。ここに規模の大きな工房をつくる工事が進んでいた。

朝廷の直轄となる工房の建設は、近江朝時代に中臣鎌足が計画したが、実施に移す前に鎌足が亡くなり、大海人大王の時代になって改めて実行に移された。

かつて瓦を焼いた窯《かま》のある地域の南側の傾斜地では、金や銀、銅や鉄など各種金属の精錬および製品をつくる。装飾品として珍重されるガラスを製作する工房もつくられる。貴重な金属を使って威信財を朝廷内部で製作するのは大王の意志によるもので、大掛かりな工房が生まれようとしていた。

かつて白村江の戦いに敗れた後、豪族たちを朝廷に従わせるために「氏上を定める」儀式を挙行するに当たって、大量に下賜する太刀や小太刀の製作が間に合うか危ぶまれたことがあった。鎌足が差配して儀式までに間に合わせたものの、渡来系の集団に依頼したのであたふたしたのだ。そこで、下賜品は朝廷が主導して製造する体制にしたほうが良いと、飛鳥に工房をつくることにしたのである。

威信財として尊重される太刀は、金細工などの装飾がほどこされ、仏像の製作では金泊をほどこすなど、金はさまざまな使い道があった。大王の冠を飾るにも金が用いられ、衣服にも金のかざりや金糸が使われる。銀も同様に使われていた。

金属材料を使って加工する技術は、遣唐使とともに唐にわたった渡来系の人たちが、滞在中の半年あまりの期間に、現地の技術者について学んだ経験をもとに主導した。それぞれに受け継がれた技術を生かして特徴を出していた渡来系の人たちのなかから、その集団を離れて朝廷の管理下に入る者が出てきた。渡来系集団の指導者たちは、大事に育ててきた拠りどころとなる技術を朝廷に奪われるので抵抗した。しかし、大王の意志のもとに雄国と男依が強権を発動して抵抗を押さえ込んだ。

ゆるい谷になっている部分には銅・鉄などの窯や炉が設置される。精錬作業がおこなわれ、その南の奥まったところにはガラスや金銀の生産設備がつくられる。こうした設備には水の供給が欠かせない。重力を利用した流れをつくり、谷底のところには廃棄物を処理するための池が設けられている。

工房の北側は材料となる金属や木材・炭などの収納場所となり、この地域を管理する役人の館もつくられて、乱雑な雰囲気にならないように配慮された。

設備工事の進行の指揮をとっている役人の館に顔を見せた品治が尋ねた。

「工事は順調にいっているだろうな」

「いまのところ、とくに問題はありません。この谷の傾斜も窯や炉を設置するのに適しており、良い炉がつくられるはずです」

「それは良かった。ところで、金や銀の保存のために別の倉庫をつくることになっているが、その工事も進んでいるのか」

「はい。実際の工事は始まっておりませんが、金や銀のように貴重なものを収納するのは、他の建物よりも小さいものになりますが、とくに丁寧につくるように指示しております。柱も建物のわりに大きな木材にするつもりです」

多品治は、大きくうなずいた。

ここで働く人たちは、朝廷に仕える役人となって住まいも用意され、王宮の周辺は、これまで以上に多くの人たちが生活するようになった。

工房の工事現場から西南方向に王宮がある。

かつては大王が即位すると王宮も新しく建てられたが、いまは宝姫がつくった岡本宮が改修されて使用されている。官人も増え儀式も盛大になり、王宮の儀式を執りおこなう建物を新しく建立する必要に迫られた。のちに大極殿《だいごくでん》と呼ばれる、大王のまつりごとをおこなう新しい宮殿が、王宮から道路一本を隔てた王宮の南東部に独立した建物として造営されている。

この計画を最初に聞いたとき、品治は、大海人大王のわがままが過ぎるのではないかと思った。さまざまな事業計画が立てられ、役人たちを増やす必要があり、倉庫や館の建設に多くの人たちを動員しなくてはならないのに、新しい宮殿をつくるために別に動員するのは、とても大変だと思えたからである。しかし、それは自分の考えが小さいからであると気づかされた。

内裏とは別に朝廷の儀式をおこなう宮殿は、大王の権威を示す大きな建物になる。支柱には特別に太くてまっすぐな木材が選ばれた。掘立て柱式としては最大規模の建物である。長方形の建物で四方に庇を持ち、高床式の床はかなり高く、東西南北の入口付近には階段が設置され、周囲には敷石をめぐらせる。

即位してからの大王は、朝廷の権威を高めるために意を注いだ。歴代の大王もそうした意図を持っていたが、大海人大王は内乱に勝利し、抵抗があっても押さえ込めるだけの権力を手にしていたのである。

新しい政策の実施

大王は独裁的なところがあるにしても、側近たちの提案や意見を聞く姿勢を見せた。そのために側近たちを中心とする会議をよく開いた。その会議は、かつての群臣会議を思わせる朝廷の意志決定機関であった。

その席には、いつものように栗隈王や高市王子や美濃王、それに多品治、朴井雄君、村国男依などが姿を見せた。品治が王宮周辺の工事の進捗状況に関して報告した。それに対して、とくに口を挟む者もおらず、また疑問の声も上がらなかった。主要な工事は順調に行っていると見なされた。

議題は、次の「告朔《ついたちのもうし》」のときに官人たちに通達する内容についての確認と意見交換である。

前から議論されていた禁酒と肉食を禁止する詔《みことのり》として打ち出すことになった。この国に住む人たちに護るべき生活の規範を示し、それを護らない場合は罰則を課す内容である。

この主張を強く打ち出したのが男依だった。大王に信頼されているせいで、次第に権威主義的な主張が強くなってきており、朝廷を敬い国がひとつにまとまるために、すべての人たちが護るべき規範にするつもりだった。大王も同じような考えを持っていたので、この日の議題として審議された。

「大王が率先して神々に祈願して、毎年の収穫がきちんと確保できるように努力なさっておられるのですから、実際に農作業をする人たちも同様に、豊かな収穫が得られるように努力しなくてはなりません。神々に祈るのはもちろんのこと、稲作に従事する際には穢《けが》れを持ち込まないように、肉食を禁止すべきであると考えております。解体などで血が流され内臓を取り出せば身体が汚されます。そのまま稲作をしたのでは、せっかくの神への祈願が無駄になってしまいます。それに、たらふく肉を食せば身体は清浄さを失ってしまいます。穀物や野菜、それに魚など食べものはほかにもあるのですから、この際、肉食を禁止する通達を全国に出すべきと考えております」

確かに穢れを避けたほうがいいだろう。だからといって人々の生活習慣まで縛って罰則を課すという「決まり」をつくる必要があるのか、品治は少し疑問だった。だが、穢れを避けるのは悪いことではないから、明からさまに反対と主張するのもためらわれた。

「鹿や猪などまで食べてはいけないことにするのですか」と口を挟んだのは栗隈王である。

「いや、農耕に使用する馬や牛まで食べるのを禁止したいのです」と男依が応えた。さまざまな習慣を持って渡来した人たちのうち、牛や馬を神に捧げるために殺し、その後で食べる人たちがいたので、前から問題になっていたのだ。従来より増えてきているとはいえ、馬や牛は貴重な家畜であるから、これらを食す習慣はなくしたほうが良い。それには誰も反対しなかった。

議論の末、猪や鹿は外され、食するのを禁止するのは、馬、牛、犬、鶏、猿と決められた。犬と鶏は家畜として人間と接触する機会の多い動物であり、猿は人間に近い形状の動物で、前から食すのは好ましくないと考えられていたから、馬と牛とともについでに指定して禁止することにしたのである。品治は、あまり発言しなかったが、人によって考え方や意見の違いがあるので結論を出すむずかしさを終始感じていた。

禁酒に関しては、もっと実際的な狙いがあった。

国を豊かにするためには百姓たちが勤勉に働くよう求め、農繁期のあいだは酒を飲むのを慎むよう指示しようという提案である。穀物から自家製の酒をつくり、庶民が飲むようになって、酔っ払って刀傷沙汰を起こすという報告が相次いでいる。習慣的に酒を飲むのは好ましくない。少なくとも苗を植える春から秋の収穫祭までのあいだは禁酒するという意見だった。

庶民だけ禁止するのではなく、われわれも慎もうと主張したのは美濃王だった。朝廷の酒宴も、表向きには四月から九月までは開催しないと決められた。四月には広瀬神社と竜田神社の収穫が豊かになるよう祈る儀式があり、それが禁酒の始まりとなった。

一般の人々の生活のなかで食に関する禁止事項が朝廷から出されたことはそれまでなかった。雄君や男依など舎人が政策に関与するようになってから、強権的な要素が入り込むようになった。それまで支配者として振る舞う経験がなかったせいもあり、権力を手にした自覚が旺盛になり、権力の行使に熱心になる傾向が見られた。

この日に審議された麻続王《おみのおおきみ》に対する断罪に関しても、以前なら注意や謹慎で済んだかも知れないが、最初から重大な問題として議論された。

先の葛城大王の時代から、王族たちはまつりごとに参画するようになり、それが引き継がれていたが、重用され方に変化が生じてきた。朝廷への貢献度が勘案されるようになってから、大王の側近たちが王族を恣意的に扱うようになったという不満の声があがっていたのだ。

そうした不満をあからさまに口にしたのが麻続王である。麻続王自身が軽んじられたわけではなかったが、王族たちを分断するようなやり方は受け入れられないと主張した。根底には大王の権力を笠に着て、王族たちを臣下のように扱っている舎人に対する批判の声だった。

麻続王に自重を求めたのだが、反省する態度ではないため問題にされたのである。大王の意向により、麻続王は印旛に流罪と決まった。その息子たちも同様に畿内から追放されることになった。

王族の処罰を決めるときは、大海人大王の表情も厳しいものになった。


この後に雄国から新しい提案があった。

「王宮を別の土地に新しくつくり直したいと考えております。飛鳥にさまざまな施設をつくっているときだから驚くでしょうが、このままではいかにも狭すぎます。それに朝廷の権威をさらに高めるためにも、これまでとは違う規模の大きい王宮を計画するつもりです」

品治には寝耳に水だった。宝姫が飛鳥につくった京《みやこ》は、そのかたちが変えられている。そのために、自分を含めて多くの人たちが懸命に働き、新しい宮殿の建設も進んでいるのに、別の土地に新しい王宮をつくるというのは品治の理解を超えていた。

「確かに王宮で働く人たちが増えていますから、手狭になっておりますが、王宮はもとから飛鳥の地にあり、朝廷の中心となるものです。ほかの土地に移すというのは軽々に決めるべきではないと思いますが」

品治が自分の意見を言ったのは、ここにいる人たちも自分と同じように考えているに違いないと思ったからだ。雄国の発言は、大王の意向に添っているから、異議をとなえるのは大王の意向を批判しているように受け取られる。品治にしては珍しい発言だった。

「そうではないのですよ、品治どの」と雄君が嗜《たしな》めるような口調で言った。

「朝廷の仕事をうまくこなすことも重要ですが、この国の朝廷がどうあるべきなのか、そしてこの国がどうなって行くのかを大王はお考えになっておられるのです。国の中心である王宮の周囲に、すべての官人が集まって住み、文字どおりわが国の中心になる京《みやこ》にするのです」

雄君の発言は、このことについて大王と話し合っているからであろうと思われた。大王は黙って聞きながら、わずかにうなずく仕草を見せた。

「多くの人々を動員してさまざまな施設をつくっていますから、新しく広大な土地を開発して王宮をつくるのは大変な作業になるでしょうが、いまから準備しておくほうが良いと考えていますが、いかがでしょうか」

雄君は、大王の考えを代弁するように言った。

「新しい王宮となるところは、すでに決められているのですか」と美濃王が尋ねた。雄君は、大王の顔を見た。どう応えたら良いか目で大王に問いかけているようだった。

「飛鳥の北側の土地を候補と決めておる。飛鳥にある施設は、これまで通り使用していくつもりであり、飛鳥の地を離れるというのではない」と大王が発言した。

雄君と男依を除いた人たちが「ほう」という顔をした。大王の頭のなかには、具体的な計画があるように思えた。

「すぐに工事を始めるというわけではない。しかし、新しい王宮をつくるのに迷いはない。その覚悟をしておいてもらいたい。王宮をつくり替える理由は、この国のあり方を大きく変えるつもりがあるからだ。それを皆に分かってもらいたいのだ」と威厳を示しながら大王が話した。

「いつ頃から、この計画を実行に移すことになるのでしょうか」

品治は、それはそれとして理解できたものの、さらなる労役のための動員や工事のための手配が従来からある仕事に加えて増えることを心配して尋ねた。

「いつから始めるかはまだ決まってはいないのです」と大王に代わって雄君が言った。とりあえずは、計画している土地を確保して、そこにある水田の耕作などをしないように指示したいということだった。どのくらいの広さにして、どのような王宮にするかは、これから検討していくことになる。

「二、三年は計画づくりに費やすことになるでしょう」と雄君は、大王の顔色を伺うようにしながら付け加えた。

「今は、そうした計画があることを知ってくれれば、それで良いのだ」と大王が議論を締めくくるように言った。

飛鳥の地に造営が進んでいた工房が完成したのは、この一年ほどのちである。

工房の設営の準備作業をしてきた人たちの多くは、生産が開始されてからも朝廷に仕える官人となり、引き続き働いた。それぞれの部門で専門の技術を持ち、有力な豪族たちのもとで働いてきた渡来系の人たちが指導に当たる体制になった。

全体を統轄する上級役人のもとに、生産現場の指揮をとる工人たち、そしてその指示に従って働く作業員という序列がつくられた。工人たちも、世代交代が進むにつれて、個人の能力が重視され、渡来人であることを意識する機会も少なくなっていく。朝廷の工房で働くようになって、彼らの身分も環境も大きく変わったのである。

大王や大后が工房に期待したのは、各種の下賜品の生産である。日常的に使用する産品も大切だが、さまざまな儀式や節会などで、諸王や役人たちに下賜品が与えられる。もっとも価値があるとされたのは装飾された太刀であり、そのほかにも杖や机やさまざまな備品、さらには衣服や装飾品が与えられた。大王からの下賜品には、大王の霊力がこもっていると受け取られ、大王の権威の源泉ともなり、支配を万全にする役目を果たすものでもあった。

新羅をはじめ耽羅《たんら》や多禰嶋《たねがしま》などからの使節に対する贈りものも、ここでつくられた貴重な品々である。

王宮や飛鳥寺だけが目立つ存在だった時代とは違って、飛鳥の地は王宮を中心とした都市空間に変貌していた。

第二十章　『大王は神にしませば』

大海人大王が即位してから三年目となる西暦六七六年六月に、大海人王子を助けてきた栗隈王《くりくま》が亡くなった。夏風邪をひいて臥せっていたが、不帰の客となった。六十歳になろうとしていたからやむを得ないと受け取られた。

ところが、それだけでは終わらなかった。栗隈王の葬儀も終わろうとしているときに、舎人のなかでもっとも大王に近い存在だった朴井雄君《えのいのおきみ》が急病にかかり、突然亡くなってしまった。まだ四十歳になったばかりである。数日前までは元気に活動していたから誰もが耳を疑った。使節として新羅へ行く準備をしているときだった。

さらに、信じられないことに、それから一か月もしないうちに、やはり大王の側近の村国男依《むらくにのおより》も突然死亡した。男依も四十歳を過ぎたばかりである。新しい京の造営計画が進行しており、男依はその中心にいた。三年や四年程度で完成できるものではないから、十年先まで見据えた計画で、その先頭に立っていたが、男依の死で計画は頓挫しかねなくなった。

大海人大王のまつりごとの中枢にいる四人のうち、三人が相次いで他界するという信じられない事態となったのである。

それまでも坂本財《さかもとのたから》、紀阿閉麻呂《きのあへまろ》、大分恵尺《おおきだのえさか》など内乱で功績のあった人たちが亡くなっていたが、側近の相次ぐ死は大王にとって手足をもぎ取られる感じだった。

「雄国も男依も、われより若いというのに、どうしてこのようなことが起こるのか。品治《ほんじ》よ、われはどうしたら良いのか」と大王は相次ぐ側近の死を嘆き悲しんだ。しかし、残された者たちで何とかやっていかなくてはならなかった。

ようやく朝廷の基礎的な組織が固まりつつあるところだったが、これまでの体制でまつりごとを運営していくことが困難になったのである。

しかも、大海人大王が即位してからは内政重視でいられたが、燻《くすぶ》り続けていた新羅と唐の対立が表面化して、戦いは予断を許しそうにない雲行きで、海外の国との関係に無関心ではいられない状況になっていた。

大海人大王が即位してから唐が使節を送って来なかったので、唐が攻撃してくるという恐怖は薄れていたものの、唐と新羅の戦いの結果によっては、どうなるか分からなかったのである。

栗隈王と品治との対話

即位した大王を支えてきた四人のうち、ただ一人残されたのは多品治《おおのほんじ》である。しかも、側近のなかでは大王との距離がもっとも近くなかった人物である。

栗隈王《くりくま》とはまつりごとに関して話し合うようになり、頼りになる人物として手を携えていこうと誓い合ったばかりだったから、栗隈王の死は残念でならなかった。

品治は、病気になる直前に栗隈王と交わした会話が忘れられなかった。国のこと、朝廷のことなど、普段はあまり口にしない内容の話で、栗隈王の考えを聞くことができて貴重な体験となった。

かつて栗隈王が筑紫の長官をしているときの話をしてくれた。海外からの使節が来る那の津に滞在していた栗隈王は、彼らと接する機会が多かった。唐がわが国に圧力をかけてきたときに近江朝は弱腰な態度に終始した。それに苛立ち、大海人王子を支援するようになったのだ。

「那の津にやって来た唐や新羅の人たちは、やはりわが国の人たちと何か感じが違っていました。立ち居振る舞いだけでなく表情も違うのです。指導者たちの目が鋭く何ごとにも真剣に向かい合う感じでした。常に何か予期しないことが起きるかもしれないという警戒心を持っているからでしょう。わが国の人たちは、そんなことなど起きるはずがないと思っているようで、のんびりと構えている感じがします」と栗隈王は、遠くを見るような目つきをしながら言った。

「やはり戦いの仕方が、わが国とは違うからでしょうか」と品治は、先の内乱を思い出して言った。

「わが国と違って唐では、敵を容赦なく殺し、一族や親しくしていた人たちまで皆殺しにすることさえあるようです。そうしないと自分が同じような目に遭いかねないからでしょう」

「確かにわが国では、たまたま敵と味方に分かれただけで、相手をずっと敵視することはないですね」と品治も同調するように言った。

「新羅にしても、高句麗や百済との戦いがずっと続いていましたから、それが表情や態度に表れるのでしょう。わが国が、飛鳥の王宮のある地域に城壁を築いていないことに、新羅の使節は驚いていました。新羅では、いつ敵が侵入してくるか分からないからと警戒をおこたることがない。ところが、わが国は戦いが少なく、敵の攻撃を恐れる必要がなかったからでしょう」

「言われてみれば、そのとおりですね」

「だから、雄君どのが新羅に行って、そうしたわが国と違うところを見てきてほしいと思っているのです。新羅の文武王はみごとに新羅を統率して唐と戦おうとしているようですが、わが国の大王とどこがどのように違うのか実際にお会いして話をすれば分かるでしょうから、肌で感じて来てほしいのです。そうすれば、人間としても、ひとまわり大きくなってくれるでしょう」

「われも近江朝の兵士たちと戦いましたが、戦いが始まる前に大海人大王の舎人の方々とさまざまな作戦会議を開いて、どうしたら味方を増やすことができるか、誰を説得したら効果的かと考えて行動しているときのほうが、はるかに緊張して不安も大きかったですね」と品治は、内乱の前の緊張状態のなかにいたことを思い出して言った。「実際に戦いが始まってからのほうが、あっという間に終わったと感じがしました。戦いは自分が思っていたよりも恐ろしい経験ではなかったようです」

　うなずきながら栗隈王が言った。

「大海人大王にしても、吉野宮にいたときや、吉野宮を脱出して美濃に到るまでのほうがはるかに緊張したでしょう。忠誠を誓う人たちに囲まれていたにしても、自分の力だけではどうすることもできない状況におかれていましたから」

「しかし、われが大海人大王にお会いしたときには、そんな不安や恐怖など、まるで抱いていないように見えました。むしろ、われわれが感じている不安を払いのけるような笑顔と、ゆったりとした態度に見えました。何と強いお方だろうと思ったものです。このお方のためなら命を投げ出しても悔いることはないと思ったのを今でも良く覚えていますよ」と品治は言った。

「そのように育てられてきているのです。大王の血を引く王子として、子供のころから周囲が気を使い教育されます。われのような何代も前の大王の子孫であっても「王」を名乗っているので周囲は特別な目で見ます。筑紫にいたときも、われは特別な存在と見られていました。次の大王になる可能性のある王子でも、不安や恐怖は、普通の人たちと同じように感じるでしょうが、それを表に出さないようにして神仏に祈願したのです。勝てるという自信が本当にあったわけでなくとも、この戦いは神が自分たちに味方していると皆に思ってもらいたかったのです」

「確かに即位なされてから大王も大后も、以前よりも熱心に神に祈るようになっておられますね」

「大王になると、それまでとは違う意識になられるのでしょう。神や仏を味方にしなくては、この国をうまく治めて行くことができないと強く考えておられるようです」

「ですが、神や仏の加護があっても、戦いとなれば兵力の強いほうが勝つのではないですか。勝利するように祈るのも大切ですが、それだけで済むとは思いませんが」

品治は、大王が国の護りを優先する施策をとると思っていた。ある程度は手を打っているというものの、国防に関しては後まわしにしているように思えた。

「そこが、むずかしいところなのです。急いでやらなくてはならないことは何なのか、にわかに決められませんから、じっくりと構えてやると遠まわりに見えるかも知れません。無理をしないで実行できるようになるまで待ったほうがいい場合もありますよ。唐と新羅の関係がどうなるのか、新羅が滅びることはないと思いますが、唐がこれらの地を支配するようになれば、わが国の防衛体制も見直さなくてはなりません。あるいは新羅が唐を打ち破れば唐を恐れる必要はなくなります。そうした見極めをしてからでも良いのかもしれません」

「なるほど、おっしゃるとおりですね」と言った品治は、先をきちんと見通している栗隈王の発言に目を開かれる感じがした。そして、さらに朝廷とこの国の将来についても栗隈王は触れたのである。

「今すぐに手を付けられないでしょうが、わが国も律令制度を取り入れていかなくてはならないでしょう。そうしなくては、真の意味で強い国になりませんから」と品治の顔をまっすぐに見て言った。

「律令制度は、どのようなものなのですか」と品治が尋ねたのは、言葉として聞いていたものの、実際のところは良く分かっていなかったからだ。

ちょっと考えるような顔をしたのち栗隈王は話し始めた。

「守るべき決まりをきちんとつくって、それに基づいて国を運営していくのです。誰がどのような任務につくか、どのように国を護るのかなど細部にわたって決まりをつくり組織的に活動していくことです。いまは何か問題が起きてから対応するだけで、そのときどきで対応の仕方が違っています。これでは、いざとなった場合に国として力を存分に発揮することができません。それに、あらかじめ決まりがあれば、多くの人たちが共通の認識を持つことができます。それによって秩序が保たれます。唐では、そうした法が整備されていますが、新羅も律令制度を取り入れて国の体制を整備していこうとしています」

「では、わが国でも早くそうした法律をつくれば良いのではないでしょうか」と品治が口をはさんだ。

「そう簡単ではありません。国のすみずみまで支配を行き届かせなくてはできないのです。朝廷の仕事や役割を分野ごとに分けてどのような組織にするか、朝廷の地方統治はどうあるべきかを決めて実行していくのですから朝廷が強い権限を持って、どのような国にしていくのかを根本から見直すことになるのです」

品治は、国を統治することが、いかに奥深く大変であるのか思い至るような気がして驚いていると、栗隈王はさらに続けた。

「大陸では昔からいくつもの国ができて、律令がつくられてきた歴史があります。唐以前の国でつくられたものをもとに、唐になってからも新しい律令ができています。そうした律令についてはわが国にも伝えられています。それを参考にして、わが国の実情にあった律令をつくるようにしていくのです。律令は、かつて難波の津に京《みやこ》があったときに、国博士となっておられた高向玄理どのと旻法師がわが国にも導入しようとされましたが、豪族たちの抵抗が強くて、とても実現できる状況ではありませんでした。それを引き継いで中臣鎌足さまが中心になって近江朝でも話し合われたのですが、百済への支援や、唐が攻めてくるかも知れないので手をつけるわけにはいかなくなりました。律令制度の導入は朝廷が取り組まなくてはならない大問題なのですよ。それをあなたには知っておいてもらいたいのです。簡単にできることではありませんが、いつかはやらなくてはならないのです」

そういった栗隈王は、ため息をつくように大きく息を吐き出した。このことについてもっと詳しく話を聞いておくべきだったと品治は強く思ったが、後の祭りだった。

側近たちの相次ぐ死による変化

舎人《とねり》による側近政治は、雄君と男依の死によって終わった。彼らに代わる人物は見当たらなかった。

財政を担当する大蔵、大王の生活全般を担当する部門、治安や刑事事件を担当する法官、まつりごとの事務や通達を担当する部門、朝廷の人事や王子・王族との関係を担当する部門など、それぞれの役割が明確になりつつある時期だった。

各組織の長となっているのは王族たちだが、組織をリードできる能力を持つ王族は限られていた。美濃王、伊勢王、竹田王などが重要な部門に配置され、そうでない部門では組織をリードできない王族が長官となっていたが、その下の指導者に優秀な人物を配して実質的に取り仕切られていた。

この年は旱魃《かんばつ》に見舞われ、飢える人たちがたくさん出た。それまでは天候に恵まれて収穫は順調だっただけに不作になると、大王の統治がかげった印象を与え、統治の基盤を脅かす恐れがある。

不作が決定的となった八月に不吉な事態が続かないようにと「大祓《おおはらい》」が挙行された。神の怒りを鎮めるようにして、朝廷に対する批判的な声をかわす意図があった。罪や穢れを落とす祓いは必要に応じて実施される儀式であり、讃良《さらら》姫の提案を大王が即座に採用して準備が始まった。

「国司は馬一匹、布一常、評督は太刀一口、鹿革一張り、矢一具、鍬や鎌、稲一束など、また官位のある人たちは、それぞれ家ごとに麻一条を出すように」という勅がくだされた。神に捧げる供物であるが、国を挙げての祓いであることを周知するために広く全国に通達し実行された。

折よく建築を進めていた新しい宮殿が完成した。宝姫の時代からある王宮の南東側に建つ、それまでよりも大規模な建物で、大王や大后が朝廷の儀式を盛大に挙行するための宮殿である。東西に百メートル近く、南北は五五メートルほどの長方形の掘立て柱方式の巨大な建物である。

完成した新しい宮殿に、大王と大后が王族たちとともに姿を現し、官人たちの祝賀を受けた。朝廷の権威を高める役目を果たした。

罪に服している人たちは恩赦が実施され、罪一等が減じられた。さらに、親王や王女たちのほか、官位の高い役人たちや女官たちに特別に食封を与えた。

大祓は、これを契機に毎年おこなわれる行事になった。

朝廷のまつりごとを円滑にするためには、栗隈王、雄君、男依の穴を埋めなくてはならず、安倍氏や紀氏、巨勢氏、中臣氏などから能力のある人たちが登用された。側近のなかで大王との距離が少し遠かった品治も、今までは大王と接触するには雄国や男依を通さなくてはならなかったが、直接、大王に相談できるようになり風通しが良くなった。

先の戦いで貢献した人たちがまつりごとで重要な地位を占める時代から、畿内の有力豪族の子弟が活躍するという変化が訪れた。だからといって能力主義的な傾向が弱められることはなく、同じような身分であれば能力を持った人が抜擢される人事が続いた。

優秀な役人は依然として不足していた。朝廷の機能の充実を図るために人材が必要であり、どのように集めるかは朝廷にとって重要な課題だった。

全国から役人を集めるために詔が出された。

役人になるのは畿内の豪族や官位のある人たちの子弟に限られていたが、畿外にあっても「臣《おみ》」や「連《むらじ》」を名乗る一族、およびかつての国造《くにのみやつこ》の子弟も採用される資格を持つと改められた。さらに、こうした資格を満たしていなくとも、能力が優れていれば採用の対象にした。縁故による採用から脱し、門戸が広げられた。

「役人たちの能力をきちんと評価して、優秀なものは昇進させるようにせよ」という勅が出されたのはこの三年後である。

新羅への使節となった物部麻呂

大王の側近、朴井雄君《えのいのおきみ》の同族である物部麻呂《もののべのまろ》がチャンスを得たのは、雄君の死によってだった。雄君の推薦により新羅への使節の副使になった麻呂は、雄君の死によって正史に昇格して活躍の場が与えられたのである。

新羅は、わが国に定期的に使節を送ってきており、この年の四月、栗隈王や雄君などが元気であったときに、新羅の使節が、唐との本格的な戦いが始まろうとしていることを告げた。

かつて新羅に亡ぼされた百済や高句麗に属していた人たちも、唐に支配されたくないから、新羅に対する恨みを棚上げして、朝鮮半島の国の独立を護ろうと、まとまりを見せた。武烈王（金春秋）の後を継いだ文武王が統率力を発揮し、断固として唐と戦う姿勢を鮮明にしていた。

前年（六七五年）にわが国から派遣された大伴国麻呂《おおとものくにまろ》は、新羅から帰国して「新しい新羅王は素晴らしい方です。この王をいただいている新羅なら、唐との戦いに勝つのは間違いないでしょう」と報告していた。

新羅と唐との関係の緊迫に無関心でいるわけにはいかなかった。わが国にどのような影響をもたらすのか。内政重視の政策を続けていけるのか。新羅の使節が言うように、唐を打ち破れるか。

新羅使節の情報だけに頼るのではなく、客観的な情報を収集する必要があった。正確な情報を獲得するために、新羅に使節を派遣しようと、栗隈王が推薦して朴井雄君を正使に決めた。頼りにする側近が数か月以上も不在になるから大王はためらいをみせたが、雄君のためにも良い体験になるという栗隈王の意見で大王も認めたのである。

準備を始めたところでの雄君の突然の死だった。大王にとっては、新羅への使節派遣どころではないという心境だった。しかし、美濃王や多品治の進言で時期的に遅れたが、使節は派遣されることになり、副使の麻呂が正使に抜擢された。

そもそも麻呂が副使になったのも、野心家である麻呂と同じ物部一族である雄君が、能力があるのに近江朝についたために大海人大王の朝廷で厚遇されていない麻呂の地位を引き上げようとしたからだ。雄君は「物部朴井《もののべえのい》」といって他の物部氏と区別するために「朴井」という名が追加されていたが、物部氏の凋落後は物部をはずして「朴井」と名乗っていた。

雄君は、大海人大王の側近として頭角を現わしてから物部一族の人たちが登用される道筋をつけようと配慮したのである。

大王に仕える軍事集団の物部氏は武門とはいえ、かつては祀りに欠かせない太刀など武器をつくり保管するのも任務だった。河内にある石上《いそのかみ》神社には物部氏の武器庫として祭祀に使用する戦いのシンボルである刀剣など珍宝が所蔵されていた。

物部氏の伝統を大切にしたい雄君は、本来の姿である武門で仕える物部一族として、武器が奉納されている石上神社を朝廷の武器庫として見直すよう提案した。それに応えて朝廷は忍壁王子を派遣して装飾を凝らした刀剣を点検し、その価値を報告させたのである。

大王から功績のあった臣下に下賜される太刀は古くから尊重されてきた。精魂込めてつくられた過去の太刀が奉納されている石上神社が見直され、物部一族の復権を図る機会となった。

乱の後で大友王子の首を斬り大海人王子軍の将軍に届けたことで知られる物部麻呂は、その後は刑官として刑事事件を担当する役人として活躍していた。雄君は、武術や戦略に優れた麻呂を新羅にともなうことで、新羅の戦い方を自分一人が見るより確かな情報を獲得できると期待した。

雄君の死によって正史となった麻呂は、官位が上がって大乙《だいおつ》上の位になった。貴族に列するほどではなかったものの、任務を全うして帰国すれば、さらなる出世の道が開かれる可能性があった。副使には新たに山背百足《やましろのももたり》が任命された。

つくづく人間の運命は分からないものだと、四十歳になった麻呂は思った。順調な出世を遂げて、大王の側近として朝廷の中枢にいた雄君の前途は洋々としているように見えた。大王の信頼も厚く、知恵者であったから、生きていれば朝廷の中枢にいて新しい施策を次々に打ち出しただろう。それが、自分のために道を開けてくれたのである。この機会に朝廷の期待に応える働きをして信頼を勝ちとろうと意欲に燃えた。

兵政官を取り仕切っている大伴御行から、新羅と唐の戦いについてしっかりとした情報を持って帰るように強く言われた。唐が、新羅との戦いに勝利しようとして大軍を送ってきているという情報が入っていたのだ。御行は栗隈王を失ってから兵政官の実質的なトップとなっていた。

新羅が唐に勝利する

物部麻呂一行が新羅へ出発したのはこの年の十月十日だった。十一月には新羅軍と唐軍との最終段階の戦いがくり広げられ、この派遣は結果的に絶妙なタイミングになった。

前年の二月から唐軍が新羅への攻撃を強めていた。唐軍の指揮をとるのが薛仁貴将軍である。

新羅の文武王は、唐の恫喝《どうかつ》に一歩も引かなかった。ともすれば弱気になりがちな支配層の人たちを叱咤激励し、軍事組織も新しく編成し直して唐の攻撃に対抗した。

薛仁貴将軍率いる唐水軍と文訓将軍率いる新羅の水軍が錦江の河口近くで激突した。唐の軍船がどのようになっているか、また戦い方をよく知っている新羅軍は、地の利を生かし積極的に戦いを仕掛けて主導権をとった。二十回を超える戦いで、新羅軍は唐軍を圧倒したのである。

麻呂を正使とするわが国の使節一行が、新羅の都である慶州に着いたときには、新羅王も戦いに出向いていて留守だった。麻呂は王宮に留まって、唐軍との戦いの経過を見守った。

新羅が勝利したという報告が相次いだ。ときには本当に勝ち戦《いくさ》が続いているのか疑問に思えたが、新羅軍が優勢であるのは確かなようだった。唐軍は、周辺各地の反乱などにも備える必要があるから、新羅との戦いで兵士や軍船を失うことを恐れて、激戦になるのを避ける傾向があったようだ。

唐軍が戦いに敗れて撤退したという報告がなされた。新羅の国内は戦勝に湧いた。宮殿に文武王が凱旋し祝宴が開かれた。この祝賀の宴に招かれた物部麻呂は、その席で文武王にお目見えする機会が訪れた。

文武王は上機嫌で麻呂と話をした。勝利して多少は気が緩んでいるはずなのに、戦いの現場から駆けつけたように高揚し、鋭い目つきをして、ときには相手を睨みつけるように見据えた。新羅を背負って唐という大国を相手に戦うことが、どれほど大変なのか、文武王の表情を見ただけで分かる気がした。

戦死した人たちの数も多く、死体がそのまま放置されて腐っていく様子や、捕虜にした敵の兵士の処刑や切った首をたくさん並べてさらした話など、戦いの凄惨さが話題になっていた。少し前のわが国での内乱における戦いとは比較にならない激しさと犠牲の大きさだった。

大友王子の首を持って大海人王子軍の本陣に赴いたときのことを麻呂は思い出した。大海人王子軍とは敵対する立場にいた麻呂は、敵の本陣に行くといっても戦いの決着をつける儀式に参加している意識があり、捕らえられて処罰されるという恐れや不安は持っていなかった。ところが、新羅と唐の戦いは殺すか殺されるかで、戦いの壮絶さに驚かざるを得なかった。

王宮のなかにある迎賓館にいて戦いの報告を受け、それを信じて帰国するだけでは、使節としての役目を果たしたことにならないと、麻呂は熊津都督府と安東都督府の両方に赴いて、唐から新羅に支配が引き継がれた様子を確かめようと考えた。

唐の都督府だったところを訪れたいと麻呂が申し出ると、最初のうちは渋っていた新羅の役人も、麻呂の強い要望を無視するわけにはいかなくなった。

戦いに敗れた唐は、百済の旧領地にあった熊津におかれた唐の都督府を北にある遼寧省の新城に移し、旧高句麗領にあった安東都督府も遼東の故城に移した。唐と新羅の国境線は高句麗の領土を南北に分けて北側は唐の領土となり、南半分は新羅が統治し、旧百済地域も新羅の支配地域にすることで講和が結ばれた。新羅の主張が全面的に通ったのである。

道中で敵を迎え撃つためにつくられた土塁や石垣に戦いを物語る爪痕が残っているのを麻呂は見ることができた。慶州から山を越えて西側にある熊津に、次に北にある安東に行って、確かに新羅が唐を追い払ったことを確認した。

帰国する前に、麻呂は滞在中に世話になった役人との別れの席で尋ねた。

「これで唐との戦いは本当に終わったと思っていいのでしょうか」

唐がふたたび攻めて来る可能性がないと言い切れないのではないかと思ったからだ。

「正式に講和したのですから、しばらくは攻めて来ないと思います。いまはかつて百済と高句麗のものだった地域も含めてひとつの国になり、敵対関係にあった人たちが一緒になって新しい国をつくっていくことになります。そのためにはどうするかが大切なのです。だからといって唐がふたたび攻めて来ないと安心するのも危険ですが」と応えた。

物部麻呂は大きくうなずいた。使節となって新羅に来たのは、麻呂にとっては貴重な経験だった。わが国を代表しているという緊張感が、麻呂の意識や感覚を鋭敏なものにしていた。

新羅に滞在しているあいだに新羅が唐を破り、唐がわが国に攻めて来る可能性がなくなったと報告ができるのだ。自分の功績ではないにしても、わが国の支配層の人たちがもっとも望んでいる報告をもたらす役目を果たすことができると、麻呂は勇んで帰国した。

唐が朝鮮半島から撤退したことをこの目で確かめてきたという報告を大王の臨席するなかでするのだ。麻呂にとっては夢のようだった。居並ぶ貴族たちも麻呂の話に熱心に耳を傾けた。

「麻呂よ、良くやった。われも新羅が唐を討ち破ったことをうれしく思うぞ」と大海人大王が直接語りかけてくれた。麻呂は感激した。周囲の人たちも大きくうなずいた。

「恐れ入ります。わたくしも安心いたしました。新羅は、これからもわが国と仲良くしていきたいと申しておりました」と言って麻呂は深々と頭を下げた。

やや間があってから、念のためというように大王が諮問した。

「どうであろうか。これで当分は海外の国がわが国を攻めることはないであろうな」

「そう思います。天の神と地の神が、わが国をお護りしておりますし、大王がこの地におられることで、わが国はこれからもますます栄えて行くでしょう」と、麻呂は恭しく感じてもらえるように言上した。

そのうえで「ですが、何があるか分かりませんから、これからも国の護りは怠らないようにしたほうがいいと思います」と言おうとしたが、しつこい感じになると良くないと思いとどまった。

「なんじの言うとおりである」と口を挟んだのが高市王子である。「大王がわが国におられる以上、この国は安泰である。だが、だからといって国の護りを怠ってはならないであろう」と続けた。

「そう思います。他の国に侮られないようにすることが大切でしょう」と高市王子に応えるかたちで麻呂は言った。

「ご苦労であった。追って恩賞を取らせるから下がって良い」と大王の言い方が少し素っ気ない感じがしたものの、拝礼して麻呂は御前を後にした。

内乱後も、海外からの攻撃があるのではという恐れがわが国の空を覆い続けて朝廷のまつりごとを重苦しくしていた。その心配が大きく後退して、朝廷に仕える人たちに安堵の思いが広がった。

その後の情報で唐の高宗は、朝鮮半島をふたたび攻める意志を捨てていないと伝えられ、必ずしも安心して良いというわけにはいかなかった。しかし、わが国では唐が攻めて来ることに対する備えを優先する必要がなくなったという空気が支配的になった。

夕日を見て中臣大嶋の閃いたこと

大王の側近たちの相次ぐ死、それに続く唐と新羅との戦争終結が、わが国を新しい時代に向かわせた。役人は出世を競うようになり、身分に関係なく頭角を現わせる機会が増えてきた。身分や出自がものをいう時代でなくなったわけではないが、個人の能力が問われる社会になりつつあった。

中臣大嶋《なかとみのおおしま》も出世するチャンスを伺っていた。

大王や大后が宗教活動を重視したお陰で、中臣家は大海人大王の朝廷で活躍する場が与えられた。大嶋は、持てる能力を発揮して貢献したのに、自分の働きが正当に評価されてはいないという思いが強かった。

伊勢の神社では儀式を取り仕切り、畿内の神社を造営して神社の組織づくりにも知恵を出した。それなのに病弱な父の許米の代わりをしているだけと思われ、中臣家の手柄になって自分の能力が評価されていない気がしていた。

現状に不満を持つ大嶋が、大王や大后の歓心を買う素晴らしいアイディアを思いついたのは、難波の津にある神社に行った帰りに、飛鳥に至る山道の穴虫峠を越えようとしたときだった。

太陽は傾きかけていたが、秋になったというのに上り道を辿った大嶋は汗をかいていた。少し疲れたから道の脇にある石を見つけて休憩した。汗をかいた顔に風が当たって心地良く、ひと息ついた。

従者が、竹筒に入っている水を差し出した。なまぬるかったが、のどを通過する水の味は悪くなかった。飲み終わり、思わず大嶋はため息をついた。難波の津に行ったことが空しく思えた。

難波の津にある新しく建てた神社の神官が不始末をしでかし、どのように処置したら良いか事情を探るために派遣されたのだ。神官となった忌部《いんべ》氏の一族である田丸《たまる》が、神社に若い女人を連れ込んで淫らな生活をしているという訴えがあった。女人の住む家に通うのであれば問題ないが、神聖な神社に連れ込んでいるとなれば捨てておくわけにはいかない。

大嶋が派遣されたのは、こうした場合にどのような処罰をするか決まりがなかったからだ。僧侶の場合と同じように、神に仕える神官は処罰に値する悪事はしないと考えられており、一般の人たちと同じように裁くのが良いのかどうか判断がむずかしかった。

大嶋が難波の津にある神社に着いたときには女人はおらず、田丸だけがいた。

「女人をこの神社に住まわせているという訴えがあったのだ」と大嶋は、さっそく田丸を問いただした。田丸は、そんな覚えはないと否定した。事前に女人を他所に移したのかも知れないが、その証拠を見つけられなかった。

「そんな事実はないと言うのだな。なんじが嘘いつわりを申していたと分かれば処罰がくだされるが、良いな」と大嶋は念をおした。

「よく調べてください。そんな覚えはございませんので」と田丸はあくまでも否定した。表情にふてぶてしい感じがあるように見えて、この男なら、そのくらいのことはしかねないと思えたが、しつこく尋問するわけにはいかなかった。そうかといって、近くの住人たちに聞いてまわるのも剣呑だった。

後味の悪い思いのまま帰途についたところだった。空しさが胸につかえていた。何のために難波の津まで行ったのかという疑問より、この程度のつまらない詮議のためにわざわざ穴虫峠を越えて往復しなくてはならないことに割り切れない気持があった。

これを機会に、神官たちが犯してはならない行為について列挙し、どのように処罰するかを自分なりに提案しようと決めた。儀式をきちんと執りおこなわない場合や、神社の尊厳を損なった場合など、いくつかの事例を挙げて、神官の免職を含めて流罪やところ払いなどの罰則を決める案を飛鳥に帰ってから作成しようと考えた。その案が頭のなかで文章になろうとしていた。

新しい提案が、朝廷の人々にどう受け取られるか気になった。良い提案として評価されるだろうか。処罰の対象になる行為について細かく列挙するのはいいにしても、それぞれに処罰の具体的な内容まで細かく提案するのは僭越であると思われてしまうかもしれない。しかし、神社に関する知識や仕来りについて中臣家には伝統と蓄積があるから、そこまで踏み込んだ提案をしてもいいはずだ。実際には、中臣家の当主である父の許米を差し置いて提案するのは好ましく思われないかもしれない。いろいろ考えると、くたびれ儲けのような気がした。

見上げると、二上山に日が沈もうとしていた。その名のとおり雄岳と雌岳と並んだ二上山は神聖な山であり、雨乞いの儀式が営まれる場所でもある。難波の津に陸路で行くときには、二上山の峠道を通るから、大嶋にとっても見慣れた景色だった。

大嶋は、このままゆっくりしていたいと思いながらも、あまり暗くならないうちに帰りたいという気持もあった。

傾いてきた太陽は、大きくて赤くみごとに輝いていた。風が顔に心地よく当たり、空気が澄んでいて周囲は静かだった。太陽が、雌岳よりも高い雄岳の頂上と同じ位置に達し、ふたつの山のあいだに入ろうとしていた。

　太陽は、傾くにつれて大きくなり赤さを増した。大嶋は目を凝らして見た。太陽とふたつの山が、お互いを意識しているかのように見えた。天の神と山の神が話をしているのだろうか。

「そろそろ出発しないと日が暮れてしまいますよ」と従者が声をかけた。大嶋は、その言葉で別世界から引き戻された気がした。どのくらいの時間、ぼうっとして二上山に沈もうとしている太陽を眺めていたのか。長い時間のようでありながら短い感じもした。

　大嶋は、返事をする代わりに立ち上がって大きく伸びをした。

　下りの道が続いた。古くは細い山道であったが、道路は広げられて砂利が敷かれ歩きやすくなっている。飛鳥の京と難波の津の往来が、以前より活発になったせいだ。

　大嶋の前を歩く従者は少し急ぎ足だった。早く戻りたいのだろう。

　沈み行く太陽に魅せられた大嶋は、あまり早く歩きたくなかった。前を行く従者との距離があいた。それを察して従者は立ち止まり、後方の大嶋を振り返った。急がないと日が暮れてしまうと気にしている様子である。大嶋が来るのを待って従者が声をかけた。

「日が沈みますと寒さも増してきますから、早くしたほうがいいのではないでしょうか」と遠慮がちに言った。

「分かった。だが、そう急がなくても大丈夫だ」と早足になりたくない大嶋は応えた。

　大嶋は少し前に見た景色が気になっていた。そして、従者の一言で、太陽がいかに人間を護り慈しんでいるか改めて感じた。太陽が昇れば明るくなり、暖かさに包まれる。日が沈めば暗くなり寒さが増す。当たり前であるが、人間の営みは太陽の動きに左右されている。夏が暑く冬が寒いのも、太陽の強さが違うからで、太陽は天照大御神《あまてらすおおみかみ》として崇められていた。天の神のなかの最高神である。

　そう思った大嶋の頭のなかで何かが閃いた。閃光が走った感じがあった。

　大嶋は、歩みを止めて後方を振り返った。太陽が雌岳にかかろうとしていた。先ほど見たときよりも大きくなっているかと思ったが、それほどではなかった。太陽の光が当たって雲が朱色に染められていた。従者が気にしているのは分かっていたが、大嶋はそのまま立ち止まった。

「天照大御神か」と大嶋はつぶやいた。

　思わず口に出た。そう言ったとたんに疲れを感じた。それでも、太陽の残光に包まれて暖かみがあるのが救いだが、すぐに気温が下がりそうだった。

このとき、大嶋は、頭のなかに閃いたものが何であるか理解した。

大王が神のような存在であるという言葉を思い出したのだ。伊勢にある朝廷の神社が尊重され、自然神の怒りを鎮めるためにあちこちに神社がつくられて、大嶋も忙しくなっている。中臣家が大切にされているのは朝廷の意向に添う努力をしているからだ。だが、要求されている以上の特別なことをしなくては注目も尊重もされないのではないか。絶対的な権威を持つために大王や大后が願っているのは何なのか知る必要があった。

「最高神である太陽の子孫が大王であり、だからこそ大王は尊い存在である」という主張を展開するのが、その答ではないだろうか。これ以上の権威づけはない。これまでは単に神に近い存在として権威づけをしてきたが、それでは不足している。太陽と大王とを直接結びつければ喜ばれるに違いない。

思わず足が速くなっている。すぐにでも、このアイディアを人に話したいという欲求が湧き上がってきた。自分が興奮しているのが分かった。従者は、大嶋が急ぎ足になったので喜んで前を歩き飛鳥をめざした。

天照大御神と大王家の関係

「大王は天照大御神の子孫である」という主張をどのようにして伝えるか、大嶋は思案した。

翌日になって冷静に判断できる状態になると、これが自分のアイディアかどうかあやしく思えた。どこかで読むか聞いたことなのかも知れなかった。だが、この主張は大王や大后が歓迎し喜んでくれる確信は揺るがなかった。二上山に太陽が沈むのを見て思いついたかどうかは問題ではなく、この主張をいち早く展開することのほうが重要である。自分が最初に言い出した話であれば手柄になるはずである。

何日かして大嶋は、朝廷で主宰しておこなう儀式の祝詞を父に代わってつとめるように言われた。言い出すチャンスだった。神社の儀式で大王が列席するための打ち合わせをするときに王宮に参上して、さりげなく話を切り出すと良いだろう。

大王の左右の後方に高市王子と美濃王が控えていた。

「こんどの儀式には父の許米に代わりにわれが祝詞を奏することになりました。よろしくお願いいたします。つきましては、大王の許可を得たいことをひとつ申し上げてもよろしいでしょうか」

そう言いながら大嶋はていねいに大王に頭を下げた。

「何なりと申してみよ」と高市王子が声をかけた。大王も機嫌が良さそうだった。

「はい。新しい祝詞にしたいと考えております。これまでは天や地の神々を称え、神の怒りを鎮めようと願っていましたが、大王が主宰なさる儀式ですから、天照大御神《あまてらすおおみかみ》が大王家の祖先であり、それゆえに大王は尊いお方であるという内容を盛り込みたいのです。そして、その事実を広く天下に伝えようと思っておりますが、いかがでしょうか」

大嶋は、考えてきたことを口にした。言おうとしている趣旨を大王が理解してくれなくては何もならない。

大嶋は、頭を下げたまま大王の反応を待った。自分が言ったことをどのように受けとめたか、大王の顔を見て表情を探りたかったが、大王をじろじろ見るわけにはいかない。

長い沈黙に思えた。大王は何とも感じなかったのだろうか。大嶋の頭は忙しくさまざまな思いが駆け巡った。

大王と高市王子が、大嶋には聞こえないように小声で囁きあった。そのうえで高市王子が大嶋に声をかけた。

「天照大御神が、われら王家の先祖であると伝えられているというのか」と確かめるように言った。

「そのとおりです。それをわれが見つけたものですから、この機会に皆さまに知っていただきたいと思いまして」と大嶋は平伏しながら応えた。顔を上げると大王と高市王子がうなずきあっていた。

「そのようにするが良いと大王はおっしゃっている」と高市王子が息を吐くように言った。それだけだった。そのまま待ったが、なにも追加されなかった。大王がどのように感じたのか分からなかった。発言した高市王子も無表情のままである。

大嶋は引き下がらざるを得なかった。期待とは違う展開になった。

口にした以上、それをもとに祝詞をつくり変えざるを得ない。空しくもあるが、自然を支配する天照大御神を称え、いまの大王に続く系譜について物語をつくりあげ祝詞に盛り込んだ。

祝詞は儀式に参列している人たちに、内容がよく分かるようになっていなかった。祝詞の言葉は一定のリズムと抑揚があってありがたがられるが、意味を理解できなくても人々は疑問を抱かない。急に祝詞の奏し方を変えて内容が明瞭に分かるようにするのは不自然である。大王一家が天照大御神の子孫であるという内容につくり変えてみたものの、多くの人々に伝わったとは思えなかった。

儀式の際には、せいぜい天照大御神と大王という言葉を、ひと際大きな声で言う程度のことしかできなかった。

どうやら空振りのようだった。

ところが、讃良《さら》姫から呼び出しを受け、事態が動いたのである。

「中臣大嶋よ、もっと近くに来るが良い」と讃良姫が、頭を下げている大嶋に言った。讃良姫から呼び出しがかかるのは初めてである。それだけに密かに期待した。

「わが君より聞いたが、そなたがわれら大王一家が天照大御神の子孫であると申したというが、本当なのか」

いきなり大后から聞かれるとは思ってもみなかった。大嶋は自分を落ち着かせようとした。大王はあのとき何も言わなかったが、自分が言ったことを理解していたのだ。だから、それを大后に話したのだろう。どのように対処したら良いのだろうか。

「そうなのであろう」と讃良姫は、大嶋がすぐに返事をしないので重ねて尋ねた。

「はい、その通りです。われが考えついたわけではなく、古くからそうした言い伝えがあると知り、それを祝詞に取り入れようと思い、大王の許可をお願いしました」

「何と、そのような言い伝えがあるとは聞いたことがないが」と讃良姫が言った。

「われも古くからある祝詞を調べていて分かったのです。大后さまもご存知のとおり、この国に人々が住むようになる前に、天にある原のなかに神々が住んでおられ、そのなかでもっとも崇拝されている天照大御神が天上を支配なされておりました。その子孫が地上に下り、この国の大王になられたという言い伝えがあります。それを祝詞に取り入れて奏したいと考えたのです。伊勢の神社が新しい装いとなり、あちこちに新しく神社がつくられるようになりましたので、祝詞もそれに合わせて新しくしたほうが良いと思ったのです」

大嶋は、以前に大王に話をしたときと矛盾した内容にならないよう配慮しながら説明した。

「そうであったか。よくぞ見つけてくれた。われら王家の祖先が天照大御神であることを誇りに思う」と言う讃良姫はうれしそうだった。こうした反応こそ大嶋が期待したものである。

「それゆえに大王や大后さまは特別な存在として崇拝されるべきお方ですから、それとなく皆に分かっていただけるようにすべきであると考えました。そうなれば、大王や大后さまに対する尊崇の念は、これまで以上に高まるでしょう」と大嶋は念を押すように話した。

讃良姫のそばにいた恵智刀自《えちのとじ》も、大嶋の話を聞いていて目を輝かせていた。讃良姫は意見を求めるように、恵智刀自の顔を見た。

「良く言ってくれました。わたくしも姫さまが特別な方であると前から思っておりましたが、いま、お話を聞いて納得できました。桑名にいたときに、姫さまとともに朝日が昇るのに合わせて礼拝したことを思い出します。そのときに姫さまが神々しかったのは、天照大御神が姫さまのご先祖であったからですね」

恵智刀自は讃良姫を見ながら言った。

「信じていいのですね」と讃良姫が冷静さを取り戻した表情になって言った。

「もちろんです。大王も姫さまも、天から降りて来られた神の子孫だから尊い存在なのです。この事実を広く知らせるようにしなくてはなりませんが、どのようにしたら良いでしょうか」と恵智刀自が言った。

大嶋は、恵智刀自を見ながら「はて」という顔をした。

「どうであろう。それを知らせるために大王から詔《みことのり》を発してもらうようにするのが良いのか」

讃良姫は、大嶋の知恵を借りたがっているようだ。

自分のアイディアが効果を発揮したことを確信し、大嶋は顔に出さないように喜びをかみしめた。

「それもよろしいかと思いますが、時間をかけて少しずつ浸透して行くようにしたほうが良いでしょう。むしろわれわれが、人々の口の端に乗るようにそれとなくつとめていくほうが良いでしょう」

讃良姫は大きくうなずいた。恵智刀自も同調するような顔で大嶋を見た。

「伊勢の神社がお祀りしているのは、王家の祖先である天照大御神である」と時期を見て言明したほうが良いと大嶋は進言した。

伊勢の神社は、天照大御神の加護を祈願するために建てられた大王家の祖先を祀る神社だが、大王家が天照大御神の子孫であるなら、朝廷が先祖を祀る神社がそのまま天照大御神を祀る神社になる。先祖も何代も前にさかのぼれば神になると信じられていた。天照大御神が王家の先祖であるのは、そうした信仰に通じると受け取られるだろう。

この後、大海人大王からは、父の許米に息子である大嶋を誉める言葉がかけられた。

大嶋は、さまざまな儀式のなかで奏する祝詞を従来より分かりやすい調子で、内容が聞いている人たちに伝わるようにくり返し奏した。はるか高みにある天上の原におられる天照大御神は、自分の子孫を地上の世界にお下しになられ、それによって大王が誕生し、わが国を支配したという祝詞が何度もくり返され、大王一家は天照大御神の子孫であるという言い伝えが広まっていった。

国家鎮護の金光明経

大王を高みに昇らせる動きが仏法界からも現れた。

新しい大王になってから、飛鳥寺がわが国の寺院の中心という認識が揺らぐ気配があった。飛鳥寺の僧侶たちを束ねている弘聡《ぐそう》が、それに不安を募らせた結果である。

先の大王である葛城大王の発願で建立された川原寺の大修復と、それに続く大官大寺の建立により、これらの寺院のほうが飛鳥寺より朝廷に重要視されたのである。

かつてはこの国の仏法の中心として圧倒的に権威を誇った飛鳥寺から、新しい寺院に優秀な僧侶たちが移るようになり、僧侶の数でも飛鳥寺が負けそうになっていた。他の寺院を圧倒したのが過去のことになっては一大事だった。

僧侶たちの世代交代が進み、かつて勢力があった豪族の当主が建てた寺も、豪族の権勢が衰えると僧侶の数も少なくなり、伽藍の修復も困難になってきていた。

そうした変遷は避けられないにしても、わが国の仏法の総本山ともいうべき飛鳥寺が、朝廷との深い結びつきにかげりが見えてきた状況をなんとかしたいと弘聡は思案を巡らせた。

飛鳥寺の講堂のすぐそばに、道昭のために建てられた禅堂があった。旅から帰って来た道昭を尋ねて弘聡が禅堂にやって来たのは、中臣大嶋が、天照大御神が大王家の祖先であると説き始めたときと同じ時期のことである。

「あなたに相談したいことがあるのです。私の話を聞いてください」と弘聡が切り出した。

唐で学んだ道昭は、それまでわが国になかった新しい仏法思想を伝え、一般の人たちからも尊敬されていた。多くの僧侶たちと違って、進んで各地に赴いて仏法のありがたさを説くとともに、川に橋を架けて土地の開墾に手を貸すなど、その地に住む人たちのためになる土木事業を指導した。地元の人たちとともに自らも作業に加わって働いた。生産向上や生活に役立つためのさまざまな技術を、唐にいるときに身につけていたのだ。仏法思想を広めるだけでなく、人々の生活向上にも資することは仏の道に適うことであると説いた。

「このままでは飛鳥寺は、これまでのようにわが国の仏法世界の中心ではなくなってしまう気がするのです。どうしたら良いか、あなたのご意見を伺いたいと思ってお訪ねしたのです」と弘聡は単刀直入に訪ねて来た目的を道昭にぶつけた。

さすがの道昭も、少し驚いた様子だった。

「僧侶にとっては、自分のいる寺院の格式を気にするより、修行をして悟りを開くとか、仏法を広めるようにするほうが大切ではないですか」

道昭は、僧侶としてのあり方についての原則を述べた。

しかし、弘聡は、飛鳥寺にいる多くの僧侶たちを率いる立場であり、彼らが安心して仏に帰依して生活していけるようにするにはどうすれば良いか頭を痛めていたのだ。

「おっしゃることは分かりますが、朝廷の意向で僧侶たちの待遇が変化しかねないから心配なのです。大王や大后に飛鳥寺のことをもっと理解してほしいと願っているのですが、大王はご自身の発願になる大寺に御執心で、飛鳥寺が忘れられるのではと心配しているのです」と弘聡は不安そうに言った。

「あなたの立場では、そのように考えるのでしょうが、ご心配には及びません。飛鳥寺をないがしろにするなど考えておられないでしょう。それよりも、仏法をもっと広めるように努力するほうが大切です。われは、朝廷の方々だけでなく、広く一般の人たちにも仏法を信じてもらいたいと思っているのです」

同じ僧侶であっても弘聡とは関心の持ち方が違っていた。そこで弘聡は、道昭に対して本当に言いたかったことを口にした。

「実は金光明経の教えについてですが、この経の説くところを大王や大后にお伝えしたいと思っているのです。正法とも言われております金光明経は、大王の徳を問題にしております。大王が正しいおこないをすれば国土は豊かになり平和になり、その徳によって大王は仏に守られると説かれております。これを大王にお知らせして統治するのに役立てていただくようにしたいと思うのです。大王の統治を万全にするには金光明経を広めていくのが良いと思うのですが、いかがでしょうか」

金光明経は国王のあり方を説いた経である。数ある仏法の教えのひとつで、国王が正しいおこないをすれば治安も良くなり、疫病も少なくなり、秋の収穫も確保され、国土は安泰になると説いている。

「なるほど、朝廷によって、これまで以上に仏法を盛んにしていただくようにするには、金光明経の教えを大王に申し上げるのは良いでしょう。朝廷のまつりごとが正しい方向に向かうのは仏の道に適いますから」と道昭は応えた。

「それを聞いて安心しました。国をうまく治めて人々が平安になるのは大切ですから、そのあたりのことと仏法との関係についてわれから大王にお話ししましょう」

僧侶としては弘聡のほうが道昭より格上であるが、唐で新しい仏法思想を学んできた道昭は、僧たちの尊敬を集めており、その言動は大きな影響力があった。弘聡も、道昭の同意を得たうえで行動しようと考えたのだ。

弘聡は飛鳥寺の存在を強調して、自分たちの待遇を良くするための方策として金光明経の教えを大王に話し、協力を取り付けたいと考えた。明からさまに飛鳥寺をもっと尊重してほしいというわけにはいかなかったからだ。


大王が参列しておこなわれた飛鳥寺の法会の機会に、弘聡《ぐそう》は金光明経について話した。弘聡が話し始めると、大王も大后も熱心に聞いてくれた。

「本日は金光明経の話をしたいと思います。このありがたい経典は、国の進むべき方向が記されております。そもそも仏法とは、それぞれの国が平和で人々が不安なく生きられるよう願うものです」

弘聡は、どのように話そうか考えてきた。大王や大后が納得できる内容にするためには、徳を積むことや悪い統治をしてはならないといった為政者としての戒めを先に話すより、国を治める大王が世のなかに安寧と豊かさをもたらす存在であると強調した。

「この経典の教えは、正しいおこないをする大王を人々が仰ぎ見て敬うことによって、国が栄えるようになるというものです。大王という身分は、天が保証し、代々引き継がれていくものです。天におられる神によって大王として認知され、仏の加護が得られるのです。それが「金光明経」に説かれております。この経が世に広まっていけば大王への尊敬はこれまで以上に大きくなるでしょう。そのように国のあるべき方向を示すのも、仏法の大切な教えなのです」

弘聡は息をつき大王の顔を見た。こうした席では大王の顔をまともに見ても不敬と思われないのは僧侶の特権である。いつもの説話のときよりも、大王が関心を示しているように見えたのを確認して続けた。

「飛鳥寺でも金光明経を大切にしていく所存です。仏法の思想で大切な『国家鎮護』のために、仁王経とともに欠かせない経典なのです。国がきちんと治まらないと仏法を広めるのは困難です。国に乱れがなく安寧であるのも大王のお力です。大王は天に選ばれた存在であり、それゆえに尊いお方として、その徳があまねく国のすみずみにまで行きわたってこそ平和な世のなかになります。大王がおられるから、この国は豊かになり、仏に認められた国になるのです。われらが学び励んでいる飛鳥寺をはじめとして、この国にある寺院が仏法を広めることができるのも、大王が仏法に厚いご信仰をお持ちになられるからです」

大王の隣にいる大后の讃良姫が大きくうなずくのを見て、弘聡は息をとめた。讃良姫と目があったので、弘聡はわずかにうなずくような仕草とともに、息を吐き出しながら意識して遠くを見るような目をした。いかにも思慮深い表情になると知っているからだ。それでいて視線は讃良姫からそらさなかった。

弘聡は大王と大后に向かい、ていねいに一礼した。そして仏像に手を合わせて拝礼した。

大王のほうに向き直った弘聡に大王が声をかけた。

「そのような経典があるというのは聞いたことがなかった。以前からあったのか」

「はい。ございました。しかし、法会の際には一切経を読み上げるのが決まりでした。それに、法会では病を患っておられる方の平癒を祈り、亡くなられた方の菩提を弔います。もっとも、それだけが仏法なのではなく、さまざまな教えがあります。飛鳥寺には、これまでに集めた仏法に関するさまざまな経典や書物があります。それらを中心に、われらが研鑽を積み仏法の教えを広めていきたいと考えております。そのためには、大王のご加護とご理解が必要なのです。どうかよろしくお願いいたします」

「良く分かったが、大王に徳がなければならぬのであろう。われには、そのような徳が備わっているというのか」

大王は、機嫌良く尋ねた。弘聡の答えが、どのようなものであるか、自分にとって都合の良いものであることが分かっている表情だった。

「むろん、大変な徳をお持ちです。仏のご加護がおありなのは当然ですが、大王のまつりごとで間違ったことはひとつもありません。朝廷に仕える人たちは、大王のことを神のように尊崇しております。われら僧侶も同様です」

弘聡は、僧侶としての威厳を失うもの言いにならないように意識しながら頭を下げた。


翌年の八月十五日のお盆に、飛鳥寺で盛大な斎会《さいえ》を開き「金光明経」の教えが人々に広く説かれた。

飛鳥寺での斎会が開かれることが決まり弘聡は喜んだ。大王や大后に金光明経について話した甲斐があった。この法会は、飛鳥寺がわが国の頂点に立つ寺院であることを示す機会となると思われた。

大王は飛鳥寺の金堂に入ると、安置されている仏像に拝礼した。従っている王族や朝廷に仕える人たちも、大王に倣って拝礼した。事前に大王から、この斎会のための詔《みことのり》が出された。

王族たちや上級役人たちは、それぞれの一族から一人ずつ出家を許された。

法会が終わると王宮での宴会と同じように朝廷の膳部の人たちが用意する食事に移った。僧侶たちが大王とともに食事をとるのは異例といっていい。飛鳥寺の僧侶にとってとても名誉であると受け取られた。

　しかし、弘聡が望んだように、飛鳥寺がわが国の頂点に立つ寺院であり続けるようにはならなかった。飛鳥寺が粗末に扱われたわけではないが、大官大寺や川原寺、そして新しく建設される薬師寺のほうが重要視された。相対的に飛鳥寺の地位が低下したが、大官大寺、薬師寺、川原寺と並んで四大官寺のひとつに数えられるようになる。それは時代の流れでもあった。

　弘聡が金光明経の存在を大王に知らせた結果、統治のために有効な手段として朝廷がそれまで以上に仏法を重んじ、金光明経に説かれている内容が僧侶の説話で語られる機会が多くなり、大王もこの経を法会の際に読むことを奨励した。弘聡は、この一年後に亡くなったが、高市王子と大津王子が弔問に訪れ、大いに敬意が払われた。

多才な柿本人麻呂の登場

　歌が見直されるようになったのは大王が神であると詠われるようになったからである。そのきっかけをつくったのが柿本人麻呂《かきのもとのひとまろ》だが、最初から歌人として出発したわけではない。さまざまな経験を積んでからのことである。

　葛城大王が君臨した近江朝とは違って、大海人大王の時代になって歌を詠む機会は少なくなった。大王も大后も歌に対する理解が深いとはいえず、あまり得意でもなかった。歌に関心がなかったわけではないが、讃良姫の心の底には額田媛をもてはやすわけにはいかないという想いがあった。

　その代わり重要視されたのが舞や演奏といった芸能である。朝廷のさまざまな催しで歌舞音曲は欠かせない。百済や新羅の演芸を取り入れ洗練されてきており、神に祈る儀式の際には、笛や琴の演奏があり舞が奉納され、八百よろずの神々に楽しんでもらうよう配慮された。選りすぐりの人たちが求められ、組織として充実が図られた。

　大海人大王が即位して二年目となる西暦六七五年二月に「畿内およびその周辺の各国で、歌の上手な男女を選んで朝廷に仕えるようにせよ」という勅が出された。身分を問わず上手な者を募るという画期的な施策である。

　単調だった舞も、伝説に基づいて神々が登場する物語性を取り入れ、衣装もきらびやかになり優雅になった。楽器の演奏を担当する人たちの数も増えている。

　優れた演者が求められ、演芸を専門にする朝廷の役人は「楽官」として抱えられた。若い柿本人麻呂も、その能力が認められて朝廷の歌舞演芸の世界の人となった。「能く舞う人」として採用され、舞と歌ができる人物として雅楽寮に所属して朝廷に仕えるようになった。

人麻呂は、最初から能力の高さを見せた。舞の動作が洗練されており、将来を嘱望され注目された。

集団による舞踏は全員の動きが揃っていなくてはならない。一定の決まりに基づき、前列中央にいるリーダーにあわせて舞う。最初のうちは皆の動作に合わせていた人麻呂の動作が、あるときから他の人たちと合わなくなった。手足や身体を優雅に動かしてリズム良く舞うときに、人麻呂だけ手や足の動きがわずかずつ遅れる。

それは意識的な行動だった。見ているほうは全体の動きが揃っていると期待しているのに、ひとりだけ動きが違っているのに気づくとハッとする。

戸惑う表情を見せる人が何人かいると、人麻呂もそれに気づいたように驚いた表情をする。そうした一連の動作が小さな笑いを誘ったあとで、他の人たちの舞うのに合わせてみごとに踊ってみせる。最初のうちは目立つほどではなかったものの、そのうちに次の動作に入るときの間が他の人たちより一テンポ遅れる。わずかな遅れでも見ているほうには良く分かる。しかし、全体のバランスを崩すほどではない。

ときには大げさな動作になる。次の舞に移行するときは他の人たちに合わせるが、ふとした調子で手の動きや足の動きが速くなったり遅くなったりする。見ている人たちは何か変だと思い、そのうちに他の人たちに合わせていないことに気づく。

次はどのように舞うのだろうと、人々が人麻呂の動きに注目すると、その期待を裏切ってみせる。他の人たちと同じ動作をして優雅さを強調する。手や足の動きはしなやかで表情豊かに舞う。

またあるときは後方での舞のための謡《うたい》に合わせて、踊りながら人麻呂だけ澄んで良く通る声で謡う。口を大きく開けないから人々が気づくのが遅れる。

多くの人たちが気づくと、人麻呂はひときわ声を張り上げ口も大きく開けて謡った。みごとな抑揚とリズムがあり、美しいハーモニィだった。一緒に踊っている人たちが気づかないはずがない。調和して踊ることが大切であると誰もが思っているから、人麻呂は調和を乱していると非難された。

「これまでの舞に欠けているのは滑稽味でした。神々も、舞は楽しいだけでなく、面白味があってほしいと望んでおられると思い、自分なりに考えて試してみたのです」

詰問された人麻呂は、悪びれず自分の考えを披露した。

「集団での舞は調和が大切なのだ。それを乱すような振舞いはよろしくない」と一緒に踊っている人たちに非難されたが、見ている人たちは、必ずしも非難すべきであるとは思わなかった。人麻呂の振る舞いは舞台に変化をもたらし、むしろ新鮮に映った。意見を聞かれた美濃王が人麻呂を支持したので批判は大きくならなかった。

それが幸いして人麻呂は、舞に新しさが要求されるようになると演出を受け持つことになり、振り付けや流れを工夫するよう指示された。

長年にわたり演舞の世界で研鑽を積んだ人たちのなかには、人麻呂を快く思わない者がいた。人麻呂は雅楽寮のなかでは若手であり、権威を笠に着た集団内部は上下関係がものをいう世界であるから、人麻呂に対する反発は大きかった。そのせいで、任されたと言っても人麻呂が想い描く伸びやかに全体を動かすような舞台にはならなかった。

それでも人麻呂は、天照大御神を主人公とする舞を新しく面白味のあるものにしようと、舞の仕草を工夫してドラマのように表現する試みに挑戦した。

神々の世界であるから行き過ぎだと先輩たちに反対された。大げさにして滑稽味を出すと神ではなく人間臭くなって尊厳が損なわれるという。人間らしい神々で良いではないかと人麻呂は考えたのだが理解が得られなかった。

人麻呂の演出で演じられたのは一度きりだった。あまり好評ではなかった。新しいことをやる場合は、相当の評価を受けないと周囲は納得してくれない。反対や疑問の声が上層部に多かったせいで酷評された。人麻呂自身も模索中であり、これをもとに磨きをかけていくつもりだったが、先輩たちに逆らうかたちで強行したから次のチャンスは奪われた。

人麻呂は、その他大勢の一人として舞を続けるつもりはなかった。人麻呂が楽官をやめると聞くと、それを惜しむ人がいたものの、若い舞い衆の一人がいなくなったにすぎなかった。

柿本人麻呂がふたたび朝廷に仕えるのは、この一年後である。そのあいだ彼はあちこち旅をしてまわった。

大勢の舞い手の一人として集団のなかに埋没してしまうような状態でいるのは人麻呂にはむりだった。今度は大蔵官の役人として文字を書く仕事に就いたのである。一人でこなせるので、このほうが向いていた。漢文の素養があり、文字についての知識のある人麻呂は、あまり苦労せずに文字をきれいに書くことができた。当時にあっては貴重な才能である。

誰もが読めるように分かりやすく正確に書けるので、人麻呂は重宝されて大切な書類を任された。文字の大きさを揃えたり、大切な部分が目立つように書くなど、他人に言われなくとも工夫した。

　人麻呂は好きに格好をつけて書いて遊び始めた。堅苦しい表現の文書の場合はメリハリのある文字にし、くだけた内容の場合には文字の大きさを変え、滑らかな書体にして、調和がとれるようにした。役人への指示書では、大切な箇所に墨をたっぷりと含ませて太くて大きい文字で書き、副次的な箇所は小さな文字にした。このように臨機応変に書き方を変え、そのときの気分によって、さまざまな書式を使い一人で楽しんだ。

　文字の書き方に統一された決まりがあるわけではない。使用する文字も限定されておらず厳密な決まりはない。「軽王子」と書いても「呵瑠王子」と書いても、名指しされた王子が誰であるか分かれば問題にされなかった。意味や内容が読むほうに伝えられれば良く、文字の書き方は統一されていなかった。

　朝廷の財務に関係した大蔵官は、いろいろな地方の役人との書類のやりとりが多い。過去のそうした書類の写しがたくさん所蔵されており、人麻呂はそれらを見る機会があった。

　どのような文字が使用され、どのような書き方をしているのか見ると、きちんと意味が伝わらなかったのではと思われる誤用例がたくさんあった。詔《みことのり》にさえ間違いが見られた。

　こうした文章は指示を伝えるだけなので、いくつか目を通すうちに飽きがきた。そんなときに、面白い巻きものがあることを人麻呂は知った。

　大蔵官の上司と兵政官の長官である大伴御行《おおとものみゆき》に書類をつくる仕事を依頼されたときだった。たまたま訪れた御行が、舞台に立っていたときの人麻呂の姿を覚えていた。御行は、儀式の際に舞っていた人麻呂が、他人と違う行動をとる態度に興味をもって見ていたのだ。それ以来忘れていたが、いまは書類を誰にも負けずにきれいに書いており、改めてその才能に注目した。

　書き終えた人麻呂に御行が話しかけた。そして話題がたまたま歌のことになった。武人に似合わず歌に興味を持っていた御行は、朝廷のなかで歌会が開かれなくなったことを残念がった。

　このときに過去の歌を記した巻きものがあることを人麻呂は御行から聞き、ぜひ見たいと思った。人麻呂は、無礼も顧みずに御行に、見せてもらうように取りはからってほしいと頼んだ。人麻呂に関心を覚えた御行は、ふつうは断わるところだが、無理して人麻呂のために借り出したのである。

　歌を記した巻きものを手にすることができた人麻呂は、

大蔵官にある書類とはまったく違う内容であることに目を見張った。市が開かれた際に詠われた古い時代の歌垣の一部まで記されており、炊屋姫時代からの歌が記録されていた。無聊《ぶりょう》を慰める以上の貴重な記録だった。

人麻呂は仕事を忘れて読みふけった。何度も読み返すうちに、歌が朝廷のなかで重要な位置を占めるようになった過程が見えてきた。

人麻呂が、ふだん接している無味乾燥な文章と異なり、さまざまな儀式や宴に列席している人たちの感情や想いに触れる手がかりがあり、さまざまな表現が試みられていた。愛しさや喜び、楽しさや嘆き、切なさやなつかしさなどの感情の昂り、そして、自然の美しさを愛でる典雅な表現、嫉妬が入り交じった感情など、さまざまな情感に溢れた表現が見られた。

人麻呂は、かつての雅楽寮時代の舞踏を思い出した。舞は身体で感情や想いを表現するが、歌は言葉で表現する。表現のあり方に共通するものがあるように思えた。

しかしながら、演舞にくらべて言葉で表現する歌のほうが、完成度が高くないように思われた。歌は集団のなかでやりとりするにしても、個人の能力が発揮されるから、歌い手の言葉が人々の心の奥深くまで届くように表現するのはやさしくない。もっと完成度の高い歌をつくるにはどうしたら良いのか、人麻呂の興味は歌づくりに向かった。

巻きものを繙《ひもと》いているなかで人麻呂が不満に思ったのは、歌を文字に記す方法に対してだった。もともと文字を持たないわが国の言葉は、中国の漢字を借りて文字にしている。そのために文字にしようとしても、テニヲハをはじめさまざまな意味合いを表す言葉が抜け落ちたままになっている。こうした付属語を漢字で表現する方法が見つからずに省略されている。たとえば「春日」としか記されていない。実際には「春の日に」と読むか「春の日や」と詠む。詠んだ人は前者を意図したのかもしれないが、記された文字からは判断できない場合がある。

まつりごとで使用される文書では意味が相手に伝われば良いから、それほど厳密に考えなくても良いが、歌では細かいニュアンスが大切である。感情を込め情景を詠う場合は、言葉自体としても、抜け落ちている言葉の部分が表現に大きな影響を与える。

漢字を使用してわが国の言葉に置き換えるのは、まだ試行錯誤の段階であり、その方法にも決まりがないので仕方ない面もあるが、これでいいはずがない。

文字として残すのに、作者の意図が完全に記されていないのは好ましいことではない。まつりごとに使用される指示書とは違って、短い言葉のなかに余韻が響くように想いや情景を閉じ込めて詠うのだから、たった一文字の使い方が大切になる。

巻きものに記されている歌を、省略された言葉を自分なりに補って人麻呂は詠んでみた。何とも楽しい遊びだった。とはいえ、すべての言葉が文字に記されたほうが良いに決まっている。どうすれば良いのだろうか。

人麻呂は、巻きものを読み返しながら考えた。良いと思われる歌の場合は、省略されたテニヲハは、比較的すぐに思い浮かぶ場合が多いが、それが正しいとは限らない。そうした想いのなかから人麻呂は方法を見出した。

「や」を「哉」と言うように音をとって漢字にする。省略しても分かるとはいえ「の」は「之」と記せば良いのではないか。詠嘆の意味がある語尾に使用される「かも」は大胆に「鴨」と記せば、歌のニュアンスから直ちに理解できるだろう。

人麻呂は、それまでの略体歌といわれる書き方から、のちに「非略体歌」といわれる方式を編み出そうとした。すべての文字を漢字にして記す手法を模索したが、これが後代になって「万葉がな」と呼ばれる文字に発展し、やがてひらがなが用いられるもとになっていく。

人麻呂が接した歌は、儀式や宴など行事の際に詠う歌で、個人が想いのままに詠んだ歌はあまり多くなかった。人麻呂は、ひとりで歌を詠んでみた。頭のなかで宴会の場面を空想して、自分一人で何人かの人になったつもりで歌をつくってみた。

大王を称える歌の反響

人麻呂は大伴御行とふたたび話をする機会があり、歌について話し合った。

「いまの大王になってから、どうして歌を詠む機会が少なくなってしまったのですか。こうした良き伝統をなくしてしまうのは残念に思いますが」と人麻呂は、御行が朝廷で活躍しているから、その訳を知っているだろうと聞いてみた。

「大伴家は武門の一族ですから、別に歌はなくとも済みます。でも、朝廷に仕えるからには学問をきちんとできなくてはならぬといわれて育ちました。近江朝では歌をうまく詠む者がもてはやされていたのですが、それは葛城大王が歌が好きだったからで、われも興味を持ったのですよ。ですが、いまは大王も大后も、それほど興味がないようなのです」と御行が応えた。

なるほど、いまの大王は歌のことがよく分からないのかもしれないと人麻呂は思ったが、それを口にするのは宮仕えの身として憚られると言葉を飲み込んだ。それでも、大海人大王も王子の時代には歌会に出席していたという。

まったく興味がないわけではなさそうだった。そこで、ふと思いついて口にした。

「どうでしょうか。大王が開かれる宴席の機会に、御行さまが、歌を詠まれてはいかがでしょうか」と誘いをかけてみた。

「なんと、歌を所望されないのに詠うというのか。それはどうかな」と御行は首を傾げた。

「大王にとって、望ましい内容の歌にするのです。歌は皆さんの掛け合いでなされるのでしょうが、特別に大王が喜ばしいと思われるような歌を座興として披露するかたちをとるのです。いま、思いついたのですが『大君は神のごとくに尊いお方である』という言葉をいれた歌にするのです。普通の会話のなかで表現するといかにも大王に諂《へつら》う感じになりますが、歌として詠い上げれば、そうした嫌らしさはなく、大王も喜ばれると思います。宴席で披露なされば宴を盛り上げることができ、歌が見直されるきっかけになるのではと思ったものですから」

　雅楽寮にいて舞を舞っていた時代に、皆がうまく舞って大王の目に留まるとよいと願っていたのを人麻呂は思い出した。いまの自分には大王の前に出る機会はない。そこで、御行に託してみようと考えついたのである。

「なるほど、それなら大王もお気に召すかもしれない。機会があれば試してみるのも良いであろう」と御行は、納得がいったわけではないという表情をしながらも言った。

「ぜひ、お試しください。歌を詠うのはわが国の伝統として続けていくべきであると思います。大王が、そうお考えになるような環境をつくるように工夫していくと良いと思います。たとえば、『大君は神にしませば』と始めて、その下に言葉を添えれば歌になります。大王を讃えて詠むようにすれば、歌の効用がお分かりいただけると思います」と人麻呂は、なおも御行をけしかけるように言った。

「なるほど、なんじの狙いは分かった。大王も、近頃は以前よりもお疲れの様子が見えるようになっておられるので、励ます意味でも、大王を讃えて神のごとく尊いお方であると詠うようにすれば、お喜びになるであろう」

「そのとおりです」と人麻呂は応えた。

「ところで、わが弟の安麻呂は、われよりももっと歌が好きだ。一度、なんじと話をする機会を持つように言っておこう」

　これが、人麻呂の運命を変えるきっかけとなった。

　大伴御行は、その後に大王が開いた宴席で歌を詠んだ。人麻呂が言ったことを試みてみようと思ったのだ。

　宴席で大王から杯を賜ると、見苦しいほど平伏してありがたがる態度をとる者がいた。あまり良い眺めではない。大王も諂う態度を露骨にとるからといって優遇するわけではない。

四方山話が続いた後に話の接ぎ穂がなくなり、ちょっとした沈黙があった。誰かが場を盛り上げる必要があった。そこで、御行が立ち上がった。

「では、われが歌を詠むことにいたします」と言って、用意してきた歌をリズム良く節をつけて詠い上げた。


今をときめく大王は神のごとく尊いお方で、水鳥が多く集まるような沼地であったのに、その地を立派な宮のあるところになさったのはすばらしいことです。


御行の声は言葉が明瞭で、歌の意味がみごとに伝わった。それでも、このところ誰も宴席で歌を詠んだりしなかったから周囲は戸惑っている雰囲気があった。すぐに言葉を発する者はいない。そのなかで最初に声をかけたのは大王だった。

「いや、久しぶりに歌を聞くことができたが、なかなか良かったぞ」と言うと、周囲もそれを受けて御行を褒めそやした。大王からは杯を賜った。タイミング良く御行が詠ったことが成功したようだ。

多くの人たちは、大王に取り入ろうと努力している様子なので、御行の歌は人々の興味を惹いた。

「なるほど、そういう手があったのか」と多くの人たちに思われたのである。

飛鳥の近辺は湿地帯になっている。しばらく前までは開発されなかったが、王宮の周囲に建物が建ち並ぶようになり、それが湿地帯にも広がって倉庫や館が建ち並び、朝廷の勢いが大きくなってきている。それを御行は詠ったのだが、大王が神であるかのように詠じているのがこの歌の肝であり、大王に気に入られたのである。

歌人、柿本人麻呂の誕生

その後、人麻呂は大伴安麻呂《おおとものやすまろ》と親しくなった。何度か会って歌について話をした。お互いに言葉の使い方に敏感であり、歌の心について話し合い理解を深めた。人麻呂にとって、はじめて心を許すことのできる相手だった。二人は自分でつくった歌を見せあった。安麻呂は、人麻呂が優れた歌い手であることを知り、大いに感心した。

あるとき、安麻呂から「大后である讃良姫のために歌を詠んで献上するように」という指示があったことが伝えられた。

御行の歌が評判となり、歌に対する関心が高まるようになった。歌で大王が称えられるのは非常に好ましいと、讃良姫も、こうした歌がもてはやされる状況を歓迎した。

以前から大后と面識のあった安麻呂が、歌を詠むのがうまい人がいると話した結果、大后から人麻呂が詠んだ歌を聞きたいという申し出があったのだ。自分が仕組んだ歌による効果が、これほど早く目に見えるかたちになるとは、さすがの人麻呂も思わなかった。それだけに、このチャンスを逃すわけにはいかないと張り切った。

大王や大后に認められようと思えば、大王や王家の人たちの尊さを前面に出した歌にしたほうが良い。そのうえで心に響くように感慨をこめた内容の歌にする必要がある。どのような内容にするか。どのように詠い上げるか。

人麻呂は、前に旅に出たときに見た近江の寂《さび》びれた王宮周辺を思い出し、それを詠おうと思いついた。

十年前には王宮があり、貴族の館もあり賑わいを見せた近江だったが、人の気配がまばらになっていた。大王や女人たちが船に乗り込むためにつくられた船着き場も、わずかな波が押し寄せているばかりで、係留された船も雨露で汚れ、朽ち果てるままだった。いっときの栄華もはかなく感じた。それにしても、葛城大王は、なぜ飛鳥の京を捨てたのであろうか。

感慨に耽っていると、嫌でもこの国の過去に思いを馳せ、自分が過ごしてきた昔を振り返った。これからこの国はどのようになっていくのだろう、また自分にどのような未来が待っているのだろうか。

人麻呂は、貴重な紙に歌となる言葉を書き連ねる努力を重ねた。

大王と朝廷が尊い存在であると詠い、それに近江の王宮が捨てられて寂しくなっている姿を重ね合わせ、ときの流れとともに感慨を呼び起こすように表現する。

人麻呂が、詠む歌によって大后に認められたいと思ったのは、いまの単調な毎日から抜け出すきっかけにしたいと願ったからだ。

そうできるはずだという自負があったが不安もあった。不安の半分は自分の才能についてであり、残りの半分は自分の能力を理解してもらえないのではないかという不安だった。

柿本人麻呂は、自作の歌をとりわけ美しく見える文字で記した紙片を持って、大伴安麻呂《おおとものやすまろ》に同道されて、王宮にいる讃良姫のもとにおもむいた。

自分がつくった歌は、過去につくられた歌より斬新であるという自負があった。歌を記した紙片は、これまで人々が目にしていた書体でないと、戸惑いを与えかねないと思い非略体歌ではない文章にした。

人麻呂は、王宮のなかの大后が面会に使う部屋に入った経験はないが、宮廷の雅楽寮にいて大王や大后の前で舞を披露していたから臆することはなかった。歩き方や腰のかがめ方など優雅で落ち着きのある動作になっている自信があった。大后の前での振る舞いは、かつて舞っていたときの所作を思い浮かべてこなしたから、自分でも気持に余裕があるのが分かった。

しばらく待った後で、讃良姫が二人の侍女をともなって姿を現した。安麻呂が人麻呂を紹介し、讃良姫に代わって恵智刀自から声をかけられた。いくつか質問され、それに応えた後で人麻呂が歌を披露した。

歌を書いた二枚の紙を用意してきた。その一枚を、恵智刀自を通して讃良姫に渡して、自分用のものに改めて目をやった。そのときに人麻呂は気づいた。讃良姫に渡した歌を書いた紙にちらりと目をやった恵智刀自が強い関心を示しているのが見て取れた。讃良姫より恵智刀自のほうが自分の歌を正しく評価できるようだと思った。

人麻呂は、安麻呂を通じて自分用の歌を書いた紙を恵智刀自に差し出したいと伝えた。何度も推敲し、実際に声を張り上げて詠いあげる練習をして暗唱していたから、いまとなっては自分には不要だった。

大后の前で歌を披露する前に、声の調子を整えておこうと、事前に人がいないのを見計らって外で大声を上げて詠い込んだ。くり返し声を出すと声の通りが良くなり、聞くほうに心地良く響くようになるのを知っていたからだ。

丁重に挨拶してから、人麻呂は立ち上がって歌を詠み上げた。


目に馴染んでいる玉だすき畝傍《うねび》山のふもとに続く空に満つ大和の地には、昔の尊い神を祖先にもつ大王が君臨なさっておられます。われらにお姿をお見せになった神とも思われるお方が代々、天が下を平らげられてまつりごとを取り仕切られておられた。その空に満つ大和の地を後にして、青によし奈良山を越えて遥かな天ざかる鄙《ひな》の土地である岩走る近江にある、さざなみの大津に宮をおつくりになられた大王がいらした。どのようにお思いで、それまでの京《みやこ》とは遠いところで天が下をお治めなさろうとしたのでしょうか。

岩走る近江の地には、尊い血筋を受け継いだ神とも思われる大王の宮殿があったと聞きましたけれど、訪れてみると、そのような名残りがないのです。宮殿があったというところも見ると、春の草が生い繁り、霞がかかって日差しもぼんやりして、とても往時を偲ぶことなどできません。こうした寂びれたもとの王宮の姿を見るのは、なんと悲しいことでしょう。

リズム良く、抑揚をつけて詠い上げるために人麻呂は工夫して枕詞《まくらことば》を多用した。畝傍山の前に「玉だすき」、大和の前に「空に満つ」、奈良山の前に「青によし」、鄙の前に「天ざかる」、近江の前に「岩走る」、大津の前に「さざなみの」などである。これらは、かつて人麻呂が雅楽寮の舞い衆をしていたときに舞のための謡の言葉として、あるいは祝詞のなかで用いられていた言葉からとったものだ。

枕詞は古くから使われているが、その意味が分からなくなっている。だが、リズムや抑揚をつけるのに欠かせない言葉であり、声を張り上げて詠うときに滑らかに流れるように次の言葉につながる。人麻呂は、何よりも歌を聴いている人たちの耳に心地良く響くことが大切であると考えていた。

詠い終わった人麻呂は、間髪を入れずに一礼した。

「失礼ながら、もう一度、詠わせてください」と言ってふたたび最初から歌い上げた。

讃良姫や恵智刀自は何も言わずに耳を傾けていた。くり返すことにより、歌の意味を理解してもらおうという魂胆だった。最後に「こうした寂びれたもとの王宮の姿を見るのは、なんと悲しいことでしょう」となっているので、それがあるからこそ「今の飛鳥の賑わいがある」と思ってもらいたかった。いまの朝廷の主たちを讃える余韻が感じ取れるようにと、最初のときよりも声の張り上げ方や調子を変えて「神」や「天が下」のところでは力を込めて詠い上げた。

うまく伝わっただろうか。

人麻呂が詠い終わったときには、讃良姫も恵智刀自も、人麻呂が手渡して歌を書いた紙から目を離さないでいた。そして、顔を上げた讃良姫の目が輝いていた。讃良姫以上に、かたわらにいる恵智刀自が、人麻呂の歌の良さを理解したのが見て取れた。讃良姫が恵智刀自のほうに顔を向けると、彼女は大きくうなずいた。讃良姫とは言葉を交わさなかったが、恵智刀自が人麻呂の歌を高く評価しているのが伝わった。これにより、讃良姫は人麻呂の才能を安心して誉め称えた。

大成功だった。人麻呂がもっとも望ましいと思ったとおりに事態が進んだのである。

大伴安麻呂から人麻呂のことを聞いたときの讃良姫は、歌を詠うのを聞くのも一興であろうというくらいの関心だった。大伴御行が大王を讃える歌を詠んで話題になっており、歌に対して関心を示すようになっていた。演舞を見るのと同じような楽しみとして人麻呂を呼んだのである。

人麻呂が披露した歌が、歌の素晴らしさを知る良い機会となった。かつて額田媛が評判になったが、その代わりになるだけでなく、それを超える才能の出現であると思われた。大王を讃えて神のようであると表現して、朝廷の権威がかつてなかったような高みに昇っていく感じがあった。

数か月後、人麻呂は大后《おおきさき》の「あずかり」というわけの分からない身分になった。ただし、人麻呂が出仕するのは以前と同じ大蔵官のなかであるが、広い場所と大きな文机が与えられた。

晴れて文字の記録係から解放されて、歌に関して記された巻きものの整理や点検をする任務についた。しなくてはならない仕事があるわけではなく、巻きものを読んだり、ぼんやりしていても文句をいわれなかった。大后が後ろ盾であると知られていたから、たとえ寝転んでいても誰も咎めようとしなかった。

人麻呂は、気が向けば巻きものに記されている歌のうち、これはと思うものを自分流の文字を付け加えて新しく書き直した。テニヲハを漢字にして非略体歌という形式の記録に書き直してみたのである。

ときどき大后に呼ばれた。歌の詠み方について意見を求められ、自分の考えを述べた。帰りには、持ちきれないほどの賜りものが用意されていた。珍しい食べもの、布や米、衣や帯、ときには貴重なガラス細工などだった。帰宅する際には、従者が人麻呂の家まで運んでくれた。貴族になったようないい気分だった。

そして、人麻呂は、思っても見なかったほど出世していくのである。

第二十一章　「卑母拝礼禁止令」と後継者問題

大海人大王の時代になってから、新年を賀す行事が恒例化した。正月は連日にわたって儀式や行事が続き、ときには新しい施策や詔が出された。

大海人大王が即位して六年目となる西暦六七九年、元日に王家の内輪での宴が催され、翌二日は官人たちが新年の挨拶をするため王宮に参内する。朝廷に仕える上級役人たちは夜の明ける前から王宮に通じる門の周囲に集まり、開門とともに広場で大王と大后が現れるのを待ち、姿を見せた大王と大后に新年の祝いを述べる。

四日には王族たち、各役所の長官や次官など主だった人たちに衣服や腰帯が大王から下賜された。行事は例年どおりであるが、この年の下賜品は一段と豪華だった。金の刺繍が散りばめられ、艶やかに装飾された衣服、それに腰帯である。

「おお、みごとな刺繍を施した衣《きぬ》であることよ。袖を通すのももったいない。これほどの品をくださるとは思いもよらなかった。本当にありがたい」と衣服や腰帯を下賜された人たちは囁きあった。

王族や臣下たちにさまざまな品が下賜されるようになったのは、大海人大王が即位してからである。それが恒例となった。同時に、畿内の年寄りや病気などで生活が立ち行かない人たちに稲束を送るという気遣いも見せるようになっていた。

中臣大嶋《なかとみのおおしま》が言い出した「天照大御神《あまてらすおおみかみ》は大王家の先祖神である」という話が人々の口の端に上るようになってから、朝廷に仕える人たちへの下賜品は一段と豪華になった。

手間ひまのかかる豪華な衣服や腰帯を正月に下賜するためにたくさんつくるには、季節が変わる前から大勢の縫子たちが指示を受けて準備しなくてはならない。

金の糸で刺繍された衣服や腰帯は、大王など限られた人たちしか身につけることが許されない。だから、それと同じような衣服が下賜されるとは予想もしなかったのだ。そもそも下賜品は、大王の霊力が備わった特別なものと考えられたから、よけいにありがたがられたのである。

財政が豊かになっており、貴族たちの衣装への関心が高まり、以前より豪華な衣装をまとうようになった。威信を保つために身を飾ることが必須の条件であるという意識を強め、貴人たちは衣装や装飾品で身を飾るようになった。そうした状況に合わせた下賜品にしたのは讃良《さらら》姫に仕える恵智刀自《えちのとじ》の知恵だった。

新しい詔の意外な内容

一月七日は節会として祝われる。節会の宴は、宮殿で王族や臣下が大王に忠誠を誓う儀式である。列席した王族や上級役人は、身分の高い順に大王に挨拶する。

これで正月の一連の儀式がひと区切り付けられ、新しい詔《みことのり》が発せられる。

この年の詔は朝廷にとって大切な内容になると、集まった王族たちや官人たちは感じていた。何となく例年と違う雰囲気があると思われ、列席した人たちは緊張して待っていた。

果たして、多くの人たちを驚かせる詔だった。

「毎年の儀式や行事に際して、これまでの拝礼の仕方の一部を改めることにする」と大王が厳かに宣《のたま》った。

「今後は兄姉以上の親族および自分の一族の当主を除いて、そのほかの人たちに対する拝礼は、これまでと同じであると思ってはならぬ。王たちは、たとえ母であっても、その身分が王族でない場合は拝礼してはならぬ。官位を持つ人たちも、自分より身分の低い母に対して同様に拝礼してはならない。違反する場合は処罰する場合もある。そのように心得よ」

誰もが予想しない内容だった。中国から儒教の思想がすでに伝わっており、忠や孝という守るべき規範は浸透していた。身分の高い人や目上の人に対して拝礼し両親を敬うのは当然なのに、ことさら身分によって接し方に違いを設けるというのはなぜだろうか。自分より身分の低い母親に対して拝礼してはならないというのは、「孝」の思想とは相容れないように思われた。

低い身分の母に拝礼してはならないと宣言して、逆らえば処罰する場合もあるというのは穏やかならざる詔であるが、詔として出されたからには従わざるを得ない。とはいえ、このような禁止条項が出されるのはなぜか、さまざまに推量や噂が飛び交った。

密かに「卑母」という言葉が人々の口の端にのぼるようになったのは先の内乱のころからである。

葛城大王の長子であった大友王子の母は伊勢の国司の娘であり、采女《うねめ》として王宮に仕えた女性であり、大友王子は

「卑母」の産んだ王子であるから王位継承に疑問があると囁かれた。

そのせいもあって、大海人王子が即位してからは、大王の血筋に関する正統性が強調されたが、時間が経つにつれて「卑母」という言葉は口の端にのぼらなくなっていた。とはいえ、この詔が出されると改めて「卑母」という言葉が飛び交うようになった。采女から生まれた王子は、公的な場で実母を敬うことが許されないと決めるのは、それなりの理由があるはずだが、いつもと同じように、なにゆえに出された詔なのか説明はされなかった。

大海人大王にはたくさんの王子がいるが、母の身分は、葛城大王を父に持つ王女、かつての大臣の娘、さらには采女と多様である。

「卑母への拝礼は禁止する」という詔が出されたことで、いやでも次期大王についての関心が浮かび上がった。「卑母」を母に持つ王子が、次の大王候補になることはできないという宣言であると多くの人たちは受け取ったからだ。後継者問題は差し迫っていないと思われていたのに、にわかに取り沙汰されるようになった。

朝廷の内情に詳しい人なら、この詔の出どころが讃良姫近辺であると察することができただろう。

天照大御神が大王家の先祖であるという想いにとらわれた讃良姫は、その血統が薄まってはならないという思いを強めた。そのために、父親だけでなく母親も大王家の血を引いていなくては尊いとは言えないとして、そうでない母を敬うのはそれを否定する態度であると言いたかったのだ。

同じ王子でも母親の身分の違いが王子の身分差となっているはずなのに、讃良姫から見ると、そうした歴然とある差を自覚しない人たちが増えてきているように思えた。それを糾《ただ》すためには詔として公式に出すのが良い。

大王が、讃良姫の提案を受け入れたのは、大王自身が、朝廷の秩序を確立することが重要であると考えていたからだ。自分を頂点とした朝廷の人事では、王子・王族・側近の臣下・その他の臣下というように、自分との距離を明確に頭のなかに描いていた。雄君と男依という舎人を重用した大王は、彼らの死以降、身分の格付けを徹底させるほうが良いという考えに大きく傾むいてきた。そうした大王の考えと讃良姫の思惑は必ずしも一致しなかったが、詔として出されたからには誰も逆らうことは許されなかった。

卑母拝礼禁止令の波紋

大王は大后のいいなりになっているのではないかと密かに陰で囁かれるようになった。以前より大王に元気がないように見えることがあったからだ。

毎年一月十七日に王宮の西門前の広場でおこなわれる弓矢大会は天候の悪化で一日遅れて十八日に開催された。離れた的に矢を射て争われる競技で、相撲大会とともに人気があった。恒例の弓矢競技は、大王が楽しみにしており、出場する腕自慢の豪族たちの子弟は、この日のために訓練を積んできた。勝者には褒美が用意され、大王からも声がかけられる。

はじめのうち熱心に見入っていた大王は途中で居眠りをした。これまでにないことだった。

このあと、多品治《おおのほんじ》は、美濃王に誘われて二人だけで話す機会があった。品治の顔を見ながら美濃王は声を落として言った。

「あなたも感じたと思いますが、大王の様子が以前とはちょっと違ってきたように見えますが」と美濃王は大王に老いの兆候が見える気がして心配になったのだ。

品治は、朝廷の中枢でまつりごとに関わってきているものの、舎人として近侍した雄君《おきみ》や男依《おより》たちのように、いつも大王のそばにいるわけではなく、大王に呼び出されたとき、または用事があるときだけ王宮に出向く関係だった。二人の舎人が死んでからは、高市王子が大王のそば近くにいることが多くなっている。

「昨年までの弓競べでは最後まで熱心にご覧になっておられたのに、途中でまさか居眠りなさるとは思いませんでしたので驚きました。昨年の四月に十市《とおち》姫さまが亡くなられたことも影響しているのでしょうか」と品治が応えた。

大友王子の妻となった十市姫は大海人大王と額田媛のあいだにできた王女であり、飛鳥に戻ってきてからは大王もその身を案じて気にしていた。

大王は稲の植え付けなど本格的に耕作が始まるのを前に、豊かな収穫を祈願し各種の儀式を挙行するために新しくつくられた倉橋川の上流の斎宮《いつきのみや》に出かけようとしていた。日の出までに到着しようと、夜が明ける前に行列が動きだし、大王が出発しようとしているとき、十市姫が突然倒れたのである。知らせを受けた大王は、輿を降りて十市姫の様子を見に行ったが、抱き寄せた大王の腕のなかで十市姫は息を引き取ってしまった。

行幸は中止された。大王や王族たちは儀式に姿を見せず、中臣氏と忌部氏が中心になっておこなわれた。

十市姫の葬儀では大王の嘆きは大きく、声を出して泣いた。敵となった大友王子に嫁いでいたから、よけい不憫に思えたのだろう。あまりに突然のことなので、事前に毒を飲んだか、誰かに飲まされたのではないかという疑念があった。大王が調べるように指示したものの、確かなことは分からなかった。

「近ごろ大王は少し気むずかしくなっているようです。けれども、考えてみると大王の兄上の葛城大王が亡くなられた歳をすでに過ぎておられるのですから、あまり無理はできなくなっているのかもしれませんね」

美濃王は小声で言った。

「ですが、お顔の色や表情などはいまだに衰えておられませんし、馬に乗っておられる姿は威厳があって元気そうに見えます。ただ、近ごろは何をお考えになっておられるのか分からないことがあります」と品治は、気になっていることを美濃王にぶつけてみた。

美濃王も「卑母」に対する拝礼禁止令が出されたのを気にしているようだが明からさまに言うわけにはいかない感じだった。品治にも触れるわけにはいかないという思いがあった。

尼子娘を母に持つ高市《たけち》王子を重用する大海人大王を讚良姫が牽制する意図があったのではと品治には思えた。大王のそばに控えていることが多い高市王子は、大王の名代としてあちこちに派遣されていた。大王が人と会うときにも高市王子が同席するのが当たり前になり、高市王子は朝廷に欠かせない顔となっている。

大后《おおきさき》の讚良《さらら》姫は、大王のそんな態度が気に入らなかったのではないかと品治は密かに思っていた。大王が、大后の言いなりになって詔を出したわけではないにしても、このような詔が出される不自然さは隠しようもなかった。これを機に朝廷のまつりごとに波風が立とうとしている気配が感じられた。

美濃王も、微妙な問題だけに口にするのを憚《はばか》っていた。大王の後継者選びが取り沙汰され始めると、それまで表面化していない対立関係が露わになり、さまざまな思惑がぶつかりあいかねない。後継者選びを先送りしたほうが朝廷の平穏は保たれるが、この詔が出されてから、王宮の空気は落ち着きを失ったように見えた。

この詔にもっとも影響を受けたのは高市王子である。大海人大王を父に持つ王子のなかで最年長の高市王子は、二十六歳になっていた。王子のなかでは一人だけ内乱時に活躍しており、その後も大王を助けて朝廷のまつりごとに参与していたから存在感は抜きん出ていた。これに次ぐ年齢の王子は讚良姫の処世になる草壁王子だが、高市王子より七歳下である。

高市王子を大王の後継者にしようとする動きを阻止するために出された詔ではないかという囁きも高市王子の耳に入っていた。それでも高市王子の態度には何の変化も見られなかった。むしろ、高市王子に仕える舎人たちのほうが、この詔に対して反発した。

「そう気にするな。われの態度は、これまでと何も変わるものではない。大王は、われを大事にしてくれており、これまで通りに仕えれば良いのだ。朝廷のまつりごとをとやかく言うようでは、われの舎人に相応しくないと心得よ」

まっすぐな性格であるといわれている高市王子らしい発言で、はやる舎人たちを諫《いさ》めたのである。

吉野宮における王子たちの誓い

大海人大王が、重い腰をあげて吉野宮での「国見の儀式」を挙行したのは、この年の五月五日である。前から讃良姫が吉野宮に行く希望を示しており、ようやく大王がその気になった。讃良姫の説得に折れたのである。

讃良姫は、近江朝を追われるようにして吉野宮で過ごした時期を懐かしんだが、大王にしてみれば思い悩んだ時期なので、吉野宮に行ってみたいとは思わなかったのだ。

「国見の儀式」は、かつては朝廷の重要な儀式だったが、伊勢の神社を祀り、あちこちに神社を建立して神に祈願するようになってから大切に思われなくなっていた。

讃良姫は、子供のころ宝姫に連れられて来たときの吉野宮の思い出が鮮明に焼き付いていた。そのときに感じた「特別な生まれである誇り」を草壁王子にも感じてほしいと願っていた。

「卑母拝礼禁止令」を提案したのは、大海人大王の跡継ぎとして草壁王子の地位を確かにしたいと讃良姫が強く願ったからだ。

しかし、大王は、必ずしも草壁王子を後継者に決めたわけではない。讃良姫の気持は察していたが、若い王子たちの将来がどうなるか、もう少し見守ってからでも遅くないと考えていた。

吉野宮に行幸するに際して、讃良姫は高市王子と草壁王子だけをともなって行くつもりだったが、大王は六人の王子を連れて行くと主張した。王子たちが一堂に会する機会をつくりたいと思ったからである。

結局、同行するのは、声変わりして大人の仲間入りを果たしつつある王子たち六人である。年の順でいえば、高市王子、川島王子、草壁王子、大津王子、忍壁《おさかべ》王子、芝基《しき》王子である。このうち川島王子と芝基王子の父は葛城大王で、あとの四人の王子の父は大海人大王である。草壁王子と大津王子の二人が母は葛城大王の娘であり、残りの四人の母はいずれも采女である。このほかに大海人大王には長王子、弓削王子、舎人王子、新田部王子、穂積王子、磯城王子がいるが、いずれもまだ幼少だった。

「この国を治めるには、諍《いさか》いにより混乱が起きないようにしなくてはならぬ。諍いがあれば、後々まで影響して混乱を招いてしまう。この際、そのような争いが起きないようにするために、われから王子たちによく言い聞かせる良い機会だ」と大王が提案した。

讃良姫も反対するわけにはいかなかった。そこで、彼女は、大王が王子に声をかけるときに草壁王子を最初にしてほしいと頼んだ。

「分かった。そうしよう」と大王が応えた。大王は、それほど気にしなかったが、讃良姫にとっては、大王から声をかけられる順序が、そのまま王子の序列であるという思いがあったのだ。

五月五日、飛鳥から飛鳥川沿いに南に進み、芋峠を越えて吉野にある王宮に到着した。神々の持つ霊気が充満している懐かしい吉野宮で、讃良姫は空気を胸いっぱいに吸い込んだ。

山のなかに神聖な森があり、清流が勢い良く流れ、鳥が舞い、獣たちが走りまわっていた。身体のなかにある霊魂まで元気になるように思われた。

「どうぞ、召し上がってください」

讃良姫が到着したときに、すぐに宮滝の清流から汲んだ冷たい水を差し出したのは恵智刀自である。迎える準備をするために二日前にやって来ていた。

「これは、これは」と言って、水の入った器を受け取った讃良姫はにっこりとしながら口に当てて飲んだ。

「何とおいしいことでしょう。命が長らえる甘露ですね」

讃良姫は、この水を飲むことも吉野に来た目的のひとつだった。聖域を流れる水は、長寿を約束する霊水であると信じられた。初夏の日差しに汗ばんでいたから、よけいにのどに染みた。

食事が用意されていた。清流で捕らえたばかりの鮎の塩焼きをはじめ、近くで収穫した野菜、捕獲したばかりの鹿の肉などの料理である。

夕方、太陽が沈む前に、飛鳥の方向をそれぞれが眺めた。一年でもっとも日が長い時期である。はるか彼方まで稲が青々と繁り、風になびいている。秋には豊かな実りになるよう皆で祈った。

翌日の朝、王宮前の庭に大王と大后を前にして六人の王子たちが勢揃いした。

集まった王子たちを前に大王は厳かに宣言した。

「王子たちよ、ここで誓いを立ててほしい。これから先、将来にわたって長く兄弟どうしで争いをしないのが、われの願いである。朝廷はひとつでなければならぬ。そのことを分かってほしい。われの前で諍いはしないと誓ってほしいのだ」

　大王は一人一人の顔を見まわしながら「どうだな」と草壁王子に言った。

　草壁王子は一歩前に出て大王と大后に拝礼し、ひと呼吸おいて声を張り上げて言った。

「天の神、地の神、大王に申し上げます。われら兄弟は、異なる母から生まれておりますが、そうした違いや長幼の差などは何ほどのことでしょう。そんな相違は問題にせず、大王に仕えて王子としての役目を全うするようにいたします。ともに助け合い、励ましあって大王を支えていく所存です。誓いを破ることがあれば、この命が亡び、子孫に災いが降り掛かるのも甘んじて受けるつもりです」

　草壁王子はよどみなく宣言した。そのはずである。飛鳥にいたときに練習してきていたのだ。

　次いで高市王子が前に進み出た。

「われも、大王の仰せに従い兄弟仲良く大王に仕えることを誓います。きょうの誓いは生涯、忘れるものではありません」と言葉少なに一礼した。

　続いて、大津王子が同じように誓い、そのほかの王子たちが続いた。

　大王は目を細めて一人一人にうなずいた。

「王子たちよ。それぞれに異なる母から生まれたとはいえ、一人一人を差別しようなどとは夢々考えておらぬ。皆が同じ母から生まれた王子であると思っておる。同じように可愛いのだ。分け隔てなく慈《いつく》しみたいと思っておる。おまえたち兄弟も、お互いに仲良くしてほしい」

　そう言うと、大王は着ている衣服の胸もとで結ばれていた紐を引き前を開いた。そして草壁王子に目で合図した。

　草壁王子がそれに応じて前に進むと、大王は両手を広げた。王子が胸に飛び込むようにすると、大王は王子を抱え込み自分の胸にその身体を押し付けた。

　大王は特別な霊力を持っていると信じられており、身体から霊力が溢れるように発散されるから、大王に抱擁されれば霊力をもらい受ける。

　大王の胸に飛び込んだ草壁王子に、大王は耳元で声をかけた。「なかなかうまく言えたではないか。感心したぞ」

　次いで高市王子が招き寄せられた。王子たちのなかでは一段と身体も大きかった。大王は胸に引き寄せて言った。

「これからも、われの名代として活躍してほしい。頼りにしているぞ」

　声をかけられた高市王子は「ありがとうございます」と応えながら感激していた。大王の衣服から発せられる体臭が甘い香りを含んでいるように感じた。大王から元気をもらっているという実感があった。

「ご期待に添うように努力いたします」とけなげに応えた。

三番目は大津王子である。抱きかかえた大王は「強くなれ。励め」と鼓舞するように言った。心なしか、抱きしめている時間が長いように思われた。

そして、忍壁王子には「しっかり学ぶように」と言い抱擁した。

川島王子を抱擁したときには「そなたをわが息子であると思っておるのだぞ」と声をかけた。葛城大王の息子であるからと、差別するつもりがないという意思表示だった。

芝基王子にも大王は同じ言葉をかけた。葛城大王の処世になる王子を一緒に連れて来たのは、大王の懐の大きさを示す意味があったからだ。

「おお、良かったこと。本当に良かった」と大王のとなりに控えて、大王が六人の王子たちを抱擁し終わるのを待ちかねたように讃良姫が声を上げた。

「大王のご意志に添うよう、皆で仲良く助け合っていってください」とにこやかに言葉を添えた。

吉野宮で王子たちによる誓いの儀式がおこなわれたことは、すぐに朝廷に仕える人々の噂として広がった。

大王は、誓いの儀式に満足していた。朝廷のまつりごとの将来を託す王子たちが仲良くするようにうまく伝えられたと思ったからだ。大王が衣服の紐を解いて胸を開け、王子たちを一人一人抱擁したのは咄嗟の思い付きだったが、王子たちの絆を強める効果があったように思えた。

讃良姫が満足したのは、息子の草壁王子が最初に誓いを立てたからだ。朝廷の儀式では、最初に行動する人が重視される傾向が伝統として根付いている。それに、大津王子が高市王子のあとだったのも讃良姫にとっては安堵できることだった。

吉野宮を脱出して、大海人王子一行と別れて桑名の評督《こおりのかみ》の館で暮らしたときからずっと、讃良姫は大津王子のことが気になって仕方なかった。

王子たちは、それぞれに決められた有力者が育ての親となるから、お互いに離ればなれに生活するが、このときは草壁王子と大津王子、それに忍壁王子が同じ屋根の下で暮らした。

吉野宮にいたときは草壁王子とふたつ年下の忍壁王子と二人だったが、桑名で三人になると関係は微妙に変化した。それまでは草壁王子の言いなりになっていた忍壁王子も、大津王子と仲良くするようになり、草壁王子とは距離をおくようになった。

三人の王子は一緒に遊び、学んだが、他人行儀な感じが少しずつなくなってきたせいか口論することもあった。別々に暮らしている王子なら、同じ年頃の子供と遊ぶ場合にも、主従関係がはっきりしていて口論や喧嘩になることはほとんどなかった。

桑名では、近江にいたころのように百済の知識人や教育を施すのに適した渡来系の人たちをそばに置けなかったから、讃良姫や恵智刀自が三人に教えた。大津王子は、一歳上の草壁王子と同じようにできないと気が済まない様子で、必死になって学ぼうとし理解しようとした。ときには、そんな大津王子の態度が讃良姫には疎ましく思われた。

評督のところにいる老いた武人が指導して乗馬の訓練がおこなわれたときには、運動神経の良い大津王子のほうが草壁王子よりうまく乗りこなした。十歳前後での一年半ほどの歳の違いは小さくなかったが、そのハンディキャップをはねのけようと大津王子は必死になっていた。

母親を早くに亡くしたせいか、大津王子は頼りになるのは自分だけという思いがあり、負けん気の強いところを見せた。それが健気に見えるか疎ましく感じられるか、見解の違いである。

それが今になっても、讃良姫が大津王子を見る目は変わっていなかった。そのせいではないだろうが、久しぶりに会った草壁王子と大津王子とは、互いに打ち解けた感じとはほど遠い様子だった。

三人の王子が同時期に婚姻する

吉野宮での誓いの儀式がおこなわれた三か月後の八月に、大王は伯瀬川上流にある淵のほとりで宴を開いた。夏の暑さは和《やわ》らぎ爽やかだった。川の淵を見下ろす草むらで大王や王子、それに側近たちが顔を揃えた。この宴のあとに外山《とび》にある駅家《うまや》に馬を見に行くのが、もうひとつの目的だった。

これと思われる良馬が全国から集められた。駅家はそれまで以上に充実し、貴人や役人たちの地方との往復に備え、いつでも交代できるように多くの馬を飼育していた。

当時の馬は小振りだったから、早く駆けるのは得意ではなかったが、陸路の移動には徒歩よりはるかに便利だった。それに乗馬は支配層の趣味として好まれており、大王も気分転換に馬をよく走らせた。

わが国に馬が入ってきたのは五世紀ころといわれている。その後しばらくは、馬の飼育は専門的な知識を必要とされ、渡来系の人たちがその任に当たっていた。次第に馬の数がふえ、農耕に使用されるようになると飼育は特別な技術でなくなった。朝廷の馬の飼育を担当する人たちは、良馬を育てることに特化した。各地にある朝廷の牧場で飼育された良馬が選ばれて、大王や王族の使用に供されるために運ばれてきた。

大王たちが到着したときには、外山の駅家近くの広場に馬が並べられていた。馬体や毛並みの良さなど、いずれも選りすぐりの馬ばかりである。大王は馬を一頭ずつ品定めした。そばで見て馬体に触れて確かめていく。

見た目で気に入った馬でも、走らせてみなくては良い馬かどうか分からない。首筋を軽く叩くと素直そうな表情をしても、走らせると気が荒くて馬上の人の言うとおりに動こうとしない馬もいるし、ひたすら速く駆けようとする馬もいる。

馬の品定めは、大王にとって楽しみのひとつだった。一緒に来た人たちが、どんな馬を選び、どのように乗りこなすか見るのも興味があった。これはという馬を走らせ、馬と一体になって駆けるのは気分が良かった。しかし、大王は以前ほど自分が騎乗する時間はとらずに、王子たちがどのように馬を扱っているか見ることにした。

大人しい馬を選び無難に乗りこなそうとしているのは草壁王子だった。乗馬はあまり自信がないせいで、騎乗している姿勢も様になっていなかった。

それに対して、大津王子のほうは大振りで少し気が荒そうな馬を選んだ。初めのうちは騎乗している大津王子の言うことを聞かなそうに見えたものの、馬はすぐに王子の指示に従うようになり、堂々と駆け抜けた。

「みごとだ。本日、いちばんである。王子たるもの大津王子のようにうまく騎乗することが大切である。その馬はなんじに進呈しよう」と大王が大津王子に声をかけた。

騎乗を終えて全員を前に大王が挨拶したときも、大津王子は改めて誉められた。次に誉められたのが葛城大王の処世になる川島王子だった。大津王子と川島王子は気が合っているのか仲が良く、ともに馬を駆って遠乗りすることもあった。

「良かったですね。このような立派な馬をたまわって」と川島王子が大津王子に声をかけた。

川島王子は、異母兄の大友王子とともに百済からの亡命貴族から漢詩を学び、漢詩をつくるようになっていた。その影響を受けて大津王子も漢詩に興味を持ち、ともに百済の人たちに指導を受けるようになった。

川島王子は大津王子よりも五歳年上だが、兄貴分として行動することはなく、大王に可愛がられている大津王子を立てていた。今の大王と戦った大友王子の弟であることに負い目があると思っているようで、ときには大津王子の従者のように振る舞うこともあった。

大津王子が大王に特別に誉められたことは噂として広まった。大王は、日頃から王子たるものは学問だけでなく武勇にも優れている必要があると言っていた。

讃良姫は、こうした噂にも神経を尖らせた。自分の腹を痛めた草壁王子を大海人大王の後継として確定させたいと思っていたから、外山での馬の乗りくらべで大津王子が点数を稼いだという話を聞くと、なんとかしなくてはと思うのだった。

「草壁と大津、それに高市の三人を、この際、婚姻させることにしたらどうでしょうか。この三人は特別な存在ですし、大王のためにこれからも仕えるわけですから、同じ時期にさせると良いでしょう」と讃良姫は大王に提案した。

「そうだな。われも高市のことが気になっていたのだ」と大王も即座に応じた。

王子であれば美人を見染めたら身分に関係なく自分の想いものにするよう働きかけできるとはいえ、正式な婚姻となると大王や大后の意志を尊重しなくてはならない。高市王子だけでなく草壁王子も大津王子もすでに婚姻しておかしくない年齢に達していた。

適齢期の王女は、阿閉姫《あへいひめ》、御名部姫《みなべひめ》、それに山部姫《やまべひめ》の三人、いずれも父は葛城大王である。先の大王の血を受けた姫であるから身分としては申し分ない。

阿閉姫と御名部姫の母は、蘇我石川麻呂の娘である姪媛《めいのひめ》である。姪媛は遠智媛《おちのひめ》の妹であり讃良姫にとっては叔母である。讃良媛は姪媛の産んだ阿閉姫に親愛の情を持っていた。彼女は大王にも可愛がられ、十市姫とともに伊勢の神社に参拝に行ったことは前述した。葛城大王には、王家の血筋を引いた妻はいなかったから、阿閉姫と御名部姫がもっとも貴種の姫となる。

山部姫は、蘇我赤兄の娘の常陸媛が母である。石川麻呂の弟に当たる赤兄は、蘇我一族のなかで近江朝の大臣だったため、乱後は罪人となった。だからといって常陸媛の産んだ山部姫が粗末に扱われたわけではなく、先の大王の姫であるから丁重に扱われ才色兼備の姫として育っていた。

長幼の順では阿閉姫、御名部姫、山部姫の順となっているが、それほど歳の差はない。

それぞれの王女を三人の王子とどう組み合わせるか、決定権は大王と大后が持っていた。実際には讃良姫が提案し、大王がそれを承認するかたちとなった。

「配慮すべきは高市のことです。先の戦いのおりにも大王の名代として先頭に立って前線に行きました。その後も大王の名代としてお役に立っております。高市には身分のある姫を嫁がせるようにしてあげたいと思います」

高市王子の母が卑母であるにしても、迎える妻の身分が高ければ、生まれてくる王子の序列は上がる。側近の舎人が亡くなってからは、大王が高市王子をそばにおく機会が多いのを讃良姫は知っていたから、大王の気持を察して、まずは高市王子の婚姻相手を誰にするかから話したのだ。

「それが良い」と大海人大王は即答した。「高市は、よくやっておる。われの言うことを忠実に実行しようとしており、これまでわれの前で嫌な顔ひとつ見せたことがない」

小賢しく自分の意見を言わずに、まっすぐな性格である高市王子を大王は気に入っていた。

「わらわが考えますのに、高市には御名部姫が良いと思います」と讃良姫は切り出した。草壁王子には阿閉姫を娶らせようと思っていたからだ。

「そうか、御名部姫なら申し分ない。だが、あれには姉がいるではないか。姉の阿閉姫はどうするのだ」と大王が聞いた。

「はい。草壁に嫁がせるのが良いと思います」と讃良姫はさらりと言った。「わらわの見るところ、阿閉姫はわらわが尊敬する宝姫に似ております。気品といい、容貌といい、将来の大王になる王子の妻に相応しいと見ております」

「ということは、そなたは草壁を次の大王にしたいというのか」と大王はにやりとしながら言った。

「それが筋というものでしょう。大王が、後継者を誰にするか決めておられないのは承知しています。ですが、王子たちの婚姻となれば、将来について少しは考慮するのが当然ではないでしょうか。大王は、阿閉姫が草壁よりも一歳上であることを気にしておられるのでしょうか」

「いや、そんなことはない。で、大津はどうするつもりか」と大王が尋ねた。

「大津には、常陸媛の産んだ山部姫でいいのではないでしょうか。それで、よろしければ、三人の王子がともに問題なく婚姻できることになります」

讃良姫は、きりりとした顔を大王に向けて宣言するように言った。草壁王子を後継者として認めさせるには、あらかじめ考えた三人の王女との組み合わせが最善だった。

「それで問題が起こらなければ、そなたが思うようにするとよい」と大王は、このことにはあまりこだわらない態度で言った。

後継者問題が人々の関心を集めるようになり、王子たちの婚姻は微妙な問題を含んでいたが、当の王子たちは大王から、このように決めたと告げられれば、それに逆らうなど思いもよらなかった。秘かに好ましいと思っている人がいたにしても、自分で相手を選ぶ自由などなかった。

この決定は、数日後に当該の王子と王女たちが内裏に呼び出され、大王から告げられた。もちろん、組み合わせた理由は知らされないし、否やを言うことも許されない。

大王のとなりにいる讃良姫は、一言も発しなかった。そして、大王の申し渡しに対して、すべての王子と王女たちが、二人に向かって平伏すると、にっこりと愛想笑いを振りまいた。

草壁王子、大津王子、高市王子が相次いで婚姻した。そして、讃良姫の願いが叶ったように草壁王子と阿閉姫のあいだには王女が生まれた。のちの元正天皇となる氷高《ひだか》姫である。その三年後に呵瑠《かる》王子が誕生している。高市王子と御名部姫のあいだに長屋王が誕生するのは、呵瑠王子誕生の後である。ちなみに、大津王子と山部姫とのあいだには王子も王女も生まれなかった。

中臣不比等、草壁王子に仕える

このころ草壁王子の舎人として近侍するようになったのが中臣不比等《なかとみのふひと》である。いわずと知れた鎌足の息子である。

不比等が草壁王子の舎人になったのは、草壁王子が婚姻する直前で、父の鎌足が亡くなって十年後のことである。

朝廷に仕える年齢は、身分の高い氏族の子弟は二十一歳以上、それ以外の者は二十五歳以上と決められていた。「大舎人」と称されて王宮でさまざまな仕事をこなした上で配属先が決められるが、不比等の場合は、例外的に最初から草壁王子の舎人になっている。二十一歳になる前から特別に草壁王子に仕えていたからである。

渡来系の豪族である田辺史大隅《たなべのふひとのおおすみ》に育てられた不比等は、一通りの教養を身につけていた。

不比等に教育を授けた田辺氏は近江朝に仕えていたので、内乱後は山科で逼塞していた。だからといって不比等の養育環境に問題が生じたわけではない。不比等の姉である氷上媛《ひかみのひめ》と五百重媛《いおえのひめ》がともに大海人大王の妻となっており、飛鳥の朝廷から手が差し伸べられていた。

不比等は、父の鎌足から「良く学んで古今東西の知識を身につけることが大切である」と言われて育った。隋や唐の書物にはこの国の将来に役立つことが書かれていると教えられた。

唐で学んだ兄の定恵《じょうえ》と顔を合わせたのは短いあいだだったが、兄が周囲から期待と羨望の目で見られたのを不比等は覚えている。亡くなってからも兄はまぶしい存在であり続けた。慈愛に満ちた、いかにも頼もしそうに兄の定恵を見る父の目が不比等のまぶたに焼き付いていた。

不比等は、仏法についての知識もしっかり持つようにと鎌足から言われた。父の言いつけを守ろうとすると、馬で遠乗りを楽しむ余裕などなかった。ふつうは知識の吸収とともに弓矢や馬の乗り方も訓練するが、不比等は武張ったことにはあまり熱心に取り組まなかった。

「論語」や「千字文」をはじめ、さまざまな書物を学び始めた不比等は、理解が早く利発さを見せ、自分が優れた能力を持っていることを自覚していた。学んでいるうちに、父は自分に何を期待して語っていたかが分かった気がした。

人が生きる社会とはどのような仕組みなのか、どう考えて対処すれば良いのか。多くのことを学び他の人たちより深く考え、より良い答えを見つけることが大切であると思えるようになった。

不比等は、父の鎌足が兄の定恵を見たような目で、自分も見られたいという願望を抱いていた。成人する前に父の死にあい、不比等は衝撃を受けたが、死んだ父があの世から自分に注目しているという意識が常にあった。

やがて不比等は、田辺氏のところにある書物はそれほど多くはなく、それらを読むだけでは限界があることに気づいた。もっと多く学んで広い世界に飛び立ちたいと思うようになった。

不比等が頼りにしたのは、同じ一族である中臣氏のなかで頭角を現しつつある大嶋だった。不比等とは又従兄弟に当たる大嶋は、中臣家本来の朝廷の祭祀に関して専門的な知識を駆使して重んじられていた。会う機会が多いとはいえなかったが、大王や大后の話を大嶋から聞くたびに、自分も貴人たちの世界で活躍したいと思った。

不比等は大嶋から、朝廷には唐や百済の書物がたくさん所蔵されていると聞き、それらの書物に接したかった。しかし、貴重な書物を読むには朝廷に出仕し出世してからでなくては叶わなかった。

不比等に転機が訪れたのは十九歳になったときである。悶々としていた不比等は大后に呼び出された。

「大后の讃良姫さまが、おまえに会ってみたいと仰せだ。どうやら草壁王子の学問を見てほしいと思っているようなのだ」と大嶋から言われたのである。

讃良姫は、十五歳になった草壁王子の家庭教師兼友人に相応しい人物を探していた。何人かの候補のなかから不比等が選ばれた。

草壁王子には、えり抜かれた知識人たちが学問を教えており、統治者になるための英才教育が施されていた。しかし、年齢の離れた教師たちの授業は一方通行になりがちである。草壁王子ひとりのために講義をするので、分かりやすく話すように心がけたが、どの程度理解しているか確かめずに先へ進むことがあった。

讃良姫は、比較的年齢が近くて学問や知識に優れた人物を捜し出し、草壁王子の身近において一緒に学んだり遊んだりさせるのが良いと考えた。

不比等が考える以上に、父の鎌足の活躍は人々の記憶にあった。その息子である不比等は、身元の確かさでも能力の高さでも群を抜く存在と見られたのである。

「よくぞ来てくれた。不比等よ、そなたには草壁に仕えてほしいのです。といっても、舎人になるにはまだ歳が足りないが、それまでは草壁とともに学び、ともに遊んでほしい。そなたが草壁よりも歳上であるから、さまざまなことを草壁に教えてほしい。草壁と仲良くしながら兄のように接してほしいと思っている」

招きに応じてやってきた不比等は、讃良姫から直々に言われて驚いた。草壁王子とは、友人でありながら主人であるという微妙な関係になるが、この申し出を受ければ、自分が望むように学ぶ機会が訪れるに違いなかった。

「自分のようなもので良いのでしょうか」

不比等は確かめる意味もあって尋ねてみた。自分に決定したような口調だったものの、ほかにも候補となっている人がいるのかもしれないと思った。

「そなたに頼みたいのです。わらわも、できることはしますから承知してください」

そこまで言われれば断るほうが不自然である。

「分かりました。ありがたいことです。懸命につとめますのでよろしくお願いいたします」

不比等は、躊躇などしていない態度を示そうと力強く言った。

草壁王子に仕えるようになって、不比等は、舎人になった以上の待遇を獲得できた。讃良姫が後ろ盾であるから、周囲の不比等を見る目も違ってきた。

それまでは手が届かなかった貴重な書物や大切な巻きものも見たいときには、いつでも申し出れば断られなかった。自分の知識欲を満たすためであっても何の心配もなく要求できた。

草壁王子との関係も、最初に危惧したより良好な関係を保つことができた。草壁王子は、わがままを押し通すこともなく、親しみのある兄貴分に接する態度だった。不比等が学問的にも優れていて理解も早く、学ぶ意欲が旺盛であることに草壁王子が気づいたからである。

讃良姫が帝王学を独自に学ばせたせいもあってか、草壁王子は貴人としての教養を身につけていた。母親の言いつけをきちんと守ろうと努め、たがを外した行動をとることもなく頑張ろうとした。そのかわり、強い母親に育てられた子供によく見られる内気さがあった。

不比等にとって扱いづらい相手ではなかった。不比等は草壁王子とともに、博士たちの講義を受けてから二人で話し合った。

それまでは教えられる立場だった不比等は、王子に対して教える立場で話をリードした。それでも、父親の鎌足のように、王家の人たちに出過ぎた行動をとらないよう不比等は自分を戒めた。さまざまな特権を行使できるのは、自分の能力ではなく大后に認められているからであると自覚していた。

草壁王子が不比等と仲良く接するようになり、喜んだのは讃良姫である。不比等は余裕をもって草壁王子に接しながら、臣下として王子を立てて分をわきまえた態度を見せた。二人の関係は、讃良姫が最初に望んだとおりになっていた。

道昭法師の仏法に関する講話

道昭《どうしょう》から仏法について学ぶために不比等は草壁王子とともに講義を受けた。それまでにない体験だった。

唐で学んだ道昭は、その能力の高さゆえに天竺に学んだ唐の玄奘法師に愛され、直接指導を受けた逸材として知られていた。中国における仏法が道教や儒教の影響を色濃く受けて、本来の仏教思想とかけ離れてしまったと、原典のサンスクリット語による経典をもとに仏教思想の革新を図ったのが玄蔵である。道昭は、唯識宗という大乗仏教の新しい思想を身につけて帰国した。

わが国に仏法が広まった要因は、仏像を拝むことによりご利益が得られると信じられたからで、仏法の奥深い思想を学ぼうとする人たちは一部の僧侶に限られていた。この世は無常であり、苦しみのほうが多い。「悟り」を開くことにより救済されるが、そのためには苦しい修行や研鑽が求められ、この世のさまざまな仕組みや関係について認識を深める必要がある。

道昭は不比等と草壁王子を前に説教してくれた。

「この世にあると思っているものは、すべて本当にあるのでしょうか、それを疑うことが第一歩なのです」と道昭は話し始めた。不比等は、いきなり思わぬ言葉から始まって緊張した。道昭は続けた。

「あると思っていても、よくよく考えてみれば実際にはないのかもしれないと思うことはありませんか。そこにあると思うものも、時間がたてば消えて『空』となります。あると思っているから、あるように見えるだけなのです」

道昭は不比等の顔をまじまじと見た。どう反応していいか分からない不比等は、道昭を見つめるだけだった。

「この世は無常なのです。同じ状態は長く続きません。変わらないように見えてもすべてのものは変わっていきます。この世は、さまざまな関係の上に成り立っていて、あると感じるのは心がそう思うからです。心の働き方によって、どのようにも見えたり思えたりするのです」

「そこで、心はどのように働くものか。それを追求する行為が修行につながります。世のなかのあり方がどのようになっているか深く考え、本質を見きわめるよう努力を積み重ね、心のあり方を高めていくのです。修行をするにつれて実体があると思われたが、実は『空』であるという認識に進みます。そのことによって、目で見るもの、耳で聞くもの、肌に触れるもの、匂いとして感じるもの、味覚として味わうものなど実際にあると信じていた有り様から遠ざかり、人間の感覚では意識できない世界、つまり無意識のなかでものごとを理解できるようになります。『空』であることを理解でき、広い世界がおのれのなかに取り込まれていく。その先に『悟り』があるといわれています。ですが、われも、まだ『悟り』に至っているわけではなく、その境地からはほど遠いところにいます。修行が足りないのです。謙遜して言っているように思われるかも知れませんが、そうではありません。事実なのです。そのことをもっとも良く知っているのは自分自身なのです」

道昭は、自分が学んだ思想を俗人にも分かるように噛み砕いて説明した。

やさしい言葉におきかえて語っているのは不比等にも分かるが、だからといって容易に理解できる話ではない。それまで知っている世界とは違う内容であり、本当に理解できたというのとは遠い感じがした。ものごとを極めていくための道があり、その先には凡人には到達できない確固とした世界があるようだ。そうした世界があると教えられただけでも心が震える経験だった。

「空といっても、何もないと思うのは間違いです。現にあるものが空であることに思い至らなければ、この世のすべてのものを自分のなかに取り込むことなどできないからです。空といっても、透き通って何もないように見えながら、すべてがそこにあるともいえるのです。それでも何もないのです。そのことが分からないと空といっても、ただ空しいだけなのです」

道昭は、不比等の顔を覗き込むようにした。

「はい。分かったような気がしますが、とても分かりましたとはいえません」

どのように表現していいのか分からずに、正直に伝えようとして不比等が言った。草壁王子が、となりで首を傾げていた。

「それで十分です。仏法は、もともと奥深い思想を体系化したもので、そう簡単に理解できるものではありません。僧侶になって修行したからといって簡単に悟りを開けるわけではありません。まずは、そういう世界があると知ってほしいと思って、お話ししたのです」

「ありがとうございます。お話をお聴きして、いかに自分が未熟であるか分かりました。少しばかりの知識を獲得していい気になってはいけないと自分に言い聞かせることにいたします」

不比等は、感動とともに謙虚な姿勢を見せて言った。

「いや、わたくしの話を、そのように感じてくれたのは、とてもうれしいことです。未熟なのはわたくしも同様なのです。唐にいたとき、周囲に立派な方々がたくさんおり、わたくしのようなものが太刀打ちできない世界でした。そうした方々を見てきたので、自分がまだまだ研鑽を続けていかなくてはならないと思っています」

不比等とともに聞いていた草壁王子は、終始黙り込んでいた。

伺うことのできない境地にいると思える道昭さえ、自分を未熟であると言うのに、不比等は、自惚《うぬぼ》れることがいかに醜いか自分に言い聞かせた。

この後に、恵智刀自が水菓子を運んできて、四方山話になった。

道昭は、不比等の兄であった定恵《じょうえ》とは、唐で机を並べて学んだ仲だった。

「定恵どのは、わたくしよりもずっと優秀でした。わたくしは、仏法に関しての知識を得て修行するだけで精いっぱいでしたが、定恵どのは文学や書道などにも興味をもって取り組み、それらの分野でも能力を発揮しました。いかに学んで身につけるか、なにごとにも真摯な態度で、熱心に学ぶ姿勢をとり続けておりました。わが国に帰国してから、唐で学んだことを生かして活躍されるはずだったのですが、本当に惜しいことをいたしました」

帰国して数か月後に突然、死亡した兄の定恵のことよりも、父の鎌足の嘆き悲しむ姿のほうが不比等には強烈な思い出として残っていた。

「わたくしも、できれば唐で学びたいと思いますが、いまとなっては無理のようですね」と不比等は、できないことと知りつつ口にした。

「なにごとにも時があります。わが国の将来を背負っていく若者には唐で学ぶ機会があるのは望ましいことです。ですから、なるべく早く唐との関係を良くしていくのはわが国にとって必要なことでしょう」と道昭は言った。

「いまは王家の人たちも百済や新羅から新しい知識や考えなどを取り入れていますが、百済も新羅も進んだ知識や思想の多くは隋や唐から導入したものです。それをわが国で学ぶのは、隋や唐から間接的に学んでいるのと同じです」と話してくれる道昭の顔を見ながら、不比等は、この人は自分の知らない海の向こうで本当の学問を学んできた人なのだと感慨深く聞いた。

「もちろん、それぞれの国の成り立ちや環境が違いますから、そのまま海外の知識や思想をとりいれるだけではなく、国情に合わせて調整していかなくてはなりません。わたくしよりも前の時代に唐に行って何十年にもわたって学んできた人たちがおりました。その人たちのなかで、朝廷に仕えて国博士となった人たちが、この国も、唐のような律令国家にしようとして改革を進めましたが、途中でさまざまな出来事があって、そのままになっています。すぐには無理でしょうが、この国をこれまでよりも立派な国にするには、律令制度を取り入れるべきです。将来のこととして頭のなかにしっかりと入れておいてください。若い人たちがわが国を背負って立つときには、朝廷もこの国も新しくなっていくことが望ましいのです」

道昭の話を不比等は一言も聞き漏らすまいとしていた。口には出さないが、不比等は自分たちには及びもつかない判断力を持っている人が目の前にいることに感動していた。

この後、自分がいい気になり過ぎたときなど、道昭の言うことを思い出し、おのれを叱咤するようになった。

二年後に、二十一歳で大舎人となった不比等は、新しく配属先を指定されるのではなく、最初から草壁王子の舎人になると決まっていた。讃良姫があらかじめ手をまわしたので、その後も引き続いて嶋宮に住む草壁王子に仕えた。

草壁王子は、以前と同じように親しみを込めて接してくれるものの、多くの舎人たちの仲間となった。自分だけ特別扱いされるわけにはいかなくなるのではと思ったが、不比等が中臣鎌足の子息であると知られていて、多くの舎人たちとは身分が違うと特別扱いされていた。

宮人の誕生と三千代の登場

草壁王子たちの婚姻をきっかけに、宮廷で働く女人たちの身分が改められた。讃良姫の提案である。

多くの女性たちが、それぞれに朝廷に仕えているのに、官位を授けられるのは男たちだけである。女人たちには身分の保証があるようでない状況だった。地方の豪族の娘たちは、大王の身のまわりの世話をするため采女として来るが、その後ろ盾や出自により扱いに違いがあり、下働きで終わる女人たちも多い。

讃良姫は、自分に忠実に仕えてくれる恵智刀自や小広刀自に、もっと目に見えるかたちで酬いたいと思っていた。今のままでも彼女たちの仕え方に違いはないだろうが、朝廷に仕える男たちに比較すれば公平を欠いているのは確かだった。大后になってから讃良姫が朝廷のまつりごとに影響を及ぼすようになり、公式の場に讃良姫が出るための準備で、恵智刀自たちは、多くの下働きの人たちを統率しなくてはならない。それに酬いてやりたいと思いながら年月が経ってしまった。

大后や王女に仕える女人は、官人として身分を保証する制度にしたいと考えた。

草壁王子に嫁いだ阿閉姫に仕える女人たちも、将来は讃良姫に仕える女人たち同様に重要な儀式の担い手になる。とすれば、公的な任務をこなす女人たちの待遇を改めるべきである。

讃良姫は、知恵者でもある恵智刀自に相談してみた。

恵智刀自は、自分に官位が授けられる話であると思い讃良姫の提案に驚き辞退した。しかし、実際に讃良姫が考えているのは大后だけでなく婚姻した王女たちに仕える女人の待遇に関してでもあると分かり、一緒に検討することにした。

王子たちは飛鳥の王宮の近くに住み、必要に応じて朝廷に出仕している。彼らの正妻である王女は、王子と一緒に住む場合もあるが、別に建てた館に住み婚姻した王子のほうが通ってくる場合のほうが多い。

草壁王子の妻である阿閉《あへい》姫も、将来は大后として朝廷の儀式に参列し重要な役目を果たすことになる。草壁王子の舎人と同様に、阿閉姫に仕える侍女たちが役目をきちんとこなせるように教育する必要もある。そのためには、地方から来る釆女を受け入れるだけでなく、王女に仕える女人を広く募り、気の利いた女人を選抜して、最初から官人として侍女たちの上に立つようにし、官位を与えるという案が作成された。

讃良姫の提案は、彼女の熱意により真剣に検討され、草壁王子や大津王子の婚姻の機会をとらえて実施の運びとなった。大王も、言われてみれば、この提案を無視する理由はないと思い、美濃王や多品治に相談した結果、彼らも賛成したのである。

王子たちの妻となった姫に仕える女人は、官人と同じ扱いにする決まりがつくられ、草壁王子や高市王子、大津王子に嫁ぐ姫に仕える女官たちは「宮人」と呼ばれるようになる。「然るべき一族のものたちは女人を差し出すようにせよ」という詔が、八月一日に出され、宮人の選考が始まった。

それまでは大王や王女の周囲にいる人の推薦や縁故で仕える女人を採用していたが、広く募って優秀な人材を採用しようと、畿内の豪族たちから推薦させた。大舎人と同じように朝廷の窓口を一本化したうえで配属先を決める。最終面接をして配属先を決めるのは讃良姫と恵智刀自である。讃良姫にしてみれば、草壁王子の妻となる阿閉姫に仕える宮人を最優先に考えていた。大津王子と高市王子の妻たちにも宮人をつけるが、まずは阿閉姫に仕える優秀な人材を選んで、残りを二人の宮人として振り向けるつもりだった。

採用する年齢など条件が決められるのは律令制度がつくられてからである。このときは読み書きをはじめ教養があること、高貴な姫に仕えるのに相応しい育てられ方をしていること、そして立ち居振る舞いが雑でないという選考基準で選ばれた。

面接するなかで目を引いたのが県犬養三千代《あがたいぬかいのみちよ》である。十五歳になったばかりだが、容姿も一頭抜きん出ており、頭の良さも群を抜いているのに、本人は才媛であると思っていない謙虚さがあった。それでいて好奇心は旺盛で、朝廷で働くことを熱望していた。

他の女性の場合は、良いと思うところはあるものの目につく欠点もあり、消去法で決めていったが、三千代だけはぜひとも阿閉姫に仕えさせたいという思いで、讃良姫と恵智刀自の見立てが一致した。王宮の門を警護する任務を果たしてきた犬養氏一族の娘である。

三千代の父は県犬養氏の支族である東人《あずまびと》である。早くに亡くなり、県犬養氏の当主の大伴《おおとも》は大海人王子の舎人で内乱時に活躍した。三千代はその姪であるから、出自としても問題なかった。

阿閉姫に仕える女官は、三千代のほかに三十歳を過ぎて未亡人となった多喜刀自《たきのとじ》が選ばれた。多喜刀自は書《ふみ》氏の出身で朝廷の文書係をつとめた一族であり、三千代の若さをカバーすることを期待された。

大津王子の妻の山部姫と、高市王子の妻の御名部姫に仕える宮人も選ばれた。彼女たちは、わが国の朝廷に出仕する宮人となり、ここに朝廷の女性官人制度が誕生した。このときに恵智刀自と小広刀自も、あまり高くないものの官位が授けられ、朝廷の官人として食封された。

その後、草壁王子が太子となり、朝廷への出仕が日常化すると、阿閉姫に仕える宮人も増えていくが、この制度の誕生時からの宮人である三千代たちは、宮人のリーダー的な存在になっていく。彼女たちの仕事も増えて複雑になるが、それとともに権限も大きくなる。

三千代は阿閉姫に気に入られた。姫のほうが年上だが、仲の良い友達のように気心を許す相手として欠かせない存在になった。それこそが讃良姫の望みだった。三千代は出しゃばることなく、そのときどきの状況に応じて的確に判断して行動し、草壁王子にも良い影響を与えた。

阿閉姫は草壁王子の館の隣りに住んでいたが、昼間は王宮に文机とともに部屋を与えられて王宮に通ってきた。部屋といっても広間を帳《とばり》で隔てられただけであるが、三千代は阿閉姫とともに書物を読んだり話をしたり、ときには来客があって話し合った。特別に講義を受けることがあり、新しくつくられた「決まり」についての説明を受けた。

別棟になっている内裏には讃良姫が住まっており、阿閉姫の部屋のある王宮にも専用の広いスペースを持っていたから、阿閉姫のいる部屋を訪ねてきたり、自分のところに誘ったりした。三千代は讃良姫と接触する機会が増えた。女人たちが日常的に派手やかに着飾って王宮のなかを優雅に動きまわるようになり、宮人制度の導入は朝廷のあり方に変化をもたらした。

不比等が蘇我連子の娘を娶る

中臣不比等が結婚したのは、草壁王子たちのそれと同じ時期だった。讃良姫が不比等に婚姻を勧めたのである。

不比等に相応しい身分の適齢期の娘を物色した結果、選ばれたのが蘇我連子《そがのむらじこ》の娘である娼子媛《しょうこひめ》である。

連子は蘇我石川麻呂の歳の離れた弟である。その娘の娼子媛は石川麻呂の娘、遠智媛を母に持つ讃良姫と親戚筋にあたる。石川麻呂と赤兄の弟である連子は、内乱が起きる数年前に亡くなっていた。その後の蘇我氏は連子の子孫が中心になって朝廷に仕えたが、そのころには蘇我氏でなく石川氏を名乗るようになっている。

讃良姫自身も蘇我一族の血が流れているという意識を有しており、曾祖父にあたる大臣だった蘇我馬子が大和朝廷に仕えて功績を上げたことを誇りにしていた。蘇我一族は大王家と婚姻できる特別な氏族であるから、その一族の娘を妻としたのは不比等が大切に扱われた証拠である。

不比等にとって、大后が選んでくれた配偶者に否やを言えなかった。娼子媛は才媛であった。もう少し美人であれば良かったという思いがあったが、有力豪族の誇りと教養を身につけており、頭の回転も良かったからまんざらでもなかった。ちなみに、草壁王子の妻となった阿閉姫も石川麻呂の娘が母であるから娼子媛とは縁続きである。

いかにも順調な成り行きに見えたのだが、思わぬ不幸が不比等を襲った。長男の武智麻呂《むちまろ》を産んで一年後、次男の房前《ふささき》の誕生時に母親の娼子媛の命は新しい命と引き換えとなった。お産での母親の死はよく起こることだった。

不比等は悲しみを表に出さないようにして、それまでと変わらず草壁王子に仕えた。

不憫に思ったのは讃良姫である。自分が選んだ責任を感じたのか、後妻をすぐに探してきた。賀茂小黒麻呂《かものこくろまろ》の娘である比売女《ひめのいらつめ》である。身分は少し低かったが、朝廷に仕える女人のなかでは美貌で知られていた。不比等が美女好みであるのを知った讃良姫の配慮である。この翌年に二人のあいだに生まれたのが長女の宮子媛である。

美貌の持ち主である三千代は、出仕するとともにあちこちから妻にしたいという申し出があった。讃良姫も阿閉姫も、三千代を気に入っていたから、先にのばした方がいいという考えだった。三千代も、讃良姫や阿閉姫を尊重して言うことを聞いていた。

ところが、大王が三千代の嫁ぎ先について口にしたので、そうはいかなくなった。大王が仲立ちをしたわけではなかったが、三千代を気に入った三野王が大王に心情を告白したからだ。

栗隈王の長男である三野王の願いを大王は叶えてやりたいと思った。他ならぬ栗隈王の息子であるから配慮して大蔵の仕事に就かせており、品治のもとでさまざまな経験を積ませていた。

三千代の後見人ともいうべき県犬養大伴が、三千代と三野王との婚姻に乗り気になったために、三千代を見染めた三野王に有利に働いた。父親の栗隈王が朝廷で重きを置かれていただけに、三野王の妻となるのは三千代にとっては玉の輿であるとみられた。大王が認めた婚姻であるから断ることなど考えられない。讃良姫は、三千代が引き続き阿閉姫に仕えることを条件に認めることにした。

三千代は出産の前後の一時期を除いて以前と変わらずに仕えた。彼女にとっては、宮廷における王家の人々と、それを取り巻く人たちによるまつりごとの世界は魅惑的に映ったから、子育てに専念する気などなかった。

三野王と三千代のあいだに六八四年に誕生した葛城王は、のちに改名して橘諸兄《たちばなのもろえ》となる。高市王子と御名部王女のあいだに生まれた長屋王、それに草壁王子や中臣不比等の子供たちが次世代を担っていくことになる。

薬師寺の建立とその波紋

大后の讃良姫が病に倒れたのは吉野宮の誓いがあった翌年の西暦六八〇年十一月である。讃良姫もすでに三十歳代半ばを越えていた。それまでは疲れて体調を崩すことがあっても、床につくことなどなかった讃良姫だが、急な熱病で寝ついてしまった。

今さらながら、彼女の存在の大きさに周囲は気づかされた。大后である讃良姫がまつりごとに大きく影響を与えるようになっており、大王の側近はいまでは大后になっているという陰口さえ聞かれた。

讃良姫の病のために外薬官《とのくすりのつかさ》に命じて病に効くといわれている薬草が集められた。新羅や百済から伝わった薬が試され、地方にも熱病に効く薬草があると聞けば献上するよう指令が出された。

畿内にあるいくつもの寺院で、相次いで法会の計画が立てられた。

大后の看病に当たっていた恵智刀自は、病気平癒のための法会や薬草投与だけでなく、もっと効果的な策はないか考えた。相談した相手は道昭法師である。

「本気で祈願するなら、そのために新しい寺院を建立することです。唐でも、天子さまなどのご病気平癒のために寺院を建立します。仏に対する願いを確かなものにするには、仏を強く信仰していることを示すと良いでしょう。新しく寺院を建てれば、その証《あかし》となります。ご本尊は、人々の病気平癒とともに寿命を延ばすために修行し『悟り』を開かれた薬師如来さまになりますから、その建立の効果は大きいと思われます」

病気平癒のための法会は、大臣や大王が病にかかったときに開かれているが、必ずしも願いが届けられるわけではない。大王や大臣も、寿命がつきれば他界するのは仕方ないと考えられていた。

「ですが、新しい寺院を建立するとなれば、そのための準備から始めますから、完成までに何年もかかってしまいます。それでは遅いのではないでしょうか」

道昭の提案に恵智刀自は疑問を呈した。

「いえ、寺院が完成するまで法会を開かないわけではありません。薬師如来を祀《まつ》る寺院をつくることを仏に伝えれば、そのときから効力を生じるでしょう。これを機会に大王の発願で計画なさるようにしてはいかがでしょうか」

道昭の提案は、大海人大王に伝えられ、大王もただちに受け入れた。讃良姫の病気平癒のために新しい寺院を建立せよという詔が出された。

美濃王が寺造司《てらつくりのつかさ》に指名され、造営の指揮は道昭に任された。寺の名前は「薬師寺」と決められた。道昭は、唐にいるときに寺の造営技術についても学んでおり、手配に抜かりはなかった。

薬師寺を建てる場所をどこにするか、急いで決めなくてはならない。

讃良姫の病気平癒を主目的にする寺院であるが、その後は、朝廷の人たちの病気平癒と寿命を長らえる祈願をする寺となる。王宮から離れたところに建立するわけにはいかないが、大官大寺に匹敵する寺院となるから広い敷地が必要である。飛鳥の王宮のまわりには、大きな寺院を建てるための余裕ある場所はない。

薬師寺は、香具山のすぐ南側に建てられている大官大寺と対をなすように、その西側の地域で、飛鳥のすぐ北にあり、以前に新しい王宮の建設予定地として決まっていた場所が選ばれた。

湿地帯であるが、北に耳成山、東に香具山、西に畝傍山があり、近くには飛鳥川がある。三方を山に囲まれ、南側を川が流れている地域は、陰陽道で見ると理想的な場所である。何年も前から、この地域にあった水田は、耕作することを禁止されたままになっている。

道昭が改めて見てまわり、大后のための法会は早く開いたほうが良いと、薬師寺の敷地に杭が立てられて立ち入り禁止となり、警備の役人を常駐させた。さっそくこの地で法会を開催する計画が立てられた。

唐にいたときに建てられた寺院をたくさん見る機会のあった道昭は、どのような伽藍の配置にしたら良いか迷いなく決めていった。周囲は道昭が指示するとおりに動き、計画は信じられない速さで進行した。

人間にとって苦痛である病を超越する願いを聞き届けてくれる薬師如来が本尊となる、現世利益を願う寺院が建立されることになったのである。

仏像の製作も道昭が主導した。新しい世代の仏師たちが頭角を現し、高度な技能を持つ人たちが出てきていた。百済や新羅などから入ってきた優れた仏像に接して研鑽を積んだ人たちが、親の代から引き継ぎ、腕の確かな仏師に育っていた。道昭が彼らにさまざまな注文をつけて薬師如来像の製作が始まった。

こうした手配をしてから、道昭が主催して薬師寺の敷地内で多くの僧侶を動員して讃良姫の病気平癒のための読経がおこなわれた。

道昭の活躍は、病床にある讃良姫にも伝えられた。効果があったのか次第に熱が下がり、讃良姫は回復に向かい、一か月もしないうちに床払いをした。

「ご心配をおかけしました。このとおり病気も平癒いたしました。少し長引きましたが、もう大丈夫です。新しく薬師寺を建立することになり、わらわの病気のもとが退散したのでしょう。ありがとうございました」と大王のもとに讃良姫は顔を見せて言った。

見たところ讃良姫の顔色も悪くなく、わずかにやつれた程度だった。法会の効果が現れて、大王も喜びを見せた。

大海人大王、まつりごとに向き合う

それから一か月もしないうちに、今度は大王がはやり病にかかった。今でいう風邪の一種であるが、発熱すると元気がなくなり、大病に繋がる恐れがあった。

讃良姫のときと同じように、薬師寺の敷地内で多くの僧侶を集めて、大王の病気平癒の祈祷が実施された。まさに霊験あらたかだった。大王の熱は引き、はやり病は嘘のように治ったのだ。当の大王も信じられない気分だった。

以後、大王と大后の神仏への信仰はさらに篤くなり、天の神や地の神、仏法への帰依が奨励されるようになった。

大王と大后は、ともに病が治ってから、以前と同じように二人がまつりごとの中心にいたものの、まつりごとのあり方に変化が見られるようになっていく。

道昭が大王に強く進言したのである。あとにも先にも、道昭がまつりごとに口を出したのは、このときだけである。道昭は仏法世界における住人として、朝廷のまつりごとには関わらないつもりでいたのだが、いつまでたっても律令制度の実施計画が始まりそうもないので、大王に奮起を促そうと思ったのだ。

葛城大王と鎌足の時代にも律令制度の確立に向けた動きはあったものの、さまざまな事情から進展しなかった。大海人大王の時代になって、それまであった障害は取り除かれたはずである。それなのに、まつりごとが前向きになっていない。

道昭が気にしていたのは道観、つまり粟田真人《あわたのまひと》の処遇だった。中臣鎌足の勧めで還俗して働いていたが、鎌足の死によって重用されなくなり、仕えていた近江朝が瓦解して逼塞したままだった。律令国家の確立をめざそうとすれば真っ先に必要な人物なのに、唐で学んだ真人の知識や技術が生かされないままである。律令制度に取り組むとなれば、有能な人材として彼を登用すべきであると道昭は思っていたのだ。

大海人大王がその気になれば、律令国家の建設に向けて活動するのを妨げる勢力は、以前よりずっと小さくなっているのだから、国のあるべき姿を求めていくのを先延ばしする理由はないはずだった。

もうひとつ道昭が気になっていたのは、わが国の歴史書の編纂のことである。蘇我馬子の指示で歴史書の編纂に手を染めたのが父の船史恵釈《ふみのふひとのえさか》だったからだ。中断したままになって久しいが、律令制度の確立と歴史書の編纂は国家の大きな目標である。それが朝廷のまつりごとの日程に乗らないのは、大王の怠慢であると思えた。

「失礼ながら、歴史に名を残す偉大な大王になられようとするお気持はあるのでしょうか」と道昭は、大王と二人になった機会を捉えて話した。

「内乱に勝利して大王になっただけでも歴史に記される存在でありますが、大王になってから何をなされたかが大王の価値というものでしょう。大官大寺を建立し、薬師寺を建て、伊勢の神社や各地の神社を祀るなど、大王はさまざまな業績を残されました。ですが、この国を統治なさる大王であるからには、将来のこの国の礎《いしずえ》となる施策をなさることが求められているはずです。それをなしとげられれば、わが国の歴代大王のなかで特別な存在として称《たた》えられるようになるでしょう」

道昭は、思慮分別のある導師のような表情で大海人大王の顔を見た。大王は眩しそうな目で道昭を見返した。

「分かった。律令制度のことであろう。それに手を付けようとしないままであるのは良くないと申すのであろう」

大海人大王が近江にいたころ、兄の葛城大王や鎌足とともに律令制度を確立しようと話し合ったことがあり、将来の目標としてとらえていた。

その目標を忘れたわけではない。いつかは取り組まなくてはならないと思いながらも、日常的な行事や儀式にかまけて決断を先送りしていたのだ。大王といえども、号令をかけて組織的に動かそうとするには、相当な覚悟とエネルギーがいるのだ。

「それをご承知なら、すぐにでも始めるべきです。律令国家にするのは、朝廷の百年の計ではないですか。相当な時間がかかるでしょうから、覚悟を決めて組織的に活動しなくては前に進めるのはむずかしいと思います」

このとき大王は五十歳近くになっており、病にかかって以来、自分の先行きが気になっていたから、よけいに道昭の話が身に染みた。

道昭が粟田真人の話をすると、大王は必ず声をかけて働いてもらうようにすると約束した。

わが国が周辺諸国よりも進んだ国であると示すには、国の歴史を記した書物をつくるのは必須の条件であるというのも分かっていた。

道昭が、父の恵釈が歴史書の編纂で苦労していたという話を子供のころに聞いた記憶があるというと、大王は感心していた。その重要性は、言われなくても分かっていると主張したかったが、現に手を付けていないのは怠慢であると責められても仕方ない。先の内乱の経過を記録したいと思っていたのに、それすら放置していた。歴史書の編纂にも、すぐに取り組むと道昭に約束した。

「律令制度も歴史書の編纂も、大王の意志で始められると皆に宣言なさると良いでしょう。わたくしは仏に仕えて修行に専念していくつもりなので、遠くから見守るようにします。まつりごとは、あくまで大王の主導で進めるべきで、よけいなことを申したと反省しています。どうか大王の強い意志を示して、多くの人たちを巻き込んで進めていってください」

道昭はていねいに大王に一礼した。自分は影の存在として徹していくという宣言であった。

大海人大王にとっては、新しい京《みやこ》の建設も、これらと同じくらい重要と考えていた。律令制度の確立、歴史書の編纂とともに取り組むべきであると決意した。自分が統治する残りの長さを考慮すれば、それらに優先順位をつけるのではなく同時進行させなくてはと思った。

道昭との話し合いの後で、律令制度や歴史書編纂に取り組むつもりであると、真っ先に告げたのは大后の讃良姫に対してだった。

「それでこそわが君、こうした事業を成し遂げれば、後世に偉大な大王と称えられることでしょう。わらわも応援いたしますから、ぜひとも実行なさってください」と讃良姫もにこやかに応じた。政治の季節が訪れたのである。

太子となった草壁王子

薬師寺の建立計画が立てられ、大王と大后が病から回復してから一年ほどした西暦六八一年、大海人大王の治世は十年目に入った。律令制度の実施計画が詔として発表され、新しい京の建設や国史の編纂事業が本格的に始まるのは、この年からである。大海人大王のまつりごとの集大成ともいうべき事業計画である。

正月には、恒例どおり諸方にある神社に朝廷から幣帛《みてぐら》が配られた。そして畿内にある神社だけでなく、地方にある神社も含めて社殿の状況を調べさせ、修理が必要な神社はすべてきれいにするよう指示が出された。頂点に立つ伊勢の神社の権威を高めるためにも、各地にある神社が立派になっていなくてはならない。新しく打ち出される事業の前触れだった。

新しい詔《みことのり》が出されたのは二月二十五日である。大王と大后は宮殿に王子たちや諸王、そして上級役人を集めて宣言した。

「皆のもの、聞くがよい。この国の平和を守り安寧なものにしていくのに欠かせない律令をつくり、朝廷の統治を確かなものにしたい。律令を定めるのは簡単ではないが、わが国をどこよりも強い国にするために欠かせないのだ。どのようにしていくかを検討し、実行していきたい。そして、この国の来し方を振り返り、どのような国にしていけば良いのか考えるために、大王家を中心とした歴史書を編纂していく。国の歴史を記述した書物を持たない国は進んだ国とはいえない。幸いにしてわが国は、長い伝統を持ち、混乱もなく今日を迎えている。この機会に、これまでの記録をもとに正確な歴史書をつくっていきたいと考えている」

律令制度という大掛かりな改革を実行し、同時にわが国の歴史書を編纂するという事業に取り組む大王の決意が示された。

このときにもうひとつ重大な発表があった。草壁王子を太子《ひつぎのみこ》に立てるという内容である。

律令制度の実施計画をはじめとする政治改革については次章で詳しく述べるので、ここでは草壁王子の立太子について述べることにする。

官人たちを前にして大王は、後方を振り返り草壁王子を呼んで隣に座らせた。

「さて、草壁は二十一歳になった。まつりごとに参画できる歳になり誠にめでたい。ついては、草壁をわれの後継者として太子にすることにした」

大王は、そう言って草壁王子のほうを見た。草壁王子と大王は顔を合わせてから群臣たちに向かって軽く会釈する仕草を見せた。

貴族の子弟がまつりごとに参画するのは二十一歳、その他の男子は二十五歳からと決められていた。

「これからは、さまざまな事業が始まり、われ一人では目が届かなくなる。草壁にも加わらせ、われを補佐させるつもりである。将来、この国を統治していくのに不足がないように経験を積むことが望ましい。これまでは太子の制度はなかったが、朝廷の将来を考慮すれば事前にわれの後継者を指名しておくほうが良いのは明らかである。草壁を太子にすると決めたから、皆もそのつもりでいるように」

大王の後継者は、大王が死んでから決めるというのが暗黙の了解事項だったから、大王が生前に太子を決めるという発表は、人々に意外な感じを抱かせた。しかし大王の死後、後継者をめぐって過去に争いが起こったことを多くの人たちは知っていたから、大王の気持を察して皆が納得した。口にはしないものの先の内乱を誰もが思い浮かべた。

讃良姫の願いは叶えられた。草壁王子が後継者として確定するために、さまざまに思いをめぐらしてきた努力がようやく実ったのである。

ここにたどり着くまで、草壁王子を太政大臣に就任させるという提案はどうだろうかと、王子のなかで一人だけ特別であると思わせる方法を模索した。また朝廷の儀式の際に大王と大后とともに草壁王子も一緒に並ぶようにするように提案してみてはどうかなど、讃良姫はいろいろ考えて提案してみようとした。

　阿閉姫や不比等にも何か良い考えはないか、讃良姫は相談を持ちかけた。讃良姫の気持は分かるものの、これはと思うアイディアはなかなか出てこない。

　声をかけられた不比等も、妙案はないか考えてみた。

　思案するうちに、姑息な手段を使おうとするから良くないのではと不比等は思うようになった。むしろ、ずばり草壁王子を後継者に指名すると大王に宣言させるように仕向けたほうが良いのではないか。

　唐で太子制度があることを知った不比等は、わが国でも太子制度を実施するように提案してはどうかと讃良姫に話した。わが国と違い、中国では皇帝は古くから男に限られ、皇帝の意志で生前に息子にその地位を引き継ぐように決められる。そうした伝統をわが国も取り入れるようにすれば良い。

　百済から亡命してやってきた知識人たちが、隋や唐から導入した知識をもとに朝廷のなかに唐風の風習や仕来りを伝えていた。その影響から唐に対する憧れがあり、唐の制度について関心が高まっていた。

「太子という制度をわが国も取り入れるようにすれば、大王の後継問題で揉《も》めなくなります。草壁王子を太子にしていただくように大王に進言してはいかがでしょうか」と不比等は讃良姫に思い切って切り出した。それを聞いて、讃良姫は意外そうな顔をした。虚をつかれたようで、不比等の発言を反芻しているかのように、ちょっと戸惑いを見せたあとで急に明るい声で言った。

「なるほど、それは良い。さっそく大王にわらわから話すようにしましょう」と讃良姫は喜びを見せた。

　唐の制度に倣うという提案であれば、突飛なことを言い出したとは思われない。大王も考慮する価値があると思うに違いないと不比等が言うのに讃良姫は大きくうなずいた。

大王の反応は、讃良姫が想い描いていたのとは違っていた。意見として聞いておこうという態度でうなずいただけだった。しつこく言うのは避けようと、讃良姫はすぐに引き下がった。

　大王は、どのように律令制度や歴史書編纂事業を実施していくかに関心が向いていたから生返事をした。大王の後継者問題は、本来ならまつりごとの中心的な課題であるはずだが、このときにはそうではなかったのだ。

大王の意志も草壁王子にすると決まっていたわけではない。しかし、もう一人の候補である大津王子にすると言い出せば、讃良姫が血相を変えて反対することは確実だったから、この問題はしばらく棚上げにしておこうと思っていたのだ。

大王が考えを変えたのは、律令制度の実施計画を推進するに当たって、太子制度を新設するのは律令制度の一部を先どりすると考えれば良いのだと思ったからだ。讃良姫の気持を考慮し、草壁王子と大津王子のおかれている状況を見れば、草壁王子を太子に擁立するのに反対意見はないはずだ。年が明ければ草壁王子は二十一歳になる。まつりごとに参画する歳になるから、そのタイミングで決着を付けたうえで、律令制度や歴史書編纂に取り組んだほうが良いと思ったのだ。

さっそく大王は、この決心を讃良姫に伝えた。

「このあいだの草壁を太子にするという話だが、われも、それが良いと思う。しかるべきときが来たら詔として皆に伝えることにしよう」と大王は、讃良姫が望ましいと思っていたとおりの答を返したのである。

「ありがたいことです。よくぞ決心してくれました」

讃良姫には、大海人大王が、短い期間に心境の変化を来たしたのかも知れないと思ったが、思惑どおりにことが運んで喜んだ。

ほどなく草壁王子の養育を担当した草壁吉士大形《くさかべのきしのおおかた》は「小錦下」の官位を授けられた。

草壁王子の太子就任に貢献したとして不比等は、それまで以上に讃良姫に頼りにされるようになった。

まつりごとに参画した草壁王子の最初の仕事は、大海人大王の名代として大伴馬来田《おおとものまくた》の病気見舞いだった。

大王の治世が進むにつれ、先の内乱で活躍した人たちが次々に鬼籍に入っていた。その都度、大王は悲しみ、高市王子や諸王の誰かを名代として派遣して弔意を表し、遺族には特別に封戸を与えて酬いてきた。

大伴馬来田が病の床にあると聞き、大王は心を痛めた。吉野宮から脱出して美濃に向かうときに、馬来田が同行して安全に配慮してくれて、どれほど心強く感じたことか。

飛鳥に来てからは、側近たちと馬来田・吹負兄弟とのあいだに亀裂が生じ、馬来田も朝廷のまつりごとから遠ざけられたままだった。

「馬来田どのは特別な働きがありましたから、われらも、大伴氏が味方になってくれたことが心のよりどころでもありました。われらが近江朝と戦うことは間違っていないと思わせてくれた功績は大きかったですね」

大王に相談された多品治は応えた。生きているうちに感謝の気持を伝えたほうが良いという大王の考えに賛成したのである。

名代として、これまでと同じく大伴馬来田の館に高市王子を派遣するよりも、太子となった草壁王子を派遣したほうが、馬来田への大王の気持が伝わるはずだった。

「吉野宮にいたときから、われらの味方についたのですから、ともに行動した草壁のほうが相応しいでしょう。それに太子を派遣するほうが馬来田どのを大切にしているという大王の意思が良く伝わるはずです」と讃良姫も草壁王子の派遣を勧めた。

草壁王子が馬来田の館を訪れて、大王からの見舞いの品とともに大王が身につけた衣服が下賜された。大王の霊力をもって病気の退散を願うという意図があった。朝廷が、いかに馬来田のことを大切にしているかが伝わる品々だった。

「何とありがたいことか」と馬来田は大臣にしてくれず朝廷の要職からも遠ざけられた恨みも忘れて感激した。

「あのときの幼かった王子が、こんなに大きくなられたか。月日の立つのは早いものですなあ」と病床で感慨に耽《ふけ》っていた。

大伴馬来田が亡くなったのは、この数日後だった。そして、あまり月日が経たないうちに弟の大伴吹負《おおとものふけい》も他界した。馬来田には大紫という高い官位が、そして吹負には大錦の官位が授けられた。内乱からすでに十年、当時のことを得意げに語る人たちは次々に姿を消していったのである。

第二十二章　さまざまな政治改革の始まり

律令制度を実施するという大王の詔《みことのり》が発せられる数か月前、伊勢王、美濃王、竹田王がそろって王宮に呼ばれた。朝廷のまつりごとに参画するようになった王族のなかで、もっとも気が利くと大王が評価した三人である。

「長年の懸案であった律令制度をいよいよ実行しようと思う」と大王は切り出した。

「律令に関しておおよそは知っているだろうが、これを機にもっと良く知るようにしてほしい。この国が新しく生まれ変わるために取り組まなくてはならぬ。そのことを肝に銘じて働いてほしい。この国にとってもっとも大切な事業なのである」

　大王の真剣な様子に三人は緊張しながら聞いた。

「実現するまでには相当な時間がかかると覚悟しなくてはならぬ。やらなくてはならぬ作業も多いであろう。これまでの朝廷のまつりごととは何もかも違う施策である。なんじたちが率先して推進してほしい」

　大王が、三人の顔を見まわした。

「良いか、律令制度は、わが国が近隣諸国に脅かされることのない強い国になるために、ぜひとも実現させなくてはならぬ。途中で出くわす困難を克服するために知恵を絞り、どのように推進するか判断し方向を示していく必要がある。指導する者が道に迷えば、それに続くすべての人たちが道に迷ってしまう。途中で何があるか分からない茨の道なのだ。まずは律令についてしっかり学んで深く理解することから始めねばならぬ」

　大王は勢い込んで話し、ふたたび三人の顔を見まわした。

「で、われらは、どのようにすれば良いのでしょうか」

　三人とも、大王の力のこもった話に衝撃を受けたが、伊勢王が思い切ったように尋ねた。

「律令制度について良く知るためには、近江朝で鎌足どのに仕えていた粟田真人《あわたのまひと》の話を聞くと良い。河内あたりに住んでいるらしいから三人で訪ねたらどうか。われから聞いてきたと言えば良い」

　大海人大王による新しい施策となる律令制度の実施計画

は、翌年の西暦六八一年二月に詔として発表されるが、その準備が始められたのである。

諸王が粟田真人を訪ねる

「あなたの知恵をお借りしたいのです」と言って、伊勢王、美濃王、竹田王という三人の王族が粟田真人を訪ねて来た。事前に朝廷の使いが来て、近く貴人が訪ねて来るのでよろしくと言われていた。突然のことで真人は面食らったものの、何の用事で誰が来るのかも言われていなかったので、そのままにしていたのである。

先の内乱のあと、近江朝が敗れてからは、河内の粟田一族のもとに身を寄せていた。官位を失った真人は、恵まれた生活というわけにはいかず、ひっそりと暮らしていた。

まさか王族が三人も揃ってとは思っていなかったから、真人は仰天した。貴人たちを迎え入れるような住まいではない。真人はためらったものの家のなかに迎え入れるしかなかった。

彼らの来訪は朝廷が自分を必要としているからのことに違いないと察しは付いた。だが、どのような話なのか聞くまでは分からなかった。

「大王の指示で、律令制度を取り入れることになったのですが、どのようにすれば良いか、あなたが良くご存知と聞いて訪ねてきました。大王は、まずはあなたの話を聞くと良いとおっしゃられたのです」と美濃王が説明した。

真人が戸惑った態度でいたからだろう、単刀直入に用向きを話したほうが良いと思ったようだ。だが、真人は律令制度という言葉を最初に聞くとは思っていなかった。

中央集権国家を構築するために「律令制度」の導入は、朝廷の目標として掲げられ続けた施策である。葛城大王の時代に真人が関係したとはいえ、実際に手を付けたわけではない。第一、簡単にできる問題ではない。国家百年の計として手がけなくてはならない重大事である。

「われの話を聞いて、どうするのですか」と深く考える前に、真人は不審さが漂うような言い方をした。自分の持っている知識を引き出すためだけに来たのか、自分に制度の実施に向けての作業に加わらせたいのか疑問だったからだ。

「いや、ここで話を聞くというのではなく、あなたにはわれわれとともに律令制度の実施のためにひと肌脱いでもらいたいと思っているのです。もちろん、それは大王もご承知です。大王が、律令制度は、あなたなしでは進められないとおっしゃっておられるのです」

真人には思っても見なかった申し出だった。それにしても、大王が自分のことを知っているとは思っていなかった。まだ王子時代の大王とは二、三度話をしたにしても、それほど重要な話ではなかった。話の内容も記憶にないうえに、自分が律令制度について鎌足から調べるように言われて取り組んでいたことを大王が知っているのかどうかもあやしかったのだ。

「そんなことはありません。大王はあなたを頼りにすべきだとおっしゃられております。どうか、これを機会に飛鳥にいらして朝廷に仕えていただきたいのです」

真人の疑念を払うように美濃王が言った。それにしても、三人は、真人が予想していたより熱心だった。

「お話は分かりました。しかし、われは近江朝に仕えた身なので、いまの大王のお味方ではありませんでした。いまでは官位もなく田畑を耕して生活しております。それなのに朝廷のお仕事に関わって良いのでしょうか」とひと通り聞いた真人が口を開いた。

「心配には及びません。朝廷のまつりごとのためになるかどうかのほうがずっと大切で、敵であったかどうかは、かなり前から問題になどしておりません。律令制度の実施は、これからの朝廷の最重要課題になります。それなのに、われわれには知識があまりありません。あなたが近江朝時代に鎌足さまに仕えて、大変な能力を発揮したと聞いております。あなたのお力をぜひともお借りしたいのです。どうか一緒に律令制度の導入のためにお働きくださるようお願いいたします」とそれまでの主張をくり返した。

「失礼ですが、大王は律令制度の実施について、どのような見通しを持っていらっしゃるのでしょうか」と真人が尋ねたのは、生半可な覚悟で取り組むべき問題ではないと思っていたからだ。大王をはじめ朝廷の中核にいる人たちの覚悟のほどを知りたいと思った。

「そう言われても、われわれも良く分かっていないので、どう応えていいのか。でも、大王は真剣に取り組むご覚悟で、あなたに飛鳥に来ていただくようにおっしゃっています。そのため館も用意する計画になっています。あなたさえそのつもりになってくれるなら、すぐに始めたい事業なのです。われわれ三人が、こうしてお願いしているのも、あなたを頼りにしているからです」

朝廷の中枢にいる王族たちが、浪人中で苦しい生活をしている自分に対して丁重な姿勢を示すことに真人は驚いた。中堅豪族の出である自分とは身分も境遇も違うから、普通ならもっと偉そうに話すと思っていた。

真人はさまざまな資料を集め調査研究をした経験を持っている自分が、律令制度に関して他の人たちより豊かな知識を持っていると思われていることが分かった。

わが国も、遅かれ早かれ律令制度を導入するようになるだろうが、自分が関わることはないだろうと真人は思っていた。だから、すぐに始めたいと聞いて、いろいろな思いが頭のなかを駆け巡って久しぶりに胸が高鳴った。

朝廷で働くように要請されるのは願ってもないというのが本音である。自分が朝廷に仕えて地位を上げるのは、粟田一族にとっても望ましいことである。唐に留学したときから、真人は粟田一族の希望の星だったのだ。

三人の王族が返事を待っていた。なおも黙っていると「大王も、あなたに大いに期待なさっておりますから、あなたの良い返事をもらわなくては、われらは飛鳥に帰ることができないのです。どうか決心なさってください」と、その頼み方も真人の予想を超えた懇願するような態度で決断を迫った。

そこまで言われれば承諾する以外にない。

「分かりました。及ばずながら、われにできることをさせてください。皆さんの足手まといにならぬように努力いたしましょう。どうか、よろしくお願いいたします」と真人は三人の王族に頭を下げた。

このあとでは、三人の王族と真人の話し合いは、堅苦しい雰囲気から脱して思いのたけをぶつけあった。

真人による律令制度についての話

粟田真人《あわたのまひと》の人生は、ふたたび変わった。

真人の話を美濃王たちは興味を示して聞いてくれた。久しぶりにまつりごとに関して真人は熱っぽく語ってしまい、彼らが帰ったあとで自分の話し振りを思い浮かべて苦い気持がした。

それにしても、なぜ、今頃まで律令制度について朝廷は放ったらかしたままであるのか理解できなかった。自分が近江朝で働いていたときとは、くらべものにならないほど朝廷の権威は高まっている。彼らの期待に応えるように、長年にわたって錆び付いた刀を磨かなくてはならないが、果たして自分が通用するのか疑問も感じた。

ところが、実際に飛鳥に来て大王をはじめ、さまざまな人たちに接して、彼らが律令についての知識をあまり持っていないことが分かったのである。律令国家になることは朝廷の長年の目標であったのに、大海人大王になってから、律令制度のためにとくに朝廷は何か実行しようとしてこなかったようだ。

「内乱後は、何もかも新しくしなくてはならなかったので、体制を整えるだけで精いっぱいでした。ようやく律令制度に向けた活動が始められるようになったところなのです」と美濃王が、真人のところに行ったときと同じ言葉をくり返した。

　粟田真人は、あまり高くない官位を授けられ、飛鳥の郊外に館を与えられた。官位に比して立派な館である。真人に対する期待の大きさを示すものだった。

　どのように推進するのか、大王の考えを聞いてから考えようと思っていた真人は拍子抜けした。律令制度の導入は、この国を新しくつくり直すための大事業である。大王が先頭に立って実行すべき政策であるというのに、実現するための道筋についても、大王はとくに考えを持っていないようだ。具体的な指示はなく、何かあったら相談するようにと言われただけだった。

　真人は、律令制度の実施に関して朝廷の中心人物になるように期待された。戸惑わざるを得なかったが、期待に応えなくてはならない立場に立たされた。

　しかも、大王は具体的な活動をできるだけ早く開始し、すぐにでも詔《みことのり》を発して公表したいという。これまで何もせずに来たのに、いまになってなぜ急いで始めるのか真人にはよく理解できなかった。

　葛城大王の時代に真人は、律令制度について知る努力を重ねた。唐の律令制度について知ると、いやでもわが国の統治体制が遅れていると感じた。朝廷の組織を整えようとする努力は中途半端であり、単に税を徴収し、労役や兵士の動員さえできていれば良いという姿勢だった。

　律令制度の導入の持つ意味を理解する人はほとんどいない。まずこの制度導入が朝廷にとって、いかに大切な課題かを知ってもらうことから始めなくてはならなかった。

　大王にも改めて説明し、さらに美濃王や伊勢王に対して、律令制度の導入のためにすべきことを話した。その過程で、同じような説明を何度もくり返していることに気づき、真人は、いっそのこと上級役人たちを対象にした説明会を開いたほうが良いと提案した。「律令制度」についての知識を役人たちが持たなければ始まらない。知識を共有するために、恒例の告朔《ついたちのもうし》の行事が終わったあとで、小錦以上の官位を持つ役人は残って粟田真人の話を聞くことになった。

　多品治《おおのほんじ》は、美濃王から事前に律令制度の実施計画を知らされたが、このときは説明を聞く立場だった。他の多くの人たちと同じように、律令制度について学ばなくてはならない。

　品治は、亡くなった栗隈王《くりくま》から律令制度について聞いたことを覚えており、いよいよ実施されるのかと思った。しかし、自分は朝廷の中枢にいるのに、このような重大な施策の開始に当たって事前に相談されていないのが解せないと思いながら席についた。

大王が一段高いところから皆に呼びかけた。見上げる人たちにいっせいに緊張が走った。

「これから、新しいまつりごとが始まる。後ほど詔として発するつもりであるが、本日はその前に皆に知っておいてもらいたいことを、美濃王と粟田真人に語ってもらう。良く聞いて理解せよ」

そう言うと、大王はその場を離れた。

大王がいなくなった瞬間から、美濃王が話し始める直前までのほんの一瞬ざわめきが上がった。何が始まろうとしているのか、よく分かっていない人たちが多かったが、これまでと違う雰囲気があった。

大王の後ろ姿に一礼してから、美濃王が話し始めると、すべての人たちが耳を傾けた。

「これから実施される律令制度について、皆に知ってもらう必要があります。律令というのは、護るべき決まりのことです。律というのは間違った行為を罰する決まりで、令というのは朝廷の組織をはじめさまざまな活動に関しての決まりです。新しく律令をつくり、それに基づいてこの国を統治するのです」

そう言って美濃王はひと息ついて皆を見まわした。

「この国は古くから大王が統治してきましたが、各地に勢力を持つ豪族たちが必ずしも大王の統治に従わない時代が続いて、多くの土地は豪族たちの所有になりました。本来、この国の土地はあまねく大王が所有すべきなのですが、長いあいだにわたってそうなっておらず、いまもそれは続いています。律令制度というのは、全国の土地すべてを朝廷の所有に戻すところから始まります。これが律令制度の出発点です」

美濃王の発言に品治は驚いたが、それは自分だけではなかったようだ。

「律令という決まりができた暁には、すべての人たちがそれに従って、国家が運営されます。国が新しくなるというのは、そういうことなのです」と言いながら美濃王は、後方に控えていた真人を振り返った。

「細かい内容に関しては、ここにいる粟田真人が説明します。唐に留学して学んで、律令制度について詳しいのでよく聞いてください」

真人が、美濃王の指示を受けて前に進み一礼した。

「よろしくお願いいたします」と言ってから、真人が、この制度に取り組むようになった経緯について話し始めた。

国博士であった旻《みん》法師や高向玄理《たかむこのくろまろ》が、唐の進んだ制度を取り入れて律令制度の実現をめざした。彼らがかつて唐に長くいて唐の律令制度について知り、わが国もそれに倣うようにすべきであると考えた。そのころは、各地の豪族の支配力が強く、兵士の動員も税収入の確保も、彼らの協力がなくてはできる状況ではなかった。律令制度を導入したくても、それを可能にする条件が整っていなかったわけで、そういう条件を整える方向に持っていく改革をするのが精いっぱいだった。

葛城大王の時代になって、中臣鎌足の指示で真人が律令制度の検討を始めたが、鎌足の死にあい進展しなかった。

いまなら律令制度を実施する条件が整っている。地方を支配している人たちも、以前より抵抗する動きはかなり小さくなっている。

真人は、これまでの状況を説明し、さらに、唐には「王土思想」という「国土はすべて君主が所有すべきものである」という考えがあることを説明した。わが国も、同様に全国の土地は朝廷が所有するものであることを人々が認めなくては、次の段階に進められないと強調した。

「班田収授法《はんでんしゆうじゆほう》」について理解してもらうことが大切だった。人々に耕作地を平等に与え、税を徴収して統治の基礎となる施策である。その実現のために全国の土地すべてを朝廷の所有にし、全国の耕作地面積と住民数を把握する必要がある。それを調査するだけでもかなりな作業となる。

大王の詔を発すれば済むという単純な話ではない。支配体制の根幹に関わる問題である。

「皆さんにぜひ覚えておいていただきたいのは班田収授という言葉です。これが律令制度の基本になります。唐では十九歳から六十歳までのすべての人たち一人一人に、一定の土地を与えております。そして収穫したうちから税として一部を朝廷に納めます。わが国も、これと同じ制度にします。全国の土地すべてですから王族の方々が所有している土地も例外ではありません。もちろん、各地の豪族の方々の土地も朝廷にお返しすることになります。この国における土地すべてを本来の姿に戻すところから制度が始まるのです」

ふたたび驚きの声があがった。

「そんなことはできないと思っておられるようですね。所有している人から、その土地を取り上げるのと同じですから、混乱が起こると思うのは当然です。ですが、律令制度を成立させるためには、これを実施しなくてはなりません。これまで土地を所有していた人たちには朝廷から官位が授けられ、身分が保証されます。朝廷のために働けば官位が上がり、より多くの食封《じきふ》が与えられます。すべての土地を朝廷にお返しして、すべての人たちが朝廷のもとに結集しなくてはなりません。どのような経過をたどって実施するかは、これから決めていくことになります」と言うと真人は、ぐるりと見守る人たちを見まわした。そして続けた。

「重要なのは全国の耕作地の面積をくまなく調査することです。すべての地方で正確な面積を把握しなくてはなりません。全国でどれくらい耕作地があるのか、それぞれの国単位で調査し、評《こおり》ごとに記録する必要があります。放置されている土地があるいっぽうで、新しく開拓した水田もあり、耕作地は年々変化しますから、その実態を調べます。さらに戸籍を作成する作業が加わります。全国にどれくらいの人たちが住んでいるか調査します。かつて戸籍を作成したことがありましたが、人口は常に変化しますから、改めて調べ直さなくてはならないでしょう」

その後、真人は律令制度のもうひとつの柱である、朝廷の新しい組織形態について話した。

「班田収授についてだけでも、実施するには大掛かりな調査が必要ですが、それができるように朝廷の組織の充実を図らなくてはなりません。その組織も「令《りょう》」によって、どのような体制にするか決められます。指揮系統も同じです。組織の長官や次官などの指導者が決められ、その役割が規定され、どのような仕事をする役所なのか、仕事の内容によって分担されますが、そうした組織の名称や仕事内容も決められます。それに基づいてまつりごとがおこなわれるようになるのです。朝廷の組織の頂点に立つのは大王であらせられますが、朝廷の統治機構を確立するための体制づくりが実施されるのです」

多品治は真人の話を聞いて、この改革が過去に実施された改革とは、規模がまるで違うことに気づかされた。国の将来がかかっているといえる。栗隈王がかつて強調した意味が、このとき品治はようやく理解できた。

品治は、その大切さが分かったものの、事前に感じていた割り切れない気持がいっそう強くなった。多くの役人たちと同じように説明される側にいることに、大王や美濃王から裏切られた気がしたのだ。国家的な大事業なのだから、有能な諸王に指導させる大王の考えが分からなくはないが、自分が外されているような気がしたのは、これまで精いっぱい、大王と朝廷のために働いてきたという自負があったからだ。

しかし、真人の話を聞き、知識の豊富さと、深くものごとを考えている様子から頼もしい人物が現れたと感じた。

良好な朝廷の財政状況の確認

この直後に、品治は大王に呼び出され王宮に向かった。そこで、大王から改めて新しい施策に関して協力するよう要請された。もう少し早くこうした話をしてほしかったが、そんなことを口に出すわけにはいかなかった。

「ところで、順調であるとは聞いているが、朝廷の財政はどうなっているのか。新しい施策を始めるからには、財政に問題があってはうまくない。心配することはないと思っているが」と大海人大王は確かめるように言った。

「まったく問題ありません。地方からの税収は年々増えております。官人の数が増加しましたが、かれらに報酬として分け与える土地には、まだ充分な余裕があります。畿内で屯倉《みやけ》として開発した土地がありますから、もう少し官人を増やしても大丈夫な状況です。地方でも新田開発が続いておりますし、税の徴集もこのところ順調で問題ありません」と品治は応えた。

　地方との関係が円滑になっているので税収は増え、朝廷の財政を脅かす事態は起こりそうにはなかった。

「それで安心した。これまでとは違う施策を実行に移すのだから、問題があっては困るからな」と大王は、親しそうに品治の顔を見ながら言った。

「ところで、律令制度の導入となると、日常の仕事にこれが加わるから大変になるであろう。なんじには、これまで同様に大蔵の仕事をしてもらわなくてはならぬが、だからといって律令とは関わらないというわけにはいかぬ。どちらにも関わるというのは酷かもしれぬが、班田収授の法をつくるのには、なんじのような経験と能力が必要なのだ。これまでより忙しくなるが、なんじを頼りにしたいのだ」と手を取らんばかりの態度を示した。大王からそう言われれば悪い気がしないが、指示されている内容はかなり強烈である。

「おっしゃるようにいたしますが、どちらに力を入れたら良いのでしょうか。われが律令に関わるというのは、どの程度になるのでしょうか。班田収授に関して調査を始めるとなると、それだけで手いっぱいになって公事《おおやけわざ》に障りが出るのではと心配になりますが」と品治は大王の考えを確かめなくてはいられなかった。

「だが、朝廷の財政に関してうまくいかなくなると律令どころではなくなる。それをわれも心配しているのだ。とはいえ、なんじには地方の調査の指揮をとってもらわねばならぬと思っている。いずれにしても、美濃王や伊勢王と相談して決めるようにせよ」

　例によって、大王からの指示は結果として曖昧なままである。品治は大蔵に関しては、できるだけ部下たちに仕事をしてもらうようにするしかないと思った。美濃王や伊勢王に相談すれば、班田収授の調査に取り組んでほしいと言われるに決まっているように思えた。

「ところで、以前計画したまま中断している新しい王宮も、この際完成させようと思うが」と大王は、そんな品治の思惑など無視するように、改めて切り出した。

「飛鳥の北の地域につくろうとなされた王宮ですか」と品治が尋ねた。新しい土地に王宮をつくる計画は、栗隈王や朴井雄君の死によって中断したままになっている。

「そうだ。いまの王宮では、すべてに不足である。律令制度の実施計画が始まるのだから、朝廷の権威を示すためにも広大な地域に規模の大きい王宮をつくりたい。実行するとなると地方から労役の動員もはからなくてはならぬ」

かつて王宮を新しく造営する計画が立てられたときに、品治だけが良い顔をしなかった。それを知っている大王が、計画を公にする前に知らせたほうが良いと考えたのであろうと思った。だが、品治は大王の考えがよく分からなかった。美濃王から、律令制度の実施だけでなく、歴史書の編纂事業も実施する計画を大王が持っていると聞いていたからだ。そのうえ、新しい王宮を造営するとなると、いっぺんに多くのことをやろうとしすぎるように思えた。しかし、疑問を口にするのがためらわれた。

王宮をあとにした品治は、律令制度の実施計画に関していろいろと考え、いままでの自分が事なかれ主義に陥っていたのかも知れないと思った。財政的に順調であれば、何もしないほうが無難であると済ませていたが、これからはそうはいかなくなるだろうと品治は身震いした。

動き出した改革の大きな波

朝廷内で律令制度についての議論が活発になった。律令制度に関する理解が進むと、官人たちは、それまで体験したことがない新しい取り組みであると実感するようになった。新しい時代をつくりあげる機会に立ち会うのは心が躍ることで、多くの官人たちは張り切った。律令制度という言葉が人々の口の端にのぼり浸透し、その理解が深まるにつれて将来への期待が大きく膨らんだのである。

律令国家になれば、少し前から問題になっている地方の治安悪化も改善され、正しいまつりごとがおこなわれ、飢えに苦しむ人たちもなくなるだろう。すべての人たちに公平に耕作地を与えて農業に取り組ませるというのは、この国に住んでいる人たちすべての生活を保証することだ。そのためにも、律令国家の実現に向けて一丸となって突き進んで行かなくてはならないという雰囲気がつくられ、大海人大王が即位したときの高揚感が再来したようだった。

大王の詔を発するのは二月二十五日に決まった。それまでに律令制度の実施に向けての体制づくりと、それにともなって計画される組織的な対応だけでなく、歴史書編纂に関わる人たちを選ぶ準備が進んだ。

これらが、朝廷をあげての規模の大きい取り組みであるとはいえ、朝廷の中枢にいる人たちは、日常的な業務もおろそかにできない。それをこなしながら新しい仕事に取り組むよう指示された。そのために朝廷の中枢にいる人たちの会議が頻繁に開かれた。どのような計画が、どのように進行するのか共通認識を持つためである。

そうした会議には、大王とともに大后《おおきさき》も出席した。

年が明けて正月の行事が終わって間もなくの会議でのことだ。大王の詔が出るまでに時間がなくなってきており、誰もが緊張し、あたふたしている感じだった。出席したのは諸王と朝廷の幹部たちである。

大王と大后が現れて会議は始まった。正殿のひときわ高い椅子に座っている二人に一同は拝礼し、次に議事進行を任されている美濃王が話し始めた。

「きょうは律令制度だけでなく、ほかの事案に関しても話すことにいたします。まずは伊勢王から律令制度について改めて説明いたします」と言いながら伊勢王を促した。

「唐や隋、さらには新羅での律令を参考にして、わが国の実情に合った制度をつくることになります。まずは律令制度の基本となる班田収授の検討から手をつけます。全国の戸籍をつくり、全国に耕作地がどのくらいあるのか調査します。一人当たりの口分田《くぶんでん》の面積をどのくらいの広さにするか決めるために、全国の耕作地と人口を把握しなくてはなりません」と言って伊勢王が皆の顔を見まわした。

「全国をくまなく調査しなくてはなりませんから、かなり時間と手間がかかります。そのためには調査し記録する作業部門を新しく設けなくてはなりません。朝廷から地方に派遣しますが、現地の国司《くにのつかさ》や評《こおり》にいる役人たちにも協力させる必要があります。耕作地の面積を調査するわけですが、土地を所有している豪族たちが反発しないように、国司や評督《こおりのかみ》たちに班田収授の法についてよく説明し理解を求めるようにしなくてはなりません。朝廷の命令であるからと強引なやり方をとると揉めてしまうかもしれません。新しい国づくりの一環であることを根気よく話して分かってもらうようにする必要があります」と伊勢王が話し、皆の顔を眺めわたし、さらに続けた。

「また別に律令に関するさまざまな資料を集め、それをもとにわが国の実情にあった「決まり」をつくるための組織も必要になります。ですから律令に関しては、全国の調査を進める部門と、内容を検討して律令をつくる部門の二つの組織になります。それぞれに独自に活動しますが、必要に応じて連携して活動していくことになります」

　話を聞いているうちに品治は、むずかしい問題をたくさん抱えているように思えて落ち着かない気分になった。全国の耕作地の面積を調査するといっても水田や畑があり収穫高も土地によって違いがある。それらをどうするのか、品治は質問した。

「もちろん、そうした配慮をしなくてはならないでしょうが、できるだけ公平になるように決めるのもわれわれの仕事です」と伊勢王は応えた。それはそれとして納得できるが、実際に調査していけば、その違いの複雑さなど、さまざまな問題が出てくるような気がした。そうした疑問を出せば切りがなかった。もう少し話を聞いてから考えようと品治は、納得しないまま黙った。

　伊勢王が続けて話し出した。

「戸籍をつくるのは、以前にも実行しているので、それをもとに地方の役人たちにあたらせるようにします。それに関連して、畿内の豪族たちの扱いをどのようにするか検討しなくてはなりません。農業に携わる人たちとは違いますが、律令制度の実施にともなって、有名無実になっている現行の姓《かばね》制度を改める必要があります。豪族としての身分を保証して特権を与えますが、どのようにするかはこれから決めていきます。これまでの臣《おみ》や連《むらじ》、首《おびと》、直《あたい》などの姓を持つ氏族は、すべて新しい姓に変更されます。これまで姓を持っていない氏族も、活動に応じて新しい姓を与えます。最終的には大王が決定されますが、これからその検討に入ります」

　白村江の敗戦後に、畿内の豪族たちを中心に改めて大氏《おおきうじ》・小氏《ちいさきうじ》・伴造《とものみやつこ》という三つの階級が設定され、それぞれに太刀や小太刀や盾などが下賜された。敗戦の衝撃をやわらげるように豪族たちを懐柔するための措置がとられた。その後は、何となく曖昧なままになっている。そのうえ、先の内乱で近江朝に与《くみ》した豪族たちの勢力が弱まり、世代交代が進むなかで同族意識も薄れる傾向が強くなった。全国の戸籍を作成するに当たり、氏姓制度も一新したほうが良いと考えて実行すると説明された。

　新しい姓にして豪族を再編し、朝廷に従わせる体制にする。これは律令制度に先行して実施されると説明された。

　話は新しい王宮の造営計画に移り、竹田王から説明があった。

「新しい王宮の建設計画をできるだけ早く実行に移したいと考えております。誤解なきよう言っておきますが、飛鳥の京《みやこ》を新しい土地に遷《うつ》すのではありません。王宮や朝堂など、朝廷のまつりごとの中心となる機能を新しくするのです。これまで役所として使われていた施設やたくさんの倉庫、それに工房などは、これまで通りです。これから建てるのは、この国の王宮として壮大で立派な規模にしていきます。それを中心に王族や官人が身分に応じた館を王宮の周囲につくり、すべての官人が住むようにします。そのために相当広い敷地を整備しなくてはなりません」

規模はどのくらいの王宮になるか、朝堂や庭の広さや、どの場所に建てるかといった具体的な検討はこれからになるが、北に耳成山、東に香具山、西に畝傍山に囲まれた飛鳥の北にある地域に決まっている。道路も東西南北に碁盤目状にまっすぐにつくられ、整然とした王都になるという計画の概要が示され、律令国家となるわが国の新しい王宮を造営する事業の重要さが強調された。

一段高いところにいる大王と大后が、竹田王の報告を満足そうに聴いていた。新しい王宮の完成をいかに強く望んでいるか、その熱意が、居合わせた人たちすべてに伝わる雰囲気があった。

品治は、話を聞きながら、王宮や多くの建物に使用する木材の確保に思いをめぐらせた。飛鳥にある朝廷の工房では、すでに必要な木材を近隣から調達できなくなっており、近江のほうから運んで来るようになっている。新しい王宮をつくるのに必要となる多くの木材や石材は、いずれにしても遠くから運ばなくてはならない。

こうした手配をするのは自分たちであると思うと、品治は飛鳥の北につくる新しい王宮の造営は後まわしにしてほしいと思った。

いつから始めるのか、誰が担当するのかはまだ決めていないが、あまり時間をかけずに始めるつもりであると説明された。

品治が発言しようかどうか迷っているうちに、竹田王は突然、国史編纂事業計画について話し始めた。それまでの話の続きであるかのように淡々と語る。品治も仕方なく説明に耳を傾けた。

「これまでにも、国の歴史を記録する事業がおこなわれ、さまざまな資料が残されています。この国の歴史をきちんと子孫に伝えていくためにも、歴史書の編纂は急がねばなりません。今までまとめられている記録を整理するにしても、前後の関係で記述に矛盾はないか、空白になっている時代についてどう埋めていくかなど、困難はたくさんあります。どのようにまとめるのか、担当する人たちが検討し、調べていかなくてはなりません。記述されているひとつひとつの事象について吟味していくだけでも大変な作業です。多くの人たちが何年もかけて進めなくてはならないでしょう」

唐では、自国の歴史書を持たない国は野蛮な国であると見なしている。だから、国史の編纂は急がなくてはならないという空気があった。この事業には、王子たちや王族たちも参加して、多くの文書係の人たちが関わって進められる。品治が考えていた以上に手間ひまがかかりそうだった。

そんなにいろいろな事業をいっぺんに進めていいのかという疑問が、以前にもまして品治のなかで大きくなった。優先順位を決め、ひとつずつ片付けなければうまくいかないのではないかと思った。

「何か意見はないですか」と美濃王が品治を促した。ひとしきり話し合いをして誰も発言しなくなった瞬間だった。

品治は、思い切って自分の抱いている疑問を述べることにした。

「この国のために、新しい事業を推進することは大切であると思います。そのために皆さんがいろいろ検討し、実施していこうとなさっておられるのは良く分かりました。どの事業も朝廷にとって必要であるとわれも思います。しかし、いま話された事業は、どれも多くの人たちが関わって実行しなくてはならないことばかりです。計画をきちんと立てて、誰がどの事業を担当するのか、どれくらいの期間でできるのか見通しを立てて取り組む必要があるでしょう」

品治は、きちんと分かってもらうように順序立てて話し始めた。大王や大后も、品治が何を言わんとしているのか気にしているようだ。

「問題は、中心になって推進する人たちが限られていることです。これらの事業は、どれも全体を見通して慎重に進めていかなくてはなりません。的確に指示を出して、途中で何度も点検して、場合によっては計画を変更したほうが良いことがあるかもしれません。そう考えていきますと、すぐに始めなければならない事業と、しばらく様子をみてから進める事業とを分けるべきだと思います。律令制度の実施のために戸籍の作成や全国の土地の調査など、地域による違いを乗り越えて実施するには、かなり多くの人たちが各地におもむいて働かなくてはなりませんし、それぞれの地域の事情に対応していかなくてはならないでしょう。律令制度に関してだけでも大変な事業ですから、それと併行して京《みやこ》まで新しい土地に造営するのはむりがあるように思います。どちらかを後まわしにしたほうが良いのではないでしょうか。もちろん、朝廷の日常的なまつりごともおろそかにできませんし、戸籍の作成に当たっては、記録をとる仕事が大幅に増えます。現在、この仕事をしている人たちすべてを、これに当たらせても足りないくらいでしょう。国史の編纂事業も、記録をとる仕事が多くなるでしょう。戸籍作成の仕事がある程度片付いてから始めるようにしたほうがいいのではないでしょうか。あれもこれもと欲張って、どれもうまくいかなくなるのではと心配になっております。この点についてご検討くださるようにお願いしたいと思って発言しました」

品治は話し終わって一礼した。ここまで言うのは行き過ぎかもしれないが、言わないで済ますわけにもいかない気がした。

誰もが黙って聞いていたが、気まずい空気が漂っているようだった。美濃王も何と言っていいのか迷っている様子である。誰か、自分の主張に賛成してくれる者はいないか、そっと品治は周囲を見まわしたが、誰もが硬直したように動く気配がなかった。

このときに声を発したのは大王である。

「品治よ、そして皆もよく聴け。どれも大事なのだ。すべてをすぐに始めようと決めておる。すべてを別々の事業であると思うな。すべてひとつの目的に向かって進むために大切なのだ。できないという恐れを抱いてはならぬ。やるのだ。この国のために、そして朝廷のためにな」

そう言うと大王は、さっと立ち上がり、居並ぶ人たちに背を向けた。大后も驚いたような表情をしたものの続いて立ち去った。会議は終わった。

高市王子が多品治の館を訪れる

飛鳥川の上流域で王宮がある地域から少し離れたところに建つ自宅に帰った品治は、悶々としていた。大王の怒りを買ったように思ったからだ。しかし、自分は間違った主張をしたという意識はない。黙って従っていたほうが良かったのかもしれないが、さまざまな施策を同時に進めるのはむりがあるという思いに変わりはなかった。

これまで大王のもとで懸命につとめてきたから、よもや大王が自分を遠ざけることはないだろうと思うものの、次第に不安が大きくなっていく。誰かに相談したかったが、もし大王の怒りを買っているなら相談した人に迷惑をかけるといけないと自宅に籠ったままだった。

二日後に高市《たけち》王子が品治の館を訪ねてきた。大王の使いであるという。

品治は驚いた。何らかの処分がくだされるとすれば、朝廷に呼び出されるだろうと思っていたからだ。病気になった臣下を見舞うわけではないのに、大王の名代である王子がいきなり訪ねるのは異例である。

品治は、高市王子を上座に座らせて拝礼した。

「そう堅苦しくなさらなくても結構です。二人のほかには誰もいませんから」と高市王子はくだけた感じで言った。少し前まで厳しい顔に見えた王子は、品治の顔を見て頬笑んだ。

「大王が、これを届けるようにわれに命じたのです」

　そう言って高市王子は、何かが入っている桐の箱を差し出した。思わぬ展開に品治は戸惑ったものの、差し出された箱をおしいただいた。何のことやらわけが分からなかった。

「どうぞ、箱を開けてください」と王子が促した。

　箱を開けた品治は驚きで目を見張った。箱のなかには、一昨日の会議の際に大王が着ていたきらびやかな衣服があった。品治は、箱のなかの衣服と高市王子の顔とを何度も交互に見た。王子はにこやかに笑っていた。

「大王は心配なされていたのですよ。あなたは責任感が強いから、あのように発言されたと大王は理解されておられます。あなたに対する大王の信頼は少しも損なわれておりません。これまでもあなたの働きがあったからこそ、ここまで来られたとおっしゃいました。これからは、さまざまな仕事が増えて苦労されるでしょうが、朝廷のためにこれまでと変わりなく働いてほしいというのが大王の願いです。そのために、この衣装を下賜なされたのです」

「ありがとうございます」

　品治は、それ以上言葉をつなげることができなかった。大王が身につけた衣服には強い霊力が宿っているといわれている。それを下賜することが何を意味するのか。呪術を信じる意識があまり強くない品治にも分かった。

　品治は、あれもこれも自分がやらなくてはならないと思うあまり心配ばかりしていたのだ。不安でいた二日間、品治は、勝手に空まわりしていたことに気づいた。自分にできる範囲で朝廷のために働けば良い。だからといって、自分に背負わされた任務の重みは軽減されはしないが、大王の心遣いをありがたいと思うとともに、品治は肩の力が抜けて楽な気持になった。

律令制度実施計画の詔

　内乱に勝利して九年目となる西暦六八一年二月二十五日、大王と大后が臨席して律令制度の実施計画に関する詔《みことのり》が発せられた。そして、その半月あまりのちに歴史書編纂事業に関する詔が発せられた。同時にしなかったのは、どちらも大切であると強調したかったからだ。

　律令制度に関して、ひとつは戸籍の作成と全国の農耕地の調査チーム、そしてもうひとつは机上の資料集めと律令内容の検討チームとに分けられた。調査チームは列島各地に出張するので大掛かりな仕事になる。伊勢王と多品治が指揮をとる。検討チームは朝廷の統治組織などに関する令の作成で、資料の検討や文書作成などの机上の仕事が中心となり、粟田真人が指揮をとる。そして伊勢王が総裁としてふたつのチームの連携をとりながら全体の進行をチェックする。

歴史書の編纂に関する詔が発せられたときにも大王と大后が臨席していた。それにより律令制度と同じくらい重要であるとみなされた。

律令制度と歴史書の編纂については、日常の朝廷のまつりごととは性質が異なるので、それに専念する役人の組織が新しく編成された。専門に関わる人たちは少人数だったが、必要に応じて他の部署で働く官人たちが加わる体制をとった。組織として大規模ではないものの、多方面の人たちが協力する方向で進められる。

協力を要請された場合は優先的に関わるのが大王の意向に適う。そういう認識が一般化されたのは、これらの事業の重要性が強調されたからである。各役所に所属している人たちも、それぞれに日常業務のほかに必要に応じて、新しい仕事をするよう指示されたが、これに対する抵抗は少なかった。

歴史書編纂事業に関わるのは川島王子、忍壁王子、広瀬王、竹田王、桑田王、美濃王である。ひとつの事業にこれほど多くの王子や王族たちが関わる例は過去にない。

実際には上毛野三千《かみのけのみちぢ》、忌部首《いんべのおびと》、安曇稲敷《あずみのいなしき》、難波大形《なにわのおおがた》、中臣大嶋、平群子首《へぐりのこびと》などが関わるように指示された。

朝堂のなかのふたつの建物が、律令制度の実施計画と、歴史書編纂事業のために割り当てられた。律令制度のための建物は造法令殿《のりのふみつくりのあらか》と呼ばれ、歴史書編纂のほうは造史書殿《ふみのしょのつくりのあらか》と呼ばれた。新しく組織されたチームが、それぞれ独立した建物で任務につくのは過去に例のないことである。将来に向けて希望に輝く任務と見られ、出入りする人たちは誇りに満ちた表情をしているように見えた。

突然、何人かの人たちの官位が引き上げられたのは、こうした新しい活動が軌道に乗りつつあったときである。定期的な昇位の発表は正月と決められていたから、十人に限った臨時の昇位は異例に思えた。朝廷に貢献した人たちが対象となり、粟田真人も含まれていた。

造法令殿で働くようになった粟田真人は、小錦下という官位になった。これにより新しく飛鳥の郊外に土地が与えられ、広い敷地に新しく館を建て、十人以上の家人がつけられた。貴族となり周囲の扱いや見る目も違ってきた。律令制度の実施にはなくてはならない人物であり、昇位するのが遅かったくらいである。能力のある人が引き上げられるという朝廷の新しい風潮を象徴している人物であると見られた。

新しい体制になったといっても、古くからの出自がものをいい、家柄が良いだけで一目置かれる伝統も残っていたので、新参者と見られる真人が指導性を発揮するのに障害をなくそうと官位が高められたのである。

はじめのうちこそ、大王や王族たちに気を使っていた真人は、自分が采配を振って推進していくほうが全体を前に進めることができると思うようになっていた。遠慮していては何ごとも始まらなかった。人々の上に立って行動する経験が豊富とはいえないと自覚していたものの、実際に律令制度について議論しているあいだに自信をつけた。覚悟を決めると新しい世界が開けてきて、真人はどんなときにも自分の言いたいことを明確に主張するようになった。

真人の主な仕事は、国家を運営するための法の整備である。隋や唐、新羅の律令制度に関する資料の整理から始めなくてはならない。長い歴史のなかで確立された律令制度を手本にするために近江に朝廷があったときに、鎌足の指示で参考になる資料を収集していた。それらの資料をもとに、わが国の実情にあったものにするためにどのようにしていくかを改めて検討する。

わが国で従来から継承されている決まりを、どの程度尊重すれば良いのか。大陸の伝統や慣習にもとづいてつくられている「令」のなかには、わが国の実情とは異なる項目がかなりある。

たとえば、官位は、唐では朝廷の役職と連動しているが、わが国では朝廷に仕えているかどうかに関係なく出自や功績によって与えられる。朝廷の役職とは関係なく、大王との距離の近さを表している。高い官位であれば、それだけ大王に近い存在であると見なされる。朝廷の高い役職に官位の低い者がつくことはないにしても、官位があっても役職を持たない人たちがいる。唐ではそんな事例はないようだ。

律令制度のもうひとつのチームのリーダーとなっている多品治《おおのほんじ》と真人との関係でみれば、朝廷の役職としては同じ地位であるが、官位は品治のほうが高い。過去の実績によるから、わが国では当然であるとみなされて疑問に思う人はいない。しかし唐では同じ役職であれば同じ官位になるはずだ。どちらが正しいかではなく官位についての考え方の違いである。

新しく「官位令」を定めるにあたって、唐の「令」に倣《なら》うのか、わが国のこれまでの制度を踏襲するのか選択しなくてはならない。真人が独断で決めることではなく、問題として提起して皆で決める。こうした問題を洗い出し整理するだけでも大変な作業になる。

真人は伊勢王と相談して「役人たちは、どのような制度にしたら良いか、意見のあるものは申し述べよ」という内容の詔を出してもらうことにした。できるだけ多くの意見を汲み上げようと思ったからだ。しかし、すぐに反応があるわけではなく、役に立つ意見が寄せられる期待はできなかった。

決めなくてはならない項目は多岐にわたるが、班田収授の法の実施に向けた調査が始まるから、まずは何をおいても戸籍をつくるもとになる「戸令」の概略を決めることが優先された。単に戸ごとに家族の関係や男女別、年齢を記すだけでは済まない。

住民と一口に言っても細かく分けられる。良民と賤民がいて、賤民の場合は朝廷に仕える人と私人に仕える人とがいる。こうした身分の違いをどのように戸籍に記すか事前に決めておかないと混乱が生じる。賤民と良民のあいだに生まれた子供の扱いをどうするかという判断に、調査する人によって違いがあってはならない。他の「令」に先駆けて「戸令」について話し合われた。

真人は、自分とともにこの仕事に専念できる有能な人物が欲しかった。律令制度の実施計画の全体像を把握して、問題点を洗い出して対処していくには多くの人たちの協力が必要である。

適任者を物色して伊吉博徳《いきのはかとこ》に白羽の矢を立てた。宝姫大王の時代に遣唐使として派遣され、通訳として活躍し、その後、筑紫に来た唐の郭務悰との交渉に当たった。博徳は内乱の後はしばらく逼塞せざるを得なかったが、大津王子の舎人として働いていた。唐国の言葉に対する知識があり、王子の漢詩づくりの相手をしながら、さまざまな任務をこなしていた。唐の律令に関して理解があり、遣唐使の旅では、その過程を細かく記録していた。文書を書くのが得意だったので、この仕事に向いていると思われた。

博徳を自分のチームにいれる承認を大津王子から得ようとしたが、すぐには良い返事がもらえなかった。大津王子が博徳を手放すことに躊躇したからである。しかし、博徳自身は、律令制度の実施計画に興味を示した。最終的には、大津王子の舎人として仕えるかたわら、真人とともに働くことになった。

全国各地の調査によるさまざまな問題

多品治が担当したのは、班田収授制度を実施するために必要な戸籍の作成と、各地の耕作地の調査である。新しい施策のなかでもっとも手間ひまがかかるだけでなく、微妙な問題を含んだ任務である。朝廷の権力が及ぶ地域のすべてにわたる調査であるから、支配の仕方の違う各地の豪族に対応しなくてはならない。地域ごとに違う特性を考慮して協力を求める。山の多い地域があれば海に近い地域があり、平野が多い地域があれば、傾斜地の多い地域もある。

難波の津に王宮があった軽大王の時代に、地方は、国・評《こおり》・五十里《さと》という行政単位がつくられ、それが引き続いて機能している。

全国は七道に区分されており、それをもとに担当者を決めて実施する。東海道、東山道、北陸道、南海道、山陽道、山陰道、西海道に、さらに朝廷のある畿内を加える。

尾張、遠江、甲斐、相模、武蔵などを含む東海道と、近江、美濃、信濃などを含む東山道の地域は、比較的朝廷の権威が行き届いている。越とその北方まで含む北陸道は支配体制が弱い地域を含み、九州地方の北半分の西海道は問題ないが、南半分は支配が行き届いていない。それに対し播磨や吉備や周防などを含む瀬戸内海沿いの山陽道は朝廷の権威が及んでいると見られた。

各地に調査団を派遣するに当たり、問題点を把握することから始めた。あらかじめ調査内容を知らせて、評督《こおりのかみ》をはじめ地方の役人たちに協力させる体制をつくる。そのうえで問題が起きそうな地域には、権威づけるために担当者とともに王族や上級役人を派遣して対応することにした。

「大王の威光は朝廷のなかだけではなく、天下に行き届いているのですから、それほど心配せずとも問題は起きないのではありませんか」と伊勢王が品治に言ったのは、何かといえば品治が不安を口にするからだ。

「そうであれば良いのですが」と品治は応えたものの、楽観的にとらえている王族とは立場も考え方も違っていた。

最初は大まかな調査になる。抵抗が少ない地域は、土地の測量や人口調査をしても良いが、まずは地方の役人たちの協力が得られる体制づくりが目標である。そのために第一段階の地方調査は急いで実施された。

品治は、彼らの報告を待った。

やがて多くの報告が寄せられてくると、地域による違いは思った以上に大きかった。

以前は税がきちんと納入されているかどうかに関心が集まり、地域の特色にまで配慮が行き届かないままだった。水田や畑の維持管理が行き届いているか、また地域による収穫高に差があるかなど把握せずに済ませていたのだ。

放置されたままの水田が多い事実も判明した。働き手が逃亡してしまったところ、洪水や土砂崩れなどで耕作地が消滅したところ、川の流れが変わって水の確保ができなくなったところなどである。自分のいる土地を離れることを禁止する指示がかつて何度も出されたが、依然として逃亡はあとをたたなかった。また、新しく開墾してかなりな収穫があるにもかかわらず、農地ではない地域とされたまま税を納めていないところもあった。

地域によっては所有権が複雑に絡みあい、税として徴集しても朝廷に納められていなかったり、税の掛け方が一様でない地域もあった。

肥料のまき方や耕作の仕方の違い、種籾の工夫などで同じ面積であっても収穫高を増やしているところがあるいっぽうで、土地がやせた地域では収穫高が年々少なくなっているところもあり、その差は小さくなかった。平らな土地の水田と、傾斜地につくられた畑との違いもあるから、口分田の支給には、同じ面積にすれば済むわけではなさそうだった。海岸近くに住んでいる人たちは、農業より漁業に力を注いで生活しており、漁業に依存する割合も地域によって違いがある。

山のなかには、農耕と関係なく生きている人たちがいた。彼らは、国司や評督の支配下にいないから、税を納めず労役の動員もかけられていない。水田や畑を捨てた人たちのなかで彼らに加わる者もいて、実体をつかむのは容易でなさそうだった。彼らをどのように扱えばいいのか、土地を与えれば農耕に従事するのか不明である。

収穫が見込める耕作地でなくては、口分田として貸し与えられないが、ちょっと手を加えれば耕作地となる土地まで放置されたままになっているところはどう扱えば良いか、それが全国でどのくらいあるのか改めて調査する必要があった。

耕作地が増えれば国の財政は豊かになるから、歴代の大王は農業に励むように督励し、新田開発に力を注ぐように指示してきた。それが効果を発揮して朝廷の財政も次第に豊かになり、人口も増えてきている。しかし経済の基盤となる耕作地の持っている多様性のなかで、どのように公平に土地を貸し与えて働かせたら良いのか、大きな課題を突きつけられた。

耕地面積に比して人々の多い地域と、逆に人口が少なく余裕がある地域とがある。与えられる口分田はどの地域も均等でなくてはならないから、その面積は、一定の広さを確保しなくてはならない。耕作面積が狭くて人口の多い地域を基準に決めたのでは住民の生活が立ち行かなくなるかもしれない。地域による格差をどのように調整するかは大きな問題として浮上した。

土地を支配する豪族たちの処遇も問題である。土地を所有して地域住民を支配している意識を持っている人たちが、土地は朝廷のものになると言われても素直に承認するわけにはいかないのも不思議ではない。評《こおり》の役人になることで官位を授けて報酬として土地を与え、私事に使用できる家人を与えるようにすることで、従来と変わらない収入ならびに待遇が保証されるから協力するようにと説得が試みられた。しかし、朝廷に仕える地方役人となり、派遣されてくる国司の指示に従うというのは、かつての地方豪族のあり方ではない。

実際には、国造《くにのみやつこ》から国司《くにのつかさ》に代わってから三十年経ち世代交代が進んで、豪族としての支配力は弱まってきている地域が多かった。協力の仕方に違いがあるにしても、朝廷の意向に抵抗する動きは表立っては見られなかった。

そんななかで吉備において、国司や評督《こおりのかみ》の官衙《かんが》では なく豪族の当主の館に大量の武器を保管している事実が明らかになった。以前から、個人的に武器の所有は認めないという方針が出されていたから明らかな違反行為である。

他の地域でも、そうした例はあったものの、指摘されると素直に評督の官衙に移して恭順の姿勢を示していた。ところが、吉備では素直に指示に従おうとしなかった。

問題にした朝廷では、物部麻呂に兵士数百人をつけて現地に行かせた。張り切った麻呂は、相手を説得せずに、いきなり武器を所有する豪族の館を襲撃した。朝廷の兵士たちに突然攻撃されると思ってもいなかった豪族の当主は大した抵抗もできなかった。麻呂の思惑どおりに展開し、館は焼き払われ、武器は押収された。

麻呂は、伊勢王や品治に最初から強硬手段をとるつもりであると告げて了承を得ていた。断固とした処置をとることによって、朝廷の指示に従わない場合には、どのような対策がとられるか多くの人たちに知らせるのが効果的であるという理由だった。豪族の当主は追放された。

このころの朝廷の組織は、法官、理官、大蔵、民官、刑官、兵政官という名称が使われ始めた。それにより仕事内容が分担されて独立した組織形態をとるようになった。とはいえ、きちんと役割分担が守られていたわけではない。各組織の長官や次官に就任した人は、他の部署と兼任する場合があり、部下への指示も各役所の分担を超えて出すことも稀ではなかった。専門の能力を持つ人は、それを生かして他の部署の仕事であっても指示されれば引き受けるのは当然と考えられていた。

物部麻呂は、人事を担当する法官を統括する任務についていたが、朝廷の権限をもとに強面《こわもて》で対応できる人物として問題解決のために選ばれたのである。こうした指示に麻呂は疑問を感じることなく忠実に果たして評価を上げた。

この直後に大王の詔が出された。

朝廷の指示による軍事力の発動以外は認めないことが改めて強調され、個人的に所有してはならない武器が決められた。大角《はらのふえ》・小角《くだのふえ》（法螺貝のような吹奏楽器）など、戦場で使用する鼓や笛、旗、弩《おおゆみ》、抛《いしはじき》などが対象だった。太刀や弓矢までは取り締まりの対象にしない。大規模な戦闘に備えた武器だけにしたのである。

このときの働きで、物部麻呂も出世した一人だった。かつては抵抗を示した地方の豪族も、以前にも増して、表面的には朝廷の指示に逆らう態度のところは見当たらなくなった。

とはいえ、律令制度の実施のための調査は、一度や二度では済まない。各地域の実態調査は粘り強く続けられた。伊勢王だけでなく品治も多くの役人たちを従えて何度もあちこちに出張するようになった。

歴史書の編纂事業が始まる

粟田真人や物部麻呂とともに中臣大嶋《なかとみのおおしま》も小錦下に昇進した。歴史書の編纂に関して貢献したからである。

中臣大嶋だけでなく粟田真人や物部麻呂も、先の内乱のときに近江朝側についた人たちである。働きや能力を優先する考えが示されたのである。小錦下（のちの従五位）は上級官人と見られ、後に貴族と称される官位であり、それ以上の官位を持った人たちだけが大極殿に入ることが許され、朝廷に仕える指導的な身分となる。それに次ぐ官位の大山上とでは、役人としての報酬にも大きな差がある。大嶋にとっては、ようやく報われたという思いだった。

歴史書の編纂に讃良姫が関心を示し、彼女がこだわった大王家が天照大御神《あまてらすおおみかみ》の子孫であるという系譜について、大嶋が歴史書の記述にうまく導入した功績が認められたのである。神話として語られている神々の世界から大王への繋がりが明らかになれば、天照大御神と大王家との結びつきは事実として認知されるかたちになる。それを記録に残すのが讃良姫の願いだった。

大海人大王が歴史書の編纂を言い出したのは、先の内乱の勝利を歴史に残したいと考えたからだ。勝利の記録は自身の王位の正統性を示すからである。そのうえで、歴代の大王の業績を綴る歴史書にするもので、大王は、神話時代の物語や天照大御神が大王家の先祖であるという虚構まで組み入れるとは考えていなかったが、讃良姫の強い希望を聞いて、それを入れることを大王も認めた。

讃良姫の推薦により歴史書編纂に加わった大嶋は、語り部が記憶していた神話の時代の記録を中心に神話として語られている物語と大王家を結びつける作業は、歴史書編纂事業が始まる前から、それを記すのが自分の使命であると考えていた。

兵制官の次官になっていた大嶋は、この事業が始まったときに関わるように指名され、歴史書の編纂をおこなう造史書殿に詰める日が多くなった。

神話に登場する天照大御神の子孫が、天上から地上に降り立つ記述だけでなく、神話として語られる物語のうち歴史書にどの話を採用するか、大王を中心とした歴史の話との繋がりをどのようにするのか考えた。

天上で繰り広げられる神々の世界は、何百年も前から語り継がれた物語である。それも、いろいろな地域で語られた物語が、時代とともに変容し、かたちが整えられ、あるいは付け加えられて記述されていた。もしかしたら海の向こうの伝説や物語も混じっているかも知れない。いずれにしても長い時間をかけてつくりあげられた伝承であり記録である。

歴史書ではあるが、この部分の記述内容は神話となる。それはそれで良いのかも知れない。

期待された記述が終わると、大嶋は歴史書編纂の仕事からはずれ、ふたたび兵政官の仕事にもどり、あとは必要に応じて呼び出された場合に歴史書編纂事業に加わるようにという指示を受けた。

その後、自分より身分の低い平群子首《へぐりのこびと》が歴史書編纂の中心に据えられた。

大嶋が担当した記述は、歴史書の編纂としては特殊な分野で、実際の作業は地味な仕事である。資料として集められた巻きものや書き付けをもとに、書かれた内容を点検し、書き間違いや事実の誤りを探し出し歴代の大王ごとに区分する。それらを何人もの人たちが目を通せるよう書き写して整理する。朝から午後の勤務が終わるまで机にかじりついていることが多い仕事である。

蘇我馬子の時代から歴史書の編纂は朝廷の事業として実施されたものの、完成からほど遠い状況で中断されていた。亡命百済人たちも、葛城大王の時代に歴史書の編纂は朝廷にとって必須の事業であると協力を申し出て、葛城大王もその気になったが、さまざまな資料が追加された程度だった。

朝廷の資料を保存してある倉庫が飛鳥の嶋の庄の近くにあり、蘇我氏が主導して記録された資料や近江朝時代に亡命百済人たちが記述した資料などが保管されていた。蘇我稲目と馬子の親子が大臣だった以前の大王の時代まで記した資料も混じっている。

集まった資料を点検してみると、きちんと整理されている時代のものもあれば、あまり資料のない空白の時代もある。しかも、時代によって記述の仕方もまちまちであり、年代がいつなのか分からない資料もあり、そもそも何を記そうとしているのか、その意図さえ分からない記録もある。集められた資料を整理するだけでも大変な作業になりそうだった。

資料のすべてが一か所に集められているわけではなかった。大王が新しく即位すると王宮が遷《うつ》る時代が続いていたから、大切な資料は受け継がれずに粗末に扱われて散逸したものもあるようだ。あるいは、どこかに仕舞い忘れたままになっているかもしれないので、それらを探しまわる仕事もあった。

歴史書としてある程度のかたちをつけられるようになるまでは資料集めと整理する作業が中心だった。

讃良姫による身内のための説明会

朝廷の新しい事業がどのようなものであるかを理解するために、讃良《さらら》姫の意向で身内を集めて話す機会が設けられた。草壁王子と中臣不比等《なかとみのふひと》、それに草壁王子の夫人となった阿閉《あへい》姫と彼女に仕える宮人を加えた人々である。

美濃王が司会をして、事業計画について話し合いのときに、大王とともに讃良姫は一段高いところにいて説明や質問を聞いていたので、それなりに理解していた。とはいえ不確かなところもあるので、美濃王を呼んで説明させた。

唐国では、すべての土地は皇帝のものであり、わが国も本来はそうあるべきなのに、各地の豪族たちが勝手に自分の所有にしていた。わが国でも律令制度が実施されれば本来の姿に戻り、朝廷の権威は高まる。この国のすべての土地に大王の支配が及ぶようになるのが「自然の理《ことわり》」であり、この国の統治機構は新しい組織に生まれ変われる。

美濃王の話と、それを補うように口を挟む讃良姫の話を聞きながら不比等は、父親の鎌足もその実現を望んでいたという思いにとらわれていた。

「何か、ほかに訊きたいことがありますか」

ひと通り説明が終わったところで、讃良姫は不比等に尋ねた。

「お話はよく分かりました。できれば、われも律令制度の実施計画に参加したいと思うようになりました。まだ無理でしょうが」と不比等は応えた。讃良姫はにっこりした。

「あわてなくても、あなたもそのうちに参加するでしょう。まだ始まったばかりですから、制度が実行されるのは先になります。この国のあり方をすべて律令として決めるのは、簡単にできることではありませんから」

「では、われもいまから勉強して備えることにします」

そう言ったものの、不比等はこうした国家の重要課題について蚊帳の外におかれている寂しさを感じていた。

まだ若いから仕方ないにしても、早く無位無官の身分から脱したいと切実に思った。

次いで新しい王宮の建設計画の話になった。東西に走る安倍山田道の北側の土地に、いまある王宮とはくらべものにならない規模の王宮をつくる予定であると讃良姫は説明した。北側は横大路まで、東側は中ツ道、西側は下ツ道までの範囲に及ぶ土地に王宮をつくるという。完成すれば、太子となった草壁王子だけでなく、王子の妻である阿閇姫のための館も別につくられる。讃良姫や阿閇姫に仕える宮人たちの部屋も広くなるという讃良姫の説明に、居合わせた女性たちも希望に胸を膨らませた。

讃良姫を喜ばせたのは、王宮に水洗式の厠を設置する計画があるという話だった。渡来系の人たちに、さまざまなアイディアを出させたところ、飛鳥川から水を引き館の中に小さな流れをつくれば、ただちに糞尿を処理できる仕組みになるという。清潔好きな讃良姫は、このアイディアをぜひとも実現するよう願った。新しい王宮の周囲には官人たちの館が並び、大王を頂点とする新しい王都になる。

「早く見たいものです」と若々しい声を上げたのは県犬養三千代《あがたいぬかいのみちよ》である。輝くような三千代の笑顔だった。自分の居場所をしっかり確保している自信がある凛とした表情だった。幼さがわずかに残る感じはあるものの、こんな美人を妻にしたかったという思いが不比等の脳裏をかすめた。むろん、そんな表情は微塵も外に出さず、三千代を見た時間もごくわずかだった。

讃良姫は顔を紅潮させて、歴史書編纂の話に移った。

周辺の国から尊敬される国になるには、きちんとした歴史書を持つ必要があると話したあとで、天照大御神が大王家の先祖であり、その血を受け継ぐ神のひとりが地上に降り立ち、この国を支配して、やがて大王となったという歴史が記されるのだと語った。自分たちが天を支配している太陽神の子孫であることを公的に記す歴史書がつくられると讃良姫は興奮しながら語った。

自分たちが特別な存在であることを強調しなくてはいられない讃良姫の態度に不比等は、少し違和感を感じた。

歴史書の編纂というのは、歴代の大王の業績や、この国で起きた出来ごとが時代に即して記述されるという印象を不比等は持っていたから、讃良姫が強調している神話の世界の話は、自分が考えている歴史とは違うように思えた。

「古くから伝わる祝詞でも、天の神様たちのなかでもっとも尊敬されている天照大御神が子孫を地上に派遣し、その子孫が大王となり、この国を支配するようになったと言われています」と讃良姫は語り、みんなの顔を見まわした。「草壁よ、あなたもそのような自覚を持たなくてはなりません。将来は大王になるのですから、自身が天照大御神から続く王家の人間であると肝に銘じなさい」

ぼんやりした表情で聴いていた草壁王子を諭すような口調で讃良姫は言った。

「分かりました」と慌てて応えた草壁王子は、その話を信じたというより自分が指名されて驚き、身を起こした。

讃良姫が高揚した調子で話すせいでその場の空気は、あたかも歴代の大王の霊力がみなぎっているように、濃密で重苦しく感じられた。讃良姫が沈黙して目をつぶっているわずかな瞬間は、あたかも彼女が天照大御神と対話しているように見えた。

柿本人麻呂の気ままな旅

律令制度にも歴史書の編纂にも無縁な人麻呂も、真人や大嶋、それに麻呂と並んで小錦下という高い官位を授けられた。讃良姫が彼を呼んで話を聞くには、それなりの官位になっていたほうが都合良かったからだ。このほかには田中鍛師《たなかのかぬち》、高向麻呂《たかむこのまろ》、曽祢韓犬《そねのからいぬ》、書智徳《ふみのちとこ》が小錦下に昇進したが、人麻呂だけが朝廷のまつりごとの蚊帳の外にいたままだった。もともと柿本氏は中堅豪族であるから、朝廷に仕えて出世すれば官位が与えられるのは不思議でないが、他の人たちに比較すれば官人として貢献しているとは思えなかったから、もっとも驚いたのは人麻呂自身である。

小錦下となると、飛鳥の郊外に広い土地が与えられて館を建ててもらえる。食封も大幅に増えて収入は安定し、なおかつ館を護るために家人まで配属される。それなのに、人麻呂は決まったつとめをしなくても済む身だった。官位のある者が定期的に顔を見せなくてはならない儀式や行事に列席する以外に人麻呂は、讃良姫からの呼び出しに応じるだけで、あとは自宅で過ごす日が多かった。

時間に余裕があったから、歌が綴られた巻きものを、自分なりに納得のいくような言葉遣いに変えて書き写し、気に入った場合は、何度も声に出して詠み上げ、そらんじた。それらを新しく大后からもらった紙に書き写していく。あれこれ連想して思考が飛んでいくのに任せていると、わずかな歌を書き写すだけで昼間の時間が終わってしまう。

そのうちに、同じことをくり返しているように思えて飽きてきた。そこで讃良姫の許可を得て旅に出ることにした。官位があるので、駅家の馬を乗り継いでいけるし、連絡しておけば評督の館で宿泊できるように手配された。

まず近江に向かった。

道中では、人々の往来や木材などの運搬で人通りが以前より多くなっていたが、琵琶湖の周辺で王宮があったあたりは寂びれたままだった。浜辺に打ち寄せる波もものうげに見えた。係留されている船は前に来たときよりも風雨にさらされて朽ち方が酷い。

自分が経験していないにもかかわらず、人麻呂は近江朝の王宮にいた人たちが、琵琶湖に船を浮かべて楽しんでいる風景が脳裏に浮かんだ。そんな折りに詠まれた歌を巻きもので見た記憶があったからだ。

葛城大王は、外交問題をはじめ多くの悩みを抱えていたはずだった。大海人王子との対立があり、自分の息子に大王位を譲ろうとさまざまな画策をめぐらした。そのあいまに湖に女人たちを乗せ、船を浮かべ、酒を飲みながら歌会を楽しんだ。きっとまつりごとの憂さを晴らそうとした行為だったのだろう。

次の瞬間、単に憂さを晴らすための遊びであるなら、詠まれた歌を記録して残すことまでしただろうかという疑問にとらわれた。その場で楽しめば良いと思うだけなら、歌を記録して残そうとする意思まで働くはずがない。歌を詠むのは遊びだが、その場かぎりのよし無しごとではないという思いがあり、楽しいとか面白いといった以上に心に響くものを求めた行為だったのだろう。

琵琶湖のほとりにたたずみ、しばらく当時のことを偲んで感慨に耽《ふけ》っていた。記録された歌によってそのときの様子を思い浮かべることができた。歌が時空を超えて人々の心に訴えるものだと改めて強く感じた。歌を詠むのは、まつりごととは別の価値のある行為である。

いまでは大王も大后も、そのような価値観を持っていないようだが、自分には朝廷のなかで歌の大切さをよみがえらせる使命があるのではないか。

人麻呂が出世するきっかけも、讃良姫の前で自作の歌を詠み上げたからである。心の奥底の感慨を呼び起こしたうえで、大王の権威を讃えた。歌ではなく言葉だけで綴って大王を称えても、印象深い表現として伝わらないだろう。歌の持つ力の大きさを人麻呂は再認識した。

人麻呂は、この後に越の津に行き、さらに南に下って美濃から東山道をまわり内乱の戦いの跡をたどり、半年ぶりに飛鳥に戻ってきた。

人麻呂は帰りを待たれていて、理官《おさむのつかさ》のなかにある雅楽寮の長《おさ》に任命された。歌や舞や楽器演奏など、朝廷の演芸をつかさどる分野を統率する役目である。意外な人事だったが、人麻呂が官人として働くとすれば、それ以外には考えられなかった。推薦したのは讃良姫である。

すべての土地は朝廷の帰属に

「これまで王子や王族たちに与えられていた土地、屯倉《みやけ》など、さらに臣・連・国造・伴造たちに与えられていた土地は、すべて朝廷に帰属するものとする。その代わりとして、各自には食封を与える」

土地を取り上げる代わりに、彼らにも朝廷から官位や役職に応じて食封というかたちで土地を与えられると宣言したのである。朝廷を中心に、すべての人たちが従う体制に変えようとして出された詔である。

班田収授の法を実施するための施策であるが、それまでのあり方を否定しており、土地を私的に所有している豪族たちを不安にさせた。

彼らの誇りを傷つけず、朝廷に仕える官人として活躍する場を与えるにはどうするか。

地方の豪族たちも、地方を治める役人として働くように懐柔することが肝心である。大王を頂点とする支配のためのピラミッド形成の重要な部分を彼らに担わせるために、豪族たちを従わせていかなくてはならず、真人が竹田王と話し合って決めたものだ。

大王と品治や真人とのあいだにいたのが竹田王である。とくに役職として決められたわけではないが、竹田王は大王の律令関係の顧問であり側近となっていたから、真人や品治の意向を汲みあげて大王に話し、必要があれば詔を出すようにしていた。

律令制の実施のため、このような過激に見える詔を発したのは、畿内の豪族たちを朝廷に従わせるという難問の解決策として考えられたにしても、以前なら有力豪族たちに根まわしをしてから詔が出された。それが、いきなりだったのは、彼らがどう反応するかを見ながら、その先のことを考えるという意図があった。

「どうなっているのですか。われらが支配している土地をすぐに朝廷が取り上げると言うのですか」と安倍氏の使いが竹田王のもとを訪れて尋ねた。

「いますぐに安倍氏の持っている土地を朝廷が取り上げるわけではありません。律令制度が実施されれば、すべての土地が朝廷のものになります。そのかわりに、それまでの実績を考慮し新しく食封が与えられます。いったんは朝廷の所有になりますが、改めて朝廷から土地が下賜されます。それほどの不利益を被るようにはならないはずです。しかも、律令制度を実施してからのことなので、当分先の話です」と竹田王は説明した。

「当分は、今のままということでしょうか」

「そうです。朝廷は安倍氏が立ちゆかなくなるようにするはずはありません。ご心配には及ばないとおっしゃってください」

とりあえずは納得して帰った。

詔が発せられたのは「そのように決めたから承知して準備せよ」という意味である。いきなり「すべての土地は朝廷に帰属する」と宣言され、ただちに実行に移すとなれば動揺を来すが、しばらくは現状維持の状況が続く。だが、詔が出されたからには、いつの日か実行するのは確かである。とはいえ、豪族たちの支配力を切り崩すのは容易ではない。朝廷の力を見せて従わせるという、アクロバット的なサーカスを演じる必要があった。

すぐに実行に移されたのが、王子と王族による土地の返上である。詔の趣旨に沿って彼らが率先して行動を起こしたのである。といっても、自主的な行動ではなく、王子と王族たちが集められて竹田王からの説明で納得しての返上である。

王子や王族の生活を保証するために、以前から一定以上の土地が与えられている。当然、大王に近い人たちは広い土地が与えられるが、同じ王族でも与えられる土地の広さに違いがある。ときには恣意的な処置がとられて不公平になっている場合もあった。

後述するように、この詔が出されたときには、官位の改訂が進められていた。

これまでとは違って大王と大后を除く、すべての王子と王族にも官位が与えられるように変更される。取り上げた土地を再分配するためである。王子や王族たちに授ける官位は明確な格付けとなり、それぞれ官位に見合った土地を食封として与える。高い官位を持つ人には広い土地が与えられ、返上する前とあまり変わらなくなる。結果として、土地を朝廷に返すという王子や王族たちの行動は、豪族たちに対する強いメッセージとして発信されたことになる。

王子や王族たちが朝廷の意向に従う姿を見せたことで、畿内の豪族たちも従わざるを得ないという空気をつくることに成功したのである。

新しい氏姓制度の施行

従来からの氏姓制度を新しくするのも、主として畿内の豪族たちを従わせるための施策である。旧来の氏姓《うじかばね》制度が有名無実化している現状を改め、律令制度の実施を見込んで新たに豪族たちの格付けを実施する。

畿内の古くからいる有力な豪族の誇りを傷つけないようにしながら、最近になって台頭してきている氏族や大海人大王の時代になって能力を発揮している氏族の地位を引き上げる狙いがある。豪族たちの戸籍を朝廷の主導で新しく直して、すべての豪族を従わせるためだ。

その場合、朝廷の評価と豪族自身の評価に乖離があれば揉める可能性がある。伝統があっても現在は勢力が弱まっている氏族と、かつては低い身分だったがいまは勢いがある氏族との評価の差に基準があるわけではないから、微妙な問題を含んでいる。

大王と竹田王との話し合いで、この問題に取り組む役所は理官《おさむのつかさ》とし、その次官の三輪高市麻呂《みわのたけちまろ》が中心になって実施すると決められた。高市麻呂は、内乱時に飛鳥で戦って勝利に貢献しており、畿内に基盤を持つ誇り高い一族で、頑固なところがある。

竹田王が、堅物である高市麻呂がうってつけであると思ったのは、豪族たちに関心の高い施策であるから、周囲の雑音に影響されない人物でなくてはならないと考えたからだ。氏族の格式を決めるとなると、陳情やら請願やらうるさく訴えてくる。いちいち関わっていては埒があかない。そうした雑音の一切を受け付けない姿勢を採れる人物でなくてはならなかったのだ。ちなみに、有力豪族の出である高市麻呂は、大嶋や物部麻呂たちよりも先に小錦下の官位を授けられている。

朝廷に対する忠誠度、内乱時の貢献度もさることながら、それまでの氏族の伝統や格式、さらには大海人大王の時代になってからの官人としての働きが考慮されると宣言された。そのための調査や点検、過去の業績の確認など評価の基準となる資料を集める作業が開始された。

作業が始まると、果たして高市麻呂のところに有力者の使いが訪れた。

「われら一族は、何代も前の大王のときから仕えていて、朝廷に対する忠誠では他の氏の人たちに負けるものではありません。どうか、われら一族が納得できるような地位にしてください」

陳情がときに堂々と、ときにこっそりとなされた。

畿内だけでなく地方に在住する有力氏族まで入れると、対象となる氏族は数百を超え、すべて網羅して姓として一定の格付けをするのは簡単ではない。

大王から勅が出されて具体的な内容が明らかになった。「八種《やぐさ》の姓《かばね》とする」、格式は八段階。王家から分離した氏族を最高位の「真人《まひと》」として、以下「朝臣《あそん》」「宿禰《すくね》」「忌寸《いみき》」「導師《みちのし》」「臣《おみ》」「連《むらじ》」「稲置《いなき》」という呼び名になった。

「八種にしたからといって、とくに厳しく上下の関係にあると思ってはならぬ。「宿禰」であっても「朝臣」より下と考えなくて良いものと心得よ」と説明された。姓として格式には上下関係があるものの、だからといって杓子定規に上と下という身分関係だけでは判断できない、融通無碍な制度であるということだった。

畿内および地方の豪族たちが、どの姓になるかは最終的には大王や王族たちによって決定される。理官の役人たちは、各氏族たちの由来や伝統や現状からの記録をまとめて、その判断材料となる資料をつくる。当主に聞き取り調査する場合もあり、申告するように声をかける場合もあった。また、姓を持たない氏族であっても官位を授けられて朝廷の仕事に貢献している場合は、新しく姓を与えることになり、当主を誰にするか申告させた。

どのようになるのか多くの人たちが関心を示したが、窓口になっている高市麻呂は、最後まで秘密主義的なやり方で押し通した。

新しい姓の制度が実施されたのは西暦六八四年十月、律令制度の詔が発せられた三年後である。

真人、朝臣、宿禰という上位の三種となった氏族は、上級役人となる資格を持つ。

最初に、第一級の姓である「真人」となった十三の氏族が発表された。当麻、多治比、高橋など、いずれもかつての大王の血筋を引く臣下である。真人というのは道教の世界で神仙に遊んで永遠の命を得た選ばれた人のことを意味しており、大王や大后が百済や新羅からもたらされた道教の思想に影響を受けてつけられた。

次の「朝臣」と名づけられた姓を持つ氏族は五十二氏を数え、翌十一月に発表された。かつての「臣」を名乗っていた有力な豪族たちが中心であるが、「連」の物部氏や中臣氏も含まれていた。

その下に位置する「宿禰」の姓に関しては、その翌月の十二月に発表された。主としてかつて「連」を名乗っていた氏族が中心であり、大伴氏もこれに含まれていた。全部で五十氏である。中央の豪族だけでなく、地方の有力な豪族も含まれている。

いずれも、月の初めに朝廷でおこなわれる告朔《ついたちのもうし》の儀式の際に発表された。大王の挨拶があり、それに続いて理官の次官、三輪高市麻呂が一族の名前を読み上げた。

先の内乱で功績のあった氏族が優遇されたとか、大后にうまく取り入った者が有利になったとか、大王に仕えている人たちは特別扱いされたとか、大蔵などの事務的な仕事に関わっている氏族が軍事に関わっていた氏族よりも優遇されたようだとか、さまざまな憶測が飛び交った。朝廷内の人事とは違うものの、氏族の格付けとなるだけに関心は高かった。

　高市麻呂のところに、なぜこのように決まったのかという問い合わせや不満が寄せられた。しかし、それらに対して一切、返答せず、その理由も述べられなかった。

「朝廷の意向として、このように大王がお決めになられたのであるから、それに従うのが臣下のつとめである」という一点張りだった。

　真人・朝臣・宿禰となった氏族の当主たちは、それぞれに氏上《うじのかみ》と呼ばれ、告朔には王宮に顔を出す義務を負った。真人の姓になった氏族の当主には装飾が施された大太刀、朝臣には装飾の仕方で区別された大太刀、宿禰には装飾の豊かな小太刀だった。

　下賜された太刀を見れば、格付けの序列は明確であると思われたが、問い合わせに応じた三輪高市麻呂は、過去の伝統や朝廷への仕え方を考慮したにしても、それぞれの姓に上下はないと思って良いという見解を披露した。だが、誰もが本音と建前の違いであると思っていた。

　八種の姓により氏族の戸籍として、それぞれの格式が決定した。厳然とした身分として公式には個人名を記す際にも付随して名乗るべき姓となった。

　物部氏や中臣氏が朝臣になっているのに、かつては同じ「連」のなかで最有力を誇った大伴氏が宿禰であるのはおかしいのではないかという抗議が大伴御行から寄せられた。高市麻呂は抗議をとりあげなかった。

　御行が不満なのは、多くの人たちにも理解できた。とはいえ「大王が決められたことである」と言われれば引き下がらざるを得なかった。

　翌年になって、大王から突然、「近ごろ良く働いている」として、大王の霊力が宿っていると信じられている大王の着ていた衣服と袴が竹田王、多品治、県犬養大伴、中臣大嶋、それに大伴御行に特別に下賜された。御行がこの数少ない特別扱い組に入っていたのは、朝廷に対する貢献度ばかりではなく、氏姓制度の扱いに関して大伴氏をフォローする意味合いも含まれていた。だからといって、いったん決まったものが変更されることはない。

　姓制度が新しくなってからの問題が、この程度のことで解決できて、これ以降、波風が立たないで済んだ。豪族たちを朝廷に従わせるための最初の関門ともいうべき姓制度の変更は、朝廷の権威を高めることに成功した。

官位の改定による新しい秩序

八種の姓が施行された翌年（西暦六八五年）正月に、官位制度が改められた。前述した詔を出したときから、すべて関連して検討されてきており、発表の時期をずらしたのである。

大王と大后以外のすべての人たちに官位を与える制度に改められた。太子となった草壁王子も例外ではなく、すべての貴人と官人が、明快な官位の序列のもとに朝廷に仕える。八種《やくさ》の姓と並んで朝廷の秩序の確立のための施策である。

官位の名称も改められた。「浄」と「明」という最上位にある官位は、王子や王族のために設けられる。朝廷内でよく用いられるようになった「浄《きよ》き明《あけ》き心」で仕えるという言葉からとられた。穢れなく尊い王家に相応しい言葉として、大王が用いるように指示したのである。

紛らわしくならないように「織・縫・紫」という官位は「正」に統一され、それが大と広(それまでは大と小)に分けられたうえに「壱《いち》・弐《に》・参《さん》・肆《し》」という序列がつく。「正」を持つ官位だけで八段階になる。その下が「直」である。これは「正しく直《なお》く」という言葉からとっている。上級官人としての行動を規定する意味がある。それに続くのは「勤」「務」「追」「進」となり、これらもすべて八段階になる。

王子や王族を除いた「正」以下の官位は、それまでの二十六段階から四十八段階になった。それにより出世の階段は細分化された。

のちに律令制度が実施されてから官位は一位から八位までとなり、大と広に代わって「正」と「従」になる。従五位に相当するのが、それまでの小錦下から直広肆になった。

公式的に記録される人名は、姓と官位が合わせて表記されるものとされた。たとえば、伊勢王は浄大肆・伊勢王、粟田真人は直大肆・粟田朝臣真人、県犬養大伴は直大参・県犬養宿禰大伴と記録される。

官位の最高位に列せられた草壁王子は浄広壱であり、大津王子が浄大弐であり、高市王子が浄広弐、さらに川島王子と忍壁王子は浄広参と明確に序列化された。

最終的には、大王と大后に竹田王が説明し、その承認を得て決められた。

地方の豪族たちも、新しい姓を与えられて朝廷に従うように促され、官位を上げて出世するように励むことが求められた。

なお、直大肆・粟田朝臣真人となった真人は、まだ父親が健在であり、粟田一族の氏上を父親にしたいと考えて申請した。しかし、許しは出なかった。真人が、律令制度の実施計画で重要な役目を果たすから、粟田氏の当主の地位にいるのは真人がふさわしいという考えが示された。以前のように、その地位に死ぬまで留まるのが当然のように思われていた時代から変わってきたのである。

官位の改定にともなって、それまでの頭に被る冠の色や飾りで官位の違いを表すのを止め、官位は衣裳の色で表示される。浄位は朱色、正位は深紫、直位は浅紫、以下、深緑、浅緑、深蒲萄《ふかえびぞめ》（青色）、浅蒲萄の衣服をまとうように指示が出された。遠くから見ても、官位による違いは衣裳の色で前よりもよく分かるようになった。

官位により、金・銀・珠玉などの装飾品の付け方、衣服の色、刺繍などの装飾、冠や帯、さらには仕事中の敷物まで細部にわたり規定が設けられた。

頭に被る冠物《こうぶりもの》は、身分に関係なく黒漆紗冠に統一された。薄布に漆《うるし》を塗った被りものである。長くした髪を後部で束ねて髻《もとどり》のように上にあげた髪型に合わせ、頭髪全体を覆うように袋状にした帽子である。のちに烏帽子《えぼし》と呼ばれるものの原型が、このときから用いられた。

朝廷の儀礼に関しても、目上の人に対して這いつくばる礼はやめて、立ったままお辞儀をするように改められた。立礼を基本とする唐風に改められたのである。

朝廷に仕える人たちは、一月、四月、七月、十月の決められた日に、大王に王宮で必ず拝礼するようにせよという指令が出された。病気の場合は理由を添えて届け出るようにしなくてはならない。

服装や儀礼が改められたのは、唐風に対する憧れからだけではなく、推進されている政治改革の雰囲気づくりを盛り上げようとする意図がこめられていた。

大王や大后や王子など、一部の上層階級だけに許された装飾が施された服装が上級役人たちにも及び、朝廷のなかの華やいだ雰囲気が醸成されるようになった。決められた身分は厳しく護られる伝統が徹底されるとともに、きらびやかな朝廷風俗のもとがつくられようとしていた。

それに引き換え庶民層の服装は旧態依然としており、簡素なままだった。

第二十三章　大海人大王の病と死と

大海人大王の体調悪化の兆候は西暦六八一年十月、新羅の使節がやって来たときに現れた。五十一歳になっており、二月に律令制度の実施計画の詔が出され、草壁王子が太子になった八か月後のことである。

使節が、草壁《くさかべ》王子の立太子を祝って、金や銀をはじめ多くの貴金属や貴重な品々など、たくさんの貢ぎものを持ってきた。大王の指示で盛大に歓迎することになり、大王も張り切っていたのに、計画されたイベントに自身は姿を見せることができなかったのである。

広瀬野に歓迎のための宴席が設けられた後に、軽《かる》の衢《ちまた》に装飾を凝らした馬の行進が企画されていた。金細工や刺繍された布で飾られた百頭を超える馬に、鎧兜に身を包んだ武人たちが騎乗して行進する歓迎セレモニーが、軽の市が開かれるのに合わせておこなわれることになった。大王の席を中心に新羅の使節や王族たち、それに上級役人たちの席が特別に用意された。

饗宴に出発しようと朝早く、大王は宮殿の前の広場に姿を見せた。そのときは元気そうだったのだが、用意された馬に乗ろうとしたところで急な腹痛に苦しみ出し、身体を曲げて嘔吐した。立っているのもつらそうだった。

舎人が肩をかそうとしたが、大王が身振りでそれを制止した。しばし回復するのを待ち、大王は身体を立て直して出かけようと試みたが、身体に力が入らなかった。

広瀬野まで行き、そのあとに軽《かる》の衢《ちまた》で飾り馬の行進に姿を見せるには一日がかりとなる。

「ご無理なさるのは良くありません」

急を聞きつけて駆け寄った讚良《さらら》姫が声をかけた。大王は大丈夫であるという意思表示をするかのように、讚良姫の顔を見ると首を左右に振った。しかし、次の瞬間にまた嘔吐した。

「誰か、大王をなかに運んでください」

讚良姫の指示で大王は抱きかかえられて内裏に戻った。

午前の饗宴は欠席しても、午後からの飾り馬の行進は、王宮から近くなので、大王は顔を見せるつもりだった。しかし、内裏で横になると起き上がるのはむずかしかった。本人も気がつかないうちに病気が進行して、表に現れたようだった。飾り馬の行進は伊勢王が大王の代わりとなり実施された。

大王が床についたのは数日間だった。その後は食欲も出てきて回復したように見え、政務を執るのに支障を来すことはなかった。ところが、これ以降も、ときどき食欲不振と腹痛に悩まされることがあった。といっても頻繁に起こるほどではなく、大王自身も、大したことはないと思っていた。たまに起こる苦痛を大王は人前では見せないようにしたので、多くの人たちは大王の病は一時的で、もとのように元気になったと思っていた。大切なまつりごとや儀式を欠席することもほとんどなかった。

朝廷のまつりごとが滞ることなく進行したのは、大王の指示がなくとも活動できる体制になっていたからでもある。

病に冒される大海人大王

それから一年余が経過した西暦六八三年正月の祝いに大王は姿を見せた。前年に比較して寒さが厳しくなかったせいか大王の体調は良く、食欲も増して元気そうに見えた。実際には、このころになると食欲不振と腹痛が起こる頻度は以前よりも多くなっていたが、まだ大王の近くにいる人たちを除いて病状が進んでいることを知らなかった。

正月七日の節会には王族をはじめ、主要な任務に就いている人たちが飛鳥の宮殿に集まる。姿を見せた大海人大王が手にしていたのは三本足の雀である。天の神の使いである三本足の鳥が瑞祥《ずいしょう》として朝廷に献上されたのである。

「皆のもの、よく聞け。われが大王になってから、このような天瑞がひとつやふたつではなく数多く現れている」と言って、大王は手にしていた三本足の雀を高くかざしてみせた。

「伝えられるところによれば、こうした天瑞が多く現れるのは、われがおこなうまつりごとが、天の意に適っているからである。良きまつりごとをしていると神々も喜ばれている。律令制度をはじめ、さまざまな新しい制度の実施に取り組んでいるときに天瑞が現れるのは、神々がこうした計画の実現を望まれておられるからで、われのしていることを支持して見守ってくださっている。皆で計画が一日も早く実現するように努力してほしい。そして、それぞれは天瑞があらわれたことを周囲の人たちに伝えるように」

大王は、ふたたび三本足の雀を手にもって高くかざした。

「おお、伝えましょうとも」「大王に祝福あれ」という声が上がった。それに応えた大王は、声が鎮まるのを待って宣言した。

「この宮殿を大極殿《だいごくでん》と称することにした。今日からまつりごとをおこなう場を大極殿と呼ぶように」

六年前に建てられた新しい宮殿のことである。

「大極」という言葉は、中国の「易経」のなかにある。天の最高神が住むところ、宇宙の中心となる場所である。天の意志を受けた支配者が、天下を統治するためにまつりごとをおこなう場所と考えられてきた。道教においても、神仙思想を地上に現した理想的な場所を「大極」と呼ぶ。

「大極殿」と称することは、大王が天の意志に適った為政者であり、支配者であると宣言する意味がある。大極殿に大王が姿を見せて発せられる詔《みことのり》は、天の最高神が認めたものであり、すべての人たちが従わなくてはならないと思わせる効果がある。伊勢王が亡命百済人と話しているおりに、「大極殿」という言葉について知り、この名称を使用するように大王に進言した経緯がある。

この日、官位を持つものすべてに大王からの下賜品が与えられ、罪人の多くが赦免された。

このころから大王の体調は、少しずつ悪化する傾向が見られた。元気なときと体調が優れず休まなくてはいられないときが交互になり、やがて病床に臥す期間が長くなっていく。それでも重要な儀式や行事の際に姿を見せることが多かった。体調を崩していても、重要な儀式の直前になると気力を取り戻し、元気であると思わせていた。

食欲不振、嘔吐や吐血の症状がみられ、讃良姫は心配した。症状に効くと思われる薬草を取り寄せる手配をした。少しでも効果があると聞けば、大后は遠い地方から運ばせた。薬師の手配も怠らず、呪術に優れている人がいると聞けば呼び寄せて祈らせた。

中臣大嶋もしばしば大后に呼ばれ、大王の病を治すにはどうしたら良いか相談された。そして、大嶋の紹介で物部麻呂も頻繁に接触するようになり、讃良姫のもとで朝廷のまつりごとに関して知恵を貸すように要請された。それまでの身内を中心とした讃良姫の取り巻きのなかに、大嶋と麻呂が加わったのである。

大王は美濃王や伊勢王、それに竹田王をそばに置くようになり、彼らを重用した。彼らには、讃良姫と接触する機会が多くはなく、どちらかといえば彼女を敬遠する傾向があった。しかし、大王の病が重くなると、大后を無視するわけにはいかなくなった。大王の病気平癒のための法会を開こうとすれば、まず大后に相談する必要がある。法会を盛大に開くのは、大王が重病に陥っていると公表するのと同じなので、大后の許可を得なくてはならないのだ。

讃良姫と美濃王や伊勢王が相談して、西暦六八五九月に「大王の病気平癒のための法会」を盛大に開催することが決められた。

二十四日から三日間、大官大寺、川原寺、飛鳥寺で多くの僧侶たちを集めて法会が開催され、朝廷から各寺に特別に稲が納められた。

翌西暦六八六年正月の祝のときには、大王は少し元気を取り戻した様子で大極殿に姿を見せた。しかし、多くの官人たちの祝賀を受けて盛大な饗宴は開かれず、招かれたのは王子や王族たちに限られた。

それでも、大王は、珍しく気分が良さそうで、王子たちと問答で楽しく遊び、大王の問いにうまく応えた高市王子や伊勢王には、大王から褒美が特別に与えられた。さらに、九日には、法会に参加した僧侶たちを招いて食事をともにした。もしかすると、回復できるのではないかという期待を抱かせた。ところが、その後の寒さが身体にこたえたせいか、またも長く床につくようになった。

暖かくなればと人々は期待したのだが、その後は病気平癒のために法会を開いても、大王の病状が持ち直す様子はなかった。

仏にすがる大海人大王

大王の病気はますます重くなった。

薬師が、身体に良いという薬草を取り寄せて調合しても、陰陽師の占いにより祟りのもとを取り払う儀式をおこなっても、ほとんど効果は現れなかった。病に効用のある浅間温泉に行ってみてはという進言があって、信濃に仮宮をつくったが、大王が信濃まで旅をするのは無理な状態だった。大海人大王が頼りにしたのは仏である。

吐く息が嫌な臭いがするようになり、大王は気にした。

大王は、伊勢王を呼んだ。

「済まぬが、われのために使いをしてほしい」と頼んだ。「近ごろ、われの身体のなかが腐ってきたような気がする。病であるから仕方ないのかもしれぬが耐え難い。できれば御仏のご威光で、安んじられるようにしたい。われの願いを叶えてくれるように、僧侶たちに伝えてほしい」

伊勢王は驚いた。日ごろ見慣れた大王の様子とは違う態度だった。堂々としたところがなく人相まで変わってしまったようだ。

「分かりました。大王の願いですから必ず叶えてくれるでしょう。われから、僧正や僧都たちにお願いしてまいります。大王がこれまでなさった仏法に対するご貢献は尋常一様ではありません。このようなときに、大王の願いを聞き届けなくては、何のための仏法でしょう。ご安心くださ い。すぐに手配いたします」

伊勢王は、律令制度の実施計画の先頭に立って、打ち合わせや地方への出張などの予定があったが、大王の頼みを優先させた。

仏法信仰の篤さでは過去の大王にひけをとらない大海人大王は、寺院の保護に気を使ってきた結果、仏法界に対する朝廷の関与が以前より強められた。

寺院が増えて僧侶の数も増加するのにともない、さまざまな問題が発生した。神社に神官が常駐するようになったといっても、僧侶の数の多さとは比較にならない。

朝廷が定めた寺院や僧侶に対する決まりである「僧綱」により僧正、僧都、律師、和上という位が明文化され、僧正がわが国の仏法界の頂点に立ち、僧侶全体を統括する役目を果たし、僧都が補佐し、律師はそれぞれの寺院を統括し、指導的な役割を果たす体制になっている。その下にいる和上は各寺院の指導的な僧侶であり、一般の僧侶は衆僧と呼ばれた。各寺院に知事と称される僧がいて、寺院の財政や人事などの管理部門を統括する。寺院は僧侶たちによる運営が一般化した。僧の位を示す衣服の色が決められ、街なかを行き来するときには、その位によって馬や従者の数などが規制された。

問題は寺院の財政である。有力な豪族が発願して建てられた寺院は、当の豪族の勢力が後退して経営が立ち行かなくなるところが出てきた。朝廷から各寺院の規模や格式を考慮して食封を与えて寺院運営を助け、各種の法会が開かれるたびに朝廷から稲や布が寺院に寄贈された。

ところが、朝廷からの食封には限度があるとして、西暦六八〇年に「朝廷の支援を受けられるのは官寺だけとする。そのほかの寺院は今後三十年を限度として食封をなくす」という詔が出された。すぐに財政的に困る寺院が出ないにしても、いずれは多くの寺院が独自に財政的な手当をしなくてはならなくなる。各寺院は土地を所有し、有力者と結びついて維持運営していく努力をするようになった。

年老いた僧侶が増えて、その扱いが新しい問題となった。過去に大王が仏法の普及に力を入れたときに、一気に増えた僧侶たちが揃って老齢になった。財政の豊かな寺院では、病気で身動きがままならない僧侶も内部で介護できるが、財政状態が苦しい寺院では、年寄りの扱いがぞんざいになりがちである。病気で苦しんでいる僧の面倒を見るどころか狭い僧坊に押し込んだままにする寺院もあった。

報告を受けた大王は状況を調べさせ、その酷さに驚いた。

「病気になった僧を狭い僧坊で苦しませるようにしてはならない。別に建物を建てるなりして養うように配慮せよ。ときには僧侶の身内に介護させても良いから、各寺院は病になった僧侶を粗末に扱ってはならない」という詔が出された。

大后である讃良姫も仏法に対する信仰が篤く、盛大な法会を計画するほか、力を入れたのが山田寺の完成であり、川原寺の寺院の充実を図った。

山田寺は、讃良姫の母方の祖父である蘇我石川麻呂が発願して建てた寺院であるが、彼が完成直前に造反したとして自害に追い込まれ、そのまま放置されていた。讃良姫は、蘇我一族の出である誇りを持っており、山田寺の完成を指示して、ときには工事を見とどけに行き、完成すると官寺と同等の寺院として扱うように取りはからった。

宝姫の菩提を弔うために建てられた川原寺は、讃良姫にとって大切な寺院である。讃良姫が大后になると寺院としての格式は高まり、それまで以上に大切にされた。讃良姫の指示により財政的な支援を惜しまず、寺院の敷地も増えて施設も充実して学問に励む僧侶の数も増えた。

他の寺院と大きく異なるのは「伎楽《くれがく》」を置いたことである。技能の優れた専属の人たちに、舞のための衣装や音楽を奏でる楽器を特別に用意し、法会のときに披露できる体制にした。宝姫は外国からの使節をもてなす宴会が好きだったから、往時を偲ぶ演舞を披露して、宝姫の菩提を弔い慰めようと考えたのである。

讃良姫は川原寺の法会に顔を見せて、彼らの芸を見ることを好んだ。朝廷でおこなわれる宴会で披露されるのと同じように演じるよう要求され、彼らに研鑽をするよう指示した。

大王も大后も、金光明経により王権の正統性が仏法の世界でも認められていると知って、仏法の普及にいっそう力を入れた。それが朝廷の権威を高めることにつながるという認識も持っていた。

大王と大后の貢献があったから、大王の願いが叶わないはずがないと思っている伊勢王は、仏法界の頂点に立つ僧正を大官大寺に訪ねて大王の意向を伝えた。

病気平癒のために法会を盛大に開催する程度では事態は変わらないかもしれない。大王からの願いであるからこそ、これまで例のないかたちの法会にしなくてはならない。

伊勢王の願いに僧正は応えて宮中に薬師如来の画像を飾り、僧正以下の高い格式を持つ僧侶たちが王宮で大王の病気退散を願う法会を開く提案をした。薬師如来は病気を治し、長寿をもたらす仏として知られている。まさに大王の願いを叶えるのに相応しい如来である。

　薬師如来画像を前にした宮中での法会は、夜を徹しておこなわれた。さらに僧正以下の僧侶たちは、その後も宮中に留まって法会を続けた。まるで宮中が寺院になったごとく僧侶たちの行動が目立った。

　法会の開催に当たり、伊勢王が手配して、指導的な立場にある僧侶たちに、特別に朝廷からの下賜品として布や稲が贈られた。川原寺では讃良姫の手配で宮中での法会に合わせ、たくさんの灯明を照らし、法会が開催された。

　道昭《どうしょう》が大王の枕元に呼ばれた。

　律師の一人になっていた道昭は、仏法界の幹部であると同時に独自に活躍する高僧として優遇され「大徳」と呼ばれていた。

「よく来てくれた。われは病み衰えてしまった。もはや昔のように元気にはなれないであろう。そこで、なんじに聞いてみたいことがあるので来てもらったのだ」

　大王は、すべての人たちを下がらせ、道昭とだけ向き合うようにして話し始めた。

「われは大王になってからも、仏や神に対する信仰を人一倍持っており、朝廷のまつりごととして大切にしてきた。そのせいか周囲が、われを神であるかのように扱うようになった。大王であるから、多くの人たちに慕われるのは悪いことではないが、このように病んでいるのは、われが神でない証拠であろう。それでも、特別な存在であるといわれてきたせいか、他の人たちと同じように苦しみながらあの世に逝くのではなく、せめて安らかに生涯を終わらせることはできないものであろうか。そのような方法はないのだろうか」

　大王は息が臭いだけでなく、ときどき吐血し腹痛に堪え難くなり、気分が悪くなった。

「仏のご威光でわれの願いを叶えてほしいと思ったのだが、効き目があったとは思えない。どうしたらよいのか分からない。仏はわれを助けてはくれないのだろうか」

　真剣な問いかけだった。

　黙って聞いていた道昭が静かに話し始めた。

「どんなに信仰が篤くても、それだけで仏がすべての願いを叶えてくれるわけではありません。この世は苦しみに満ちていて、それから逃れられないのが人間の宿命です。大王といえども例外ではありません。人間として生まれたからには苦しみから逃れられないのです。悟りを開いた如来さまでさえ、入寂なさるときに肉体は苦しみに見舞われると聞いております。しかし、その苦しみは、肉体にだけ作用し霊魂にまで及ぶものではありません。ですから、悟りを開いた人の魂は、苦しみから逃れられるのです。そのために修行するのですが、仏に仕える僧侶といえども悟りを開くのはむずかしいことです。その苦しみから逃れられるように祈る以外のことは普通の人間にはできないのです。それでは、何のために信じるのかという疑問が生じるでしょうが、信じれば苦しみから逃れられると思うだけでも救いにつながるのです。苦しみのなかにも、わずかに救いがあると願いつとめるしかないのです」

道昭はそこでひと息ついた。

「そうはいうが、それでは救いがないというのと同じではないか」と黙って聞いていた大王が、疑問を口にした。

少し腹を立てた言い方だった。自分の願いを叶えようと皆が大変な努力をして法会を開いてくれるものの、その効き目は現れない。仏法を保護して来たのに理不尽ではないかと大王には思えた。

「普通の人たちなら、年をとり病にかかっても自身で仏に祈ることしかできません。大王であられるあなたの病を治すために多くの人たちが懸命に努力しております。わが国の高僧たちすべてが、あなたのために祈っています。その効果がすぐに現れないから、これらの人たちの努力に意味がないとは言えません。もし意味がないとするなら、大王のために開いた法会は無駄になります。すぐには効き目がないかもしれませんが、わずかでも救いの種《たね》はあり、少しずつ大きくなっていくはずです。懸命に祈ることが、突破口を開くかもしれないのです。悟りを開くために修行をするのは苦しいことです。大王がこのようなかたちでご病気と闘っているのは、修行をなさっているのと同じことです。ですから祈ることに救いを求めてください。その先に安らぎが訪れることを願いましょう」

そう言うと道昭は両手を合わせて、その場で経を唱えた。しばらく経が続き、それが終わると、道昭は慈悲の籠った目で大王を見ながら告げた。

「いまのはサンスクリット語の経です。われが大唐におりましたときに、われの師である玄奘法師さまに教えていただいた天竺の言葉を用いた尊い経典の一部です。今日は特別に仏法を開いた釈迦牟迩如来に、大王の願いを伝えるために祈りながら経を読みました。これで少し、ご気分が良くなられると思います」

大王は力なくうなずき、道昭は一礼して去った。

病床の大王と二人の王子

少し気分が良くなり、食べものも無事に口におさまったのを見計らって、大王は草壁王子と大津王子を連れてくるよう指示した。

「いつにすればよろしいでしょうか」と問う舎人《とねり》に「すぐにだ。すぐ」と大王は苛立つように応えた。

その日のうちに二人の王子は臥せっている大王の前に姿を見せた。

「ご機嫌は、いかがでしょうか」と拝礼したのちに草壁王子が尋ねた。

「おまえたちに話がある」と大王は、草壁王子の問いに応えずに言った。

二人の王子は、緊張して大王が話すのを待った。

草壁王子も大津王子も、大王の窶《やつ》れ方に衝撃を覚えた。前に見舞いに来たときから一か月少々しかたっていなかったのである。

語り始めた大王の口振りに力がない感じだった。

大王が口をあまり開けずに話すから、はじめのうちは何を言いたいのかよく分からなかった。しかも話の内容が行ったり来たりするうえに、言語が不明瞭だった。しかし、しばらく聞いているうちに大王がなにを伝えようとしているのかが分かってきた。

大王は、自分が「軍王《いくさのおおきみ》」といわれていた若いころの話から始めた。朝廷に従わない蝦夷の征伐、百済からの軍事的な支援要請への対応など、母の宝姫の指示により兄の葛城王子とは違う役割を与えられて活動したと語った。年寄りが同じ話をくり返すようなまわりくどさがあったが、二人の王子は黙って聞いていた。

大王は、大きく息を吐き出して一休みしてから、ふたたび話し始めた。

「兄が大王に即位してからも、われは相携えて朝廷のまつりごとをやっていけると思ったのだ。だが、おまえたちも知っているように、そうはならなかった。いまになっても、そのことが残念でならない。大友王子も、われと戦いなどしたくなかったのだろうが、われと戦うことになってしまった」と言ってため息をついた。

「われが討った大友王子は、わが娘、十市《とおち》の夫であったのだから、十市にも悲しい思いをさせてしまった。草壁よ、なんじは太子となったのだから、朝廷のまつりごとを担っていかなくてはならない。そのためには大津の助けを借りてやっていくようにせよ」

草壁王子も大津王子も、大王が何を言いたいのかようやく分かった。

大王が自分を見たので、草壁王子は大きくうなずいた。大王が差し出した手を受けとめて握り返した。

「良く分かりました。おっしゃるとおりにいたします。吉野宮で誓ったことを忘れておりません。どうか御安心ください」と草壁王子は涙ぐまんばかりの勢いだった。

　大王も大きくうなずき、大津王子のほうを見て言った。

「大津よ。草壁を助けて励んでくれ。お前が気にしている
わが国の護りに関しての進言は、ときを得たものである。

何をするにしても軍事がまつりごとの要であることに変わりはない。強くなければ従うものも従わなくなる。だからといって強いばかりが良いわけではない。われが『軍王』として兄の葛城大王を助けたように、お前は草壁を助けてほしい。諍いをしてはならぬ。大津よ、何かあったらお前が譲るのだ。だが、草壁も大津の気持を考えて、大津が立つようにしてやらなくてはならぬ。両者が相手のことを考えないようでは諍いを根絶やしにできぬ。われの言うことを肝に銘じてほしい」

　今度は、大津王子が大王の手を取って言った。

「良く分かりました。われは己を主張して兄上に逆らうようなことは決していたしません。われにできることをして、この国の繁栄のために働くようにいたします」と大津王子は力強く言った。

「おお、二人とも分かってくれたようだ。われもうれしいぞ、これで安心した。大后もきっと安心するであろう」

　大王は、目を潤ませながら言った。

「草壁よ、大津は乗馬も得意であり、刀の扱いも優れている。だから、軍事は大津に担当させると良い。唐が攻めて来ないからといって安心して兵士の訓練を怠ってはならぬ。大津が申すとおりだ。いつ、どのように情勢が変わるか知れたものではない。備えはしっかりとやらなくてはならぬ。われも、そう思っていたのだが、律令制度や新しい王宮の建設などで、備えをおろそかにしていた。大津よ、お前は若いが、それに気づき、われに進言してくれた。実に頼もしい」

　話しているうちに興奮してきたせいか、大王のもの言いもしっかりとして、声に力が感じられるようになった。

　大王は、草壁王子と大津王子を交互に見た。

　西暦六八四年閏四月に出された詔《みことのり》のことを大王は言ったのである。大津王子の進言に基づいて出された詔だった。

「そもそもまつりごとで大切なのは軍事である。したがって、武門にたずさわる人たちだけでなく、文官であっても武器を使い、馬をあやつるなど武芸を養うよう努力せよ。戦いに備えて鎧や兜の準備も日頃から整えておくように。招集がかかったときには、いつでも然るべき態勢をとり、集まれるようにしておくように。この詔に背くようなことがあれば、たとえ王族や高官でも処罰する」という内容の詔だった。

大津王子は、二十一歳を過ぎて朝廷のまつりごとに参画してから、軍事的な分野がおろそかにされていると考えて、朝廷に仕える人たちの護るべき最低限の心得として、軍事的な備えが必要であると大王に進言した結果、この詔が出された。

大王は大津王子を見て言った。

「大津よ、軍事のことまで考えて頼もしいと思っている。しかし、若いうちには分からぬことがたくさんある。自分では良いと思っても、周囲ではそうは思わないことがあるものだ。だから、大后の言うことにも耳を傾けるようにせよ。そのときには、言われたことが気に入らなくても、すぐにそれを態度に現わしてしまっては諍いの芽が生じて、それが大きくなっていく。がまんすることも必要なのだ。われは、がまんすることが少なかった気がする。兄の葛城大王には、それが不遜に見えたのであろう」

大王はしみじみとした口調になった。そして高揚した気分が続かなくなったようで、ふっと肩を落とした。そして、呼吸をととのえてから話を続けた。

「いまは律令制度をはじめさまざまな政治改革を推進しているので、誰もが忙しい状況が続いている。わが国を豊かにしていく努力は大切であるが、こうした改革が一段落したら、この国の防衛対策について根本から見直さなくてはならない。兵士をどのように訓練し戦いに備えるかは、そのときの指導者が明瞭に将来の見取り図を描いて方向を指し示さなくてはならない。それをおろそかにしたのではせっかくの改革も生かされない。兵士の訓練をはじめとして戦いに備える体制をつくる役目は、大津よ、なんじが適任である」と大王は大津王子を見つめて言った。

「分かりました。大王の言葉は一生忘れるものではありません」と大津王子は涙ぐまんばかりに高揚して応えた。

うなずいた大王は、次に草壁王子のほうを見た。

「草壁よ、大津王子とともに、二人でしっかりと手を携えて朝廷を支えていってほしい。大津も、草壁と相談して先々のことをうまくとりはかるようにせよ」

草壁王子も感激して大きくうなずいた。

「大津よ、戦いに備えるには、新羅や唐の書物からも戦いの仕方を学ばなくてはならぬ。わが国は、海外の国との厳しい戦いの経験がないから、百済を支援するため多くの兵を送ったが、うまく戦えなかったのだ。同じ失敗をくり返してはならぬ。大津よ、お前が中心になって対策を立ててほしい」

大王は、大津王子を見据えて言った。

「分かりました。兵法については、われももっと学ばなくてはならないと思っておりました。そして、戦いに備えるように努力します」と大津王子が応えた。

「頼りにしているぞ」と大王もうれしそうに応じた。しかし、そのあとも話を続けようとしたが、激しくむせて苦しみ始めた。

草壁王子は待っていた。今度は大王が、これからやっていかなくてはならないことを自分に言うはずだと思っていた。大津王子の役割について大王が明瞭に語ったのだから、続いて自分にも同じように忠告することがあるはずで、それをこれから言うのだろうと思っていた。

しかし、大王の苦しみは治まりそうもなかった。すぐに薬師が呼ばれた。これ以上話すのは無理だった。二人の王子は拝礼して辞さざるを得なかった。

大津王子は、病床の大王から期待していると言われてうれしかった。とはいうものの朝廷のまつりごとは、改革中心に動いているせいで、軍事的なことや国内の治安についておろそかになっていると思えた。それでは良くないと大王自身が感じていたからこそ、自分にあのような期待を寄せたのだ。

大津王子が朝廷のまつりごとに参画するようになった二年前の西暦六八三年、二十一歳になったときのことを思い出す。

多くの人たちが、上からの指示や命令で動いていたが、指示が出るまで何もしないのでは何のために朝政に参画したか分からないと思った。草壁王子が、大王の名代として臣下の病気見舞いをしている姿を見て、誰にでもできることしかしないのでは、何のために王子としてまつりごとに参画しているのか疑問を感じた。

京《みやこ》の近辺も治安は悪化していた。もの盗りが出没し、人殺しも起きていた。ときには集団で倉や館を襲い蓄えたものを強奪する犯罪が起きていた。

「罪を犯したものを厳罰に処するように」という詔が発せられたのは、大津王子が朝政に参画する直前だった。こうした事態を放置するわけにはいかなかったが、朝廷の内部でも、官位のある者が人を傷つけたり、他人のものを横領するといった事件が相次いだ。罪を犯した者を見つけ出して裁判にかけて罰するとともに、取り締まりを強化する必要があったが、対応は鈍いように思われた。

せめて王族たちや上級役人は、武器を備えていざというときには指揮官として働くことができる体制にしたほうがいいと考え、大王に話した。それを評価してくれたのである。しかし、自分の館に帰ってからは、大王の前で感じていた高揚した気持も急速に萎《しぼ》んでいった。大王が言うように、果たして草壁王子と仲良くできるのか疑問だった。

いっぽうの草壁王子は、嶋庄の館に帰ると、すぐに讃良姫のところに来るようにと言われた。大王からどのような話をされたのか、報告を聞こうと讃良姫が待ち構えていたのである。

草壁王子は、大海人大王が話したなかで、兄弟仲良くして朝廷のためになるように働いてほしいと言われたことを強調した。大王と兄であった葛城大王との対立についても触れ、そうならないように言われたこと、さらに草壁王子が朝廷のまつりごとを、そして大津王子が武門を取り仕切るように役割分担をして相携えていくようにと言われたことを話した。そして律令制度など、政治改革のめどが立ってから軍事に力を入れるようにと言われたと話した。

「大王のおっしゃることはもっともです。大津はわれより武芸に優れておりますから、そちらのほうは任せていいでしょう。仲良くしていこうと思います」と、ひと通り話し終えて草壁王子が自分の気持を披露した。

讃良姫は、素直にうなずいてはくれなかった。

大王の言いたいことは分かるにしても、大津王子に朝廷のなかで大きな顔をさせてよいと大王が思っていること に、讃良姫は不満を感じた。しかし、明からさまに草壁王子に言うのも躊躇われて、讃良姫は黙っていた。

次の日になっても讃良姫は思い悩んでいた。

自分が若いときに、父である葛城大王と夫となった大海人王子との兄弟は、とても仲良く見えた。しかし、次第に意見の違いが大きくなり、本来なら大王の地位を譲るはずだった大海人王子をのけものにした。困ったことに、讃良姫のなかで、大海人王子と大津王子とが重なってしまったのだ。太子となった草壁王子を差しおいて、大津王子が、自分のほうが大王に相応しいと思うようになって反逆を企てることはないかと、讃良姫の胸は大きく騒いだ。

大王の権限を受け継ぐ讃良姫

「天下のことは、すべて大后と太子にまかせることにする」という詔が出されたのは西暦六八六年七月十五日である。それまでは病が重篤であっても、やがて回復し、大王が儀式の際に姿を見せるという希望があったが、それさえも叶わなくなった。それにつれて存在感を高めたのが大后の讃良姫である。

大王の代行を務めるに当たり、讃良姫は、自分でなく太子もその任にあたるよう二人にしてほしいと要求した。草壁王子が後継者の地位にあることを強調したかったからである。

それにしても、病になった大王の代わりを大后がつとめるという詔が過去に出された例はない。かつては大王が病にかかると、まつりごとは停滞しても仕方ないと思われていた。

しかし、大海人大王の時代になってから、まつりごとは何があっても停滞してはならないという風潮になってきていた。律令制度の実施計画にしても、調査は継続して実施する必要がある。地方に出向いての調査は長期にわたり、大王が病に倒れたからと途中で投げ出すわけにはいかない。諸王と大后が話し合ったわけではないが、大王が崩御しても調査は継続されることになっていた。そのための詔だった。大王も、それを望んでいると皆が思っていたからでもある。

その後、儀式や行事の際に、王族たちや臣下に大王からの下賜品が大后から下されるようになり、宴会でも以前とは違い途中で大后が退席することはなくなった。

各寺院の僧侶たちへの贈りものと、寺院への寄進も増やし、さらに八十歳を超えた僧侶を表彰した。また、特別な願いを込めて観世音像をつくり大官大寺におさめた。それに合わせ観世音経の読経による法会を開き、有力者の子弟を得度させるなど仏法への信仰の篤さを示した。

神社でおこなわれる祭りの儀式に際し、神への供えものである幣帛《みてぐら》も、それまで以上に朝廷から広く多量に配られた。大王の病気平癒の法会では、稲や布など僧侶たちへの朝廷からの寄進も大幅に増やされた。

人前に姿を現す際に讃良姫は、大王だった祖母の宝姫の姿を思い浮かべて背筋を伸ばし、きりっとした表情を崩さないようにした。

推進している改革に口を出すことはなかった。政治改革の推進に関しては、それぞれを担当する部署の人たちが独自に判断し、王族たちや大王の側近となっている人たちの話し合いで問題は起きていなかった。

大王の病気平癒の法会を寺院で開くようになってから美濃王と伊勢王は、肝心なことは讃良姫に相談するようになった。

新羅の使節を飛鳥に迎えるかどうか、美濃王は大后の意向を確かめた。大王は饗宴に出席できないから、どのように彼らを迎えるか判断しかねたのだ。

大后は、使節の饗応はすべて筑紫の迎賓館でおこなうように指示した。そのうえで、最大限に歓迎している意思を示すように、河内王をはじめ朝廷の高官がもてなすだけでなく、饗宴を盛り上げるために川原寺の伎楽隊を筑紫に派遣して、優雅な舞を使節に見せるよう手配した。大王の病は重篤でも王宮での歓迎儀式と同じ効果を上げるよう気を使って歓迎するというメッセージを使節に伝えた。

新羅の使節は大王の病気見舞いの意味もあり、いつもより金や銀や貴重な製品だけでなく、貴重な薬も持ってきた。大后や太子への献上品も別に用意していた。

唐との戦いで先頭に立った文武王が亡くなり、新羅は新しい神文王の時代になっている。統一された半島に平和な国をつくろうと、さまざまな改革が進められているという報告が使節から伝えられた。

朝廷における権限が大王から大后と太子に移譲する詔が出された五日後の、西暦六八六年七月二十日、この年は「朱鳥《あかみとり》元年」として、王宮を「飛鳥浄御原宮《あすかのきよみはらのみや》」と呼ぶようにという詔が出された。大后が大王に代わってまつりごとを取り仕切るようになって最初の詔である。

朝廷が年号を定めるという唐の風習にならったものである。唐では、周辺国が独自に年号を立てることを許さなかったが、それを意識してのことではない。むしろ、国内向けに大后により始まるまつりごとに独自性を出そうとしたのである。

朱という文字が使われたのは、大王が赤色を好んだからであり、朱鳥は縁起が良いと考えられた。そして、王宮の名称に「浄」の文字を入れたのは悪霊を祓い、王宮が清浄な状態に置かれるように願う意味が込められていた。

讃良姫が気にしたのは王宮の穢《けが》れである。大王の病が重くなってからは、悪霊が大王に取り憑《つ》いているのではないかと心配でならなかった。大王の息が臭いのも、身体のなかに入った悪霊が悪さをしているからであると思われた。その息を嗅ぐと自分のなかにも悪霊が入り込むのではないかと讃良姫は密かに恐れた。

宝姫が筑紫の王宮で亡くなったのは、悪霊が宝姫の霊魂を肉体から遊離させたために、凛とした女帝らしさが奪われてしまったからだと讃良姫はいまでも信じていた。

大海人大王も、同じような状況に陥ったのではないかと思った讃良姫は、「御招魂《みたまふり》」の祈祷をすることにした。

魂が身体から離れていかないように悪霊を退散させる祈祷である。魂が肉体のなかにしっかりと留まっていれば、病気の元がなくなり長寿が約束される。陰陽に長けた祈祷師が身を浄めたうえで大王の枕元で神々の霊に願う儀式である。何度もおこなわれたものの、効果があったようには見えなかった。

各地の神社でも大王の病気平癒のために特別な祈願の儀式がおこなわれた。それにともなって、朝廷からの捧げものが全国の神社に贈られた。そのうえで、風雨で痛んでいる神社があれば、修復するよう手配させた。

大王の病気以外にも凶事は重なった。難波の津にあった王宮を修理しているときに火災が起きた。その直後に雷が落ちて朝廷の倉庫の一部が焼けた。これらはこの国にはびこる悪霊のせいであると思った讃良姫は、大祓《おおはらい》を挙行した。悪霊を退散させる願いを込めて、各地にある神社で一斉に実施された。

広瀬神社には大后自らが出向き、木を細工してつくった二つの人形をもって儀式に臨んだ。その人形のひとつは、大王の腹部に当てて悪霊を人形に移し替えた。もうひとつは自分の胸を撫でて、心の憂さを人形に移し替えた。

中臣氏の神官による祝詞が終わるまで、大后はこれらの人形を持ち、儀式のあとに川に流した。それによって大王の身体も清くなり、大后の憂さも晴らされるはずだった。

伊勢の神社と高安城に赴く大津王子

父親である大海人大王から、軍事的な分野で活躍するようにと言われたあと、よけいに大津王子は孤立感を深めた。病が重い大王から公的な指示があるはずがなく、誰からも自分が必要とされていないのかもしれないと思えた。

草壁王子に会って、今後のことを話し合いたいと思ったが、草壁王子の背後には大后がいる。大津王子は彼女が苦手だった。子供のころに桑名で草壁王子と忍壁王子とともに過ごしたとき以来、讃良姫の自分に対する視線に厳しさがあるように感じてきた。讃良姫と草壁王子母子の親しい素振りを目にするたびに、自分には母がいないという寂しさを味わった。

このまま空しく時を過ごしたくないと思った大津王子は、朝廷にとって重要なわりにおろそかになっていることはないか、自分なりに考えた。そのうえでさまざまな提案をしてみたかったが、自分の積極的な考えを理解してくれる人は見当たらなかった。

漢詩をつくり、馬に乗って鬱憤を晴らしていた。さまざまな風景に託して言葉を選び、韻《いん》を踏んで漢詩をつくるのは楽しかった。うまくいかないときもあるが、うまく表現できたときには満足感が得られた。馬に乗って駆けると気分の発散ができた。

待つより仕方ないのか。そう考えると空しさが募る。大津王子は、無性に姉の大伯《おおく》姫に会いたくなった。そう思うと矢もたてもたまらなくなるのが大津王子の性分である。周囲の状況に配慮して慎重に対応するのは得意ではなかった。

きちんと届けを出してから出発したほうが良いのだろうが、早く会って話をしたいという気持が勝り、お忍びで出かけることにした。これまでも、なんども届けなど出さずにあちこちへ行っていたから、このときも深く考慮しなかった。

伊勢の神社の斎王《いつきのおおきみ》となっている姉の大伯姫とは、父も母も同じ姉弟なのに簡単に会うことができない関係になっていた。

大津王子は「想い人」に会いに行くような気持になって道を急いだ。王子であるから駅舎で馬を乗り換えるために必要な駅鈴は簡単に手に入った。舎人二人をともない馬を走らせ、翌日の午前中には伊勢に到着した。

およそ十年ぶりに顔を合わせた二人は、お互いに相手が大人になっていることに気づいた。大伯姫は背も高く逞しくなっていた大津王子に驚き、大津王子は大伯姫が大人の女人らしく成長していることに目を見張った。相手のことは成人前の姿しか思い浮かべられなかったが、会うと、すぐに時間が早送りされ、話しているうちに今の姿に重なり違和感はなくなった。

何の前触れもない突然の訪問だったが、大津王子を前にしても大伯姫は少しも慌てなかった。斎王として神社のすべてを支配していたから、仕えている人たちにてきぱきと指示を出し、奥の部屋で二人きりになった。

しばらくはお互いに見つめあっていたが、大伯姫は目から大粒の涙を流し始めた。それでも大津王子から目をそらさなかった。

「気丈にふるまっていますが、ときには寂しくてたまらなくなることもあるのです」と顔を上げたまま大伯姫が言った。

「すまぬ」という言葉が大津王子の口から出た。意識してはいなかったが、自分にはどうすることもできず、男として何もできないもどかしさがそう言わせたのだろう。

大伯姫は寂しそうに笑った。

口数は少ないが、二人はしばらく話し合った。どちらかといえば、大津王子よりも大伯姫のほうが多く語った。

飛鳥京からはなれている大伯姫は、大王や讃良姫に対して批判的な意見を持っていた。それだけに、大津王子の不用意な行動が災いを引き起こしかねないのではと心配した。大津王子は楽観していたが、それがかえって大伯姫を不安にした。

「またお会いできるようにしてください。わらわは、それだけを楽しみに待っています」

最後に大伯姫がそう言ったのは、弟の王子に自分の身を大切にしてもらいたかったからである。外まで送るわけにはいかなかったので、二人は部屋を出たところで別れた。

飛鳥にもどり何日か経ち、大津王子は川島王子を誘って高安《たかやす》城に向かった。

大伯姫と会ったからといって事態が動いたとは思えなかったが、大津王子は、自分にできることをするしかないと覚悟を決めた。大王を頼りにできないからといって、これまでと違う態度をとるのは良くないと思ったのだ。

大王から言われたからには「軍王《いくさのおおきみ》」として振る舞いたかった。朝廷のなかには国防の意識を強く持ち将来について考えている人は少ないように思えた。それゆえに自分が先頭に立つ必要がある。そのために、どうすべきか。

大王から草壁王子を助けるようにと言われたから、自分がやりたいと思っていることを草壁王子に話し、了解を得たうえで行動しようと考えた。

大津王子は草壁王子に使者を送り、都合の良いときにお会いしたいと伝えた。草壁王子とは朝廷の将来について話し合うことはなかったが、これを機会にわだかまりをなくしたかった。しかし草壁王子から返事は来なかった。

返事が来るまで何もしないわけにはいかないと考え、高安城に出向くことにした。護りを固める重要な拠点であり、現在の様子をつぶさに見て、将来について考えるための参考にしたかった。馬で駆けるには適当な距離であり、久しぶりに川島王子に自分の気持を伝えて共感してほしかった。


大津王子は、舎人たちに命じて高安城に馬で米を運ばせた。

父である大海人大王が、若いころに飛鳥の王宮の造営をしたときに、地方から動員された作業員たちの食事の貧しさに驚き、握り飯の炊き出しをした話を聞いた記憶があった。それを思い出し、せっかく高安城に行くからには、地方から来ている末端の兵士たちを喜ばせようと考えた。米だけでは芸がないからと、瓶に入れた酒も追加した。高安城の倉庫には穀物が備蓄されているはずだが、兵士たちは腹いっぱいになるまで食べてはいないように思えた。

米と酒を積んだ馬と舎人たちを、ひと足先に高安城に行かせ、大津王子は川島王子とともに馬で向かった。

大津王子たちは米や酒の荷物より早く高安城の入り口に到達して、城門の手前にある槻の木のところに馬を止めて一行が着くのを待つことにした。

馬を下りた大津王子と川島王子は道路脇の石に腰を下ろした。

大津王子は、大王から草壁王子とともに病床に呼ばれ、ともに助け合い、国防の分野を自分が担当するように言われたことや、伊勢の神社に姉の大伯姫を訪ねたことを川島王子に語った。

「大王のご病気が、なんとか回復してほしいと思うが、むずかしいようだな」と大津王子がため息をつくように言った。

「それにしても、大后さまが朝廷のすべてを取り仕切るようになって、これからどうなるのか」と大津王子は気になっていることをぶちまけるように言った。

「草壁王子が太子になったのですから、大王に何かあれば引き継ぐのでしょうが、やはり三十歳を過ぎるまで大王になるのはむずかしいでしょう。しばらくは大后さまが大王の代わりをつとめられるのではないでしょうか」

川島王子は自分が大王になれる可能性は限りなくゼロに近かったから、人ごとのような言い方をした。

「そうかもしれぬが、大后さまが朝廷の主になられたら、われの行動も制約されてしまわないだろうか。大王は、われにも朝廷のために働いてほしいと思っておられるが、大后さまも同じように思ってくれると良いのだが。われは大后さまには疎んじられているようなのだ」

大王が亡くなった後の話に及ぶと、大津王子は改めて今後のことが心配になってきた。高安城に来る前は、何があってもこれまで通りに振る舞おうと思っていたのに、川島王子と話すうちに、心の奥に眠らせておいたはずの不安がむくむくと起き上がってきた。

心配してもどうにもならない。大津王子の顔が少し曇った様子を見て川島王子が慰めるように言った。

「そんなことはないでしょう。確かに大后さまは、草壁王子が可愛くてならないでしょうが、大王が、王子たちに仲良くするようにおっしゃっておられるのですから、それを乱すようなことはなさらないのではないですか」

やがて遅れていた米を積んだ一行が姿を現した。

立ち上がった大津王子は、笑顔で一行を迎えた。

大津王子と川島王子の到来は、高安城の兵士たちに歓迎された。

土産に米と酒を持ってきたと知った、城のなかの兵士たちは大喜びだった。単調な毎日であり、ときどきおこなわれる訓練も楽しいものではなく、いつになったら故郷に帰れるのか見通しの立たない状態が続き、兵士たちの不満が鬱積しているようだった。

備えがおろそかになっているようには見えず、訓練も定期的におこなわれているようで、大津王子は安心した。本当は、国の護りの重要性を説いて、しっかりと護るように訓示したかったが、行き過ぎた行動はとらないほうが賢明であると判断し、様子を見に来ただけだと話した。

高安城から帰った大津王子は、何度も草壁王子に使いを出したものの曖昧な反応しかなかった。

草壁王子の発病

草壁王子のところに大津王子の使いが来たことは、すぐに讃良《さらら》姫に報告された。

「放っておきなさい。会う必要はありません」と讃良姫は言葉を荒げた。

讃良姫は、それどころではないという心境だった。大王の病が重篤であるだけでなく、草壁王子まで病に倒れるのではないかという恐れを抱いたからだ。

「心配なさるほどではないかもしれませんが、近ごろ王子の様子が少し気になります。元気がない様子で顔色も優れないときがあるのです。どうかなされたのかとお聞きしても、何でもない、大丈夫だとおっしゃるのですが」

王子の舎人頭となっている中臣不比等《なかとみのふひと》が、讃良姫にそっと告げた。大津王子の使いが来たのは、その直後だった。間の悪いところに来たものである。

子供のころから丈夫とはいえない草壁王子であるから、讃良姫にとっては衝撃的だった。本人は、そんなことはないと否定しているというが、讃良姫は、妻である阿閉《あへい》姫に確かめなくてはいられなかった。

「そういえば、少し気が抜けたような表情をするときがあります。でも、どうしたのか尋ねると普通に返事をなさいますので、ご病気とは思いませんでした」というのが阿閉姫の返事だった。

そのうちに、讃良姫の執拗な問いかけに草壁王子は「以前よりも少し身体がだるい気がする」と応えた。しかし、これといった病気の症状があるわけではなく、薬師も食事をきちんととっていれば問題ないという見立てだった。

不比等は、日頃から王子と接触する機会が多かったので異変に気がついた。もとから草壁王子は、何かあるとぼうっとするところがあったものの、その頻度が以前より多くなっているようなので、とりあえず大后に報告した。たまに会うだけならとても病気とは思えない程度である。

そうこうしているうちに、阿閉姫が心配し始めた。

「近ごろ、少し寝汗をかくようになりました。熱が続くように見えます」

讃良姫の不安をさそう報告だった。二十歳代半ばになっているから、ふつうなら元気でいられる年頃のはずだ。夫の大海人大王も、そのころは逞しくて疲れなど知らなかった。それにくらべると草壁王子は確かにひ弱だ。

大王の病が重篤になっているときに、太子である草壁王子まで病に陥ったとしたら、いかにも都合が悪い。とりあえず様子を見守ることにした。これまで以上に讃良姫は穢《けが》れを恐れ、身をきれいに保つように気を使った。

注意しなければ病気のように見えないが、草壁王子は倦怠感に襲われ、食欲不振に陥っている。治るでもなく、また病状が進むわけでもない宙づりの状態だった。

草壁王子が健康を損ねているという噂を宮中で立てられるのが何より恐ろしい。健康に問題があると思われて、別の王子を後継者にすべきだという意見が出たら一大事だ。大津王子にはもちろん、身内以外の人たちに知られてはならなかった。

「煩わしいことに、大津がまた草壁に会いたいと言ってきています。会わせることなどできるはずがない」と思案にくれた顔をして讃良姫が恵智刀自に愚痴をこぼした。大王の病だけでも持てあましているのに、草壁王子まで病に倒れたのでは、讃良姫が苦労を重ねて積み上げて来た草壁王子を次の大王にするという願いを叶えられなくなる。

何とか草壁王子の病気が軽いことを祈るしかなかった。

草壁王子の健康が損なわれてから、讃良姫が以前より神経質になっていることを恵智刀自《えちのとじ》は感じていた。その心配が大きくなっているというのに、大津王子の使いが来て草壁王子に会いたいと言う、そのたびに讃良姫が衝撃を受けるのが恵智刀自には手にとるように分かった。大津王子の使いが来るだけで、自分たちが攻撃を受けているように讃良姫は感じている。せっかく草壁王子が太子になったというのに、その地位を奪おうと画策しているのではないかと被害者意識に駆られているようだ。

恵智刀自は讃良姫の苛立ちと不安が大きくなるのを感じ、なんとかしなくてはと思った。

讃良姫は口を開けば「草壁の具合はどうですか」と言う。希望と不安が交錯するから訊かずにいられないようだ。そんな折に讃良姫の前で、草壁王子が崩れ落ちるように倒れ、失神した。そばにいた阿閉姫が抱きかかえようとしたが、その手をすり抜けて板敷の上に倒れ込んだ。

「おおっ」と悲鳴に近い声を讃良姫が上げた。見たくない現実を前にして明らかに竦《ひる》んだ姿勢を示し、すぐに休養をとるように指示した。讃良姫がもっとも心配したのは、この事実を身内の限られた人以外に知られることだった。幸いに告朔《ついたちのもうし》の集まりを終えたあとで倒れたので、王子が出席すべき儀式はしばらくはない。安静にして様子を見ることにした。

そんな折り、大津王子の使いがふたたびやってきた。報告を受けた讃良姫は身体を震わせたうえで、大きく首を振ると言った。

「追い返しなさい。王子は忙しくて会えないと。そして、もう来ないように伝えなさい」

そばにいた恵智刀自は、讃良姫の目が大きく吊り上がるように見えて驚いた。讃良姫の苛立ちと不安は頂点に達したように見えた。

「お待ちください」と恵智刀自は侍女が下がるのを止めた。「王子は忙しくしていますから、後日、こちらから改めて連絡すると伝えなさい」と、讃良姫に代わり侍女に告げた。侍女は、不審な表情をちらりと浮かべながらも一礼して去った。

讃良姫は、まだ現実離れした表情をしていた。大津王子の存在が恐くてたまらないのだろう。冷静さを失っている讃良姫に代わって自分が解決しようと恵智刀自は覚悟を決めた。

「わたくしにひとつ考えがありますから、中臣大嶋《なかとみのおおしま》と相談してみます。大后さまのお心を患《わずら》わすことなく、わらわの一存で進めようと思います。どうかお気に病《や》まず見守っていただきますように」と恵智刀自が告げた。讃良姫は、恵智刀自の申し出に眉をひそめたが、彼女の言葉を反芻するような表情をした。そして間をおいて口を開いた。

「頼みますよ」と、ため息のように小さな声で言った。

この後に恵智刀自は密かに中臣大嶋を呼んだ。味方として相談に乗ってもらえる人物はほかに見当たらなかった。これまで公にできない内容の話をしたときも、大嶋はこちらの都合を勘案して行動してくれた。恵智刀自は大津王子を排除する計画を、外部に漏れることなく進めるつもりになっていた。

大嶋と麻呂の隠密行動

内裏に呼ばれた中臣大嶋の前に、讃良姫と恵智刀自が現れた。使いが来たときの様子から、呼ばれたのは公式の話ではなく、自分を信頼してくれている大后からの私的な呼び出しであると大嶋は察して、何の話か一刻も早く聞きたいと駆けつけた。大后は大嶋の顔を見ると頬笑もうとしたが、力ない笑顔に見えた。そして、話は恵智刀自のほうから聞くようにと言うと席をはずした。讃良姫の態度に大嶋は何かいつもと違う気配を感じた。

ためらいを吹っ切るように恵智刀自が話し始めた。

「大王がご病気になり、朝廷で何か変化が起きているのではないかと大后さまはご心配しております。近江で葛城大王がご病気になられたときにも不穏な動きがあったため、多くの人たちが疑心暗鬼になって嫌な雰囲気を味わいました。さまざまな噂が流れ、大海人さまと讃良姫さまが近江を去る決心をなさったのです。あのときのことを思い、それと同じようなことが起きるかもしれないと、姫さまは気が休まらないのです。いまは神や仏に祈願しておりますが、大王の病状は予断を許しません。だからといって何もしないわけには行きません。問題が起きてからでは遅いので、いまから配慮しておきたいのです。大后さまは、あなたを頼りにしておいでなのです」

恵智刀自は、大嶋の顔から目を離さずに話したが、大嶋には何やら持ってまわった言い方で、本当に言いたいことを言おうか迷っている様子に見えた。

「われを信頼してくださり、ご心配ごとをお話しいただき誠に名誉であると感激しております。大后さまのために働くのはわれの喜びでもあります。いかようにも働く覚悟ですので、なんなりとおっしゃってください」と大嶋は、そこにいるのが恵智刀自ではなく讃良姫であるようにていねいに言葉を返した。

「気を配ってほしいのは、密かに武器を集めたり、朝廷の意向に逆らうような動きがないかどうかです。草壁王子が太子に決まっていますが、それに逆らうような動きはないか。大王がご病気のため心配しております。何もなければ良いのですが、目に見えないところで何ごとか企んでいる者がいないとも限りません。それを見つけて災いの根を絶ってほしいので、あなたの知恵を借りたいのです」と恵智刀自は大嶋に水を向けるように言った。

むずかしい注文だ。不穏な動きがあるかどうかを心配するのは分かるが、これは大王に代わってまつりごとを取り仕切っている大后が公的に指示すべき内容である。それなのに、ことさら秘密めいた言い方で知恵を借りたいというのは考えてみれば奇妙である。

「朝廷が混乱するような不穏な動きがあるのでしょうか。今のところは、大王や大后さまのご威光で、そうした動きがあるとは思われませんが」と大嶋は、なにを心配しているのか確かめたかった。

「もっとも恐ろしいのは大王に近いところにいる人たちによる造反です。朝廷の端にいる人たちが少しぐらい騒いだところで、たいしたことはありません。大后さまは、草壁王子を世継ぎになさろうとご苦労されております。それを邪魔するような動きがあれば排除しなくてはなりません。ですから大后さまがご安心なさるよう配慮して、ときどき報告していただきたいのです」

大嶋は、大后が何を心配しているか分かったものの、具体的にどのように行動したら良いのかつかめなかった。というのも、このときはまだ草壁王子が発病しているとは聞いていなかったし、讃良姫が不安で胸が張り裂けそうになっていることも知らなかったのだ。

草壁王子が健康を損ねている事実を知っているのは、妻の阿閉姫、讃良姫の側近である恵智刀自、さらには阿閉姫に仕える県犬養三千代、草壁王子に仕える不比等などに限られていた。

「不穏な動きがないか注意いたします。そして、武器庫の管理も厳重にして、何かあったらすぐにご報告いたします。謀反が起きるとすればある程度の人たちが密議をするでしょうから、そのような気配があるか気にかけるようにします。皆さまが心配なことやお気づきになられたことがあれば、われにおっしゃってくだされば調査いたします」

恵智刀自の話を聞いたときは、讃良姫の心配は杞憂ではないかと思えたが、謀反が起きた場合の対処を問われているのだから、その対策を示さなくてはならないと大嶋は思った。

「どなたか信頼できる人がおられたら、ともに行動してください。ただし石上麻呂《いそのかみのまろ》どののように信頼できる人に限ります。わらわたちの心配は多くの人に知られないほうが良いのです」と恵智刀自は念を押すように言った。やはり慎重に、そして内密にことを進めてほしいのは確かだ。

「承知いたしました。大后さまにご安心なさるようお伝えください。ご期待にそうように働いてみせます」と大嶋は請け合った。

「あなたを信頼しますから、どうか大后さまのためにも働いてください」

大嶋は、恵智刀自の言葉に思わず頭を下げてしまった。

中臣大嶋からこの話を聞いた石上麻呂は、大嶋の言う「奥歯にものが挟まった言い方」に注目した。大嶋だけでなく自分も最初から呼んでほしかったが、いまのところは自分よりも大嶋のほうが信頼されているから仕方ない。ちなみに物部麻呂《もののべのまろ》は、八種の姓の際に、氏名《うじな》を「石上《いそのかみ》」に変えていた。

二人に共通しているのは、近江朝に仕えた身であることだ。内乱で功績を上げた人たちが多いなかで孤立しがちなせいで、協力しあって出世しようと励み、お互いに気心を通じさせていた。

麻呂も、これからの時代を考慮すれば、讃良姫との関係が大切であると思っていたから、大嶋からの話を聞いて全面的に協力するつもりであり、ぜひとも点数をかせいで信頼度を高めたかった。

法官の次官として朝廷の人事を取り扱う部署にいる麻呂は、朝廷内の人々の動きを監視するにはうってつけであり、大嶋より自分のほうがこの要望にうまく応えられると思っていた。近江朝では刑官《うたえのつかさ》の役人として、治安の維持や取り締まりの任務をこなし、あやしい人たちの動静を探った経験を持っていた。

讃良姫が、草壁王子が王位を継ぐのを妨害する動きがあるか心配しているという大嶋の話は、確かに奇妙なところがあった。草壁王子は太子になっているのだから、それを妨害すれば造反である。それなのに、讃良姫が前面に立って指示しないのは不自然である。しかも大嶋に具体的に要請したのが恵智刀自であると聞いて、麻呂はますます首を傾げた。

考えた挙げ句、讃良姫が気にしているのは大津王子であることに麻呂は気づいた。

「分かったぞ。大津王子が、どのように振る舞うか注視して欲しいということではないのか。大后さまは、大津王子が草壁王子に取って代わりはしないか心配しているのであろう」と麻呂は大嶋に話した。

「なるほど、大津王子が造反を企てないか心配だと言い出せなかったから、あのような曖昧な言い方をしたのか」

麻呂に言われて大嶋も合点がいった気がした。

しばらく黙っていた麻呂は顔を上げて、おもむろに口を開いた。

「いや、造反を企てるかどうか注意するのではなく、造反にかこつけて大津王子を排除したいと思っているのではないのか」

ふたりは、思わず顔を見合わせた。謎の一端が解けた。

「しかし、何の疑いもないのに造反したと言い立てるわけにはいくまい」

「それはそうだが、大津王子が目の上のたんこぶであるのは確かだ。邪魔なのであろう」

麻呂は、そう言うと大嶋を見た。それ以上は口にしなくても、大后が何を望んでいるか分かり、二人とも深刻な表情になった。やがて大嶋が気まずさを打ち払うように言った。

「とにもかくにも、大津王子がどのような動きをするか監視して、疑わしい行動をするかどうか調べてみよう。それでも何もなければ、改めて考えるしかあるまい」

「大津王子のほうが次の大王に相応しいと思っている人が朝廷のなかにもいるはずだ。考えてみれば、大后さまが心配するのも無理はない。草壁王子はひ弱だからな。だから、われらが大后さまの意を汲んで行動するのを期待しているのではないか」と麻呂は思い詰めたような表情をしながら言った。

大嶋も、深くうなずき息を吐き出した。

二人は恵智刀自に面会を申し込んだ。

そのときに草壁王子が病に陥っていることを知らされた。しかし、深刻なものではなく、すぐに回復する程度であると強調した。いかにも秘密めかした言い方だった。いずれにしても太子となっている草壁王子には不利な状況であるから、よけいに大津王子の動きを心配しているのだろう。大津王子にどのような処分が下されるかはともかく、排除するに足る証拠を見つけ出す仕事が自分たちに課せられている。場合によっては、でっち上げてでも証拠が必要なのだろう。

麻呂は、恵智刀自に謎掛けするように言った。

「有力な王子を中心に、造反の疑いがないかどうかを監視しております。その王子は飛鳥の北の方向に住んでいる王子です」と。

さりげなく大津王子の館がある方向を指して言ってみた。

恵智刀自は、少し首を傾げてから、わずかにうなずいた。どうやら伝わったようだ。大嶋と麻呂は、定期的に会ってお互いに得た情報を交換し報告することにした。

大海人大王の崩御、そして葬儀

西暦六八六年九月、王宮で大海人大王が亡くなった。治世は十五年に及んだ。享年五十六歳、大后と皇太子にまつりごとを委ねるという詔が出された二か月後のことである。

最後の半月ほどは意識がない日が続き、吐血や下血といった症状が出て辛そうだった。僧侶たちによる病気平癒のための読経が響く王宮で息を引き取った。骨と皮だけにやせさらばえ、魂が肉体に留まりたくても留まれないように思われた。

朝廷のまつりごとのなかでも、葬儀はもっとも大切な儀式である。大王の偉大さが最大限に強調されるよう、伝統を重んじながらも過去に例のない盛大な葬儀にするというのが讚良姫の意向だった。

最初にまず殯宮《もがりのみや》をつくる。王宮の南側にある広い庭に、切り倒したばかりの木材を用いて素早く宮が組み立てられた。これは前もって準備されており、大王が亡くなると、すぐに造営が始められ、翌日には完成した。

棺に納められた遺体を安置する建物は奥にあり、手前には神殿を簡素にした建物が建つ。その前の広場には新しく玉砂利が敷き詰められた。大王が亡くなったのは八日の夜だが、翌九日であると公表された。事前の準備に多少なりとも余裕が生じるようにしたほうが良いという配慮である。

完成した殯宮に、朝廷に仕える人たちが集まった。大后が草壁王子をともなって姿を見せると、安置されている大王の柩《ひつぎ》に拝礼し、讚良姫が泣き声を上げた。それに唱和するように王子が声を出して泣いた。続いて全員が涙を流し泣き声を上げた。王宮の庭に人々の泣き声が響きわたった。

　しばらくして、讃良姫と草壁王子が泣きながら退場していった。その後も人々は泣き続けた。大声で泣いて大王の魂に呼びかけた。肉体を離れ魂は行き場を失ってさまよう。魂が鎮まるように、そして一時的であっても肉体に戻るように願う。人々は強く泣いて大王の霊魂に悲しみを伝える。その声が大きいほど魂に向けて呼びかける効果があると信じられていた。まるで泣き声の大きさで忠誠度を競っているかのようだった。

　人々の前に、ようやく歩くことができる状態の老人が現れた。王族のなかの最年長の山中王である。七十歳を大きく超えている山中王は、滅多に人前に姿を見せなくなっていたが、人々はその姿を見て泣くのを止めた。

「これから、大王の葬儀が始まります。偉大な大王でありましたから、殯宮での儀式は長く続けられることになるでしょう。どのようにするかは、のちに発表されることになりますので、それぞれ自宅に戻り、大王の魂が鎮まるように祈るようにいたしましょう」

　ようやく聞き取れるほどの声だったが、人々はこの日の儀式が終わったことを悟った。

　従来は殯宮を建てると、すぐに王子たちや重臣たちが誄《しのびごと》を述べて葬儀が始まるのだが、讃良姫は草壁王子の体調に合わせたほうが良いと考え、儀式のあり方を変えた。大王の偉大さを強調するのは大切だが、草壁王子が後継者であることを確かなものにする儀式にしなくてはならない。そのためには、葬儀のすべてを自分の思うように取り仕切る必要があった。あらかじめ山中王に依頼して、どのような式次第にするか検討する時間的な余裕をつくるようにしたのである。伝統を重視しながらも、独自に儀式を仕切るつもりだった。

　誄《しのびごと》を最初におこなうのは大王位を引き継ぐ王子であると決まっているものの、次期大王に相応しい振る舞いが要求される。体調が思わしくない姿を人々に見せるわけにはいかないし、草壁王子に次いで大津王子が誄を奏したのでは、いやでも二人の王子が比較される。そのような事態は避けなくてはならない。誄は草壁王子だけが奏するようにしたかった。

　讃良姫は、葬儀に先立ち、伊勢王を呼んで葬儀について相談した。

「その偉大さは比類のない大王でしたから、それに相応しい葬儀にしたいと思います」と念を押した。

　大后が取り仕切るのは伝統に適うことであるから、伊勢王もできるだけ意向を尊重するつもりであると分かり、讃良姫は胸を撫で下ろした。

「ついては誄《しのびごと》も型どおりではなく、多くの人たちがそれぞれの立場から入れ替わり立ち替わり、申し述べるようにしたいのです。何日かに分けておこなうようにして、いかに大王の功績が大きかったかを天下に知らしめたいと思います。とくに大王が即位なさってからは、朝廷の役所も新しい組織になりましたから、それぞれの役所の長官か次官が誄をすべきでしょう。それに、大王に仕えた膳部や宮内関係についても偲ぶようにしたいのです。どうですか」

「それは良きお考えです。是非ともそうなさると良いでしょう」と伊勢王も賛成した。

「それぞれの誄を誰に奏させると良いか人選してほしいのです。大王に忠実にお仕えした方々が良いでしょうから、それぞれに相応しい人にしていただきたいのです」と讃良姫は愛想良く言った。

「分かりました。美濃王と相談してご提案いたします。そのうえで大后さまに決めていただければ光栄です」

　そのあとで、最初に誄を奏するのは草壁王子となると伝えた。伝統的に、殯宮の庭における葬儀は男たちによる儀式であり、遺体の安置されている殯宮内での葬儀は女たちによって営まれる。

「王子の代表として誄をするのは草壁にして、それに王族の代表も奏したほうがいいと思いますが、それは山中王にやってもらいたいと思っているのですが、どうですか。よろしいですね」と讃良姫が言った。老耄な姿であるから草壁王子と山中王なら比較されても問題ない。

「長老ですから山中王が相応しいでしょう。草壁王子のあとに大津王子や高市王子にも誄を奏してもらうといいのではないでしょうか」

　伊勢王は、伝統どおりにしようと正統な意見を述べた。

「いえ、草壁と山中王だけにしましょう。他の王子たちが奏する必要はないでしょう。誄を奏するのは、その後の日にも続くのですから。それに大津王子と高市王子の場合、どちらを先にするか微妙な問題がありますから、どちらも何もしないほうが良いとわらわは考えています」と讃良姫は主張した。

「おっしゃるとおりにしましょう。どなたに誄を依頼するか検討してまいります」と伊勢王は、讃良姫の言うことに従う姿勢を見せたので、讃良姫はほっとした。

　大王の亡くなる直前に草壁王子、大津王子、高市王子に改めて食封を与えており、そのときに王子たちの序列は明確になっていた。だから、伊勢王には、大后の言う「微妙な問題」はないと思ったが、草壁王子以外の王子には誄を奏させたくないのであろうと、その意向に従う姿勢を見せたのである。

遺体の安置された建物内での殯《もがり》の行事は、伝統的に女人たちだけで営まれる。大王の肉体から離れた霊魂が、迷わず他界に行くには、肉体が骨だけになるまで待たなくてはならない。ここに籠って祈りをささげ、魂が迷わないようにさまざまな儀式をおこなう。

主宰する大后の讃良姫は、殯が終わるまでは公的な場に姿を現すことがない。讃良姫のそばには阿閉姫がいて行動をともにする。大王の魂を慰めるために、伝統に従って遊部の女人たちが泣き悲しみ、舞や謡が披露される。

予定にない大津王子の誄

草壁王子が誄《しのびごと》を奏したのは九月二十四日である。

殯宮の前に立った草壁王子は元気そうに見えた。顔色が悪く見えないように化粧していたからだ。事前に讃良姫や阿閉姫が手配して送り出したのである。

草壁王子は、発哭《はっこく》してから誄を奏した。

「おお、何と悲しいことでしょう。われらの偉大な大王がお隠れになってしまいました。大王は、われわれを照らす太陽でありました。大王のもとで生きて来られたわれらは、何と幸せだったことでしょう。飛鳥の、この宮で即位なされてから大王のなさったことは、わが国の歴史に新しい時代をもたらすことばかりでした。発する詔は、われわれがどのようにしていくべきかを明らかに示され、過たずに進むように指導してくださいました。わが国がこれまで以上に豊かで立派な国になろうと律令制度の確立という方針を立てられました。その道半ばで大王はお隠れになりましたが、ご意志を引き継いでわれら一同が努力してまいります。大王のいないなかで、われらは道に迷うこともあるでしょうが、すべての人たちが力を合わせて、懸命に励んでいく所存です。どうか、天上からわれらを見守り、力の足りないわれらが正しい方向に進んでいけるようにお力をお貸しください」

草壁王子は声をできるだけ大きく響くように誄を奏した。頬を伝わる涙を拭おうともせずに、大王の霊に向かって語りかける誠実な態度に大王を偲ぶ気持が籠っていた。

語り終えた草壁王子は顔を上げてふたたび発哭した。化粧も涙とともに流れ落ちたが、それに気づく者はいなかった。

後方に控えていた王子や王族たち、群卿たちも草壁王子に続いて声をあげて泣き叫んだ。大王を偲び、悲しむ声が王宮の庭に広がった。

ひとしきり発哭が続くとやがて、その勢いは衰え、声が小さくなっていった。肩を大きく揺する草壁王子の姿も、動きが小さくなった。

そのとき、草壁王子の後方にいた大津王子がすっと前に出て、草壁王子の隣に並んだ。

「われにも、大王への誄《しのびごと》を奏することをお許しくださ い。お願いします」と小声で大津王子が囁いた。

この日は大津王子が誄を奏する予定はない。筋書きにない事態となり、草壁王子は動揺した。それは、大津王子の勝手な振る舞いであることは確かだった。

「われは聞いておりません。許されることではないと思いますが」と草壁王子は小声で応えた。

「すぐに終わります。一言申し上げるだけです。われの悲しい気持を亡き大王にお伝えしたいのです」

大津王子は、草壁王子が誄を奏しているときから感情が昂《たかぶ》ってきていた。大王が亡くなって悲しい気持は誰よりも自分が強いはずだと思っている。大王が見せてくれた慈愛や励ましが、いかに心強かったか。それらが自分を支えてくれていたと思うと、大王という後ろ盾がなくなった悲しみの大きさが止めどもなく増していた。

その悲しみをこの場で表現したかった。草壁王子に対して、大王が亡くなる前に会いたいと何度も連絡したのに実現できなかった。そのうえ、大王の殯宮での誄も、草壁王子にだけしか許されていないのはどうしてだろうか。大王は、草壁王子と自分と二人を病床に呼んで話をしてくれたのに、その後はずっと蚊帳の外に置かれたまま自分だけ取り残されている。

大王が不在となった今、朝廷のまつりごとに関して草壁王子は、自分の助けを必要としているはずである。草壁王子を支えるためには何でもするつもりだった。その気持を分かってほしいと切実に思った。

草壁王子がためらいを見せ、後方にいる人たちも唖然としたのか、何の動きもなかった。そのあいだに、大津王子は声をあげた。

「大王がみまかられたことは、なんとも言葉にできない悲しみです。ですが、これからは、われら王子たちが大王の意志を継いでいくつもりです。われにできることをやって草壁王子を盛り立てていくようにいたします。どうか、われらを見守っていてください。われは大王のように強く逞しく生きていくつもりです」

それだけ言うと大津王子は一礼してもとの位置に戻った。声を上げる者はいなかった。悲しみに包まれた王宮前の庭の空気が、それまでと変わった。

そのあとでよろよろと進み出た山中王が誄を奏したが、

何か間が抜けた雰囲気になった。それが終わると伊勢王が、三日後から王族や群卿による誄が奏されると告げると、人々はぞろぞろと退出し始めた。

　この後も、大王の葬儀は延々と続いた。伝統に則りながらも盛大な葬儀になるような演出が続けられた。

　僧侶たちの姿が目立って、これまでの大王の葬儀と大きく異なっていた。病気平癒の法会を宮中でおこなった高僧たちは、葬儀に際しても重要な任務を果たした。

　九月二十七日、朝廷に仕える人たちによる誄《しのびごと》を奏するのに先立ち、僧正、僧都、律師、和上が後方に多くの僧侶たちを従えて姿を見せ読経の前に発哭した。僧侶たちの泣き叫ぶ声は、一般の人たちとは違って、僧正が指揮するように声を発しながらリズムがとられ、高低の波が寄せては返すように和していた。耳にしたことのない読経のように聞こえた。

　この日に御霊に供えものが捧げられた。

　最初に誄を奏したのは宿禰の姓を持つ大海荒蒲《おおあまのあらかま》である。大海氏は大王の乳母を出し養育を託された一族である。その氏上である荒蒲が、子供のころの大王を偲ぶために呼ばれた。

　子どものころから利発で学問に秀でただけでなく、健康で逞しく、相撲でも、剣術でも、乗馬でも、誰にも負けないほど優れていたと述べられた。そのうえ、従う人たちに対しては思いやりがあり、神仏を敬うことも忘れないと最大限の賛辞だった。

　続いて伊勢王が王族として誄を奏した。

　打ち捨てられたようになっていた飛鳥の地を京《みやこ》として賑やかにしただけでなく、それを凌駕する規模の大きい王宮をつくる計画を立て、律令制度をはじめさまざまな政治改革を推進し、王族たちや群卿だけでなく広く百姓たちまで包み込み、この国を豊かにしてくれたこと、さらに寺院を建設し、仏法を重んじたことなど大王の業績が詳しく述べられた。王族たちを重要な仕事につかせ、朝廷のために働くことができて、生き甲斐が感じられ非常にうれしい、大王の威徳は海よりも大きいと言って締めくくった。

　その後は、朝臣の姓を持つ県犬養大伴《あがたいぬかいのおおとも》が宮内《みやのうち》について、河内王が朝廷に仕える大舎人《おおとねり》について、また真人の姓をもつ当麻国見《たぎまのくにみ》が大王を警護する武人について、朝臣の采女竺羅《うねめのつくら》が宮廷に仕える宮人《みやびと》について、朝臣の紀真人《きのまひと》が大王の食事関係について、それぞれ誄を奏した。それぞれの立場から大王の偉大さを強調した。

　この日は、大王と接触の多かった人たちによる誄であり、翌日以降の朝廷やまつりごとに関する誄と区別されて実施された。

翌二十八日、僧侶たちによる発哭で誄《しのびごと》が始まった。この日は、朝廷の重要な役所を統括する人たちによる誄が奏された。

最初に朝臣の姓をもつ安倍御主人《あべのみぬし》が朝廷のまつりごとを統轄する太政官《おおきまつりごとのつかさ》について、次いで石上麻呂《いそのかみのまろ》が朝廷の人事と官人の勤務評定などを取り仕切る役所の法官《のりのつかさ》について、続いて姓《かばね》制度の改訂で活躍した朝臣の三輪高市麻呂《みわのたけちまろ》が理官《おさむのつかさ》について、さらに宿禰の大伴安麻呂《おおとものやすまろ》が財務を取り仕切る大蔵《おおくら》について、最後は中臣大嶋《なかとみのおおしま》が兵部官《つわもののつかさ》について、それぞれ奏した。

三日目は、前日に奏しきれなかった刑官《うたえのつかさ》と民官《かきのつかさ》という役所について、朝臣の安倍久努麻呂《あべのくとのまろ》と同じく朝臣の紀弓張《きのゆみはり》が誄《しのびごと》を奏した。

続いて九州の隼人《はやと》の首長が誄を奏した。これも従来の慣例にはなかった。大隅《おおすみ》と阿多《あた》という現在の鹿児島県の東部および西部にいる隼人は朝廷から見れば異国であるが、貢ぎものを持って毎年やって来て服属しており、わが国の人たちに準じる扱いをした。このときにはまだ友好関係が維持されていたのだ。さらに、畿内の馬飼部の長官が特別に誄を奏した。大王が日頃から馬を愛していたことによる。

最終日は、百済の亡命貴族の代表による誄があり、各地の国司が到着順に誄を奏した。それぞれ短くするように言われたのに延々と続いていた。大王が好んだことから国司たちは地元でおこなわれる歌舞を披露した。

このように延々と誄が続けられたのも空前絶後のことだった。

大津王子の処分をめぐる動き

所属する役所の代表として誄を奏し終えた中臣大嶋と石上麻呂を、草壁王子の館で迎えたのは不比等である。忙しい思いをしている二人に来てもらったのは、大津王子の造反に対しての対策を急がなくてはならなかったからである。讃良姫と恵智刀自が殯宮に籠っているから、対応は不比等が任されていた。

不比等は、恵智刀自から大津王子への対応について聞いていた。大津王子が造反を企てているようには思えなかったが、草壁王子に次いで、予定にない誄を奏したのは行き過ぎであると思っていた。

早々に大嶋と麻呂が、大津王子の造反に関して証拠をつかんだと言う。

二人に会い、その結果を讃良姫に報告する役目を不比等は担わされていた。陰謀めいた行為に加担する後ろめたい気持がないとはいえなかったが、連絡をするのは自分しかいないと思い、こうした行為が草壁王子のためになると、割り切って対処するつもりになっていた。

　大嶋とは同じ中臣一族であり、かつては大嶋のほうが讃良姫に近かったが、いまや若い不比等が讃良姫に信頼されているから、大嶋は少し複雑な心境であろうと察したが、不比等は泰然とした姿勢で臨んだ。

「心配しないでください。われが万事まかされておりますので、どのようにするか心得ているつもりです。われからすべては伝わるようになっております」と不比等は、大后の名前を出さずに言った。

　大嶋と麻呂は、お互いに顔を見合わせたが、すぐにうなずきあい、不比等に面と向き合った。

「大后さまは葬儀の際に大津王子の出過ぎた態度にお怒りと聞いておりますが」と麻呂が口火を切った。

「大津王子の行為にはどなたも呆れているのではないでしょうか。飛び入りで誄を奏するなど聞いたことがないでしょう。許される行為ではないのは自明の理です」

　不比等は大后が怒り心頭に発しているという噂が立っているのを知っていたが、一般論として大津王子を非難したのだ。

「それよりも大津王子に不審なところがあるということですが」と不比等は逆に問いかけた。

「はい。われが調べた結果、大津王子は許可を得ることなく伊勢の神社に行き、斎王をなさっておられる大伯姫さまに会われたようです」と麻呂が報告した。

　王子たちが畿内から外に行く場合は、届けて許可を得ることになっているから明らかに禁を犯している。といっても、ふつうならばいちいち許可を得なくても咎められることはない。これだけで造反の疑いがあると断じるわけにはいかない。

「大津王子の謀反は明らかだと思います」と力強く麻呂が言った。隣で大嶋がうなずいた。

「大王が亡くなる直前ですが、王子は高安城に行っております。しかも、たくさんの穀物を馬で運んで高安城にいた兵士たちに炊き出しをしました。城にいる兵士たちを味方にしようとする意図があってのことと思われます。高安城にいる兵士たちを率いて飛鳥に攻め寄せれば王宮を占拠するのはむずかしくありません。大津王子が、大王が亡くなられた混乱に乗じて兵を挙げようとお考えになっての行動ではないかと疑われます」

「それは確かですか」と不比等は驚いた。まさかと思ったからだ。

「はい。一緒に高安城に行った川島王子から聞き出しました。大津王子から、造反するとは打ち明けられなかったようですが、そのような考えがあって行動したと言っております。王子が高安城に馬で大量の米や酒を持ち込んで兵士たちに蹶起を促したのです。川島王子の証言がそれを裏付けています」と麻呂は自信があるようだった。

「川島王子も、大津王子が造反を企てたと主張しているのですね」と不比等は念を押して尋ねた。

「はい。大津王子が造反を考えて行動したのは確かであろうと申されております」と麻呂が応えた。

　自分よりも十歳以上も年上であり、朝廷のまつりごとで重要な働きをしている二人は、いかにも分別臭くて貫禄があるのに、不比等には落ち着きがないように見えた。

　話が進むうちに、自分が冷静であることを不比等は意識した。自分の後ろに讃良姫や草壁王子が付いているからだ。朝廷に仕える人たちが、いかに権威に弱いか二人の態度を見て深く印象に残った。


　大嶋と麻呂は、大津王子が川島王子とともに高安城に行った事実をつかみ、川島王子を尋問して造反の証拠を手に入れた。造反の証拠といっても、麻呂がむりやり川島王子から引き出したものだ。

　大津王子が、殯宮で指名もされていないのに誄を奏したことが問題になるとは思ったものの、まさか造反の疑いまでかけられているとは、さすがの川島王子は思ってもみなかった。

　大王の殯宮での大津王子による突発行為があって数日後に、石上麻呂から話があると言われて川島王子の館に麻呂が中臣大嶋をともなって出向いた。

　そこで、大津王子に謀反の嫌疑がかかっていると言われた。寝耳に水の驚きだった。伊勢の神社に大伯姫を訪ねたこと、川島王子と一緒に高安城に行ったこと、そのときに馬で米と酒を持って行ったことまで調べがついていた。

　川島王子は、大津王子が謀反を企てているとは思っていなかったが、大津王子の動きを逐一たどっていけば、謀反を企てていたように見えてしまう行動だった。高安城に行くに当たっても、事前に何のために行くのか届けておらず、兵士たちを喜ばそうと米と酒を持参し炊き出しをしたのも、兵士たちを味方に付ける工作であると疑うことが可能だった。造反を企てた行為であるとみても、それなりに話として筋が通る。

「大津王子は、そんなことを考えるような人ではありませんよ」と川島王子は否定した。何と疑い深い人なのだろう、殯宮での大津王子の行為が、きっと出過ぎていると問題にされたからなのだろうと思った。

ところが、それほど単純な話ではないようなのだ。大津王子を弾劾することがすでに決まっていて、そのために動かぬ証拠を探しているようだった。川島王子はこのときに、大津王子を葬り去ろうとしている目に見えない権力が振るわれているに違いないと確信した。

「正直におっしゃらない場合は、あなたも高安城にご一緒に行っておられるのですから、同様に嫌疑がかけられるかもしれませんよ」とさりげなく麻呂が言った。その表情は、いかにも弾劾する立場を確保している自信が見られた。川島王子は震えるような恐怖を感じた。麻呂の目は射抜くように鋭かった。

近江朝との内乱が終結したときに、大友王子の首を持って大海人王子側の将軍のところに行っただけでなく、吉備の豪族の館を急襲した強者の麻呂が目の前にいる。異例ともいうべき出世を遂げたやり手で、修羅場をくぐり抜けてきた人間に見られる迫力に圧倒される思いだった。

自分にも嫌疑がかけられる可能性を指摘する麻呂の恫喝に、川島王子は目眩がする思いだった。相手が臣下であるにも関わらず、先の葛城大王の王子である自分などいくらでも処分できるのだぞと言葉にせずに態度で表現していた。

川島王子は、思わず怯えた表情を見せてしまった。それを麻呂は見逃さなかった。

「正直に話されるのが身のためですよ」と言葉はていねいだが、どのような言い方をしたら良いか誘導していた。川島王子は逡巡した。黙っているのもつらかった。どういえば相手が納得してくれるか分かっていたのだ。黙っていれば、自分も縄をかけられてしまうだろう。

「そう言えば、確かに大津王子は高安城の兵士たちにいざというときには、われとともに立ち上がる覚悟を持ってほしいとおっしゃっておりました。謀反を考えてのことかもしれません」

川島王子は、自分も同罪にされないようにと思って、麻呂に同調するように言った。

「ともに立ち上がる覚悟を」と高安城において大津王子が言ったのは確かであるが、それは海外からの攻撃を想定したからであり、ふつうに会話しているときの言葉に過ぎなかった。川島王子は、大津王子が造反を企てるはずはないと知っていたが、自分が助かる道を選択した。そんな態度を取りたくなかったが、造反を疑われれば自分を待っているのは死であるという恐怖に打ち勝つことはできなかった。

石上麻呂は、この表現を待っていた。しめたと思う表情をしたのが分かったが、もはや後戻りはできなかった。

「これからは大津王子に会わないほうが身のためですよ」と

麻呂の隣にいた大嶋が口を挟んだ。「そうすればあなたまで罪に問われることはないでしょう」

それを聞いた川島王子は、自分がとんでもない選択をしたと思い知った。しかし、どう考えてもほかに助かる道はないのだ。しかし、次の瞬間に大津王子を裏切ったというやましさに身を切られる思いがした。


以上が不比等《ふひと》に報告された。

「大后さまに、われわれから大津王子の造反のことを報告するようにいたします。これからも大津王子の監視は続けるようにしてください」と不比等は、二人に向かい丁重に言った。

「むろん、そのつもりです。訳語田《おさだ》にある王子の館に、誰がいつ訪れたか密かに監視をしております。われは大后さまのために働く覚悟をしております。よろしくお伝えください」と麻呂は、不比等が上司であるかのように頭を下げた。不比等は、それに気づかぬ振りをした。

不比等は、報告に際しては三千代と連絡を取るように言われていた。三千代に会うと一緒に殯宮に行くようにと促された。

大王の遺体が安置されている殯宮のなかには女人以外に入ることは赦されない。どうしたら良いのか不比等が戸惑っていると、三千代が女人の着る衣服を差し出した。それを頭から被っていれば、少しの時間なら問題ないと言われた。女人の服装をしていれば、霊魂が男性であると気づかないと信じられていたからだ。

三千代に手を引かれて不比等はなかに入った。三千代の柔らかくて暖かい手に触れて、不比等はときめきを感じたが、むろん表情は変えなかった。

なかに入ったとたんに杉の葉が焼かれた匂い、香を焚いた匂いにまじって異臭がした。鼻が異臭を嗅ぎ分けるように働き、室内が重苦しい雰囲気に包まれている感じで、不比等は思わず息を止めかけた。

影のようなものが動いた。讃良姫だった。神経質なところのある大后が、このようななかに長時間いられることに驚いたが、まずは拝礼することが先だった。

ところが、讃良姫はいつものように威厳を保とうとする姿勢を見せなかった。その目は不比等に報告を求めていた。室内の異様さに怯んではならなかったのだ。不比等は、何ごともないように取り繕《つくろ》いながら言った。

「大津王子の造反は明らかになりました。ただちに何らかの処置がくだされると良いと思います」

中臣大嶋と石上麻呂との会見で明らかになった内容を讃良姫に報告した。

伊勢の神社に許可なく行ったこと、高安城に行って兵士たちに蹶起を呼びかけたと語られた。造反を企てた証拠であり、川島王子がそれを裏付けていると報告された。「造反したことが確かであれば、大津王子は死をもって償うしかないでしょう」と讃良姫が小さな声であるが、断固とした口調で言った。

讃良姫は揺るぎない態度を示した。処分としては、王子の身分を剥奪して東国への追放といったところだろうと不比等は思っていたが、考えてみれば造反はもっとも重い罪であるから死を賜るのは当然だろう。

王子のような身分の高い人の場合、大王かそれに代わる王家の人による命令がなくては成敗することは許されない。

不比等は、大嶋と麻呂のところに使いを出して、大后の意志を伝えた。

大津王子に「死を賜《たまわ》る」のを知らせるのは十月二日と決められた。九月三十日は、各地の国司たちが王宮にやって来て次々と誄を奏し、歌舞が披露される。この日は、王宮のなかが賑やかで騒々しくなり人の出入りも激しい。翌日もその余波が残っている可能性があるので、王宮が静けさを取り戻してからのほうが良いと判断したのである。

地方の国司たちの耳に「大津王子の成敗」という情報が入れば、たちまち全国に噂が流れてしまう。それは好ましいことではない。しかし急ぐ必要があった。

大津王子は、誄《しのびごと》騒動の後で謹慎処分となり、自宅から外に出ることは許されなかった。

冷静になってみれば、大切な儀式の最中に予定にない行動に出たのは咎《とが》められても仕方ないと思えた。しかし、自分は草壁王子の次に位置する身分の王子であるはずなのに、蚊帳の外に置かれている理不尽さにがまんできなかった。

重大な違反として弾劾されるとは思っていなかった。しかし、時間が経つにつれて周囲の目が厳しくなっていくような気がして不安が大きくなった。舎人たちの出入りも許されず、新しい情報は何も入って来なかった。

草壁王子に対して反抗的な行動をとったわけではなく、これからも王子を助けていく気持に変わりなかった。父である大王から、この国を護るという大切な分野を受け持つように直接言われていたから、その役目を果たしたいと思っていた。

十月二日、太陽が沈んで暗くなり始めるのを待っていたかのように、数十人の兵士を引き連れて大嶋と麻呂が、訳語田にある大津王子の館を取り囲んだ。

「王子に申しわたしたい儀がある。館のなかにいる男も女も、ただちに外に出よ。猶予はならぬ」といって大嶋と麻呂が館のなかに入ってきた。

大津王子に仕えていた人たちは何ごとかと驚いたものの、武装した集団がうむをいわせぬ態度だったので、外に出ざるを得なかった。仕えている女人とともにいた大津王子の妻である山部姫は、髪を振り乱して裸足で外に飛び出したが、ことの次第を知って、ふたたび家のなかに戻った。館のなかには大嶋と麻呂とそれに付き従う兵士以外には大津王子と山部姫だけになった。

「造反の罪により死を賜わることになった」と大嶋が告げた。

それだけだった。大津王子と山部姫を残して全員がすぐに引き上げ、自刃するのを待った。

「無念」と大津王子は、ひと言小さく呟いた。そして「赦せ。われが至らなかったばかりになんじを不幸な目に遭わせた」と山部姫に言った。姫は首を振るだけだった。

翌日、大津王子と山部姫が自刃して果てたことが確認され、館の入り口は二本の長い木材で斜め十文字に打ち付けられ閉鎖された。

造反を企てたとして、王子に相応しい葬儀はせずに慌ただしく葬られた。

大津王子に近い人たちや接触のあった人たちが取り調べを受けた。常に大津王子に従っていた蠣杵道作《ときのみちつくり》は伊豆に流され、新羅から来ていた僧の行心は大津王子をそそのかしたとして飛鳥から追放され、飛騨にある寺院に移された。

取り調べを受けたなかに、舎人の伊吉博徳が含まれていたが、大津王子とはしばらく会っていないことが分かり赦された。そのほかの人たちは罪を問われなかった。

伊勢の神社の斎王であった大伯姫が、その任を解かれて飛鳥に戻ったのは、そのしばらくのちだった。

大嶋と麻呂には、その後、装飾の施された小太刀が贈呈された。「このたびの大王の葬儀に対して、王宮の警備や式次第に顕著な働きがあったから」というのが太刀を下賜した理由だった。

第六部　律令国家への道

第二十四章　讃良姫大王の即位

讃良《さらら》姫が大王に即位したのは西暦六九〇年一月、大海人《おおあま》大王の死から三年四か月後のことである。そのあいだに彼女の心境に変化があった。草壁王子の病状の悪化により次第に追いつめられ、開き直って自らがこの国の頂点に立つ決意をした。草壁王子が即位するのがむずかしいと判断せざるを得ず、自らが大王になる以外に選択肢はないと思うようになったのである。

まずは大海人大王の葬儀の進行時からの経緯を見ていくことにしよう。

草壁王子の病気回復に希望をつなぐ

大王の死後に起きた大津王子の造反という衝撃的な事件の反響は小さくなかった。造反など企てていないと信じる人たちも、それを主張したのでは讃良姫を批判することになる。そのため誰も声を上げることはできず、表立った動きは見られなかった。

しかしながら、太子となっている草壁王子は病に冒されていたから、ことは単純ではなかった。草壁王子以外に後継者はいないという立場に固執する讃良姫は、王子が病に陥っているのを外部の人たちに知られたくなかった。

草壁王子の姿を人前にさらすのは、延々と続く大王の葬儀のときだけである。だから、しばらくのあいだなら儀式さえこなしていれば、半病人といえる状況であるのを知るのは一部の人に限られた。

寝たきりになっていないから、蒲柳《ほりゅう》の質である草壁王子の状態がちょっと悪化した程度で、養生すれば元気になると、讃良姫は希望をつないだのである。

身近にいる草壁王子の妻、阿閉《あへい》姫には病が回復する望みは小さくなっていくように思えた。讃良姫から様子を聞かれるたびに阿閉姫は顔を曇らせずにはいられなかった。

「あなたが希望を持たないでどうするのです。われらが、これだけ熱心に神に祈り願っているのですから、やがて回復するでしょう」と讃良姫は希望を捨てようとしなかった。「困ったものですね」と言うことはあったが、草壁王子に亡き大王の殯宮《もがりのみや》での儀式で主役を演じさせ続けた。辛うじてであっても、王子が与えられた任務を遂行できる程度の病状が続いたのである。

大王の亡くなった翌年の西暦六八七年正月、大王の喪に服すために祝賀は中止された。代わりに官人たちが参加して殯宮での儀式が挙行された。儀式を主宰する草壁王子は安静にして、この日に備えた。どうにか歩ける状態だったが、顔色は良くなかったので、病をかくすために阿閉姫が気を使って化粧を施して儀式に送り出した。

殯宮での儀式では草壁王子が最初に発哭《はっこく》する。無理して大声を出して、病であることを覚られないように役目を果たさなくてはならない。気を張っている姿を想像して阿閉姫は胸が痛んだ。

暖かい季節を迎えると、王子は元気な様子に見える日もあった。とはいえ、狩りとか地方に出かけるほどの体力はなく、ちょっとむりをすると体調をくずした。

病状が安定したのを見計らい、草壁王子が出席して五月に殯宮で儀式を挙行した。太子である草壁王子は、一定の期間をおいて殯宮に姿を見せて発哭し、誄《しのびごと》を奏することで後継者としての姿をアピールする必要があったから、少しでも元気になると儀式に出席させようと、讃良姫は阿閉姫をせっついた。

阿閉姫には、王子は普通の人の半分ほどしか元気がなく見えるが、大王位を継がせたいと思っている讃良姫は、病状がそれほどひどくないのではと希望的な観測を抱き続けた。実際にはひどい病状と言いたかったが、草壁王子が讃良姫の要求に応えようとしている姿を見ると、阿閉姫はつい口ごもってしまう。

一年後の西暦六八八年も正月の祝いは中止され、大王の喪に服した。元旦には前年と同じように殯宮の儀式が挙行され、草壁王子が出席した。前もってこの日に備えて安静にして体力を養ってから送り出され、前年同様に儀式をこなした。しかしながら館に帰り着くと、草壁王子は阿閉姫の胸に凭《もた》れるように倒れ込んだ。抱きかかえながら、阿閉姫は大王にしたいという讃良姫の願いは分かるにしても、このままで済むとは思えなかった。

人麻呂率いる雅楽寮の人々による演舞

大王の殯宮《もがりのみや》の儀式を盛り上げる役目をしたのは柿本人麻呂《かきのもとのひとまろ》率いる雅楽寮の人たちである。

正月恒例の宴会は控えられたが、大王の霊を慰めようと殯宮の前で歌舞音曲が披露された。その後も何度も演じられ、人麻呂は、讃良姫の期待に応えて活動した。その結果、雅楽寮における人麻呂の権限は大きくなった。

伝統的な歌舞音曲のあり方を人麻呂は大きく変えた。舞台で演じるのは神々の世界であり、寸劇を交えた物語風に工夫して歌や踊りを見せるようにした。

人麻呂が雅楽寮の長官に就任してから、楽器や衣裳や道具類のすべてを一新した。つくるのに手間がかかろうが、貴重な金や銀やガラスを多く使用し、贅沢のかぎりが尽くされた。そのうえで、人麻呂の提案により演じる人たちの待遇も変わった。

舞や謡いから楽器を演奏する人たちにまで、ふだんの衣服から食事に至るまで貴族にしかできない生活になるよう徹底した。生活に卑しさがあると演技にそれがにじみ出て、芸を磨く妨げになるからだ。神を登場させる演劇であるから卑しさが感じられる舞台になってしまっては困る。

人麻呂が準備を始めたときにはまだ大海人大王が生きていた。新年を祝う席で披露する計画だった。天上で神々が歌い踊り酔って、ともに楽しんで語らう姿を演じれば大后だけでなく、大王も喜んでくれるという期待があった。ところが、初演を待たずに大王は亡くなり、殯宮における儀式が、人麻呂が率いる雅楽寮の人たちによる最初の舞台となった。


祝いのために工夫された演出だったが、大きな変更をせずに舞台にかけることにしたのは、天上で神々がそれぞれ楽しむ姿を演じれば、大王の霊を喜ばせることができると考えたからだ。筋書きを変えずに音楽を悲しい調べにするだけで演じることにした。

神々が住む天上の広い原が舞台である。人麻呂がイメージしたのは葛城大王と女人たちによる淡海《おうみ》(琵琶湖)における船遊びや宴会だった。実際に参加したわけではないが、ともに飲食しながら歌を詠い、楽しむ彼らの姿を誇張すれば、天上の神々の世界を表わせると思われた。

神らしく舞い踊るには、どうしたら良いのだろうか。表情や首の動きと手足の動かし方のバランスをとりながら、優雅にしなやかな動作を速めたりゆるめたり、わざとらしくない範囲で動きに変化をつける。そして、ときに大げさな動作も挿入する。

殯宮の最初の舞台は完成度が高くなかったと人麻呂には思えたのだが、観賞する人たちは新鮮な感じを受けたようだった。

演出した舞台を見ながら、人麻呂は、いくら豊かな生活をさせても卑しさから逃れられない人もいることを知った。神を演じるために必要な優雅さを表現できない者は、本番になるとさらに目立った。新しい人たちと交代させるのを躊躇うわけにはいかなかった。

この後も、さまざまな節目で大王の霊を慰める歌と舞が披露された。そのたびに洗練度を増していき、やがて神々が集う場面ばかりではなく人間を登場させた。神が天上から地上に遣わされる物語に変化したのである。

埋葬の七日前、最後の殯宮での儀式がおこなわれたとき、人麻呂は、締めくくりとして盾節舞《たてふしのまい》を演じさせた。鎧兜に身を固めて盾や太刀を持って踊る。大王に服属した豪族たちが武装して舞うことにより、悪霊を退散させる願いが籠められた。舞台のうえで大王に扮する役者が仁王立ちになって、武装した人たちが一斉にひれ伏す場面を設定し、主従関係が際立つように演出した。


大海人大王の殯宮での儀式が終わり、造営が進められていた御陵に大王を葬ったのは西暦六八八年十一月十一日、死亡してから二年二か月後だった。大王の偉大さを示して葬儀は過去に例のない長い期間に及んだ。御陵に埋葬すると葬儀の一連の儀式は終了する。

御陵の造営は伊勢王が長官となって進められた。円形の盛り土にし、周囲は百四十メートルほどの大きさがあり、将来は讃良姫も合葬する予定になっていた。

遺体を殯宮から御陵に移す儀式では、最後の誄《しのびごと》を奏する人として選ばれたのは朝臣《あそん》である安倍御主人《あべのみぬし》、宿禰《すくね》である大伴御行《おおとものみゆき》、真人《まひと》である当麻智徳《たぎまのちとこ》だった。それぞれに大海人大王の時代に施行された姓《かばね》の代表としてである。

朝臣である御主人は、大王に服属した豪族として大王に仕える誉れを述べ、宿禰である御行は古くから大王の伴として仕えて、朝廷を支えてきた歴史を語った。そして、大王につながる血族である真人の姓をもつ智徳が、歴代の大王の威徳を偲び、大海人大王が天照大御神《あまてらすおおみかみ》の子孫であることを高らかに宣言し、その血筋が未来永劫に続くと述べた。

大伴御行は、なぜ大伴氏が宿禰という姓になったのかを、このときに理解できた気がした。姓の格式でいえば朝臣のほうが上と見られるが、大伴氏が朝臣になれば、その他大勢の朝臣であるが、宿禰であればその代表として振舞うことが可能になる。官位を上げるのは個人の能力によるから、努力を重ねれば宿禰の氏族であっても、朝臣の姓を持つ人たちより上位になれる。御行は、これまで以上に張り切って朝廷に仕える意志を固めた。

遺骨は漆塗りに装飾された木柩に納められて、飛鳥の王宮から檜隈にある大内陵まで運ばれた。そして、玄室で家型をした大理石の石棺に納められた。

葬儀を主宰したのは草壁王子である。最後となる発哭は、さすがに力強くはできなかった。弱々しい声しか出せなかったものの、それは体力の低下が原因ではなく、偉大な大王との最後の別れの悲しさを表しているように見えなくもなかった。しかし、その後の王子による誄になると力のなさが目立ち、王子の病は隠しきれなくなっていた。

大王の葬儀が長期にわたるあいだ、讃良姫は草壁王子の病気回復を願い続けた。しかし、その願いは叶えられそうになかった。

大王の喪が明けた正月の祝い

大王の葬儀が終了して新しい大王がいつ即位するかに関心が移った。王子の病気についてよく知らない人たちは、太子の草壁王子が即位すると思っていたが、即位の準備が始まる気配はなかった。そのうちに草壁王子の病が重いらしいという噂がたち始めた。張りつめていた緊張の糸が途切れたように草壁王子は病の床に臥し、起き上がれない日が多くなったのである。

草壁王子の妻である阿閉姫は、讃良姫に訴えた。

「前よりも悪くなっているように思います。王子のために薬師寺や飛鳥寺で、ご病気の平癒を祈願する法会を開いてください。大王の葬儀が終わりましたから、こんどは王子のために国をあげて祈るようにしていただきたいのです」

阿閉姫は、仏にすがるよりないと思った。二年にわたる喪があけて正月の祝賀儀式には、太子の草壁王子が臣下たちからの朝拝を受けるために大極殿に姿を見せる必要がある。しかし、王子は床に臥していて、即位式の準備どころではないように思われた。

草壁王子は、自分のために国をあげて法会を開くのを拒んでいた。大王ではないのに、多くの人たちを煩わせたくないという意志を示した。讃良姫が王子の病気平癒の法会を開くのをためらっていたのは、それによって王子が重病であると知られるのを避けたかったからだ。

そんな折に心を赦していた恵智刀自《えちのとじ》が病気になり、讃良姫に仕えることができなくなった。そうした日が来るとは思っていたものの、讃良姫にとっては気を病む事態が続いていたときだけに、恵智刀自がいなくなるのは大きな痛手だった。

大王の葬儀が終わるのを待って、恵智刀自は讃良姫のもとを去る決心をしていた。病気を抱えながら無理して仕えていた。喪に服しているあいだは、大后の意志を伝えるのは彼女の役目だった。美濃王や伊勢王がまつりごとに関して、大后の意志を確認する際には恵智刀自を通じて伝えられた。

大王が亡くなって以来、葬儀が終わるまで讚良姫が公的に人前に出ることはなかった。王宮のある地域さえ自分の足で歩かなかった。内裏から遺体が安置されている殯宮がある奥の建物までのわずかな距離の移動も輿に乗って往復した。日の出前や陽が暮れてからしか移動せず、彼女が乗る輿はお付きの人たちに囲まれて、通る道筋には誰も近づけないよう配慮された。

そのあいだも朝廷のまつりごとは停滞しないように、諸王の指導で続けられた。彼らと連絡をとる恵智刀自は、讚良姫の意志として、律令制度について大筋を任せると伝えた。

讚良姫の目となり口となっていた恵智刀自は、自分の身を削って仕えていたが、その限界が来たのである。彼女の引退を拒否するわけにはいかなかった。

王宮から下がった恵智刀自は、わずか数か月のちに他界した。恵智刀自には、くじけそうになったときに助けられた。讚良姫は彼女がいなくなったからといって、周囲に弱みを見せるわけにはいかなかった。

恵智刀自がいなくなってからは、讚良姫の意向を人々に伝える役目は阿閉姫の宮人の県犬養三千代《あがたいぬかいのみちよ》になった。草壁王子の舎人の中臣不比等《なかとみのふひと》も、以前より讚良姫と接する機会が増えた。

年が開けると西暦六八九年となる。葬儀が終了したから、正月の祝賀は旧に服して実施される。そのときに新しい大王が即位するのが望ましいが、草壁王子の病状が良くなる兆しはない。

正月を前に王子の病気回復を祈願する法会を大々的に開くことにした。追いつめられた気持になった讚良姫も、最後の奇跡を期待した。畿内の寺院だけでなく、伊勢の神社をはじめ各地の神社でも同様に快癒のための祈りが捧げられた。しかし奇跡は起きそうになかった。

ついに讚良姫は、正月の祝賀に草壁王子が姿を見せるのはむりであると覚った。仕方なく即位式を先に延ばして、とりあえず正月の祝賀を自らが大王の名代として受けることにした。大王の代わりを讚良姫がつとめるのは奇妙ではないものの、草壁王子が姿を見せなければ病が重いことが知れわたり、後継の大王がどうなるのか関心を呼んでしまう。だが、それを避けるのは不可能だった。草壁王子が病気だという噂が広まり、いささか寂しい祝賀にならざるを得なかった。

七日の節会の日に宴会が開かれ、朝廷の下賜品として豪華に刺繍が施された衣裳が配られた。相変わらず大后の配慮は行き届いていた。

吉野宮における讃良姫の決意

一月十八日に讃良《さらら》姫は、阿閉姫と県犬養三千代をともない吉野宮へ行った。夫の大海人大王が亡くなってからは、吉野宮に行くのが彼女の大きな楽しみになっていた。王宮での気が滅入る日常を忘れて、気分転換を図らずにはいられなかったのである。

草壁王子の病気が回復する見込みが望み薄になったなかで、これからどのようにすべきか考えたくて吉野宮に赴いたのである。

周囲に邪魔されずに尊敬する宝姫を想い、彼女であればどうしただろうかと考えた。夢に宝姫が現れて何か伝えてくれるのではないかという期待があった。吉野宮と宝姫の思い出が彼女のなかで強く結びついていたのだ。

いくつか夢をみたのは確かだった。いろいろな人たちが目の前に現れては消えていった。しかし、宝姫だけは現われなかった。何か肩透かしを食った気分だった。そして、吉野宮で三晩を過ごすうち彼女のなかに変化が起きた。それは県犬養三千代が清流から汲んできた冷たい水を飲んだときだった。

讃良姫は三千代から冷水が入った器を受け取ると、ひと口に飲んだ。冷水が口から喉を通り過ぎていく心地良さを感じたとたん、自分が元気であることに思い至り、年を重ねても元気でいられると実感した。他の人たちは、年をとれば身体が衰えるが、自分にそのような兆候はない。そう意識して、これまで迷っていたのは自分の霊魂が自分のなかにしっかり居座っていなかったからだと気づいた。

周囲から特別な存在であると言われ、自分でも天照大御神の子孫として、雲の上の存在のように振る舞ってきた。しかし、果たして自分はそれに相応しい行動を本当にしてきただろうか。

大海人大王と並んで官人たちの前にいるときには、自分の霊魂は大王の身体と自分の身体を行ったり来たりしていた。大王が隣にいて威儀を正しているから、自分の霊魂は大王と自分のなかに出たり入ったりできた。王宮で威厳を保つには好都合だったものの、隣に大王がいたからこそだった。

大王が亡くなったあと、殯宮で先頭に立って発哭している草壁王子の身体のなかに、自分の霊魂を入れようと試みてばかりいた。しかし、草壁王子には、自分の霊魂をしっかりと受け止められる体力も霊力もなかった。それでも、受け入れて欲しいという思いがあって迷いとなっていたのだ。

そんな弱気でどうするのかと讃良姫は、自分を叱咤激励する気持になった。頼りになるものを求めて霊魂がさまようようでは、この国を自分の思うようにしていくことなどできるはずがない。

神々に祈り、仏に祈願しても、草壁王子の病気は思わしくならない。神や仏にすがっていても奇跡など起こらない。草壁の回復を願うだけで何もしないでいるのは、自分が特別な存在であることを放棄しているのと同じことに思えた。神や仏を頼りにするのではなく、王家に生まれた自分が神のような存在になるしかない。幸いにして、いまは自分の霊魂は身体のなかに揺るぎなくしっかりと留まっている。

天照大御神を先祖に持つ王家の人間であるからには、神に願うのではなく、自分が神と一体であるという態度に徹するべきではないか。神に祈っても叶えられないのは、祈り方が悪いのではなく、祈っても叶えられない場合があるからだ。神が全能ではないと覚悟すれば良い。

こうした思いが啓示のように一瞬のうちに彼女の脳裏を駆け巡った。吉野宮に来た甲斐があったと思い、古い着物を脱ぎ捨てるように、過去の自分に決別する覚悟をしたのである。

讃良姫は、すぐに阿閉姫と三千代を呼んだ。

「これから飛鳥に戻ります。その前に二人に言っておきたいことがあります。わらわは、大王に即位する決意をしました。おそらく来年の正月になるでしょうが、そのことを承知しておいてください。けれど、まだほかの人たちに言ってはなりません」

阿閉姫と三千代は、驚いてお互いに顔を見合わせた。讃良姫は、そんな二人の顔も見ずに立ち上がった。そして、それまでの憂いの漂う表情とは違って優雅に笑みさえ浮かべた。覚悟を決めた人間の強い意思表示だったが、阿閉姫も三千代もそれに気づかなかった。

草壁王子が不比等に託したこと

大王の喪が明けた西暦六八九年二月、中臣不比等は初めて官位を授けられた。讃良姫が吉野宮から帰って来てあまり日は経っていなかった。最初から直広肆という、のちの従五位下に当たる高い官位だった。異例に若い貴族が誕生した。三十二歳の不比等には分を過ぎた官位である。石上麻呂《いそのかみのまろ》や中臣大嶋《なかとみのおおしま》でも、この官位に就いたのは四十歳代の半ばを過ぎてからだった。

同時に、不比等は法官の判官《じょう》という役職に任命された。裁判や犯罪に関わる役所の長官と次官に次ぐ指導的な地位である。讃良姫の差し金による人事だが、自分が生きているうちに不比等を官職につけたいという病床の草壁王子の願いを讃良姫が叶えたのである。

病床の草壁王子も、不比等が無位無官でなくなったことをわがことのように喜んだ。

「ありがとうございます。これで王子の病気が快気されれば言うことなしですが」と不比等は応じた。

「そういうわけにはいかぬであろう。近ごろは身体の節々が痛くなってけだるい感じが以前より強くなった。そう長くは生きられぬかもしれぬ」と草壁王子は、深刻な顔をしないようにしながら言った。しかし最近は鼻血が出ると、それがなかなか止まらないという。

「なんじに頼みがある」と草壁王子は多少迷うようにしながら言った。

「われにできることは何でもいたします」と不比等が応じた。

「幸いにして、わが母上もなんじを気に入っているので安心した。だが、われと母上とは、必ずしも同じ考えではない。母上は強いお方であるが、かたくななところがある。本人はそれに気づいておられないようなので、これから先、危うい場面に出くわすことになるかもしれぬ。自分の思いどおりにならないと気がすまぬ性格なので、周囲が反対しても我を通そうとなさる。だから誰も、母上に逆らえなくなり諫める者がいない。皆が母上に気に入られようとしているから、以前よりもひどくなってきているようだ。

不比等よ、母上のわがままを通すと、この国のためにならない場合もある。そんなときにはうまく母上を諫めてほしいのだ。むずかしいことを頼んでいるのは承知しているが」

草壁王子はしみじみとした口調で語った。

不比等は、どのように返事をすれば良いのか分からなかった。草壁王子の言いたいことは分かるが、簡単にできることではない。しかし、いつもとは異なり、草壁王子が言いたいことを言おうと決心している態度が、不比等にも伝わってきた。

「われがたとえ病にとらわれなくとも、母上が大王になるほうがずっと相応しい。それは確かなことだ。大王は強くあらねばならない存在である。母上から大王になるようにと励まされながら学んできたが、やはりわれは大王になれない身であった。そこで、なんじに頼みたいのは母上のことだけではないのだ」

草壁王子はひと息ついた。話をするのもきつそうだった。王子の言葉を待つより仕方ないが、なかなか口を開かなかった。

以前から草壁王子が、讃良姫の行動についていけなくなっているのを不比等は知っていたが、病に冒されてからはよけいに逆らえなくなっているように見えた。

草壁王子が、大津王子の造反事件に衝撃を受けたときのことを不比等は思い出した。

　大津王子が自害してしばらく後に、草壁王子がそのことに触れたのである。

　不比等自身、大津王子の事件に関与していたが、その実情は草壁王子に話していなかった。大津王子を排除するのはやむを得ないと話したが、王子は不比等の言葉に珍しく反発した。

「いや、そんなことはない。われとは必ずしも気が合う仲ではなかったし、母上が遠ざけたいと思っていたにしても、大津を生かす道はあったはずだ。われは、大王からも、ともに相携えて朝廷のために働くようにと言われていた」と草壁王子は、不比等に訴えるように言った。

「ですが、後継者である王子が大王の霊前で誄を奏せられたときに、許可もなく大津王子が前に出て誄を奏せられた。秩序を乱す行為は赦されることではありません。そうした行為が積み重なれば、やがては大きな謀反につながる可能性がないとも限りません。そこで、石上麻呂どのたちが大津王子を取り調べた結果、疑わしい事実が出てきたので、仕方なく死を賜ることになったのです」

　不比等も、苦しい弁明をせざるを得なかった。草壁王子は、それ以来、このことには触れなかった。

　やがて、呼吸を整えると王子は話し始めた。

「われは、呵瑠《かる》が成人するのを見届けることはできない。どのように育つのか気がかりだ。われのように軟弱な王子にしてはいけない。強くて逞しい若者になるよう育ってほしいと思う。母上が考えているとおりに育てるのではなく、王子としての、あるべき姿はいかなるものか、なんじがよく考えて呵瑠の教育が行き届くように気を配ってほしい。そのうえで、大王に相応しい人物になったとなんじが思えたら大王にしてやってほしい。それがわれの心からの願いだ」

　草壁王子は、上にかけている衣服のなかから手を出した。不比等は、その手を握った。

「分かりました。われにお任せください。これまでも王子に仕えて、自分なりにできることをしてまいりました。王子の舎人ですが、これからは呵瑠王子の舎人でもあると思うことにします。われが呵瑠王子をしっかりと養育できる環境を整えるようにいたします。われにとっては、やりがいのある任務です。呵瑠王子のためになるように考えて実行いたします」

　不比等は、草壁王子を安心させることが第一であると思うとともに、自分の将来のあり方まで考えて応えた。このとき呵瑠王子は七歳だった。

　草壁王子は、決して力強くはなかったが、不比等の手を握り返してうなずいた。その頬には大きな涙がいく粒も流れていた。

次に草壁王子に呼び出されて、不比等が嶋の庄の館に行ったのは半月ほどのちのことだった。王子はすでに起き上がれないほど弱り、危篤に近い状態だった。そのそばに阿閉姫が付き添っていた。

不比等の顔を見た草壁王子は起き上がろうとしたが、頭をわずかに持ち上げるだけだった。阿閉姫は、王子に手を貸したほうが良いのかどうかためらっていた。

「そのままでいてください。何かおっしゃりたいことがあれば、われが近くまでまいります」と不比等は王子に呼びかけ、阿閉姫を見て会釈した。

不比等がその場の雰囲気を異様に感じたのは、王子の病状が思っていた以上に悪化しているように見えたからだ。

王子のそばに不比等が座るのを待ってから、阿閉姫は手を伸ばして脇にあった太刀をとり上げた。

「わが君から、これをあなたに渡すようにと言われております」と阿閉姫はわずかに頬笑みながら言った。目は不比等ではなく草壁王子を見ていた。王子がうなずくのを見てから、顔を不比等に向け、小太刀を差し出した。

「黒作懸佩刀《くろつくりのかきはたのたち》」と呼ばれる名刀で、草壁王子が儀式のときに身に付けていた太刀である。

「あなたにこれを託すようにとのことです」と阿閉姫はくり返した。不比等はその意味を察した。草壁王子はこの前に話した願いを、改めて不比等に託そうとして太刀を手渡したかったのだ。

「ご安心ください。この不比等が命にかけて王子の思いを遂げるようにいたします。王子に仕えたように呵瑠王子にお仕えいたします」と不比等は声を少し大きくして草壁王子に呼びかけた。

草壁王子は大きく目を開けて手を出そうとしたが、もぞもぞした仕草に終わった。草壁王子の霊魂は、その身体から抜け出そうとしていた。

草壁王子の葬儀および挽歌

草壁王子が亡くなったのは西暦六八九年四月、大海人大王の葬儀を終えて半年ほどのちである。享年二十八歳であった。

大王に準じる葬儀になると思われたが、周囲が予想したより簡素におこなわれた。嶋の庄にある館の庭に殯宮《もがりのみや》がつくられ、舎人《とねり》を代表して不比等が誄を奏し、きわめて形式に則った儀式だった。

葬儀を盛り上げたのは、人麻呂《ひとまろ》がつくった挽歌《ばんか》である。

雅楽寮の長となっていた人麻呂は、この際は歌舞を控え、挽歌を吟じるようにしたほうが良いという提案をして受け入れられた。

挽歌は亡くなった人を偲ぶ歌であるが、実際には、生きている人たちに聞いてもらうためにつくる。人麻呂が聞かせたいのは讃良姫や阿閉姫に対してである。歌を詠むことの重要性を認識してほしいと願ったのだ。演舞のように集団で表現する仕事には向いていないと改めて気づいた。それよりも個人で完結する歌のほうが向いていると前より強く思うようになっていた。それが自分を生かす道だった。

草壁王子を偲ぶために、どのような歌にしたら良いのか考えをめぐらせた。

挽歌を詠むことにより歌の大切さを認識してもらい、ふたたび歌に専念するためには、讃良姫に気に入られる歌にしなくてはならない。単に王子を偲ぶだけでなく、大王家が天照大御神の子孫であることを改めて強調する。歌が儀式になくてはならないものであると思わせるようにして、自分の存在価値を高める狙いがあった。

久しく朗々と歌を詠っていなかったので、人麻呂は、推敲した歌を誰もいないところで何度も詠ってみた。そして、リズムが乱れているところを直し、声も良く出るように体調と喉の調子を整えて本番に臨んだ。

この世に天地が初めてつくられたのは遠い昔のこと。天にある川のほとりに八百よろずの神々が集うなかで、その主人である天照《あまて》らす女神が下の世界をのぞき見ると、そこは葦原《あしはら》の瑞穂《みずほ》の国であった。天照らす女神は、この国にご自身の子孫の神を遣わそうとお考えになられた。神の御子が雲をかき分け降り立ったのは、飛ぶ鳥がいると伝えられる清く美しい飛鳥である。王宮がつくられ人々を支配された。

天からの明るい光を受けて大王としてこの国を支配され、光が国のすみずみまで行き届くようになり人々を豊かにした。そして、神と崇められた大王の日嗣《ひつぎ》の王子があとをお継ぎになり、国を支配されると、花は咲き乱れ、月が満ちるように輝くだろうと思われた。この国の人々が大きな船に乗ったように豊かになるのを待っていた。それなのに、どのような神々の思し召しか日嗣の王子は姿を消してしまわれた。もはやわれわれに言葉をかけてくださることはない。一同は途方に暮れ、悲しみにつつまれています。

草壁王子がみまかった悲しみを表現しながらも、大王の血筋が天におわす太陽神である天照大御神から続いていることが強調された。しかも、天照大御神《あまてらすおおみかみ》が女神であると明言して、讃良姫とイメージがかさなるように配慮した。

草壁王子の葬儀の場で披露された歌は、人麻呂の美声により人々の耳に心地良く響いた。讃良姫も阿閉姫も大いに感動し、一度ならず二度三度と詠わされた。

人麻呂は、葬儀のあとで特別にねぎらわれ、たくさんの品々が下賜された。

宮廷の儀式に際して、もっと歌をとりいれるようにしたいという人麻呂の願いは叶えられた。阿閉姫が積極的に同意し、讃良姫も受け入れたのである。

そのことを人麻呂に伝えたのは県犬養三千代《あがたいぬかいのみちよ》だった。阿閉姫や三千代は、歌を詠む機会が増えることを望んでおり、讃良姫も人麻呂という人材を得てから、儀式を盛り上げるのには効果があると確信した。人麻呂はふたたび朝廷における歌人として仕えることになった。

讃良姫と律令制度の実施計画

話は少し前後するが、吉野宮で自ら即位する決意を固めた讃良姫に接した人たちは、正月から半月ほどしかたたないのに、彼女が朝廷のまつりごとに積極的になっているのに驚いた。それまでは律令制度に関して諸王が中心になって進めるようにと言っていたが、大后のほうから、進捗状況について問い合わせてきた。吉野宮で大王になる決意をしたという心境の変化があったことは、むろん知らされていなかった。

美濃王と伊勢王は、讃良姫に呼び出されて王宮に行った。二人は律令制度のなかで、朝廷の組織に関する部分がまとまったので、讃良姫に報告するかどうか迷っていたときだった。あまり関心を示さないだろうと予想されたのに、讃良姫から呼び出されたのである。

王宮に赴いた二人は、どこまでできているのか詳しく説明するように促された。急に関心を示すようになったのはなぜなのか分からなかったが、讃良姫の要請に応えるのが先決だった。

朝廷のまつりごとに関する組織体制のあるべき姿を定めた官位令、公式令、儀礼令、神祇令、戸令など、成文化した「令」の草案と言うべき内容が完成したところだったから、その内容について説明した。

過去に朝廷から出された勅や詔は、令に生かされていて、比較的議論の余地が少ない部分を中心にまとめたものである。

「わが国が律令に基づく国として、必要と思われる法体系の一部がまとまりました。これ以外に、班田収授《はんでんしゆうじゆ》の法を定める取り組みのために調査を実施しておりますので、全体が完成するまでにはまだ時間がかかります。また、わが国の住民たちに対する刑罰についても、どのようにするかこれから議論していきます。いろいろと考慮しなくてはならない部分が多くあり、引き続き進めて、すべてを完成させていこうと考えております」と述べて、伊勢王がとりあえず成文化した巻きものの束を讃良姫に差し出した。官位令や公式令など「令」はひとつひとつ別にまとめられている。

「ご覧になるとお分かりいただけると思いますが、官位令は官位の序列、官位による報酬や権限、昇位に関する決まりが記されております。公式令は大蔵や法官、理官、兵政官など各役所における仕事内容、組織の詳細とそれにともなう役職について記されております。それぞれの仕事内容によって組織が分かれており、畿内や王宮を警備する左右衛士府、大王の身辺警備の左右兵衛府などの組織も含まれております。儀礼令は主として朝廷のさまざまな儀式についての決まりです。即位式、大嘗祭、それに正月の祝賀行事、葬儀などについてです。神祇令は、神社などの祭祀に関する決まりで、統括する神祇官がおかれ、朝廷のもとで伊勢の神社を頂点とする神社とそこに仕える神官について規定しております」

讃良姫が黙って聞いているので、説明が続けられた。

「朝廷における組織も、どの役所がどのような仕事を受け持つのか細かく記しております。大王や王子を直接お世話する組織を宮内省とし、そのなかで、それぞれの役目に応じて仕事内容を決めております。食事や食料の準備は大膳部と大炊部、建物の建設や修理は木工部、薬や病気に対する対策をするところ、酒をつくるところ、仕える人たちの人事担当など、細かく仕事内容によって分かれております。同じように、大王のまつりごとに関する事務を担当する部署を設け、従来からあった大蔵や理官、法官、民官などの組織の充実をはかり、滞りなく機能するように、さまざまな規定を設けました。それぞれの役所の長官が組織を統率し、それを次官が助け、その下の組織も、それぞれに長《おさ》を設けて、日常の活動が円滑にできるよう配慮しております」

ひとつひとつ説明すれば切りがなかった。伊勢王は、讃良姫の関心がどこにあるのか気にしながら説明した。

「これまで大王がお出しになった勅《ちよく》や詔《みことのり》も、このなかに盛り込んであります。八種《やぐさ》の姓《かばね》制度や先の大王によって改められた官位も、そのとおりに規定として記してあります。これらは、状況に応じて改めたほうが良いものがあるかもしれませんから、ご意見をお聞かせください。もちろん、内容を変更することも可能です。のちほどご覧になられて、大后さまのお考えをお聞かせくだされればありがたいと思っております」

讃良姫は、大きくうなずいた。内容を理解し、それを反芻しているような表情だった。

「それで、律令についてすべてができ上がるのはいつになるのですか」と讃良姫が尋ねた。

伊勢王と美濃王は思わずお互いに目を合わせた。

「決めなくてはならないことがたくさんありますから、いつまでと言われましても何と申していいか」と美濃王が応えた。

「少しでも早く実施することにしましょう」と讃良姫は間髪を入れず言った。

「とりあえずは、これをわらわが持ち帰って、詳しく読むことにします。その上で、どのようにするか決めていきましょう」

そう告げた讃良姫に、伊勢王と美濃王は頭を下げた。

以前に接したときと違い、律令制度に関して大后が見せた積極的な関心に二人は戸惑ったが、これからは大后の意向を無視して進めるわけにはいかないと思った。

次いで讃良姫に呼ばれたのが多品治《おおのほんじ》である。実質的に律令制度の実施に中心的に当たっている品治に、進捗状況を説明するよう指示を出した。美濃王や伊勢王から、大后は大海人大王ほど律令制度について関心を持っていないようだと言われていたから、まさか王宮に呼ばれるとは思っていなかった。そのうえ、班田収授に讃良姫が関心を示したのは意外だった。

品治は担当している班田収授の法について、これまでの調査の結果と現在進めている条里制について説明した。

伊勢王や多品治たちは、何度も各地に足を運んで耕作地の状況や集落の状況などを調査した。各地の住民の戸籍をつくり、耕作地の面積を調べ、それにもとづいて口分田《くぶんでん》を支給する計画だった。律令制度の根幹である班田収授は、すべての土地を朝廷が所有して人々に均一に支給する。そこから税を徴収し、国の経済を支える。各地の耕作地の面積を把握し、人口数を調査する作業が進められた。それを集計して支給すべき口分田の広さを決めるのだが、地方ごとに耕作地の面積や人口には違いがあり、耕作地に比して人口が過剰な地域と逆に少ない地域がある。全国的に均一な口分田にするには、何らかの方法で調整しなくてはならない。たとえば人口が過剰な地域から少ない地域に移住させるのもひとつの方法である。

広い耕作地を細分化して口分田を支給するに当たって検討しなくてはならない事項を話し合い、条里制を採用する方針を打ち出した。

耕作地が広くて四角いかたちになっていれば分けやすいが、山や谷、傾斜地、水路の確保など地形の違いを反映して耕作地が複雑に入り組んでいる地域では、同じ面積に分割するのは容易ではない。同じ面積であれば複雑な地形をした耕作地よりも四角いかたちのほうが分割しやすい。

古くは地形を利用して道がつくられたが、土木工事の技術が進んでからは、できるだけ道路はまっすぐに通るようになっている。

耕作地も同様で大規模な灌漑設備を導入して新しく開墾した地域は四角い耕作地になり、いっぽう古くから開拓された地域は、複雑なかたちの耕作地になっているところが多い。そこで、大掛かりな工事が必要になるが、複雑なかたちの耕作地を、新田開発と同じように労力を投入して四角い耕作地につくり変える。これが「条里制」である。

「全国規模で条里制を敷いて、耕作地をつくり直す作業を進めております。それぞれの地域で工事のために人々を動員しますから、かなり時間がかかります。作業をするのは農閑期でないと収穫高に影響してしまうので、これから何年にもわたり作業を続けることになります」と讃良姫に品治は具体的に話した。

讃良姫が熱心に聞いているのが品治にも分かった。

「そうですか。大変でしょうが条里制を採用した判断は間違っていないとわらわも思います。すぐにできないというのも納得できますが、できるだけ急ぐようにしてください」と讃良姫が言った。

言葉は短かったが、品治は大后が律令制度に関してしっかり理解していることを知り、彼女に抱いていた考えを改めなくてはならないと思った。

神祇令を大切にする讃良姫

次に讃良姫に呼ばれ指示を受けたのが中臣大嶋《なかとみのおおしま》である。

律令制度についての知識を獲得した讃良姫は、即位までにしなくてはならないことを決めて実行に移そうとしたのである。

すべての「令」が完成するまで数年程度はかかると思っていたが、実際には十年でも足りないかも知れないと分かった。しかも律令制度を推進している人たちは、決して急ごうとしていないように讃良姫には思えた。

讃良姫は、それまで待つつもりはなかった。できるところから実施したほうが良いと考えたのである。美濃王と伊勢王から渡された巻きものに記された「令」を冷静に読んで出した結論である。

「令」としてまとめられている内容の一部は、かつて出された詔の趣旨を生かしてまとめられている。新しい「令」としてできたといっても、その一部はすでに実施されている。とすれば、でき上がっている部分を先に法律としてまつりごとに反映させても問題はない。大王に即位する際には「儀礼令」に則って挙行するほうが、単に伝統を遵守するより望ましい。それに、各役所の組織は「令」に則れば、これまでのような曖昧さがなくなり、組織的に機能する。

問題なのは「神祇令」である。巻きものに記されている神祇令は、古い唐の「令」を参考にしてまとめたせいか、内容があっさりしていて讃良姫には不満の残る内容だった。わが国の朝廷は伊勢の神社を祀っており、畿内にある神社の宗教儀式を重視しているのに、そうした記述がない。それに、天照大御神《あまてらすおおみかみ》と大王の関係が強調されていない。これでいいはずがない。

神祇令は、朝廷にとってもっとも重要であるから、王家にとって好ましい内容に改めたほうが良い。だからといって、律令を討議している人たちに再考を促しても、自分が考えているような内容になるとは限らない。それより大嶋に相談して手直ししたほうが、はるかに良い内容の「令」になるはずだ。そう考えた讃良姫は、さっそく大嶋にひと働きさせようとしたのである。

讃良姫の求めに応じて大嶋は王宮に駆けつけた。

「なんじは律令には関わっていないが、特別に相談したいと思って呼んだのです。実はわらわは草壁に代わり即位することにしました。ついては、唐の律令制度を参考にして一部が完成したので、その部分だけでも実行したいと考えています。新しい「令」をもとに統治するのですから、神祇令もわが国のあり方に相応しい内容が望ましいのです。巻きものに記されている「令」のままではあまりにも単純に過ぎます。わが国に相応しい神祇令にしなくてはなりません。大王家がこの国にとってどのような存在なのか、また朝廷の神社である伊勢をはじめ各地の神社が、どのように朝廷と関わっているかを踏まえて、きちんとした神祇令に改めてほしいのです」と讃良姫は神祇令が記されている巻きものを大嶋に示した。

「分かりました。讃良姫さまのお考えどおりの内容になるよう努力いたします」と大嶋は決意を述べた。

「律令は国の将来を決める重要な決まりなのに、朝廷の儀式や神社ついて詳しく知らない者たちが書いたようですね。このままでは相応しくありません。あなたを信頼していますよ」と讃良姫は頬笑みながら言った。大后の発言に大嶋は大げさに感動した表情を見せた。

「楽しみにしていますから、できるだけ急いでください」と讃良姫は急かした。律令制度の実施計画がどこまで進んでいるか知らなかった大嶋は、それに関わる機会を与えられたと張り切り、すべてをなげうって専念し、讃良姫の思いを叶える決心をした。

朝廷と神社の関係を明確にする決まりをつくるのに、大嶋ほど相応しい人はいない。大王が神に祈る立場ではなく、神そのものであるように位置づけるのが讃良姫の願いであるのをもっとも良く分かっている。

大王家を天照大御神の子孫であると位置づけた大嶋が、それを敷衍《ふえん》するために歴史書の編纂に関わり、神話の世界と結びつけて完成させた。それを踏まえて、大王家の神社は天照大御神を祀る神社として位置づけ、各地にある神社は改めて朝廷の加護のもとに自然神を祀る社《やしろ》として位置づける「令」にする。

神話の世界の神々を祀る神社が天神《あまつかみ》である。各国にある神社は地祇《くにつかみ》として、頂点に立つ伊勢の神社を各地で支える役目を果たす。

大嶋は、短期間のうちに新しい神祇令をまとめた。讃良姫の意向を汲みながらも中臣氏の権威を高めるよう配慮し、神に関する儀式やまつりごとを統括する神祇官の地位を朝廷のまつりごとを統括する太政官と同格に引き上げた。唐の律令では、宗教関係の「令」はせいぜい各官庁のひとつ程度の扱いになっているが、讃良姫が望むように記述を改めた結果、「神祇令」により宗教行事が大王と強く結びつけられて、朝廷のまつりごととして重要さを増す内容になった。

大嶋がつくった新しい神祇令を見て、讃良姫は自分の考えに合致していることを確認した。期待以上に讃良姫の願いが叶えられていると判断し、そのまま採用されて、大嶋は面目を施したのである。

讃良姫に呼び出されて王宮に行った伊勢王と美濃王は、讃良姫が「神祇令」を書き変えたうえで、できている「令」を即位に合わせて実施するという主張を聞いて仰天した。

「神祇令は、朝廷の重要な部分ですから、わらわがしっかりと考えて新しくしました。ですから、これを加えて、先日説明を受けた「令」と合わせて、わらわが即位するまでに公布するようにしましょう。これに基づいてまつりごとをすると、わらわが宣言しますから」

大嶋によって改められた神祇令が、新しく巻きものとして完成されており、伊勢王と美濃王に示された。

手直しされたのは神祇令のほかに儀礼令の一部で、あとは草案として彼らがまとめた「令」をそのまま発布すると言うのだ。

伊勢王と美濃王は、讃良姫の意向を聞いたうえで、さらに検討を加え完成させ、すべてを同時に発布するつもりで、一部だけ先に「令」として発布する考えはなかった。それにしても、自分たちに何の相談もなく「神祇令」を讃良姫の考えで勝手につくるというのは、伊勢王も美濃王も予想できなかった。しかも決定事項として知らされているのだ。

確かに神祇令の部分は、参考にした中国の律令の資料をもとにしているから、讃良姫が、このままでは不足であると思うのは無理がないかもしれないが、自分たちの行為が否定されているようで得心できなかった。

「律令に関しては、まだ多くの部分が未完成です。それらをどのようにするか見通しを立ててから発布したほうが良いのではないですか」と伊勢王が意見を述べた。

「そうではありません。わらわは大王として即位します。そのときには朝廷のあり方に関する「令」ができているほうが良いのです。新しく公布された「令」に則ってわらわは大王になるのです。そのために神祇令も、これまでとは違う内容にしました。すべてが完成するまで待つ必要などありません」

讃良姫の断固とした言い方に、二人とも反発するわけにはいかず黙ったままだった。

「たくさん写しをつくりなさい。王子たちや朝廷に仕える人たちに配りましょう。それによって朝廷のまつりごとが新しく進められることを皆に知らせるのです」

伊勢王と美濃王は、あまりの急展開に驚くばかりで、素直にうなずくことができなかった。

「ですが、律令に関しては、われらが任されて進めてきましたので、これを持ち帰って皆の意見を聞きたいと思います。申しにくいのですが、もう少し待っていただけないでしょうか」と言うのが伊勢王には精いっぱいの抵抗だった。

「何を言うのです。わらわの言うことを聞けないというのですか」と讃良姫の顔が引きつった。

「いえ、そんなわけでは」と二人とも怯んで口ごもった。

「飛鳥浄御原令《あすかきよみはら》」と名づけられ、最初の「令」として公布されたのはこの直後である。

写しがとられ、それらが王子や王族をはじめ各官庁の長官や次官たちに交付され、内容が説明された。律令による政治は、讃良姫が大王に即位するのにあわせて準備が急がれた。

新しい神祇令により、大王と神との関係に変化がもたらされた。わが国の律令制度の実施が、唐や新羅のそれとは違う、宗教色が強く、太政官と神祇官が格式として同列に並ぶ朝廷の組織になるもとがつくられたのである。

もともと大王は、自然神に祈願する儀式を主催してきた。大王は自然神を畏れ敬っており、天変地異や自然災害が起きたときには、神に祈る儀式を取り仕切る関係から、大王にも責任があると思われていた。しかし、天照大御神が大王の先祖であるとなれば、地上の出来事の責任を負うのは大王ではなく大王に仕える人たちになる。讚良姫の考えている通りの「令」が施行された。

讚良姫の大極殿での即位式

讚良姫が即位したのは西暦六九〇年、大海人大王の喪が明け、草壁王子が夭折した翌年正月である。讚良姫の称制期間は三年で終わった。

先の大王の霊力を引き継ぐ儀式をしなくとも、夫の大海人大王が即位式したときと同様に大王の権威は損なわれない。律令の一部は「飛鳥浄御原令」と呼ばれて即位する直前に発布された。その儀礼令に則った即位式として挙行されたのである。

官位を持つ人たちが王宮の庭に勢揃いすると、大盾を持った石上麻呂、および最上位の神官らしい服装で杓を持った中臣大嶋を従えた讚良姫が大極殿に姿を現した。

大嶋が、天神《あまつかみ》の寿詞《よごと》を読み上げて即位式は始まった。天にいる神の時代からはじまり、天照大御神の孫である神がこの国に舞い降りて支配者となり、その子孫が大王位を継ぐという系譜が語られた。天上にいる神々が新しい大王の即位を祝福するのが「天神寿詞」であり、大王の偉大さと尊さを強調する内容の祝詞が大嶋によって奏された。

続いて、中臣氏と並んで神祇をつかさどる忌部氏の忌部色夫《いんべのしこぶ》が剣と鏡を讚良姫に奉った。

鏡と剣を受け取った讚良姫は、大極殿に設えられた高御座《たかみくら》につき、正式な大王として即位した。大極殿に装飾を凝らした椅子である高御座がおかれていた。大王の権威を象徴する座として、このときから設《しつら》えられた。

大極殿に入ることを赦された王子や王族、貴族たちが一斉に拝礼し柏手を打った。そのほかの官人たちは大極殿の前の広場に整列している。あらかじめ合図の太鼓により、大極殿での進行が知らされた。昇殿している人たちに続いて広場に勢揃いした官人たちも拝礼し柏手を打った。

大王である讚良姫に向かって柏手を打つのだから、彼女を神と崇める行為になる。讃良姫は天の最高神である天照大御神の子孫として即位した。このとき讃良姫は四十八歳になっていた。

新しく誕生した大王はわずかに頬笑み、かすかにうなずいてみせたが、自身では言葉を発しなかった。

翌日には、王宮で真人の姓を持つ多治比嶋《たじひのしま》と朝臣の姓を持つ安倍御主人《あべのみぬし》が即位を祝う言葉を述べた。王子や王族、および朝廷に仕える役人たちが勢揃いして新しい大王に拝礼し、大極殿で大王に拝謁した人々が正月の祝賀を述べた。

大王からの下賜品として彼らに与えられた衣裳は、それまでよりもはるかに豪華なものであり、催された宴も盛大だった。

十七日には大赦が実施された。朝廷の祝や神に祈願するときには罪を犯した人たちを赦すのが習わしである。同時に夫や妻をなくした一人暮らしの老人や重病の人たち、貧しくて生計がたちゆかない人たちに稲が与えられ、調や労役が免除された。

さらに、畿内にいる八十歳を超えた人たちに二十束の稲がくばられ、その後には六十六歳以上の男女五千三十一人に稲の束が配られている。生活の厳しい人たちのことを配慮する姿勢を示したのである。

讃良姫大王による新体制のスタート

讃良姫が即位した年の七月一日、大海人大王の時代から恒例となっていた告朔《ついたちのもうし》の際に新しい人事が発表され、本格的に讃良姫の時代がきたことを示した。

公卿百官には、新しい朝服《みかどころも》を着用して出仕するようにという指示が出されていた。それまでは、王宮に来て仕事を始める前に官位を示す色の着衣に着替えていたのだが、この日は通達に基づいて朝服を着て出仕した。

日の出とともに門が開くと、待ち構えていた官人たちが大極殿前の広場に集まった。官位により決められた位置に並ぶように事前に印が付けられていた。

最前列にいるのは浄広弐以上の王子および浄大参の官位を持つ王族たちで、黒紫の朝服を着用している。続く数列には同じく赤紫の朝服を身にまとった「正」の官位を持つ官人たち、その後方の列に「直」の官位を持つ緋色の朝服をまとった官人たち、その後方に「勤」の官位を持つ深緑の朝服の官人たち、さらに「務」の官位を持つ浅緑の朝服の官人たち、「追」の官位の紺色の朝服の官人たち、最後列に「進」の官位を持つ薄紺色の朝服の官人たちが並んだ。

広場に示された印に従って官人たちが並び、前後左右の間隔が等しくなった。全員が広場に揃い異なる朝服の色彩ごとの固まりが前から順に幾重にも続く。昇ってきた太陽に映えて全体が鮮やかな模様をつくった。

　これを上から見下ろすことができるのは、大極殿にいる讃良姫と王子たちだけである。秩序正しく並んだ色とりどりの衣服が、風で細かく震えているように見えた。

　姿を現した讃良姫大王に官人たちが一斉に拝礼した。色とりどりの模様が波打つように動き、やがて静止した。それでも風に吹かれて官人たちの朝服は小さく揺れ動き続けた。一人ひとり官人たちが並んでいると分かっていても、広場はさまざまな色で埋め尽くされ、色とりどりの花や草で飾られたような華やかさがある。朝服を着用した官人たちが広場に勢揃いするのは、このときが初めてであり、その良き眺めに讃良姫は大王として君臨しているという実感を味わうことができた。

　儀式が始まり、新しい人事が発表された。大王のやや後ろに立って、発表したのは安倍御主人《あべのみぬし》である。

　すでに知らされている少数の人たちは驚かなかったが、初めて発表されて知ったほとんどの人たちは、大海人大王の時代とは異なる人事に小さな声を期せずして上げた。ふたたび大臣制が復活したのだ。

　太政大臣《だいじょうだいじん》は高市《たけち》王子、右大臣は多治比嶋《たじひのしま》、大納言は安倍御主人、納言《なごん》は大伴御行《おおとものみゆき》、石上麻呂《いそのかみのまろ》、三輪高市麻呂《みわのたけちまろ》、神祇官には中臣大嶋《なかとみのおおしま》が任命された。さらに、各役所の長官をはじめ各地の国司も一新されると告げられた。

　ちなみに納言は、かつての大夫に代わる朝廷の群卿を代表する地位として、大海人大王の時代から用いられるようになった名称であり、大納言というのは大夫の筆頭に当たる地位であり、のちの律令制度で実施される際の大納言とは意味するところが異なっている。

　太政大臣は、近江朝における大友王子以来、ふたたび復活した。大幅な人事の刷新が図られ、それまでとは違うまつりごとが始まる印象を与えた。

　太政大臣は大王を補佐する要職であり、次期大王候補の筆頭となる地位と思われた。かつて葛城大王が長男の大友王子を太政大臣にしたときから二十年も経っているが、人々の記憶のなかには、そのときの印象がまだ強く残っていた。それだけに、その復活の意味をどう解釈していいのか戸惑いがあった。高市王子が太政大臣に就任したのは讃良姫が彼を後継者として考えていると推測できるいっぽうで、大友王子の悲劇から太政大臣という役職に対する不吉な影を読み取る人もいた。いずれにしても、高市王子が太政大臣に就任した理由は説明されなかった。

「飛鳥浄御原令」には太政大臣と左右の大臣をおくという規

定があり、それに則って任命されたが、左大臣は空位となっている。讃良姫による新しい統治は、大海人大王時代の政策を引き継ぐにしても、これまでとは違う方向に進む可能性があると思わせた。

即位する決意をしたときから、讃良姫は朝廷のまつりごとをどのようにするか、この発表までの一年ほどのあいだに周囲にいる人たちの意見を聞いて決断した。即位するからには、まつりごとを諸王に任せた体制のままであるのは彼女の誇りが許さなかった。

律令制度の説明を聞きながら諸王と接触してきたが、彼らは大王となった讃良姫に従う姿勢を見せているとはいえ、意見の違いがあれば逆らう可能性があるように思えた。大海人大王時代から朝廷の中枢にいて権限を行使していた美濃王や伊勢王たちは、内心では自分に従おうとしないところがあるように讃良姫には思えた。それを許したのでは大王の権威が失墜してしまうから、その前に彼らには引退してもらうと決めたのである。

それは、出世を願う大嶋や麻呂の意見とも一致していた。二人とも、諸王が朝廷のまつりごとの中心にいるのは好ましい状況とは考えていなかった。

問題は、律令制度や歴史書編纂、さらには新しい王都の造営といった重要政策を推進する体制が、彼らを外しても可能かどうかである。律令制度の実施計画では、実務は粟田真人《あわたのまひと》と多品治《おおのほんじ》が中心になっているから、この二人に引き続いて担当してもらえば大丈夫であり、そのほかの事業も、いざとなれば王子や他の王族を起用すれば済むという見通しをつけた。

とはいうものの、先の内乱で功績を上げた人たちが、依然としてまつりごとの中心にいるという印象を与えたほうが好ましい。大嶋も麻呂も、近江朝側についていたから、自分たちが重用される印象を与え、反発が強まるのを避けたかった。

讃良姫から意見を聞かれた大嶋が応えて言った。

「われわれのように、大海人大王のために戦わなかったものが、朝廷のなかで重要な地位に就くことに、いまでもとやかく言う者がおります。ですから、あの戦いのときに大海人大王に味方した人たちを、逆に高い地位につけるようにしてくだされば、われらが目立たなくなります。神祇官にしていただくのは大変名誉なので懸命に励むつもりですが、こうした点も配慮していただけるとありがたいのですが」と言うのを聞いて、笑いながら讃良姫が言った。

「そんなことを心配していたのですか。もうそんな時代ではなく、誰が適任であるかで決めて良いのではないですか。まあ、そうはいっても簡単にできることではありませんね。誰か推薦する人がいるのですか」

大嶋は多治比嶋と安倍御主人の名を挙げて推薦した。畿内の有力な豪族でありながら、政治的な野心を持たず、高い地位に就いても権限を主張しない人物であり、二人ともかなりな年配といって良いから朝廷の重しになる。そのうえで、大伴御行や三輪高市麻呂たちのように先の内乱で活躍し、その後のまつりごとで実績のある者を高い地位に就ける。そうすれば大嶋や麻呂が高い地位に就いても、それほど目立たないのではないかという思惑があった。

「飛鳥浄御原令」の発布に当たって神祇令を大幅に手直しした実績が買われ、初代の神祇官を務めるよう讃良姫から言われて大嶋は喜んだ。神祇官になれば、これまで以上に大王に接する機会が増えて影響力を及ぼすことが可能になるし、朝廷のまつりごとの中枢で腕を振るってみたいという前から抱いていた夢に一歩近づける。

高市王子が太政大臣になったのは軍事的な行事を大王に代わって担当する意味合いがあった。

讃良姫が大王として君臨するにあたり、朝廷の軍事関係のまつりごとをどのように仕切るかという課題は、大海人大王の時代と違い、女帝が朝廷の主になるからには避けて通れない。

兵士の激励や弓の競技会といった行事、それに軍事パレードには大王が顔を見せてきた伝統がある。最初の女帝だった炊屋《かしきや》姫のときには蘇我馬子《そがのうまこ》が万事取り仕切っていたし、宝姫のときに葛城王子と大海人王子が支える体制をとっていた。そこで、高市王子を太政大臣にして大王の名代は、他の人にはさせないようにすれば良い。そうなれば他の王子たちが目立たなくなる。そのほうが好ましいと彼女が思うのは、大王の後継者問題も微妙に絡んでいたからである。

軍事に関して知識と経験を持つ石上麻呂が、讃良姫が軍事的な儀式にどこまで関わるべきか相談に乗って決めたものである。

阿閉姫も讃良姫も、草壁王子の忘れ形見である呵瑠王子が将来の大王になることを望んでいた。しかし王子はまだ八歳である。大王になるにしても当分先の話になる。

讃良姫から考えを聞かれた阿閉姫は応えた。

「わらわも将来的には呵瑠《かる》王子が大王になれば良いと思っています。大王になっても恥ずかしくないよう教育することが重要ですが、大王になるとしても十年では無理で、二十年でもむずかしいくらいです。となれば母上様には長生きしていただくしかありません」

讃良姫はうなずくわけにはいかなかった。

「わらわとて、それほど長く生きられるかどうか分かりませんよ。場合によっては誰かを後継者として立てたほうが良いかもしれません。となれば、高市王子しかいませんね。ほかの王子にすれば、自分の子供を次の大王にしようと画策するに決まっています。高市王子には、次には呵瑠王子にするようにとわらわから伝えれば従ってくれるでしょう」

讃良姫の新しい人事を決めるに当たっては不比等も相談に乗った。

草壁王子が亡くなってから、舎人であった不比等は微妙な立場におかれた。それまでの慣習からすれば、他の有力な王子に仕えるか、朝廷のなかで然るべき地位に就き、新しい仕事に専念するという例が多かった。そうなれば当然、讃良姫との関係は薄くなる。

ところが、大津王子の事件以来、讃良姫から信頼されている不比等は、草壁王子の葬儀が終わったときに改めて讃良姫から告げられた。

「草壁の分まで、あなたには働いてもらいたいと思っているのですよ」

草壁王子が病気になってから、何かと相談された阿閉姫からも信頼を得ていた。讃良姫と側近たちだけで政権を固めるのは賢明でないと思っていた不比等は、麻呂の意見に同調した。

「いまは大王に逆らう考えの人は見当たらないでしょうが、長い目で見ると、さまざまな思惑が働き、野心を持つ人が出て来ないとも限りません。ですから、讃良姫さまのご意向に誰もが従うような体制にすることが大切です。高市王子が太政大臣になれば、他の王子たちも勝手な動きをしにくくなります」

大海人大王の後継者として讃良姫が人々の支持を得るためには、身内だけを優先していては諸王たちの反発を買うので、結果として讃良姫が孤立する怖れがあると不比等には思えたのだ。

たび重なる讃良姫の吉野宮詣で

朝廷の人事を決めた翌八月、国見の儀式を挙行するために讃良姫は吉野宮に行幸した。阿閉姫や県犬養三千代だけでなく、中臣不比等や柿本人麻呂などをともなった行幸である。

讃良姫は吉野宮に着くなり、すかさず三千代が差し出した吉野川の上流域から汲んできた清流の入った器を受け取り一気に飲み干した。

「なんとおいしい、冷たくて気持の良いこと」と言って頬笑んだ。この一杯の清水を飲むだけでも、吉野宮に来た甲斐があると思った。

続いて阿閉姫をはじめ身内の人たちも飲んだ。柿本人麻呂も飲んだ。讃良姫が聖水であると言うだけのことはある。蘇生するように冷たい水が身体のなかを染み通って心地良かったが、冷水を飲むことが儀式になっているようで滑稽さを覚えた。だが、表情を変えないように気をつけた。

吉野宮の規模は大きくなかったが、大王の滞在に相応しく、小さな王宮がそのまま飛鳥から引っ越してきたように、新しい館がいくつも建てられていた。人麻呂も新しい建物に案内され寛ろいだ。

高いところから平野を眺めて民の安寧を願い、五穀の豊穣を祈る「国見」の儀式は、従来より重要性が薄れてきた。そこで、人麻呂が歌を朗々と詠むことにより新しい装いを凝らした儀式になる。

人麻呂は吉野宮に同行するように言われたときから歌を詠む準備をしてきた。貴族の仲間入りはしたものの、雅楽寮の長を辞してからはときどき歌を詠む以外に、たいして仕事をしていなかった。それなのに、何人もの人たちに仕えられる身分になっている人麻呂は、ここで存在感を示さなくてはという思いにかられた。

かつて「国見」の際に詠まれた歌が、巻きものに残されていた。何代か前の大王が、飛鳥の北にある香具山の頂上に登って「国見」をしたときに、遠くに湖《うみ》まで見えたと詠っていた。遠くまで見晴るかして民が何不自由なく安気に暮らしているのを確認して、大王の治世がうまくいっていることを言祝《ことほ》いでいた。

人麻呂は「国見」に託して大王を讃える歌にするつもりだった。

翌朝、太陽が東の空に昇るのを待って儀式が始まった。大王が王宮の庭から出て、飛鳥のほうを眺めた。付き従っている人たちが跪《ひざまづ》き大王に拝礼する。一人だけ立って胸を張っている讃良姫は、右から左のほうに顔を向けて下界を見下ろす。

祝詞が奏されてから、後方に控えていた人麻呂が進み出た。讃良姫の立つ場所に近づき、下界を見下ろすようにした。ゆったりとした動作で、人麻呂は用意してきた歌を吟じ始めた。

わが大君《おおきみ》は、威厳とやさしさとを合わせ持ち、吉野川に渦巻く渓流の神々しいところにある御殿にお立ちになり「国見」の儀式をなさっております。

見まわすと遠くに峰々が重なりあって青垣のような背景をつくり、山の神々の尊いさまが肌身に感じられます。神々から祝された吉野は春には花が咲き、秋には紅葉が映えて、美しい景色が広がります。山の合い間をぬって流れる川におられる神が用意された美味なる食べものは、上流では篭により、下流では網による漁で穫れたものです。山や川の神々が寄り添い大君の心に叶うように配慮なされておられます。神である大君が、この世におられるのは何と素晴らしいことでしょう。

来る前につくっておいた歌を吉野宮に来てから、一部手直しして、人麻呂は詠み上げた。

夜が明ける前に起きだし、宮から離れたところで大きな声を出し、喉の調子を整えておいた。朝の空気の冷たさが少々気になったものの、声はいつものように良く通っていることを詠いながら確認できた。

儀式の主役である大王の意志や思いを詠う伝統だったが、大王のお気に入りの吉野を礼賛する歌にした。

詠み上げたあと、人麻呂は讃良姫の顔を見て、歌の意味を理解してうっとりとした表情をしているのを確認した。

「もう一度詠んでください」と讃良姫が人麻呂に要求した。そばで阿閉姫もうなずいていた。

人麻呂は、紙に書いた歌に急いで目を走らせた。二度目となるからには、最初とは強調するところを変えて詠み、同じ歌でも違う印象を与えようと思った。

歌の内容はすでに知られている。今度は歌のなかにある景色を表現した部分を強調して、大きく高い声で詠った。声の出し方や間の取り方で違った印象を与えられるところに歌の面白さがある。

誰もが耳を傾けているのが分かり、詠いながら恍惚に近い感情を人麻呂は味わうことができた。

「歌というのもなかなか良いものですね」と国見の儀式が終了して食事になってから讃良姫は阿閉姫に言った。それが三千代に伝わり、次に不比等に伝わり、そして人麻呂に伝わった。

「ありがたいお言葉、痛み入ります」と人麻呂は応じたが、内心では「何をいまさら」という思いもあった。しかし歌を詠むことで讃良姫に重用されているのであるから、その試みが成功したと思えてほっとした。

律令制度の実施計画における新しい展開

伊勢王や美濃王が現役を退くことを知って驚いたのは

多品治《おおのほんじ》である。これからも班田収授の法を成立させるために一緒に推進していくつもりでいたから意外だった。

「大王は、新しい体制で進めていきたいのでしょう。これからはかげで見守ることになるから、われわれの分まで励んでください。律令に関して正念場を迎えるのですから」と声をかけたのは伊勢王である。

「班田収授の法を実施するには、全国で公平に土地を分け与えないと、農民から不満が出るでしょう。どのように配分するか、それにまだ決めなくてはならないことがたくさんあるというのに、相談する相手がいなくなるのは困るのですが」と品治は愚痴っぽく嘆いた。

伊勢王も、引退させられるとは思っていなかったから、言葉の端に悔しさがにじみ出ていた。

「まあ、そう言われても、大王が決めたことですからね。あくせくせずにうまくやってください」と伊勢王は他人事のような言い方をした。

良民一人当たりの口分田の面積を決めるめどがつきつつあり、条里制の採用で六町平方をひとつの基準にして整備するようになり、耕作地を広げる作業の促進を図っている最中である。さあ、これからという思いがあったから、品治もこの人事に納得できなかった。

各地の国司《くにのつかさ》や評督《こおりのかみ》に朝廷の決定事項を通達し、彼らに協力させて具体的な検討に入るところで、伊勢王や美濃王がいなくなって大丈夫かという不安が拭い切れなかった。

讃良姫は即位する前から戸籍を作成する重要性を理解していた。讃良姫が即位する前に各国の国司に「年内に戸籍を完成させるように」という詔《みことのり》を発したのは、伊勢王の要請に応えたものだ。班田収授の法を施行するためばかりではなく、労役に動員するにも必要だった。

近江朝時代にすでに全国規模の戸籍は完成していたから、同じように国・評・五十戸《さと》という地域に基づく戸別の住民を把握していく作業は比較的順調に進められた。

飛鳥浄御原令にある「戸令」に基づくすべての戸ごとの人数と状況を把握する作業が進められた。戸というのは、核家族のような少数ではなく、生活基盤をともにする親族集団のことである。

このときに良民と賤民との区別が明確に定められた。軽《かる》大王の時代に、国博士によって身分が確定していたものの、その後も区別は曖昧なままだった。良民のなかで親や兄弟に売られて奴婢になった場合もあるし、良民と奴婢の結びつきから生まれた子供もいるから、良民であったり奴婢であったりと、必ずしも同じ扱いになってはいない。そこで登録する際は、両親に売られた場合は良民、兄に売られた場合は奴婢、父が良民である場合は奴婢の生んだ子供は良民とすると決められ統一された。

この年のうちに完成を見た戸籍は庚寅年籍《こういんねんじゃく》と呼ばれた。これが全国の戸籍台帳となり、六年ごとに改められることになった。

戸籍ができれば、それぞれ地域ごとの人口比率に応じて評督から動員指令を出せるようになる。

兵士も、民間から動員する数の三分の一とか四分の一というふうに動員した人から選別する。兵士となった人たちは、訓練を受けて警備や警護の任務に就くことになる。

かつては豪族たちの私兵や、地方豪族が百姓たちを動員して兵士としてきたが、朝廷だけが、兵士を集めることができる体制に変化したのである。地方の豪族たちは私兵を持つことが禁じられ、朝廷の支配力が強化された。

戸籍の完成を期して戸籍に載らない浮浪者を取り締まり、定住させるべく指示が出された。住んでいる土地から人々が離れないようにするのも、律令制度には欠かせない条件だったから、以前より取り締まりは強化された。

大王の死をめぐる新羅との微妙な交渉

讃良姫が大王に即位する前に、美濃王と伊勢王が律令制度について説明したとき、真人は筑紫の太宰《おおみこともち》になり、九州に行っていた。そのときは新羅とのあいだで問着が起こり、解決するには真人のように交渉術に長けた人物でなくてはならないと、伊勢王と美濃王が判断したからである。そのため「令」の一部を先に発布すると決めたときに真人は飛鳥にいなかった。

新羅との問題は、大海人大王の死を通知する過程で起きたものだ。

大王の葬儀が始まっているのに、新羅の使節には大王の死は伝えられなかったのが発端である。殯宮での儀式が終わるまでは、大王は公的には死んだことになっていない建前なので正式には発表されない。新羅が大王の死を知らされるのは、大王の喪が明けた西暦六八九年一月に、正使として朝臣の田中法麻呂《たなかののりまろ》が新羅に派遣されたときだった。

ところが、わが国の使節は新羅側の対応が前例に則っていないと判断して、大王の死を伝える国書を手渡すのを拒否したのである。

かつて新羅でわが国の使者からの勅を受けたのは第二位の金春秋だった。とろが、このとき応対したのが第三位の官人だったので、わが国に対する尊敬の念を欠いていると法麻呂が抗議した。わが国は新羅の宗主国であるという誇りを持っていたからだ。新羅では外国の使節との対応は、第三位の官人と決めているからといって譲らなかった。格式張ったことにこだわるのはわが国の外交の基本だったから、法麻呂は国書を渡すことなく帰国した。

新羅は公的には大王の死を知らされていないという立場をとったが、この直後に従来どおり新羅の国情を報告する使節を派遣してきた。王子の金霜林を正使とする配慮をみせ、いつもより多くの貢ぎものを持参してきた。

そこで、新羅の使節に大王の死を知らせるために、元王族の路迹見《みちのとみ》を朝廷の勅使として筑紫に派遣した。

新羅の使節は、大王が亡くなったと告げられると飛鳥に向かって拝礼し発哭した。新羅は大王の死を正式に知ったとして、その後に金道那を正使とする弔使を送ってきた。弔意を表すために阿弥陀像や観世音菩薩像などとともに布や錦などを用意していた。新羅に学ぶために派遣されていた学問僧の明聡《みょうそう》や観智《かんち》らが使節にともなわれて帰国した。

このときに、讃良姫がまつりごとを自ら取り仕切ろうとし始めたのである。新羅との関係が讃良姫に報告され、彼女の判断が仰がれた。

讃良姫は、一連の経緯を知って、新羅の態度に立腹した。新羅の使節が大王の御陵の参拝を希望していると言われても、彼らを招こうとしないばかりか、新羅に問題があると非難し、すでに解決済みと思っていた件が蒸し返された。大王になったばかりの讃良姫は、新羅に舐められてはいけないと強気に出たのである。

新羅とのこじれた関係を解きほぐすために、筑紫に派遣された真人は、新羅の使節を饗応の席上で、わが国にも朝廷の面子があるから、このような公式的な内容になっているが、新羅との友好を損なう意志はないと強調し、これまでと変わらずにわが国と接してくれるよう改めて頼んだ。

そのうえで、学問僧の二人の帰国に尽力してくれたことを感謝するという名目で、恒例となっている土産の品々に加えて朝廷からの棉など、貴重品を加えて贈るよう手配した。新羅の使節が帰国して報告する際に、彼らが面子を失うことがないように配慮したのである。

新羅の使節と直接交渉する機会に、真人はわが国が必要としている情報や資料がほしいと要請した。

律令制度の実施にあたって参考になる資料である。飛鳥にいるときに、欲しい資料を新羅の使節に要請するよう頼んだが、なかなか入手できなかった。そこで、自分から具体的に資料を指定して直接頼み込んだ。

新しい暦をもたらすように頼んだのも真人である。これまで使われている元嘉暦《げんかのこよみ》は宋の時代につくられた暦である。唐では儀鳳暦《ぎほうのこよみ》が使われており、こちらのほうが天体の動きを正確にとらえていたので、採用したほうが良いと考えたのである。讃良姫が即位してから新しい暦が採用された。これにより日食も正確に予測できるようになった。

大嘗祭と伊勢の神社への行幸

神祇官となった中臣大嶋は、神儀に関して讃良姫にさまざまな提案をした。行幸や儀式が好きな讃良姫のために準備が大掛かりになる行事を計画し、朝廷にとっての重要性を強調して自分が取り仕切った。これまで以上に大王に気に入られようと画策し、大嘗祭《おおにえ》と伊勢の神社への行幸も大嶋の立てた計画によって実施された。

大海人大王が即位した最初の年に、豊穣を感謝する秋の宗教儀式として大嘗祭が挙行されており、讃良姫もそれを踏襲するのだが、「神祇令」を作成した際に、大嶋は即位してから最初の感謝祭を「大嘗祭」として、大王が神に即位を報告する特別な儀式としたのである。

ところが、具合が悪いことに、讃良姫が即位した西暦六九〇年は日照りが続いて秋の収穫が豊かではなかった。春から夏にかけて雨に恵まれず、各地で雨乞いの儀式が行われたが、収穫高は平年を下まわる見通しだった。豊穣を感謝して開くはずなのに豊作にならない年に感謝の儀式である大嘗祭を挙行するのは、神に対する皮肉であり好ましくない。

大嶋は、大嘗祭を一年先送りする提案をした。だが、翌年も五月に長雨が続き、水害にも見舞われて豊作になりそうもない気配となった。以前から不作の原因は大王の不徳であると思われていたので、さすがの讃良姫も、この報告に胸を痛めた。

神となっている大王は責任を取る立場ではないと言って、大嶋は讃良姫を安心させた。そして彼の進言により、責任があるのはまつりごとに関係する役人たちであるとして、酒肉を禁じ、心を穏やかにして過ちがあれば悔い改めるようにという詔が出された。さらに畿内の寺の僧侶は五日にわたり経を読んで天候が安定するように祈願せよと指示した。全国規模で大赦も実施された。

夏になって天候が回復し、何とか平年並みの収穫になる見通しがつけられたので、計画どおりに挙行されることになり、大嘗祭のために朝廷に新しい神殿がつくられた。

大嶋が儀式を取り仕切り、祝詞も新しい内容にした。以後大嘗祭は、即位した大王の儀式として受け継がれ、これを無事に済まさなくては、本当に即位したことにならないとまで言われるようになった。

続いて大王が先祖の神に即位を報告する儀式のために伊勢の神社への行幸が計画された。大津王子の造反事件以来、斎王の大伯姫は伊勢の神社を去ったままだった。女帝が斎王《いつきのおおきみ》の役目も果たすことになり、大掛かりな行幸になる。

西暦六九二年の二月、伊勢への行幸の詔が出された。「三月三日の節会に伊勢に行くことにする。そのためにさまざまな準備を始めるように」という内容である。

讃良姫が伊勢まで行くには途中で何泊もするから、大変さは吉野宮に行幸するときの比ではない。一行が通る地域の評の役人たちは食事の世話や宿泊の手配のほかに、讃良姫を楽しませるための演舞を披露しなくてはならない。

行幸にあたり、さまざまな手配をした陰陽博士《おんみようはかせ》の宝蔵《ほうぞう》および道基《どうき》には銀二十両が贈呈された。

ところが、納言の三輪高市麻呂《みわのたけちまろ》が行幸に異を唱えた。

「三月になれば百姓たちは、田植えの準備など農繁期となります。そのようなときに行幸なさるのは、農業の妨げとなり好ましいことではありません」と苦言を呈した。

伊勢までの行幸は、その道路沿いにある地域の農民たちに負担を強いる。動員されれば、農作業を中断して讃良姫が通る道や周辺の清掃整備などの作業に従事しなくてはならなかった。

大海人大王の時代から、大王を諌める言葉を発した者はいない。高市麻呂の苦言は讃良姫の態度を批判的に見ていた人たちにとっては勇気ある行動と思えた。しかしながら、これを認めるようでは大王の権威に関わると、大嶋は高市麻呂を処罰すべきであると主張した。

当の讃良姫は大嶋の言うとおりにするつもりだった。神となった大王は、間違いをおかさないという前提に立っており、讃良姫は予定どおりに準備を進めさせた。

高市麻呂は孤立した状況となったが、出発を前にして、讃良姫に計画を先延ばしするようにと諌める発言をくり返した。しかし、大王の意向を尊重しない発言は赦されないと、高市麻呂を追放処分にするよう大嶋が求めた。その主張を讃良姫が受け入れようとしたが、止めたのが阿閉姫や不比等である。

「高市麻呂も、大王に逆らうつもりでおられるわけではありません。確かに姫さまのなさることに反対しておりますが、民百姓のことも考慮しなくてはならないとおっしゃっているだけです。伊勢に行幸なさるのは大切ですが、高市麻呂さまを追放するのは行き過ぎだと思います。せめて、納言の地位を剥奪なさる程度に留めておかれてはいかがでしょう」

さすがの讃良姫も、阿閉姫の進言を受け入れ、軽い処分に抑えることにした。

広瀬王と当麻智徳《たぎまのちとこ》が讃良姫が不在の期間中留守官に任ぜられ、讃良姫一行が飛鳥を出発した。

讃良姫や阿閉姫は輿に乗って旅をするから、進行速度はゆっくりしたものである。途中、何度も休憩をとるせいで遅れがちになる。その先にある評督の官衙は歓迎の準備をしているので、到着が遅れるのを周囲が気をもんでも讃良姫が「もう少し休みましょう」と言えば、それに従わざるを得ない。

伊勢の神社に着いた讃良姫一行を待っていたのは神祇官である中臣大嶋である。神社のなかに特別に行宮がつくられ、讃良姫の乗った輿が、その入り口まで辿り着くと周囲には白い幕が張られ、外からは讃良姫の姿が見えないように配慮された。

「ただいま、讃良姫大王がご到着なされました」と若い神官が良く通る声を張り上げた。幕が張られているから、その姿が見えないにも関わらず、周囲にいる人たちは讃良姫のいる方向に一斉に拝礼した。讃良姫が館のなかに入り、その姿が消えるのを合図に幕が取り払われるまで拝礼が続けられた。

「やれやれ、やっと着きましたね」と輿から姿を現した讃良姫は言った。

「お疲れでしょう。どうぞ明日の朝までごゆるりとお過ごしください」と讃良姫に応えたのは県犬養三千代である。彼女が、この旅における讃良姫の世話の統括をしていた。

翌日から、讃良姫による伊勢の神社での神事が挙行された。行幸が決まってから、大嶋を中心に式次第が計画されており、それに基づいて儀式が執り行われた。

讃良姫は、神殿に祀られている祖神に対して、自分が大王に就任したことを報告し、治世のあいだに何ごとも起こらずに、次の世代に王位を引き継げるよう祈願した。供えられた御幣は、すべて飛鳥から運ばれてきた。

儀式は、伊勢の神社が大王の祖神を祀る神社であることを天下に示す良い機会だった。

大王の行列が通過する伊勢、伊賀、志摩の国司には、大王一行を疎漏なくもてなした功績により、それまでより一段高い官位が与えられた。さらに、そうした地域の評督たちをはじめ儀式を盛り上げた儀丈兵、護衛の兵士、荷物運びの荷丁《もちよぼろ》、行宮の造営に関わった人たちは、この年の調役を免除された。宿泊や休憩したところで奉仕した人たちの労をねぎらい、一行が通過する地域で、生活に困窮している人たちがいると聞くと、男には稲三束、女には二束配るように大王から指示が出された。

大王が直接関わらないにしても、こうした行為は、それぞれに儀式がともなうから、そのたびに大王の伊勢への行幸の意義が述べられた。一行が飛鳥の王宮に戻ってきたのは三月二十日である。讃良姫は滞りなく伊勢での行事が終了し満足した。

的確な差配をしたとして、三千代は讃良姫から誉められた。恵智刀自が働いた以上に三千代は奮闘し、讃良姫や阿閉姫の側近として宮内庁の女官たちを束ねる存在になっていた。


兵士を励ます機会も設けたほうが良いのではという石上麻呂の進言を受け入れ、讃良姫は高安城《たかやす》にも行幸した。讃良姫がやって来たときに彼女が不快にならないように、麻呂は手はずを整えた。不潔なものや不浄を嫌うので、彼女が目にする可能性があるところはすべてきれいにし、兵士たちがどのように接したら良いか何度も予行演習をくり返した。

讃良姫が高安城に行幸したのは、不比等の助言であることを、のちに麻呂は知った。

本音を言えば彼女は、高安城に行きたくなかったのだが、大王にであるからには一度は行くべきであるという不比等の進言に従ったのだ。朝廷の最高権力者として君臨するためは、文官だけではなく武官も掌握している事実を天下に示さなくてはならないという理由からだった。

不比等の説得により、讃良姫が高安城に向かう決心をしたことを知った麻呂は、大津王子の造反に関して打ち合わせをしたときにも、不比等が若いのに落ち着いて的確に判断しているという印象を持っていたから、いよいよ讃良姫の側近としての不比等をないがしろにできないと思った。

神祇官、中臣大嶋の死

翌年三月に神祇官である中臣大嶋《なかとみのおおしま》が死亡した。五十歳代の半ばだったから、当時の平均寿命以上に生きて活躍したといえるものの、朝廷の要職にある中臣氏の氏上であるから、その影響は小さくなかった。讃良姫にとっても大嶋の死は痛手だった。神祇令を新しくつくるに際して大嶋の貢献は大きかったし、先まわりして讃良姫の意向を汲んでさまざまな提案をしてくれた。もっとも頼りにしていた人物だったから、葬儀に使いを出して朝廷からの弔意を伝えさせた。

飛鳥浄御原令による最初の神祇官である大嶋の後継者を誰にするかは問題だった。中臣氏の有力者たちは、不比等が中臣氏の氏上になるのが良いと思った。大嶋に次ぐ官位を持つ身分であり、讃良姫の側近の一人になっているから、中臣氏一族の地位向上に力を発揮してくれるという期待があった。その場合、神祇官も不比等が兼ねるのが望ましいのは中臣氏の本来の任務に関係するからだ。ところが、不比等も讃良姫も、それを望んでいなかった。

大嶋の後継者になるためには、祝詞を巧みに奏して、全国的な組織になっている神社の神官たちの元締としてまとめていける能力を持たなくては務まらない。そうした務めができないからという理由で不比等は辞退した。これにより、不比等は事実上、中臣一族から独立したといえる状況になった。

大嶋には息子がいたが、大人になる前にこの世を去っている。そこで話し合いの結果、指名されたのが中臣意美麻呂《なかとみのおみまろ》である。鎌足の従兄弟に当たる国足《くにたり》の息子であり、一族のなかでは、若いときから能力を発揮して将来を嘱望されていた。ただちに神祇官に就かせるわけにはいないが、その代理となる任務が与えられた。

不比等にも依存はなかった。中臣氏の氏上になった意美麻呂は、勤広大肆（のちの従六位下）から七階級も上となる直広肆（従五位下）の貴族に列せられる官位が授けられた。

大嶋を失ったことは石上麻呂《いそのかみのまろ》にとっても衝撃だった。自分のほうが二歳ほど年上であるが、お互いに励ましあって大王に仕え、さらなる出世をめざそうとしていた仲である。

野心家である大嶋は、将来は大臣になるつもりでいたが、死んでしまえばおしまいである。麻呂は、このときに人生という勝負で他の人に負けない方法のひとつは、長生きすることであると強く思った。いくら前途が嘱望されていても草壁王子や大嶋のように命を長らえることができなければ栄光を手にすることができない。大臣となった多治比嶋にしても、大納言になった安倍御主人にしても長く生きたからこそ、その地位が転がり込んできた。出世の階段を上がるためには長生きすることが欠かせないと、麻呂は自分に言い聞かせた。

麻呂はいたずらにわが身をいじめたり、きちんと食事をとらないような生活が命を縮めると思い、節制するとともに、身体を鍛えるなど日頃から気を配った。

大嶋がいなくなったあとで、大王に気に入られるようにするにはどうしたら良いかは麻呂の最大の関心事だった。大嶋と同じようにはできないにしても、自分の得意な分野で役に立つところを見せるようにしなくてはならない。

露骨に諂《へつら》う態度であると周囲の人たちに思われることなく、讃良姫の役に立つには讃良姫の弱点となっている軍事的な活動や武張った儀式の分野で大王の手助けをすることだ。大王の代わりをする太政大臣の高市王子が、讃良姫がいないところで、どのような行動をとるかを気にかけることにした。その地位を利用して高市王子が大王に取って代わるような態度をとることはないか、讃良姫が心配していないはずはない。その心配が現実のものにならないように配慮するのは、讃良姫のためにもっとも望ましいことではないだろうか。

大海人大王の時代から受け継いできた朝廷の儀式は決められた日に開催される。相撲や弓矢の競技、騎馬による行列などの場合は、高市王子が大王の代わりをつとめた。武張った儀式は、臨席する大王に服属する態度を示すことが強調される場であるから、同様に高市王子が大王の代わりを果たすとなれば、王子への忠誠度が高まる可能性があるだろう。ある程度は良いとしても、高市王子を尊敬して従う人たちが増えてくれば、大王を脅かす可能性もなきにしもあらずだ。麻呂は、自分の役目にかこつけて高市王子と行動をともにする機会を増やした。そして大王に会う機会に高市王子の行動を報告するようにしたのである。

第二十五章　新益京への遷都

律令制度、歴史書編纂、新王宮の造営という大海人大王の時代に構想した施策は、讃良《さらら》姫の時代に引き継がれた。なかでも讃良姫が急がせたのが飛鳥の北に進めている新益京《あらましのみやこ》の建設である。これだけはその気になって進めれば時間を短縮するのは可能だった。

早く新しい王宮に移りたいと思っていた讃良姫は、完成を待たずに飛鳥の王宮を引き払って移り住んだ。西暦六九四年十二月、即位の五年近く後、大海人大王が亡くなって八年後である。

飛鳥京にあるさまざまな施設は引き続き使用されるが、新益京には王族や役人すべてが移る計画である。これまでの遷都とは規模が違っていた。

新益京の敷地に土地と館を与えられ、朝廷に仕えるすべての人たちがまとまって住む王都となる。土地と館は官位に基づいて支給され、身分の高い人たちが王宮を囲み、中国の王都に倣《なら》って大王を頂点とするヒエラルキーが形成される都市が誕生する。

かつては新しい大王が即位するたびに王宮が新しく建てられた。代替わりするにつれて王宮は立派になり官人たちの数も増えたが、いまや王宮は恒久的な施設として文字どおり国の中心的存在になろうとしていた。王宮のある一大都市の建設は、近江に遷都した葛城大王が計画し、大海人大王が実現を期し、讃良姫大王の時代になってようやく姿を現わそうとしていた。しかし実際に完成するのはまだ先の話となる。

人々はさまざまに噂しあい、格好の話題となっていた。

「道路がまだ完成していないところもあるというのに、大王さまは移ってこられたのですね」

「よほどこちらが気に入っておられるのでしょう。皆をせき立てるように急いでおられたということですよ」

「大極殿《だいごくでん》もこちらに移すということですが、その工事もまだ始まっていないではありませんか」

「境の垣根も工事が途中だし、完成がいつになるのか誰も分からないのではないでしょうかね」

王宮の建物とそれに付随する施設は完成したが、道路工事を含め王宮から離れた地域の工事は、まだ手が付けられていないところさえあった。

讃良姫のように早く新益京に移りたいと願う人たちばかりではない。それぞれの事情や思惑を抱えており、すべての人々が讃良姫と一緒に引っ越してきたわけではない。朝廷の中枢にいる人たちのなかにも従わない人たちがいて、讃良姫の怒りは彼らに向けられた。

もっとも地位の高い安倍御主人《あべのみぬし》と大伴御行《おおとものみゆき》も移っていない。大王は二人を内裏に呼び出し、新益京にできた新しい館に引っ越すよう促した。

「太政大臣の高市王子《たけち》や不比等などは、わらわと一緒にこちらに移ってきたというのに、あなた方はまだなのですか。一緒に移ってくるように言っておいたではありませんか」と讃良姫は詰問口調で言った。

「申し訳ありません。そうしたかったのですが、われらは飛鳥のはずれにある今の館から王宮に通って来られますが、もっと遠くに館がある人たちを優先したほうが良いと思ったのです。どうかご理解ください。こちらに建つわれの館にはまだ井戸がありません。造宮司からは先にわれの井戸を掘ると言われたのですが、井戸を掘る人数が限られていて計画より遅れていますので、われの住まいは後まわしにして他の人たちの井戸を優先するように指示しました。館は完成しましたが、井戸はまだ使うことができませんから移ってくるのを延ばしているのです」と御主人《みぬし》は申し訳なさそうに頭を下げた。

御主人《みぬし》の話が終わると、讃良姫は御行のほうに向き直って訊いた。

「あなたも、同じですか」

「はい。御主人《みぬし》どのと相談して、そのようにいたしまして、大王さまのご意向も訊かずに勝手なことをして申し訳ありません」と御行もていねいに頭を下げた。

飛鳥では湧き水や川の水を飲料水にできるが、新益京では、各戸が井戸の水を確保しなくてはならない。御主人や御行にしてみれば、それほど急いで新益京に引っ越す必要を感じていなかったのだ。

高市王子の新益京の館

高市王子《たけち》は太政大臣という朝廷の最高位にあり、新益京では王宮の東側にある香具山の麓に広大な敷地を与えられた。そこに豪華な館がつくられた。食封は三千戸と特別に多く与えられ、新益京に移る前年に浄広壱という官位を授けられた。これは草壁王子と同じ官位で王族のなかでの最高位である。

新益京の造営司には衣縫王《きぬぬい》が任命され、讃良姫の指示で完成を急がせた。高市王子も工事の進捗状況を視察し、できるだけ作業が早く進むように激励し督促した。それも自分に託された任務のうちと心得ていた。

讃良姫が即位した年の十二月には、工事現場に足を運んだ讃良姫の案内役を高市王子が買って出た。このとき王宮の場所が正式に決まった。王宮は、南北に走る中ツ道と下ツ道のあいだで、東西は横大路の南側の約一キロ平方の正方形となる敷地である。内裏や大極殿、それにさまざまな施設がつくられる。

高市王子は現場で讃良姫に説明した。

「ここが内裏《だいり》になります。その手前が大極殿となり、その手前には朝堂院がつくられます。内裏のそばには阿閉姫《あへい》さまの館がつくられます。それがあそこになります」

「実際に見てみると広いものですね。確かにこれだけの土地を造成するのは大変でしょう」

讃良姫は、少しでも早く新益京に移りたかったが、飛鳥よりも地盤の弱い地域があり、整地するのに予定よりも時間がかかっていた。

地鎮祭は翌年の十月に挙行され、王宮の敷地の造成と王宮の建設が優先された。

内裏は礎石の上に柱を立てる寺院と同じ工法で建てられる。従来の掘立て柱式による工法では、主柱の腐食が懸念されるから恒久的に使用するわけにはいかない。礎石を使用する方法をとれば建て替えなくて済む。そのうえ屋根は板葺きではなく瓦葺きにする。王宮の周囲を囲む回廊には、東西南北に十二の門が設けられる。回廊の屋根には瓦が敷き詰められ、門は装飾を施した建築物になる。

新益京の広さは一辺が五・三キロほどの正方形に近いかたちである。ただし四隅が傾斜地になっているから敷地にできない場所もある。そのなかを南東側から北西にかけて飛鳥川が斜めに突っ切るように流れている。地形的には南東側がやや高く北西側が低くなっているが、なるべく全体をフラットにするために、高い部分の土地を削り取って低い部分を埋め立てる。

全体を十等分して東西を十坊とし、南北を同じく十条とする。

王宮はその中央に位置する。王宮の敷地の中心軸は中ツ道と下ツ道の中間になり、王宮を囲む回廊の南には正門となる朱雀門《すざく》がつくられ、ここから朱雀大路が伸びている。

「天子は南面す」という古くからの中国の思想に基づいて王宮がつくられる伝統を踏襲している。

王宮の南にある中央の門から南に走る道路が朱雀大路で

ある。王宮に続く幹線道路である朱雀大路が新益京を東西に分け、王都は左右対称になる。

東西に走る大路は、二坊ごとに朱雀大路と同じ幅の道路となり、南北に走る大路も二条ごとに大路が通される。そのあいだにも道路が東西南北に張り巡らされる。東西は王宮の北面を走るもとからの幹線道路である横大路を基準にしており、南北は王宮の中心軸となる朱雀大路を基準にしている。

碁盤の目状に走る大路は、朱雀大路も含めてすべて十六メートル幅の道路になる。大路のあいだには東西南北に九メートル幅の道路が通され、さらに細分化する必要のある地域では、七メートル幅の道路がつくられる。

条坊制に基づいた道路をつくる工事が始まる前から計画された道路予定地は変更され、その部分は埋め戻されて改めて道路がつくり直された。

地鎮祭がおこなわれた翌年一月に、新益京の造営司は広瀬王に交代した。工事がはかばかしく進まないという理由で讃良姫が更迭した。大蔵次官である大伴安麻呂《おおとものやすまろ》、それに従う役人に加えて陰陽師や工匠《たくみ》の一団が詳細に現地を見てまわり、内裏の建設を優先して工事が進められた。

建物の造営が始まるのに先立ち、新益京における官人たちに与える敷地の広さが決められて勅として発せられた。大臣には四町、直広貳（従四位下相当）以上の役人は二町、それ以下の直広肆（従五位下相当）までの役人は一町と決められ、そのほかの官人は家族数によって一町から四分の一町までの宅地が与えられ、それぞれの住まいの建築が進められた。

王宮の建物をはじめ多数の館を建設するための資材を確保し、運搬するのも並大抵の作業ではない。近隣にある木材や石材は、すでにあらかた使い切っているので、必要とされる材料は近江地方から運んで来なくてはならない。

内裏をはじめ王宮を取り巻く東西南北に設けられる門、王宮の周囲を取り囲む回廊も瓦葺きの屋根になるから、使用する瓦の数も多くなる。

近距離で瓦の製造をするのはむずかしい。瓦を多量に供給するには、膨大な粘土と大量の炭が必要であり、木材と粘土の供給が容易な地域に瓦の製造工場をつくって運ぶようにしなくてはならない。

田上山で伐採された木材は、琵琶湖を水源とする瀬田川を下って宇治にいたる。そこから巨椋池《おぐらいけ》を経由して木津川を泉津までさかのぼったところで船から上げられる。そこから平城山《ならやま》を越えて陸路で運ばれ、その先は飛鳥の周辺にある川の水をとって運河がつくられて新益京の近くまで運ばれる。

高市王子は、広瀬王が采配を振るいやすくなるよう気を配った。地方から作業する人たちを動員する詔を出すよう大王に進言し、労役に従事する人たちの待遇に配慮する指示を出し、完成を急がせた。そして讃良姫が移るのに合わせ率先して新しい館に入った。

息子の長屋王も十歳になった。高市王子はわが国の最高の教育を息子が受けられるよう配慮した。読み書きは当然、東アジアの国々の歴史にも通じる幅広い知識人にしたかった。母は阿閉姫の妹の御名部《みなべ》姫であり、長屋王は将来は朝廷の中枢で活躍することになるから、教養を身につけるのが第一と考えた。自分にはそれが欠けていると自覚する高市王子は息子の教育に熱心だった。

新益京に移る不比等と三千代

讃良姫とともに新益京に移ってきた中臣不比等《なかとみのふひと》に新しい館と広い土地が与えられた。新益京に移る直前に、官位が直大参から直広貳（のちの従四位下）に昇位した。これにより、大臣に次ぐ広さがある二町の敷地が与えられた。

不比等の館は王宮のすぐ東側に位置し、母屋以外にも不比等に仕える人たちの住まいがあり、倉庫もある。庭には池があった。三十七歳になり、一人前の男として見られる年齢に達している。

不比等が讃良姫の確かな信頼を得られたのは、彼女の誰かを頼りにしたいという気持にさりげなく応えたからである。人一倍自尊心が強い讃良姫は、誰かが自分の意に添う提案をした場合でも、自分が思いついたような気分を味わいたかった。不比等と県犬養三千代《あがたいぬかいのみちよ》は、そのあたりの呼吸をよく分かっていたのである。

讃良姫はものごとの処理能力だけでなく、文化的な才能や教養を持っている人を好んだ。不比等は讃良姫の歓心を買うよう漢詩をつくった。歌を詠む才能で人麻呂にかなうはずがないが、漢詩となれば自信があった。

近江朝のころから盛んになった漢詩づくりは、知的な営みとして重んじられた。風景や心情をうまく表現するには、漢字の知識だけでなく漢字の使い方や選び方が的確で、中国の故事来歴などを巧みに盛り込める教養を身につけていなくてはできない。

不比等が最初に漢詩を披露したのは、讃良姫が即位した新年の祝の席である。機嫌のよい讃良姫の求めに応じたものだった。話が漢詩に及んだときに阿閉姫が、不比等にその心得があると讃良姫に告げたのがきっかけだった。

「天が喜び、地が爽やかなのは、神である朝廷の主のまつりごとが良く考えられ行き届いているからのこと。新しい年を迎え、民への慈愛をもとに、天の神の心にかなう態度でわが君が政務をとられる。やがて暖かい春がおとずれ、なおいっそう幸運に恵まれていくことであろう」という趣旨の詩である。

韻《いん》を踏んで綴られ、美辞麗句を用いて讃良姫を讃える内容だった。漢詩のもつ独特の力強さが感じられ、人麻呂の歌とは異なり高踏的な雰囲気を醸し出していた。

不比等は、讃良姫の吉野宮への行幸のお供をしたときにも漢詩を詠んだ。

子弟の教育にも不比等は熱心だった。新益京に移ったときに長男の武智麻呂《むちまろ》が十四歳、次男の房前《ふさざき》は十三歳だった。百済からの亡命貴族を家庭教師にして漢詩を学ばせ、漢文の達人である唐出身の続守言《ぞくしゅげん》や薩弘格《さつこうかく》を呼んで講義を受けさせた。それまでも貴族たちは子弟の教育に力を入れてきたが、新益京に移ってきてからは一段と加速した。

新益京では誰がどこに住んでいるのか、またその人の身分についてわざわざ調べなくても分かる。王宮の周囲は身分の高い人たちの館が並んでいたから、どのような知識を持っている人が、誰の屋敷に出入りするかまで人々の口に上るようになった。朝廷に仕える主だった人たちは、各人の動静をその気になれば把握できるから、お互いに意識するようになり、官人の関係や生活に変化が見られた。

県犬養三千代《あがたいぬかいのみちよ》の境遇にも変化が起きていた。

新益京に讃良姫が移る三か月前、夫の三野王が河内王に代わって筑紫にある那の津の長官に任命された。筑紫は外交の玄関口として重要度が高く、長官になるに相応しい人材と評価されたのである。

九州の南部地域の隼人《はやと》を、朝廷に恭順させることは重要になっていた。狩猟生活をしている隼人は、以前から朝廷に従っていたものの、朝廷が支配力を強めようとするあまり彼らの生活に干渉するようになってくると逆らうようになってきた。朝廷は彼らに仏法の信仰を強要し、神社をつくり、朝廷の行事や風習を他の地方と同じにするように要求し始めた。律令制度の実施計画を推進するうえで、生活習慣がまったく異なる隼人に、さらなる恭順を迫った。それが反発を強める要因になっていた。

粟田真人《あわたのまひと》の後に長官となった河内王は、筑紫の南にある火の国(肥前や肥後)から、さらに南の大隅《おおすみ》や阿多《あた》で水田を新しく開拓させた。律令制度に基づく班田収授の法を適用する考えで、彼らの住んでいる土地を朝廷の所有にする方針を打ち出したから、さらに反発を強めた。

そのような事態を解決するために、三野王が新しい長官として任命された。彼の父である栗隈王も、かつては筑紫の長官として活躍していた。

三千代は筑紫に行くのを拒んだ。飛鳥を離れたくなかったからだが、彼女が仕えている阿閉姫も三千代を手放すなど思いもよらなかった。讃良姫も、恵智刀自がいなくなってからは、三千代の宮人たちの統率能力の高さを評価して頼りにするようになった。

三野王は三千代に筑紫へ一緒に行くよう説得したが、三千代は最後まで首を縦に振らなかった。新益京に移る直前であり、讃良姫や阿閉姫とともにいたかった。しかも、移る直前に宮人として初めて直広肆という貴族に列せられる官位が与えられている。彼女もやはり広い敷地に、貴族の当主に相応しい立派な館が与えられた。

新益京に引っ越すとなれば、三千代は多くの女人たちに指示を出して準備を取り仕切る立場だったから忙しくなる。そのため、三野王と会うために時間をとられることさえ三千代にとっては惜しいと思えた。

三野王は一人で筑紫に赴任した。筑紫に行けば、好きなように女人を手に入れることができる立場なのがせめてもの慰めだった。もっとも、筑紫に着いてからは飛鳥を思い返す余裕などない忙しい日々が待っていた。

呵瑠王子の狩りと人麻呂の歌

柿本人麻呂《かきのもとのひとまろ》は、讃良姫が新益京に移った後も、しばらく飛鳥の館に住んでいたが、讃良姫からの要請に応じて新益京に移った。貴族になっていたから広い敷地が与えられ、新しい館が建てられた。歌を巧みに詠むのも教養がなくてはできないという考えが広まって、人麻呂は忙しくなった。

朝廷歌人となった人麻呂は、それまで歌と無縁だった儀式にも歌を詠んで名を上げた。讃良姫の心をとらえて以来、詠まれた歌は手本となり、どのように歌を詠むか注目され、彼は歌詠みの権威とみられた。

讃良姫以上に歌に関心を持つ阿閉姫は、十一歳になったわが子の呵瑠《かる》王子が宇陀《うだ》の安騎野《あきるの》に狩りにいくときも人麻呂を同行させた。狩りの前後に人麻呂に歌を詠ませれば、朝廷の行事として特別なものとなる。狩りという野外の場で歌をどのように詠うのか、そうした雰囲気を呵瑠王子に味わわせたいと思ったのである。

軍事演習の意味がある狩りは、高市《たけち》王子が主導して実施された。

呵瑠王子にとって初めての狩猟である。父親の草壁王子に似て、小さいころからよく熱を出した呵瑠王子は、このころになると並の背丈になり、ひ弱な感じはほとんどなくなっている。

　朝廷の伝統儀式である狩猟には、呵瑠王子の父である草壁王子も同じ年頃に参加していた。大人の入口に立つ大切な儀式である。讃良姫とともに草壁王子が桑名から飛鳥に戻ってきて、最初の冬至の日に実施された。そのときの狩りは、草壁王子にとって忘れられない思い出だった。その感動と興奮を草壁王子が話すのを聞いた讃良姫は、同じような感動と興奮を呵瑠王子にも味わわせたかった。

　前日に猟場の近くにある館に宿泊した一行は、夜が明ける前から起き出して準備を始めた。人麻呂は鎧を着て、手には弓と矢をもって外に出て明るくなるのを待った。

　やがて太陽が顔を出したが、風はまだ寒く感じられた。明るくなるにしたがい暖かさが増してきた。背の高い草が風に揺られ、暖気が揺らぎながら立ちのぼり、はるか向こうで風に揺れている高い草が見える。

　人麻呂は、ふと後方を振り返った。薄ぼんやりとして透き通っているように白い月が西の空に浮かんでいる。明るくなってきたのに、月がかすんでいるのが印象的だった。人麻呂は、東と西の空を交互にゆっくりと見やった。悠久ともいえる大地の営みが、人間の思惑とは関係なく続いていることが意識された。

　木々が生い茂る山裾の原に立ち、呵瑠王子はふだんとは違う環境にいて高揚感を抱いているように見えた。周囲の期待に応えて、鹿を自分の手で射止めたいと張り切りながらも、うまくできるのかという不安が入り交じった複雑な表情をしていた。王子はこの日のために矢を射る練習をしてきた。

　中臣意美麻呂《なかとみのおみまろ》が山の神に祈りを捧げたあとに、狩りを前にして人麻呂は歌を披露した。主役である呵瑠王子の狩猟を強調する歌は、あらかじめつくっておいた。その歌を朗々と詠みあげた。


　　われらが大君のあとをお継ぎになる高照らす日の御子は、神であるかのように神々しい振る舞いを見せようと、高貴な方々の住まわれる京《みやこ》を後に樹々の繁る初瀬の山の険しい山道を、行く手を阻もうとしている木立をかき分け、坂を一気に飛び超える鳥のようにやってきました。夕べになると雪が降るかもしれない安駄の荒々しい野の風になびくすすきや篠竹をかき分け、草枕となる旅の宿りといたしました。

　　この地は、王子の父上が狩猟にいらした思い出の地であり、そのことを思って眠れない夜をお過ごしになられ、狩猟が始まるのを待たれて、ようやく実現の運びとなったのは何とも畏れ多くもありがたいことです。

歌が終わると、高市王子が指示して舎人たちが原に火を放った。獲物たちを森のなかに追い込むためである。伸びていた枯草が炎に包まれて燃え広がった。

高市王子は呵瑠王子をもり立てるよう配慮した。常に自分のそばにおいて、いつ、どのような態度を取れば良いか、また矢を射る時期について呵瑠王子に助言した。

王子は山に連なる森のほうへ移動した。舎人たちが鹿を追いつめ、王子が鹿に矢を放つ機会をつくろうとした。その機会はなんども訪れた。初めのうちは、鹿に当たるどころか矢はとんでもない方角に飛んだりしていたが、何度も射るうちに鹿をかすめるようになり、やがて王子の矢が鹿を射抜いた。周囲からどっと歓声が上がった。

「さすがは呵瑠王子、みごとです。素晴らしい成果をお上げになりました」と褒めそやす声があちこちから上がった。

王宮に戻り、このときの様子が報告された。

望んだような経過を辿ったので、讃良姫や阿閉姫は満足げであった。

人麻呂は狩猟に行く朝、原に放たれた火の印象が強烈で、振り返ると月がある光景を歌にした。それが「東《ひむがし》の野らにけぶりの立つ見えてかへり見すれば月かたぶきぬ」という反歌になり、先に詠んだ歌に加え紙に記して讃良姫に献上した。

「素晴らしい歌です」と激賞したのは三千代だった。

「国見」のときの歌や狩猟に際して人麻呂が詠んだ歌は、その後、機会があるたびに何度も披露された。同じ歌を何度も披露するのは面映い感じだったが、それも人麻呂の役目である。

言葉だけによる表現をくり返すと、くどい感じを与えてしまうが、歌の場合は何度詠っても、そのたびに感じ方が新鮮で、くり返しても人々の耳に抵抗なく響く。ただし、リズムや抑揚など、心地良く聞こえるよう詠い方や表現に巧みさが求められる。身につけた感性、それに訓練が要求される。

漢詩がもてはやされるようになったため、古くからある歌の表現にも影響が出てきた。朝廷の文書や権威を高める表現をする場合、格調が高く感じられる漢文が相応しいと思われた。そのいっぽうで私的な内容を伝達するときには柔らかい言いまわしの和文のほうが良い。

表現の仕方は状況に応じて多様になっている。文書による意味を相手に伝えるだけで精いっぱいだった時代から一歩進み、言葉の巧みさを表現する能力が求められる時代になっていた。そのためには教養がなければならない。言葉による表現がさまざまに工夫され、歌はそういう意味でも注目されるようになった。

歌を広める柿本人麻呂

朝廷の儀式に歌が詠まれることが多くなったのが原因で地方と中央の結びつきが深くなった。そのため、人麻呂はあちこちに出かけるようになり新益京の館を留守にしがちだった。朝廷から派遣される国司たちが歌に関心を示し、地方でも歌を詠む習慣が上級役人のあいだに広がった。

彼らにとって朝廷歌人は、あたかも雲の上の人であるかのように思われた。

歌を詠むのが好きな大伴安麻呂の願いを叶えるために、人麻呂は招かれて伊勢にある国司の官衙《かんが》に行った。それがきっかけで、人麻呂は地方から招かれるようになったのである。

讃良姫のご贔屓である柿本人麻呂に、大伴一族と親しい伊勢の国司が指導を仰ぎたいと言っていた。その願いを安麻呂が人麻呂に伝えて実現した。

草壁王子の葬儀のとき、人麻呂の詠んだ挽歌が、宮中で評判になっていたからである。讃良姫がくり返し詠い上げるように要求したせいもあり、人麻呂の歌は地方でも話題になっていた。歌を理解できない人たちは、人麻呂が讃良姫にへつらって出世していると、かげで悪口を言った。だが、教養のある人たちは人麻呂の歌の面白さが分かるから敬意を払っていた。

飛鳥浄御原令《あすかきよみはらりょう》が施行されてからは、朝廷と地方の関係が変化してきている。儀式に際しても「儀礼令」に則るように指示され、地方も朝廷における儀式に倣うようになった。国司の官衙は地方の王宮のように扱われた。朝廷の権威が地方に浸透するように考慮され、儀式の荘厳さや権威付けが進んだ。

新益京に遷る前の、西暦六九四年三月に評督《こおりのかみ》や助評《こおりのすけ》に任命された者が無冠である場合は、官位を授けよという詔が発せられた。長官である評督は、大領《みやつこ》、次官は小領《すけのみやつこ》と呼ばれるようになり、地方の役人も、税の徴集や賦役の動員など、朝廷の地方組織として役目を果たすように、指導的な役人の身分を細かく設定した。朝廷の要望に応える組織体制に改められたのである。地方豪族の出身の評督や助評が依然として多かったものの、授けられた官位に応じて報酬として土地が与えられるようになり、朝廷との結びつきを意識せざるを得なくなった。

地方における正月の祝賀式は、国司のいる官衙が中央の朝廷に見立てられて、評督をはじめ地方役人が祝賀に訪れる。国司は、彼らから祝賀を受け拝礼される。朝廷におきかえると大王の役目を国司が演じ、評督らは国司に服従するというかたちの儀式になる。

朝廷の流行を取り入れ、歌を詠むことに関心を持つ人たちが出てくるなど、朝廷の風習をまねる傾向が広まった。

人麻呂は伊勢に次いで、前から行ってみたいと思っていた美濃の国司から招かれ、喜んで応じた。

伴を連れ人麻呂は、美濃国司の官衙に出向いた。

「人麻呂さまには、わざわざお越しいただきまして恐縮です。歌に興味を持っている者を集めてお待ちしておりました」と丁重に迎えられた。

美濃国司の官衙には、評督を始め多くの役人が集められていた。人麻呂がいる板の間には、国司のほかに十人足らずの人たちが座しており、残りの役人たちは前にある庭に待機していた。

国司や評督にとっては、宮廷の歌人である人麻呂は、もっとも大切な客人である。

心づくしの膳が運ばれてきた。ひとしきり酒のやりとりがあり、その後、人麻呂は立ち上がり、最初に讃良姫に捧げたときの歌を朗々と歌い上げた。かなり前に詠んだ歌だったが、何度も詠じたから空で覚えていた。続いて狩りの際や正月の祝の席で披露した歌を詠じた。

人々は人麻呂の歌に聴き入った。評判になっている歌手の歌をはじめて生で聴いたようなものである。言葉がはっきりしているうえに、連続する音が抑揚をもって高く、低くリズミカルに響く美声であったから耳に素直に入ってくる。人麻呂の歌には、朝廷の荘厳さと洗練さがあり、聞いている人たちは朝廷で荘厳な儀式を体験しているような錯覚を覚えた。

「たいしたものですね」とか「さすがに評判になっているだけあって素晴らしい」と口々に褒めそやしたのも、まんざらお世辞だけではなさそうだった。

最初に伊勢に行ったときには、どのように地方役人が反応するのか予想できなかったので、人麻呂は何も用意していかなかった。しかし、人々は歌を詠んだ後に、それぞれの歌ごとの表現方法や詠い方について語るのを熱心に聞き、質問してきた。

そのときの経験をもとに、枕詞《まくらことば》の例を思いつくままに書き出し、自分が詠んだ歌とともに紙に書いて持参した。枕詞は、祝詞《のりと》や謡《うたい》に用いられている表現を参考に人麻呂が歌に取り入れるようになり、歌の調子を上げるために欠かせなくなっていた。そこにはある規則があり、歌を詠むときには枕詞の使い方を知らなくてはならない。もちろん、枕詞がなくても歌の意味や内容は理解できるが、音声をともなう場合は、枕詞による形容があるからこそ強調される言葉が生きて、想像力を膨らませることができる。一見無駄に見える言葉を入れると贅沢な感じがしてイメージが立体的になる。それも歌の神髄のひとつといえる。

視線が集まるなかで、人麻呂は懐からおもむろに枕詞について書いた紙を取り出した。それを国司が受け取って眺め、次の人にまわされる。

これを見た人たちは、まるで宝物を見せられたような反応を示した。そして特別な秘密が伝えられたように喜んだ。躍動感のある書体で美しく文字を書くことができる人麻呂の多彩な能力が役立っていた。

人麻呂が残してきた枕詞を書いた紙は、貴重品として扱われた。歌に興味がある人たちは、これをもとにして木簡などに枕詞を書き、それらを覚えようとするに違いない。

別次元から来た人のように特別扱いされた人麻呂はいささかいい気になり、歌について日頃から思っていたことを興奮して披露した。

この後、人麻呂は国司に案内されて、先の内乱のときの戦いのあとをたどった。内乱のころ、人麻呂はまだ十代の若者だった。近江朝と大海人王子との戦いで、どのように戦闘がおこなわれたか胸をときめかせながら想像したものだった。その足跡を地元の人と訪れるので前とは違うものが見られると思っていたが、案に相違してほとんど見られなかった。戦闘に参加したという人たちの話も、戦いの激しさを語る内容はなく、いささか拍子抜けした。それでも、今見ている風景のなかで戦われたと思うと、それなりの感慨があった。

のちに美濃の国司が朝廷を訪れたときに、人麻呂が来て歌を披露し、指導されたことを感謝する言葉を述べた。人麻呂のように歌に秀でた人が国司の館に来たおかげで、国司の権威が高められたと報告した。

以来、人麻呂が各地にある国司の官衙に行き歌の指導をするのは、朝廷の権威を高める行為であると評価されるようになり、讃良姫から特別に労をねぎらわれた。

不比等が律令制度づくりに参画

律令制度の確立をめざす動きは、新益京に遷都してから新しい体制で動き出した。それに不比等が加わることになった。不比等は、事前に使いをやって律令制度について話がしたいと粟田真人に会見を申し入れた。

不比等の突然の来訪は、真人にとっては意外だった。真人の官位は不比等より一階級上であるが、不比等は大王の側近となっているのを知っているから丁重に迎えた。

「あなたのお陰で、立派な令（飛鳥浄御原令のこと）ができて、大王さまも喜んでおられます」と不比等が切り出した。「これから本格的に律令制度について検討するようになると聞いております。どのように進めていこうとなさっているのか、お考えを伺わせていただけないでしょうか」と不比等が訪ねてきた目的を話した。

真人には不比等が来た理由は理解できたものの、不比等の態度に不審な感じを抱いた。何の説明もなく、まるで大王の代理のような言い方で話を切り出したからだ。どのような権限があって、何を求めているのか説明しないまま核心をついた話をしている。律令制度に関心があるのは分かるが、個人の興味で話したいのか、大王の代理としてなのか判断できなかった。不比等の立場を知ってから話したほうが良いと思った。

「おっしゃることは分かりますが、あなたは、大王の使いとしてお越しになったのですか。それとも、私人として、われわれと話をなさりたいのですか」と尋ねた。

不比等は一瞬、真人が何を言っているのか理解できなかった。しかし、すぐに真人が疑問に思うのはむりもないと気づいた。考えてみれば、律令制度を推進する仕事に不比等がつくことは公的に決まっていないから、真人がそれを知るわけがない。讃良姫の相談相手である立場を最初に説明すれば良かったのだが、いきなり律令制度の話を始めたから、真人が戸惑ったのだろう。

「失礼いたしました。われが不注意でした。今回は、公《おおやけ》の立場というより今後のまつりごとに関して、大王の参考になるご意見を拝聴させていただきたいと思い参上しました。律令制度をきちんとした内容にして完成させたいと大王も望んでおられます。そのためには、まず真人さまのお考えをお聞きしたいとの意向です。われも、これからは律令制度の実施計画に関与させていただきたいと思っているところです。きちんと筋を通してからのほうが良かったのでしょうが、このようなかたちでお邪魔したことをお赦《ゆる》しください」と不比等はていねいに頭を下げた。

「別に堅苦しいことを言うつもりではありませんが、あなたが公の立場でいらしたのかどうか確かめたかっただけです」と真人も頭を下げた。

真人は、飛鳥浄御原令として発布された「令《りょう》」が、自分たちが草案としてつくりあげたままのかたちで行政に生かされるとは思っていなかったことを打ち明けた。律令の作成に参加した人たちによる草案を最終的に検討してから発布されると思っていた。そうした手続きを踏まずに「令」として施行された経緯を不比等は知らなかった。

真人から聞いて意外に思えたものの、讃良姫が急いで「令」として交付して、まつりごとを始めたのは不比等なりに理解できた。大王として即位するに際して、なにか拠りどころを求めていた。そんなときに都合良く「令」の一部がまとまったと示された。間髪を入れずにそれに飛びついたのは、いかにも讃良姫らしいと思えた。

「少しでも早く律令制度に基づくまつりごとをなさりたかったからでしょう。実際に運用して都合の悪いところは改めれば良いでしょうし、そのつど勅《ちょく》や詔《みことのり》を発すれば済むことですから。これが草案であるというのは今初めて知りました。こうした経緯は公にしないほうが良いと思いますので、どうか胸に納めておいていただけませんか」と不比等は、上司を相手にしたときのような言い方をした。

「分かりました。よく検討もせずに『令』にしたといっては、朝廷の権威に関わりますからね。このことは他言しないようにしましょう」と真人は理解を示した。

この後、二人はお互いの考えを話し合った。

律令制度の最終的な狙いである班田収授の法を実施しようとすれば、地方組織の整備を充実させる必要があり、中央の組織も実際の状況と照らし合わせて改めていくべきである。さらに刑罰を中心とした「律」を完成させる必要があることを真人は語った。

真人と話し合ううち、律令制度を完成させるのは、とりもなおさず国のかたちを決めることになると、その重要性に不比等は改めて気づいた。そして、それに関われる喜びを感じた。真人との接触は、国家と権威について深く考えるきっかけになった。

大海人大王の時代に組織された造法令殿《のりのふみつくりのあらか》に代わり、律令制度を決める撰令所が新しい組織として朝廷のなかにつくられた。総裁には広瀬王が任命された。しかし、あまり経たないうちに広瀬王が病気になり、後任には忍壁王子が就任した。かつて草壁王子とともに吉野宮に行った王子であり、三十歳を過ぎている。しかし総裁としての忍壁王子は、議論に参加することなく真人たちにすべて任せる姿勢をとっていた。

大臣である多治比嶋《たじひのしま》も大納言である安倍御主人《あべのみぬし》も、律令制度に関心は持っていても積極的に関わる意志はなかった。唐や新羅の事情に詳しい人、学識があり法律のことが分かっている人、それに前から律令に関わっている人たちで検討すれば良いからと直接関わろうとはしなかった。

国家のあり方を根本から決める律令制度であるから、本来なら大臣や納言といった朝廷の中枢にいる人たちが蚊帳の外にいるのは不自然だ。しかも大王である讃良姫も口出しをしなかったから、撰令所のメンバーは外部の圧力を感じることなく議論できる体制になった。

　メンバーに新しく加わったのは、不比等のほかに土師甥《はじのおい》と白猪宝然《しらいのほね》である。二人とも遣唐使が派遣された際に留学生として唐で学んだ経験を持っている。道昭や粟田真人より後に派遣されて唐で学び、新羅経由で大海人大王の晩年に帰国していた。そうした経験から唐の最新状況には詳しい。土師氏は畿内の有力豪族であり、白猪氏は渡来系の知識人としてよく知られている。そのほかにも以前から参加していた伊吉博徳《いきのはかとこ》、伊余部馬養《いよべのうまかい》、下毛野古麻呂《しもつけのこまろ》、坂合部唐《さかいべのもろこし》、額田部林《ぬかたべのはやし》により構成される。

　最初に律令制度の実施計画を知ったときから、参画したいと思っていた不比等は、メンバーのなかで不比等より官位が上にいるのは粟田真人だけで、新入りであるにしても最初から一目置かれる存在だった。この後は、不比等の官位の昇級が早かったから、真人を抜いてメンバーのなかではもっとも高い官位を持つ人物となる。

　新しい律令を選定するメンバーは当時の知識人たちにより構成されている。いずれも唐の資料をそのまま理解できるだけの能力を持つ人たちである。

　新しいメンバーが加わった会議では、真人が内容の説明をして自分の主張を述べ、不比等も積極的に発言して、二人が主導することが多くなった。

　これとは別に、班田収授法は国司や評督に指令を出して、別の組織として引き続き多品治《おおのほんじ》が作業部隊を率いて推進する。竜田王が新しい総裁となり、以前より品治の権限は大きくなった。調査段階から実施に向けた活動が始まり、土地や税の徴集について統治する役所の民官に属す人たちが連携して対応する。撰令所は律令を選定するための組織だが、机上の議論で決定していくのに対し、班田収授の実施部隊は、地方との連携を図らなくてはならず、多くの人たちを巻き込みながら作業が進められた。

進展する律令制度の実施計画

その後における班田収授の法の進展を見てみよう。いよいよ口分田《くぶんでん》の支給に関して具体的に決める段階に入った。

　各自に支給する口分田の面積をどうするかが最重要課題である。それに男性と女性、良民と賤民とはどのくらいの区別をつけるべきかも問題になる。

　全国での土地と人口の実態調査をしたのも、それを決めるためである。条里制を採用し、さらにそのための基準面積を六町にして、耕作面積を増やす作業が進められていて、各地域での調査報告、それに自分で地方に行った経験を踏まえ、品治《ほんじ》は一人当たりの口分田の面積は二段（約二・四アール弱）にすればよいのではないかと考えた。年間を通した作業量や収穫高などを検討した結果、無理のない広さであり、全国的に行きわたる見通しがつけられる面積であろうと思われた。二段で収穫できる穀物は、大ざっぱな計算であるが一人当たり一年分を大きく超える収穫高になるというのも根拠になっていた。

　地域によって土地の地味が違うから、少なくとも年間を通して収穫できる穀物のうち、税や出挙《すいこ》として国に納める分を差し引いても、住民が翌年まで食いつなげるだけの量を確保できる面積が必要になる。多少足りなくても、その分は粟や稗と交換するか、あるいは狩猟などで補えば済む。品治の計算では、それには二段程度は確保しなくてはならないと思えた。誰かが決めなくてはならないとすれば、調査にずっと関わってきた自分しかいないと品治は覚悟を決めたが、反対する根拠を見つけて異なる提案をする人はいなかった。とにかく決めなくては次に進めないので、品治の提案が採用されたのである。

　女性や賤民は、男性や良民とどのくらいの差をつけて支給するかはさまざまな意見が出た。唐では、父から子供への世襲が一般化している。わが国も次第に男系が強くなる傾向はあったものの、女性が一家の主人になる場合もあるから、男性との割合に差があるのも好ましくない。良民の三分の二の面積が適当だろうということになった。

　もうひとつの問題が賤民の扱いである。

　良民といっても、官位をもつ人のほかに品部《しなべ》とか雑戸《ざっこ》と呼ばれる雑色人《ぞうしきにん》がいる。朝廷や地方の官衙で特定の仕事に携わる技術者たちである。それ以外が公民と呼ばれる一般農民である。彼らが口分田が支給される主要な人たちである。官人は税を免れ賦役などの負担もない。

　賤民は、陵戸《りょうこ》と呼ばれる陵墓の守衛、官戸《かんこ》と呼ばれる朝廷や地方の官衙などで雑役に従事する人、公奴婢《くぬひ》と呼ばれる官に所属する奴隷のほかに、家人《けにん》と呼ばれる貴族や豪族に所有される私有の奴隷がいる。古くから奴婢であった人たちのほかにも、普通の生活を維持できなくなって売られ、良民から奴婢に身を落とした人たちもいる。

　奴隷の扱い方は、わが国と唐とでは違いがあり、唐では奴隷を良民とは明確に差別している。わが国では、奴婢と良民の区別は絶対的とは考えていない。賤民のうち陵戸、官戸、公奴婢は公共の仕事をしているからと良民と同じ面積の口分田を分け与えることにした。そして個人に所有されている奴婢は良民の三分の一と決めた。

良民は年齢で区分される。二十一歳から六十歳までの正丁と呼ばれる男性は、労役のほか調や庸を課せられる。六十一歳から六十五歳までは老丁、十七歳から二十歳までは小丁とし、労役や調は軽減される。口分田は六歳から与え、十七歳になるまでは女性と同じように労役の義務は課せられない。

班田収授の法に関して、決めなくてはならない事項の大半が、品治の提案どおりになり、一応の決着を見た。

この決定は国にとっても住民にとっても影響が大きい。そのまま、いきなり実施するわけにはいかないから、最終的に決めるには慎重に検討する必要がある。そのためにまず畿内《うちつくに》で口分田を支給することを想定し、実際にどうなるか検証してみることにした。

口分田として支給する耕作地のほかに、水田は貴族たちに特別に支給する位田《いでん》や職田《しょくでん》にあてなくてはならない。官位によって決められた面積の水田を支給するのが位田で、朝廷の役職によって同じく決められた面積の水田を支給するのが職田である。このほか天皇の勅により特別に功績のあった者に支給される賜田もあるから、それには相当な面積の水田を確保する必要がある。

畿内《うちつくに》のうち、王宮がある大和地方は例外として除外し、河内、山城、摂津地方で口分田の支給を試みる作業を実施する指示が出された。耕作地を記した地図と戸籍の写しが用意され、実際に口分田となる地点に役人たちが集まり、そこに竜田王と品治たち律令メンバーが合流した。こうして口分田の具体的な区割りの試みが初めて実施された。

基準となっている六町の長さの水田は、一辺が約六五四メートルの正方形が一里となる。これを六等分した長さの縄が用意され、三十六等分の面積に均等に仕切られる。これが一町の広さになる。一町は十段である。一人あたり二段となるから一町で五人分の口分田になる。

一定の長さのある縄で計り、区分けされて用意した杭が立てられる。二段ごとに縄で囲われると、住民の戸籍の写しを持った役人が「この戸には十二人の良民がいる」と言って名前を読み上げる。それに従って木片に名前が記されて区分けした水田に立てられる。女性の場合は、さらにその三分の二の広さになる。

こうした作業がくり返され、口分田として支給される耕作地と、朝廷が確保して位田や職田にする水田を割り振り、それが台帳とも言うべき書面に記録されていく。

作業に関わった品治は、手間ひまはかかるが、このように進めていけば班田収授に関しては見通しをつけられそうに思えた。

品治が立ち合った河内地方は、もともと屯倉《みやけ》として朝廷の直轄の水田が多くあるから、他の地域よりも人口と水田の割合は一人当たり二段の耕作地を支給しても、かなり余裕があることが確かめられた。同様の試算で、他の地域でも充分に行きわたることが分かった。

この方式で全国的に実施していくのに問題がないと思えた。耕作地が複雑になっているところも不公平にならずに区分できるだろうし、全国的に土地が足りなくなる恐れもなさそうに思われた。

唐の班田収授には、個人に支給する耕作地と世襲できる耕作地とがあり、その最高限度の面積が決められるが、与えられる土地は地域によって必ずしも同じではない。しかし、わが国では、地域による支配体制の違いがあるわけではなく、全国的に一律にして公平を期す考えに拘《こだわ》った。几帳面な品治も均一化することしか考えていなかった。

口分田《くぶんでん》を全国的にどのように支給するか見通しが立てられたところで、品治《ほんじ》は引退することにした。西暦六九六年八月、新益京に遷都して二年近くたっている。寄る年波で膝や肘の関節が痛んだり、手足がしびれるようになった。以前のように気軽に地方に出向くことができず、動作が緩慢になって気力も衰えてきた。率先して活動できなくては指導者でいられないと品治は思ったのである。

大海人大王から讃良姫の時代に代わっても第一線で活躍し、地道に実務をこなした功績は小さくなかった。最終的には直広壱(正四位相当)の官位だから、実績に見合う官位まで出世を遂げたとは言えないかもしれない。引退に際しても、讃良姫からは先の内乱のときの貢献を第一に上げられ、その後の朝廷での活躍については触れられなかった。品治自身が大王を敬い、上司となった諸王を立てて実務に徹したことから縁の下の力持ちと思われたようだ。

まじめな品治が心残りだったのは、班田収授に主体的に関わった結果、不作になったときに備える体制の構築まで自分が手を付けられなかったことだった。

そこで、一定量の穀物を集めて評督の管理する蔵に備蓄して、自然災害に備える対策をとるように進言した。豊作が続いても安心することなく、この国に住むすべての人たちを飢えで死なせないように策を講じるのも朝廷や地方のまつりごとを司る人たちの任務であると言い置いた。

品治の引退にともない班田収授の法に関する仕事は撰令所が担当することになった。そして、条里制にするための作業は、民官の役人が引き継ぎ国司や評督とともに推進していくことになった。

人口に比して余剰な水田が多い地域は良いとしても、逆に足りない地域の場合はどうするのか。すべての住民に口分田が行きわたらない地域は少なかったものの、制度を実施する前に解決しておかなくてはならない。余剰のある地域に人々を移住させる方法をとるのが良いが、そうなると生活の場を強制的に変えさせるから反発を招きかねない。

こうした残された問題は、撰令所で論議して決めることになった。

不比等は、品治との接点は多くなかったが、やり遂げた仕事に感心していた。しかし、実行に移す前に決めなくてはならないことがまだ山積していると感じていた。これから本格的な議論が始まるので、肝心なときに令の作成に関われるようになって喜びを感じた。

人口に対して耕作地面積が足りない地域の問題をどうするのか撰令所のメンバーでさっそく論議された。

不比等は、地方の実態や農民の生活についてあまり知らなかった。班田収授の法のような地方の人たちの生活に直結する法律をつくるには、現場の事情をよく知らなくては良い案が浮かばないと気づいた。

額田部林《ぬかたべのはやし》から新しい提案があった。撰令所のメンバーのなかでは官位は高くないが、それだけに民間事情に詳しかった。

口分田が足りない地域では税をとらないといった特典を与え、新しい土地の開発に従事する人たちを募るという案だ。新田の開発となると数年間は収穫が見込めない。そのあいだは税をとらず二段より広い面積の所有を赦し、その後も税を軽減する。新田開発をした場合に限り広い土地を例外的に認めて優遇するという骨子だった。

この案が優れているのは人々が新田開墾に魅力を感じる内容だったからだ。ただし、平均的な広さ以上の支給になるから公平を保つという原則からはずれてしまう。だから、特典を与えて新田開発を促そうという考えに否定的な意見もあった。

原則にこだわり、公平さを強調する意見とぶつかり合い、提案した林も反論にうまく応えられずに、議論は袋小路に入り込みそうになった。

この国の将来にとってどちらが好ましいのか考えるべきではないかと、不比等は額田部林の提案を採用すべきであると主張した。原則にこだわるよりも新田開発を奨励すべきであり、そのためには例外を認めて柔軟に対処するべきであると思ったのだ。

粟田真人も同調した。耕作地が人口のわりに少ない地域こそ新田開発を奨励すべきである。これに余剰のある地域に向けた移住を組み合わせれば良い。移住の場合は労役や税で優遇するだけにして、新田開発の場合との差を出すことが決められた。

　ようやく口分田の支給に関して目処がつけられた。

　次に議論されたのは、土地の地味が違うところをどうするかという問題である。痩せた土地では収穫量が少なくなるから、同じ面積では不公平になる。どのような基準で判定し調整したら良いか。

　痩せた土地をどう評価するか。過去何年かの収穫高が判断の基準になるものの、記録がない場合があり、人々の記憶や申告どおりでいいのか。いずれにしても過去の収穫高の実績をもとにするしかない。こればかりは撰令所で議論しても始まらない。具体的に各地域で判断しなくてはならない問題であるから、とりあえずは土地二段を基準にして、かなり痩せた土地の場合は二倍の面積とし、ある程度痩せた土地の場合は一・五倍の土地を支給するという原則を打ち出し、それぞれの地域ごとに国司や評督が主導して判断することにした。さらに今後の実績によって調整する含みを持たせることも決められた。

　六年ごとに戸籍を改訂することになり、そのときに六歳以上に達している人たちに口分田が支給される。

　このほかの朝廷の組織や統治に関する「令」の議論については後述する。

歴史書編纂事業の進展

もうひとつの事業である歴史書編纂事業は一時的に中断されたものの、その後は紆余曲折がありながらも順調に進行していた。

　不比等は、こちらの事業にも編纂メンバーとして加わり、どのように進めるか知りたかったが、そこまですると讃良姫の権威を笠に着た行為として反発を招く恐れがあるから、外部から様子を見ることにした。しかし、大唐から帰化した続守言《ぞくしゅげん》と薩弘格《さつこうかく》をこの事業に参画させるきっかけをつくったのは不比等だった。

　大海人大王の時代にスタートした歴史書編纂事業が中断されたのは、呵瑠王子の教育に供しようと、「撰善言司《よきことえらぶつかさ》」という事業が開始されたからだ。草壁王子の血を受け継ぐ呵瑠王子の存在がクローズアップされ、その教育が讃良姫や阿閉姫の関心事になり立ち上げられた事業である。

「撰善言司」は、中国の宋の時代につくられた「善言」という箴言《しんげん》や説話などから教育のために適した部分を抜き出して編集された書物にならって教科書をつくることになり、律令の作成に加わる前に不比等も参加した。

　施基《しき》王子を総裁にいただき佐味宿禰麻呂《さみのすくねまろ》、羽田斉《はたのむごえ》、調老人《つきのおきな》などが編集作業のために選ばれた。その多くは歴史書編纂事業に加わっている人たちだった。

施基王子は川島王子の弟であり、父は葛城大王である。川島王子も違う事業でトップになったものの、大津王子の事件以来、言動にいささか異常が生じて、実際にはかたちだけになっていた。施基王子のほうは性格もおだやかで賢かったので、しゃしゃり出る行動をとらずに、選ばれた人たちが仕事しやすいよう気を配る範囲に留めていた。

教科書をまとめるのは簡単な作業ではなかった。「善言」とは何かについてメンバーのなかでも意見が分かれた。中国の古典から引用するだけでなく、わが国に伝わっている神話や民間の伝承を入れたほうが良いという意見があったが、こうした話には変種が多く、どれにするか決めるのは容易ではない。物語になっていても、教訓的な内容のものが良いという意見と、必ずしもそうではないという意見に別れた。議論しても、それぞれの考えの違いはなかなか埋められなかった。

会議のメンバーとなった不比等は、さまざまな意見を集約してまとめることのむずかしさを感じた。メンバーのなかではもっとも若くて経験のない身で、主導権をとる方法も分からない。不毛と思える議論が続くのを見守るしかなかった。それでも呵瑠王子の教育のためなのだからと何とかまとめたかった。

最終的にはこのプロジェクトは途中で中止された。帝王学を学ぶに相応しいと思われる内容になるようにと、不比等がそれまでの議論を踏まえて一人でまとめて編集した。

このときの体験は不比等にとって、議論をどのように導くかを学ぶ機会となった。同時に、自分では相当の知識と教養をもっていると自負していたが、実際に書物に当たったときに、自分はたいした知識を持っているわけではないと思い知らされた。

唐人である続守言《ぞくしゅげん》と薩弘格《さつこうかく》に公式の文章にする仕事を依頼したのは、すべて漢文にしてまとめようと不比等が考えたからである。

続と薩の二人は、百済の捕虜となってわが国に連れて来られた。唐軍とともに百済に派遣されて戦いの記録を残す任務についていたが、従軍中に百済の小城に連絡係として派遣された際に、百済の兵士に囲まれて捕虜になってしまった。百済が新羅や唐と戦えることを示す証拠として、百済の福信将軍の指示によって唐兵士とともに倭国に送られたのである。

白村江の戦いのあとで唐の使節が来て、わが国に連れて来られた唐の捕虜は、集められて連れ帰られたが、続守言と薩弘格は、そのままわが国に留まることを希望したのである。

二人とも身分は高くなかったものの、唐で生まれ育って教育を受けていた。続守言は何度も官吏の登竜門である科挙試験に挑戦したが合格せず、途中で諦めて唐軍の記録係として働くことにしたのである。続守言より十歳ほど若い薩弘格も、続の誘いに応じて百済に来たのだが、いまさら唐に戻ってもあまり良い仕事につけないと思い、薩も続の意向に従ってわが国に残ることにした。

倭国に来た当初は、朝鮮半島よりさらに海の彼方にある倭国にまで連れて来られて嘆いていたが、自分たちが持っている言葉の知識がこの国で役に立つことが分かり気持が楽になった。人々が異国の人たちに親切なうえに、温暖で生活しやすい環境も留まる理由だった。

帰国の是非を尋ねられたとき、二人は倭国に留まる意志を示したのである。百済から連れて来られた捕虜は、農業に従事させられたが、二人は、葛城大王に重用された亡命百済人たちに見出されて館が与えられたのだ。漢字や漢詩に対する知識を持っていたので、貴人たちに漢詩を教える百済人が、漢字の使い方で間違っていないか二人に確かめるようになった。百済人は葛城王子に取り入り出世して経済的に恵まれていたから、続と薩に接触してきたときにはすでに裕福になっていて、二人は彼らのおこぼれにあずかるようになった。唐人である続と薩は、漢詩や漢文に関する知識は百済人たちとはレベルが違っていたが、彼らは続や薩が目立つと都合が悪いので二人の能力は隠され、存在が目立たないように配慮された。

二人の持っている知識が朝廷に仕える人たちに認められるのは、大海人大王の時代になってからである。唐の風習を重んじる近江朝の傾向は引き継がれ、漢詩をつくる貴人たちが増えた。漢詩をそのまま唐の発音で読むことができるうえに、漢字の知識も豊富な続と薩は音博士《こえのはかせ》という名称を与えられ食封《じきふ》を授けられた。もっとも唐の発音を知らなくても漢詩をつくることは可能だから、唐の発音の仕方について二人に問い合わせる人は多くなかった。それほど重要と思われずに、その地位も高くはなかった。

「撰善言司」をまとめるに当たり、教育を目的とした巻きものであるから正確を期すべきであると思い、不比等は続守言と薩弘格に漢文にする仕事を託したのである。語り部が語った話を文字にしたわが国の古くからの記録まで、きちんとした文章にするには漢文を母国語として学んでいる二人の知識に勝る者はいないと、自らも漢詩をつくる不比等が目を付けたのである。

続も薩も、不比等の期待にしっかり応えた。見よう見まねで得た知識を持つわが国の知識人とはやはり違い、漢文の書き方も漢字の使い方もしっかりしていた。そのうえ二人は、わが国で詠われている古い歌を漢字に直すに当たり、書かれた文字を単に手直しする程度では良くないと、語り部を呼んで何度も詠わせた。耳で聴いてメモを取り、それをもとにして漢字に直した。当時の言葉は、今と違って母音も「アイウエオ」だけではなく「ヱ」「ヰ」「ヲ」などがあり「ガギグゲゴ」も濁音と鼻濁音とは区別され、現在の五十音よりかなり多く発音されていた。その区別をおろそかにしないのはさすがだった。

二人はわが国に来てから三十年近く経っていたから、こうした区別を知っていた。正確に記録するには発音に合う漢字を厳密に当てはめなくては、文字にしたものを読む人が正しく再現できなくなってしまう。

多くの人たちが記録をとることができるようになったものの、文字にするだけで精いっぱいであり、厳密に音表記する配慮までできていなかった。意味が伝われば良しとしていたし、多くの場合はそれで済んでいた。曖昧な使い方やいい加減な使い方がされることが多かったが、不比等はそれでいいはずがないと思うようになり、讃良姫や阿閉姫がその意見を支持した。漢字を正しく使うことの大切さが強調され、続と薩の能力が改めて注目された。

続と薩が漢文で記した「撰善言司」が完成した。教養や知識を身につけることの大切さを感じていた不比等は、続や薩の持つ能力の高さに目を開かされた。とはいえ、まだ若い不比等は能力のある人たちに官位を授ける権限はなかったから、感謝の気持を込めて特別に稲を贈るように讃良姫に進言した。朝廷からの稲束は名誉なことだった。

その後、二人の大唐出身の続と薩は朝廷で評判になった。読めない漢字や意味が分からない漢字は、彼らに聞けば分かるとして、二人に対する評価が高まった。改めて音博士に学ぼうとして、二人に接触を図る人たちが増えてきた。続と薩には、新益京に移る直前にはその功績により、銀二十両（米の二十石に相当）の報賞が特別に与えられた。

新益京に遷ってから、続守言と薩弘格は歴史書編纂事業を統括する桑田王に呼び出された。この事業に以前よりも力を入れるようになったからだ。二人は歴史書の編纂には関わっていなかったが、記録を正確な漢文にするために協力を要請された。

このころになると歴史書の編纂事業は進んで、全体のなかで比較的新しい時代の記録がまとまってきていた。神話時代から始まり、歴代の大王の年代記として記述されている。初代の大王から続く大王の治世ごとに、その業績と主要な出来ごとが綴られる形式である。

比較的新しい大王の時代になると資料が豊富になり、人々の記憶を頼りにしてまとめられたが、古い時代になると、資料は少なくまとめるのにかなり時間がかかる。それはそれとして検討して、まとまっている歴代の大王の年代記は、先行して正式文書に仕上げる作業を始めることにしたのである。

正式文書として完成させるためには、続と薩が担当したとしても相当時間がかかる。まとまったと言っても、曖昧な表現による記録や重複した記録もあるから、単純に漢文に直すだけでは済まない。内容を理解し、疑問がある箇所は編纂に関わっている人たちに問い合わせ、意見を聞いて判断しなくてはならない。付随する資料は参照するだけなのか記述のなかに使用して良いのかも決まっていない。そうした検討は二人にまかされた。

国の重要な事業に関わることから、続と薩には改めて水田四町が特別に与えられた。これは高い官位を与えられた名誉に等しかった。

年長である続守言は、大伯瀬《おおはつせ》大王の時代から始まる巻を担当することになり、薩弘格は宝姫大王の即位から後の巻を担当するという役割分担が決まった。いよいよわが国の歴史書がかたちになろうとしていた。

それでも、解決しなくてはならない問題がいくつもあった。神話の世界をどのように扱うか、それを大王の年代記とどのように結びつけるのか。そして資料のない時代の大王の年代記をどのように記述すべきか。さらに比較的近い年代であっても、大王の業績や出来ごとの資料がない時代もある。

解決すべき問題は山積しており、どのようにまとめていくか分からずに立ち往生せざるを得ない状況だった。資料に偏りがあるから、年代を追って記録していくことがむずかしい。歴史の空白をどのように埋めていくか難題に直面したのである。

空白部分を埋めるために、かつて勢力を持った豪族たちに、古くから所蔵している資料を提供するように指示する案が出された。葛城氏や吉備氏のように古い時代の有力豪族の史料は失われたままだが、それを補うために石川(蘇我)氏、石上(物部)氏、それに大伴氏のところにある資料の提出を求めたのである。それだけでは足りないと、古くから活躍していた三輪氏・紀氏・巨勢氏・上毛野氏・平群氏・安倍氏・中臣氏・安曇氏に対して、独自に所有している祖先に関して記された文書を提出するよう指示された。

豪族として勢力を持っていた氏族の場合は、いかに先祖が活躍したかが伝えられており、それが一族の大いなる誇りでもあったから、親から子へと継承されていた。それは二世代や三世代前の話ではなく、百年以上も前の出来ごとまで語り継がれていた。

古くから大王との関係を強めていれば、それだけ有力な豪族である証拠であると、大王に仕えた忠臣として活躍したと伝えられる武内宿禰《たけのうちのすくね》に関して、いくつもの氏族が彼を先祖としているという言い伝えを持っていた。大王の側近として仕えた宿禰を祖先に持つことが、大王に仕える氏族の中で有力である証拠として語り継がれた。なかにはそうした願望が事実として伝えられた例もあると思われた。

資料の収集が作業の中心になり、多数の人たちが出入りして、資料の作成に関わった。そうしたなかには、自分たちの祖先の功績を必要以上に大きくするなどの改竄がおこなわれても誰も気がつかない。記録として残されるとなれば、誰もが自分の一族が古い時代から有力な氏族であったとしたい気持がある。資料の編纂過程で事実とは異なる資料を意識的に紛れ込ませ、自分の一族を古くから有力な地位にあったとした人たちがいたと思われる。資料としてまとめられている部分にも、明らかに虚構と思われる記述があちこちに見られたから、すでに改竄されているとなれば、新たに関わる人たちも、あまり罪の意識を持たずに書き換えをすることもあったようだ。

また、どの大王の時代か特定できない出来ごとの資料もあるので、どのようにまとめるのか、編纂事業に関わる人たちの検討は先が見えないように思えるほどだった。

高市王子の突然の死

新益京に遷って二年半余のあいだ国内も平穏な毎日が続いていたが、それが破られたのは太政大臣の高市王子が亡くなったからである。西暦六九六年七月、享年四十三歳だった。

元気な人なら五十歳をかなり過ぎるまで生きる例が多かったから、その早すぎる死は朝廷に大きな衝撃をもたらした。数ある王子のなかで高市王子だけ特別扱いされたからなおさらである。前日まで元気な姿を見せていたので、自然死ではないのではという疑念を抱いた人たちがいたくらいだった。

大王の指示に従う意志を見せ続けていた高市王子の態度は首尾一貫していた。王宮でおこなわれる弓矢や相撲といった競技大会、乗馬大会や軍事的なパレードでは讃良姫の名代をつとめたが、積極的にまつりごとに口を挟むことはなかった。それが逆に高市王子の評価を高め、存在感を強めたのである。

王子は仕える舎人たちにも自分の心情をあまり吐露しないので、他人には高市王子が何を考えているか窺い知ることはできなかった。大海人大王に忠実に仕え、その後は讃良姫に逆らうことなく従ってきた。自制心が強かっただけに、王子の身体のなかで霊魂が荒れ狂い、精力を費やし過ぎて力つきてしまったのかも知れない。

葬儀は大王に準じる規模だった。香具山の麓にある王子の館の庭に殯宮《もがりのみや》がつくられ、三か月にわたって殯の儀式が続けられたのちに埋葬された。

埋葬に当たり柿本人麻呂が挽歌《ばんか》を披露した。殯宮《もがりのみや》での儀式が続いているあいだに、人麻呂はどのような挽歌にするか構想を練った。

草壁王子は、大王になるはずだったから、どのように詠い上げると良いか分かっていたが、高市王子の場合には微妙な問題がある。草壁王子と同じように王位に就く人物として表現して良いのか、大王の意向を確かめなくては歌にすることができなかった。

高市王子の葬儀で挽歌を奏するので準備しておくようにと人麻呂は讃良姫から指示されたときに、どのような内容にすべきか讃良姫に確かめたのである。

「王子が近江朝の方々と戦ったときのことを中心に詠いたいのですが、よろしいでしょうか。その後の業績についてを歌にするのがむずかしいのです。それでも、それを盛り込んだほうが良いでしょうか。われの考えでは、先の大王のことを思い出して若いときのことを中心にしたほうが良いと思っておりますが」と人麻呂は讃良姫がどのような反応を見せるか注目した。讃良姫は黙ったままだった。あれこれと思いをめぐらせているようだった。

「それでよろしいでしょう」と讃良姫は、ちょっと間をおいてから言った。

「ありがとうございます。王子にふさわしい歌になるよう努力いたします」と応え、人麻呂はていねいに頭を下げた。太政大臣であったこと、それに大王になる可能性があったと思われるような表現はしないほうが良いという感触を得たのである。

内乱という大きな戦いを高らかに詠い上げたいと思った。戦いの様子を想い描いて、人々の興奮を誘うように詠うことにした。

かつて、近江や美濃を訪れ、戦いのあった土地を見てまわったときの印象が残っており、戦いに参加した人たちの話を思い出しながら歌にした。

大海人王子の名代の大将軍として戦場にいた高市王子は、まだ二十歳にもならない若者だった。高市王子の生涯を通じて戦いのさなかにあった若き日は輝いていたはずだ。勇壮な戦いのさまを彷彿させる歌にする工夫が凝らされ、人麻呂がつくったなかでもっとも長い歌になった。

大海人大王は、神に祈ることにより神に護られ、多くの人たちの支持を得て、飛鳥の地に立派な王宮をつくられ、まつりごとをなされた。それというのも、美濃の地においでになり、神のご加護のもとに戦ったことが端緒になっている。畏れ多くも大王が戦いのために集められた勇猛な兵士たちの指揮をとるようにと、王子に命じられた。逆らう人々を倒し土地を平らげよとのご指示に、王子は太刀を佩《は》き弓矢をかまえ軍勢を統率された。戦いが始まると太鼓が鳴り響いた。その音はまさに雷のようであり、勢い良く鳴らす角笛の音は敵に遭遇した虎が吠えるようで、敵は恐れおののくばかりであった。

高く掲げられた旗が靡《なび》くさまは、春に野原に巻き起こる野火が風で勢い良く燃え広がるようであった。兵士たちが手にした弓を射る音が重なって大きくなり、冬の雪が起こすつむじ風が林に逆巻くようであった。大勢の兵士が一斉に放つ矢のすさまじさは、大雪が乱れ飛ぶかのごとくであった。逆らい抵抗していた敵も、伊勢にある神宮から吹き寄せる神風によって算を乱し、日の光も見えないように蹴散らされた。

こうして平定し、大王が新しいまつりごとを始められ、わが瑞穂《みずほ》の国は栄え豊かになった。大王のご名代として活躍された王子が、神のように敬われて葬られることになりました。われらは悲しみにうち拉《ひし》がれております。安定した世になるようにと新しい京に住まうようになり、香具山の麓に館を構え、その活躍はとこしえに続くと思われたのに、それも叶わなくなりました。いまや勇壮であった王子を畏れ多くも偲ぶことしかできなくなってしまったのです。

人麻呂は、これだけの長い歌を高らかにリズムと抑揚をつけて詠うのは初めてだった。しかも戦いの場面は、埋葬にあたる悲しみを表わしながらも、力強く響くように詠わなくてはならない。

戦いの歌を詠う機会は滅多にあるとは思えなかった。聴き入る人たちの耳に力強く響き、心のなかに歌の内容が素直に届くようにと、人麻呂は何日も前から喉の調子を整えていた。

結果は予想以上に成功した。あまりに長いので、訊いているほうがだらけた気分にならないか懸念したが、多くの人たちが聞き惚れるように耳を傾けてくれているのを詠いながら感じ取れた。

　これまでも話の折には近江朝との戦いが話題になったが、もはや二十年以上も昔のことである。朝廷の要職にある人でも、戦いに参加し功績をあげた人たちは少なくなっていた。それだけに、人麻呂の歌は戦いのイメージを呼び起こすとともに、大海人大王から讃良姫に続く朝廷が、戦いに勝った人たちによって成り立ったことを思い起こすきっかけとなった。

　殯宮での儀式が営まれたのち埋葬されて、葬儀が終了するまでのあいだは、新しい人事は発令されない。だれが後任の太政大臣に任命されるのか、あるいは空位となるのか葬儀が終わってから決められるが、どうなるのか人々の関心を集めていた。

不比等の閃きが巻き起こした波紋

　高市王子の葬儀が終わってすぐに、石上麻呂のもたらした報告で讃良姫が珍しく動揺した。

弓削《ゆげ》王子が、兄の長《なが》王子を太政大臣にしようと画策しているという情報だった。兄弟の母である大江姫は、葛城大王の王女で讃良姫の妹である。大海人大王の王子のなかでは、血筋でも草壁王子や大津王子に引けをとるところがない。しかし、二人とも大海人大王が即位してから生を受けており、長王子が二十一歳、弓削王子は十八歳だった。ちなみに葛城大王を父に持つ新田部姫も大海人大王に嫁いでおり、大津姫と讃良姫を入れて四人の娘すべてが大海人大王の妻になっている。新田部姫には舎人王子がおり、長王子よりわずかに先に生まれていた。

　兄弟仲が良かった長王子と弓削王子は、高市王子から目をかけられていた。高市王子がどこかに出かけるときにはともに行動することがあった。高市王子は差し障りがない範囲で二人の希望を叶えていた。長王子は朝廷に出仕してまつりごとに参画できる年齢に達したところであるから、野心があれば朝廷の重要な地位につきたいと望むのは当然だった。とはいえ、その若さで高市王子の後継者として認められたいというにはむりがあるように思われた。

「まさか長王子が太政大臣になりたいと思っていたとは」と報告を受けた讃良姫には予想を超える話だった。そのために否定を含んだ言い方であるにしても、衝撃を受けたのは明らかだった。

　讃良姫は、人事をすぐ後継者問題につなげてしまう。太政大臣になりたいと言ったから、そのまま次期大王に名乗りを上げるとは限らないが、彼女はそうは思わない。太政大臣にしてほしいと言っても、願っているだけで、すぐなれるとは思っていないかも知れないのだ。

不比等は、讃良姫が次期大王の話に関係があるとナーバスになるのを知っていたから、石上麻呂の報告に讃良姫が過剰な反応を示しても驚かなかった。

讃良姫の不安な気持はなかなか収まらなかった。高市王子の死は、いまさらながら讃良姫を心細い思いにさせていた。呵瑠王子がまだわずか十五歳だったからだ。

大王になるのは、三十歳を超えているのが条件である。だから大王になるためには十年以上待たなくてはならない。

他の王子を太政大臣にするわけにはいかないと讃良姫が考えているのは明らかだった。当分は空位のままにするつもりだが、麻呂の報告は、そんな讃良姫の意向に逆らう王子がいると思わせ、彼女の動揺を誘ったのである。

この直後に、右大臣の多治比嶋《たじひのしま》をはじめ安倍御主人《あべのみぬし》、大伴御行《おおとものみゆき》、石上麻呂《いそのかみのまろ》、中臣不比等《なかとみのふひと》が表彰された。多治比嶋には舎人百二十人のほかに、老齢であることを考慮して輿と杖が下賜された。御主人と御行には八十人、麻呂と不比等には五十人の舎人が私用に供された。とくに説明されてはいないが、今後のまつりごとはこの五人を中心にするという大王の意志表示だった。太政大臣をおく意志はなく、他の王子を要職につけるつもりもないことを暗に示していた。不比等が石上麻呂とともに表彰されたのは、納言と同じに扱うという大王の意志でもあった。そして、弓削王子が不審な動きをしないか、麻呂の配下の武人が監視の目を光らせた。

これで讃良姫は落ち着きを見せるようになって一件落着したかに見えたが、不比等には彼女の不安は消えていないままであるのが手にとるように分かった。その不安を鎮めるにはどうしたら良いか、讃良姫の心配を根本からなくしてあげたいという意識が、不比等の頭のすみに常にあった。

飛鳥浄御原令の「儀礼令」について、どのように改訂するか律令制度のための会議が開かれているときに、不比等にこの問題を解決する考えが閃いたのである。

朝廷の大切な行事や儀式をどのように実施するか「令」の条文を細かく決める検討をしていた。多くの人たちは、これまでの伝統に添った儀式にするとして、参考にしている唐の律令にある条文とは異なるように直すべきであると主張した。長く続いてきた朝廷の儀式を踏襲するためには条文を書きかえる必要がある。唐と同じ条文のままでは、わが国の伝統を破ることになるので議論が分かれた。唐の条文に近い形でまとめるほうが簡単であるが、わが国の伝統をどこまで護る必要があるのか。

「官位令」に関しては、唐とわが国の違いが鮮明だった。唐は役人が一定の役職につくと、それに見合った官位が授けられる。役職と官位とは一致するが、わが国では官位と役職とは別になる。高い官位を持っていても役職に就かない例があるが、唐ではそうした例がない。真人は、唐と同じにすべきであると主張したが、不比等は反対した。王族や有力な氏族には高い官位が授けられても、上級役人として遇するのに能力的に適当でない人もいるからだ。

粟田真人が「伝統にこだわっているより、朝廷の権威を高めるような配慮をするほうが大切ではないですか。そのためには能力のある人を優遇するほうが良いのでは」と主張した。伝統にこだわるばかりでは効率が悪くなると考えている。しかし、身分制度がある以上、真人の考えどおりにしたのでは制度の土台が崩れかねないと不比等は懸念した。結果として不比等の主張に基づいて「官位令」は決められたが、「伝統にこだわるだけでは良くない」という真人の言葉は不比等に強い印象を与えた。

会議が終わった直後に、不比等は確かに伝統にこだわるだけでは済まないという思いがあった。伝統は尊重しなくてはならない場合があるが、破っても良い場合もあるはずである。そう思ったとき、不比等は閃くものを感じた。

大王は三十歳を超えないと、その地位につけないという伝統は絶対に護るべきなのだろうか。いや、それを護ろうとするから、呵瑠王子が大王になるのは、かなり先になると思い込んでいるだけではないのか。そんな思いが浮かんだ。不比等のなかで前から気になっていた後継者問題と真人の言葉が結びついたのである。

草壁王子は二十一歳で太子になっている。それでも当時は若すぎるという意見があった。だから呵瑠王子が太子になるのも、その年になるまで待たなくてはならないと思われている。しかし、考えてみれば年齢に関係なく大王が太子を決めると言えば済む問題ではないのか。

律令制度とは、この国の統治のために法を決める仕組みである。大王の後継者をどのようにするかも法として決めれば良い。新しい法律をつくるのは統治の仕方を決めるためで、伝統を守るよりも現実的に対処すべきである。大王の詔《みことのり》も伝統に縛られる必要はないはずだ。

それに気づかなかったから閉塞状態に陥っていたのだ。不比等は、暗い雲に覆われていた天に明るい太陽が輝く空間が大きくなるような晴れやかな気分になった。

すぐにでも呵瑠王子を立太子できるように「詔」を出すのが悪いことだろうか。太子になるのは年齢に関係ないと決めれば良いだけである。それだけではない、大王となる条件が三十歳以上という伝統も絶対的に護るべきものと考えなくていいのだ。

　讃良姫も、阿閉姫も、呵瑠王子を少しでも早く大王にしたいと望んでいる。それにもかかわらず伝統の魔力にとらわれているからがんじがらめになっている。「令」を決めようと検討している最中だったから閃いたのだが、「詔」として大王の権限で発すれば、それに反発する動きが出ないように根まわしをすれば済む問題だった。

　不比等はあれこれ考え、過去に読んだ書物に書かれていたことを思い浮かべた。中国では皇帝が退位して若い王子に地位を譲った例がある。わが国では前例がないにしても、海の向こうの国ではすでに例がある。

　伝統を破り若い大王が誕生すれば、多くの人たちは不安や抵抗を感じるだろうが、讃良姫が後ろ盾になるのだから、大王が若くても問題は生じないはずだ。讃良姫の権威が確固としているから、こうした提案に誰も反対できないだろうと、不比等はなおも自問自答をくり返した。

呵瑠王子の立太子と讃良姫の譲位

　不比等は、この考えを誰にも言わずに十日ほど温めておいた。そのあいだにあれこれ検討した結果、実現可能であるという確信は揺るがなかった。

　そこで、讃良姫に提案して気持を聞くことにした。曖昧な言い方をするのは良くないと思ったので、呵瑠王子に大王位を譲り、讃良姫は太上大王となって大王の後見をするつもりがあるか単刀直入に確かめることにした。律令制度が、それを保証する「令」をつくることになると言えば彼女も心強いだろう。これまでにない若い大王が誕生しても問題にならないはずと、不比等は自分の考えを述べた。

　讃良姫は、不比等の話が終わる前から目を輝かせた。どのように反応するか気になっていた不比等は、彼女の顔を見ながら話をしていたから、表情が変化する瞬間を見逃さなかった。彼女の瞳が大きく見開き、表情が豊かになり、いっぺんに十歳くらい若返って見えた。

　不比等は、讃良姫の返事を待たず、自分の提案が受け入れられたことが分かった。

「それは望ましい。本当にそのようにできるのでしょうか」

と讃良姫が尋ねた。

　うまくいくと確信している態度を貫くことが重要であると不比等は、胸を張って応えた。

「心配いりません。これまでに例がなくても、大王が詔を出せば、そのようになります。ですから大王に限っては年齢に関係なく、その地位に就くことができます。大王を助ける必要があるときは、太上大王がその任に当たれば良いのです。律令制度を検討している撰令所で、われが提案して条文に織り込むようにします。讃良姫さまも、どうかご協力ください」と不比等は力強く言った。

「でも、律令制度が実施されるのは当分先の話になるのでしょう。その前に呵瑠王子を大王にすることができるというのですか」と讃良姫は、まだ不安のようだった。

「むろん律令制度の発布は先になります。それでも、大王の詔として出されれば『令』と同じ結果になります。律令には詔として出された決まりも取り入れます」と不比等は自信を持っている態度を崩さなかった。

ここで強く出れば、讃良姫が、これまで以上に自分を頼りにするに違いないと不比等は知っていた。どのように実現すれば良いか悩んでいた彼女の問題を、不比等がみごとに解決する方法を見つけたのである。

しかし、年の若い呵瑠王子が即位するのは不自然であるという印象を、多くの人たちが持つのは明らかだ。それをどのように納得させたら良いか。

大海人大王が即位したのは内乱に勝利した結果で、異例なことだった。讃良姫の即位も草壁王子の死によるものだったから、やはり異例である印象が強い。それなのに反対する意見が見られなかった。異例であっても正統性があると見なされたからだ。讃良姫の在位の途中に成年に達していない孫の王子に王位を譲るのは異例中の異例である。批判の対象にならないようにするためには、正統な王位継承であると思わせれば良いのだ。

わが国の歴史に、成熟した年齢に達しない大王が即位した例はない。その伝統を破っても、即位に正統性があると強調すれば強行突破は可能である。その場合、天照大御神から続く正統な大王の血筋を引いていることが根拠となる。讃良姫自身の権威が高められたのも、その血筋を前面に打ち出したからである。

この時点で、不比等によるアイディアを知っているのは、讃良姫のほかには阿閉姫と三千代だけだった。そこで、不比等は、この提案は讃良姫から出たものとするほうが良いと主張、自分のアイディアであると思われないようにしたいと言い了承を得た。そのほうが周囲の反発は少なくなるはずだった。

讃良姫が大臣に話をし、不比等が律令選定メンバーに話して「令」として決める役割を果たすことになった。

不比等は、その前に真人《まひと》だけに話して了解をとったほうが良いと思い、近く讃良姫が譲位することになる経緯を説明した。

真人は、予想外の話であるから驚いたものの、大王の意志が強いのは分かっていたから、反対するわけにはいかないという見解を示した。不比等には、それで充分である。

不比等は、意を強くして会議に臨むことができた。

大王の後継を決めるのは「継嗣令」である。唐の例では、皇帝の息子たちが王子として、そのなかから皇帝の意志で後継が決められる規則になっている。当然のことながら大王の条件として一定の年齢に達するという文言はない。

わが国でも、長く続いた伝統により年齢制限があると思われているだけで規則があるわけではない。「継嗣令」は王族の身分や王族の範囲などを決めるもので、わが国では異例である若い大王の誕生は、規則にはないから律令で決めなくても良い問題であると気づいた。

そうなると、現大王が後継を指名するだけで良いことになる。しかし、律令制度と関係ないとして議題に上げないで良いか。むしろ、この問題を不比等から提示して、必要なら「継嗣令」に盛り込むようにしたほうが良いと思い、皆の意見を聞くことにしたのだ。

改めて撰令所のメンバーたちに説明する際に、讃良姫の提案であることを不比等は強調した。大王が呵瑠王子を後継者にしたいと思っているのは、説明しなくとも多くの人たちの知るところだった。

「これは、われの提案ではなく大王のご意向です。この席で、大王に代わってわれが説明させていただきますが、そのことを良くご承知おきください」と前置きしてから不比等は話し始めた。

不比等の説明は、会議に出ている人たちには思いも寄らぬ話だった。とはいえ、讃良姫なら、あり得るだろうと誰もが納得していた。高市王子の死後、どのようなかたちで朝廷のまつりごとが運営されていくのか、何となく不安定な雰囲気があっただけに、大王の新しい意向が明確に示されたという印象を与えた。

不比等が話し終えると、皆に意見を言うように促し、もっぱら聞き役に徹した。これまでにない若い年齢の大王が誕生することに対する抵抗はかなりあるはずだ。しかし、反対すれば大王の意に逆らうことになるから、ほとんどの人たちは奥歯にものが挟まったような言い方しかしなかった。

これは朝廷のあり方の根本に関わる重大な決定であるから、律令制度に関する会議で決めるべきことなのかという疑問も提出された。

「大王の即位や後継者をどのように決めるかは、ここで議論するのではなく「令」として新しい条文をつくる必要があります。ですから大王の意志を尊重し、それを参考に条文として新しくすれば良いでしょう。譲位した大王は太上大王と呼ぶと決めるようにする。唐の「令」にもこれに当てはまる条文がありますから、それを手直しすれば済みます」と不比等は説明した。

朝廷の最高意思決定機関であるはずの、大臣や納言の会議で決めるべきことではないかという疑問が出されたが、不比等は大臣や納言には大王から話があるはずで、彼らが納得しないのに実行に移すことはないと保証した。そこまで言われれば、それでも反対する者はいない。積極的に賛成しないにしても全員がこの提案を受け入れ、不比等が思うとおりにことは運んだのである。

讃良姫も根まわしを始めた。まず右大臣の多治比嶋《たじひのしま》を内裏に呼んで意向を伝えた。

七十歳近くなった多治比嶋は、政権の運営に積極的な意欲をもっておらず、讃良姫が呵瑠王子のことを話しても、それほどの関心を示さなかった。驚くような提案なのに、そうした様子さえ見せなかった。

「すべては大王さまが良いと思われるようになさるのがいちばんです」と嶋は言った。讃良姫のほうが拍子抜けするほどだったが、ともかく大臣の承認は得られた。

次いで、あまり間をおかずに納言の安倍御主人《あべのみぬし》と大伴御行を内裏に呼んで話をした。

「わらわは、このように決めました」と讃良姫は、機先を制して言った。話の内容に彼らは絶句したが、讃良姫に怯む様子はなかった。

事前に不比等から自分の意志として強く主張するようにしたほうが良いと讃良姫は言われていた。納言の二人は、それなりに手ごわい相手であると思われたからだ。

彼らに会う前に、不比等から耳打ちされていた。

「神となった大王は、何をしても良いのです。すべてが赦されている存在なのですから、臣下の意見を聞いてから決める必要などありません」

なるほど、そのとおりだと思った讃良姫は、相談するというより申しわたすような口調で話した。

「いいですか。分かりましたね」と讃良姫は、御主人と御行に畳み掛けるように言った。その場で返事をしなくてはならないと思った二人は、顔を見合わせた。

「おっしゃることは分かりました。しかし、この国にとって重要なことですから、皆の意見を聞いたほうが良いのではないでしょうか」

御主人は、讃良姫に圧倒されながらも抵抗を試みた。隣で御行もうなずいていた。

「皆の意見を聞きたいと言うのはもっともです。けれど、その前にあなたたちの意見を聞かせてください。わらわが決めたことに反対ですか。呵瑠を後継者に指名して大王にするのは良くないと考えているのですか」

「いえ、そういうわけではないのですが、前例がないことですから」となおも御主人《みぬし》は言いわけをした。

「そのために、こうして事前に話をしているのです。あなたたちが賛成してくれなくては困ります。多治比嶋大臣も了解しています。あなたたちも、わらわの言うことを聞いてください」

讃良姫も、二人を味方につけるほうが良いと思って少し柔らかく出た。

ふたたび二人は顔を見合わせた。これ以上逆らう態度をとるわけにはいかないと御主人が思っていることを御行は理解した。御主人も、御行がそう思っているのが分かった。讃良姫の意向に添わなくては、今の地位にいることなどできない。二人は内心の動揺を隠して賛成した。

高市王子が亡くなってから四か月後のことである。

呵瑠王子の立太子は、年が変わり西暦六九七年早々に発表された。その前から噂は流れていたから、発表されたときには人々はもう驚かなくなっていた。

立太子した呵瑠王子の世話をする東宮大伝《みこのみやのおおきかしずき》として、当麻国見《たぎまのくにみ》が任命された。さらに呵瑠王子が大王に就任するための環境を調える役を果たす春宮大夫《みこのみやのつかさのかみ》に、路跡見《みちのとみ》が任命された。二人とも真人の姓《かばね》をもつ氏上である。それまでにも朝廷のなかでさまざまな重要な任務をこなしてきた大物である。とりもなおさず任務の重要度が高い印象を与え、呵瑠王子の存在感を高める効果があった。

この後、律令が新しく整えられて皇太子についての規定ができ、制度として定着していく。太子を後見する東宮大伝と春宮大夫という役職に就くのは、従四位以上の官位を持つ者と規定された。

讃良姫が呵瑠王子に大王位を譲ったのは、この年の八月、大海人大王が亡くなってから十一年後、讃良姫が大王に即位してから七年経っていた。

第二十六章　律令国家の成立

西暦六九七年八月、呵瑠《かる》王子が即位した。

過去に例のない若い大王が誕生することに批判的な声が起きないよう周到に準備された。それまでの即位式とは、何もかも違う印象だった。

前大王の讃良《さらら》姫と新しく即位する呵瑠王子が高御座《たかみくら》に並んだ。大極殿《だいごくでん》で即位式をする必要があったから、飛鳥浄御原宮にあった大極殿を解体して運び、集中的な工事で完成させたのである。

保護者然とした讃良姫と若い呵瑠王子とが高御座にいる様子は、見方によっては異様である。それを異様と思わせない工夫が凝らされていた。それは高御座に鎮座する讃良姫と呵瑠王子に対して採用された奉翳《はとり》による。

楕円形の団扇《うちわ》が長い棒の先に取り付けられた翳《さしば》がかざされて、高御座にいる二人の姿は一時的に見えないようにされた。女孺《にょじょ》と呼ばれる女官たちが高御座の左右に控え、合図に従って一斉に立ち上がり翳をかざして二人の姿を覆い隠す。こうすると必要なとき以外に大極殿にいる人たちに、二人の姿を晒《さら》さないで済む。

讃良姫が僧の道昭《どうしょう》と面会したとき、道昭の話を聞いて採用したのである。

新益京《あらましのみやこ》の工事が続いている最中に、道昭は途中までできている薬師寺の完成に協力してくれるよう讃良姫に要請した。そのとき道昭は、唐の王宮で奉翳《はとり》が採用されていることを語った。皇帝は、常に臣下の前に姿を見せる存在ではなく、高御座にいるときは秘することにより権威をいっそう高める効果があると述べた。

讃良姫は、すぐに採用することにした。なるほど神の子孫なのだから、それに相応しくするには、常に姿を見せないようにしたほうが良いに決まっている。もっと早くから採用したいくらいだった。さっそく三千代を呼んで、どのようにするか手配を任せることにした。

三千代は、翳のつくり方や二人の姿の隠し方、そして翳のかざし方に工夫を凝らした。

必要に応じて女孺たちが翳をさっと振り下ろす。優雅な品のある仕草で互いに重ならないようにかざして二人の姿が隠れるようにする。各自がどの位置にかざすか決められ、女儒たちの服装は装飾を凝らし、背の高さが同じくらいの美女が選ばれた。ゆったりとした動きを基本にかざすときには素早く不揃いにならないよう練習をくり返した。

讃良姫と呵瑠王子が並んで高御座に着座すると大鼓が鳴らされ、左右に九人ずつ並んで控えていた翳をもった女儒がさっと立ち上がり、讃良姫と呵瑠王子の姿を隠すように動いた。優雅にリズミカルに揃って翳をかざした。

はじめて目にした大極殿に控えている貴人たちから感嘆の声が上がった。

中臣氏の氏上である意美麻呂によって天神寿詞《あまつかみのよごと》が読み上げられ、忌部色未知《いんべのしこぶち》が神爾の剣と鏡を王子に奉った。これを受け取って呵瑠王子は正式に即位した。

安倍御主人《あべのみぬし》によって高らかに宣明《せんみょう》が読み上げられた。

神々が住む高天原における神話の世界からはじまり、最高神である天照大御神の子孫がこの国に降臨し、代々の大王にいたる系譜が語られた。呵瑠王子の祖母である讃良姫が現御神《あらひとがみ》として大八嶋国《おおやしまのくに》を統治し、その血筋を引く呵瑠王子の即位が宣言された。宣明の後段では、官位を持つ者たちおよび宰《みこともち》（国司）は国の法を犯すことなく、明るく浄く誠の心を持ち、怠ることなく気を引き締めて仕えるようにせよと語りかけた。

これが終わると、ふたたび女儒により讃良姫と新しい大王となった呵瑠の姿が隠された。王族たちや群臣たちが拝礼しているあいだに、二人は高御座から立ち上がり後方にある内裏に戻った。

十五歳の新しい大王の即位は、こうした演出のせいか、讃良姫の威光が続いているせいか、批判的な声は聞こえずに済んだ。即位を祝って税が軽減され、出挙《すいこ》の利息も一定期間とらず、高齢者には朝廷から贈りものがくだされた。

呵瑠大王の婚姻

即位した呵瑠大王は三人の妻を持った。十五歳という若さでも、大王であるからには、後継者をつくるのは重要な任務である。

呵瑠王子が立太子した時点で妻となる女性の選考が始まった。

決定権を持つのは、祖母の讃良姫と母の阿閉《あへい》姫である。二人が首を縦に振らなくては妻となることはできない。

葛城大王や大海人大王の血を引く姫は候補から外された。朝廷の主導権が讃良姫と阿閉姫から他に移る可能性を排除したかったからだ。王家の血筋を持つ王女のなかで二人が気に入った姫が見当たらなかったのだ。血筋は重要であるが、それがすべてではなかった。候補になるのは、大臣などを出した氏族に限られる。

安倍御主人《あべのみぬし》が、紀氏の娘である門竃媛《かまどひめ》を推薦し、大伴御行が石川氏の娘である刀自媛《とじひめ》を推薦した。紀氏は以前からの名門であり、石川氏は蘇我氏の新しい氏名であり名門の一族である。讃良姫も阿閇姫も、ともに母が蘇我一族の出である。

そして、不比等の娘である宮子《みやこ》媛を推薦したのが県犬養三千代《あがたいぬかいのみちよ》である。このとき宮子媛は十三歳だった。不比等の官位は、紀氏や石川氏の当主より高かったが、大王の妻候補となるには伝統がものを言う。中臣氏という不比等の出自は二人よりも劣っていると見なされた。それを承知で三千代が申し出たのである。

「あなたの娘さんを呵瑠王子の妻にすることに反対ではないでしょうね。ふつつかながら、わらわが骨を折りましょう」

と三千代に言われて、不比等は不覚にも驚き感激した。

驚いたのは、十三歳の自分の娘が人の妻になるほど大人になっていると思っていなかったからで、感激したのは三千代が不比等のために骨を折ってくれると自分から言い出してくれたからである。

阿閇姫に仕える宮人として重用されている三千代は、不比等とは以前から接触する機会が多くなっていた。

夫を持つ三千代に思いを寄せている素振りを見せることの危うさを考え、不比等は自重するように自分に言い聞かせてきた。

「あなたは、まだ大人になっていない呵瑠王子を大王にするという離れ業《わざ》を成し遂げたのですから、その功績で娘を王子に嫁がせることができます。讃良姫さまも、阿閇姫さまも、あなたの娘を迎えることに反対されるとは考えられません。これほどの良縁はないでしょう。ですが、あなたから讃良姫に申し上げたのでは、自分の功績の代償として大王の妻の座を要求しているように思えてよろしくありません。それよりも、あなたの娘が新しい大王に相応しいことをわらわが申し上げれば、素直にうなずいていただけるでしょう。ですから、わらわに任せてほしいのです」

三千代は、不比等から目をそらさずに話した。

「ありがたい申し出です。是非ともよろしくお願いします」

不比等は心を込めて言った。目が合うと三千代は艶っぽく笑った。三十代の半ばになっている彼女には大人の女人の美しさがあった。

三千代の言うとおりにことが運んだ。ただし中臣氏は、紀氏や石川氏よりも低い身分であるとみなされ、宮子媛は妻としての順位は三番目になった。大王家に娘を嫁がせるとなると、古くからの家柄が重んじられたからだ。

周囲から見れば、自分の娘が大王家に入るのだから、不比等の権勢は大臣に匹敵すると思われるが、不比等本人は少なからず屈辱感を味わった。いまさらながら旧臘を重んじる朝廷の保守性が前面に表れ、不比等は久しぶりに疎外された気分を味わった。

この直後に、不比等と三千代は結ばれた。

三千代は、九州の筑紫に行った三野王に未練がなかった。むしろ立ち居振る舞いに違和感を感じていた。三野王は教養よりも武勇に優れていることが重要であると考え、感覚的に三千代とはすれ違うことが多くなっていた。

幸いなことに不比等と結ばれたことを讃良姫も阿閉姫も喜んでくれた。三千代は三十六歳になっており、不比等は四十歳を間近にしていた。

不比等が納言に就任

新しい大王が即位すると人事も刷新される慣わしである。どのような人事になるのか関心が集まったが、結果はあまり変化がなかった。

右大臣の多治比嶋、大納言の安倍御主人、それに納言は大伴御行と石上麻呂がともに留任、不比等が納言に就任したとはいえ、目新しい印象はない。納言の三輪高市麻呂《みわのたけちまろ》が讃良姫に諫言したせいで外され、不比等が後任になったと受けとられた。

納言として新顔の不比等だが、最初から一目置かれた。朝廷の意思決定機関となる会議に参加し、権力の座に一歩近づいた。さらに、一年後に朝廷が不比等を特別扱いするという異例の詔《みことのり》を出した。

宝姫や葛城大王のもとで働いた中臣鎌足にくだされた「藤原」の氏名を不比等が使用し、そのほかの中臣氏は神祇をつかさどる氏として「中臣」を名乗るようにせよという内容だった。不比等が当主となり、新しく藤原氏という氏族が誕生したのは、妻の三千代が画策した結果である。

不比等の娘の宮子媛を呵瑠大王に嫁がせる際に、紀氏や石川氏より不比等のほうが、氏として劣っているという評価が、そのまま維持されるようでは、朝廷が不比等の功績に酬いていないと、三千代は阿閉姫に訴えたのである。そして時代が変わっているのに、依然として古い氏族が優遇されるのは理不尽ではないかという三千代の主張に、阿閉姫は理解を示し、彼女から讃良姫に話がいき、三千代の主張が認められたのである。

讃良姫にしても、不比等個人の能力の高さを評価していたから詔を出すのに反対しなかった。

大海人大王の時代になってから氏名を変える例が多くなっていた。蘇我氏は石川氏に、物部氏は石上氏に、膳部氏は高橋氏を名乗るようになっている。とくに届けるわけではなく物部といったり石上といったりした時期もあり、混乱がなければ問題にされることはなかった。

不比等は藤原氏の氏上となり、藤原氏は特別に扱われた。父の鎌足が藤原の姓を下賜されてから、中臣氏の一族が藤原を名乗ることもあって曖昧なままだったのが、中臣氏から切り離されて、不比等だけが藤原氏を名乗ることを許された。

納言となった不比等は、律令の選定メンバーでもある。撰令所では忍壁王子に次ぐ地位とみなされ、会議では不比等の発言は重視された。朝廷のまつりごとに納言として参画し、律令の作成にあたっても主導権を取る立場を確保したのである。今ふうに言えば、行政と立法の両方の場で大きな権限を持つ人物となったのである。

防御施設の改修問題

新しい大王の時代になってから当面の課題として浮上したのが、国防のためにつくられた各地の山城の改修問題である。これは大臣と納言で構成される会議で決められる。

三十年ほど前に築いた筑紫をはじめとする各地の山城の老朽化が進み、修理する必要が生じてきた。もとのように機能させるには大掛かりな修理に取り組まなくてはならない。かつてのように唐が攻めてくる恐れはないとはいえ、国防という見地からするとないがしろにできない。

この問題を話し合う会議で、安倍御主人《あべのみぬし》や大伴御行《おおとものみゆき》は、防御を固める重要性を考慮して山城の修理はおろそかにすべきではないと主張した。不比等は白村江の敗戦の際にはまだ幼かったから、彼らのように危機感を持っておらず、その主張に素直に賛成できなかった。

「いまは唐が攻めてくると考えられません。すべての山城を大掛かりに修理する必要はないでしょう。高安《たかやす》城の兵士を減らしてもいいと思いますし、その近くに関所が設けられており、厳重に警戒すれば京《みやこ》を護ることができるのではないでしょうか」

不比等は大規模な修理には最初から消極的な考えだった。会議の前に兵政官の長官だった大伴安麻呂にあらかじめ意見を聞いた。安麻呂も同じ考えだったので、先輩たちを尻目に意見を述べたのである。

高安城の修理には手間と資金をかける必要はないと主張したかったが、そこまで言うのはためらわれた。そこで、老朽化が進んだ建物を新しくして、石垣の修理にとどめる提案をした。高安城に関しては費用と動員数を少なくする。そして筑紫の山城の修理を重視するほうが良いと話した。両方をセットにすれば御主人や御行も聞く耳を持つだろうと考えてのことだ。

万が一に備えて、防御の要となる筑紫の大野《おおの》城と基肄《きい》城の防御はおろそかにできないというのは共通認識になっていた。不比等は現状維持で良いと思ったが、これまで以上に多くの兵士が駐屯できる体制にしようという御行の主張に不比等も異議を唱えなかった。その結果、防人《さきもり》として動員された兵士の数を増やすと決められた。

肥後国の鞠智《きくち》城をどう扱うかも話し合われた。那の津から六十五キロほど南にあり、有明海から敵が攻めてくることを想定して建てられた城である。この城まで従来どおりに防衛を優先して修理するのは考えものだった。城を築いた当時には想定できなかった問題が発生していたからだ。

九州の南部にある大隅や阿多には、古くから隼人が住んでいる。彼らは朝廷に従う姿勢を見せ、定期的に貢ぎものを持って王宮に来て良好な関係を保っていた。ところが、律令制度をにらんだ国づくりを進めるようになり、朝廷が彼らを支配しようとしたために、ここに来て急速に関係が悪化した。

狩猟を生業とする隼人たちを、農作業の生活に改めさせようと朝廷が強力に働きかけたからである。自分たちの生活基盤を手放してまで朝廷に従うわけにはいかないとして譲らない隼人に対して、朝廷は武力を使ってでも従わせようと決意を固めていた。そのために防衛上の重要度が低くなっている鞠智城を、緊急時に備えて隼人と対決する拠点の城として改修することにしたのである。

律令制度の実施に当たっては、朝廷の支配地域は例外なく同じ生活様式にする体制を貫こうとした。多様性を認めたのでは律令国家に相応しくないという考えにとらわれたからである。

話は先走るが、高安城は西暦七〇一年八月に廃止された。律令制度が実施されて間もなくである。ここにいる兵士たちを新益京の治安対策に振り向けるためである。

飛鳥京を護るために設置された高安城は、その役目を終えていると不比等には思えたからだ。高安城を維持していくための修復が始まっていたが、中止すれば費用と手間を省くことができる。

高安城の廃止を決意したのは、新益京の工事を続けている大垣や資材置き場で放火事件が起きたのが原因だった。動員された者が、連日の厳しい労働に堪えかねて逃亡を企て逃げる際に火をつけたようだ。

夜間の警備をさらに強化するには、人員を増やす必要があった。そこで高安城に滞在している兵士たちを京の治安対策の人員にまわすという提案をした。限られた人たちでやり繰りするには思い切った策が必要であると不比等は主張し、高安城の廃止が決まったのである。

葛城大王と宝姫大王の御陵の新規造営

呵瑠大王が即位してから二年後の西暦六九九年十月に、勅によって衣縫王《きぬぬい》、当麻国見《たぎまのくにみ》、土師麻呂《はじのまろ》、田中法麻呂《たなかののりまろ》が檜隈にある宝姫の墓を、粟田真人《あわたのまひと》、土師馬手《はじのうまて》、小治田当麻《おわりだのたぎま》が山科《やましな》にある葛城大王の墓を、それぞれ新しく造営する任務に就いた。讃良姫の意向だった。

すでに宝姫と葛城大王の御陵はつくられていたから、新規に御陵を造営するのは異例であるが、呵瑠大王の治世を盤石にしたいという願いが籠められ、実行されることになった。

葛城大王の御陵は、新益京《あらましのみやこ》にある王宮の真北となる山科である。この位置にすれば天の神と呼応して、大王の霊が王宮を守ってくれるはずだった。王宮の真北になる御陵は天を表しており、鬼門からの悪霊が王宮に侵入するのを防いでくれる。宝姫の御陵は真南にあたる檜隈である。南は地を意味するから、宝姫が地の神とともに若き大王を守ってくれる。若い大王では心もとないと思う人たちがいると思うと気が休まらない讃良姫は、亡き二人の大王にも助けてもらいたいと願ったのである。

大海人大王の時代には、近江朝の大友王子と戦う原因をつくった葛城大王について触れるのはタブー視される空気があった。先の内乱で貢献した人たちがまつりごとの中枢を占めていた時代だったからだが、讃良姫大王の時代になると、世代交代が進んできたせいで、それにこだわる人たちは少なくなった。

そもそも律令国家をめざしたのは葛城大王であり、中臣鎌足であり、大海人大王はそれを引き継いだだけである。役人たちの住まいまで含めた広大な京《みやこ》をつくろうとしたのも葛城大王だった。それを大海人大王が引き継ぎ、その完成をめざしたものだ。

歌を詠み漢詩をつくる文化的な雰囲気をつくったのも、知的な遊びに関心があった葛城大王である。讃良姫が大王になってからも、教養があることが貴人の条件のひとつである伝統は引き継がれている。

不比等も、葛城大王を大海人大王とともに偉大な大王として位置づけるべきであると考えていた。葛城大王時代の業績の多くは父の鎌足によってもたらされたもので、葛城大王の評価を高めるのは鎌足の評価にもつながる。

宝姫の御陵も、百済支援のために筑紫に行った後の混乱のなかでつくられたから豪華ではなかった。現在の大王家のもとを築いた宝姫と葛城大王が、ともに慌ただしく葬られたままで良いはずがなかった。葛城大王は王家にとっては重要な大王と改めて位置づけられ、亡くなった九月九日は先帝の国忌とされた。大王として復権を果したのは律令制度の確立を睨んだ施策の一環でもある。

撰令所による新令の検討

撰令所のメンバーは新しい「令《りょう》」の完成を急いだ。律令国家になるのは長いこと朝廷の人たちにとっての大きな目標だった。やっと実現の見通しがつけられるようになったのである。讃良姫も、律令国家になれば大王の地位が揺るぎなく絶対的になると思い、早く実施するように不比等《ふひと》に要望していた。

若いときから、こうした作業に関わりたいと熱望していた不比等は、いまや主導権をとるようになった。並々ならぬ意欲をもって作業に取り組み、臆することなく自分の考えを述べた。ときには自分の考えが浅いことを露呈せざるを得ない場面もあったが、真人とのやりとりのおかげで不比等は政治家として鍛えられた。

唐や、それ以前に中国でつくられた「令」に関する資料をもとに、ひとつひとつの項目について参照しながら、わが国の統治に合致した条項に改めていく。

歴史や統治の仕方に違いがあるから、唐の律令をそのまま移植するわけにはいかないが、中国の歴代の統治者たちが考え抜いてつくった法律である。統治を万全にするために参考にする以上の手本だった。

入手した唐の律令に関する資料をもとに、項目ごとに何のためにこうした内容の「令」になっているのかを理解し、わが国に適応した文言にどう改めると良いか検討するとともに、そのままで良いと思われる項目は、たいした議論もなく唐の「令」に倣って決定する。

不比等は讃良姫や阿閉姫から、朝廷のまつりごとに関して委任されて会議に出ている自覚を持っていた。だから、ひとつひとつ「令」を確定していく作業に、これから自分が朝廷のまつりごとに関わって行く際に、どのように対処すべきか考えながら判断していった。

比較的早い段階で議論されたのは、太政官と神祇官が同格に並ぶ地位にあるという飛鳥浄御原令についてだった。真人たちが草案としてつくった令と違っているのは良くないのではという意見が真人から出された。飛鳥浄御原令で決められた内容に真人は納得できなかったのだ。

真人《まひと》は、神祇や神社に関する「令」は数ある「令」のひとつであるから、それにもとづく神祇官の長官は太政官と同格ではなく、その下にある八つの省庁の長官と同じにしたほうが良いという主張だった。草案としてつくられた「令」を中臣大嶋が変更したが、もとの姿に戻すべきであるという見解だった。

組織としてみれば、真人の主張どおりである。しかし、大王が主催する宗教儀式は神聖であり高い権威に裏付けられている。唐の律令と同じようにしては朝廷の権威が保たれない。わが国が唐と違うのは大王の存在が神聖であるからであると不比等は強調し、これを改めるべきではないという考えを述べた。

二人を中心に議論されたが、不比等が讃良姫も阿閉姫も自分の考えを支持していると述べたので、真人が譲るかたちで決定を見た。朝廷と宗教が強く結びつくもとが、これにより確実になったのである。

唐の組織に倣って大王と関係する官庁が宮内《くない》省と中務《なかつかさ》省とに分かれる件では、二人の意見は一致した。

当初は朝廷のなかで大王に関する組織はひとつでいいという意見もあった。大王に仕える人たちの組織は古くから組織化され、任務分担は明確になっている。それは主として大王やその家族に関する生活を中心とした任務である。これとは別に、勅詔や官位の授与のほか朝廷のまつりごとに関する公的な仕事は以前にくらべると大幅に増えてきていた。そのため、前者を宮内省とし大王に仕えて大王を支える組織とし、それとは別に大王のまつりごとを中心にした後者の任務は中務省という組織にすることにした。朝廷のまつりごとが複雑になり後者の任務が重視され、それに関わる人たちが増えてきている。

宮内省は王家の人たちとの繋がりや接触が多いが、中務省は大王のまつりごと全般のさまざまな任務、たとえば勅令の起草などのほかに行幸や王族の葬儀、朝廷が所有する倉庫や図書の管理、さらには王族たちの墓の造営も受け持つことになる。

唐の律令を参照して誕生した中務省は、当初に考えていた以上に大きな組織となり、役割ごとの分担をどうするか議論された。これに関しては真人と不比等のあいだで意見の違いはあまり見られなかった。

兵部省に関しては、議論する過程で真人と不比等は意見が分かれた。

兵部省といえば軍事部門である。不比等は、当初は王宮の護衛や警護の武人たちも、兵部省の管轄になると思っていた。武人といえば、警護や治安を維持する任務が主であるという認識を持っていたからだ。いざとなれば彼らが敵と戦うことになる。ところが、真人は、兵部省は必ずしも軍人や武人だけの組織ではないというのだ。

「外国では敵との戦いが重要な意味を持っています。常備軍が存在し、指揮する将軍がいて軍隊組織が完備されています。わが国では、海に囲まれているので敵との戦いは滅多にありませんから、こうした軍隊組織はなくて済んでいます。防備のために筑紫には山城があり兵士が詰めておりますが、それはそれとして別の組織と考えたほうがいい。王宮の警護や治安に関わる仕事は武人といっても、その任務が異なります。地方でも国司の館の警備や治安のために武人が必要です。それと同じに考えれば、こうした任務は兵部省とは違って、京《みやこ》のための特別な組織と考えるべきでしょう。これはこれとして独立した組織にして、兵部省はもっと全国規模の仕事を中心にすべきでしょう」

不比等は、戦争を想定して備えを怠らない国と、わが国との違いを思い知らされた。

「駅伝制や牛馬、さらには船の製造や管理も兵部省でおこなうようにしたほうがうまくいくと思います。これからは、今までよりも交通網の整備が重要になります。すでに駅馬の制度ができているところもありますが、東海道・東山道など七道すべてにわたって完備させなくてはなりません。三十里ごとに駅家をもうけて、国司や役人の馬による移動の便宜を図るようにする仕事は大切です。これを兵部省ですべきだと思いますよ」と真人は語った。

これらは文官の仕事であるから、他の役所の仕事で、むしろ武器の製造や管理や兵士の動員などが任務なのではないかと不比等には思えた。しかし真人は違う考えだった。

「いや、治安や警備のための兵士の動員は、地方でもおこなわれます。そうした兵士は国司や郡司の指揮に従うことになります。ですから、兵部省が管轄するのが必ずしも良いとは言えないのです。むしろ、兵部省も他の省と同じように行政的な仕事をする部署であると考えてください」と真人は不比等に言った。

兵部省は兵士たちが所属する部署という限定した考えが間違っていることに不比等は気づかされた。船の製造や交通網の整備は兵士の移動に役立つとはいえ、必ずしも軍事関係の任務とは限らない。とはいえ、朝廷が全国を統治するのに欠かせない仕事である。それを兵部省に割り振ると考えればいいのだ。固定観念にとらわれず柔軟に対処しなくてはならないと、不比等は真人の主張を全面的に支持する態度に改めたのである。

これ以降も、真人と不比等の二人が主導して重要な「令」についてひとつずつ決めていった。公式令からはじまり官位令、官員令、神祇令、僧尼令、戸令、田令、賦役令、学令、選叙令、継嗣令、考課令、禄令、官衛令、軍防令、儀制令、衣服令、営繕令、関市令、倉庫令、厩牧令、喪葬令、雑令など多岐にわたっている。比較的多い条項の令と、それほど多くない令など中味によって違いがある。

全体的に見た場合、真人は唐の令の思想を重視し、不比等はわが国固有の伝統や習慣を重視し、参考にする唐の令をわが国に合うように変えようとする姿勢があった。そのため、しばしば二人の意見は対立した。

不比等はそうしたやりとりをしているときに、自分のなかに父の鎌足の魂が入り込んでいるのではないかと、ふと思うことがあった。発言しているのが、自分ではなく父の鎌足であってもおかしくないという気がした。そんな意識になると、父がもう少し長生きして、律令制度の確立のために活躍していたら、自分と同じように考えただろうかという思いにとらわれることがあった。

それというのも、口には出さなかったが、隋と唐で学んだ国博士に真人を、そして父の鎌足に自分を準《なぞら》えたのである。父の鎌足が活躍したのは自分が幼いころだったから実際には知らなかったが、人々から聞き及んだ範囲であるにしても、朝廷をどのように変えていくかは、大きな課題だったはずである。先進文化と思想に接した国博士は、唐の進んだ思想や法律をわが国に導入することに熱意を示したのだろうが、わが国には長い歴史があり、そのなかで培ったものを大切にしていくべきであるという思いが父の鎌足にはあったように思えた。不比等と真人のあいだで交わされた議論と同じような場面が、国博士と父のあいだであったのかもしれないと、不比等は想像することがあった。

新令の完成と実施に向けての準備

「ようやくできましたね」と真人は、目の前にうずたかく積まれた「令」の巻きものを前にして不比等に感慨深げに語りかけた。積まれている巻きものは、ひとつひとつ検討し文章化された「令」を網羅している。西暦七〇〇年三月のことである。

大海人大王が詔を発してから二十年近くたっている。この一年後に発布し、律令国家として新しいスタートが切られることになる。

神祇官の組織では長官は「伯」と呼ばれ、太政官のトップは「太政大臣」という名称になる。新令による太政大臣は、大友王子と高市王子が就任したときと名称は同じだが、朝廷の行政組織を統括する最上位の役職であり、天皇の後継者を意味するニュアンスはなくなっている。

大王や王族に関する規定は伝統を踏まえながらも改めら

れ、皇太子の制度がつくられ、大王が指名して後継者が決められると明記された。職員令のなかにある後宮令により、后・妃・夫人・嬪という大王の妻の身分も明確に格付けされる。后や妃は王族の姫しかなることができない。

太政官のもとに左右の大臣が置かれ、大納言がそれに続く役職となり、彼らが太政官の最高執行機関として朝廷の意志を決める。彼らは議政官とも呼ばれ、かつての群臣会議と同じような任務となる。この下に各省八官の組織として中務省、宮内省、式部省、治部省、民部省、兵部省、刑部省、大蔵省がある。

八官は、太政官に従属する組織としてまつりごとを分野ごとに担当する。各省の長官は「卿」、次官は「大輔」と「小輔」、その下の判官は「大丞」と「小丞」、さらにその下は「大禄」と「小禄」となっている。

なお、各省の下部組織は「職」「寮」「司」という名称になりその規模の大小を表している。中務省でいえば、大きな組織として中宮職があり、それより規模の小さい左右大舎人寮があり、図書寮があり、陰陽寮がある。組織としてこれらより役人の数が少ない「司」としては画工司や内薬司がある。それぞれに長官がいて、職は「大夫」、寮は「頭」、司は「正」と呼ばれる。

朝廷のまつりごとを推進する太政官制のもとで、勅や詔の発布、さまざまな通達や指示などの公式文書を作成する任務は、少納言を長とする外記という組織が受け持つ。また、諸外国との連絡や通達に携わる左右の弁官という組織も設けられる。

八官に属さない組織として、内裏や京内の綱紀粛正をはかる警察組織としての弾正台、同じく王宮の警備などを担当する五衛府、官馬の飼育や管理を担当する左右馬寮、儀式や実際に使用される武器の管理を担当する左右兵庫、供御用の武器の管理を担当する内兵庫がある。

五衛府というのは、左右の兵衛府、衛門府、左右の衛士府の五つの組織である。兵衛府と衛士府が左右に分かれているのは、王宮を東と西に分けて担当するからである。王宮の警備や護衛を担当する五衛府は、新しい組織になったように見えるが、以前からの任務と基本は同じであり、属する人たちの多くも律令前から引き継いでいる。

衛門府は、王宮にある門の警備や開閉を受け持つ。門を通過する人たちの検問を担当し、かつての「門部」として仕えていた氏族に属する人たちの組織で、仕事内容や勤務する人たちの編成は旧来と同じである。

左右衛士府は、京の治安を維持し警備を担当する部門で、主として地方から動員された人たちで構成される。昼間だけでなく夜間の警備にも当たる。地方から来る衛士たちは、律令制度による兵制をもとに、郡司による動員により集められた兵士のなかから選抜される。

五衛府と一括して呼ばれるのは、緊急のときには協力して京《みやこ》を護る軍隊として機能するからである。かつては豪族たちが統率していたが、新しい組織になってからは豪族の当主が必ずしも上司になるわけではない。そのために彼らは朝廷に仕えているという意識を持つ役人になり、豪族たちとの繋がりも次第に希薄になっていく。

左右馬寮、左右兵庫や内兵庫で働く役人たちも、馬や兵器を管理する武門として以前から朝廷に仕えて、ノウハウを蓄積していた人たちが任務につく。

各省の組織は、長官、次官、次官補、そして同補助という四等官制度となっている。四階級の指導者が任命されるが、小さい組織の場合は、長官が次官を兼ねるなど、四階級すべての役職を埋めるわけではない。

新益京は、国郡制とは別になり、国司に代わり京職がおかれる。これも左右に分かれる。

筑紫にある朝廷の組織が太宰府《だざいふ》と呼ばれるのはこのときからで、九州にある国とは異なる特別な行政組織である。九州全体を統轄する朝廷の出先機関として独立した権限が与えられ、太宰府の長官はその任務の大切さから大物政治家が任命される。

同じように、難波の津とその周辺を統括する摂津職がおかれた。わが国の重要な港のある地方として、摂津の長官は、この地域の国司としての役割も果たす。

地方にも軍団が形成される。労役などで動員される人のうち三人に一人の割合(ときには五人に一人)で兵士となり、年間三十日の訓練と実地任務がくり返され、彼らは国司の指揮下に入って治安維持に当たるが、緊急事態が生じたときには必要に応じて軍隊としての機能を発揮するようになっている。

新しい官位制度の導入

官位の名称も「官令」により改められた。

大海人大王の時代に決められた「正」「直」「勤」「務」「追」「進」という官位の名称になっており、内容の分かりにくさがあったが、改訂された官位は一位から八位までに「初位」を加えた名称になった。

位階が明瞭に分かる名称にすべきであると提案したのは真人《まひと》である。いわれてみれば漢字を当てて序列をつけるよりはるかに分かりやすい。不比等は真っ先に賛成したが、あとになれば当然のように思えるものの、真人が提案しなければ変わらなかっただろう。

一位から三位までは正と従の六段階、四位と五位は正と従にそれぞれ上下がついて「正四位上」から「従五位下」までの八段階となり、ここまでが貴族となる。一位から三位までは従来の名称では「正」であり、四位と五位が従来の「直」にあたる。六位は「勤」に、七位は「務」に、八位は「進」にあたり、それぞれ八段階だったものから、正と従に上下がついて四段階ずつになる。

官位は四十八段階から三十段階になる。役人の数が増えれば細分化したほうが良いという考えから、位田や職田の制度が導入され、事務手続きが複雑化するのも避けたいという思いがあり変更された。

王子は一品《ぽん》から四品までの格付けになった。扱いとしては一位から四位までの官人と同等になり、こちらは正も従もつかない。王子の官位名称が別になったとはいえ、実際には臣下の官位と同等になって王族を優遇する度合が低められている。

朝廷の役職にあるものには、その地位ごとに決められた面積の職田が与えられ、官位により位田が与えられる。

それぞれの役職により与えられる職田は、太政大臣は四十町、左右大臣は三十町、大納言は二十町である。一品は八十町、二品は六十町、三品は五十町、同じく官位に関して正一位は八十町、従一位は七十四町、正二位は六十町、従二位は五十四町、正三位は四十町という具合に支給される仕組みになっている。

五位以上の官位を持つ人の子孫は二十一歳になると自動的に官位を授けられる規定ができた。これにより上級貴族の子孫は、最初から授けられる官位が高く、貴族の子孫が朝廷のなかでは早く出世できる。とくに三位以上の貴族の子弟は優遇される。

この決定をみるまでに真人と不比等のあいだで激しい議論があった。能力主義に徹したほうが朝廷のまつりごとがうまくいくと考える真人は、出自によって出世できる体制にするのは好ましくないと主張したが、不比等が反論した。能力を発揮するには幼少の頃からの教育が大切であり、それができる身分の人たちが優遇されるのは当然であると不比等は主張した。讃良姫や阿閉姫の考えも同じであったから不比等に譲る意志はなかった。まつりごとの能力には漢詩をつくることを含めて、唐やわが国の歴史にも詳しいといった教養が前提になると不比等は強く主張した。結果として真人が譲り決定を見たのである。

律令制度が実施されると、豪族たちの所有する土地は朝廷に返上することになるが、土地を取り上げられると思われないように、官位や役職に就くことにより土地を与えられることが強調された。この場合、真人の言うようにしたのでは、官職につく能力のない豪族を救済するために官位を授けることができなくなってしまう。それでは、豪族たちはただ土地を取り上げられるだけになってしまいかねず、彼らの反発を招く恐れがあった。

寺院は中務省の管轄になり、寺院や僧侶たちは「僧尼令」により朝廷の管理下におかれる。寺院は、財政的に朝廷の庇護の元にあり、僧侶は、勝手に寺院をはなれて布教や土木技術の指導をしたりすることが禁じられた。さまざまな祈願をして人々の心の拠りどころになる存在であるが、いっぽうでは朝廷の支配の道具としての組織となっている。僧尼令の内容については、寺院ごとに僧侶を集めて説明会が開催された。

新令の実施に向けた慌ただしい動き

撰令所のメンバーによってつくられた「令」は清書され、安倍御主人《あべのみぬし》や大伴御行《おおとものみゆき》をはじめ議政官たちに内容が披露された。最終的には太政官の会議にかけられ承認されて効力を発生する。

定期的に開催される議政官による会議で、撰令所のメンバーとなっている不比等が律令作成作業の進捗状況を報告してきたから、おおよその内容は大臣や納言たちも知っていた。それらの承認を受ける段階になった。ここで大臣や納言から意見や主張などが出されて、改めて議論が起き侃々諤々となり収拾がつかなくなっては一大事である。

決められた令の内容が大臣や納言による会議で変更されるのは望ましくない。できれば、まるごと承認してもらいたい。そうでなくては、律令制度の実施時期がずれ込んでしまうかもしれなかった。

どのように会議を主導していけば良いか、不比等はあらかじめ考え、総裁となっていた忍壁王子にも出席して、王子の権限を発揮してもらうようにはかった。新令について王子が説明して、反対や反発ができない雰囲気をつくるように配慮した。

「これだけのものを不比等たちが議論して決めたのである」と言って忍壁王子が山と積まれた巻きものを見ながら話し始めた。

「その苦労が、いかに大変であったか見れば分かるであろう。百近くもある「令」をひとつひとつ細部にわたり決めていったのだ。どのようにするか良く議論した結果である。わが国を強くて豊かにしていくもとがつくられたのだ。だが、この席ですべてを話し合うわけにはいかないし、その必要もない。われのもとで不比等や粟田真人たちが真剣に考えて決めたので、それを信頼して良いであろう。われはそう思っている」

忍壁王子は撰令所のメンバーの努力を称え、朝廷によって特別に表彰すべきであると言って言葉を結んだ。

不比等が補足して話し出した。

「新しい令により、われらは議政官になりますが、内実はこれまでと同じです。大臣がいて大納言や納言がいて、その会議で朝廷の意志を決めていきます。それぞれの官庁も新しい名称となり、その長《おさ》の呼び名も新しくなりますが、その役目が変わるものではありません。名称が変わって戸惑うでしょうが、それに慣れてくれれば問題はなくなるでしょう。それに、新しい律令になったからといって、われわれの身分や扱いが変わるわけではありませんから安心してください」

新令の実施がどのような意味を持っているのか、彼らは本当に分かっているのか、不比等は疑問に思えたが、ほとんど変更せずに承認を得ることができた。

この会議によって承認されて確定した新令は、音博士《こえのはかせ》の薩弘格《さつこうかく》の手により公文書として校訂され、正式の文書となった。すべての令を正しい漢文として書き直すのは大変な作業だった。薩は、歴史書編纂のための仕事を中断して、新令の文章化に専念して仕上げたのである。その功により従六位相当の官位を授けられたが、その前から撰令のメンバーに加わるようになっていた。もう一人の音博士である続守言は老齢となっていて、歴史書の仕事に専念していたのである。


不比等は、讃良姫や呵瑠大王、阿閉姫や三千代にも、できあがった新令の中味について説明した。

律令制度の実施計画が始まった大海人大王子の時代には、まだ若かった不比等は、讃良姫からその計画について知らされる立場だった。いつかは自分も国家の大切な計画に参画したいと思っていたが、いまや讃良姫が自分の説明に耳を傾けている。立場が逆転していた。

讃良姫は、不比等の説明をそれほど熱心に理解しようという態度ではなかった。それに引き換え、呵瑠天皇は中味を良く理解しようと不比等にくらいつくようにして、ひとつひとつの項目の持つ意味について説明を求めた。

不比等は質問にていねいに応えた。そばには阿閉姫や三千代が付き添っていた。

完成した新令は、たくさんの写しをつくらなくてはならない。貴重な紙を使用し、すべての令にある条項を記した巻きものを相当数つくるために、役人たちだけでは間にあわず官寺の僧侶まで動員して続けられた。

王族や上級役人たちへの説明会が開かれ、順次、官人や地方の役人たちにも説明がなされた。その説明は、作成に当たった人たちによりおこなわれた。

六月には新令の完成に寄与した人たちに、それぞれの身分に応じて朝廷から賜りものが下され、新しい官位が授けられた。

不比等に次いで、粟田真人、下毛野古麻呂、伊吉博徳が五位相当の貴族になった。伊余部馬養、土師甥《はじのおい》、薩弘格《さっこうかく》が六位相当、坂合部唐《さかいべのもろこし》が七位相当、白猪宝然《しらいのほね》などが八位相当に昇位した。

地方の組織と班田収授の法

律令制度の要である班田収授の法に関しての動きも新令の完成にともない活発になった。

地方の統治組織は、朝廷によって任命される国司のもとに、「評《ひょう》」に代わって「郡《こおり》」という名称になった。このときから国司は長門守というふうに「守《かみ》」と呼ばれた。次官が「介《すけ》」、以下「掾《じょう》」、「目《さかん》」となる。評督は、郡司となり、その長官は「大督」、次官は「小督」、以下「主政」、「主帳」と序列がつけられた。役所の組織は中央も地方も、長官以下の役人の序列は四等官が原則になっている。

いくつかの郡を統合して「国」となり、その長官である国司は、朝廷から任命され、任期は四年と決められた。中央の意向に添った国司が郡司の上に立ち地方を従わせる体制である。

とはいっても、評督が、そのまま郡司となる例が多かったから、長らく支配していた地方の豪族の既得権がまったく失われたわけではない。ただし、評の官衙ができてから朝廷の指示に従う体制になる傾向が強まり、かつてのように豪族が君臨する時代とは異なり、律令制度の実施により中央集権の色彩は一段と濃くなっていく。

ただし郡司の任期は定められていない。郡司以下の地方役人も朝廷から任命される建前であるが、従来同様に地方の有力者が郡司となり、その子弟が次官以下の役職に就く例が多かった。地方の豪族の支配力の強いところの反発が起こらないように気を使ったからである。国司は、郡司の上に立つが、その地域の住民との接触は郡司とその支配下にある人たちがおこなうことになる。

郡司をはじめ郡の役所で働く上層の人たちは、官位を与えられるようになった。ただし、朝廷に勤務する内官とは違って、地方の役人は外官と呼ばれ、最高位は五位までに限ると決められた。

国司が郡司たちとともに班田収授の法の実施に主導的な役割を果たすことになる。

班田収授の法の実施は律令の要であり、朝廷の財政の基本である。これがうまく行くかどうかは国司の采配振りにかかっており、その任務は極めて重要だった。

「国」の数は六十以上にのぼっている。もともと地方豪族たちの支配範囲を国として継承してきており、地域によって広さや人口に違いがある。それらは、大国、上国、中国、小国と四段階に区分けされ、それぞれに国府がおかれる。大国の国司は重要視され行政手腕のある中央の役人が任命された。

その下の行政単位である郡も同様に、大郡、上群、中郡、下郡、小郡と五段階に区分けされた。五十戸をひとつの単位の里として、その数の多さによって分けられ、地方役人も、その大きさに比例した人数になる。

条里制への移行が計画どおりに進んでいない地域もあった。傾斜が大きく谷が深い地域では規定どおりの条里制にするのはむずかしいという事情もあった。引き続き条里制に基づく水田にする作業を続けなくてはならない地方では口分田の支給が遅れるが、目処が立たないほど遅れる地域はない。

新令が実施された翌月には、各地にあった屯倉《みやけ》を管理する役割を果たしていた田領《たつかい》が、その任務を終えた。彼らは地方の役人たちとの関係が深かったから、それぞれの地域の状況を朝廷に報告するように指示された。

国司がどれだけうまく統治しているか、住民のあいだにトラブルは発生していないか。条里制がどの程度まで進捗しているか。口分田の支給にあたって問題となることは何か調査された。

不比等は、彼らがどのような報告を持ち帰るか気になって、すべての報告を直接聞くことにした。

その結果、問題のある地域もあったものの、班田収授の法は、計画どおりに実行していくことができるという感触を得た。国司と郡司との関係がうまくいっていない地域もあるが、朝廷の意向に従わないところはないようだった。

不比等を喜ばせたのは、新田を増やそうとする意欲がどの地域にも見られ、条里制の実施により予想以上に新田の面積が増えていることが分かったことである。

これに先だって、律令制度の実施前に、功績を上げた国司が表彰された。

因幡《いなば》の国司である船秦勝《ふねのはたかつ》は郡司と協力して計画になかった地域でも条里制を採用して大々的に新田開発に乗り出していたことが評価された。また、遠江《とおとうみ》の国司である漆部道麻呂《ぬりべのみちまろ》は、計画どおりに口分田を支給する体制をいち早く確立させた。二人とも朝廷の期待以上の働きだった。

不比等は、二人の功績を大々的に称えた。他の国司たちが見習う見本とするためである。そのほかにも何人かの国司には目立った活動をしたとして封戸を与えた。班田収授に関しては、不比等は最初から関わりが少なかっただけに、どうなっているのか心配していたのだが、思った以上に問題なく進行しているようで安堵した。

日本と天皇という名称の決定

話が前後するが、撰令所のメンバーによる「令」の作成作業の目処が立ったところで、不比等がこの国の名称と大王の名称を変更する提案をした。

「倭国」という言葉が長年にわたって使われてきた。もとは中国や朝鮮半島の国々が、そのように呼んでいたのを、国名として使用していたが、自分たちで決めたものではなく、国名としては好ましいとはいえない。

「日本国」と決めようと思った。「日のもと」といわれ「日出づる国」ともいわれた。「日」という文字を国名に入れることにするのが良い。不比等の独創ではなく、「大和」や「大八嶋国」や「瑞穂《みずほ》国」という国名とともに「日本」という名称は、これまでも使われたことがある。

「大王」も「天皇《すめらみこと》」と変更しようと考えた。王のなかの特別な存在である大王という言葉から受ける印象は、まだ成人に達していない年齢の呵瑠には相応しくないと思われたので、呼び名も改めたほうが良いと考えたのである。

唐では国の統治者を「皇帝」と呼び、新羅では「国王」と呼んでいた。そこで、不比等はかつては中国でも用いられたことがあるものの今は使用されていない「天皇」という言葉を選んだ。

天皇とは北極星をさし、道教では最高神である。道教は仏法よりはるか前からわが国に入ってきており、思想的な影響が大きかった。撰令メンバーたちにとって不比等の突然の提案は思いもよらなかった。

「この国の名を『日本国』に、そして大王のことを『天皇』と呼ぶことにしたいと考えております。それを新しく交付する令の最初のところに銘記すると良いと思っておりますが、いかがでしょうか」と不比等は口火を切った。

「律令制度を実施するのは、新しい国家になることを意味します。国が生まれ変わるときなので、国の名称も大王の名称も新しくするのが良いのではないでしょうか」

しばらくは誰からも声が出なかった。

「うーん」と唸ったのは粟田真人だった。真人は不比等のことを他の人たちと考え方や問題の対処の仕方に違いがあり才能があると前から思っていたものの、それが並外れていると感心したのである。多くの人たちが、条文の細部にこだわって議論しがちななかで、核心をとらえる不比等ならではの提案であると思えた。

「面白い提案ですな。国の名前だけでなく、大王の呼び方まで新しくするというのは意外な申し出で驚いています。なかなかのことですな」と真人は言った。

「それで、われの提案はどう思われたのでしょうか」と不比等は真人のほうに向き直って尋ねた。

「とくに反対ではありませんよ。いいのではないですか」と言いながら、真人は思わず笑顔を見せた。

会議の前に、不比等は讃良姫をはじめ呵瑠大王や阿閉姫などにも、こうした提案をするつもりでいることを話していた。もちろん了承を得るためである。

「大王は唯一の存在なのですから、『天皇《すめらみこと》』と呼ぶほうがふさわしいのです」と不比等は説明した。

どのような表情をするか、不比等は讃良姫の表情を見まもった。少し時間をおいてから讃良姫は頬笑んだ。

「なぜ、もっと早くそうしなかったのですか。わらわが大王のときにそのようにすれば最初の天皇《すめらみこと》になったのに」と笑顔のまま言うと、脇にいた阿閉姫もつられて笑った。

不比等は不安なく、会議の際に提案することができた。

真人の意見に倣い、ほかの人たちも賛成した。

「この際、さまざまな名称も、唐の言い方に倣って変えてみてはいかがでしょうか」と言ったのは白猪宝然だった。唐で長く学んだ経験から発言している。

皆がひとつの方向にまとまり不比等は安心した。律令国家になるための吉兆と思えた。真人や宝然をはじめ、出席している人たちは、ほとんど不比等よりも年配で、なかには不比等の父親くらいの年代の人もいる。そんななかで不比等が主導権をとって会議を進めることができた。しかも違和感をもたれずに進めることができて満足した。

大王が天皇と呼ばれるのにともない、王子は親王、王女は内親王と呼ぶことになり、これも「令」のなかに組み入れられた。ただし、長く馴染んできた王子や姫という言葉が使われなくなったわけではなく、これ以降も公的な文書以外には旧来のまま呼ばれることが多かった。

遣唐使の派遣を考慮する

不比等が、粟田真人と二人だけで話し合ったのは、この会議から半月ほどのちだった。

「倭国という名を日本国に変更することは、外国にも知らせなくてはならないでしょう。新羅には通告するだけで済みますが、唐にも知らせるべきであると思うのです。どのようにしたら良いでしょうか」

不比等は、唐にいた経験がある真人に尋ねた。唐との関係が、いまのままでいいとは思えなかった。律令制度を実施する目処がたったたから、何らかの行動を起こすほうがいいと思い、真人の意見を聞いてみた。

「たしかに、国名を変えたら外国に知らせて認められなくては意味がありません。でも、唐との関係は途絶えたままになっていますから、どのように知らせるかが問題です」と真人は考え込むような表情をして続けた。「きちんと使節を送って伝えることにしてはどうでしょうか」

まさに不比等が求めていた応えだった。

「われもそう思います。ですが、唐に使節を送るにしても、どのような方法にしたら良いのか、まさか新羅に仲介を頼むわけにもいきませんし」

新羅の使節は、かつてのように唐に関する情報をわが国に伝えることが少なくなっていたのだ。

「新羅はあまり協力したくないでしょうね。わが国が、唐とじかに接することを警戒するでしょう」

「では、どうしたら良いのでしょうか」と不比等は尋ねた。

真人は、少し間をおいてから言った。

「風の便りに聞いたことなので、本当かどうか分からないのですが、唐では女帝が支配しているということです。わが国と違って彼の国では、女の人が皇帝になるとは考えられないのです。それを確かめたくて、新羅の使節に聞いたのですが、言を左右して応えてくれません。知っていても教えようとしなかったのではないかと思う節もあります。唐が、いまどのようになっているか気になります。使節を送って確かめるといいと思います」

強大な帝国である唐は、朝貢するために使節が来るのを歓迎するはずであるというのが真人の見解だった。しかし、わが国は以前から唐に朝貢せずに、唐に従属する国となることに抵抗を示しており、過去にさまざまな問題が起きていた。いずれにしても、事前に何の通告もせずにわが国の使節を送るのは前例がなく、乱暴な行為ではないかと思われた。

真人に、何か考えがないか不比等は確かめたかった。

「われは、唐はわが国と敵対する意志は、もはやないと思っています。唐との友好関係を築くのは、わが国にとっても必要なことでしょう」と真人は話し始めた。

「律令制度についても唐の最新の情報があれば違ったものになったかもしれません。それに唐は、わが国より数段進んだ思想や技術を持っております。直接、唐から学ぶためにも唐との友好関係を保たなくてはなりません。向こうから、そうした申し出があるはずはありませんから、わが国のほうから近づいていかなくてはならないでしょう。ここは遣唐使の派遣を考えるべきでしょう」

不比等も、そう思っていたのだが不安もあった。

「ですが、唐がわが国の使節を受け入れるとすれば、唐に朝貢しなくてはならないでしょう。わが国が頭を下げてお願いするかたちになるので、讃良姫さまがそれを許さないと思います」と不比等は言った。海外の国々に対するわが国の対処の仕方について懸念を持っていたのだ。

新羅に対して見下す姿勢をとろうとする讃良姫は、唐との関係を修復するためにわが国のほうから接触しようとするのを好ましいと思うはずはない。しかし、真人に答えを求めても無理な話だった。念のため、唐に長く滞在した経験を持つ白猪宝然にも意見を聞いてみたが、真人よりも慎重な答えしか返ってこなかった。


とはいっても、遣唐使の派遣は実現させたいと不比等は思った。何かいい知恵はないかと考え、道昭の意見を聞くことを思いついた。

わが国の仏法界の重鎮であり、完成した薬師寺の律師として活躍していた道昭は、不比等の話を聞くと、真人よりはるかに積極的な意思を示した。

「唐との関係修復は何よりも大切なことです。すぐにでも遣唐使を送るべきです。われが唐で学んだ経験は、この国にいてはできないことばかりでした。わが国とは比較にならない進み方をしている国ですから、学ぶべきことがたくさんあります。多くの人たちを派遣すべきでしょう。唐は、われがいたときよりもはるかに進んだ国になっているはずです。それらを学んで、わが国に導入するようにしなければ、新羅にも劣る国になってしまいますよ」

不比等は、道昭の言い方に圧倒された。

「それは分かりますが、いきなり使節を派遣するのは、どうでしょうか。新羅に頼るわけには行きませんし」と不比等は言った。

「新羅に頼ろうとする考えは捨てるべきです。いきなり唐へ行ったとしても、まさか追い返すことはないでしょう。広い海を行く危険は大きいでしょうが、たとえ航海の途中で難破する危険があっても、唐に行く価値があります。新羅との関係がどうという問題ではありません。わが国の将来のためです」

道昭の話は威勢が良かった。なるほどと思うとともに、道昭の思いに巻き込まれていいのかと不安もあって、不比等は讃良姫が唐に不審感を抱いていること、こちらから低姿勢で友好関係を築こうとすることに反対される恐れがあることなど、遣唐使の派遣に対する懸念をぶつけてみた。

「何をおっしゃるのです。あなたは、讃良姫さまの思惑と、この国の将来と、どちらが大切だと思っているのですか。あなたは、朝廷のなかでしっかりとした考えを持っている数少ない一人です。それなのに、そんなことにこだわっているのですか」

　道昭は、不比等の顔を見て真剣に話した。

「失礼ですが、先のない方のことなど、この際、どうでもいいのではありませんか。何か勘違いをしていませんか。不敬なことを言っていると、あなたは驚かれるでしょうが、この国の将来を考えれば、讃良姫さまの思惑を考慮して消極的になるのは良くありません。わが国は、以前にくらべれば教育の仕方も進歩していますが、唐ではこんなものではありませんよ。新しい思想を理解し、世のなかを良くして行こうとする人たちが、必死に学んで努力しております。才能を持って生まれた人でもきちんとした教育を受けなくては、世のためになることはできません。広い世界を見る機会を、若い人たちに与えなくてはなりません。あなたがやらなくて誰がやるというのです」

　不比等は、何も言うことができなかった。道昭の前では、自分が子供の時代に戻ったような錯覚さえ抱いた。不比等に対して、このような言い方をする人などいなかったので、不比等にとっては良い刺激となった。

道昭の死の波紋

　それから三か月も経たないのに、道昭は七十二歳で、この世を去った。西暦七〇〇年三月である。矍鑠《かくしやく》として動きまわっていたので、道昭にかぎっては死ぬことなどないのではと周囲が思うほどだったが奇跡は起こらなかった。

　奇跡は少し違うかたちで訪れた。

　新益京の王宮の南側近くに建てられた薬師寺で暮らしていた道昭は、座禅を組むのを日課にしていた。ときどき三日間の座禅をおこなった。そのあいだは誰も道昭の部屋に入ることは赦されなかった。それが四日になり、五日の座禅になった。食事もせずひたすら同じ姿勢で瞑想する過酷な修行である。

　さらに七日にわたる座禅に取り組むことになった。七日も食事もとらず座禅三昧の修行は行き過ぎではないかと弟子たちは考えたが、止めるわけにもいかず見守った。

　数日後に道昭の部屋から香気がただよってきた。何ごとかと、弟子のひとりが部屋に入ってみると、縄でつくられた簡素な椅子に端座したまま道昭は息絶えていた。

　亡きがらは遺言により火葬された。唐では仏法に帰依するものは火葬する慣わしであり、わが国の風習に馴染まなかったが、道昭は遺言を残していた。僧侶たちも親族も、それに従わざるを得なかった。わが国ではこれが最初の火葬になる。

飛鳥の栗原の地で火葬された。道昭の骨を拾おうと多くの僧侶たちが、道昭の親族とともに待ち構えていた。釈迦牟迩の遺骨が珍重されたように、わが国でもっとも偉大な僧侶として慕われていた道昭の骨は貴重だった。

山と積み上げられた薪の火が消え、道昭の骨を拾おうと僧侶や親族たちがまわりに集まってきた。とたんに強いつむじ風が吹き、道昭の骨は灰とともにあたりに舞い上がり、何処かへ飛んで行ってしまった。

道昭は仏像の製作に関しても、大きな貢献をした。唐から帰国した道昭は、わが国の仏師たちには唐におとらない能力があると見抜き、彼らを指導して優れた仏像をつくれるよう努力を重ねた。専門的に取り組む少数の仏師に仏法の精神を伝えるとともに、仏像のあるべき姿、表情やかたちについて自分の考えを語った。菩薩や如来以外のさまざまな仏像をつくるようになったのは道昭の指導があったからだ。

わが国の仏師たちは、唐や新羅の仏師たちに負けない精神性と優れた技量を持つようになり、それが受け継がれていった。研鑽することの大切さを身につけた仏師たちは、その後の仏法の発展に大きく寄与した。

唐で学んでいた道昭は、中国の易姓思想についても知っていたが、国内ではそれに触れることはなかった。

天子は天の命を受けて民を治めるもので、徳のある政治をしないと民心を失ってしまう。そうなると、新しく台頭する天子にとって代わるのは自然の理《ことわり》であるというのが易姓思想である。

大王の血統が重視されるようになったわが国で易姓思想は受け入れられない。しかし、道昭は讃良姫が天照大御神の子孫であるという説に異議を唱えなかった。

還俗した同世代の真人は、亡くなる前の道昭に尋ねたことがある。

飛鳥浄御原令が実施され、神祇令が大嶋の手により書き直され、わが国の大王が血統によって引き継がれる方向に大きく傾いたことは、仏法思想とは相容れないのではないか、道昭がそれをどう思っているか聞いてみたのである。

道昭は明快に「それで良いと思う」と応えた。朝廷あっての仏法であり、神祇令のもとに朝廷の庇護を受ける神社とは共存することが可能で、それにともない仏法も栄えるようになるという見通しを語った。朝廷の支持を得ているからこそ、仏法をわが国で広めて行くことができると考えていたのだ。

柿本人麻呂の失踪

このころに起きたひとつの事件が、柿本人麻呂の突然の失踪だった。讃良姫の怒りをかったのが原因と言われたが、真相は分からない。

律令制度が実施される慌ただしい動きのなか、人麻呂は蚊帳の外にいて少しも忙しくなかった。儀式の際に詠んだ歌をはじめ、地方に行ったときに詠んだ歌など納得できる出来映えの歌を選び出し、「人麻呂歌集」としてまとめる作業に熱中した。

写経されて立派につくられた経典と同じ体裁にして、人麻呂は自分の歌を巻きものにして残そうと考えた。文字を書くのが得意であるから自分で書き写し、誰の助けも借りずに巻きものを完成させた。

手に入れた貴重な紙を巻きものにするために糊でつなぎ合わせ、それに自分の歌を記して行く。読みやすいように、経典と同じように文字列を揃え、行間も均等に空けてきちんと楷書で書く。墨を摺ってまっさらな紙に筆を走らせていくのは楽しい所作である。

人麻呂は、かねてから考えていたように、誰が読んでも間違えないように、余韻や詠嘆を表現するために欠かせない助動詞やテニヲハも漢字を用いて表した。どのような漢字をあてはめていくか工夫するのも楽しかった。経文と同じ一行に十五字以内にまとめるときれいに揃う。しかし、反歌のように五、七、五、七、七の歌は、十五字以内にうまく納まらない場合がある。二行にすると半端で見苦しい。迷った末に反歌は十五字以内に納まるように必ずしもすべての文字を漢字にすることなく見た目を優先させた。

完成した歌集には、立派な巻きものらしく見えるように模様つきの布で表紙をつくり飾りをつけた。しばらく完成した巻きものを手で撫でまわして悦に入っていた。そのうちに、もうひとつの巻きものをつくって歌の心得のある人に進呈しようと思いついた。

作業しているときに讃良姫に呼ばれた。内輪の歌会を開くということだった。歌の内容についてあれこれ考えながら写していた興奮を引きずったまま、人麻呂は王宮におもむいた。

人麻呂が行くと、待っていた讃良姫が自分でつくった歌を披露した。意見を聞くために呼ばれたのである。

人麻呂は、讃良姫が抑揚をつけて自ら詠い上げるのを聞いていて、何と陳腐な表現なのかと呆れた。それが表情に現れてしまった。そのうえ、息を吐き出したときにわずかに声になり、ため息をついた感じを与えた。そばにいた阿閉姫や三千代が凍り付いた。

「申し訳ありません。つい、ぼうっとしていまして」と人麻呂は慌てて最敬礼したが、すでに遅かった。

「早く讃良姫さまの歌の感想を言いなさい」と阿閉姫が気をきかせた。讃良姫は不機嫌そうにしていたが、とくに何も言おうとしなかった。

「まあ、いいのではないですか」と、その場を取り繕うように人麻呂は言ったが、実際にはどう言っていいのか分からないように見えた。

「うまく表現されておられるのではないですか。のう、人麻呂さまよ」と言ったのは三千代である。阿閉姫が隣でうなずいていた。

「ええ、そうですね」と言ってから人麻呂は付け加えた。

「春過ぎて、としたほうがいいのではないかと思いますが」

「そうでしょうか」と讃良姫は不機嫌そうな顔で言った。

讃良姫が発言したことにより、その場の空気は緊張から解き放たれたものの、話題が盛り上がることはなかった。それでも歌談義が続けられた。ただし和んだ雰囲気にはならず早めに散会となった。

人麻呂が失踪したのは、その数日後のことだった。

家人から、翌日になっても人麻呂が帰宅しないという届け出があった。何日たっても人麻呂は帰宅しなかった。

家のなかは変わった様子はなく、すぐに戻ってきてもおかしくない状況だった。なにか事故にあったのではないかと危惧された。しかし、一風変わったところのある人麻呂は意識的に人々の前から姿を消したのではないかという噂も立てられた。

失踪する前に、人麻呂は、自分の歌をまとめた巻きものを大伴安麻呂に送っていた。自分の歌のことが分かる人と考えて選んだようで、家にはつくりかけの歌集が一冊残されていた。結果として、のちに最初の公的な歌集を編纂するときに、人麻呂の歌が多く採用されたのは、安麻呂に送った人麻呂の歌集が、大伴家で引き継がれて残ったからである。

貴族である人が、突然失踪したのは前代未聞である。数日前の歌会での出来事は、何となく上流階級の人たちに伝えられたにしても、それが失踪する原因になったとは考えられなかった。その後、新益京のはずれで、汚い着物姿で歩いている姿を見かけたという者がいたが、しばらくして安麻呂のところに、放浪中に詠んだと思われる歌が添えられた人麻呂からの手紙が寄せられたという。しかし、それさえも真実なのか、安麻呂が口を濁したのではっきりとは分からなかった。

人麻呂がいなくなっても、歌を詠む人たちが絶えることはなかった。人麻呂に刺激されて、個人的な心情や恋する人に向けて歌を詠むことが教養のある人たちのあいだに定着した。聞く人たちの胸に響かせようと、ときめきや感動、そして別れのつらさなどが、風景や季節の移り変わりに託して詠まれるようになった。

不比等の命令により、人麻呂に関する記録はすべて廃棄された。讃良姫の周囲で人麻呂について話すことはタブーとなった。にもかかわらず、人々の記憶のなかでは、人麻呂の歌の印象は強烈に残っていたから、それまで消すのは不可能だった。

遣唐使の派遣を決定

不比等は遣唐使を派遣する決意をした。

律令制度を実施するのに合わせて、国名を「日本」に変えることにしたからには、唐にも認知してもらうべきであるという不比等の主張に、讃良姫は思いのほか簡単に承諾した。唐風に対する憧れを多くの人たちが持っていることを讃良姫も知っていたから、とくに反対すべきことではないと思ったようだった。

遣唐使を率いるのは粟田真人以外には考えられなかった。唐とわが国の関係を知り、臨機に対応できる人物はほかに見当たらない。真人が首を縦に振らなければ、遣唐使の派遣も再考しなくてはならないと不比等には思えた。

問題は真人が老齢であることだ。七十歳を越えているものの、元気で仕事をこなしていた。だからといって、遥か遠い唐への旅は過酷である。それでも唐との交流が途絶えているから、現地に行って交渉し、こちらの意志を伝えなくてはならない。ただ闇雲に行けば良いというものではない。唐の状況を知り、唐の言葉を話すことができる人でなくてはつとまらない。

不比等は、真人に単刀直入に考えをぶつけた。

最初は、驚いた顔をしていた真人は、不比等が自分に何をしてもらいたいかを噛み締めるように理解して大きくうなずいた。

「もう歳なので、唐へ行くのは厳しいですが、もう一度長安の都を見るのも楽しみですな」と真人は微笑を浮かべながら言った。

「ありがとうございます。若者が将来のために唐で学んで新しい知識を身につける必要があります。そのためにも、唐との関係を良くしていただきたいのです。律令制度がわが国に根付くには、能力のある若者を育てなくてはなりません。どうか、そのために力を貸してください」

不比等は、官位は自分のほうが上になっているが、あくまでも真人を先輩として立てる態度を失わないよう配慮して言った。

「そうですね。唐がどのような国になっているのか、われが行ったのは数十年も前のことですから」と言って真人は遠くを見る表情をした。「どのように唐との関係を築くか、唐の態度に応じてこちらの態度も決めなくてはならないでしょう。交渉のすべてをわれの判断でさせてくださればありがたいのですが」と真人は不比等を立てる言い方をした。

「もちろん、そのつもりです。行っていただけるのであれば喜んでおっしゃるとおりにいたします」という不比等の言葉に、真人は大きくうなずいた。

　不比等は、もっとも心配していたことについて真人に尋ねた。

「いきなり唐に行っても大丈夫でしょうか。向こうの都合を考えずに行くことになりますが、使節としての役目をうまく果たせない恐れはないでしょうか」

　真人は、わずかに首を傾げて言った。

「場合によっては、皇帝にお目にかかれないかもしれません。どうなるか分かりませんが、当たって砕けるしかないでしょう」

「無理なお願いをすることになって恐縮ですが、どうか、よろしくお願いします」

　不比等は、ふたたび頭を下げた。

「でも、何もしないよりはずっと良いでしょう。われにできることは、なんでもしますよ」と真人は動じない態度で言った。不比等にはない貫禄があった。

「引き受けていただいて本当にありがとうございます」と不比等が改めて頭を下げた。不比等の言にうなずきながら、真人はにやりとした。

「本当にあなた方は人使いが荒いですな。あなたの父上もそうでした。まさか藤原氏に二代にもわたって仕えるようになるとは思いも寄りませんでしたよ」と真人が言ったので、不比等はいささか面食らった表情をした。

「大宝」という年号と律令制度の施行

　律令制度を意識した公的な儀式は、西暦七〇一年の朝廷における正月の祝賀が最初である。そのために、どのように演出するか、かなり前から工夫が凝らされた。

　前年(西暦七〇〇年)十月に朝廷の衣服や冠をつくる部門を取り仕切る製衣冠司《せいいかんし》が任命されたのも、そのためである。新しい令の施行に合わせて官位と朝服の色が改められ、実施を祝う儀式に間にあうように、発表に先立ち朝服を官人の数だけつくり始めた。

十二月になると大和地方で疫病がはやる気配をみせて不比等たちを慌てさせた。伝染する疫病が新益京の近くで流行るようになったら一大事である。疫病による影響が広がる前に医師を派遣して対策がとられた。

治安の維持にも注意が払われた。毎年のように収穫時期を過ぎたころから、各地で盗賊が穀物倉を襲う事件が相次いでいた。これを放置するわけにはいかないと盗賊対策に本腰が入れられた。全国的に治安が良い状況にしておかなくてはならない。

迎えた西暦七〇一年正月、祝賀の式は、来るべき律令国家誕生の儀式の前祝いであり、予行演習でもあった。

大極殿の正面にある広場には、色鮮やかな七基の撞幡《どうばん》が立てられた。いまでいう幟《のぼり》である。中央の一段と高く立てられた旗棹《はたざお》には、縦長の刺繍を施された飾り布が取り付けられている。高い旗棹の先端に瑞祥として尊ばれる三本足の烏の像が取り付けられている。見上げるような高さである。その左側には日輪とともに青龍と朱雀が描かれている旗棹が並ぶ。青龍は東の地域を、朱雀は南の地域を護る聖獣である。右側の旗には月の像の旗と並んで玄武と白虎の像が描かれた旗が立つ。玄武は北方、白虎は西方を護る聖獣である。

日と月の旗が天を表し、左右にある四本の旗棹は東西南北の地の邪気を払う。日と月によって天の神に守護され、聖獣が描かれた旗によって地の神に守護される。王宮が天に通じる聖なる場所であり、宇宙の中心であることを表現している。

七基の旗棹は深く掘られた穴に埋め込まれ直立している。それにくくりつけられた撞幡は風にはためき、新しい年がいつもとは違う特別な正月であるという印象を与えた。色とりどりの朝服《みかどころも》を身につけている官人のほかにも、新羅をはじめ耽羅や南の島など、近隣からの使節も姿を見せていた。

全員が揃ったのを確かめて、大極殿にある高御座に太上天皇である讃良姫と若い呵瑠天皇がつき、朝廷に仕える人たちから祝賀を受けた。そのときだけ例によって女儒がかざしていた翳《さしば》が取り除かれ、二人の顔を見ることができた。そして、すぐにまた翳で隠された。

毎月一日におこなわれる告朔《ついたちのもうし》の儀式と同じように、各地からとどけられた瑞祥の報告があった。朝廷のまつりごとがうまくいっている証《あかし》である。その報告に続いて律令制度が実施されることが宣言された。新しい制度のもとに、わが国が生まれ変わることが参集した人たちに告げられた。

律令制度が始まるのは、その二か月後の西暦七〇一年三月二十一日からと決められた。占いによりこの日が吉日と出たからである。

すべての官人は、事前に配布された新しい朝服を着て王宮に参集するよう通達された。

官位が改められるのもこの日からである。いままでと官位の名称が異なるから、新しい官位にする作業は事前に式部省と治部省の役人たちによって進められ、前日までに新しい朝服が各自に配布された。

日の出とともに門が開かれて、新しい朝服に身を包んだ官人たちが大極殿前の広場に参集した。濃淡に分かれた紫、同じく朱色、緑色、藍色と官位の高い順に朝服を着た官人たちが並んだ。漆塗りの布の冠をつけ、絹の帯をつけ、白い足袋に礼式の靴を履き、五位以上のものは白袴、それ以下のものは袴状の脚絆で下半身を包んでいた。

正月の祝賀のときと同じように七本の旗が、大極殿の前の広場に立ち並んだ。暖かい季節になっていたが、朝から風が強く旗は大きくはためいていた。新調した朝服の官人たちがあたふたと広場に勢揃いし、正月を上まわる華やいだ雰囲気があった。

大極殿の高御座に、太上天皇の讃良姫と呵瑠天皇が並んで座った。

忍壁王子が朝廷を代表して、この日が特別な祝の日であることを宣言、この年を「大宝元年《たいほう》」とすると述べられた。

十干十二支による年号の表示を廃止して、「大宝」を年号として用いるようにせよという詔が発せられた。現在まで続く、わが国の年号制度が律令制度の実施を契機として始められたのである。

国家が制定した年号を用いるのは、近隣諸国を従わせる国であることを宣言するのに等しい。唐は、朝貢する国が独自に年号を立てることを赦《ゆる》さなかった。わが国も唐にならって近隣の小国を従わせる特別な国であることを示そうとしたのである。

「大宝」というのは金のことである。対馬にある金が大量に朝廷に献上された。白い獣や三本足の烏などと同じように金の献上が瑞祥《ずいしょう》であると見なされた。年号を用いるに当たり、あらかじめ儀式にあわせて金を献上するように指示が出された。直前に対馬で金が産出したという報告を受けて決められたものだが、あとで金は産出されておらず誤報と分かったが「大宝」と決めた年号にまで及ぼす影響はなかった。この誤報は些細なものとして取り立てて騒ぐ必要がないと不問に付された。

新令に基づくまつりごとが、この日を期して実施されることが宣された。引き続き官位が新しくなったことを告げられ、五位以上の官位になる人たちの名前が読み上げられた。六位以下の人たちの官位は五月に発表されることになった。

それが終わると新しい人事が発表された。

左大臣が多治比嶋、右大臣が安倍御主人、大納言には石上麻呂、藤原不比等、紀麻呂《きのまろ》が任命された。

左右の大臣がおかれ、大納言が三人となり、この五人が議政官として朝廷のまつりごとの中核を占める。太政大臣は空位であり、大納言の定員は四人と決められているが欠員が出たのは、直前に大伴御行が亡くなり、そのまま補充されなかったからである。

不比等は朝廷の序列で四番目となる。このとき正三位に昇進し、官位では石上麻呂と並んだ。石上麻呂は、不比等の十七歳上、大納言に新しく就任した紀麻呂は、不比等より一歳年下だった。

人事の発表に続いて忍壁親王から、律令制度の概略の説明があった。新令については、これから関係部署に対して、その内容を順次説明して実行される計画であることが報告された。正月と同じく官人たちに下賜品が配布され、宴会がもよおされ、祝いの行事の幕は閉じられた。

なお、遣唐使の派遣が正式に発表されたのは、これに先立つ一月二十三日である。民部省の長官(民部卿)となっていた粟田真人が遣唐執節使に任命された。遣唐使の代表である正使には左弁官となった高橋笠間《たかはしのかさま》が任命され、副使には坂合部大分《さかいべのおおさだ》、その下の判官には巨勢祖《こせのおおじ》が任命され、準備が進められた。

遣唐執節使というのは、大使よりも大きな権限を持つ。遣唐使一行の指揮権があるだけでなく、朝廷から全権を委任された特別職である。真人は特別に五月になって天皇から太刀を授けられた。直々に太刀を授けられるのは、天皇の名代として活動することを赦すという意思表示だった。

記念すべきこの年に王子たちが誕生している。呵瑠天皇と紀氏の娘である門竃媛《かまど》とのあいだに山部《やまべ》親王が生まれ、不比等の娘である宮子媛とのあいだに首《おびと》親王が生まれた。この後、石川氏の娘にも二人の親王が誕生する。いずれも天皇の跡継ぎ候補になる親王である。若い天皇が四人もの親王の父になって讃良姫と阿閉姫を喜ばせた。不比等にとっては気になるライバルとなる親王たちだった。

不比等と三千代のあいだにも安宿媛《あすかひめ》が誕生している。不比等は四十五歳、三千代は三十七歳という高齢の両親だったが、首親王と同時期のことである。

不比等の長男である武智麻呂《むちまろ》は、このときに二十一歳になっており、舎人《とねり》として朝廷に出仕している。

不比等は讃良姫や阿閉姫から信頼を得ていたが、妻の三千代はそれ以上に二人の権力者の信頼が厚かった。そのうえ老齢である左右の大臣は、まつりごとに対する関心は持っておらず、大納言の石上麻呂も不比等の持つ力を知っていたから出過ぎたまねをするはずがなかった。不比等は朝廷のまつりごとに関していえば、権力にもっとも近いところに辿り着いたのである。

紀麻呂を大納言に選んだのも不比等の深慮遠謀の結果だった。自分よりわずかに若い紀麻呂を同じ地位につければ、自分と紀麻呂とが比較される。不比等がまつりごとを主導すれば、紀麻呂が自分の風下に立つ人間であると多くの人たちが思うはずだ。そうすることにより、呵瑠天皇の妻となっている宮子媛が、紀麻呂の娘である門竃媛の風上に立つ印象を与えるのではないかという狙いだった。

新令に続き、後まわしにされていた新律が完成したのは西暦七〇一年八月、これで律《りつ》と令《りょう》とが揃った。

中国では、新しい王朝が立ったときには治安の確保が大切であるとして、律令制度の実施に当たっては「律」の制定が先になるケースが多いようだが、わが国は、治安の維持はある程度確保されていたから後まわしにしたのである。不比等は「律」を軽視したわけではないが、このときの関心事は新令の実施のほうに向けられていた。それでも、律の作成会議では議論を主導した。比較的短期間で完成を見たのは、参照した唐の律を大幅に変えずに済ませたからである。

刑罰は、笞罪、杖罪、徒罪、流罪、死罪となっており、笞罪と杖罪の違いは打たれる数の違いである。懲役刑である徒罪は、所定の年数、各地の工事や労役に従わせるもので、刑務所のような施設は、まだつくられていない。流罪は、比較的近い場所の場合から遠隔地までの三段階に分かれている。死罪は縛り首と斬《くびきり》とあり、斬のほうが重い刑である。

唐の律よりも重い罰則となっているのが国家に対する反逆、御陵や王宮などの毀損、反逆行為への加担、家長や尊属に対する殺人である。

行幸中である天皇の隊列を妨害したとき、王宮の警護や関の警護を妨げたときなどの刑罰も規定された。反逆や殺人、強盗や窃盗、傷害などの刑罰にも軽重があり、殺人は、謀殺、故殺、闘殺、戯殺、誤殺、過失殺に分けて処罰される。その他の犯罪でも、首謀者と加担者に分けて刑罰が与えられる。

唐の律と同じように天皇の血族、天皇に対して功績のあった者、朝廷の地位の高い者、軍功やまつりごとで功績のあった者が罪を犯した場合は、特別に刑罰が軽減される規定がつくられた。

新律の完成時には、藤原不比等をはじめ下毛野古麻呂、伊吉博徳、伊余部馬養などに、その貢献により下賜品がくだされている。

翌年の二月には、関係する部署の役人たちに新律の内容を説明し、それに基づいて裁判するように促した。

不比等が実質的に第一人者となる

律令制度が実施された年である西暦七〇一年の正月には大納言の大伴御行が亡くなっていたが、律令制度が施行されて三か月後に多治比嶋が亡くなった。七十八歳だった。左大臣であり、正二位相当という高い地位にあったので、多治比嶋には忍壁王子と正三位の石上麻呂が朝廷を代表して葬儀で弔意を述べ、朝廷からの賜りものがくだされた。

そして右大臣の安倍御主人が亡くなるのは西暦七〇三年四月、律令国家になって二年後、六十八歳だった。多比治嶋が亡くなってからはただ一人の大臣だったが、大臣に就任してからは病がちとなり朝廷のまつりごとを取り仕切る意欲は衰えていた。

律令国家になって数年も経ずに長老たちが相次いでこの世を去り、不比等は押されるように地位が上がった。序列では石上麻呂が上だったが、朝廷のまつりごとは不比等のリードに任せるという姿勢を通していたので、不比等は実質的にトップに躍り出ることになったのである。

周囲から見れば、若いときから讃良姫や阿閉姫に取り入り、草壁王子の側近として出世の道をひた走ってきたように見えたものの、不比等本人にとっては、長い忍従の末につかみ取った地位であるという思いだった。

政治家として不比等が自信を深めるようになったのは、律令に関する会議のなかで主導権をとって決めていくことができたからだが、もうひとつ大きな要素として三千代との結びつきがある。

若いころから、三千代の美しさと才知にほれこんでいたが、三千代のほうから好意を寄せてきて結びついたのだ。その上で、彼女とまぐわったときに、三千代から三野王とのときには味わったことのない満足感を得ることができたとうれしそうに言われた。かすれた声で、小さく耳元で三千代にささやかれたときに、不比等は耳のなかから脳にまで閃光のように快感が走る感じがした。何度も三千代はそれを口にした。

二人の結びつきは、周囲で思っている以上に強かったし、讃良姫や阿閉姫からの信頼の厚い三千代が支えてくれるのは大きな安心感と心強さがあり、不比等をひとまわり大きな政治家に育てた。

律令が完成したからといって、自然に新しいまつりごとが始まるわけではない。どのように舵取りをしていくか、最初からさまざまな困難に直面することが予想された。それだけに不比等はやり甲斐を感じていた。

不比等は、律令制度の実施に当たり、もっともむずかしいのが人事であると思い知らされた。能力のある官人を抜擢しなくては組織は動かない。といっても若くて優秀な人を抜擢すれば済むというわけにも行かない。身分や官位との兼ね合いを考慮しながら、能力がある者を指導的な役目につけていくしか方法はないが、人材不足は深刻だった。

律令国家となるのは、それに見合う組織的な整備ができていることが前提である。隋や唐は、官僚制度が完備しており、優秀な官人を供給するシステムがつくられていたが、わが国は人材が育っていないまま律令国家に移行したのだからむりがあるのは当然だった。

将来のために優秀な官人を育てる機関をつくるよう手配しても、すぐに間に合うはずがない。

指導的な地位に就く人たちをどのように手配すればよいのか。優秀な人材は限られている。目を付けたのが僧侶たちである。唐や新羅で学んだ僧侶は、仏法以外にもさまざまな学問や知識を身につけている。そこで、朝廷が必要とする人材を確保するために、能力のある僧侶を還俗させて官人として活動させることにした。寺院からの抵抗はそれほどではなく、還俗の要請に応じさせた。還俗すると官位が授けられ、すぐに配属先が決められた。

貴族たちには、自分の周囲で能力があるのに役人になっていない人がいれば、積極的にスカウトするように指示を出した。

混乱に輪をかけたのは、文書主義を徹底させて上司の指示に従うようにしたために、事務手続きが煩雑になったことである。文書を発行する部署、届け出る際の決まり、文書の書き方や形式が細かく決められたから、それまで口頭で済ませていた事項もきちんと手続きを踏まなくてはならない。事務処理の能率は格段に悪くなり、多くの人手が必要になった。

律令の選定に携わっていた人たちが、律令の内容を良く理解していたから、彼らが各組織の主導的な地位につくようにした。それで足りるはずもなく、いったん任命した人でも、能力に問題がある場合が見られて、途中で新しく任命しなおすこともあった。

遣唐使として唐に行くことになった粟田真人は、その準備のかたわら民部卿に就任していて、その仕事もこなさなくてはならなかった。民部省は主計寮と主税寮という組織があり、租・庸・調をはじめ民政に関わる仕事を扱うから、真人のように即座に判断して指示が出せる人物でなくては、組織の立ち上がりの段階では務まらなかったのだ。唐に出発するまでに、仕事内容をきちんと理解させて引き継ぎをしようとしていた。

粟田真人たち遣唐使は、西暦七〇二年六月に送り出されたが、その前年九月に出発を試みていた。しかし、船が港を離れるとすぐに嵐に遭い引き返したため延期された。真人は、猶予なく民部卿の仕事に戻って働いた。

遣唐使の正使に任命された高橋笠間は、出発が延期されると官寺である大安寺の造営を担当するように指示され、遣唐使から外された。大安寺の新しい伽藍の建設と既存の施設の修理は朝廷の重要な任務であるからと苦肉の人事だった。これにより坂合部大分が正使に、そして巨勢祖が副使に繰り上げされた。

官人が増えて朝堂も足りなくなり、新しく建設する必要性が生じた。官僚組織の充実をはかり、組織的に活動するために新益京の未完成部分の工事より、朝堂の建設が優先された。律令制度を実施してから気づくことが多く、ほかにも見落としがないか、不比等の心のなかは常に不安が渦巻いていた。

新しい国司の任命と不作

律令制度の二年目となる西暦七〇二年の正月に、全国の国司は新益京に集められた。再選された者と新しく任命された者とがいた。

不比等は、かつて讃良姫に耳の痛い忠告をしたことのある三輪高市麻呂《みわのたけちまろ》に長門国の国司になるよう頼んだ。

「いまさら、あなたに地方に行ってもらうのは心苦しいのですが、これからの朝廷のためにお願いしたいのです。国司という任務が、いかに大事な役目であるか、あなたが長門守《ながとのかみ》になっていただければ、他の人たちも納得できるでしょう。国司は、その地方の人たちの上に立つ見本を示してもらいたいのです」

重要な国のひとつである長門で問題が起きているので、謹厳実直な高市麻呂に統治を任せるのが良いと判断したのである。

全国における国司の人選は人材不足であるため頭の痛い問題だった。はやくも国司の指示が適切でないために問題を起こしている地域があったのだ。

新令と新律に基づき、どのように任地を統治すべきであるか改めて説明された。国司の任務、朝廷からの文書の伝達や連絡の仕方、地域ごとの軍団のあり方についてである。朝廷の財政基盤のもとになる班田収授の法が円滑に実行に移される正念場を迎えていたのである。

律令を実施した年にすべての地域で口分田が支給されたわけではなかった。区割りして、それぞれに耕作地を分ける際に混乱が生じた地方では一年先延ばしして、そのあいだに調整しなくてはならない。

問題を複雑にしたのは、律令制度の実施初年度が、豊かな実りにならない地方がいくつもあったことだ。

播磨、淡路、紀伊などで大風と高潮の被害が出た。さらに、三河、遠江、相模、近江、信濃、越前、それに瀬戸内海の沿岸の国々など十七か国にイナゴが大量に発生して稲が食い荒らされた。さらに海に面した地方では嵐に見舞われた。

自然災害はどうすることもできない。口分田が支給されて、それまでと違う環境になったといっても、住民たちには不作のほうが深刻な問題だった。

不作となった地域の税は軽減された。手早く農民に説明して問題を起こさない国司がいるいっぽうで、曖昧な対処に終始して農民を懐柔するのに手間取る国司もいた。

それでも全国的に見れば、農民たちは自分の耕作地で収穫高を上げる意欲を見せており、朝廷の新しいやり方に対する反発は予想以上に少なかった。そのうえ財政的に余裕があることから、不作に困惑する地域の税負担は大幅に軽減されるようにした。

国司に対する説明と質疑が終わり、完成したばかりの朝堂のなかで忍壁親王から国司が一人一人呼ばれて、鈎《かぎ》と節刀が下賜された。鈎は正倉用であり、節刀といわれる小太刀は国司の地位を保証するものである。

二月十三日、全国の国司たちが、朝廷から授けられたそれぞれの任地にある正倉の鈎と節刀を携えて、新益京を立っていった。

正倉とは、新しい令に基づいて徴集する田租が納められる倉庫である。田租として口分田から徴集する税は一段につき二束二把と決められている。収穫高の三パーセントほどで、納入された稲は、自然神に祈願する儀式で神へささげる幣帛《みてぐら》として使用される場合が多かった。稲霊といわれるように、収穫したばかりの稲は自然神を信仰する伝統と関わり、宗教的な行事に使用される。そのため朝廷の統治に重要な意味を持っていたのである。

税は旧来からの出挙《すいこ》が中心になる。種籾を貸し与えて、その利息として収穫高の半分程度を取り上げる制度であり、税収の柱になっていて大税ともいわれた。

二年続いて、収穫が見込めないようになってほしくなかったのだが、この年の春先にも、因幡・伯耆・隠岐などではイナゴが大量発生して被害が出た。夏になると天候不順な地域があり、秋の収穫が見込めない地域が出ていた。被害が大きかったのは駿河、伊豆、下総、備中、阿波だった。秋の収穫期を迎えようとしているときに嵐が襲ったのである。雨と風による被害のせいで稲が全滅に近くなって飢饉が発生した。

不満を最小限に抑えるために、各地の倉庫に備蓄されていた穀物を提供し、足りない地域では朝廷の倉庫の穀物も供出し、混乱が起きないよう配慮された。

律令制度が実施されたというのに穀物の不作が続いて、不比等はその対策に追われた。

讃良姫の地方行脚

朝廷と地方の関係を円滑にするために、讃良姫が三河や美濃などに行幸することになった。地方を従わせるには朝廷の権威を示すことが大切である。そのために朝廷の最高権威者と目されている讃良姫が直々に姿を見せるのは効果的だった。

美濃や尾張などの国司から、郡司たちが指示に従わないで困っているという報告がもたらされ、伊勢では郡司が国司のやり方に対する不満の声を上げていた。これらの国は、先の内乱のときに大海人王子に味方して功績を上げた地域であるにもかかわらず、新しく赴任した国司と郡司との関係がうまくいっていなかった。

郡司である地方の支配層の人たちは、朝廷の意向に添うように働いているつもりなのに、赴任した国司が朝廷の権威を笠に着て、自分たちの意見を取り上げようとしないと反発を強めた。

国司と郡司をともに朝廷に呼び、双方の話を聞いた上で言い聞かせるほうが良いかもしれないと不比等は考えたが、もっと効果的な方法として讃良姫の行幸を実施することにしたのである。

妻の三千代から「讃良姫さまが無聊《ぶりょう》をかこっている」という話を聞いたのがきっかけだった。不比等は、讃良姫の意向を訊いてみることにした。

「律令制度がおこなわれるようになって、朝廷の威光が地方にも届くようになっております。それをさらに強めるようにしたいと願っております。美濃や尾張などで内乱のときに味方となった地方に姫さまが行幸なされば、ますます朝廷のために貢献しようと張り切るでしょう。姫さまがいらっしゃれば、朝廷から派遣している国司も面目が立ちます。行幸される効果は計り知れません。いかがでしょうか。今後の朝廷と天皇のためにお考えいただけますでしょうか」と不比等が讃良姫の意向を確かめた。

「話は分かりますが、こうしたときのために大臣がいるのではないですか。大臣が行って、朝廷の威光を見せれば済むことでしょう」と讃良姫もためらっている様子だった。

「いえ、大臣ではとても務まらないでしょう。天照大御神の子孫である姫さまが行幸なさることに意味があるのです。それほどの方が、わざわざいらしてくれたと彼らは感激するのです」

　こうした言い方をすると讃良姫が喜ぶことを不比等は知っていた。

「そうですか。考えておくことにしましょう」と讃良姫は、ひと呼吸おいてから言った。

「ありがとうございます。行幸なさるとすれば、行宮の準備は遺漏のないようにいたします。ときには地方に行かれるのも気分転換になられて良いのではないでしょうか」

　讃良姫が相談するのは、阿閉姫や三千代である。彼女たちにも、讃良姫の行幸を勧めてもらう手はずになっていた。

　讃良姫の行幸が決まり、十月十日に新益京を出発することになった。その一か月ほど前から、一行が宿泊するための行宮の設営や、訪れる郡の官衙の修理など慌ただしく準備が進められた。

　伊勢、伊賀、美濃、尾張、三河の五か国に行き、そののちに他の地域への行幸を実施する計画を不比等は密かに立てていた。できれば、支配の及ぶ地域のすべてへの行幸を実施したいくらいだった。

　不比等は、信頼できる田辺史首名《たなべのふひとおびとな》を事前に、讃良姫一行が行幸する地域に派遣させた。首名には、それぞれの地域で、先の内乱で貢献した一族の人たちのうち、誰がどのように活躍しているかを調査するよう指示を出した。

　そのうえで、讃良姫が相談に乗るのに相応しい人物として伊余部馬養《いよべのうまかい》を同行させることにした。馬養は律令の選定メンバーであり、問題の解決能力が高い人物だった。

　讃良姫の一行は、出発に先立ち、竜田と広瀬の神社に参拝し、最初に向かったのは三河である。首名の調査が遅れていたこともあり、讃良姫も強行日程になるのを避けて温泉で休みながらの旅となった。

　尾張に到着したのは十一月十三日である。十七日に美濃に到着、二十二日に伊勢、二十四日には伊賀に到着した。

　国司の官衙《かんが》で郡司たちをはじめ、地方の有力者たちを招いて讃良姫が主宰する朝廷の儀式が行われた。行幸する際に用いられる組立式にした高御座《たかみくら》が用意されており、女儒が翳をかざして讃良姫の姿を優雅に隠すなど、大極殿でしか見られないきらびやかで威厳のある儀式に地方の人たちは初めて接して、朝廷の権威に触れたのである。

首名があらかじめ手配して、その地方の役人のうち功績があった人を選び出し、馬養と相談して新しい官位を授ける手配をしていた。その授与式が讃良姫によって執り行なわれた。

こうした行事を讃良姫はうまくこなした。

輿に乗っての移動であるが、讃良姫は祖母の宝姫が飛鳥から那の大津に行幸したのと同じことを自分がしている気分になり、久しぶりに自分が特別な存在であることを強く意識することができた。

新益京に讃良姫が帰ったのは十一月二十五日だった。

一休みして、讃良姫の疲れがとれてから、次には西国への行幸を実行したいと不比等は思っていた。

そうした不比等の思惑は叶わなかった。

讃良姫が体調を崩したのだ。行幸中は気が張っていたのだが、新益京に帰ってほっとしたせいか、いきなり高熱を出して苦痛を訴えた。初めは旅の疲れだろうと思っていたが、すぐに回復する見込みがたたなくなった。次第に意識がなくなることが多くなり、讃良姫がなにか言いたいことがあるのではないかと気をもんだが、落ち着いて話すこともできない状態に陥った。

大々的な法会が主要な寺で挙行された。讃良姫の病気平癒のためである。しかし、高熱は続き、良くなる気配はなかった。消耗が激しく、讃良姫は帰京して一か月もしない十二月二十二日に帰らぬ人となった。享年五十八歳、あっけないほど突然のことのように思われた。

十二月三十日に予定されていた大祓《おおはらい》は中止され、正月の祝賀も取りやめられた。

第二十七章　呵瑠天皇と藤原不比等

朝廷の主のように君臨した讃良《さらら》姫が亡くなったため、混乱を心配する人たちは多かった。しかし、不比等《ふひと》は比較的楽観していた。

「姫さまが大王のままであったら困ったことになったかも知れないが、天皇と阿閉《あへい》姫さまがいるから問題など起こるはずがない」と、気遣う三千代を安心させるように言った。律令制度が実施され、混乱を避ける体制が確立されているはずであると不比等は確信していた。

「大御母《おおみおや》」と呼ばれていた天皇の母である阿閉姫が、「皇祖母尊《すめみおやのみこと》」と称され、讃良姫と同じように若い天皇の後ろ盾になっている。

問題は、これまでにない太上天皇という地位だった讃良姫の葬儀をどうするかである。簡略にするようにという本人の遺言があるにしても、殯《もがり》の期間や儀式のあり方は律令に規定がないから、大臣や納言が決めなくてはならない。しかし大臣の安倍御主人《あべのみぬし》は病で寝たきりであり、麻呂も不比等に遠慮していた。周囲の状況から見て不比等が方針を打ち出さなくてはならなかった。

大海人大王のときには、その偉大さを強調する必要があるうえに草壁王子の病状の経過を見るため、殯宮の儀式が長期にわたった。讃良姫の場合は長びかせるのは好ましくない。かといって短すぎては権威を損なう可能性がある。

殯宮の儀式で不比等が思い出すのは、大海人大王の殯宮に女性の着物を被って入ったときのことである。大津王子の造反に関する件で讃良姫に密かに会う必要があったのだ。そのとき感じた殯宮のなかの異様さに強烈な印象を持ったことが忘れられなかった。それ以来、殯宮の儀式が時代遅れの風習に思えて仕方なかった。しかし、長年にわたって受け継がれた儀式であり、周囲の状況を考慮すればやめるわけにはいかない。

葬儀は阿閉姫の意向を考慮して、殯宮の儀式は従来どおり挙行し、大王と同じ扱いにする。王宮の広場に殯宮をつくり、そこでの儀式をおこなったのち大海人大王の御陵に合葬することにした。合葬は、讃良姫の遺言である。

殯宮の儀式は、最初の誄《しのびごと》を阿閉姫が、次いで石上麻呂がおこなった。呵瑠天皇は超越的な存在であるから葬儀には関わらないことに決められた。

讃良姫の葬儀が続く正月五日には主要な寺院で斎会が開かれ、七七忌や百日忌などの節目の日には、盛大な斎会が寺院で挙行された。

一年ほど続いた殯《もがり》が終わり讃良姫は火葬された。大王位に就いた人の火葬は初めてである。二年前に道昭が火葬されており、仏法を信じる人たちのあいだでは火葬するのは奇異なことではないと思われるようになっていた。支配層のなかには火葬に対する抵抗があったが、本人の意志が示されていたから物議なく済んだ。

大海人大王と合葬するので、新しく御陵を造営するのにくらべれば労役の動員は最小限に抑えられた。

讃良姫に相応しく火葬をした遺骨は銀製の豪華な壷に納められ、檜隈にある大内山の御陵に合葬された。西暦七〇三年十二月のことである。

讃良姫以後のまつりごとの始動

讃良姫亡き後は不比等の時代になった。重要な決断は不比等が独断で下すようになり、讃良姫の葬儀のあいだも、律令国家になったからには停滞は許されないという不比等の姿勢を批判する者はいなかった。

西暦七〇三年正月の祝賀は、讃良姫の喪に服して中止された。だが、翌二日には以前から予定されている巡察史の各地への派遣は実施された。

このときの巡察史の派遣は、讃良姫が前年に引き続き東国や西国への行幸を実施する準備のために計画されていたものだ。以前なら讃良姫が亡くなっているから中止されるのが当然と考えられただろうが、律令制度が各地でどのように浸透しているか、どのような問題が発生しているか把握するのは必要な調査であるから、計画どおりに実施されたのである。

巡察史の選抜にあたり、不比等は積極的に若手を起用した。人材不足を補う意味があるものの、若手に経験を積ませ、少しでも早く指導者に仕立て上げたいと考えたからだ。不比等の次男で二十二歳の房前《ふささき》をはじめ、多治比三宅麻呂《たじひのみやけまろ》、高向大足《たかむこのおおたり》、波多余射《はたのよさ》、大伴大沼田《おおとものおおぬた》など、有力者の子弟たちが選ばれた。房前ほどの若い年齢の巡察史は、かつてなら考えられないことである。

続いて、忍壁《おさかべ》親王が「知太政官事《ちだいじょうかんじ》」に就任する人事が発令された。大海人大王の王子たちをどのような扱いにするか注目されている折なので、不比等が朝廷のまつりごとを取り仕切るには王子たちの扱いを間違えると命取りになるのではと、慎重を期した人事だった。

「知太政官事」は「令」にない特別な役職として設けられている。本来なら太政大臣をおくところだが、呵瑠天皇にもしものことがあると、太政大臣なら、後継の天皇候補と見られる可能性がある。それは避けなくてはならない。そこで、天皇の後継候補ではないものの、天皇の名代として儀式や行事をこなす任務として誕生させたのである。太政官の上に立つものの、太政大臣ほど政治的権限はない地位である。大海人大王の血を引く王子のなかで、最年長になっている忍壁親王をこのような特別な地位につければ、他の王子たちも動きようがない。

他の人たちと違い、不比等は律令の作成に関わって身に付けた政治的な策略を弄する能力を発揮して、律令の規定にとらわれることなく柔軟に対応した。それができる権限を持ったのである。

この年は疫病が地方で起こり、天候が安定せず実りを期待できない地域があった。せっかく律令制度が実施されたというのに、疫病が流行り、不作になったのでは元の木阿弥になってしまう。

疫病が流行した地域では、病人に接触した人が同じような症状を発して次々と倒れていく。とんでもない厄災としかいいようがないが、以前より人々が集まって生活する地域が増えていたから、いったん飛び火すると病が蔓延してしまう。

朝廷と地方の繋がりが強固でない時代には、地方で起こる疫病に朝廷は知らん顔をして済ませていた。しかし、今は各地域との繋がりが強くなっている。交通網が整備され、駅馬の制度も充実した結果、情報が早く伝わるようになっており、地方との関係を良好に保つために朝廷は何らかの対策をとる必要があった。

三月に信濃と上野で疫病が流行ったので薬を送った。五月にも相模で疫病が流行り同様に対処した。この後、疫病は衰える時期はあったものの、ふたたび各地で流行り始め、何年にもわたって続く。

不作に対しても対応が迫られた。畿内でも日照りが続き、雨乞いの効果はなく秋の収穫に不安があった。九州も不作だった。収穫を期待できないところは調を半減し、全国的に庸を免除することにした。

さまざまな問題に対処するには、少しでも優秀な人材を登用しなくてはならない。地方に派遣している国司の能力の違いが、問題の解決を早めたり遅らせたりした。問題が多い地域の国司は交代させる措置がとられた。

不比等はいかに人事が大切であるか身に染みて、優秀な人材が欲しいと痛切に感じた。五位以上の貴族たちには、官位についていなくても能力があると思われる人たちがいる場合は推挙するよう命じた。また、各国の国司に対して、地方をうまく統治すること、私腹を肥やしたりして不正を働かないこと、住民の生活がたち行かないような処置をとらないようにせよと改めて通達を出した。

大宝から慶雲に改元

明けて西暦七〇四年の正月、讃良姫の喪が明けて呵瑠天皇は大極殿で王族や臣下の祝賀を受けた。

五位以上の貴族たちには、大極殿で椅子に座ることが赦された。この後、平伏する拝礼のやり方を止めて頭を下げる方式に改められた。讃良姫の時代とは違う雰囲気がつくり出されていく。

恒例の人事が発令され、新しい官位が授けられた。

大納言の石上麻呂《いそのかみのまろ》は右大臣に就任した。前年の三月に安倍御主人が没してから大臣が不在のままだった。このほかの人事は従来どおりで、不比等は大納言に留まった。多くの人たちが官位を上げ、王族たちが食封を増やされ、罪人たちの大赦があった。

阿閉姫と三千代は、不比等も大臣になるべきであると主張した。二人の女性は、讃良姫に露骨にへつらった石上麻呂を嫌っていた。この際、麻呂を朝廷の要職からはずすほうが良いと思っているのに、不比等の意向で大臣に昇進した。阿閉姫と三千代は、不比等が大臣になり、せめて麻呂は大納言に留めておくべきだと考えており、不比等の真意が理解できなかった。

不比等が、彼女たちに同調しなかったのは、麻呂を敵にまわす人事は避けたかったからだ。朝廷の中枢に長くいて、麻呂は自分に味方する人たちのネットワークを構築している。讃良姫に逆らう人たちがいるかどうか監視する役目を果たしてきており、その役目はいまでも必要なのだ。

不比等が大臣になり、麻呂をおろそかにした人事を敢行すれば、麻呂に繋がる人たちを敵にまわす可能性が出てくる。そういう事態は避けるべきである。讃良姫が不在になって、麻呂がそれまで眠らせていた野心を露わにするような態度があれば別だが、今のところ麻呂を立てて、刺激しないほうが無難であると不比等は考えた。自分の独断でまつりごとを決裁できる立場さえ確保すれば良いから、公的な地位に拘る必要はない。目立たず独裁的に統治する道を不比等は選択したのである。

「われが呵瑠天皇と相談して、あなたに大臣になってもらうことにしました。どうかよろしくお願いします」と不比等は、人事を発表する前に二人だけになった機会をとらえて麻呂に話した。そのときの麻呂のうれしそうな顔がとても印象に残った。不比等が、まるで天皇であるかのように「ありがとうございます。これほどの名誉はありません」と頭を下げながら言った。

不比等は麻呂を自分より上の地位に就けたのは間違いでないと確信した。麻呂にとって大臣として権限を行使するより、物部一族の代表として自分が大臣の地位に就いたことのほうがうれしかったのだ。

不比等が説得して二人の女性はしぶしぶながら従った。

それまで三人だった大納言は不比等と紀麻呂《きのまろ》の二人だけになった。令によって太政大臣・左右の大臣、それに大納言の定員が四人と決められ、朝廷のまつりごとを取り仕切る議政官の定員は七人である。ところが、このときにはわずか三人しかいなかった。

不比等がすぐに補充しなかったのは、遣唐使である粟田真人が帰国するのを待って、自分の右腕として議政官に登用するつもりで新しい人事を先送りしたのである。

正月恒例の官位の授与式で新しく貴族に列せられたのは、主として大海人大王や讃良姫の時代に活躍した有力者の子弟たちだった。

多品治の長子である安万侶《やすまろ》、多治比嶋の一族である三宅麻呂《みやけまろ》、安倍御主人の一族である首名《おびとな》、石上麻呂につながる豊庭《とよにわ》、大伴一族である道足《みちたり》など、次の世代を担う人たちが貴族に列せられる五位という官位に昇格した。そうした若者のなかから、能力のある者を見きわめて朝廷の要職に就かせようと不比等は考えていた。

注目されたのは高市王子の嫡男である長屋王《ながやおう》である。朝廷に出仕できる二十一歳に達して、正四位上という高い官位が授けられた。しかし、官位に就くのは臣下として朝廷で働くことを意味する。母が阿閉姫の妹の御名部姫であ長屋王は親王として遇され、状況によっては天皇の候補にもなる可能性があると見られていたが、天皇を支える役割を果たす立場が確定したのである。

長屋王は、藤原不比等の娘である長娥媛《ながひめ》を娶っており、不比等との関係は良好だった。正義感の強い長屋王は、父の高市王子の気質を引き継いだ感じがあり、不比等に気に入られ取り込まれた。

この年に年号が改められ、脱讃良姫の時代が来たという印象を強めた。

改元するには、目立った瑞祥《ずいしょう》や慶事が現われる必要がある。讃良姫の喪が明けたら改元するつもりでいた不比等は、各地に瑞祥が現れたらただちに朝廷に届けるようにせよという指示を出したのだが、なかなか現れなかった。

瑞祥があるのはまつりごとがうまくいっている証《あかし》である。だから、それがなければ困るのだ。

五月になってようやく備前の国から白馬が献上された。白は神の使いであり瑞祥であるが、白馬はそれほど珍しくはない。だが、これを利用するしかないと、ひときわ大きくて立派だから「神馬」として特別な瑞祥であると主張した。それだけではまだ足りなかったが、五月十日は良く晴れわたり、紺碧の空が美しく、そこに白い雲が現れた。慶雲である。宮中からもよく見えた。

これを逃したのでは改元のタイミングを失してしまうと、急いで改元の儀式を挙行した。神馬と慶雲があれば、年号を改める理由として充分である。年号は「大宝」から「慶雲」に改められた。

讃良姫が亡くなったとき二十歳になった呵瑠天皇は、それまでとは態度に違いが見られるようになった。天皇として積極的に何かしなくてはならないと感じ、不比等に自分の心情を吐露するようになった。

学問を幼少の頃から熱心に学び「仁」や「徳」に関して人一倍敏感に反応した。天皇は「徳」がなくてはならないと思い込み、自分にはそれが備わっていないのではないかと気にするところがあった。讃良姫が健在だったときは、彼女の指示が絶対だったから従うだけだったが、天皇であることを自覚するようになった。飢饉が発生すれば、自分に徳がないからではと思い、疫病が流行ると、自分のせいではないかと呵瑠天皇は思い悩んだ。

「災いが続くのは、われが天皇になったからではないのか」

呵瑠天皇は、思いあまったように不比等に声をかけた。あまりの深刻な表情を見て、不比等は驚きを禁じ得なかった。

「天皇は、どんと構えておられれば良いのです。このところ災いが続いておりますが、天皇のせいではありません。われら臣下のなかで良くないことをしている者がいるからかも知れません。あるいは、星まわりが良くないからとも考えられます。われが調査して対処しますから、あまり気に病《や》まないでください」

大海人大王や讃良姫は簡単に動揺しなかった。さまざまな経験を積んで困難を乗り越えてきていたからだ。それに引き換え、何の経験もないまま天皇になり、その重責に押しつぶされかねない様子だった。すべてを任せて気楽に過ごしてくださいというのも、天皇をないがしろにしたような言い方になるので、どう対応するか不比等も戸惑うときがあった。

律令制になってからのまつりごとの停滞

律令制度が実施されてから、令の作成段階では予測できなかった問題が浮き彫りになってきた。

文書主義ともいうべき制度の施行で、すべての役人が規則に従ってがんじがらめになり、能率が落ち込んだ。

王宮の門を通過する場合は運搬する荷物の中味と量を記し、どの門を通るのか、それを持つのは誰かを事前に届け出て、それらを記した木札を門で提示しなくてはならない。出る場合も入る場合も、事前に書類を作成しておく必要がある。都合で違った門を通るわけにはいかず、荷物の数が違っていても通してもらえない。木札の発行は中務省の管轄であり、事前に届けて所定の手続きを踏まなくてはならなかった。

門を護る衛士にしてみれば、間違いをすると勤務評定に影響するから杓子定規になる。曖昧なまま済まされていた時代とは違って手続きが重視された。手間ひまがかかるのが律令制度であると理解している役人たちは、急いで処理しようとしてもできないから、事務処理の能率は著しく悪くなった。

役人の数を増やしてほしいという要請があちこちから寄せられた。急ぎのものを優先して仕事をこなすように、やり方を改善して対処するように指示が出されたものの、優先順位をつけるのはむずかしく、頻繁に仕事が遅れ、荷物が一か所に滞ってしまう始末だった。

高い身分の人のなかには役職を持たない人たちがいた。官位によって食封が与えられているから、裕福に暮らすことができる。彼らに役職を与えるとなると、それなりに権限を持った地位に就ける必要があるが、能力を発揮しなくては混乱が起きかねない。敬遠しておいたほうが良い場合もある。人事はひと筋縄ではいかない。

人材養成のために、論語や千字文などの書物をはじめ算術を学ぶ大学の制度は官人の養成機関になっている。一定の身分の者の子弟は希望すれば学ぶことができるが、希望するのは、下級役人の子弟のほうが多かった。能力を身につけなくては出世できないからで、身分の高い家がらの子弟は能力に関係なく、一定の年齢に達すれば自動的に官位が授けられるから、熱心に学ぼうとしない傾向があった。

遷都して数年も経ずに、新益京ではゴミの処理問題が深刻さを増してきた。多くの人たちが一定の地域に集中して生活するのはこれが初めてだったから、計画の段階で想定できないことが起きていた。

人口密度が高くなければゴミを捨てる場所はどこでも良かった。厠がなくても人の来ないところで済ますことができる。

新益京では、過去の習慣に従って道路や塀に沿って掘られた溝にゴミを捨てていたが、固形物を含んだゴミが溝の底に溜まると流れが悪くなる。貴族の館につくられた水洗式の厠も流れが滞るようになった。

造成する際に土地を平らにしたものの、もともとゆるやかに南東側が高くて北西の方向が低くなっている。流れは最初からあまり良くなかったのだ。中央に位置する王宮の周囲の溝の流れは、とくにそうだった。溝の底をさらっても重力による流れに頼らざるを得ないから、すぐに流れが悪くなってしまう。

最初のうちは小さな問題と受け取られていたが、やがて対症療法だけでは解決できなくなった。もともと水はけが良くない湿地帯なので、溝を深くして石を積んだりしてもすぐに崩れてあまり効果がなかった。

もうひとつ大きな問題がある。九州南部における隼人《はやと》の反発が強くなってきたことだ。強制的に人々を移住させて新田開発を実施してきたが、隼人たちの土地にまで律令制度に基づいた統治を徹底しようとする朝廷の方針は、農業に馴染まない隼人には受け入れがたかった。しかし、あくまでも朝廷の意向に従わせようとする方針が変わることはなかった。

緊急事態ととらえた朝廷は、大物政治家である石上麻呂を太宰府に派遣した。朝廷が本気で従わせる意志を示すためである。

これまでは、戦わなくとも武力的示威行為で圧倒して相手の戦意を喪失させて従わせる戦略をとってきた。しかしそれでは通用しない段階にきている。もはや果断な対策をとれる指導者でなくてはならないと、麻呂が自ら筑紫行きを申し出た。

不比等も、隼人を従わせるのは律令国家として重要であると思っていたから、麻呂の申し出を喜んで受け入れた。兵士を動員し、隼人に圧力をかけるために大臣を派遣するという思い切った措置は有効に働いた。

不比等が、麻呂の申し出に喜んだのは、讃良姫が亡くなってからも、麻呂は不比等中心の朝廷の意志に従う態度を、こうしたかたちで示したからである。出世して周囲に威張り散らしてきたが、麻呂自身は、この国を背負って采配を振るうだけの力量がないことを自覚していたのである。

太宰府に赴任しているあいだに、麻呂は筑紫より南にある菊智《きくち》城まで足を運んだ。兵士の訓練や武器庫の点検、さらにはこの地域の動員状況などを視察し、武力を整える指示を出した。

朝廷の大物政治家が来ているると伝わったせいか、隼人は鳴りを潜めていた。新たに数百人を超える人たちが兵士とともに大隅に入り、平地で水田の開墾を始めた。兵士に護られて作業は順調に進んだ。

それを見届けた麻呂は筑紫に戻り、隼人との戦いに備える体制をつくって新益京に引き上げた。しかし、その後、しばらくすると隼人たちが開墾した水田の水路を破壊するなど抵抗が続いた。早急には解決できそうな問題ではなかった。

宮子媛の病

朝廷のまつりごとを取り仕切る不比等は、いまや並ぶものがいないほどの権力を手中にした。老齢の大臣たちがこの世を去り、讃良姫もいなくなり、不比等が気を使う人物は事実上いない。しかし、順風満帆に見える不比等にも、思い悩まなくてはならない事態が発生した。

呵瑠天皇の妻になった宮子《みやこ》媛が精神を病んだのだ。暴れるとか奇妙な振る舞いに及ぶわけではないが、まわりの人たちを驚かせる振る舞いが目につくようになり、やがて精神に異常を来していることが明らかになった。

呵瑠天皇とのあいだに首《おびと》親王を産んで一年ほどたったときに、抱いていた親王を放り出すように床に置いた。それほど乱暴ではなかったので傷つくことはなかったが、激しく泣き出した首親王を乳母が急いで抱き起こした。

「お子など産むのではなかった」と宮子媛は、小さな声で吐き出すように言った。目は焦点が合っておらず、首親王を胸に抱いた乳母は、驚いて宮子媛の顔を見た。宮子媛には、乳母がそばにいることさえ分かっていない様子なので、そのままにしておくわけにはいかなかった。

知らせを受けた不比等は、急いで宮子媛のところに駆けつけたが、不比等が父であると認識しているのかどうか、自分のなかに閉じこもって押し黙ったままだった。宮子媛は自分の霊魂を身体の隅に無理に追いやり、ときにその霊魂が迷い出て彷徨っているように見えた。

不比等は、大声で宮子媛を呼んでみた。その声に身体を動かし反応したものの、怯えた表情をするだけで応えようとはしなかった。

宮子媛は、特別につくられた小さな館に幽閉された。世話をする女孺《にょじょ》が数人いるだけで、館の前には衛士が立ち、余人を近づけないようにした。内密にされたが、朝廷の上層部の人たちには次第に知られていった。

なぜ宮子媛が正気を失ったのか、呵瑠天皇とのあいだに何かあったのか。天皇自身は思い当たる節はないと言っていた。

陰陽師を呼んで宮子媛と対面させた。夜中に恐ろしいものを見たのが原因で魂が迷うようになったと陰陽師が語ったが、何を見たのかは分からないという。祈祷をしても効果はなかった。せっかく呵瑠天皇とのあいだに親王が生まれて喜んでいたのだが、しばらく様子をみるよりほかに方法がなかった。

遣唐使一行の出発

ところで、讃良姫が亡くなる六か月前の西暦七〇二年六月に出発した遣唐使一行は、どのような状況になっているのだろうか。

筑紫にある那の大津を大型船で唐に向かったとき、執節使となった粟田真人は七十歳を過ぎていたが、生命力の強さに恵まれていた真人は元気だった。自分の歳など考えずに、どのように長安の都に行くか、どのようにして皇帝に拝謁するかに思いを馳せた。

かつては高句麗や百済を頼って朝鮮半島にある港に寄りながら唐へ航海したが、このたびはどの国をも頼らず、以前とは異なる航路をたどった。那の津から北に向かうのではなく、西に向かって五島列島を経由して南シナ海を南に進む、いわゆる南路である。

唐への旅程は短縮されるが、外洋を行くから途中で海が荒れた場合の危険は北路より大きかった。

長門の周防でつくられた、百二十人余が乗る大型船二隻で、水夫を含めると二百五十人となる一行だった。事前に唐に知らせていないから、果たして唐が使節を受け入れてくれるか不明である。だが、心配すれば切りがない。何とかなると楽観していた。

不比等が大蔵省に掛け合って、備蓄していた金や銀を大量に真人に託した。珍品や美しい布、太刀や金細工、漆塗りの文物入れ、保存のきく珍しい食品などを献上品として用意していた。

盛大な見送りを受けて出発し、船上の人になると真人は身体が軽くなった気がした。新益京にいれば、多くの役人たちがさまざまな難題を持ち込んできて対処するのに休む暇がなかった。忙《せわ》しない声を聞かないで済むのは気分が良く、何歳も若返った心地がした。

執節使というのは、朝廷からすべての権限を託された立場である。天皇からの国書には「友好関係を築きたい」という旨の内容が記されているが、どのように交渉するかは真人に任されていた。

那の津を出発して進むと五島列島に達するが、そこを離れると島影がなくなり、どこを見渡しても海ばかりである。お互いの船を見失わないように配慮しながら進んでいく。

　船の上では、真人は何もすることがない。

「南無、釈迦牟迩さま、如来さま」と真人の口をついて出たのは、何十年も忘れていた経典の文言だった。思わず経など唱えた自分に、真人は驚いた。還俗してから経を読んだことはない。それが突然に口をついて出たのだ。波は静かだったが、それが続く保証はない。無事に航海できるように祈るつもりだったのか自分でも分からなかった。


　東シナ海では、途中でうねりが激しくなったが、それほどの難儀をせずに二隻とも唐の港に着いた。

　幸いなことに船を着岸させやすい大きな港だった。長江の近くの港であると察せられたものの、港の名前は分からなかった。漁村などに漂着したのでは難儀するかもしれないが、ここなら唐の役人もいるだろうから交渉するのに苦労しなくて済みそうだった。

　案のじょう、二隻の大型船が港に近づくと、港から船が近づいてきた。その船に誘導してもらい港に停泊した。

　少し偉そうに見える役人が港で待っていた。

　真人が船を降りると、その役人が近づいて来た。向こうも真人が代表であることに気づき話しかけた。

　真人は、いよいよ自分の出番がきたと思った。通訳をつれてきていたが、長らく使っていなかった唐の言葉で交渉を試みてみた。

「どこの国から来た使節なのか」という短い問いが相手から発せられた。

　真人には唐の言葉の響きが懐かしかった。怒鳴り合うように聞こえる唐の言葉だが、このときには耳に心地良く響いた。そのとたんに脳が活発に動くのを感じた。

「われわれは、日本国からの使節である」と真人は、わざとこの国の人たちが知らないと思われる「日本」という国名で応えた。

　思ったとおり意外な顔をした。聞いたことがない国名なので戸惑っているのだろう。

「ここは、何という州の何というところなのか」と真人は間髪を入れずに尋ねた。

「大周の蘇州、塩城県である」とその役人が応えた。

　大唐とは言わずに大周と応えた。塩城県というのは、黄海に面した地域で、今の江蘇省の東北部の沿海部である。

「大唐ではないのか」と真人は尋ねた。女帝になってから国名を変えていると察せられたが、念のために聞いてみた。

「高宗が亡くなったのちに皇后であられた武則天さまが新しく皇帝となられ、今は大周という国になっている」と役人は応えた。

「なるほど、そういうことか。われらは大唐に来た使節であるが、日本というのは新しい国名であり、以前は倭国といったのだ」

真人は、倭国といえば分かると思ったからだ。

「日本などというから分からなかったが、倭国という国は知っている。海の向こうにある小さな国であろう」

「海の向こうというのは確かであるが、それほど小さい国ではない。律令制度も実施されている立派な国である」と真人は反論した。舐《な》められてはならぬと思ったからだ。

「別に卑しめて小国と言ったわけではない。君主がいて、豊かな国であると聞いている」と役人は弁明した。

港の役人と話していても埒《らち》があかない。真人は、塩城県の知事と話をしたいから、日本からの使節が到着したことを知らせてほしいと頼んだ。


県庁のお偉方は、半日ほど後にやって来た。

真人は朝廷の儀式の際に着る正装に着替えていた。正使の坂合部大分《さかいべのおおさだ》と副使の巨勢祖《こせのおおじ》も同様に正装に着替えて脇に控えさせている。

到着した役人を相手に、真人は日本からやって来た使節であり、県の知事に話をつけて面会できるように取りはからってほしいと頼んだ。

役人はいきなりそう言われて驚いた様子だった。真人の態度が堂々としており、大挙してやって来たことを知り、丁重に振る舞う態度に変わった。

日本の代表として来たことを告げたのち、近くに宿泊するところを用意してほしいこと、それに食事もできれば手配してほしいと真人は要請した。県の知事に会って交渉が進んだとしても、長安にある朝廷との連絡をとるには時間がかかるだろうから、しばらくのあいだは、この地に留まることになると考えたのだ。

流暢に唐の言葉をあやつり、相手を立てるようにしながらも貫禄のある態度に終始する真人が交渉の主導権をとった。役人は自分一人で決めかねることなので、曖昧な返事しかしなかったものの、別の役人が来て真人たちは大きな館に案内された。

坂合部大分が、真人の交渉の巧みさに感心していた。

「なに、あのお偉方も朝廷に行けば、その指示に従わなくてはならないから、われわれに対して粗相があったら、自分の勤務評定が悪くなるから、こちらの言うことを聞いたのだよ」と真人は笑いながら大分に言った。

二日後に県の知事との面会が実現した。やはりたくさんの人たちを連れてきた効果があったようだ。

ひととおりの挨拶をした後、真人は唐の言葉で訴えた。

「わが国は、かつては百済と親しくしていた関係で、唐との友好を築く機会を失ってしまいました。この国と新しく友好関係を結びたいと考えております。このたびわが国も律令制度を取り入れて、新しい国の体制をつくりあげました。つきましては、われわれの手本となる、この国の進んだ文化や技術を取り入れ、さらに豊かで平和な国にしようと考えております。そのために貴国との友好を築きたいと思い、新しく船を建造して使節としてやってまいりました。聞くところによりますと、唐に代わって大周という国となり、聖神皇帝(武則天のこと)が統治なさっておられるとのこと。つきましては、われわれが長安の都に参上し、皇帝に拝謁して、わが国との友好をお認めくださるようにお願いするのがわれわれのつとめなのです。どうか、この旨を長安の都に御座します皇帝にお伝えくださるようご配慮ください」

真人はへりくだるほどの態度ではないが、相手を立てて丁重にお願いした。

真人の態度や表情からにじみ出る貫禄は、相手を威圧する雰囲気があり、真剣さが伝わった。通訳を介さずに意志が充分に伝わる唐の言葉で話したので、県知事も驚きを隠せなかった。

「ご存じないでしょうが、わが国は、倭国と呼ばれていましたが、このたび日本国という名称になりました。わが国のことは多少なりともお聞きでしょうが、新しい制度を導入して都も新しくして、生まれ変わろうとしております。その機会にこの国で学ばせたいと思い、多くの若者を連れて来ました。われもかつて貴国で学んだひとりです。どうか、われわれの切実な願いが叶うように取り計らってください」

真人は言い終わると、県知事の顔をしっかりと見据えた。こうした使節への応対をうまく処理できなくては、県知事は務まらないはずだった。

「分かりました。都に使いを送ることにいたしましょう」と県知事は、わずかな間をとったあとで応えた。

真人は、ていねいに頭を下げた。

飛鳥の工房で工人が丹精込めて装飾を凝らしてつくった太刀と、貴重な絹が県知事に贈られた。

翌日、真人は乗ってきた船に県知事を招いた。いかに周到に準備してきたかを知らせるためだった。

真人の一行は塩城県の港に一か月以上滞在し、朝廷からの指示が届くのを待った。そのあいだ港近くの一帯の限られた範囲ではあるが自由に動きまわることが赦された。

真人は、唐から「周」に変わった国の女帝について情報を収集した。その結果、女帝が国王になった経緯を知ることができた。

中国では、皇帝は男と決まっているが、例外的にこのときだけ女帝の武則天の時代になっていた。彼女が、のちに則天武后と言われるのは、女性の皇帝を認めたくない後世の人たちが、皇后の地位に留まったかのように扱いたかったからであるが、自らは「聖神皇帝」と称している。

太宗の後宮に入った彼女は、太宗の息子の高宗が即位すると、その美貌を武器に皇后の地位を勝ち取った。高宗が病に倒れると皇后の地位を利用して権限を手中に治めようと画策した。反対派がそれを阻止しようとすると逆に彼らを粛正し、彼女と血のつながりのない王子たちをことごとく毒殺した。

西暦六八三年に高宗が病没すると、彼女の息子の王子が即位したが一年もしないうちに廃位させ、皇太后として政治を自ら取り仕切った。次の息子の王子を皇帝にしたものの、西暦六九〇年に自らが即位して国号を「周」と改め、広大な中国全土に君臨した。三十年以上にわたる権力闘争を勝ち抜いたのである。讃良姫が大王に即位したのと同じ時期で、このとき武則天は六十歳を大きく超えていた。

反対する人たちを容赦せず粛正し、無頼の徒を重用して弾圧し、権力を掌握し続けた。

だからといって恐怖政治ばかりを続けたわけではなく、人々をうまく使う術に長けており、広い中国を統治するのに支障を来すことはなかった。権力闘争のなかで能力のある人を見抜く力を養って抜擢人事を敢行し、皇帝になってからは自分が任命した大臣たちの諫言にも耳を傾けたという。能力のある人たちの採用に積極的であり、統治は比較的うまくいっていたのである。

真人が遣唐使としてやって来たとき、彼女は八十歳になっており、武則天の朝廷は安定していた。三年後には病を得て皇帝の地位を退いてふたたび「唐」に戻ったから、真人は最晩年の武則天に拝謁したわけである。

長安京と新益京との違い

長安に来るようにという指示が真人に伝えられた。最初の関門は無事に通過できた。真人は長安に行く百六十人を選び、残りの人たちをこの地に留め置いた。

西から東に流れる大河を縦に繋ぐ運河がつくられていて、長安の近くまで五隻の小型船で進んだ。一行が長安の都に入ったのは十月である。

武則天が君臨する長安の都は、治安が良く安定していることに真人は安堵した。

長安には、かつて留学僧として来ていたから、知らないところではない。それなのに真人は、それまでに味わったことのない疑問を感じざるを得なかった。確かに記憶にあった長安なのに、はじめて見るような印象を受けた。なぜなのか、しばらく真人にも分からなかった。

王都は五メートルをこえる高さの城壁に囲まれている。全体の広さは新益京《あらましのみやこ》の何倍もあるというのに、ぐるりと煉瓦の壁に囲まれ、長安の都は閉じられた空間になっている。巨大な統一国家になっていても、敵の攻撃に備えて防御を怠ることなく、厳重に管理されていた。入口となる門には護衛の兵士が大勢いて厳重なチェックを受けなくては入ることは赦されない。

新益京とは緊張感がまるで違う。少しでも不審なところがある人は、たちまち武装した兵士たちによって、その場で殺されてしまうのではと思われるほどだった。

城壁のなかに入ると、活気に溢れた広くて賑やかな空間が出現し、城の外とは違う世界になっている。新益京にも囲いがあるとはいえ、かなりいい加減で外となかの区別は曖昧なところがあるから、それとはまるで違う。

真人は、外国の使節が滞在する施設に案内された。今後の段取りについて思いめぐらし、交渉に神経を集中させなくてはならず、よけいな感慨は頭のなかから追い出した。

皇帝である武則天に拝謁して天皇からの国書を渡し、わが国との友好関係を築くことを承認してもらう必要がある。さまざまな手続きを経てから皇帝に取り次がれるから、かなり時間がかかるだろう。だから当分は待つより仕方がない。

真人は許可を得て王宮の周辺を散策した。

印象深いのは、王宮に面した朱雀大路《すざくおおじ》だった。新益京にも王宮に面して朱雀大路が南北に通っている。中国の王宮になぞらえた道路で、同じ名称がつけられている。だが、その違いは強烈だった。王宮の南門である朱雀門に続く新益京の朱雀大路は、幹線道路のひとつとして東西南北に通した他の大路と同じ幅をもつ道路にすぎなかった。

ところが、長安の場合は朱雀大路だけが決定的に広くなっている。朱雀大路は道路というより広場が延々と続く感じで、他の道路とくらべようがない幅が広い道路である。他の幹線道路も新益京のそれより道幅が広い。

真人は、右から左、左から右へと朱雀大路を何回も端から端まで歩いてわたってみた。新益京にある朱雀大路より五倍以上の幅をもつ道路である。

王宮から離れて南に行き、朱雀大路の真ん中に立ち、真人は王宮を遠くから眺めた。

朱雀大路の北の奥に位置する王宮は道路の先にあり、王都全体を睥睨するように聳えている。いかにも大唐の王宮としての存在感を示し、この国に君臨している雰囲気を醸し出している。朱雀大路に立って王宮に目をやれば、いやでも王都に来ていることを意識させられる。この通りで閲兵式をはじめ、さまざまな儀式が挙行される。いかに盛大でスケールの違う儀式になるか想像できる気がした。

道路の幅がとてつもなく広いからといって殺風景な感じにはなっていない。周囲にある建物が高くて大きいせいで、それと釣り合っているからだろう。

王宮の大きさも半端ではなかった。朱雀大路の北側に太極宮を望むことができる。左側には皇后の館である掖庭宮《えきていきゅう》があり、右側には皇太子の宮殿の東宮がある。南側には上級役人たちが政治をとる皇城があり、これらの区画を取り囲んで十メートルにも及ぶ高さの城壁が築かれている。内側にある城壁の南側入口の朱雀門もひときわ高く立派である。

城壁の外の北側の小高い地域に離宮がつくられている。敷地だけでも相当なものだ。広い庭と池があり、皇帝が執務をとる宮殿や賓客を招いて宴会がもよおされる楼閣があり、大明宮と呼ばれている。

新益京の王宮は全体の中央部分に位置し、官人たちの館にぐるりと取り囲まれている。狭い朱雀大路に立つと、ゆるく北に向かって下っているので、わずかに王宮を見下ろす感じになってしまう。

若いときにも真人は、同じように朱雀大路の真ん中に立って唐の王宮を眺めたことがある。聳え立つ王宮に驚いたはずであるが、これほどの衝撃を受けた記憶はない。なぜ、以前に見た長安とこうまで印象が違うのだろうか。

しばらくして、真人は新益京と比較していることに気づいた。かつて来たときには、わが国とはすべてが違っていて見るもの触れるものすべてに驚きの連続だった。それらに触れ続けた衝撃が大きかったせいか、王宮もそのひとつに過ぎなかったのだろう、強い印象として心に残らなかったようだ。

真人の意識のなかでは、唐の長安に及ばないとしても、新益京という新しい王都は、それまで王宮のあった飛鳥に比較すれば、東西南北にまっすぐな道路が走るように計画的に造営され、秩序立ち、整然とした王都になっていると思っていた。

ところが、実際の長安京と新益京と比較して見ると、新益京が出来損ないの京《みやこ》であるように思われた。長安に来て現実に王宮や朱雀大路を目の当たりにすると、急に新益京の姿が色あせて見えたのである。

「さすがに大唐の都だけのことはありますね。何から何まで大きくて立派で、人々も多くて賑やかで、聞きしに勝るすごさですね」

随員として一緒にやって来た山上憶良《やまのうえのおくら》が、はしゃぐように言った。はじめて目にするものばかりで感激しているようだ。

憶良は文字を上手に書く能力があり、歌にも精通しており、官位は高くなかったが遣唐使の一行に加えられたのである。

真人は憶良を呼んで仕事を与えることにした。

「絵を描くのは得意ではないかもしれぬが、この都の全体を一枚の紙のうえに描いてみよ。まず、この朱雀大路を真ん中に描くのだ。その長さと幅の寸法を計って記入する。歩幅で計れば、ほぼ正確に距離を割り出せるであろう。それに王宮の大きさ、門の位置、塀の場所、主要な建物、そのほかの主要道路なども書き入れるようにするのだ。一枚で無理なら、何枚もの紙を使って描いてみよ」

真人は、あとで参考になるように長安の都の見取り図を作成するように指示した。

「なんじ一人では無理かもしれぬ。助手をつけるがよい。ただし、あまり熱心になり過ぎて、こちらの役人に怪しまれては困るから、散歩のついでに見てまわっているふうを装うとよい」

憶良は、真人の言葉にうなずき張り切って駆け出した。

女帝・武則天との謁見

武則天に真人が拝謁したのは、その二か月後だった。

わが国の紫色をした朝服に身を包んだ真人は、飾りの付いた冠をつけ、貴人らしいスタイルで臨んだ。

事前の上級役人たちの応対で、女帝の治世がうまくいっている印象を受けた。人々はあまり不安を感じずに仕えている態度であり、ぎすぎすしてお互いに顔色を伺うような恐怖政治とはほど遠い雰囲気だった。だから歳をとった女帝は、穏やかな表情になっているのではないかと予想していた。

だが、拝謁してから顔を上げ、下のほうからちらりと武則天の顔を見たとき、真人には「化けもの」のように見えた。顔は皺だらけなのに白く化粧して唇も朱に染められていた。かつては美貌だったのだろうが、年月が容赦なく彼女に襲いかかっているようだった。

真人は目を凝らし、まじまじと女帝の顔を見た。本来なら不敬と思われる行為かもしれないが、しっかりと相手が何者であるか見届けようとした。同時に、何のために自分がここにいるのかを考えた。

目が合った。真人は、わずかに顔を動かして無言のまま心を込めて挨拶を送り拝礼する自分の姿を思い浮かべ、わずかに頭を動かした。自然に顔と首、そして目がかすかに動いた。

武則天が真人を見つめ返した。わずかに間があったのち、女帝はにっこりした。

真人はびっくりした。皇帝らしい振る舞いではなかったからだが、笑ったときに急に顔の皺がのびて十歳以上も若返ったように見えた。長らくこの国に君臨してきた自信に満ちた表情だった。かつての美貌がよみがえった感じがあった。

つられて真人も頰笑んだ。その瞬間に、武則天と真人のあいだに、余人には分からない親和感が伝わり、お互いにそれを感じ取っていた。

「この歳になるまで元気で凄い働きをしてきたのですね」と彼女の目が言っていた。真人が何者であるか見抜いたような表情だった。

同じことを、真人の目が言っていることも彼女に伝わったのは確実だった。

長いあいだ一心不乱に活動してきた人だけが持っている勘というか臭覚というか、余人には感じ取れない共通の資質を持っていることをお互いが感じ、一瞬にして相手を尊重する気になっていたのだ。

真人にとっても、日本にとっても幸いだった。最初から武則天が好意をもって接してくれたからである。

「ご機嫌うるわしく恐悦に存じます」と真人は臣下の礼を失しないようにへりくだって挨拶した。

「このたび、日本国の使節として貴国と友好な関係を築いていただきたいと思い参上いたしました。わが国の意向は、われが、わが国の天子さまよりお任せいただいております。この場で決められたことは、そのままわが国の意志として尊重されます。どうか、われらの願いを検討し、よろしくご裁可くださいますようにお願いいたします」

真人は、いい気になることなくさまざまな要請をした。日本という国名に改めたので認めてほしいこと、友好関係を築いていきたいこと、周(唐)からさまざまに学びたいので協力してほしいこと、留学僧や留学生を連れて来ているので彼らが学べるように配慮してほしいこと、書物や各種の資料などを帰国に際して持っていきたいので認めてほしいこと、文化や技術に関して識者たちとの交流の場を設けてほしいことなどである。

すでに真人が、この国の外交をつかさどる上級役人に、こうした要請を伝えていた。そのときに、わが国が新しい京を建設して律令制度を採用したこと、この国に対して親しみを感じて尊重していることを伝えていたから、女帝もすでに知っているはずだった。しかし、一連の要請がわが国にとって切実なものであると、熱を込めて真人は自分の口で語った。

武則天は、真人の要請に添えるように宰相たちに命じた。日本側の要求に全面的に応える意向を示したのである。

そのあとで、他の小国とは違って、日本は独立国としての体面を保ちたいから、朝貢する関係になるとは考えていないと真人は説明した。さらに、積極的に文化や技術について学びたいと思っているのは、この国と皇帝を尊敬するからであり、国として対等であるとは思っていないことも真人は真剣に説明した。

「そのような関係の国は、これまでありませんよ。わが国に従うか、敵対するかという関係しかありませんでしたが」と武則天は応えた。

「けれども、日本はわが国とは海を隔てた遠い国ですから、朝貢せずとも良いでしょう。朝貢するとなれば、毎年、やって来なくてはなりませんからね。まあ、二十年に一度くらい、使節を派遣すれば良いでしょう」と武則天は付け加えた。

近くにある小国であれば朝貢しないという態度は赦さなかっただろう。武則天の機嫌が良いことも関係していたのかもしれない。

この後、真人をはじめ使節の主要な人たちは、大明宮にある麟徳殿に招かれた。日本の使節のための宴を女帝が主催して挙行したのである。

長安の都の北の高台に築かれた大明宮の正殿は含元殿と呼ばれ、武則天の夫だった高宗の願いを実現するために造営されていた。女帝もここで政務をとった。基壇の高さは十メートルをはるかに超え、正殿から左右に屋根つきの廊下が延び、ふたつの豪勢な楼閣に繋がっている。その全体を俯瞰すると、鳳凰が翼を大きく広げた勇壮な形状になっている。さすがは大唐の皇帝の建物であると思わせる豪華絢爛なつくりだった。

南側にある麟徳殿は、外国からの賓客を歓迎するときに使用される。ここに遣唐使を招いて宴が開かれたのは日本の使節が大切に扱われたからである。

のちに、武則天は「日本からの使節はなかなか優秀な人たちであった。とくに大使はわが国の宰相にしたいほどの人であった」と真人のことを誉めている。

使節の一行は、率先して中国にあるさまざまな書物などを日本に持ち帰ろうと努力した。

そんななかで、武則天が帝位につくと、新しい文字を自らが提案して作成させていることを聞いた。たとえば「國」という文字は「圀」と書き換えさせている。くにがまえのなかに「或」と書く「國」という字では好ましくないので、代わりに「八方」としたほうが、この文字の意味に相応しいという理由である。

文字を新しくつくるのも、独裁者としての権限であり、治世を万全にする手段のひとつである。

こうした新しい文字に、わが国の使節たちは興味を示した。それまでの日本には伝えられていない文字ばかりである。真人が頼み込んで、然るべき博士に講義してもらった。則天文字と呼ばれる新字は、女帝の時代にだけ用いられ、彼女が亡くなってからは使用されなくなった。

ところが、文書主義をとるようになったばかりの日本では、このときに遣唐使が持ち帰った則天文字は珍しがられた。中国では後の世には使われなくなった則天文字だが、限定的ではあるにしても、わが国で使用され続けた文字がいくつかある。

文字というのは、自分たちで新しくつくって使用できるということを、わが国の学者たちは帰国した使節を通じて知った。文字を組み合わせて日本独自の文字が新しくつくられるのも、このときの体験がもとになったからである。

真人は、わが国の仏法界が朝廷の管轄となっていて、本来の仏教思想の追求や仏法の普及の仕方とは違う方向になっていることに疑問を感じていた。日本にいるときには口に出さなかったが、唐に来てから日本の仏法界のことは忘れて、本当の仏教とは何かを学ぶように、一緒に連れてきた道慈をはじめ優秀な若い僧や学生たちに忠告した。還俗したとはいえ、若い時代には僧侶であった真人ならではの苦言だった。

唐に留まって学ぶ若者は、次の遣唐使が来るまで帰国は叶わない。二十年近い滞在期間になると考えられた。彼らが学んで帰国すれば、日本の仏法界も、それをきっかけに大きく変わるであろうと、真人は彼らに望みを託したのである。

真人が全権大使となって派遣され、その能力を発揮したので予想を超えた成果をあげた。それにも関わらず、真人は帰国を前にして深く考え込むようになった。唐とわが国の違いの大きさを強く感じて衝撃を受けていたのだ。一緒に来た人たちもカルチャーショックを受けていたが、憧れの唐にやって来た高揚感をともなって見るもの聞くものが新鮮な驚きだったから、真人の受けた衝撃は他の人たちに理解できるものではなかった。

以前に唐で学んでいたのに、唐のことをまるで知らないのと同じであるという悔恨の情に真人はとらわれた。唐にふたたび来るまでは、それなりに唐のことを理解しているつもりだったが、そうでなかったと思うようになり、真人は自分を責め続けた。こうした思いを真人は誰にも打ち明けなかった。それを口にしても分かってもらえないと思ったからだった。

帰国に当たり、副使である巨勢祖《こせのおおじ》とともに一隻の船をしばらく留まらせた。一緒に行った留学僧や留学生のすべてがどこでどのように学ぶかを確認し、依頼した書物のうち入手が遅れるものを持ち帰るようにと、別行動をとらせたのである。

真人一行に遅れて彼らが帰国したのは西暦七〇七年だった。このときに四十四年前の白村江の百済復興のための戦いで捕虜になった三人が連れ帰られている。陸奥、讃岐、筑後の兵士だが、賤民となって長安で命を長らえていたのである。奇跡的な生還であり、朝廷から特別に衣服や籾などが下賜された。

ちなみに、真人が長安で謁見した武則天は、この一年後に病に冒された。やがてクーデターが発生し、皇帝の地位は息子の一人に譲られた。国の名称は「大周」からふたたび「大唐」にもどった。クーデター後に政治的な混乱は起こらず、わが国からの留学僧や留学生たちも安心して学ぶことができた。彼らは、西暦七一六年に次の遣唐使が派遣され、二年後に連れ帰られた。わが国と唐との友好関係は引き続き維持されたのである。

帰国した真人を迎える不比等

遣唐使の粟田真人の一行が帰国したのは西暦七〇四年七月である。

不比等は、七十歳を超えている真人が無事に帰国できるか、うまくことが運んだのか気にしていたから、真人一行が無事に那の津に着いたという連絡が入り、ほっと胸を撫で下ろした。

新益京に戻って来た真人から唐での様子を聞き、すべてがうまくいったことを知った。真人がいなかったのは二年間であるが、不比等にはとても長いように思えた。それほど疲れた様子を見せない真人が目の前にいて自分に語りかけている姿に、不比等は日頃の憂さが晴れる気がした。

真人がいないあいだに讃良姫が亡くなったこと、律令制度の実施にともなう問題のほかに、新益京のインフラにさまざまな問題が発生していること、そして飢饉や災害で収穫が思わしくないことなどを不比等が報告した。

　不比等が新益京の環境について真人に話したのは、いい知恵がないか聞いてみたかったからだ。

　真人の反応は、不比等にとって意外だった。

「長安の京《みやこ》を見て、大きな衝撃を受けたのです。実は、われわれの京は、律令国家の王都としては相応しくないと思われるのです」と真人はもっとも言いたいことを口にした。

「長安の京は、王宮の正門である朱雀門の前にある朱雀大路が、新益京のそれよりも何倍も幅の広い大路です。新益京は王宮に通じる朱雀大路も、他の大路と同じ幅になっています。これでは、大黒柱のない館のようなもので、王宮の前にある大路として相応しくないのです。京は王宮がなにより際立っていなくてはならないのに、新益京はそうなっていません。長安の京の北の奥に王宮があって、南に行くにつれてわずかですが下りになっていますから、人々が朱雀大路に立つと王宮を仰ぎ見るようになります。ところが、新益京では、逆に南側のほうが高くなっていますから、真ん中にある王宮を見下ろすようになってしまいます。それに、王宮の後方にも館や道路が続いているので、王宮が全体のなかに埋没してしまっている感じです。このままでいいか疑問に思えたのです」

　真人の話は不比等に衝撃を与えた。不比等は、新益京には何か欠けていると思っていたが、よく分からなかった。真人の指摘で、それが明確になった。まだ工事が続けられている新益京が、音を立てて崩れ落ちる幻想に見舞われ、不比等は一瞬目眩に襲われた気がした。

「大黒柱のない館」と言われてみれば、確かにそのとおりに思える。

　王宮のまわりにめぐらした溝に汚物がたまって異臭を放つ様子を思い浮かべ、根本的なところで大きな間違いをしてしまったのかと、不比等は胸苦しさを感じた。

「大問題ですね」と不比等は、ため息まじりに口を開いた。

「ですが、すぐ何とかしなくてはならないと思う必要もないでしょう。あたふたしても、すぐに解決できることではありませんから、そう深刻にならなくてもいいのかもしれませんが」

　悠々迫らざる真人の態度に不比等は、真人に話さなくてはならないことがあるのを思い出した。

「あなたの帰国を待っていたのです。律令制度にも問題がありますし、この新益京のことでも解決しなくてはならない問題があります。どのようにしていくか相談しようとあなたの帰りを待っていたのです。あなたに議政官になっていただきたいのです」

真人は驚いた顔をした。不比等は、かつて遣唐使として派遣された国博士の高向玄理が唐で客死したという話を聞いていたから、無事に帰ってきても、真人がまつりごとに深く関わるわけにはいかないという心境になっているかも知れないという不安があった。

「律令に関して改めなくてはならないところがあります。われわれとともに朝廷のまつりごとがもっと良くなるように協力していただきたいのです。これは、われわれの切なる願いなのです」

不比等は、真剣な顔をして語り、わずかに頭を下げた。

「唐に行って、わが国の実情を考える機会を持ったので、われわれにできることはいくらでも協力いたします。別に、議政官にならなくとも、できることでしょうから」と真人は、不比等から目を離さずに言った。これで不比等は安心することができた。

粟田真人が中納言に就任

朝廷の最高首脳人事に変更が加えられたのは、西暦七〇五年（慶雲二年）四月、真人の帰国から九か月後である。

体制を固めるために不比等は、官位令の一部に修正を加えた。真人を議政官にするために中納言という役職をつくることにしたのである。

讃良姫の時代になってからは、大海人大王時代より畿内の有力豪族を優遇する傾向があった。王族たちは主として名誉職に、そして有力豪族出身で能力のある人たちがまつりごとに関わっていた。朝廷の主要な地位を畿内の有力豪族出身者が占める傾向は、律令国家になっても受け継がれている。

大海人大王が即位した直後は内乱における戦功が重視され、身分の高低に関わらずに能力により高い官位が授けられた。しかし、朴井雄君《えのいのおきみ》と村国男依《むらくにのおより》の死後には、その傾向は影を潜め、能力を重視するとはいえ、高い官職に就くのは限られた家柄の人たちだけになった。

以前は家柄にこだわることに反発していた不比等は、藤原氏の当主となって以来、藤原氏がかつての名門豪族たちと同等以上の存在になりたいという願いを抱くようになった。朝廷の第一人者になったものの、藤原氏は新興勢力であると見られている思いがあった。それだけに、藤原氏が朝廷のなかでも高い家柄であると誰にも認められるようになるべく、家柄に対するこだわりが強くなってきた。不比等の考えに変化があったのである。

粟田氏という中堅以下の豪族である真人の処遇も、そんな不比等の思いに関係している。能力的には大臣や大納言に遜色ない真人であるが、だからといって家柄を考慮すれば、彼を議政官にするのは仕来りを破ることになる。例外を設けると後々を考慮すれば好ましくない。

そこで不比等が考えついたのが、令外官をつくることだった。太政官制のもとで朝廷の意志を決める議政官のメンバーは、大臣と大納言と規定されている。定員は七名であるが、石上麻呂が右大臣、藤原不比等と紀麻呂の二人が大納言であるからメンバーは三人だけである。太政大臣も左大臣も空位であり、大納言も一名欠員になっているから、令に従えば大臣か大納言を補充することになる。真人を大納言にするのが手っ取り早いが、そうなると家柄を重視する考えとは相容れない。それにこだわると、真人以外の人を当てることになってしまう。

この矛盾を解決するために、大納言の補充はせずに令にない中納言という役職を設定し、議政官として扱うという考えをひねり出したのである。こうすれば家柄にこだわりながらも、有能な人材を優遇する体制にすることが可能になる。

その結果、粟田真人に加えて高向麻呂《たかむこのまろ》と安倍宿奈麻呂《あべのすくなまろ》が中納言に任命された。ちなみに、小納言というのは、太政官のもとで事務的な役目をこなす部門の長であり、直接的に国政に関与しない。詔や勅などの文書作成や発布、朝廷の発行する重要文書の作成や駅鈴・伝令などの発行を取り仕切る役割である。

朝廷の中核となる太政官会議に出席する議政官は、多いほうが良いと不比等は、参議という役職も設定した。納言を助ける地位の令外官であるが、大納言候補として経験を積ませるためでもある。大伴安麻呂《おおとものやすまろ》、下毛野古麻呂《しもつけのこまろ》、小野毛野《おののけの》の三人が任命された。

議政官は一気に九人に増えたが、この人事が発令された三か月後に大納言の紀麻呂が突然亡くなり、不比等は間髪を入れずに参議だった大伴安麻呂を大納言に任命した。実績のある大伴氏であるからだが、安麻呂は各省の長官を歴任して行政能力が高いことが知られていた。ちなみに中納言になった安倍宿奈麻呂は蝦夷征伐で活躍した安倍比羅夫の息子であり、参議となった小野毛野は遣隋使として活躍した小野妹子の孫である。

この年の十二月に、新しく貴族に列する人たちが発表された。従五位下以上の官位を持つ人だけが大極殿に上がることができるから、正月の行事を控えての昇位だった。そのなかには、多比治氏や紀氏、大伴氏や巨勢氏の一族の子弟とともに、不比等の息子である武智麻呂《むちまろ》と房前《ふささき》の名前があった。二十六歳と二十五歳、異例の若い貴族の誕生である。

不作が続くなかでの呵瑠天皇の悩み

天候不順の年が続き、疫病の流行にも悩まされた。全国的に飢え死にする人たちが出るほどではなかったが、そのまま放っておいて良い問題ではなかった。

思い悩んだのが、ほかならぬ呵瑠天皇である。

天皇に責任はなく、自然災害や疫病に対処するために官人たちが対策を講じているので安んじていてほしいと不比等は説得した。しかし、二十三歳になった呵瑠天皇は、この国を治めていく責任を感じるようになり、何かできることをしなくてはいられなかった。

「どのようになさりたいのですか」と不比等は尋ねた。朝廷のまつりごとに関しては自分たちに任せてほしいと思っているが、まつりごとに関わりたいという天皇の気持を無視するわけにもいかない。

天皇は、勢い込んで言った。

「われは、この国の人たちが安心して生活できるようにしたい。いろいろ考えてみたが、まずは困っている人たちから税を取らないようにすべきではないのか」

「分かりました。税を軽減するのは良い施策です。ですが、どのようにするかは、大蔵省の人たちとも相談して、国の財政との兼ね合いを考慮して決めなくてはなりません。われが大蔵卿と話してみます。その結果、どうしたら良いか改めて相談したいと思いますが、いかがでしょうか」

「そうしてくれ。場合によっては、われも大蔵卿の話を聞いても良い。税のこともよく知っておかなくては、良いまつりごとができないであろう。いろいろと教えてほしい」

天皇の率直な態度に不比等は少し驚いた。もう少し天皇に寄り添うようにしなくてはならないと思った。

西暦七〇五年(慶雲二年)四月に詔が出された。呵瑠天皇の意志が入った最初の詔である。呵瑠天皇の気持を慮《おもんぱか》って、不比等は文案を作成した。

不比等は、天皇が自ら「徳や仁」に欠けると発言するのはやめたほうがいいと説得したが、呵瑠天皇は、自分の気持を率直に表現したいと譲ろうとしなかった。これまでにないことだった。若い天皇であるからと思って不比等のほうが譲って、次のような詔が出された。

「われは、天に認知されるほどの徳もないのに、王侯の上に位置している。人々に仁を施すほどの能力にも欠けている。それもあって陰陽の調和が崩れて天候不順が続き、人々は飢え苦しんでいる。こうした状況にわれは心を痛めている。五大寺で金光明経をあげて人々の苦しみをやわらげるようにしたい。そのうえで、今年の出挙の利息は免除し、庸は決まりの半分にする。われの気持を汲んで、役人も地方の人たちも励んで働くように」

神となった天皇には、自然災害などの責任はないという立場をとっていたことを考慮すれば、讃良姫が生きていたときには考えられない内容の詔だった。

これを機に、各地の状況を視察するために巡察史を派遣した。この年も天候は不順であり、秋の実りが豊かになりそうもない地域が増えそうだった。律令制度の実施にあたり、各地で不作の年に備えて確保した倉庫には、どのくらい穀物があるか在庫を調べさせた。

呵瑠天皇は、巡察史からの報告を待った。

その結果、税収は年々増えてきており、不作といっても全国規模に広がってはいなかった。減税を実施しても財政が脅かされる恐れはない。条里制の実施により新田開発が進み収穫高が大幅に増えている。口分田を支給した結果、税としてどのくらい国庫に入るのか、以前よりも正確に見通せるようになった。

ふたたび天皇の思いを汲んだ詔が出された。

「日照りが続き人々は苦しんでいる。貧しさゆえに悪事を働くものが出るようになった。悲しむべきことであるが、ここに大赦を実行したい。八虐の罪などの赦しがたい場合をのぞいて刑に服している者を無罪にせよ。そして、病や貧しい者、孤児や一人暮らしや老人など自活できない人たちには状況に応じてものを恵むように。また、諸国の調は半分とする」

呵瑠天皇は心を痛め、人々と苦しみを分かち合いたいと思っていた。全国の土地は朝廷の所有だから、どの地域も飢える人たちが出ないようにするのがまつりごとであろうという、天皇の言葉に不比等はうなずくしかなかった。

不比等は、暇を見つけ、律令制度が実施されてからの不具合、新益京のインフラの不備、役人たちの仕事ぶり、そしてまつりごとを円滑にしていくための人事などについて天皇に話すようにした。

不比等の話を熱心に聞き、呵瑠天皇も自分の意見や考えを述べるようになった。

呵瑠天皇は優しい性格だった。それは新羅の使節に託した詔にも現れていた。

「われは、それほどの徳もないのに、この国を統べる地位にあり、恥ずべき身であるとしみじみ思うことがあり、できれば広く天下に仁徳を示したいと思って夜も眠れないことがあります。新羅の王であるあなたは、篤い礼をもって朝貢を欠かさずに心を砕かれていることに感謝いたします。良い政治をおこなって人民が安泰で豊かな生活ができるようにと願っております。それにつけても、お身体の具合はいかがでしょうか。これから寒くなりますので、充分にお気をつけてお過ごしください。そのほかのことは、使節の方々に伝えてありますので、どうかよろしくお願いします」

呵瑠天皇が、自ら筆をとって認《したた》めたものを太政官の担当者が正式文書に書き直して、新羅の使節が帰国するのにあわせて託した。

律令制度の見直しを実施

律令制度の一部が改訂されたのは西暦七〇六年（慶雲三年）六月である。

「令」のなかで現実にそぐわない箇所や不備と思われる箇所を改めたのである。有能な官人の供給が急がれていることへの対策、税制の一部改訂のほか、官人たちから出された要望に応えた内容になっている。

議政官による会議で議論された。会議を主導したのは不比等と真人だったから、かつての撰令所における議論と同じような展開になった。結果として、以下のように改定された。

役人の勤務評定に関する選任令では、勤務評価する期限を短縮して、有能な役人の昇進を早めた。官人の意欲を促すためである。それまでの評価基準は六年であり、場合により二年延長して同じ役職に留め、最大で十二年と決められていた。これでは悠長過ぎるので、有能な人材を少しでも早く登用するために評定する期間を短縮したのである。

高い官位を身分によって与える制度も見直された。家柄により高い官位を与えられる優遇措置制度により、貴族の子弟たちが学ぶ意欲を示さない例が多かった。しっかりと学んで役に立つ人材を育成するために能力を加味して、官位を決めるよう改訂された。学ぼうとするのが下級官吏の子弟ばかりであることに危機感を抱いた結果であるが、家柄重視の体制が大きく変わったわけではない。

また、除名などで官人の地位を失った者が、官人に復帰する道を開く規定がないので新しく追加された。破廉恥罪や犯罪など、目にあまる罪で除名された場合は仕方ないが、過失や程度の軽い罪であっても除名されると救済されない。本人に責任がなくても除名されることがあり、能力がある人を失うのは好ましくない。そこで、救済規定を設けたのである。多くの人たちに適材適所で働いてもらわなくてはならなかったからである。

そのほか、不公平感のある決まりや効率の良くないやり方も改められた。

賦役令に関しては、一人当たりの調（布など）は戸ごとにまとめて納入することにし、労役などに出る人の数が多い戸は、少ない戸と同じ割合では不公平なので、四等級にわけて徴集するよう改められた。また畿内の住民は、労役に代わって物納する庸を半分にする優遇措置がとられた。官人たちの親族が多くいることを考慮したからである。

地方に設置された義倉への納入の仕方も変更された。飢饉に備えて粟などを徴集して郡司のところにある倉に備蓄する倉庫が義倉である。貧富の差に関係なく徴集するのではなく、収穫高に応じて九等級に分けて収穫高が多い人たちから相応の徴集をして、平均以下の人たちからは徴集しないことにした。こうした制度は地方の役人たちが私腹を肥やすもとになりがちなので、その場合の罰則を厳しくして、本来の目的どおりに備蓄するよう徹底させた。

継嗣令では、従来は大王の子孫は四代まで許されていた「王」と呼ぶのを五代までとした。その後は臣下の身分になる。該当する人たちからの要望を入れたものである。

官位令によって決められている官人たちの食封が増やされたのも、彼らの要求を入れたからである。正一位に与えられる官田は三百戸から倍の六百戸となり、以下も順次増やされた。上に厚くするように改められたのである。


まつりごとを円滑に推進する改革も同時になされた。

上司が不正に関わったのを知っているのに、報告しなかった場合は罪になること、大げさに他人を誹《そし》ったり訴えたりしないこと、事務的な手続きが煩雑すぎる場合に、令に基づきながら改める方法を思いついたときには上申すること、それを採用した場合には褒賞が与えられることになった。

治安の悪化防止にも力が入れられた。

口分田が支給されたからといって、それだけで百姓たちの生活が安泰になったわけではない。さまざまに税の軽減が図られたとはいえ、労役の義務があり、調や庸といった納入義務を負わされているから、収穫高が確保できずに逃亡を図る者が出るのを止められなかった。逃亡して新益京の近くの山に隠れ住む人たちの一部が、盗賊となって近くの倉庫を襲う事件があり、ときには殺人事件も起きた。

朝廷のもとにある左京織と右京織という警察組織だけでなく、王宮や官衙を警備する左右の衛士府も協力して盗賊の被害を防ぐ措置がとられた。

疫病などで死んだ人が夜中に運ばれて捨てられ、新益京の近くには、死人が放置されて悪臭が漂う事態となった。逃亡した者が新益京の周辺にたむろして行き倒れて死ぬ場合もあった。

役人たちの汚職や不正行為も目立つようになった。役人の権限を利用して便宜を図って謝礼をとったり、勝手に入会地を自分のものにして住民たちの立入りを禁止したりする例があった。

呵瑠天皇も、こうした事態に頭を痛めた。事情を聞いて、自分で詔《みことのり》の文案をつくって不比等に見せる熱心さを見せた。

この年も春から天候不順であり、不作にならないよう天と地の神に祈り、悪霊を追い払おうと祓いをし、寺院で法会を開くなど、不作続きでなくなるようにさまざまな催しや儀式が行われていたが、効果は現れなかった。

呵瑠天皇が直接書いた文案に近いかたちで生かされた詔が四月に出された。

「皆も心得ているように、礼は天下の道であり生活の基本である。それなのに、礼の道にはずれたおこないが多く見られるのは悲しいことであり、由々しき事態である。聞くところによると、京の近くで悪臭が漂うという。これを放置しているのは役人たちが与えられた任務を全うしていないからである。担当部署だけでなく、関連する部署の人たちも協力して取り締まるべきである。また、高位高官にある人たちは、奉禄を与えられているのだから百姓たちの働きを妨げるような振る舞いをしてはならない。自分の土地で耕作などすべきではなく、食料は農民から購入すべきである。農民の権利を奪ってはならないし、地位を利用して利益をむさぼるべきではない。こうした行為をした者は容赦なく罰することにする」

詔を出せば気が済むわけではなく、天皇は各地の状況がどうなっているか関心を示した。その意向を汲んで、この年も各地に巡察史を派遣し、不作だった地域には備蓄されている穀物を放出し、税の軽減対策がなされた。

遷都構想が浮上

新益京の環境の改善は停滞し、未完成になっている工事箇所も手着かずの状態だった。

遣唐使として唐の様子を見てきた粟田真人の話が不比等の心をとらえ、未完成なところの工事を進めることにためらいが生じていた。

新益京をこのまま王都として長く留まらせるのは賢明でないという思いを、不比等は強く持つようになっていた。新益京のインフラ整備は行き詰まっており、部分的に改修して済む問題ではなかった。この京《みやこ》を見捨てたほうが良いのではないかと思うようになった。

不作の年が続いているにもかかわらず、朝廷の財政は悪化していない。むしろ収入は増え続けており、さまざまな臨時支出があっても、財政を脅かす恐れはなかった。そのお陰で遷都の計画を立てる決心がついた。

不比等は遷都する必要があると考えていることを呵瑠天皇に説明した。

「新益京と同じ規模の京をまったく新しくつくるとなれば、それこそ大変な工事となります。それに、どこに京《みやこ》をつくるかも調査して決めなくてはなりません。何年もかけた大きな事業となりましょう」と不比等は説明した。

黙って熱心に耳を傾けていた呵瑠天皇は、ことの重大さを理解し、首をかしげながら口を開いた。

「このように、いろいろの問題をかかえて、今年も豊かな実りが期待できないというのに、そうした大掛かりな事業をするのはむりなのではないか」

容易ならざる重みを感じているかのように身体を揺らしながら天皇が言った。すぐに決断できることではない。

遷都に関して、議政官の会議にかけることは天皇も了承した。

そして半月もしないうちに、呵瑠天皇から話があった。

遷都に関してずっと考えていたようで、自分なりの案を作成して不比等の意見を聞きたいというのだ。

「いま置かれている状況を考えてみれば、なんじが言うように遷都するほうが良いとわれも思うようになった。しかしながら、これだけの規模の京《みやこ》を新しくつくるとなると容易ではない。そこで、われは、難波の津に遷《うつ》るのが良いと思いついたのだ。もともと王宮があったところであるし、土地の造成もある程度はできている。王宮が焼けてなくなってしまったが、むしろ新しくつくるには都合が良いのではないか。規模を縮小することなく工事の費用や人手を少なくして進めるには難波の津が適しているとは思わぬか」

不比等は、天皇がそこまで具体的に考えて主張したことに驚いた。難波の津が新しい京《みやこ》として相応しいかどうか結論が出ないにしても、天皇が自分なりに真剣に考えた以上、それを尊重しなくてはならないと思った。

「おっしゃることは分かりました。そこまでお考えになられていることに感服いたしました。では、新益京から遷都する件に関しましては、天皇も賛成なさったと考えてよろしいのですね」

不比等が説明したときには、遷都すべきかどうか迷っている感じがあったから、まずは確認した。

「むろんだ。われも、新益京に未来があるとは思えなくなった。律令国家に相応しい京《みやこ》をつくらなくてはならぬとわれも思う。わが国が発展していくためには遷都する必要があると思う」

呵瑠天皇は勢い込むように言った。自分で作成した文案をもとにした詔を発表するようになってから、天皇としての自覚と自信を持てるようになったのだ。

不比等は、唐から真人が持ち帰った長安の京の見取り図の写しを出して呵瑠天皇に見せた。山上憶良たちが実際に測量して王宮をはじめ主要な建物、道路や施設など、実際の大きさや広さなどが分かるように描き込まれた地図とも図面ともつかない素描である。

「これが、遣唐使として真人どのが唐の長安に行ったときに、王都の様子を写してきたものです。この見取り図を見れば、唐の京《みやこ》がどのようにつくられているか分かります。王宮の位置、建物のある場所、道路の設け方など参考になります。これをもとにわが国に相応しい新しい王都をつくるべきだと考えております。そこで、天皇ご自身が難波の津にお出かけになり、実際に検分して実現可能かどうか検討していただけないでしょうか」

呵瑠天皇は、不比等の話を聞きながら食い入るように、その図面を見つめた。

「ご覧下さい。これが長安の朱雀大路です。わが国の新益京の朱雀大路は、他の大路と同じ道幅になっていますが、長安ではこんなに広く道幅をとっております。この道路が王宮の朱雀門まで伸びています。このように広い道路にすべきであることにわれらは気がつかずに新益京をつくってしまったのです。ですから新しい京の朱雀大路は、このくらいの道幅にしましょう」と不比等は述べた。

呵瑠天皇は大きくうなずいた。

「分かった。われが難波の津に行くことにしよう。さっそく測量のできる役人を手配してほしい」と、すぐに難波の津に行く気になっていた。

呵瑠天皇にとって、難波の津への行幸は、これまでの行幸とはまったく意味が違うから、その張り切り方は尋常でない。あまりにも入れ込みすぎているので、不比等は逆に心配になった。

呵瑠天皇の発病、そして死

呵瑠天皇が難波の津へ行幸する話を不比等がしたとき、三千代が懸念を示した。そんなに張り切って天皇自身が行幸するのは良くないというのだ。

阿閉姫が、呵瑠天皇が病にかかり始めているのではないかと心配していたからだ。草壁王子が初めに体調を崩したときの様子に似ていることに、母である阿閉姫は気づいたのだ。

身体がだるくなり、夕方になると少し熱っぽいという。天皇自身は、何も心配はいらないと言い張るが、夫の草壁王子の症状を知っている阿閉姫にしてみれば気が気ではなかった。呵瑠天皇は草壁王子が病にかかったときと同じ年齢になっていた。以前にもまして顔つきや体つきだけでなく声の調子も草壁王子に似てきており、その血を色濃く受け継いでいるのは明らかだった。

必要以上に心配しているのではないかと不比等が聞くと、三千代は、必ずしもそうとばかりはいえないという見方をした。張り切って難波の津に行く準備をしているから、かえって心配だという。

不比等は、呵瑠天皇と接していてそのような兆候を感じなかったのは、自分がうかつだったのか、それとも天皇が熱心だったことに気をとられて見過ごしたのか判断がつかなかった。

難波の津への行幸は実現させてやりたかった。距離的に遠くなく、行程は一日足らずである。体調を慮って計画を中止したほうが、逆に本人のためにならないのではないかと思った。草壁王子も、病のなかで殯宮での儀式に参加して任務を果たした。床につかなくてはならない状況であれば仕方ないが、予定どおり行幸すべきであるというのが不比等の意見だった。

三千代が阿閉姫と話し、無理をしないように言い聞かせて、呵瑠天皇の行幸は計画どおりに実施された。

不比等は行幸に先立って呵瑠天皇に、病床の草壁王子から拝領した黒作懸佩太刀《くろつくりかけはいとう》を手渡した。

「天皇の父であられた草壁王子よりわれがいただいた太刀です。儀式の際などに身につけておられました。この太刀は天皇がお持ちになるべきであると思います。難波の津に行幸なさるときに身につけられると良いでしょう」

不比等が差し出した太刀の由来を知り、「ありがたいことだ。大切にしよう」と受け取った呵瑠天皇はうれしそうだった。

九月十五日に新益京を出発するに際して、正装した天皇は、腰に不比等が献上した太刀をさしていた。

十月十五日までの行幸で呵瑠天皇は、自ら測量などの陣頭指揮に当たった。率先して調査し、王宮の場所や官衙、官人たちの住宅など、新たな京を設計するために張り切って調査を指揮した。

儀式ばった行幸ではなく、難波の津では国の将来に関わる仕事をしていると実感でき、呵瑠天皇にとって貴重な体験だった。母である阿閉姫は行幸に反対したが、不比等が背中を押してくれたから、楽しい経験ができたと呵瑠天皇は喜んだ。しかし、難波の津に新益京と同じくらいの広い敷地を確保するのはむずかしそうだった。

難波の津から帰ってきて一か月もしないうちに呵瑠天皇は病の床についてしまった。張り切りすぎて消耗してしまったのかもしれない。

草壁王子のときと似た病状だった。しばらく様子を見ることにしたが、病状は草壁王子のときより進行が早かった。寝たり起きたりする期間は一か月ほどで、その後は寝たきりになることが多くなった。このままでは深刻な事態になる恐れがあるとさえ思われた。

いまさら悔いては遅いと思ったものの、十五歳という若さで天皇にしたことがいけなかったのかと不比等は思った。大変な重圧を与えられていたに違いなかった。

不比等は呵瑠天皇を頻繁に見舞った。呵瑠天皇自身は父の草壁王子のことを聞いていたから、自分の死期が近づいていることを自覚しているかのように見えた。しかし、お互いにそのことを口にはしなかった。

倒れて数か月たった西暦七〇七年四月、不比等に感謝の気持を伝えるために呵瑠天皇は自分の気持を表した詔《みことのり》を発した。不比等には相談せずに太政官の役人に働きかけてつくった詔だった。

不比等を忠臣として、伝説的な人物となっていた武内宿禰になぞらえて誉め讃えた。不比等に対して感謝の気持を表すとともに、不比等が朝廷にとって如何に重要な存在であるかを天下に公表する詔だった。先帝の時代から朝廷に仕えてまつりごとに励んでいる不比等に報償として五千戸を与えるとした。

天皇の発案だったのだが、周囲には、不比等が天皇に働きかけて出させた詔ではないかと勘ぐる見方もあった。不比等は少し戸惑ったものの、天皇の気持がうれしかった。ただし、いい気になっている印象を与えないように配慮しなければと、二千戸に減らして受けることにした。同時に他の人たちにも増封することにして自分だけが目立たないよう配慮した。

天皇の詔は、言外の意味が含まれていた。不比等の娘である宮子媛が産んだ首《おびと》親王が、呵瑠天皇の後継者として第一位にあることを暗に示すものでもあった。讃良姫が生きていれば、あるいは古くからの氏族である紀氏や石川氏の娘が産んだ親王を有力視したかもしれないが、呵瑠天皇の母である阿閉姫も不比等の孫である首親王を後継天皇の第一候補に考えているのは明らかだった。

呵瑠天皇の病状は次第に深刻になった。不比等は死後のことについて考えておかなくてはならないと思うようになった。梅雨が明け、夏の暑さが始まった六月十五日、呵瑠天皇はあまり苦しむことなく逝った。臨終の前に遺詔が残されていた。

後継天皇は母である阿閉姫にすること、発哭は三日に限ること、喪服の着用は一か月だけにせよという内容だった。まつりごとの停滞がないように葬儀は簡略にせよとも指示していた。

殯《もがり》の儀式は取りやめにしたかったが、伝統を破るのに抵抗を感じる人たちがいると思い、不比等は呵瑠天皇の殯宮の期間は五か月とすると決めた。

讃良姫の場合は殯宮の行事が一年にわたっていとなまれ、その後に火葬された。火葬は多くの人たちに衝撃を与えたが、新しい時代になったという認識を高め、必ずしも伝統を重視しなくてもよいという空気ができていた。

呵瑠天皇が長生きしていれば時代の変化が大きくなり、葬儀の際に殯宮での儀式は挙行しなくても問題にならないかも知れないが、讃良姫の死から四年半ほどしかたっていなかった。律令国家になったのだから、古い習慣はなくしたほうがいいとはいうものの、人々の考えに変化が生じるには短すぎたのである。

第二十八章　女帝の時代と平城京への遷都

天皇が二十五歳で他界、早すぎるその死は、まつりごとの混乱を招くもとになりかねない。少し前までは、三十歳以前に大王になる例さえなかったのである。

こうした事態に直面した藤原不比等《ふじわらのふひと》は、自身の政治力が試されていると感じたものの、この試練を自分の采配で乗り切る自信を持っていた。五十歳になった不比等は、不穏な動きがないか目配りし、呵瑠《かる》天皇が不治の病であると分かったときから、その死という衝撃に直面する覚悟を決め、どのように乗り切るべきか検討を始めていた。

誰を後継の天皇にするかが最大の関心事になる。ほとんどの人たちは、後継候補は親王の誰かと思っているはずだ。大海人大王の息子である舎人《とねり》親王と新田部《にいたべ》親王は三十歳代を大きく超えており、まつりごとに関わった実績を持っている。二人のうちどちらかが無難な選択であるといえるだろう。だが、不比等の思いは違っていた。

不比等は、最初から呵瑠天皇の後継を、その母の阿閇《あへい》姫に決めていた。以前から、彼女に自分の考えをほのめかしていたものの、天皇が危篤に陥ってからは、妻の三千代を通じて天皇に推挽すると話していた。

幸いにして三千代は阿閇姫に信頼されており、阿閇姫は三千代の意見に素直に耳を傾けた。しかし、讃良《さらら》姫と同じ葛城大王の娘であるが、阿閇姫は皇后にはなっていない。その弱みをどのように消し去れば良いのか。

四月十三日の草壁王子の命日を国忌としたのも、そのための布石である。これにより太子だった草壁王子が天皇と同等の扱いを受け、大海人大王から草壁王子、そして呵瑠天皇へと続く正統な血筋が強調された。

後継の天皇は、先の天皇の意向によると律令の「継嗣令」に則って決められている。天皇の兄弟および王子を親王と呼んで、後継者の有資格者としているのは唐の令に倣ったからである。それに従うと天皇は男子であることが暗黙の了解事項になっている。しかし、わが国では女帝は例外的な存在ではない。したがって、天皇（大王）の子供であれば、葛城大王の娘である阿閇姫は、候補として不足がないと主張できる。「令」には男子でなくてはならないと記されていないから、それにとらわれる必要はない。

呵瑠天皇が、自分の後継は阿閉姫にすると言い残せば、彼女の即位が可能になる。

あとは、不比等が阿閉姫の即位で大きな問題が起こらないように政治力を発揮して乗り切れば良い。

阿閉姫の意志を確かめるのは三千代がうってつけである。

阿閉姫は黙って三千代の話を聞き終わると口を開いた。

「嘆いても仕方ありませんが、王家の男たちはみんな身体が弱いので苦労しますね。それにしても、わらわは母であり姉であった讃良姫さまと同じような運命を背負わされるとは思いませんでしたよ。わらわは天皇などにはなりたくありませんが、ほかに方法がないのならやむを得ませんね」と阿閉姫が三千代に言った。

讃良姫が、孫である呵瑠王子の成長を待ったように、阿閉姫は孫の首《おびと》親王の成長を期して、自らが天皇になる以外に選択肢がないという三千代の説得に応じた。

呵瑠天皇を含めて築き上げた王家との絆を大切にし、それが続くことが不比等の望みだった。そのためにも、阿閉姫に天皇になってもらう以外に考えられなかったが、かつて弓削《ゆげ》王子が兄の長《なが》王子を太政大臣にするように主張して、政治の表舞台に立つ意欲を見せたことがある。同様に、候補と考えられる二人の親王が、後継の天皇になろうと名乗りを上げる可能性はあるだろうか。

不比等の見立てでは、二人の親王は推挽されれば拒否はしないだろうが、自分から天皇になりたいと言い出すようには思えなかった。自分以外に新しい天皇が擁立されても、これまでどおりの態度でいるはずだ。それでも、誰かが親王を擁立しようと動き出すようなことがあれば話は別だ。不作の年が続いており、疫病が流行っており、新益京の住環境の悪化など、不満分子が声を大きくする原因にこと欠かないから、不満の声はちょっとしたきっかけで大きくなりかねない。

そんな動きをしそうな人物は見当たらないと思えたが、不比等が何か言う前から、右大臣の石上麻呂《いそのかみのまろ》が、その能力を総動員して、阿閉姫の即位に反対する動きがないか監視体制を強めた。

いずれにしても、天皇の母が即位するという前例のない事態に対する人々の抵抗を抑え込まなくてはならない。

機先を制するために殯宮《もがりのみや》での儀式が始められると、阿閉姫によって詔《みことのり》が発せられた。呵瑠天皇の遺訓により、即位前であるが、天皇としての役目を阿閉姫が引き継ぐことを広く知らせるためである。呵瑠天皇が亡くなって十日も経っていなかった。この詔は、ただちに八官の長官と五衛府の長官に通達された。

殯宮での儀式を主催するのは皇后か、その立場にある女人である。阿瑠天皇の場合は、不比等の娘の宮子《みやこ》媛になるはずだが、それができる状況ではなく、代わりを設けるしかない。白羽の矢がたったのは阿閉姫の娘の氷高姫である。阿瑠天皇の姉であるから、妻となることはできないものの、殯宮での儀式を主宰するのに役不足ということはない。不比等と三千代のあいだで、氷高姫が殯宮の儀式を主宰するように話を進めていたのだ。

氷高姫は、殯宮の儀式を主催することで、皇后の座にすわったと見なすことが可能になった。しかも、阿閉姫の即位によって、彼女は天皇の血を受け継ぐ内親王になり存在感が高められる。

讃良姫から阿瑠天皇、そして阿閉姫へと続く即位の仕方は異例続きである。だから、天皇の役目を引き継ぐと宣言したにしても、実際に即位するとなれば反対する者が出ないとも限らない。

伝統に従えば、天皇の殯宮での儀式が終わって埋葬して一連の葬儀が終了した後に即位することになるから、即位式まで半年近くかかってしまう。それを待たずに即位式を強行することにした。阿瑠天皇の死から一か月後という異例の早さで挙行されたのである。

阿閉姫の即位式における宣明

西暦七〇七年七月十七日、阿閉姫の即位式は律令国家になって最初の即位式である。新益京にある大極殿で挙行された式は「継嗣令」に則り、正統性を主張する儀式だった。天皇の意志を告げる宣明《せんみょう》がそれを物語っている。

即位式で詔としての宣明が述べられるのは、先の天皇のときと同じだが、正統性に疑問を持つ人たちを説得できるような内容になっていた。

大極殿《だいごくでん》にある高御座《たかみくら》についた天皇が即位にあたって述べる宣明は、本人が語る形式になっているが、代わりに読み上げるのは神祇官の最高位にいる中臣意美麻呂である。祝詞のように抑揚をつけてやたらと長く伸ばす語り口であるが、内容がよく伝わるよう工夫されていた。宣明は神のお告げであるかのように、発せられたとたんに人々を拘束する感じがあるのは、天皇の言葉は言霊《ことだま》となって伝わると信じられているからだ。これこそが伝統の力である。

「畏れ多くも、わが母上となられた讃良姫さまが、嫡子であられる阿瑠天皇とともに高御座につかれ、二人並んで天下を統治されました。それというのも、近江におられた葛城大王がお決めになられた法にもとづき御位《みくらい》につかれたのです。この法は、天地のように永遠に、日や月のようにはるか彼方までつづく常の典《のり》であり、それを受け継いだものと誰もが承知しており、わらわもそのように承っております」と語って、阿閉姫の代わりに宣明を読みあげる意美麻呂はひと息ついた。

「このように申しておられるので、皆々、このお言葉をよく承るように」と付け加えたあとで、ふたたび続けた。

「去る昨年十一月にわが大君であり、わが子であられる天皇から、われは病んでいるので治療に専念したい。ついては天皇の位《くらい》を母上にお譲りしたいという申し出がありました。そのときは、わらわはその任に堪えられませんとお応えいたしました。その後もたびたび天皇から同様の申し出があり、お断りばかりしていては良くないと思い、去る六月十五日にご命令をお受けいたしますとお応えいたしました。このような重大な位をわらわが継ぐことになり、天の神や地の神のお心をわずらわせるのは誠に畏れ多いことであると思っております」と、呵瑠天皇が母の阿閉姫を後継の天皇にする意志があったことが示された。

「このように天皇がおっしゃっておられます。皆々、そのお言葉をよく承るように」と意美麻呂は続けた。

新しい天皇のもとに臣下は浄《きよ》く明るく励み、天皇の統治を補佐すること、定められた法の執行に協力し、将来にわたって平安であるようにつとめること、天皇が天下国家を統治するのは格別なことではなく、親が子供を養育し慈《いつく》しむように、神となった天皇としてまつりごとをおこなっていくという決意が述べられた。

天皇が天照大御神の子孫であると述べるだけの宣明でなく「常の典」という言葉が、王家の人たちが護るべき法として持ち出された。前からあったように語られたが、律令以上に特別な法に則って即位するという、正統性をより確かにするために考え出されたのである。

律令を超えた法である「常の典」が、葛城大王時代からあるとしたのは、葛城大王の復権を確かなものにしながら、その時代にも光を当てる意味が込められていた。律令制度はこの時代から掲げられた目標であり、今ある国の姿のもとは葛城大王の時代につくられたと主張したかったのだ。即位する阿閉姫も、他ならぬ葛城大王の娘である。

新しい天皇の正統性を強調することが、異例な引き継ぎと思われる印象を払拭させるための工夫だった。

これまでと同じように大赦がおこなわれた。特別に悪逆な罪を犯した者を除いて、すべての罪を赦した。さらに、高齢者や生活困窮者には穀物などが支給され、八位以上の官人たち、そして僧侶には麻布などが下賜され、京《みやこ》をはじめ畿内および太宰府地方の調が免除され、全国の田租も免除された。

授刀舎人寮の設置と「継嗣令」の変更

阿閉姫の即位にあわせて設置されたのが授刀舎人寮《たちはきのとねり》である。天皇と特定の親王を護衛するための親衛隊ともいうべき警護隊が新しく結成された。

選抜には不比等が直接関わり、選り抜きの腕と忠誠心を持つ兵士が集められた。授刀舎人と名づけられたのは、天皇から授けられた太刀を常に身につけた舎人だからである。

王宮の警備や天皇の護衛は、五衛府のうち左右兵衛府に属する衛士が担当する。かつての舎人の組織は、律令制度の実施にともない再編成されており、それで足りているはずである。それでも別に設置したのは、不比等に忠誠を誓う独自の軍事力を持つためである。権力を行使し維持しようとすれば、ときには暴力的な手段に訴えてでも護らなくてはならない場合がある。特別に鍛錬して能力を磨いた武人の組織を持てば、緊急事態が生じたときに不比等の手足となって働いてくれる。

兵衛府の衛士たちや、門を警護する衛門府に属する衛士の上司となるのは豪族たちの子弟が多い。かつてと同じように縄張り意識を持つ者たちだから、いざというときに頼りにならないかもしれない。衛士たちも、律令以前からの任務を引き継いでおり、実態としては古い組織のままだった。

授刀舎人寮の武人たちは、ふだんは阿閉姫や首親王の護衛を担当しながら、不比等から指令が発せられれば、ただちにそれに応えられるように訓練された。

阿閉姫の即位直後に「継嗣令」の一部が変更された。わずかな文言が追加されただけだったから、誰も注意を払わなかったが、あとで大きな意味を持つ変更だった。これも不比等の深慮遠謀によるものである。

「継嗣令」に天皇の血を引く親王や内親王に関する条項があり、次期天皇が選ばれる条件が決められている。それに、新しく「女帝の子もまた同じとする」という文言が追加されたのである。

これにより、天皇である阿閉姫の娘の氷高《ひだか》姫が後継になっても不自然でない令になる。

唐の令を参考にした継嗣令は、男性から男性に引き継ぐことを前提にした内容になったままである。天皇位を継ぐのは天皇の兄弟か息子の親王に限られると規定され、内親王は後継となる資格はなく、受け継ぐのは男子だけに限定される。そうなると、阿閉姫が産んだ姫は後継者の資格がない。それに気づいた不比等は、「女帝の子もまた同じ」という文言を入れ、女帝の子供であれば女性でも後継になれると解釈できるように変更したのである。

そうでなくとも、女帝になる条件は大后であるか父親が大王であると伝統的に考えられていたから、阿閉姫の娘である氷高姫が後継となるのは認められないという声が出る恐れがある。

しかし、わが国の特殊性を考慮して、前例のないことであるにしても「令」として決めれば押し通すことができる。律令制に関わってきた不比等は、法律を自分の手でつくり変える権限を行使できる立場にあったから、将来に備えて手を打ったのである。

不比等が、これを思いついたのは、呵瑠天皇の殯《もがり》の儀式のときに、自分の娘である宮子媛に代わって取り仕切る役目を氷高姫に頼んだからである。もし宮子媛の代わりを、呵瑠天皇の妻となっている他の女人が取り仕切ると、その妻が産んだ親王が後継者として有力になる可能性が生じる。それは避けなくてはならなかった。

三千代と相談して、草壁王子と阿閉姫のあいだに生まれた氷高姫に主宰してもらうことにより、彼女は后《きさき》の地位に就いたのと同じとみなされる。それにより彼女が、新しく天皇になる阿閉姫の、後継の天皇になるのが自分たちにとってもっとも都合が良いことに気づいたのである。

阿閉姫が天皇になることを承知したとはいえ、長くその地位にいる意志がないのは明らかだった。となれば、その後継者についても、いまから考慮しておかなくてはならないと不比等は思ったのである。

阿閉姫も不比等も、首親王を次代の天皇にするつもりでいたものの、少なくとも二十歳をかなり過ぎてから即位させるべきであるという思いも共有していた。

十五歳で天皇位についた呵瑠天皇は、その重みに押しつぶされたように亡くなってしまった。それをくり返さないためには、首親王が即位するまで阿閉姫がつなぐにはむりがあるから、氷高姫にも天皇になってもらわなくてはならない。直前になって慌てないように氷高姫に、あらかじめ決意するように促したのである。天皇になるからには、誰かの妻になるわけにはいかず、彼女はずっと独身を通した。呵瑠天皇の忘れ形見である首親王はまだ七歳だった。

不比等の右大臣就任

阿閉姫が即位した翌年の西暦七〇八年一月、天皇が代わったときに年号も代わる決まりはなかったものの、まつりごとも刷新される印象を与えるために改元された。武蔵国の秩父郡から和銅が産出されたという瑞祥の出現で、改元の大義名分がつくられた。精錬しなくてもすむほどの良質な自然銅の鉱脈が発見されたのである。天や地の神が朝廷のまつりごとを愛《め》でて祝福した証であるとして、慶雲五年を和銅元年とした。

官人たちの昇進と人事が刷新されたのは三月である。石上麻呂と藤原不比等が正二位に昇進し、臣下としては最高位になった。また上級役人たちの不満が出ないように、大判振る舞いとも思えるほど多くの官人が昇位した。左大臣に石上麻呂、右大臣に不比等が就任した。左右の大臣が揃うのは久しぶりである。

不比等が大臣に就任するのも初めてであるが、依然として先輩である麻呂の下の地位だった。麻呂は不比等が公的に自分を立ててくれていることに満足し、不比等の意に添うように行動して、二人のあいだには暗黙のうちに協力しあう関係が続いていた。

大納言は大伴安麻呂《おおとものやすまろ》ひとりとなり、中納言は小野毛野《おののけの》と安倍宿奈麻呂《あべのすくなまろ》、中臣意美麻呂《なかとみのおみまろ》、参議には下毛野古麻呂《しもつけのこまろ》が留任した。知太政官事《ちだいじょうかんじ》には、慶雲二年五月に忍壁親王が亡くなって後任に指名された穂積《ほづみ》親王が引き続き起用された。

意美麻呂は、それまで空位だった神祇官のなかの最高位である神祇伯も兼務している。

不比等の相談相手として尊重されていた粟田真人《あわたのまひと》は、このときに太宰府の長官となった。本人はそろそろ引退したいと言っていたのだが、隼人の反乱が収まるどころか、きな臭さを増しているときなので、その収拾を図ってほしいという不比等の願いに添った人事だった。

世代交代が相次ぎ、官位や役職だけでなく年齢的にも多くの人たちより不比等は年上となり、このときには抜擢人事はおこなわずに、家柄や過去の業績を重視した。

目の前に生じる問題にいちいち目くじらを立てて取り組もうとすると、各部門を統率する人たちの欠点が目につきやすい。だからといって、トップを交代させれば万事解決するとは限らないと思うようになっていた。あとあとまで影響を及ぼす重要な問題を別にすれば、細かいことにまで首を突っ込まずに対処するようになっていた。

主要な国の国司も、律令制度が実施されたときにくらべれば、誰をどこの国司にしたら良いか見通しがつけられるようになった。朝廷のなかのさまざまな動きが、情報として不比等のところに入ってくるようになり、不安になることが少なくなっている。

息子たちが、それなりに役に立つようになってきたことも、不比等の自信のよりどころとなった。

武智麻呂《むちまろ》は三十一歳、房前《ふささき》は三十歳になった。自分が子供のころより二人の息子は恵まれた環境で教育された。親の贔屓目か、同じ世代の人たちにくらべて二人とも政治家としての能力は高いように不比等には思えた。

武智麻呂は身体が丈夫ではないのが心配だったが、若いころから学問を身につけ、学者に負けない知識を持ち、中国の歴史にも詳しかった。一歳下の房前は、兄と違って身体も強健で度胸もあり、指導者としての能力にも長けていた。三男の宇合《うまかい》は十五歳、四男の麻呂は十四歳だった。

長男の武智麻呂は、中務省のなかにある図書寮で働いていた。図書寮には歴史書編纂室があり、大海人大王の時代に始まった編纂事業が引き継がれていた。武智麻呂が、その仕事に専念するわけではなかったが、進行状況を把握できたので、およそのところは不比等に知らされた。

巡察史として東海道と東山道に派遣された房前は、指導者として能力を発揮し、その報告は不比等を喜ばせる内容だった。美濃や伊勢、尾張では国司がうまく治めている状況を分かりやすくまとめて報告した。これらの地方は、大海人大王の時代から朝廷に忠誠を誓っており、朝廷とのつながりは強くなっていた。房前の報告を受け、不比等は、伊勢、尾張、近江、美濃の各国司を表彰した。

同じ氏族である中臣意美麻呂は、大嶋の後継として神祇を取り仕切り、太政官として中納言の任務もこなして不比等を支えた。

不比等は天皇に対しては特別に気を遣った。朝廷における儀式や行事に、天皇が臨席している場合は、他の官人たちにもまして不比等の天皇に対する礼や言葉遣いが丁重をきわめた。臣下として天皇に従うという態度を率先して示した。天下の第一人者の不比等が天皇を敬う態度だったから、他の人たちも同様な態度をとらざるを得なかった。

天皇が出す詔は、この国を統治するのにきわめて効果のある命令書であり、その内容を決めるのは不比等である。阿閉姫が即位してからは、以前より詔が出される回数が増えた。天皇の権威を利用して、この国の方向を決め、官人たちを思うように統治するには詔として出して従わせるのが良い。不比等の独裁体制は、自分がうまく天皇の影に隠れるようにして達成されたのである。

不比等、新羅の使節との会談

不比等がわが国の大臣として初めて新羅の使節と接見したのは、西暦七〇九年（和銅二年）五月、不比等が大臣になった直後である。

新羅の使節が往来するのは、朝廷と新羅のあいだの友好関係の確認のほかに貿易をおこなうためでもあった。貿易による利益は朝廷が独占していたのである。

遣唐使を派遣してから、不比等は以前より新羅を見下すようになっていた。わが国は、新羅より進んだ国となっているはずであり、新羅から学ぶことが少なくなっているという認識を強めたからでもある。

来日した新羅の使節である金信福が突然、大臣と接見するようにいわれたのは、新益京に到着して七日ほどのち、朝廷でのもてなしを受けた直後だった。

不比等の機嫌が良いこともあり、特別に時間をとることにしたのである。

金信福のために椅子が用意され、姿を見せた不比等は机を隔てた椅子に腰を下ろした。金は、大臣と対等であるかのように椅子に座って相対するかたちになった。

使節にとって地位や年齢の違いは絶対で、目上のものに対する礼を失してはならないと緊張した。ところが、大臣である不比等は愛想良く、あくまでも気さくに見えた。

「古くから新羅の使節がわが国にお見えになっておりますが、これまでは大臣と直接語り合うことはなかったですな。それでも、こうしてあなたと対面して語り合うのはわが国と新羅の友好関係をこれまで以上に深め、これからも親しく付きあいたいと考えているからです」と不比等が話し始めた。

椅子から飛び跳ねるようにして立ち上がった金は一瞬迷ったのちに、床の上にかしこまって不比等に拝礼した。目の前にいるのは大臣であるから、対等な関係で語り合おうとするのは畏れ多いと思ったのだ。

「そう堅苦しい態度をとらなくても良いですよ。あなたは、新羅を代表して来られているのですから、われが大臣であっても堂々となされればよろしい。まずは椅子にお掛けください」と不比等は、愛想の良い態度を崩さずに言った。金もようやく立ち上がり椅子に腰掛けた。

「畏れ多いことです。われは、新羅では大臣とまともに話ができないような卑しい地位です。それでも、新羅の使節としてこの国に来て、誠に心温まる扱いを受けて感激しております。そのうえ、このように対面されることを赦されて、身にあまる光栄です。大臣の示された温情は決して忘れません」

相手があくまでもへりくだった態度なので、不比等はますます余裕を持てた。自信を強めるとともに、新羅に対しては、それまでより見下す意識を強めた。ただし、対面している金には丁重な言葉遣いに終始し、侮《あなど》った素振りは微塵も見せなかった。

金信福は、傲慢さを見せず気さくな不比等の対応に感じ入り、尊敬の念を強めた。そして、この席に臨席した意美麻呂が、大臣と新羅の使節との会見の模様を周囲に語ることにより、不比等の大臣としての貫禄とともに慈しみの心をもって接したと喧伝された。

なお、七世紀の終わりごろに唐の支配下となっていた高句麗の北半分にあたる地域で、唐に対する反乱が起きた。唐は、その鎮圧に苦労する。やがて反乱軍は独立をめざすようになり、勢力を拡大していく構えを見せた。唐との戦いはなおも続いた。新羅もこうした動きに危機感を持つようになり、唐に恭順の意を表すようになった。かつての敵対関係は解消され、新羅は唐に朝貢するようになる。反乱勢力が独立するのは西暦七一三年、その後、渤海国となり、やがては唐のほうでも攻撃するより、むしろ手なづける方針に転換し、東アジアの情勢は安定していく。

わが国が、内政重視政策を続けていても問題はなかったのである。

県犬養三千代に「橘」姓を下賜

不比等が朝廷の中枢でまつりごとを取り仕切ることができたのは、妻である三千代の支えが大きかった。

阿閉姫が即位してから三千代の権限は大きくなった。後宮で天皇に仕える内侍司《ないじのつかさ》の尚侍(長官)に就任した。

内侍司は、天皇の勅や詔を必要に応じて要請し、それを宣する手続きを取り仕切り、天皇が臨席する儀式を手配し、天皇の世話をする女儒の監督をつとめる役所である。

後宮にはこのほかに蔵司《くらのつかさ》や薬司《くすりのつかさ》、書司《ふみのつかさ》、膳司《かしわでのつかさ》など十二の司があるが、三千代の内侍司は女儒の数が突出して多くもっとも重要な組織である。

女帝が三千代を寵愛していることを天下に示したのは、即位した翌年(西暦七〇八年)十一月に挙行された大嘗祭のときだった。

新帝の即位を賀す儀式として、呵瑠天皇のときより盛大で何日にもわたる儀式となった。もともと秋の豊作を神に感謝する儀式が大嘗祭となり、天皇が即位したことを神に知らせ、群臣たちが天皇に服属するという意味合いを持つようになった。

遠江と但馬の国からの稲が神前に捧げられて祝詞が奏される。天皇が祈願し、その後に宴がもよおされた。

酒宴で杯のやりとりが続いたあと、阿閉姫が突然立ち上がった。橘《たちばな》の実を浮かべた大振りの杯を持つ阿閉姫が、三千代に立ち上がるよう促した。会話を交わしながら酒杯を交換していた人たちは、何ごとかと阿閉姫に注目した。

視線が集まっても阿閉姫はひるむことがないどころか、皆の目が集中しているのをしっかりと受け止めて頬笑み、三千代に向かって告げた。

「橘の実は美味で誰もが好むもの。しかも雪の降る寒い季節になっても枝は生気を失わず、暑さに葉がしおれることもなく、まさに実は黄金色に光る様を想わせる。この橘のように、そなたはこれからもわらわのもとで活躍し、末永く仕えてほしいと願っております」と言いながら、阿閉姫は橘の実を浮かべた大杯を三千代に差し出した。

跪いた姿勢で、三千代は両手を差し出し大杯を受けとって一礼した。

「心から深謝いたします。感激のあまり言葉もございません」

阿閉姫は微笑みをたたえながら言った。

「これを機にそなたが『橘』の氏名を使用することを赦す。これからは『橘宿禰三千代《たちばなのすくねみちよ》』と名乗るがよい」

天皇からめでたい果実である「橘」という氏名を賜るのは、言葉に尽くせない名誉である。県犬養氏という一族から、三千代だけが特別に新しい氏として独立することを天皇が認めたのである。

橘は、小さい蜜柑のような果実をつける樹木で、桃とならんで珍重された。三千代の名誉は、不比等にとっても喜びだった。それぞれに独立した氏族の当主として朝廷のなかで活躍し、同時に二人は強い絆で結ばれていたのだ。

三千代のもと夫であった三野王はその後、筑紫にある太宰府から戻って治部省の卿(長官)となっていたが、三千代が橘という氏を下される半年ほど前に没していた。

阿閉姫と三千代の結びつきが宮中の雰囲気を変えた。まつりごとは不比等に任せて、阿閉姫は歌を詠んだり、写経したり、勉強会を開いたりした。そこには常に三千代の姿があった。宮中における女人たちのあいだに女帝を頂点とした知的な遊びを楽しむ雰囲気がつくられた。

不比等も、教養が大切であると考えており、歌会に理解を示した。ただし、本人は漢詩のほうに興味を示し、歌会に出席せず歌もつくらなかった。それでも不比等は、良い歌を詠める人物を大切にした。

その代表といえるのが大伴安麻呂である。不比等の意向に必ずしも同調するとは限らない大伴安麻呂だが、大納言になれたのは、歌に対する造詣が深いことも一役買っていた。能力が優れているだけでなく、権力志向が強くないことが、不比等には安心材料だった。

漢詩でも歌でも、多くの人たちがともに詠めば、その場にいる人たちをひとつに結びつける働きをすると、不比等はよく口にしていた。

かつて真人から聞いた、遣唐使一行が帰国を前にしておこなった歌会のときの話が、不比等には強く印象に残っていた。

任務を果たした遣唐使一行の仲間うちの宴会で、山上憶良が次々と歌を披露して座を盛り上げた。憶良は帰国を前にして、早く帰りたいという気持を詠った。その歌に対する皆の共感の深さを、真人が不比等に語ったのである。

憶良が歌でうまく皆の気持を表現したとき、同じ思いを抱いていた真人は、困難のなかで与えられた任務を果たしたという思いを改めて強くした。ともに旅を続けた人たちとの一体感が生じ、疲れも吹き飛んだ思いがしたという。「歌というのは不思議なものですな」と真人がしみじみと言うのを聞いて、不比等は意外な気がした。真人は歌については関心を持たない人であると密かに思っていたからだ。

粟田真人による提案と不比等の対応

阿閉姫の即位にともなう人事で、前述したように粟田真人は太宰府の長官になった。各省の長官より高い地位とみられ、九州全土の支配を朝廷から任される。隼人たちの抵抗を抑えるため、律令制度に基づく「国」として機能させようと躍起になっているときである。護衛のために太宰府の長官に八人、次官に四人の従者をつける詔が出され、権限の大きさが示された。

新しい長官が赴任するたびに指示する内容が違う場合があり、現地では戸惑いが生じていた。九州地区の何人かの郡司たちが、粟田真人のようなしっかりした人物に来てほしいという要望を寄せたのである。かつて赴任した真人は現地の郡司たちから信頼されて、その後の混乱を収めるには真人のような人物を必要とした。不比等は、筑紫におもむき、事態の収集に力をかしてほしいと依頼した。

筑紫に赴任する前に粟田真人は、不比等に提案があるので聞いてほしいと申し入れた。この国の将来に関して想うところがあると言う。

「わが国でも、これからは唐と同じように科挙《かきょ》制度を導入すべきだと思います」と真人は切り出した。

「人材の確保は、かつてほど苦労しなくなりましたが、優秀な若者を広く選び出して朝廷のまつりごとに参画させるように、科挙制度を導入すると良いと考えております。身分が高くない人たちのなかにも優秀な人たちがいるでしょうから、彼らに機会を与えることがこの国のためになると思います。受験の資格を問わず、役人候補を広く求める必要があるでしょう」

隋から唐に引き継がれた科挙制度とは、官僚の登竜門として試験をして成績順に役人を採用する制度で、中国の官僚制度の根幹をなしている。

わが国では、身分が高くないと出世できず、広く優秀な人材を確保する制度が存在していない。唐の科挙制度を導入して、身分に関係なく広く人材を登用すべきであると真人は思ったが、不比等はそうは考えなかった。

「おっしゃることは分かります。しかし、わが国は、唐のように広大な地域を支配しているわけではなく、毎年、新しい役人を大量に必要としているわけではありません。科挙制度を導入するには、そうした試験で選抜しても思ったほど優秀な人物を選べるかどうか、わが国にはそのような伝統がありませんから、むずかしいのではないですか」

　不比等は疑問を呈した。

「そのようにおっしゃられると思っていました。ですが、畿内ばかりでなくその他の地方にも優秀な人物がいるでしょうから、科挙制度ができればわが国にも勉強に励む者が出てくるでしょう。試験制度も、最初から完璧なかたちにするのはむずかしいでしょうから少しずつ改めていけば良いのではないでしょうか」

　真人のいうことは正論であると不比等も思った。貴族の子弟たちは何もしなくても二十歳を過ぎれば、それなりの官位が授与される。官位によって封戸が与えられ生活は保証されるから、やる気のない者が出てくるのは避けられない。だからといって優秀な若者がいないわけではない。

「家柄の違いによって出世が決まってしまう傾向に不満を持つ人たちがいるのは確かでしょうが、家柄の良い人たちは、子供のころから博士や先生について、さまざまな分野の知識や教養を学ぶ機会があります。まつりごとに携わる人たちは、与えられた仕事をこなすだけではなく、この国の伝統的な文化や宗教、知識や教養を身に付けなくてはなりません。単に文字の読み書きができるだけでなく、幅広い教養や知識も重要です。それは、長年にわたって学んで身に付くもので、家柄の良い生まれの子弟に限られます。単に親の身分が高いから優遇するのではなく、そうした知識や教養をしっかり身に付けた人でなくては、朝廷の重要な任務に就くのは望ましくないと考えています。礼儀や作法に関しても、きちんと身に付ける機会は誰もが恵まれるわけではありません。科挙制度を実施しなくとも人材は出てくるはずです」

　不比等と真人とは、まつりごとのあり方や人材の求め方に関して根本のところで考え方に違いがある。簡単に埋まる程度の溝ではなかった。

「なるほど、おっしゃるとおりでしょう。ですが、やはり広く人材を求める努力は必要ではありませんか。子供のころに特別な教育を受けていなくても、教養や知識、さらには礼儀作法も含めて、機会さえあれば身に付けられる人たちがいるでしょう。一般の人たちがまつりごとに参画することにより、上流貴族の人たちも刺激を受けて、お互いに良い影響を与える結果になるでしょうから、科挙制度にも意義があると思います」

真人は、珍しく自分の主張にこだわった。しかし、不比等は科挙制度を導入するつもりがなかった。

「科挙制度を実施しなくても、特別に能力のある人は、自然にそれが際立ち、多くの人たちに知られるようになり、優遇されて重要な任務が与えられます。いまの制度のなかからでも才能のある人たちは出てくると思います。わが国を統治なさっておられる天皇は、能力があるからというのではなく尊い生まれであるゆえに、この国に君臨しておられるのです。この国は、神を先祖にいただく天皇が支配される国で、その秩序をしっかりと維持することが重要なのです」

不比等は、切り札ともいうべき天皇について触れた。そうなると真人も、それ以上は自分の主張を押し通すわけにはいかなかった。

銭貨の製造とその普及計画

和銅に改元された翌月、西暦七〇八年二月に新しい組織として催鋳銭司《さいじゅせんし》が設置された。銭の流通を図るために鋳造する組織である。

長官には名門の多治比一族である多治比三宅麻呂《たじひのみやけまろ》が指名され、この事業の重要性が認識された。

布や稲束などが依然として通貨の代わりをしているが、新しく銭が流通する社会に変えようと、不比等が打ち出した重要政策のひとつである。年号を和銅に改めたのも、銅銭の流通を期す意図があったからである。

武蔵の国から献上されたのは熟銅《にぎあかがね》といわれる質の良い銅で、これにより銅の供給が安定的に確保される見通しがつけられたのである。

大海人大王の時代にも銭貨を製造して普及を図ったものの、うまくいかなかった。飛鳥にある工房で鋳造された、わが国で最初の貨幣である「富文銭《ふもんせん》」がつくられたのは四半世紀ほど前である。唐の銭にならって「国が富むこと」を願って、表と裏に紋様をほどこして鋳造された。

流通させるからには、かなりな量をつくり、使用する過程ですり減ったり破損しない貨幣にする必要がある。鋳物技術の習得は進んでいたものの、銅に混ぜものをして硬くする方法に苦労し、思ったほどうまく製造できなかった。鋳型に溶けた銅がまわるのに時間がかかるためか鬆《す》が入り、ときにはかたちが歪んだり、端が欠けたりと出来の良くない製品が多かった。

さまざまに工夫して改良したが歩留まりは良くならなかった。それでも、時間をかけて一定量の富文銭が出来上がり「これからは銀銭を用いずに銅銭を用いるようにせよ」という詔が出された。無文銭に代わり、飛鳥の工房で鋳造した銅銭を流通させようとした。

無文銭というのは硬貨状に丸くし真ん中に四角い小さな穴を開けただけの紋様のない銀銭である。重さを一定にしてつくられており、神仏に祈願するときや館の造営の際に神に捧げる品として用いられた。布や稲束のように交換材として使用されれることがある程度の使われ方だった。

無文銭も富文銭も、布や稲束にとって代わるほどには流通しなかった。朝廷が銅銭で官人の報酬を支払おうと試みたものの、役人たちは反発した。銭に対する信頼がなく、時期尚早というしかなかった。

鋳造された銅銭の出来も安定しないまま富文銭づくりは成功しなかったのである。

同じ失敗はくり返したくなかった。

唐から帰国した真人は、唐の通貨である「開元通宝」を持ち帰っていた。唐で貨幣が流通しているように、わが国でも流通するよう検討され準備が進められた。

富文銭に代わる新しい銭貨の意匠が検討された。富文銭は上下に二文字の簡素な紋様だったが、唐の「開元通宝」のように四文字を上下左右にあしらった「和同開珎《わどうかいちん》」がつくられた。

人々が価値を認めている銀を用いて、まず和同開珎を鋳造した。銀製であれば人々が大切に扱うであろうと考え、誘い水のように銀製を流通させたうえで、銅銭に切り替える計画を立てた。

五月には早くも銀製の「和同開珎」がつくられ、役人に支給された。正規の報酬ではなく一時的に支給される布などの代わりとしてである。臨時報酬だったから歓迎された。

しかし、支給された銀貨は市で使用しようとしても、布や稲ほど快く受け取ってはもらえなかった。それでも、新しく発行された銭貨であるという珍しさがあり、新益京周辺では、少しは流通するようになった。その量は多くなかったから、銭を使用する範囲は限られていた。

そのあいだに銅製の和同開珎が大量に鋳造された。

鋳造技術に詳しい工人たちにより、遣唐使が唐から持ち帰った銅銭を参考にして銅に錫を混合した鋳物が試みられた。歩留まりが良くなり、流通してからの破損や摩耗の心配もなさそうだった。

銅製の和同開珎が使用され始めたのは、銀製の発行から三か月経った八月である。官人への給料だけでなく朝廷の支払いの一部にも使用された。さらに「雇役」の人たちの報酬にも使われた。

雇役は、人頭税としての労役のための動員だけでは足りない労働力を補うために、賃金を支払ったうえで作業に従事させる人たちのことである。半ば強制的であるにしても、労働に対して賃金を支払う制度にするので、「令」に縛られることなく朝廷の都合で労働力として確保できる制度として実施された。遷都が計画されていたから、その造営のためには雇役による労働力の確保が求められた。支払う賃金を確保するには、銭貨を大量に発行する必要があった。

銅銭では買いものができないことがあるのが問題だった。銭貨の受け取りを歓迎しない状況が続いていたから、官人へは布や稲束を半分混ぜて支払われた。その状況を打開しようと、朝廷は銅貨の使用を奨励した。

「京に来るのに稲などを持ち運ぶ必要はなく、途中で食料を調達するために銭で支払いができる。重くてかさばる稲を使用しないで銭を用いるようにせよ」という通達が朝廷から出された。

新益京にある市では布や稲束と同じ価値を持つようになったとはいえ、とって代わるほどではない。地方でいえば有力な国司がいる大国では、朝廷の指示に従って銅銭の流通に力が入れられた。

銅銭が発行されるようになると銀銭の供給を減らし、適当な時期に銀製の和同開珎の使用を禁止した。

はかばかしく流通しないことに、不比等は苛立ちを見せた。全国にくまなく流通させるのは簡単ではない。

平城京に遷都してからの話だが、銭貨の流通を促すために畜銭叙位《ちくせんじょい》の法が施行されている。一定額に達した銭を所有する官位を持たない人たちに、それに見合った官位を与える制度である。役人たちにも一定以上の銭を貯めて届け出れば官位を一階級上げる決まりとしたのである。ただし、それは六位以下の役人に限られる。

銭貨を貯めて届け出れば出世できるからと、むりして銭貨を借りる者まで出て悶着が生じた。そのため借金してまで貯めることは禁止され、罰則が設けられた。

布や稲ほどとはいえなくとも、それなりに銭貨が流通するようになると、さらに新しい問題が生じた。偽銭がつくられたのである。

鋳型をつくり、そのなかに溶けた銅を流し込んで鋳造する作業は、それほどむずかしい技術ではない。もとになる銅さえ手に入れば、鋳物に関する知識があれば偽銭をつくることはできる。うまくつくれば、見た目には区別がつかず露見しない。しかし、その多くは朝廷でつくるものより出来が良くないので偽銭と分かる。

その後、偽銭づくりに対する罰則を設ける詔が発せられた。つくった本人は賤民に落とされ、杖で打たれる罰を受けたうえで強制労働させられた。偽銭づくりを知っているのに訴えなかった場合も同罪だった。

偽銭づくりの罰則は、最初に決められた罰では軽すぎると改訂された。最高刑は斬(死刑)とし、これに加担したものや家族は流刑にするように罰則は強化された。すぐ近所にいて偽銭づくりを知ってとどけなかった場合も同罪、たとえ事情を知らなくても近所の住人たちも罰せられるようにしたのは、お互いを監視させるためである。

銭を流通させるためには商業活動を盛んにするなど、生活手段を多様化することが条件である。ところが、わが国の場合は自給自足が原則で農業に従事する人が多く、生活のあり方は画一化傾向が強かった。稲作と宗教とが結びつき、支配体制を強固にする働きをしている。多くの人たちが同じような生活をするように強いられ、生産手段を多様化するのは、政権を安定させるためには好ましくないと考えられていた。

海外の国々では商業活動が盛んな場所に都市がつくられる例が多いが、新益京や平城京に見られるように、わが国の都市は支配体制を確立するために人工的につくられている。朝廷が躍起になって銭の流通を図ろうとしても、支配体制との関係で大きな矛盾を抱えていたから盛んにするのは簡単ではなかったのである。

平城京の造営が始まる

新益京から北にある平城《なら》山の南側にある盆地に宮都をつくると決まったのは、呵瑠天皇が亡くなる直前である。呵瑠天皇が元気であれば遷都に関する詔《みことのり》はとっくに出されただろうが、阿閉姫の即位などであたふたして遷都の詔を発する機会が遅れた。

不比等は、即位する前から阿閉姫に遷都するつもりであると話し、平城の地を候補に考えていると伝えていた。しかし、阿閉姫は、京《みやこ》を遷す大変さを考えて、すぐには了承しなかった。新しい土地を造営して建物や道路をつくるのは大変な工事となるから、多くの人たちを動員しなくてはならず、それを強行するのは人心の不安を助長するのではないかと心配したのである。

不比等は三千代とともに、阿閉姫の説得に当たった。阿閉姫も新益京の環境が良くないと知っていたから、最終的には遷都に同意した。

新益京から遠くないという利点があり、王都をつくるのに大切な要件を満たしている土地である。北には平城山、東には春日山系、西には生駒山系と、三方が高い山に囲まれ、南側が開放されている。南北に走る幹線道路である下ツ道は、奈良盆地の中央をまっすぐに通って新益京と繋がっている。中心軸となる下ツ道を利用すれば、新益京の建物などを解体して運ぶのに都合が良かった。しかし、そのためには丘陵地帯から南に向かって幾筋にも伸びている谷を埋めて平らな土地にしなくてはならない。二〜三メートルほど高くなっている尾根を削って得られた土砂で谷を埋める作業が必要になる。

新益京での経験を踏まえて計画が立てられ、無駄な工事や混乱は避けるよう配慮された。新益京の造営の際に指導的な役割を果たした人たちの多くは、まだ現役だった。

新しい宮都をつくるという詔が出されたのは、改元されて一か月後の西暦七〇八年(和銅元年)二月である。

遷都の詔には、天皇として遷都に消極的であるという文言が入れられた。

三千代は、こうした文言があると良くない影響が出るかもしれないから、削除するように阿閉姫を説得しようとしたが、不比等は、天皇の本当の気持が詔に生かされているほうが良いと考えた。即位してあまりたたない天皇の意志を無視するのは良くないと不比等は思ったのだ。

阿閉姫の出した遷都の詔は、次のような内容だった。

「わらわは徳が薄いにも関わらず、このような尊い地位にある。そして、遷都という、造営する人々に苦労をかける事業計画に接して、いろいろな思いが駆け巡っている。わらわは必ずしも急がなくとも良いと思っているが、大臣たちは朝廷の基礎を固め、星の巡り合わせや天地の動きなどを勘案して宮都を考えるべきであるという意見である。何よりも天下が無事に治まるようにとの願いが籠められているから、新しい宮都をつくろうという計画は無視できない。宮都は、わらわのためでなく多くの人たちのためにある。したがって、遷都したいという多くの人たちの思いに応えなくてはならないと思う。占いによれば遷都しようとしている地域は吉相とされる地域であり、新しい宮都をつくるのに相応しい。できれば、多くの人たちに負担をかけないように収穫の季節が終わってから作業を始めるよう配慮して進めるべきである」

即位の際に発した詔のように、天皇は「人の親が子を慈しむように」するという姿勢を見せたのである。

遷都の詔が出された五か月後の七月、阿閉姫は二度にわたる詔を発した。

最初は、左大臣の石上麻呂、右大臣の不比等、大納言の大伴安麻呂、中納言の三人の計六人の議政官、それに知太政官事の穂積親王の七人に対する詔だった。

「あなたたちは、他の役職にある人たちに比し、率先して良く働いている。臣下たちから、そのように聞いてうれしく思っています。それゆえに、わらわはまつりごとをあまり気にすることなくゆったりと過ごせるのです。あなたたちの子孫も、栄誉ある地位に就き、同様に励んでくれるものと信じています。この国の人々を常に気にかけ、平和に過ごせるように、これからもいっそう精進してほしい」

朝廷のまつりごとに関して、大臣たちに一任するという内容であるが、このように限定した人たちへの詔は、かつては見られなかったものである。

次は各役所の長官や次官、さまざまな組織の指導者、さらには五位以上の貴族に対しての詔である。

「あなたたちは、多くの役人たちの手本となり、力を合わせて励んでくれることに、わらわはとてもうれしく思っております。臣下が忠義で清らかな心を持ち、わらわの子供のように仕えてくれれば、高い官位につけましょう。それに反し、卑しい心を持ち、臣下としての道から外れるようであれば罰や辱めを受けることになります。これは変わらぬ天地の道理ですから、与えられた職に怠りなく心して励むように。そのような手本となる人がいれば推挙し、逆にそうした道理を乱すものがいれば、あなたたちはかばってはなりません」

言わずもがなとも思える詔であるが、それぞれに職分を全うするように戒める意味があった。

新益京の反省を生かして

遷都の詔が出された年の秋の収穫が終わる九月、平城京の本格的な造営工事が始まった。

造平城京司の長官は安倍宿奈麻呂《あべのすくなまろ》と多治比池守《たじひのいけもり》、次官は中臣人足《なかとみのひとたり》、小野広足《おののひろたり》、小野馬養《おののうまかい》が任命され、大匠には坂上忍熊《さかのうえのおしくま》が任命された。大匠は王宮の建設を取り仕切る仕事である。

工事開始に合わせて阿閉姫が現地視察のための行幸を実施した。新益京から直線にして二十キロもない距離だが、天皇の行幸ともなると一大イベントだった。

多治比池守が案内して見てまわり説明を受けた。

阿閉姫は、積極的に視察を望んでいたわけではなかったが、不比等や三千代の助言があって行幸し、造平城京司の役人たちを励ました。

平城山を背にして宮都の北に王宮をつくり、南門の朱雀門から伸びる朱雀大路は、長安のそれと同じように驚くほど広い幅の道路になる。南の朱雀大路の入口に立ってみれば、遠くに王宮が聳え立つように見えるはずである。

工事にともない労働力を確保するのが問題だった。以前にくらべれば労役のための動員に対する抵抗は少なく、国司と郡司の関係も良くなっていた。それでも、きつい労役になると、途中で逃げ出す者が出てくる。いずれにしても正規の労役による動員以外に、雇役による労働力を確保しなくてはならなかった。その報酬を支払うために銭の鋳造に力をいれたのは前述したとおりである。

造営に必要な物資の多くは近江近辺からとなる。山から切り出す石や木材の運搬は新益京の造営時に比較すると、運搬にかかる距離は短くて済むうえに船を利用できる。

何よりも労働力の確保が肝心であるが、作業の厳しさに耐えかねて逃亡する者が出るのは避けられない。

対策として考えられたのが、代わりの人材は同じ地域から補充するという策である。逃亡者が出た場合、出身地を調査し、同じ地域からただちに補充する義務を課した。何人もが共謀して逃亡することがあり、その人数分だけ動員するように命じられた。逃亡者が出ると、補充に応じなくてはならない地域の負担が大きくなる。以来、郡司も里長も、各戸の当主も、働く者が逃亡しないように言い聞かせ、送り出すようになった。おかげで前より補充が早められる効果があり、逃亡率も下がった。

整地をしながら幹線道路がつくられた。

土地の造成と道路の建設は、かなり順調に進んだ。新益京を造営する際に指導的な役割を果たした人たちが中心になり、その経験を生かして作業効率が良かった。

不比等は、真人が持ち帰った長安の王都の見取り図の複製を何枚もつくり指導者たちにわたした。その一枚を常に自分の手元に置いて眺めながら、王宮とその周辺をどのような配置にするか思いをめぐらせた。

不比等は飛鳥浄御原宮にいた讃良姫が、期待を膨らませて、新益京への遷都の話をしていたときのことをときどき思い出した。不比等は官位をあげてもらい、二町の敷地を与えられたのは十余年前のことである。

いまや自分の采配で王宮の姿を決め、望むように自身の土地を取得できる立場を確保していることに、不比等は感慨を覚えた。新しい宮都をどのようにするかは、この国の将来のあり方を決めることでもある。

王宮の位置がもっとも北側になり、その周辺は貴族たちの館で固められ、南に行くほど官位の低い役人たちの屋敷になる。新益京では、王宮や官衙が全体の中央にあったので、どこからもそれほど遠くなかったが、平城京では下級役人は歩いて通うのに時間がかかるようになる。新益京よりも、官人の身分による差が歴然とする。

　地勢の影響で正確な四角形に造成できず、王都はやや縦長になるが、王都の外側にも平らな地域があるから、そこにも住宅や寺院を建設することが可能だった。こうした地域は外京と呼ばれ、のちに東大寺などが建てられる。

　平城京の広さは新益京とほぼ同じであり、官人たちに支給される敷地面積も同様の広さとなる。朱雀大路が桁外れに広くなり、南に向かってわずかに下りになっている。北から一条・二条となり、九条がもっとも南側になる。東西は、朱雀大路を基準にして東側が左京、西側が右京に分かれ、ともに一坊から四坊まである。

　土地の整地が完了し、地鎮祭がおこなわれたのは西暦七〇八年十二月、本格的な平城京の造営が始まった。

　王宮の敷地は新益京より広く設定され、官衙のある地域は組織の充実が図られることを想定して余裕を持てるよう計画された。

　大極殿は新益京から移築することにした。内裏を先につくり、政務をとる建物を建設し、新益京にある大極殿を移築するまで仮の大極殿として使用する。新益京から大極殿を移築してからは、仮の大極殿はさまざまな行事に使用することになる。


最初にできた内裏と仮の大極殿は、下ツ道を中心軸として、朱雀門に正対せずにわずかに東にずれる位置になった。新益京から大極殿が移築されれば、その正面が朱雀門となり朱雀大路に通じるようになる。

　平城京には離宮もつくられる。これは長安の王宮の東の高台につくられた離宮の大明宮の豪華さをまねて計画されたものである。遣唐使の真人が感じ入ったように優雅さを語ったのが、不比等には印象深かった。

　新益京には、唐の大明宮のような優雅さはなかった。王宮の建物が板葺きから瓦葺きに変わっただけで豪華絢爛になったと思い込んでいた。何と無邪気で何も知らなかったものかと不比等は、その当時を振り返った。だから、離宮とその周辺はとびきり豪華にするよう工夫した。王宮の奥の西側には庭と楼閣をつくり、王宮の北にある丘陵地域には池のある松林苑が造営され、周囲の景色が楽しめるよう計画した。

　王宮の姿がかたちになりはじめた西暦七〇九年十二月、阿閉姫はふたたび行幸した。

平城京への遷都と不比等の館

新益京より広くなった王宮の敷地には、皇太子のための館が独立して建てられた。館は東宮御所と呼ばれ、王宮の東側に張り出した部分に位置する。不比等は、密かに計画した王家と藤原氏との関係を強化する思惑をめぐらせ、どのようにしたものか考え抜き、それを実現させる方法を思いついた。平城京への遷都に当たり、天皇の権威を高めながら、藤原氏の権威を決定的にする計画である。

臣下である藤原氏も、他の貴族たちと同列に王宮と隔てられた敷地に館をつくる。いくら権勢を誇っても、不比等の館を王宮のなかにつくるわけにはいかない。それでも、実質的には王宮と同じ敷地内にあるかのように工夫すれば良いという結論に達した。

王宮の周囲は回廊によって新益京と同じように囲まれ、東西南北に十二の門がつくられる。それぞれの門には、警備を担当する氏族の名前がつけられるのは新益京と同じである。それを利用して、王宮の東門だけ特別な門にするというわけだ。

王宮の東側に東宮御所がつくられ、それに隣接する敷地に藤原氏の館がつくられるが、当然のことながら回廊によって隔てられる。皇太子の館となる東宮御所の最初の住人は、不比等の娘である宮子媛が産んだ首《おびと》親王となる。まだ皇太子にはなっていないものの、呵瑠天皇が亡くなる直前に不比等を誉め讃える詔を出し、阿閉姫が天皇になったことにより、将来の天皇の最有力候補となり、それほど遠くない将来に立太子することが決まっている。石川夫人や紀夫人が産んだ親王とは扱いに違いが見られるようになっていたのだ。

東宮御所と不比等の館は、王宮を囲む回廊によって隔てられ、お互いを訪問するには東門を利用する。不比等の館に近い門は県犬養門と命名された。三千代の出身氏族である県犬養氏に所属する兵士によって警護される門である。原則として門の出入りは、あらかじめ届け出て書き付けを提示して、どの門を通過するか決められるから、県犬養門は一般の人が通過したいと届け出ても、不比等の許可がなければ認められない。県犬養氏に仕える兵士たちが、不審者が近づかないようにと不比等の意向に添って警備し、王家の人たちと不比等の一族以外の人たちは使用できない門となる。

県犬養氏は、もともと王宮の門の警備を担当していた氏族である。三千代の意向に添うことは、そのまま不比等の意向に添うことであり、王宮と不比等の館は回廊によって隔てられているように見えても、実際には王家の人たちと不比等たちだけは回廊にあるこの門を検問なしで往来することができる。

不比等の館のある敷地は、以前は尾根筋になっていた高台であり、住居にするのに適した土地だった。

平城京に遷都したのは、西暦七一〇年三月である。新益京との大きな違いは中心軸を構成する朱雀大路《すざくおおじ》の圧倒的な広さである。下ツ道につづく道路の幅は七十メートルを超えており、道路というより広場が延々と続いているように見える。公的な儀式や祝賀行事が挙行される空間となり、盛大な規模で実施することが可能になった。このほかの幹線道路も二十メートルを超える大路であり、新益京とは違う印象だった。

新益京からは、多くの建物や施設などが移築されるので、それらが完成するまでは、一部の役人たちは新益京で働くことになっている。新益京の留守司に任命されたのは左大臣の石上麻呂である。平城京でのまつりごとは不比等が、そして新益京での采配は麻呂が振るう。

平城京に遷都して五年目の西暦七一五年正月の祝賀の席に、前年の六月に皇太子になった首親王が、皇太子としての礼服に身を包んで王宮に姿を見せた。元日の儀式では鉦や太鼓がならされ、騎兵が整列して祝われた。

阿閉姫が天皇位を娘の氷高姫に譲るのは、この年の九月である。大極殿が新益京から移築され、朱雀大路の正面にそびえ立ち、平城京の工事が終わったのを契機に譲位したのである。

即位式は、予定調和ともいえる儀式だった。阿閉姫が即位したときには、彼女の正統性を強調するために工夫が凝らされた宣明だったが、氷高姫の即位では、太上天皇になる阿閉姫が新しい天皇に譲る意志を示し、女帝の子である氷高姫が令に則って即位すると説明するだけで良かった。

氷高姫による即位時の宣明は、前天皇の意志を受け継いだという簡にして要を得たもので、あとは人民の安寧を願っているという言葉が添えられただけだった。

翌七一六年の正月に年号は「霊亀」に改められた。

譲位した阿閉姫は太上天皇として、それまでと同じように振る舞ったので、女性の天皇が二人いるような印象だった。氷高姫も朝廷のまつりごとに関して、天皇として臨席する必要があるときだけ任務を果たした。

母娘なのでともに行動することが多く、知的な遊びを楽しんだ。不比等と三千代がついているおかげで、二人とも不安なく過ごすことができた。

それにしても、かつてのように海外の国々とのむずかしい交渉を強いられることもなく、国内問題を中心にまつりごとを運営できる時代が続いたのである。

首親王が安宿媛の館で七夕の舞を披露

平城京に遷都してから六年、西暦七一六年(霊亀二年)の七月七日は七夕である。

その直前に不比等邸のある敷地の一画に、不比等と三千代のあいだに生まれた安宿媛《あすかひめ》の新しい館が完成し、七夕の行事を兼ねた祝の宴が開かれた。安宿媛は首親王の妻に決まり二重の喜びである。

七夕の祝をする風習が中国から伝わっていた。本来は牽牛のところに織姫が一年に一度天の川をわたっての逢瀬に訪れる物語であるが、わが国に伝わると、牽牛が織姫のもとにやってくる物語に変わった。わが国では男性が女性のところに通う風習だったからだ。

七夕伝説は、唐や隋の風習として朝廷が率先して取り入れ、やがて一般に広がっていく。朝廷や支配層のあいだでも七夕の行事は始まったばかりだった。

天皇である氷高姫が完成した安宿媛の館に姿を見せた。安宿媛を首親王の妻にするというのは、彼女が言い出したことである。

首親王の母である不比等の娘の宮子媛は、依然として人前に出ることは叶わなかった。

不比等には負い目となっていたが、宮子媛が果たさなくてはならない王家での役割を氷高姫が代わって果たしてくれた。むしろ、氷高姫は首親王の母親代わり以上のことをしている。

皇太子の首親王は十六歳になった。前例を考慮すれば、即位してもおかしくないが、不比等の考えは変わらなかった。無理して若すぎた呵瑠王子を天皇にしたことを反省していたからだ。

草壁と呵瑠の親子二代にわたって大海人大王の血筋を引く王子は蒲柳《ほりゅう》の質だったが、首親王は、たいした病気もせずに育ち、後継天皇の地位を確かなものにした。その妻となるのが、不比等と三千代のあいだに生まれた安宿媛なのは、藤原家にとってはこれ以上ない慶事だった。

正統な血筋を持つ親王と、今をときめく大臣の娘との婚儀は、ごく自然であるという印象を与えたが、不比等にしてみれば、ようやくここまで辿り着いたという思いがあった。宮子媛が呵瑠王子の妻になるときも、紀麻呂の娘や石川氏の娘と同等の地位ではないという屈辱感を味わった。紀夫人と石川夫人から生まれた親王が後継者となる可能性があり、首親王が天皇になれないかもしれないという思いを不比等は抱かざるを得なかった。

ところが、いまや首親王の前に、後継天皇としての地位を脅かす存在はなくなっている。

天皇になる身であるからには、首親王は安宿媛のほかにも妻を迎えるであろうが、安宿媛が、夫人として筆頭の地位を占める。首親王は不比等の孫であり、藤原氏と天皇家との結びつきは固く確かなものになろうとしていた。

それを天皇となった氷高姫が祝ってくれている。

七夕の祝いに合わせ、天皇の所有する赤漆文槻木厨子《せきしつぶんかんぼくのずし》が、新築した安宿媛の館に運び込まれた。厨子というのは漆塗りの豪華な戸棚状の仏具で、これは高さが一メートルもある大型の厨子である。大海人大王に献上された厨子を阿閉姫が引き継ぎ、さらに氷高姫に贈られたもので、いま安宿媛が首親王の妻に迎えられるに当たって氷高姫から贈られた。安宿媛が、王家の人になる証であり、氷高姫が、安宿媛を大切に思っていることを表している。

「輝くような赤い漆は何とみごとなことよ。これほどの厨子は滅多に見られない」と安宿媛より不比等のほうが感激していた。

返礼として、藤原家で用意したのが横刀と黒作懸佩刀《くろづくりかけはいとう》である。横刀は、館のなかに置物として飾ることにより悪霊や災いの侵入を防ぐと信じられる太刀である。佩刀は、草壁王子から呵瑠天皇を経て、不比等が預かっている護身用の太刀である。佩刀を呵瑠天皇から受け継いだ不比等は、祝の席で首親王に献上することにしたのだ。後継者となる天皇を後見してほしいという呵瑠天皇の願望が籠められた佩刀を自分の手で、娘が産んだ首親王に手渡す儀式は、天皇の外戚になった証に華を添えた。

二振りの太刀を受け取った首親王は、不比等に深々と頭を下げた。臣下である不比等に対しては、もう少し尊大な態度で接しても良いはずだが、母方の祖父であることから、親愛の気持を込めて丁重な態度をとったのである。

太刀を恭しく受け取った首親王は舞を披露した。

「本日は七夕の夕べである。われは、県犬養門という天の川をわたって織姫に会いに来た牽牛である。そのめでたい席で牽牛の舞を舞うことにしましょう」と言って立ち上がった。

貴種として育てられ、立ち居振る舞いは優雅で、未熟な若者である雰囲気とは遠い態度である。

「県犬養門の天の川とは、なんと苦労のない川渡りですね。そなたは織姫のところには一年に一度しかわたって来ないつもりなのですか」と氷高姫が笑いながら言った。

「われは、そんなつもりではありません」とまだ十六歳である若者の表情に戻った首親王は、氷高姫の冗談にまともに反応した。

「いや、毎日が七夕の夕べなのではないですか」と不比等が、にこやかに口を挟んだ。

「ほんにねえ」とあいの手を入れたのが三千代である。

　首親王の舞は、さすがに優雅でゆったりとした動きだった。皆の視線を集めて舞う首親王は、動作が少しも乱れることなく、ときに不比等と視線を合わせると、分からないくらいに頬笑む余裕があった。

　安宿媛も、熱心に見つめていた。不比等は、視線を首親王から安宿媛に移した。若々しく美しい表情をしている。三千代の血を継いでいるせいだろうが、同じ歳なのに首親王より大人っぽく見えた。

　首親王の舞が終わると、安宿媛が舞った。真剣な表情になって、さらに美しさが加わった感じがする。

　ひとしきり娘の舞う姿を見てから不比等は、首親王に視線を移した。舞い終えたばかりの高揚感をたたえながら、うれしそうに安宿媛の舞を見ていた。

　良い組み合わせであると思いつつ、不比等は杯を手にとった。三千代がうなずきながら酒をついでくれた。

　三千代は、天皇である氷高姫のほうを向き、二人は目が合うと互いに頬笑んだ。


　西暦七一八年（養老二年）三月に、朝廷の新しい人事が発表された。

　右大臣の藤原不比等は変わらない。左大臣の石上麻呂が前年の三月に亡くなり、不比等一人が大臣となった。

　大納言に就任したのは長屋王《ながやおう》である。太政大臣を務めた高市王子の長男であり、阿閉姫と草壁王子のあいだに生まれた吉備姫、それに不比等の娘である長娥媛をも娶っており、天皇家とも藤原家とも縁続きの王族である。讃良姫が高市王子を取り込んだように、長屋王も、不比等によって取り込まれている。

　もう一人の大納言は安倍宿奈麻呂《あべのすくなまろ》が就任した。中納言からの昇格である。新しく中納言になったのが多治比池守《たじひのいけもり》、巨勢祖《こせのおおじ》、大伴旅人《おおとものたびと》の三人である。池守は多治比嶋の長子であり、祖は軽大王時代の大臣の巨勢徳太の孫である。そして、旅人は大納言だった安麻呂の長子である。

　参議には不比等の次男である房前《ふささき》が就任した。

　長男の武智麻呂《むちまろ》は、中務省につとめながら皇太子の侍従となっていた。首《おびと》親王に近侍して、将来の天皇としての教育にかかわり、側近として関係を深めていた。

　不比等自身は正二位、武智麻呂は正四位下、そして房前は従四位上となり、親子が揃って上級貴族になっている。橘氏を授けられた三千代は従三位であり、女性としては異例の出世を遂げた。

　不比等にとっては藤原家のさらなる繁栄を意識した人事であり、自分の人生の総仕上げの準備でもあった。

皇太子となった首親王は十八歳になった。

律令制度が実施されてから二十年近く経ち、改めたほうが良いところが明確になっていた。部分的に改訂するより全体的な見直しをすべきであろうと考えた不比等は、新しい律令をつくる指示を出した。自分の息子の武智麻呂と房前に新しい律令をつくる仕事に参画させた。

律令制度が実施されてから二度目の遣唐使が出発したのは、二年前の西暦七一六年二月で、不比等の三男、二十二歳になった宇合《うまかい》が副使として派遣する一行に加わった。

普通なら、大臣であっても自分の息子たちが何人かいれば、そのなかから後継者を選ぶものだ。氏姓制度により、一族のなかで当主だけが高い地位につくのがわが国の長い慣習だった。ところが、不比等は、自分の後継者を四人の息子のうちから選ぶのではなく、それぞれに独立した一家をかまえさせた。お互いに協力して、それぞれが朝廷の主要な任務に就くようにさせるつもりだった。能力に応じて働き方に違いがあるから、それぞれに特徴を生かして活躍させたほうが良いと考えたのである。

武智麻呂の館は平城京の北にあることから北家、房前は南にあることから南家と呼ばれた。三男の宇合は式家となり、四男の麻呂は京家となり、それぞれに独立した家をかまえた。これら四人の息子たちは、大臣や参議になり朝廷の中枢で活躍する。

のちに聖武天皇といわれることになる首親王が即位したのは、西暦七二四年、二十四歳のときで、不比等の死の四年後のことである。

エピローグ

西暦七二〇年（養老四年）三月、ようやく暖かくなってきた時期だというのに、六十三歳になった藤原不比等は病の床に就いた。

平城京に遷都してから十年経ち、九州の大隅では隼人が国司を殺害する事件が起きた。依然として隼人や蝦夷は朝廷に抵抗を続け、不比等は気が休まらなかった。しかし、寝込むようになると、次第に気力が衰えてくるのを自覚せざるを得ず、隼人の反乱も前ほど気にしなくなった。武力で制圧すれば良いから、誰かに任せれば済む問題だった。

病床にある不比等は、自分の老い先が長くないかもしれないという思いにとらわれ、今のうちにやっておかなくてはならないことは何か思案した。

真っ先に浮かぶのが歴史書のことだった。ほぼ完成に近くなっているが、もう一度点検し、気になっているところを手直ししたいと思っていた。こればかりは人任せにはできない。

歴史的な事実を記述するのが歴史書であると多くの人たちは思っているようだが、記述の仕方によって、それを読んだ人たちが受ける印象や評価にかなり違いが出る。わずかに記述を変え、あるいは付け加えるだけで、その出来ごとの印象が違う意味合いを持つ。登場する人物を紹介する際にしても、さりげない表現や行動により評価は違ってしまう。

完成に近づいた歴史書に、不比等は自分の思惑を働かせていろいろ手を加えてきた。肝腎なところは内容を変えさせたが、まだやり残した部分があるという思いにとらわれて落ち着かなかった。完成して公表してしまえば、もはや手直しはできない。わが国の成り立ちから現在にいたるまで、多くの人たちの手で語られ記述されてきたが、いよいよ最終段階を迎えようとしていた。自分は、いかようにも変えられる権限を持っているから、最後にもう一度点検してから完成させたかった。

草壁王子の舎人になり、讃良姫に仕え、成人していない呵瑠天皇を擁立して朝廷のまつりごとを取り仕切った経験があるからこそ、歴史書の持つ大切さが分かるのだ。

＊

不比等が歴史書の編纂に表立たずに関与し始めたのは、このときから十年近く前、平城京に遷都した直後である。

まつりごとを取り仕切りながらも、歴史書の完成のために時間を割くつもりになったのは、かなりまとまってきているると聞いたからだ。どのような内容になっているのか点検することにしたのである。

大海人大王時代に始まり、讃良姫大王時代には編纂する組織が独立してつくられたが、律令制度が実施されてからは中務省のなかにある図書寮で活動が続けられた。その長官には不比等の長男の武智麻呂が就任していた。

一部は、すでに文章として完成していた箇所があるが、いっぽうで年代記としてかたちが整えられていない箇所があった。とりあえずは全体がどのようになっているのか見通すために、すべてを自分の館に運ぶように指示した。

完成されている漢文になっているところから読み始めた。良くまとめられており、読み進むにつれて、いい加減な態度で接して良いものではないと分かってきた。真剣に向き合う気になったのである。膨大な資料だったが、全体の内容を把握しようと、資料だけの部分も含めて、ひととおり読み終わるまで、かなり時間をかけた。

これまで多くの人たちが関与し、その積み重ねにより構成されている全体像は、不比等の予想をはるかに超えた広がりを持つ重い内容だった。荒唐無稽であると思えるところがあると思えば、劇的に活動している人たちの物語があり、愛憎渦巻く人間関係が描かれ、挿話に溢れ、歌や人々のうわさ話も挿入されており、さらに海外の国との戦いや交流が記され、長い歴史の歩みが記述されていた。

中国や朝鮮半島の国の歴史書は、それぞれ王朝の誕生から始まっているものが多い。百済や新羅は、建国してから数百年の歴史しかないから、歴史書として記されているのは長い期間ではない。ところが、わが国では神話の世界から始まっている。最初の歴史書であるからとはいえ、近隣諸国の歴史書とは異なる展開になっている。

神話の世界から始まっている理由は、讃良姫と接していた不比等にはよく分かっていた。

讃良姫が歴史書の編纂に関心を示して、公的な歴史書に「天皇が天照大御神の子孫である」と銘記するように指示したからである。彼女の意向を汲んで中臣大嶋が記述し、天にいる神々と大王家とが結びつけられている。しかも歴史書というのに、人間が活躍するように神々が生き生きと描かれており、それなりに面白い話になっている。その一部は祝詞や即位式の宣明、さらには朝廷の雅楽寮による演舞の謡に語られている内容と一致している。

不比等と同じ中臣氏の大嶋が讃良姫に気に入られようとして、神と大王を結びつけ、歴史書に神話時代を記述したのである。

かつては人間臭かった大王が、いまでは神として崇められる存在になっている。大王は、内裏という隠された空間にいて儀式や行事以外には滅多に人前に姿を現さない。不比等のように日常的に接していれば、大王も王子も普通の人間であると知っているが、一般の人たちは神のように信じているのかもしれない。

歴史書として真実を語ることを優先すれば、神話時代の話をすべてなくせばすっきりする。しかし、そうなると讃良姫の願いを無視することになり、大嶋の努力が水の泡となる。

人智では推しはかることのできない神々の世界が広がっているが、人々がそうした世界があると信じている以上、それを無視することはできない。天や地の神のほかに、遠い昔に死んだ人たちも、いまは神になっていると信じられている。神と人とあいだには境界があるようで実は無い。言だから、死んだ人たちが神になっても不思議ではない。言い伝えによると、神のなかにも死なない神と死んでしまう神とがあるという。

神話の世界とこの国の歴史をつなげることで、他の国にない特別な歴史書になると考えれば良いのではないか。

そういう目で、神話の世界から始まる記述を読み直してみると、必ずしも荒唐無稽な物語とばかり思う必要もなく、長い時間をかけてつくられた物語として深読みできる内容になっている。それはそれとして尊重する価値があると不比等は考えることにした。

神話の世界から最初の大王の即位までには連続性がある内容になっている。初代大王の即位は、遠い昔の話である。しかし、どうして千数百年前に即位したとなっているのか。あまりにも古過ぎるのではないかと疑問を感じた不比等は、武智麻呂に問いただした。

その結果、蘇我氏の時代に記述されたときから讖緯説《しんいせつ》が採用されていて、それに基づいて最初の大王が即位したことになっていると聞かされた。十干十二支による辛酉の年は変革が起きるという言い伝えがあり、それが六十年ごとに二十一回めぐると大変革が起きるという神秘思想が讖緯説である。これを採用して炊屋姫の時代の辛酉の年から数えて千二百六十年前に初代大王が即位したことになっている。

讖緯説を採用した根拠は明確でないし、それが事実とはいえないから、そのまま踏襲していいのか、大海人大王が立ち上げた編纂事業に関わった人たちのあいだで議論されたという。

歴史書であるからには、初代の大王が即位した年代が特定されていたほうが良いと、中国の思想を取り入れて初代大王の即位時期を設定したようだ。神話の世界に結びつける場合、古ければ古いほど真実味が増す。このくらい古ければ検証しようがないから好都合であると考えられるが、いっぽうで初代大王の即位後の千年あまりのあいだの時代に、この国を統治した歴代の大王を登場させて空白を埋めなくては辻褄が合わなくなる。

そのために、古い時代の大王の在位期間は現実にはあり得ないほど長くして空白を埋める努力がなされている。在位は六十年以上にわたる大王が何人もおり、なかには在位が百年を超える大王さえいる。しかも、それぞれの大王の業績もほとんど記されていない。ただ空白を埋めようとしているだけとしか思えない。

困った編纂メンバーは、大海人大王に事情を話して意見を聞いたということだ。

根拠のない年代設定は好ましくないから、大王は正しく書き直すほうが良いという意見だった。そうなると、歴史の真実として確実に記述できるのはほんの数百年前ほどになってしまう。それでは、神話の世界からの断絶が大きすぎて、歴史書としての権威を損なってしまいかねず、最初の大王が天照大御神の子孫であるという記述が本当らしくなくなる。

数々の疑問に接し、大王も考え込んでしまったという。結局、讖緯説より説得力のある歴史をつくることができない以上、それを引き継ぐよりほかにないという結論になったという。讖緯説を採用すれば、大王家の歴史が長く続いていると思わせ、神話の世界からの繋がりが不自然でなくなるので他に妙案はなかったという。

蘇我氏が歴史書の編纂に取り組んだときにも、同じような議論があったと思われる。

このような経緯については、武智麻呂が、太安万侶《おおのやすまろ》から聞いた話である。安万侶の父は大海人大王に仕えた多品治《おおのほんじ》であり、安万侶は学問に秀でていて、文字の読み書きを得意とするうえに事務能力もあり官人として重用されていた。ちなみに氏名を安万侶は「多」から「太」に変えて名乗っていた。

不比等も、これに代わる妙案は浮かばなかった。納得がいかないところもあるが讖緯説に従うしかなかったのである。

不比等が荒唐無稽な話と思ったのが息長足姫《おきながたらしひめ》による新羅征伐である。後に神功皇后と呼ばれる仲哀大王の后《きさき》の活躍が語られている箇所である。

宝の山を求めて、海の向こうにある新羅を攻めよという神のお告げに従わなかった大王が亡くなり、代わって息長足姫が大軍を率いて新羅に攻め入り、新羅王を降伏させたという物語である。このとき姫は、お腹に次期大王となる王子を身ごもっていたのに海をわたり兵士たちを率いて戦った。

帰国して王子を産み大和に帰ろうとするが、成人した大王の息子たちが、王宮入りを阻んだので戦いになる。兵を率いて姫を助けたのが忠臣の武内宿禰である。宿禰の活躍により戦いに勝った姫は豊浦宮に入り、まつりごとを取り仕切った。途中で磐余に宮を移しているが、在位は六十九年に及んだ。亡くなったときは百歳と記されている。

十四代の仲哀大王の時代であるから、初代大王の時代よりかなり後であるものの古い話である。そのまま信じることはできない。だが、なぜ后が大王に代わって海をわたり新羅を攻める物語になっているのか。

どちらかといえば、わが国は百済との関係が強く、新羅とはしばしば敵対している。しかも、百済の要請があって何度も派兵しているが、不比等が知るかぎり、いずれもはかばかしい成果を上げていない。とすれば、過去に新羅を征伐したという伝承が生まれるのは、その時代の人々の願望を表わしているのかもしれない。

不比等は、息長足姫に関する記述について、妻の三千代に意見を聞いてみた。

「昔から神が憑依するのは女性です。わらわが考えるに、この姫は神が憑依して新羅を自らが討ったと信じ切っていたのではないでしょうか。何度も本人が事実として語り、それが広く伝えられて一人歩きするようになったと思われます。産んだばかりの王子を連れて、王宮に戻ろうとしたときに、自分の産んでいない王子たちが宮に入れようとしないで戦いになったという部分は本当にあった話かもしれません。いずれにしても、わが国の歴史のなかに新羅を討ち破ったという記録があるのは悪いことではありませんね」というのが、三千代が息長足姫の年代記を何度も読んだうえでの感想だった。

不比等の時代になると神が憑依する姿を実際に見ることは珍しかったものの、以前はたびたび見られた現象だった。大王家の女性は憑依する人のほうが尊重されたという。神との関係がまつりごとに大きく影響を与えるのは不思議ではない。

時代が変われば人々の意識も変わる。いまから見ればあり得ないと思う話も、その時代の人たちは真実の話として信じた可能性はあり、それが伝承されたのだろう。それにしても、后でありながら大王のように統治したことになっているのはなぜなのか、そればかりは三千代にも理解できなかった。あるいは大王は男と決まっているから、女帝と記録するのはためらいがあった結果かもしれない。

ところで、中臣大嶋が神話の世界と歴史をつなげる記述をしたときに用いたのが「古事記」である。蘇我馬子の時代に各地にある伝承や言い伝えを収集し、文章化する前に語り部たちによって受け継がれてきた神話を中心にした物語をまとめたものだ。

大嶋が神話の世界と歴史とをつなげるために、さまざまな物語を取捨選択し、神々の世界からひとりの神が地上に派遣される話をまとめ上げた。

話として面白くて教訓を含んだ部分も大嶋の判断でさまざまに変更が加えられた。歴史書であるという配慮をしたからであろう。

天皇になっている阿閉姫が、そうした経緯を知り、これとは別に巻きものをつくりたいと言い出したのである。

「片意地張らずに古い時代のことを記したものをまとめ、別につくるようにしましょう。漢文にせずに文字を知っている人なら誰でも読むことのできる書にするのです。古い時代の物語は、まだ言葉を文字で記すようになる前から語られているので、耳で聴くのにふさわしい物語になっています。それを漢文に直してしまっては良さを味わえません」

歴史書は、国際的に通用する漢文で記される。それとは別に、もとから使われているわが国の言葉を文字にするために、和漢混交体ともいうべき文体が使用されており、天皇の詔も宣明体といって基本的には同じ文体である。

漢文体は一定の知識を持たないと読むことができないが、和漢混交体の文章にすれば多くの人たちが読める。さまざまな地域で、古くから言い伝えられ、語られてきた話がたくさん収録されていて、歴史を語りながらも、面白い内容の読みやすい書をつくりたいというのが阿閉姫の望みである。

文字がなかった時代の語りをもとに綴られた文章は、抑揚をつけた節まわしで声を張り上げて歌い上げることができる。物語を暗誦する役目を果たしていた語り部の伝統は途切れているが、まだそれができる人として探し出されたのが稗田阿礼《ひえだのあれ》である。

阿閉姫は身内を集めて、阿礼に口誦させる会を開いた。高天原での天照大御神《あまてらすおおみかみ》や須佐乃袁命《すさのおのみこと》、さらには天宇受賣命《あめのうずめのみこと》や手力男命《たぢからおのみこと》が活躍する物語をはじめ、多くの物語や挿話を語り部たちが暗誦したときのように、阿礼が抑揚をつけてリズミカルに生き生きと表現した。

阿閉姫は安万侶にそのまま文章にするように命じた。それがのちに「古事記」という書物にまとめられて阿閉姫に献上された。

安万侶は、文章をつくるのが得意だった。正確な日本の言葉として残そうと知恵を絞り、どのような漢字を当てはめれば良いか、歌われている部分は、どのように表現したら間違いなく読めるようになるか、きちんと読み下せる文体にするのに情熱を費やした。公的な歴史書と違い、政治的な配慮をせずにつくられた。

阿閉姫は、炊屋姫に始まる、教養を求めた姫たちの系譜を引き継いでいたから、古事記のような書物を求めたのである。


不比等は「古事記」には関心を示さなかった。それより歴史書の比較的新しい時代で、自分が知っていることのほうが気になった。これからのまつりごとに関係しているからである。

不比等が熱心に読んだのは大伯瀬大王の時代からの年代記である。この部分は一部分を除いて正式な漢文体になっていた。音博士であった続守言と薩弘恪の二人によって公式文書としてまとめられたのである。

不比等が手にしたときには、すでに続守言と薩弘恪の二人は他界しており、大伯瀬大王以前の部分は、まだ漢文に直す作業は手が付けられていなかった。

二人とも漢文にする作業を進めるに際して、かなり苦労したようで、手際よく進捗するというわけにはいかなかった。手元にある資料を突き合わせて照合し、前後の関係から整合性をとる作業をしている。唐から来た渡来人だったから、わが国の習慣や仕来りに関して充分な知識を持っておらず、勘違いをしているところも見られた。また事実として確定して良いかどうか迷いながら進めて、資料の正確さを独自に判断しなくてはならなかった。内容や時期が確定できない資料をどう扱ったら良いか迷った場合は注釈をつけて併記していた。

続守言が第十四巻となる大泊瀬大王(雄略帝)から第二十三巻となる田村大王(舒明帝)までを担当し、薩弘恪が宝姫(皇極帝)の時代以降を担当して始められた。続は炊屋姫(推古帝)の時代に入る前に他界したので、炊屋姫と田村大王の年代記は完成していなかった。薩のほうは、途中で律令の文章化のために中断した関係で、大海人大王以降が完成せず、第二十七巻となる葛城大王の時代の途中まで終えていた。

この状態で不比等は読み進めたのである。その結果、さまざまな年代にわたり、編纂に関わった人たちによって変更されたり付け加えたりされているところが数多くあるように思えた。

不比等が良く知る中臣家の記述に関しても、修正が加えられているのは明らかだった。中臣家の出である不比等は、父の鎌足の時代やそれ以前の中臣家が、どの程度の氏族であったのかは良く知っていた。蘇我氏や物部氏、大伴氏と比較すればはるかに格下の氏族だったが、実際より高い評価になっている。大嶋が、そうした記述を加えたからと思われる。中臣氏のなかでは鎌足が近江朝でまつりごとを取り仕切って地位は向上したものの、古い時代はそれほどでないはずだ。

誰がというわけではないが、過去に編纂に関わった人は、それぞれに自分の属する氏族に都合の良い記述を密かに追加したり書き換えたりしているようだ。

長い時間をかけて編纂作業が続けられてきたから、記述に関わった多くの人たちが、それぞれの思惑によって変更していても、いまとなっては真偽を特定するのがむずかしい。蘇我馬子の時代に編纂を始めているから、それから数えれば優に百年を超えての作業である。そのあいだに関わった人たちは相当の数に登る。大海人大王の指示で編纂チームが組織されてからでも三十年以上が経過している。そのときに関わった多くは、すでに鬼籍に入っている。

不比等は考えた挙げ句、歴史書編纂に関わっている武智麻呂を通して、記述されている内容の一部を手直しする決心をした。過去に歴史書に関わった人たちが改竄したように、不比等は自分が納得できるように内容の一部を変更する必要があると思ったのだ。

手直しする方法を考えているとき、律令を制定するに当たって、唐の律令を項目ごとに検討し、わが国の実情に合わせた内容に変えた作業を思い出した。唐のおかれていた環境とわが国との違いを考慮して、わが国に相応しい内容につくりかえるためには、項目によっては新しい文章を追加したり、不要な部分を削除した。それと同じやり方で、歴史書の内容も変えれば良い。律令の作成は粟田真人たちと共同作業だったが、今度は自分の一存でどのように変えても文句が出る気づかいはない。

まずは、葛城大王と鎌足に関しての部分から手直しを始めた。

大海人大王が即位した時点では葛城大王の評価は高くなかったが、讃良姫が大王になってからは違ってきている。ところが、歴史書では大海人大王の時代に多くがまとめられているようで、白村江における敗北後の狼狽振りが読み取れる内容になっている。これでは偉大な大王という印象とはほど遠い。このままでは阿閉姫天皇が即位したときの宣明で述べたのとは異なる大王像になってしまうから、この部分をそのまま残すわけにはいかない。

父の鎌足は葛城大王との関係が深かった。父の業績も高い評価を与えられていない。不比等が、あるべき父の姿を思い浮かべるのとは違って影の薄い人物になっている。

不比等の目的は、藤原家をどの氏族にも負けない名門として確立することである。そのためには藤原家の祖となる鎌足の業績がいかに顕著であるかを知らしめなくてはならない。

鎌足が朝廷のなかで頭角を現すきっかけは、国博士の旻法師が大夫に推薦したからと不比等は聞いていた。歴史書のなかの鎌足は、難波の津に王宮を遷した軽大王の時代に登場して、葛城王子や宝姫に重用されてから活躍したに過ぎず、重要人物であると人々に思ってもらえない。

国博士の推薦でようやく大夫になれたというのではなく、自身の活躍が評価されて朝廷で重んじられるようになったと書き換えることにした。蘇我本宗家を継いだ蘇我入鹿が暗殺された事件のときから父の鎌足は活躍し、その後は葛城王子とともにまつりごとの中心に座らせるほうがずっと印象が強くなる。

蘇我氏の傍系である石川麻呂が蘇我家の当主になろうと画策しなければ入鹿の殺害は実行されなかった可能性が高い。唐で学んで帰国した南淵請安や高向玄理たちが改革を進めるためには入鹿を亡きものにすべきであるという思惑があった。そうなると、武力の行使が必要になるので、葛城王子を担ぎ、石川麻呂の力を借りることにしたが、事実をそのまま記述したのでは葛城王子が偉大な大王として活躍する姿を表現できない。主役はあくまでも葛城大王であり、それを助けて活躍するのが鎌足でなくてはならない。

父の鎌足は、軽大王に仕えた後に宝姫や葛城大王のもとで働き朝廷の中枢でまつりごとを取り仕切っていた。大王や王子を立てて縁の下の力持ちとして活動したとしても、鎌足がいたから、さまざまな難局を乗り越えることができたのである。

唐で学んできた国博士の旻法師と高向玄理が最初に律令制度の確立をめざしたが、そのための改革に対する抵抗が強く挫折せざるを得なかった。二人の意思を知る鎌足は、律令国家をめざすことの大切さを認識し、葛城大王とともに取り組もうと試みた。

百済が滅亡し、それがきっかけとなって白村江の敗戦があったために、その計画を優先するわけにはいかなくなった。しかし、大海人大王の時代になって律令制度の実施計画を推進できたのは、このような下地があったからである。ところが、律令制度は大海人大王によって計画され実行に移された記述になっていて、父の鎌足が関与したことは記されていない。

この部分は大幅に書き換えなくてはならないと思った。

蘇我入鹿の殺害事件をきっかけとして新しい体制ができたときに、律令制度が計画されたことにしたかった。王子時代の葛城大王と鎌足が蘇我氏の独裁体制を覆したとすれば、その後の改革にいたるまつりごとは葛城大王と鎌足の主導で実施したとしても整合性のある話になる。

律令の作成に鎌足が関与していたと記録に残すつもりになったのは、不比等が律令の作成作業をしているあいだに、自分のなかに父親の鎌足の霊魂が入り込み、一緒に作業をしているという感覚を持ったことがあるからだ。父が律令の作成に加わったことは不比等にとっては半ば本当であるという思いがあり、偽りという意識がなかった。律令の実施に父の鎌足が関与しているとしたら、歴史的な重要人物になる。

そう記述するのが、息子の不比等にできる親孝行でもあった。だとすると、二人の国博士が軽大王の信頼を得てまつりごとを取り仕切っていたと記されているのは好ましくない。彼らには少し遠慮してもらい、葛城大王と鎌足がまつりごとの中心にいたという記述に変えるほうが良い。

その結果、あたかも乙巳の変があった直後に律令制度が実施されたように記述が変えられた。

歴史書の最後が、どの大王の時代で終わるかを決めたのも不比等である。この段階では、どこに区切りを付けるべきか結論を出していなかった。壬申の内乱が勝利で終わる時点がいいのではないかという意見もあり、律令制度を実施した時点までとする主張もあった。

しかし、讃良姫が譲位したところで終わるべきであるというのが不比等の考えだった。このときに十五歳の呵瑠天皇が即位した。

成人に達していない大王(天皇)は呵瑠天皇が歴史上初めてである。わが国の頂点に立つ第一人者のあり方がこのときに大きく変化した。律令制度の実施を見据えて天皇の絶対的な権威を確立しながらも、まつりごとは律令制度に決められた太政官が取り仕切っていく体制に変わったのだ。

律令制度の実施がまつりごとの画期となっているから、讃良姫の治世を一区切りにしてわが国最初の歴史書が終わるのが適当であると、不比等が決めたのである。

律令の撰定会議で天皇がまつりごととどのように関わる

のか、唐の律令で規定されている皇帝の権限をもとに論議された。その結果、わが国は天皇の権限に関して、律令にはとくに記述しないと決められた。それを主張したのは不比等である。

歴代の大王と同じように天皇は絶大な権限を持っていると一般には思われているから、それに何かを付け加えると、かえって制限されてしまうことになりかねないという不比等の発言に、誰も反論できなかった。

天皇の意志は、詔によって示されるが、だからといって天皇が勝手に詔を出すわけではない。基本的には議政官たちの会議で決められるが、そこには天皇の意志が入っているというのが暗黙の了解事項となる。天皇が自ら統治するために述べたい内容が織り込まれるように配慮するのは太政官の役目である。これにより、臣下が天皇の意志に逆らうはずがないという建前を前提にしたまつりごとが運営される。天皇と太政官とのあいだに意見の対立など起こり得ないというのが不比等の主張である。

朝廷の権限を掌握して、天皇家と一体化するのが不比等の狙いだった。そのためにも、逆に唐の令のように天皇に対する規定を細かく記述する必要がないと主張して、その通りに決められていたのだ。

しかしながら、自分が政治の表舞台で気ままに振る舞っている印象を与えるのは用心深く避ける努力を怠らないのが不比等の政治手法である。歴史書に不比等に関する記述がほとんどないのも、それを反映している。讃良姫が譲位するきっかけをつくったのが不比等であると分かるような記述があった箇所も、それは削除するように不比等は厳しく命じていた。

律令国家の実現にもっとも寄与したという自負を持っていても、その手柄は父の鎌足であるかのような内容にするのが不比等のスタイルでもあった。

次いで不比等が手を付けたのは蘇我氏の全盛時代の記述である。

大臣だった蘇我馬子がもっとも活躍した炊屋姫の年代記は漢文体の文章はまだ完成していなかった。それでも内容はまとまりを見せていたが、続守言が手をつける前に他界していたのだ。そのため、思い切って大幅に修正を加えるのに都合が良かった。

蘇我稲目から大臣の地位を引き継いだ馬子の足跡は朝廷の権威を高め、この国のあり方を大きく左右する活躍ぶりだった。それだけに、この時代の大王たちよりも、大臣の行動の記述のほうが多くなっていた。

馬子は、二十代のころから大臣として朝廷の中枢にあり、半世紀近くこの国を支配した。大王家を取り込んで、蘇我氏と一体化を図り、誰を大王にするかも馬子が一存で決めたようだ。

不比等は朝廷の権力をようやく手に入れ、そのお陰でさまざまな改革を実施できた。不比等にとって蘇我氏は嫉妬の対象となる存在だった。不比等が進めようとしている天皇家との一体化は、蘇我氏がすでに果たしていた。そのうえ、歴史書の編纂まで計画し、自分たちの足跡をきちんと書き残している。蘇我氏の時代の記述も、自分たちに都合が良いように強調した内容になっている可能性があると思って良いのではないか。

天皇家との一体化に成功し、かつてない勢力を手中にした最初の氏族が蘇我氏として歴史に刻まれるのはがまんならない。蘇我氏の業績を割り引くように手直しするためには、どのようにしたら良いか不比等は考慮した。

誰が読んでも納得がいくように書き換えるのは簡単ではないが、不比等が案を出さなくては始まらない。単に馬子の業績に手心を加えただけでは、印象がそれほど変わるわけではない。

どうするか思案していたときに、尼僧たちが厩戸王子の仏像をつくっているという話が不比等に伝えられた。それを聞いた不比等は妙案を思いついた。

厩戸王子は、蘇我馬子が大臣として活躍していた時代の人物である。蘇我氏とつながりが強い王子であり、馬子と並んで仏法を広めるのに貢献した。父親は広庭大王と蘇我氏の出である堅塩媛とのあいだに生まれた池辺王子である。有力な大王候補だった池辺王子は、病弱のため即位できずに亡くなっている。息子の厩戸王子も炊屋姫の治世が長くなければ大王になってもおかしくない人物だったが、炊屋姫より早く亡くなっている。

仏法を篤く信じて死後も伝説上の人物になり、斑鳩にある尼寺で仏像がつくられたという。わが国で仏像として拝む対象になるほど立派な人物が存在したことになる。

仏像は、もともと釈迦牟迩をはじめ、インドの如来像や菩薩像を中心に伝わってきたが、仏法がわが国に根付いてからかなり年月が経つ。そこで仏法を身近に感じるために、仏法への貢献が著しいわが国にいる人物の仏像をつくりたいという願望が生まれてきた。その結果、厩戸王子が格好の人物として選ばれ、仏像がつくられたのである。

厩戸王子の仏像が斑鳩にある中宮寺に祀られて話題になった。如来像や菩薩像とならんで、わが国の人物が信仰の対象となって祀られた最初の仏像である。

不比等は、厩戸王子の業績については知らなかったが、馬子が大臣をしている時代の王族であり、仏法に帰依した人のなかで群を抜いて仏法の知識を持っていて、人々に尊敬されたという逸話は聞いていた。

厩戸王子は蘇我氏と近しい王族だったが、大臣の馬子とは必ずしも折り合いが良くなかったようだ。難波の津から飛鳥に通じる滝田道のあたり一帯の支配を任され、斑鳩に寺院をつくり、仏像をつくることに熱心だった。また、隋から高句麗や百済を経由して伝わった経典の解釈に力を入れ、ときには経典の内容を多くの人たちに講義したという。厩戸王子の業績を伝え聞いた尼僧たちが、次世代の人たちに伝えていく過程で、その業績の素晴らしさが強調され広がっていったと考えられる。

蘇我氏の時代に書かれた歴史書では、そのことには触れられていない。何人もいる王子のなかの一人に過ぎないようにわずかにしか記述されていないのは、政治的な活動をしなかったからだろうと思われる。

厩戸王子が亡くなってから、彼の四人の妻たちが集まって亡き王子を慰霊し、仏法のさらなる興隆を祈願して大きな繍仏が精魂込めてつくられた。それを斑鳩の寺院にかざって読経していると、遠くのほうから厩戸王子の声が聞こえてきたという。自分たちの想いが王子の霊魂に届いたことを知った妻たちは、ますます王子に対する尊敬の気持を強くしたという。その話が斑鳩寺と並んで建てられた中宮寺の尼僧たちに伝えられ、厩戸王子を仏法信仰の対象として敬う伝説が生まれた。

わが国にも、仏法の信仰対象として崇められる人物がいるのは、将来の仏法の普及を考えれば好ましいことである。不比等は、武智麻呂を呼んで指示を与えた。

仏法に帰依した偉人として厩戸王子を歴史書に登場させること、馬子が大臣であった時代に重なっているので、政治の世界でも素晴らしい業績を残した人物であるように記述を手直しすること、そして、余人にはない素晴らしい素質をもって生まれた人物であるから、子供のころから尋常でない能力を発揮した人物として描くことなどを細かく話し、厩戸王子を歴史上の重要人物として書き込むように命じたのである。

厩戸王子を、尊敬に値する人物として登場させ、朝廷のまつりごとでも活躍したことにすれば大臣である蘇我馬子の業績は、相対的に小さくなる印象を与えることができる。王族が政治の舞台で活躍するのは自然なことだから、蘇我氏が大王家と一体化しているという雰囲気を薄める効果があるように思われた。

厩戸王子の父である池辺王子も、正式には大王に即位してはいないが、厩戸王子を特別扱いするため池辺王子が短期間であるにしても大王になったとしたほうが権威づけできる。炊屋姫が即位するまでのあいだは、大王位をめぐる争いが頻繁に見られ、池辺王子が大王になったと記述しても違和感なく受け入れられそうだった。

　その後、記述を不比等が何度も点検し、修正するたびに厩戸王子の活躍の度合いが大きくなり、特別な存在となっていった。蘇我氏と物部氏との戦いも、事実は蘇我氏が最初から圧倒する戦いだったが、これに参加した十四歳の厩戸王子の存在を強調するために、戦いは不利な状況であるかのような記述が追加され、王子が勝利を仏に祈願した結果、ようやく蘇我氏が勝利した話になった。王子の仏法への帰依が半端ではないと強調するためである。

　手直しが終わり、漢文に清書する作業が始められた。続守言と薩弘恪に代わって、朝廷の役人のなかで漢文をつくる能力がある、粟田真人と同じように還俗して仕えていた山田御方《やまだのみかた》が主として担当した。かつて新羅に学問僧として留学した経験を持ち、朝廷に仕えて大学で教えている人物である。

　その後、さまざまな角度から検討して細部にわたって不比等の指示で修正が加えられた。

　読み直すたびに直したいところが見つかり、不比等にしてみると、満足のいく状態からは遠いという思いがあり、それを言い出せば切りがなかった。

　手直しされた歴史書が真実であると思わせるには、自分が細工したことを関係者以外に知られないようにしなくてはならない。そこで、大海人大王の時代に始められたときと同じように歴史書を編纂する組織を新たに立ち上げることにした。総裁には舎人親王が指名された。

　不比等の校閲を終えた歴史書は、表向きには中務省の図書寮で継続して進められていたことにして、新しく発足した歴史書編纂チームに引き継がれた。公的な機関で編纂事業が進められれば、内容を作為的に変える機会がないと皆に思わせることができる。

　西暦七一四年(和銅七年)二月に発足し、編纂の実務作業は紀清人《きのきよひと》と三宅藤麻呂《みやけのふじまろ》が担当して、完成度を高める努力が続けられた。従六位下と正八位上という、それほど高い官位ではないが、二人は文章の理解力に優れているうえ、武智麻呂の指示に率直に従う人物だった。多くの人たちが関与すると、どのように改変がおこなわれたのか外部に漏れてしまう恐れがあったから、少人数にして完成を急ぐことにした。舎人親王が総裁になったのは、天皇を輔弼《ほしつ》する任務にある親王であるから、この事業の重要性を高められるという意味があった。親王自身は名誉職であると心得ているから口を挟む恐れはなかった。不比等自身も、この後は遠くから見守る態度を貫いた。

この後、仏法に関する記述に修正が加えられた。西暦七一八年に唐から帰国した留学僧の道慈から、歴史書の記述が正しくないのではないかという疑問が出されたからである。

粟田真人一行が帰国してから十二年のちに遣唐使が派遣されて、唐で学んでいた留学僧や留学生の多くが一緒に帰国した。その一人である道慈は、唐の寺院で仏法の奥義について学び、唐の僧たちに混じって勉強するなかで頭角を現し注目された。唐の人たちに負けない能力と意欲を持っていると、帰国した道慈の評価は高まっていた。

わが国の仏法が、本来の仏法から外れていることを指摘し、真の仏法国になるために寺院の改革を進めなくてはならないという道慈の主張は新鮮だった。朝廷の保護を良いことにして仏法の修行や研鑽を怠っている僧たちが目立つ状況を懸念する人たちは、道慈の忠告に関心を示した。

不比等は、歴史書に記述されている、仏法に関する部分を道慈に点検してもらうよう、武智麻呂に指示を出した。わが国に仏法が伝わって以来、寺院の建設や信仰の普及に関して、どことは指摘できないのだが、歴史書には作為があると思えたからである。

道慈は、仏法の伝来する箇所を読み、唐で学んだ仏法に対する自分の見解と違う内容であると主張した。

不比等は道慈を呼んで確かめた。遠慮することなく考えを述べるように言われ、道慈は思うまま応えた。

「仏法がわが国に伝えられた当時の状況は、あまりにも不自然な感じがいたします。インドで生まれた仏法思想が中国に伝えられた際に、異国の宗教として排斥されるなど苦難がありました。それでも、尊くて奥深い教えであると、信仰する人たちは、弾圧にめげずに広めてきました。どの国にも古来から独自の宗教が根付いておりますから、仏法のような新しい宗教が抵抗もなく受け入れられるはずはありません。わが国も同じであると思われますが、そのような記述はどこにもありません。蘇我氏が仏法を受け入れたときに反対した人たちはいたはずです。ところが、そういう対立については書かれておりません。少し不自然だと思います」

道慈の主張はもっともであると不比等は思った。

仏法が伝えられた当時は、天照大御神が大王家の先祖であるという考え方はなかったが、自然の恐ろしさに対する畏怖、豊かな実りを祈願するための信仰があり、儀式が盛んにおこなわれていた。そんななかで仏法が伝わってくれば、それに反発する勢力があるのは当然だろう。中国に見られる崇仏派と廃仏派との対立があったに違いない。そのことが、歴史の闇に消されてしまったという道慈の指摘は、聞くに値する話であると思われた。

どうしたら真実を知ることができるのか、不比等は尋ねたが、道慈は具体的な事実を知っているわけではない。しかし、その主張には耳を傾ける価値があると不比等は思った。修正するとすれば、どこをどのようにするか決めなくてはならないが、道慈にはそこまでは指摘できない。それでも、道慈の言うように仏法が伝えられた当時の歴史については修正を加えるほうが良いと不比等は思った。

蘇我氏についての記述を手直ししたときのことを不比等は思い浮かべて、廃仏派として蘇我氏と激しく争った物部氏を当てるのが良いことに気づいた。

物部氏の本宗家は、蘇我氏に亡ぼされている。朝廷の覇権をめぐる争いに大王位をめぐる対立が絡んだ対立だが、仏法に対する考え方の違いがあったとするのは不自然ではない。

中国ではどのように弾圧が加えられたのか、具体的な事例を道慈から聞いて、それをもとに物部氏を廃仏派にし、蘇我氏と対立した話を付け加えることにした。

もとより不比等からではなく、武智麻呂の指示を受けて紀清人と三宅藤麻呂は、中国における弾圧の事例を参考にしながら物部氏が廃仏派として仏法の受け入れ時に反対し、推進派の蘇我氏と抗争があったように書き換える作業を進めたのである。

唐で学んだ道慈は、唐とわが国の仏法の受け止め方が風土により違いがあることに意識を向けず、宗教の受け入れ方は普遍的であると信じていたのだ。仏法思想がわが国にすんなりと受け入れられたはずはないと信じた道慈の主張が歴史書にも反映したのである。

＊

病の床についてから、不比等は、歴史書を最初から見直す気力がなかなか湧いてこなかった。

横になった状態で過ごしながら、それでもどこか重大な見落としはなかったか、いろいろの場面を思い浮かべ、何度も自問自答をくり返した。

内容として未完成な部分が残されているという思いを拭うことはできなかった。最終的に手直しするためには、相当な集中力を発揮して取り組まなくてはならない。元気を取り戻してからでないとできない作業であるのに、気力は衰えるばかりだった。さすがの不比等も、歴史書をもう一度見直す作業は諦めざるを得なかった。

自分の思いを武智麻呂に伝えて修正を続けさせようかと

も考えたが、どの部分をどう直させるか、不比等の意図を明確に伝えるのはむずかしい。具体的に細かく指摘しなくては修正できない。そのさじ加減は微妙であり、自分が納得できるように他人が手直しするのはむりである。

それでも気になったのは葛城大王の年代記のところである。白村江の敗戦後の大王の狼狽振りが記述されている箇所を手直ししたのだが、どのように修正してもうまくいかない。大敗を喫したのだから冷静でいられないのは確かで、まったく平然としていたというのも不自然だった。だが、文章を多少いじっても、それほど印象が違うようにはならない。どうすべきかと思っているうちに、不比等は敗戦直後の大王に関する記述をすべて削除すれば良いことに気づいた。下手に修正しようとするから悩ましいのであり、そのときの大王の足跡をなくせば、大王が狼狽したかどうかも伝わらなくなる。敗戦から半年のあいだの記録は、最終段階ですべて削除することになった。

武智麻呂を呼んで指示を与えた不比等は、これで修正については終わりにしようと決めた。

そう思った不比等は、自分が死ぬ前に完成させなくては、後で誰がどのように変えてしまうか分からないと心配になった。たとえわずかでも自分の意図が曲げられる可能性は排除しなくてはならない。

これ以上具体的に修正箇所を指摘して変更できないからには、未完成なままであるにしても、このまま刊行に踏み切るほうが良い。欠点はあるにしても、また整合性がとれないところがあるにしても、自分の目の黒いうちに公的な歴史書として世に出せば、他の人による改竄は防げる。それで良しとしなくてはならないと不比等は決心した。

編纂メンバーに、不比等の指示が武智麻呂を通して伝えられた。その結果、手直しした部分を含めて誤りを正し、内容に齟齬がないか点検して完成を急がせた。

神話時代から歴代の大王の年代記のすべてにわたって見直すから、それなりに時間をかけなくてはならない。

苛々しながら不比等は、何度も武智麻呂に進行具合を問いただし催促した。不比等が思っているよりはるかに時間がかかっている。

しびれを切らした不比等は、最後の点検などしなくて良いから、このままの状態で終わらせるよう指示した。それでも、いくつも写しをとって巻きものとして完成させるには時間をとられてしまう。不比等は、何が何でも自分の目の黒いうちに公表しようと半ば強迫観念に駆られた。

葛城大王の年代記には誤りや重複があり、このままでは完成したとはいいがたいから、もう少し時間をとりたいという紀清人と三宅藤麻呂の希望は聞き入れられなかった。

武智麻呂が強権を発動して編集作業の続行を止めたので、二人は筆を置かざるを得なかった。

中務省の官人たちを急いで総動員して写しがとられた。それぞれの巻ごとに立派な布に包まれた歴史書が巻きものとして揃ったところで、勅により編纂を任された舎人親王が、わが国の公式歴史書三十巻を完成させた旨、奏上した。ときに西暦七二〇年五月である。

「日本書紀」と名づけられた。唐では編年体の歴史記述に大王などの列伝を加えた書物のことを「書紀」というから、それに倣って名づけられた。しかし編年体の歴史書には列伝はなかったから、厳密には「日本紀」と称したほうが良いもので、その後、「日本紀」と記されたこともあるが、完成したとき「日本書紀」と称して、そのままの名称が使用された。

完成した「日本書紀」の編纂代表は舎人親王であり、不比等はまったく関わっていないことになっている。


不比等が気を揉んだ歴史書が、ようやく完成にこぎ着けた。自分に残された人生はあまり長くないと意識した不比等は、枕元に三千代を呼んだ。とくに気になっていることを列挙し、後事を託そうとしたのである。

二十五歳くらいになるまでは首親王を即位させないこと、長屋王と息子たちが仲違いしないようによく言い聞かせること、律令は状況によって臨機に変更すべきこと、人事の重要性を認識し実権は藤原氏が握ること、そして、完成した「日本書紀」が歴史を正しく記述していると人々に信じ込ませることである。

三千代は、黙って不比等の言うことを聞いていた。不比等が、何を考えているか彼女には良く分かった。これまですべて二人三脚ともいうべきかたちで進めてきたからだ。

三千代が分からなかったのは、日本書紀に書いてあることを人々に信じさせるためには、どのようにしていけば良いかという点だった。

「完成した歴史書を人々に信じさせるというのは、書かれていることが正しいと強調すれば良いのですか」と三千代が尋ねた。

不比等は力なく笑った。それで済めばたやすいことだ。

「天皇の詔を出すときなどに、歴史書に記述してあることを織り込むのだ。天皇家の先祖が天照大御神であると言い続けるが良い。信じるようにするにはくり返し人々の耳に入れることだ」

「でも、それだけでいいのでしょうか」

三千代は、半ばしか信じられないようだった。不比等は考え込むような表情をしながら口を開いた。

「なんじも厩戸王子が仏法に帰依しただけではなく、まっりごとに深く関与したというのは事実でないと知っているだろう。だが、この歴史書が事実を述べたものと思わせるには、厩戸王子を伝説上の偉人であると信じさせることが効果的である。わが国でもっとも尊崇すべき人物であると人々に思わせるようにするのだ。中宮寺にいる尼僧たちは、そう信じている。さらに多くの人たちにも同様に信じさせ広めると良い。やがて王子が特別な存在として広く信仰の対象になるであろう。そうなれば、蘇我氏が振るっていた権勢は、それほどでなかったと人々は信じるはずだ。天皇家と一体になって朝廷に君臨するのは藤原氏が最初でなくてはならぬのだ。そのためには、厩戸王子を偉人にして仏法を広めることだ。天皇だけでなく娘の安宿媛にも協力させて、仏法を盛んにしていくようにせよ」

三千代は、不比等の深慮遠謀にいまさらながら驚いた。

「分かりました。そのように努力いたします」

そう言って三千代は、不比等の手を握った。

不比等は、歴史書の編纂のために集められたすべての資料を処分するように命じた。そのなかには、不比等が指示して手直ししたことが分かる資料が大量に含まれていた。完成された歴史書以外に真実はないと思わせるには、異なる解釈が可能になる資料が残されていてはならない。手がかりがなければ真実の追求が困難になる。日本書紀だけが歴史の真実を語る書物でなくてはならないのだ。

そのために、蘇我蝦夷の甘樫丘にある館が炎に包まれ、彼が殺される前に歴史書に関する資料を焼いてしまったという記述を加えていた。しかも、歴史書編纂に関わっていた船史恵釈が国記だけを取り出して葛城王子に献上したと記して、いかにも真実らしく装っている。これを読めば、多くの歴史的な資料が失われていても、誰も不思議に思わないはずだった。

不比等が亡くなったのは西暦七二〇年八月、日本書紀の完成が公表された三か月後である。六十三歳だった。死後に正一位・太政大臣の称号が与えられている。臣下としては、それ以上ない高い官位であり役職である。

ちなみに、粟田真人は、この前年に亡くなっており、享年八十八歳だった。

阿閉姫が亡くなったのは、不比等の死の翌年である。

三千代の死は西暦七三三年正月、不比等の死から十三年後で、六十九歳まで生きた。不比等の意志を継いで朝廷への影響力を行使し、天皇になった首親王や夫人となった安宿媛、さらには不比等の息子たちの後ろ盾となって活躍した晩年だった。

不比等の亡き後、長屋王が右大臣に就任した。武智麻呂は中納言となり、参議の房前とともに太政官として朝廷の中枢で活動する。首親王が天皇に即位するのは西暦七二四年二月、二十四歳になったときに氷高姫から譲位された。この年に年号が養老から神亀に改められた。首親王の即位にともない長屋王は左大臣になり、藤原氏の兄弟とともに新しい天皇を盛り立てていく。

藤原氏と長屋王とのあいだに亀裂が生じるのは、その五年後である。天皇夫人となった安宿媛を皇后の地位に就けようとした藤原兄弟の思惑に対して、皇后の地位は王族出身者に限られているはずであると長屋王が反対したため、両者の対立が抜き差しならなくなる。安宿媛を皇后にするのは無理な話だったが、藤原氏が強行しようとした。

この後、長屋王は造反したとして殺害される。長屋王の変である。

これにより藤原氏に反対する勢力がなくなり、安宿媛は晴れて光明皇后となる。王族の出ではない最初の皇后であり、朝廷のなかで大きな権限を持つようになる。それを支えたのが橘三千代である。

厩戸王子は聖徳太子という称号を与えられ、信仰の対象になり、偉人として称えられた。太子伝説として、不比等の予想をはるかに超えて、後の世まで長く語り継がれたのである。

主要参考文献

日本書紀一～五　坂本太郎他校注　岩波書店
日本書紀全現代語訳上下　宇治谷孟訳　講談社学術文庫
続日本紀全現代語訳上　宇治谷孟訳　講談社学術文庫
古事記全訳注上下　吹田真幸訳　講談社学術文庫
万葉集　佐竹昭広・山田英雄・工藤力男・大谷正夫・山崎福之校注
　岩波文庫
懐風藻　江口孝夫全訳注　講談社学術文庫
倭国伝　藤堂明保・竹田晃・影山輝国全訳注　講談社学術文庫
有職故実上下　石村貞吉著・嵐義人校訂　講談社学術文庫

大系日本の歴史3古代国家の歩み　吉田孝著　小学館
日本の歴史1神話から歴史へ　井上光貞著　中公文庫
日本の歴史2古代国家の成立　直木孝次郎著　中公文庫
日本の歴史02王権誕生　寺沢薫著　講談社学術文庫
日本の歴史03大王から天皇へ　熊谷公男著　講談社学術文庫
日本の歴史04平城京と木簡の世紀　渡辺晃宏著　講談社学術文庫
日本の歴史一列島創世記　松木武彦著　小学館
日本の歴史二日本の原像　平川南著　小学館
日本の歴史三律令国家と万葉びと　鐘江宏之著　小学館
シリーズ日本古代史2ヤマト王権　吉村武彦著　岩波新書
シリーズ日本古代史3飛鳥の都　吉川真司著　岩波新書
日本古代史4大古墳と剣が語る王権の争奪　直木孝次郎編著　集英社
新視点　日本の歴史・第二巻古代編1　白石太一郎・吉村武彦編
　新人物往来社
争点　日本の歴史・第二巻古代編1　白石太一郎・吉村武彦編　新人物往来社
日本人の歴史第一巻自然と日本人　樋口清之著　講談社
日本古代の歴史1倭国のなりたち　木下正史著　吉川弘文館
日本古代の歴史2飛鳥と古代国家　篠川賢著　吉川弘文館
東アジアの中の日本歴史・天皇と中国皇帝　沈才彬著　六興出版
列島の古代史ひと・もの・こと2暮らしと生業　岩波書店
列島の古代史ひと・もの・こと3社会集団と政治組織　岩波書店
列島の古代史ひと・もの・こと4人と物の移動　岩波書店
列島の古代史ひと・もの・こと5専門技能と技術　岩波書店
列島の古代史ひと・もの・こと6言語と文字　岩波書店
列島の古代史ひと・もの・こと7信仰と世界観　岩波書店
列島の古代史ひと・もの・こと8古代史の流れ　岩波書店
日本史講座2律令国家の展開　歴史学研究会・日本史研究会編
　東京大学出版会
日本史史料1古代　歴史学研究会編　岩波書店

石母田正著「古代国家論」岩波書店
門脇禎二著「日本古代政治史論」塙書房
加藤謙吉著「蘇我氏と大和王権」「大和の豪族と渡来人」吉川弘文館
岸俊雄著「日本古代宮都の研究」岩波書店
坪井清足編著「宮都発掘・古代を考える」吉川弘文館
都出比呂志著「古代国家はいつ成立したか」岩波新書
白石太一郎著「古墳とヤマト政権」文春新書
吉田孝著「日本の誕生」岩波新書
小林敏男著「日本古代国家形勢史考」校倉書房
直木孝次郎著「飛鳥の都」吉川弘文館・「日本神話と古代国家」
　講談社学術文庫

折口信夫著「古代研究Ⅰ祭りの発生」「古代研究Ⅱ祝詞の発生」
　中公クラシックス
宮崎市定著「古代大和朝廷」ちくま学術文庫・「大唐帝国」「隋の煬帝」
　中公文庫
網野善彦著「日本の歴史をよみなおす」ちくま学芸文庫
鬼頭宏著「人口から読む日本の歴史」講談社学術文庫
加藤周一著「日本文学史序説上」ちくま学術文庫
吉本隆明著「初期歌謡論」河出書房新社・「共同幻想論」角川文庫
藤井貞和著「日本文学源流史」青土社
西郷信綱著「古代人と死・大地・葬り・魂・王権」平凡社・「日本古代文学
　史」岩波現代文庫
林屋辰三郎「日本の古代文化」岩波現代文庫
新川登亀男著「日本古代文化史の構想」名著刊行会
森浩一著「記紀の考古学」「日本神話の考古学」朝日文庫
網野善彦・森浩一「馬・船・常民・東西交流の日本列島史」文春文庫
上田正昭著「倭国から日本国へ・画期の天武・持統朝」文英堂・「私の日本
　古代史（上下）新潮選書
江上波夫・佐原真「騎馬民族は来た!?来ない!?」小学館ライブラリー
森博達著「日本書紀の成立の真実」中央公論新社・「日本書紀の謎を解く」
　中公新書
山田英雄著「日本書紀の世界」講談社学術文庫
遠藤慶太著「東アジアの日本書紀」吉川弘文館
神野志隆光著「古事記と日本書紀・天皇神話の歴史」講談社現代新書
工藤隆著「古事記誕生・日本像の源流を探る」中公新書
和田萃編「古事記と太安万侶」田原本町記紀・万葉事業実行委員会監修
　吉川弘文館
村井康彦著「出雲と大和・古代国家の原像をたずねて」岩波新書
西嶋定生著「邪馬台国と倭国」吉川弘文館
田中史生著「国際交易の古代列島」角川選書・「越境の古代史」筑摩新書
平野邦雄著「帰化人と古代国家」吉川弘文館
関　晃著「帰化人」講談社学術文庫
井上秀雄著「古代朝鮮」講談社学術文庫
金両基著「物語韓国史」中公新書
金達寿著「日本古代史と朝鮮」「古代朝鮮と日本文化」講談社学術文庫
武田幸男編「古代を考える・日本と朝鮮」吉川弘文館
京都府京都文化博物館編「古代豪族と朝鮮」新人物往来社
大塚・白石・西谷・町田編「考古学による日本歴史9交易と交通」
　雄山閣出版
佐々木高明著「照葉樹林文化とは何か・東アジアの森が生み出した文明」
　中公新書
辰巳和弘著「他界へ翔る船・黄泉の国の考古学」新泉社
松前健・白川静ほか著「古代日本の信仰と祭祀」大和書房
佐原真・都出比呂志編「古代史の論点1環境と食料生産」小学館
三上次男・楢崎彰一編「日本の考古学Ⅳ歴史時代上」河出書房新社
石野博信他編「古墳時代の研究第3巻生活と祭祀」雄山閣出版
広瀬和雄・小路田泰直編著「日本古代王権の成立」青木書店
湯浅泰雄「日本古代の精神世界」名著刊行会
赤坂憲雄著「境界の発生」講談社学術文庫
吉野裕子著「日本古代呪術・陰陽五行と日本原始信仰」講談社学術文庫
上田篤著「呪術がつくった国日本」光文社

中西進著「古代の祭祀と思想・東アジアの中の日本」角川書店
上田正昭編「図説・日本文化の歴史②飛鳥・白鳳」小学館
坪井清足・鈴木嘉吉編「古代史発掘9埋もれた宮殿と寺」講談社
楢崎彰一・横山浩一編「古代史発掘10京とむらの暮し」講談社
川村邦光著「弔いの文化史・日本人の鎮魂の形」中公新書
長岡龍作著「日本の仏像・飛鳥・白鳳・天平の祈りと美」中公新書
田村圓澄著「飛鳥時代・倭から日本へ」「東アジアの中の日本古代史」吉川弘文館
和田倖（草冠）著「飛鳥・歴史と風土を歩く」岩波新書
武光誠著「テラスで読む大和朝廷の謎」日本経済新聞社・「渡来人とは何者だったのか」河出書房新社
市大樹著「飛鳥の木簡・古代史の新たな解明」中公新書
河添房江著「唐物の文化史・舶来品からみた日本」岩波新書
千田稔著「飛鳥・水の王朝」「伊勢神宮・東アジアのアマテラス」中公新書
直木孝次郎・中尾芳治編「シンポジウム・古代の難波と難波宮」学生社
吉村武彦・舘野和己・林部均著「平城京誕生」角川選書
上野誠著「万葉挽歌のこころ」角川選書・「万葉びとの宴」講談社現代新書
白川静著「初期万葉論」中公文庫
佐佐木幸綱著「万葉集を読む」岩波書店・「柿本人麻呂ノート」青土社
中西進著「万葉の歌びとたち」角川選書
小川靖彦著「万葉集・隠された歴史のメッセージ」角川選書
保立道久著「かぐや姫と王権神話」洋泉社歴史新書
高松寿夫著「コレクション日本歌人選・柿本人麻呂」笠間書院
石川九楊著「日本語とはどういう言語か」講談社学術文庫
沖森卓也著「日本語の誕生・古代の文字と表記」吉川弘文館
大野晋著「日本語の世界1日本語の成立」中央公論社・「日本語の源流を求めて」岩波新書
今野真二著「漢字からみた日本語の歴史」ちくまプリマー新書
原田信男著「和食と日本文化」小学館
石毛直道著「日本の食文化史・旧石器時代から現代まで」岩波書店
奥村彪生著「日本料理とは何か・和食文化の源流と展開」農文協
平林章仁著「鹿と鳥の文化史・古代日本の儀礼と呪術」白水社・「神々と肉食の古代史」吉川弘文館
武光誠・山岸良二編「古代日本の稲作」雄山閣出版
北岡正三郎著「物語 食の文化」中公新書
松井章著「環境考古学への招待・発掘から分かる食・トイレ・戦争」岩波新書
窪田蔵郎「鉄から読む日本の歴史」講談社学術文庫
奥野正男著「鉄の古代史3騎馬文化」白水社
森浩一編「日本古代文化の探求・鉄」社会思想社
今村啓爾著「日本古代貨幣の創出」講談社学術文庫
日下雅義「地形からみた歴史」講談社学術文庫
近江俊秀著「道が語る日本古代」朝日選書・「古代道路の謎」祥伝社新書
藤森照信著「人類と建築の歴史」ちくまプリマー新書
保立道久「歴史のなかの大地動乱」岩波新書
気賀澤保規著「遣隋使がみた風景」八木書店
東野治之「遣唐使」岩波新書
森公章著「遣唐使の光芒　東アジアの歴史の使者」角川学芸出版
上田雄著「遣唐使全航海」草思社

池田温編「古代を考える・唐と日本」吉川弘文館
石井謙治著「図説和船史話」至誠堂
直木孝次郎著「人物叢書・額田王」吉川弘文館
北山茂夫著「女帝と詩人」「日本古代内乱史論」岩波現代文庫
上田正昭著「藤原不比等」朝日選書
高島正人「人物叢書・藤原不比等」吉川弘文館
義江明子著「人物叢書・県犬養橘三千代」吉川弘文館
武光誠著「蘇我氏の古代史・なぞの一族はなぜ滅びたのか」平凡社新書
吉村武彦著「蘇我氏の古代」「女帝の古代日本」岩波新書
水谷千秋著「謎の豪族蘇我氏」文春新書
遠山美都男著「蘇我氏四代・臣、罪を知らず」ミネルヴァ書房
前田晴人著「蘇我氏とは何か」同成社
西川寿勝・相原嘉之・西光慎治著「蘇我氏三代と二つの飛鳥」新泉社
門脇禎二著「人物叢書・蘇我蝦夷・入鹿」吉川弘文館
畑井弘著「物部氏の伝承」講談社学術文庫
大山誠一著「天孫降臨の夢・藤原不比等のプロジェクト」NHKブックス
大山誠一編著「聖徳太子の真実」「日本書紀の謎と聖徳太子」平凡社
海音寺潮五郎著「大化の改新」河出文庫

中村修也著「偽りの大化の改新」講談社現代文庫・「白村江の真実・金春秋の策略」吉川弘文館
佐藤和夫著「海と水軍の日本史・上・古代～源平の合戦まで」原書房
遠山美都男著「白村江・古代東アジア大戦の謎」講談社現代新書・「壬申の乱・天皇誕生の神話と史実」中公新書
梅原猛著「水底の歌・柿本人麻呂論」「隠された十字架・法隆寺論」新潮文庫・「海人と天皇」朝日文庫
青木和夫著「白鳳・天平の時代」吉川弘文館
東　潮著「倭と加耶の国際環境」吉川弘文館
入江曜子著「古代東アジアの女帝」岩波新書
仁藤敦史「女帝の世紀・皇位継承と政争」角川選書
荒木敏夫著「日本古代の皇太子」吉川弘文館
山本幸司著「天武の時代・壬申の乱をめぐる歴史と神話」朝日新聞社
寺崎保広著「日本史リブレット・藤原京の形成」山川出版社
佐藤信著「日本史リブレット・古代の地方官衙と社会」山川出版社
義江明子著「日本史リブレット・天武天皇と持統天皇」山川出版社
大津透著「日本史リブレット・律令制とはなにか」山川出版社
「季刊明日香風」バックナンバー　古都飛鳥保存財団

あとがき

子供のころから映画を良く見た。そのなかで衝撃的な場面に出くわして強く印象に残っている映画がある。タイトルも話の筋も憶えていないし、場面としては、客観的にはどうというほどのものではない程度なのだが。

舞台は戦争中のフランスのパリ、恋愛映画だった。主人公の兵士が学校の校庭のようなところで訓練のためか体操を数十人でしている。そこにひとりの兵士の恋人が訪ねて来て、門のところでちらりと姿を見せる。指揮官の兵士だけが彼女の姿をとらえたのは、残りの兵士たちと対面する位置にいたからだ。

彼女の姿を認めた指揮官は、体操をする兵士の一人に顎をしゃくるようにして注意を促す。そして、彼女が来ているから行けと指示する。彼はうなずいて彼女を見ると、急いで体操をしている集団からはなれ、門から出て彼女と手を取り合って出て行く。

それだけの場面であるが、軍隊にいる兵士が、上官の許しを得て訪ねて来た彼女と逢い引きをする。体操していた兵士たちは、それを当然のように受け止め、指揮官は揶揄するように笑っている。

そのころに「聞け、わだつみの声」という学徒出陣の映画など、わが国の戦争中の軍隊の様子を描く映画があり、それらを見ていた。その多くは上官が新入りの兵士に鉄拳制裁を加え、どんな扱いをされても抵抗はおろか絶対服従という残酷な状況が描かれていた。日本の軍隊は、何と理不尽で耐え難い世界なのか、監獄のなかに投げ入れられたようで、とても堪えられないだろうと、戦争が終わって軍隊がなくなっている世に生まれて良かったとしみじみと思っていた。だから、フランスと比較しなくてはいられなかったのである。

フランス映画では、戦地でないからだろうが、何の前触れもなく彼女が来ただけで勝手に外へ出て行くことが許されている。日本の軍隊ではとても考えられない光景だった。あまりの自由さ、個人の勝手を優先する姿である。

フランスと日本は、こんなに兵士の扱いが違うのかという衝撃はとても大きかった。国によって考え方や人と人の繋がりが、これほど大きく違っているのか。身体が震えるような驚きだった。

単に戦争とか軍隊とかではなく、国による人間の違いとして受け止めてしまったのだ。国とは何か、人間とは何か、国による違いはどうして発生するのか、自分のなかで大きな疑問となって成長し、その答えを得ようとする姿勢を持つようになった。

その後、いろいろと学び体験するなかで多くのヒントがあったとはいえ、簡単に答が得られるものでもない。今でも答を求め続けており、本書のような物語を書くのも、そのための試行錯誤のひとつといえる。

しかし、違いを見つけ出そうとするあまり、人間の持つ普遍性や共通性を忘れてはならないとも自分に言い聞かせている。多様性や可能性など柔軟に対応するように運命づけられたホモサピエンスは、もともと可能性としてはものすごく幅広く持っているはずである。それが地域や歴史の違いにより対応が異なり、結果として違いが大きくなるように見えていく。きっかけとなる最初の違いがそれほど大きくなくとも、いったん違う道を通ると違いがどんどん大きくなっていくようだ。

もうひとつ、三十歳代になってからの衝撃的な場面に出くわした記憶がある。

フランスの西にあるアルプス山中の小さな村に泊まったときのことだ。村に一軒しかない店にある宿泊施設に泊ったのだが、粗末ながっしりしたベッドと机と椅子しかないだだっ広く殺風景な部屋だった。寒い季節だったが、暖房設備もなく着替えもしないでベッドに潜り込んだ。

翌日の朝、階下に降りていったときのことだ。薄暗いなかでそれほど明るくない裸電球が灯されており、黒い色をした土間は、電燈の灯りを除けば数百年前と同じ生活をしているように思わせた。そのなかに老婆がたたずんでいた。その姿に衝撃を受けたのである。黒いマントのような衣服に身を包んでいる老婆は、顔には皺がより鼻が異常に高かった。帚に乗って現れる魔法使いの姿に見えたのだ。

子供のころから絵本で見ていた魔法使いの老婆は、いかにもそれらしくて、こうした姿を想像して描いた人は、とんでもない想像力の持ち主に違いないと思っていた。ところが、このときの老婆の姿を見て、魔法使いの老婆を描くのは、それほどの想像力は必要がないことに気づいた。現にいる老婆の姿を少し誇張すれば魔法使いの姿そのものになる。それまでは深く考えずに無から有を生じさせる特別な想像力を持つ人がいると信じていた。それが間違いだったのではないかと、その老婆が教えてくれている気がした。

しばし、その老婆に見とれていたので不審な表情で睨み返された。それを見て、ますます魔法使いらしくなったと思い、ついにやりとしてしまった。変な外国人と思われたに違いない。

その後、この場面のことをかみしめるようにときどき反芻するたびに、人間の行動や想像力は、思いも寄らないものに見えるにしても必然性があるに違いないと思うようになり、人間の歴史も人智に及ばないことは起こり得ないと信じるようになった。

歴史の真実に迫るのも突出した出来ごとに目を奪われるのではなく、そのときのさまざまな状況や、そこに至る過去、そしてそのときに状況を動かした人物がどのように思考し、どのような行動様式をとるのか把握し、その結果として起こった出来ごとは、その先にどのような結果と影響をもたらしたか考慮する。つまり過去と未来にはさまれた現在の話として物語をつないでいく。それを何度もくり返し検証する。その結果として本書が出来上がったが、この検証は終わりがない。試行錯誤の積み重ねでもあるからだろう。

「日本書紀」にはわが国の歴史を彩る記述があるとはいえ、具体的な出来ごとや人事や人間関係を記述しているが、その背景をはじめ因果はほとんど説明されない。言わば氷山の一角のみは目にすることはできても、海中にある大部分の真実は姿を見せていない。それに当時の生活一般や習慣、日常的なルーティンは、誰でも知っていることとして省略されているが、それを知る手がかりもない。

書かれている内容だけでは、因果関係を知ることができないから、それをつなげて物語にすることは不可能である。だから、どう解釈したら良いかは、推理小説の謎解きのように探求していかなくてはならない。歴史家や研究者たちも、それぞれに事実を浮かび上がらせる努力をし、さまざまな仮説を立てている。もちろん、説得力をもつように仮説の根拠を示しているものの、それが事実として認められるのかどうかは別である。かつては通説として疑問を出されなかった仮説も、木簡などの新たな事実をまえにすれば覆ることになるが、実際には、決着がつく場合のほうが少ないのは確かだろう。

たとえば、古代を専門とする歴史家のなかでも厩戸王子は大王になったという説の人がいるかと思えば、聖徳太子といわれるような人物はまったくの虚構であり、蘇我馬子が大王になっていたという説を唱え「聖徳太子はいなかった」という説が出されている。日本書紀をどう読むか、人により大きく違う。

いずれにしても日本書紀をそのまま信じるわけにはいかないという点では多くの研究者が一致しているようだ。この部分は真実でないと指摘されても、ではどのような事実があったのかまでは語られない場合が多いのは、その先は想像したり、推測したりするしかないからだ。

そんななかで、森博達氏の著作は日本書紀の記述の仕方を分析して、どのように編纂されたか、その経緯をあぶり出そうとする貴重な研究である。これにより改竄された過程が想像できるように思えて、大いに参考にさせていただいた。また日本書紀研究の大御所である坂本太郎氏は、同書の天智天皇の年代記に未完成な部分が残されていることに疑問を呈しておられる。これも解明の手がかりになるであろう。

歴史を流れとして促えていくには、歴史をつくった人たちが、どのように考え行動したのかを追求する必要がある。あらゆる手がかりをもとに、その活動を再現する試みも面白いのではないかというのがきっかけで書き続けてきた。どこまで納得できるものになっているかは読者の方々にゆだねるしかない。

試行錯誤の連続のなかで書き進めることができたのは、この無謀な試みを最初から見守り、途中で何度も原稿を読み、忠告とともに激励してくれた友人の太田克彦氏のお陰である。完成するまで根気よく付き合ったうえに、悪文のままで刊行しないようにと文章のチェックまでしてくれた。このような物語形式になったのも、氏との話のなかで決まったものので、最初の原稿はもっと解説的な部分が多く、文章もこなれていなかった。氏にお礼を申し上げたい。

また、忙しいなかで内容のチェックと校正をしてくれた中島匡子氏にも感謝したい。それに、本書の刊行に踏み切ってくれた三樹書房の小林謙一社長にもお礼を言わなくてはならない。周囲の協力がなくては、こうしたささやかな試みも完遂できないものとしみじみ思う。

著者略歴

尾﨑桂治（おざきけいじ）

東京生まれ。一九六〇年代から月刊誌の編集者として活動。その間、イギリス、フランス、イタリア、ケニアなどに取材で訪れる。その後、出版社を設立。二〇年以上にわたって経営する。主として書籍の企画、編集、取材、執筆などを手がける。かたわら縄文時代および飛鳥時代を中心に歴史を研究。一〇年前に本書の構想を立てて資料をあさり、五年ほど前から本格的に執筆を始め、その集大成として『飛鳥京物語　蘇我稲目と馬子の時代』、『飛鳥京物語　白村江の戦いと壬申の乱』（いずれも三樹書房）を上梓。本書はその第三巻となる。

飛鳥京物語　律令国家への道

二〇一七年三月一五日　初版発行

著　者　尾﨑桂治
発行者　小林謙一
発行所　三樹書房

〒101-0051　東京都千代田区神田神保町一-三〇
電　話　〇三（三二九五）五三九八
FAX　〇三（三二九一）四四一八

印刷・製本　シナノ パブリッシング プレス